Jay Brandon

Im Namen der Wahrheit

Jay Brandon

Im Namen der Wahrheit

Roman

Aus dem Amerikanischen
von Michael Strand

Wolfgang Krüger Verlag

Die amerikanische Originalausgabe erschien 1990
unter dem Titel »Fade the Heat« im Verlag POCKET BOOKS,
a Division of Simon & Schuster Inc., New York

Einbandgestaltung, Typographie und Herstellung: Hans-Heinrich Ruta
Satz: Fotosatz Otto Gutfreund, Darmstadt
Druck und Bindung: Franz Spiegel Buch GmbH, Ulm
ISBN 3-8105-0232-4

Für Yolanda und Elena, meine Lieblinge

Teil I

Von relativer Gerechtigkeit mag das Gesetz etwas wissen; von Eigennutz weiß es viel; mit absoluter Gerechtigkeit befaßt es sich nicht.

Oliver Wendell Holmes sen.

1

»Eine kleine Feier haben wir uns verdient«, hatte ich gesagt, zum ausgesucht falschesten Zeitpunkt. Wir waren als kleine Gruppe aus dem Büro losgezogen, alle in Hochstimmung, ausgenommen Linda. Auf dieser Seite mitzufeiern war ihr neu, und sie war nicht eben begeistert über die Gelegenheit. Als aus den Drinks Abendessen und noch mehr Drinks wurden, hatte ich ihren Rückzug wahrgenommen. Allmählich begannen wir beide uns von den anderen in unserer Runde abzusetzen. Sie prosteten einander weiter zu und durchlebten noch einmal den Augenblick des Triumphs, während Linda und ich uns erst gequälte Blicke zuwarfen und dann leise zu reden begannen.

»Es ist Tradition«, erklärte ich.

»Es ist was für Kinder«, antwortete sie, und sie hatte recht.

»Na ja, irgendwie sind sie ja auch Kinder.« Aber nicht meine. Plötzlich legte sich die Zeit, die wir miteinander verbracht hatten, Linda und ich, wie Jahresringe um uns, und die Kinder blieben ausgeschlossen. Ich streckte meine Hand nach der ihren aus, dann fiel mir ein, daß wir nicht allein waren, und ich ließ sie neben ihrer auf dem Tisch liegen. Sie sah auf die Hände, auf mich, und ein kleines Lächeln zeigte sich auf ihrem Gesicht. Es war genauso heiter, wie sie selber es inzwischen geworden war.

»Das Feiern war ja nie dein Fall«, sagte ich.

»Nein. Ich denke lieber voraus.«

Erinnere dich doch... hätte ich beinahe gesagt, aber das hier schien nicht der Ort dafür zu sein. Plötzlich war ich bereit zu gehen. Dann fiel mir ein, daß wir Lindas Auto vor dem Gericht stehengelassen hatten; ihr Haus lag auf meinem Weg.

Im Wagen sprachen wir nicht viel. Es war eine komische Aprilnacht für San Antonio. Letzte Woche hatten wir fast 30° C gehabt; heute abend versuchte der Wind, die Temperatur bis gegen Null hinunterzublasen. Das ließ das Wageninnere warm und geschützt erscheinen.
»Macht es ihnen immer soviel Spaß, jemanden für fünfzig Jahre ins Gefängnis zu schicken?« fragte Linda.
Ich überlegte. Nein, das Gefängnis hatte nicht viel damit zu tun. »Die Anzahl der Jahre ist nur die Art, es zu verbuchen. Staatsanwälte entwickeln normalerweise keinen Groll gegen den Angeklagten als Person. Genaugenommen ist er ihnen gar nicht so wichtig.«
Sie schüttelte den Kopf. Ich wollte das Thema wechseln, doch mir fiel keines ein, deshalb wurde ich einfach still. Als wir vor ihrem Haus ankamen, bat sie mich nicht hinein, sagte aber auch nicht auf Wiedersehen; also stieg ich ebenfalls aus und ging auf dem Bürgersteig neben ihr her. Der Wind blies uns gegeneinander, unsere Schultern stießen zusammen. Drinnen waren wir aus dem Wind, aber sie hatte an diesem Morgen die Heizung nicht angelassen. Es war kühl und dunkel wie in einer Höhle.
»Kalt«, sagte ich.
»Nicht so schlimm.« Linda drehte eine Lampe an.
»Dir ist noch kälter als mir.« Ich deutete auf die Beweise. Linda verschränkte die Arme, wurde aber nicht rot. Werden dunkelhäutige Menschen rot? Ja. Ich hatte schon erlebt, daß ihr Gesicht sich rötete. Vor Wut, vor Atemlosigkeit. Von der Hitze.
An der Wand tickte eine Uhr. Ich sah nicht darauf.
»Soll ich Kaffee machen?« fragte sie. Ihr Ton war so neutral wie die Schweiz.
»Nein.« Sie wollte an mir vorbeischlüpfen; ich hielt sie auf. Sie war für die Kälte auch gar nicht richtig angezogen, ihre Bluse dünn und weich wie eine zweite Haut. Sie glitt leicht unter meiner Hand durch.
»Mark«, begann sie. Es klang wie die Ankündigung einer wichtigen Entscheidung, aber mehr sagte sie nicht. Als ich ihr ins Gesicht sah, um ihr zu zeigen, daß ich zuhörte, merkte ich erst, wie

nahe wir beieinander standen. Zu ihrem Mund mußte man sich nur ein klein wenig hinunterbeugen. Wir küßten uns zögernd. Es hätte eine Berührung der Lippen zum Abschied sein oder aber auch in Leidenschaft auf dem Teppich enden können. Jeder von uns schien darauf zu warten, daß der andere die Initiative ergriff. Ich zog sie näher an mich. Sie legte mir die Arme um den Hals. Ihre Haut war noch immer kühl unter der Bluse, aber wo ich sie anfaßte, wurde sie schnell warm.

»Linda.« Noch immer lag Unentschlossenheit in der Luft. Wenn sie keine Ankündigung zu machen hatte, dann würde ich es tun. »Glaubst du nicht, ich sollte mit den Verstellungen aufhören?«

»Schsch. Versuch nicht, so spät nachts noch etwas Wichtiges zu sagen.«

»Es ist nicht zu spät.«

Ich zuckte zusammen, als das Telefon läutete. Es stand gleich neben uns auf einem Regal an der Tür. Ich war bereit, es einfach läuten zu lassen, aber Linda griff danach.

»Nur eine Anwältin geht in solch einem Moment ans Telefon.«

Ich hielt sie immer noch. »Hallo?« sagte sie und drehte sich fast augenblicklich weg, eine Hand gegen meine Brust gestemmt, um sich loszumachen. »Nein–« Sie wurde unterbrochen. Ich wartete ungeduldig, während sie nur zuhörte. »Einen Augenblick«, erklärte sie schließlich und hielt mir den Hörer hin. »Es ist Lois.«

Warum hast du ihr gesagt, daß ich hier bin, formte ich nur mit den Lippen. Linda streckte bloß den Hörer in meine Richtung.

»Ja?« sagte ich hinein. »Ich bin gleich zu Hause, ich war nur–« Dann verstummte ich, wie zuvor Linda.

»Nein, du bleibst da«, sagte ich ein, zwei Minuten später. »Ja, Lois. Du mußt bei Dinah bleiben; außerdem könnte er versuchen anzurufen. Ich fahr sofort hin. Mach dir keine Sorgen.«

Ich legte auf. Einen Moment lang stand ich stocksteif da und dachte nach. Als ich Linda wieder ansah, flirrte der Raum von Lichtern.

»David ist festgenommen worden.«

»Ich weiß«, antwortete Linda. »Sie hat's mir gesagt. Ich hol nur meinen Mantel.«

»Nein. Ich seh dich morgen früh.«
»Laß mich mitkommen, Mark. Ich kann dir helfen.«
»Nein.« In diesem Augenblick wollte ich so weit wie möglich weg von ihr sein. »Es ist okay, ich werde schon allein damit fertig.«
»Na dann –«
»Schon okay«, sagte ich nochmals und eilte hinaus in die Kälte.

Mein Anfangsproblem war, wem ich den ersten Gefallen schuldete. Nein, den zweiten; den ersten war ich bereits schuldig, seit Lois den Hörer abgenommen hatte. Ein Kriminalbeamter habe angerufen, hatte sie gesagt. Bei Bullen war ein solches Entgegenkommen keine Selbstverständlichkeit. Den ersten Gefallen schuldete ich also ihm. Gefälligkeiten sind ein Kapital, das man nicht verschleudern darf. Doch jetzt war ich noch einen schuldig. In Texas dürfen Anwälte Kautionsbürgschaften stellen. Manche Strafverteidiger machen mehr Geld damit, Leute aus dem Gefängnis zu holen, als mit Vertretungen vor Gericht. Aber dazu muß man Vermögenswerte beim Kautionsausschuß registrieren lassen, als Sicherheit für die Bürgschaften, die man übernimmt. Immobilien sind okay; bevorzugt werden allerdings Kassenobligationen. Man läßt zum Beispiel 50 000 Dollar in Kassenobligationen registrieren und kann Bürgschaften bis zu dieser Höhe stellen. Dem Klienten verrechnet man zehn Prozent der Summe für die Übernahme der Bürgschaft.
Ich hatte keinerlei Vermögenswerte beim Kautionsausschuß registriert. Zwar konnte ich einen Verteidiger anrufen, der das hatte und David mit seiner Unterschrift rausbekommen würde. Doch dann schuldete ich auch einem Anwalt einen Gefallen.
Ich hatte das Fenster während der Fahrt einen Spaltbreit offen, und der Wind machte mir den Kopf klar. Die kalte Luft war angenehm, ließ einen glauben, daß der Sommer doch nicht so drükkend heraufzog. Was er aber tat. Hinter der dünnen Fassade eines kühlen Aprils baute sich die Hitze auf.
»Scheiße«, sagte ich vor mich hin. »Scheiße, Scheiße, Scheiße.«
Ich fragte mich, ob Lois auf der Suche nach mir als erstes bei Linda angerufen hatte. So spät konnte niemand mehr im Büro

gewesen sein, um ihr zu sagen, daß eine Gruppe von uns zusammen losgezogen war. Ich hatte sie vom Restaurant aus angerufen. Dort hatte sie es vermutlich zuerst versucht. Als man ihr dann sagte, ich sei schon fort, mußte sie gedacht haben, ich sei gar nicht dagewesen.

Es war nicht das Ertapptwerden, was mir Sorgen machte. Es war, daß ich in der Nacht, in der Lois und auch David mich brauchten (wie oft hatte einer von ihnen mich schon um etwas gebeten?), nicht zu Hause war, wie ich es hätte sein sollen.

Ich war bei Linda.

So spät noch im Büro, das war nicht meine Art, nicht mehr. Ich hatte eine heilige Pflicht daraus gemacht, meiner Familie keine Zeit zu stehlen. Scheiße. Ich trat fester aufs Gaspedal und hämmerte beim Fahren in einem fort mit der Faust auf den Sitz neben mir.

Nur die Ruhe, nur die Ruhe. Es war reichlich Zeit, ich kannte das Routineverfahren. Ich selbst hatte das ein dutzendmal oder noch öfter erlebt, von einem kopflosen Anrufer geweckt oder gestört zu werden und zum Gefängnis zu rasen, um jemanden rauszupauken. Seltsam, wie vertraut mir die einzelnen Schritte waren, wie leicht es gewesen wäre, sich routiniert zu geben. Dann ließ mich der Gedanke, daß es David war, dem ich dort begegnen würde, erneut zusammenzucken. Vielleicht hatte ich nur falsch verstanden, oder auch Lois. Der Polizist habe schnell gesprochen und wenig gesagt, hatte sie erzählt. Nicht einmal, wessen David beschuldigt wurde.

Linda würde bei sich zu Hause an ihren Knöcheln nagen und sich genauso schuldig fühlen wie ich. Auch das ging auf mein Konto. Ich hatte wenigstens etwas, um mich zu beschäftigen. Linda hingegen würde es noch schlechter gehen als Lois.

Es war lange her, daß Lois etwas von mir erwartet hatte. Wann immer ich sie in Zukunft anrufen würde, um ihr zu sagen, daß ich länger zu arbeiten hatte, würde sie »Ist gut« sagen und keinerlei Erklärung verlangen. Besser, sie wäre die Art Frau gewesen, die ihren Mann überprüfte; sie hätte herausgefunden, daß ich die Wahrheit sagte. Aber Lois würde nichts nachprüfen. Also gut, ich durfte einfach nie wieder zu spät nach Hause kommen. Aber sie würden mich auch nie wieder so sehr brauchen wie heute abend.

Der Kriminalbeamte hatte Lois noch vom Tatort aus angerufen, aber dann mußte alles ziemlich rasch gegangen sein. Ich hatte erst beim Bürgschaftsbüro haltmachen müssen, doch als ich beim neuen Gefängnis ankam, saß David noch nicht in einer Zelle. Gott sei Dank, ich kam noch rechtzeitig.

Alle nennen es nach wie vor ›das neue Gefängnis‹, auch nach zwei Jahren noch. Ich erinnerte mich, daß ich ein paar Wochen, bevor es in Betrieb ging, eine Besichtigung mitmachte. Damals war es schön, unbenutzt und funktionell. Die Aufnahme sah aus wie die Kommandobrücke im Raumschiff *Enterprise*, nur größer: ein kreisrunder Raum, umgeben von Verwahrzellen. In der Mitte war ein kleinerer Kreis, in dem das Verwaltungspersonal saß. Auf Bürotischen standen Schreibmaschinen und Computer-Terminals. Für jedes Formular gab es einen vorgefertigten Schlitz. Am Rand dieses inneren Kreises waren Stühle am Boden verschraubt, auf denen die Festgenommenen während des Einlieferungsverfahrens und der Abnahme ihrer Fingerabdrücke saßen. An der hinteren Wand war ein Fotobereich. Der Raum schien ein Muster an Design.

Komisch, aber sobald Insassen und Aufseher einzogen, verwandelte der Ort sich in ein Gefängnis. Zum einen brachten sie den Geruch mit: Pisse, Schweiß und Erbrochenes. Etwa die Hälfte aller Leute, die in San Antonio wegen irgend etwas festgenommen werden, ist betrunken, und ein gewisser Prozentsatz der Betrunkenen neigt dazu, sich in die Hosen zu machen, wenn das grelle Licht sie ängstigt. Es ist keine gute Idee, einen Betrunkenen anzuschreien, wenn er auf einem Stuhl sitzt, neben dem man die nächsten acht Stunden arbeiten muß. Aber versuchen Sie das mal einem frustrierten Aufseher zu erklären, der unzusammenhängende Antworten bekommt.

Obendrein kamen sie bald nach der Inbetriebnahme darauf, daß der Laden nicht ganz so funktionell war, wie er leer ausgesehen hatte. An diesen tollen angeschraubten Stühlen beispielsweise konnte man nirgends Handschellen festmachen. Nach dem ersten

Mal, als vier Aufseher nötig gewesen waren, um einen renitenten Schnellfahrer in seinem Stuhl niederzuhalten, montierten sie an einigen Stühlen zusätzliche Metalleisten. Sie sahen aus wie Handtuchhalter. In die *Enterprise* hätten sie nicht gepaßt.

Und die Insassen blieben dieselben. Eine moderne Umgebung machte sie um nichts besser. Als ich hereinkam, sah ich in einer der Verwahrzellen an der Wand gegenüber einen Mann knien, der sich geräuschvoll auskotzte. Wenigstens hatte er es bis zur Kloschüssel geschafft. Zwei weitere Männer hatten sich daneben aufgestellt, sahen zu und lachten, und ein dritter stand mit geballten Fäusten da, wartend. Er drehte sich um und stierte in die Welt draußen.

David wischte sich gerade mit einem braunen Papiertaschentuch die Hände ab. Dadurch würde einiges von der Tinte für die Fingerabdrücke abgehen, aber nicht alles. Sein Gesicht war weiß wie Kalk. Manchmal bekamen Leute bei ihrer Einlieferung gar nicht genug mit, um Angst zu haben. Er schon. Sein Anzug war so zerknittert, daß er viel zu groß für ihn wirkte. Er sah aus wie ein Zwölfjähriger, den man in den Sachen seines Vaters erwischt hatte. Er blickte auf die Männer in der Verwahrzelle.

Ich kreuzte mit Absicht seine Blickrichtung und ging auf dieser Linie auf ihn zu. Als er mich erkannte, nahm sein Gesicht ein wenig Farbe an. Seine Schultern sackten zusammen, als wäre er kurz vorm Umfallen. Er machte einen Schritt nach vorn. Zum vielleicht ersten Mal in seinem Leben war er froh, der Sohn seines Vaters zu sein.

Ich legte meine Arme um ihn. Seine Stirn berührte kurz meine Schulter. »Alles in Ordnung, mein Junge. Mach dir keine Sorgen.« Er holte tief Luft und schluckte ein Schluchzen runter.

Ein Aufseher nickte mir beflissen zu und führte David zurück in den Fotobereich. Das war noch so eine Idee, die in der Praxis danebengegangen war. Der Fotobereich sollte eigentlich ein offenes Viereck sein, von den Zellen aus einzusehen. Aber es hatte zu oft Buhrufe und Kommentare auf den geregnet, der dort stand, um fotografiert zu werden. In den ersten paar Tagen des Gefängnisbetriebes waren dabei zu viele Seitenansichten von Köpfen

herausgekommen, mit hervortretenden Adern, wenn das Modell zurückschrie. Jetzt war der Bereich von Wandschirmen umgeben. Dahinter verschwand David.
Als er wieder hervorkam, führte derselbe Aufseher ihn an der hinteren Wand entlang zu einer Tür. David blickte sich in Panik nach mir um. »Ist schon in Ordnung«, rief ich ihm zu. »Sie führen dich nur einem Richter vor.«
Er entspannte sich. Richter besaßen keinen Schrecken für ihn. Noch nicht
Ich hätte David natürlich begleiten können, um selbst mit dem Nachtrichter, der die Kaution festlegen würde, zu reden und ihn zu bitten, David gegen Gelöbnis auf freien Fuß zu setzen oder eine geringe Kaution zu bestimmen und mich zehn Prozent in bar erlegen zu lassen. Aber wenn der Nachtrichter dazu bereit gewesen wäre – und das wäre er vermutlich–, hätte es nach einem Handel gerochen. Die Kaution war eins von den Dingen, bei denen ich nichts zu drehen brauchte, also tat ich es auch nicht. Ich ließ David deshalb allein hineingehen. Der Richter würde ihn über seine Rechte belehren, ihm mitteilen, wessen er beschuldigt wurde, und die Kaution festsetzen. Ich hatte keine Ahnung, ob Henry Gutierrez, der diensthabende Nachtrichter, David als meinen Sohn erkennen würde. Es war Jahre her, seit er ihn zuletzt gesehen hatte.
In der Aufnahme blätterte ein Hilfssheriff Papiere durch, die ich als die von David erkannte. Ich mußte ihn ansprechen, damit er hochsah. »Was ist der Inhaftierungsgrund?«
»Schwere sexuelle Nötigung«, erwiderte er.
Ich starrte in sein ausdrucksloses, leicht abweisendes Gesicht. »Sexuell? Schwere *sexuelle* Nötigung?«
»Genau.«
Jetzt wußte ich, daß es abwegig war. Idiotischerweise hoffte ich plötzlich, das alles würde sich heute nacht noch klären lassen, weil die Anklage absurd war. »Weshalb schwer?« fragte ich.
Der Hilfssheriff beugte sich zu mir und sprach mit feindseligem Sarkasmus. »Sie ist im Krankenhaus, wenn Sie's genau wissen wollen.«

»Sie kommen alle ins Krankenhaus, Deputy. Sie selber bringen sie dorthin. Von einer Waffe steht nichts da?«
Aber die Verbindung zwischen uns war gekappt. Er drehte mir den Rücken zu und nahm die Papiere an sich. Genauso würde es sein: Manche würden mir helfen, weil ich jemand war, andere würden sich auf die Hinterbeine stellen, als versuchte ich, sie einzuschüchtern. Ich hoffte, es würden mehr Helfer als Behinderer sein.
Zwei Kriminalbeamte standen am Aufnahmeschalter herum. Ich kannte sie vom Sehen, hatte sie aber nicht angesprochen. Als der Hilfssheriff unser Gespräch beendete, kam einer der beiden auf mich zu. Wir schüttelten uns die Hände.
»Ich war nicht sicher, ob er zu Ihnen gehört, Mr. Blackwell. Ich dachte nicht, daß Sie alt genug wären, um einen so großen Sohn zu haben.«
Für mich ist das auch immer eine Überraschung. An manchen Tagen fühle ich mich selbst kaum erwachsen.
»Ich weiß es zu schätzen, daß Sie gleich angerufen haben, Detective.« – Nennen Sie einen Detective nie ›Officer‹; es wäre eine Herabsetzung. – »Daß ich hier bin, macht den Schock für ihn ein bißchen kleiner.«
Das war längst nicht der ganze Gefallen, wie wir beide wußten. Es gibt viele Arten, wie die Bullen einen drangsalieren können, wenn man das Pech hat, nachts verhaftet zu werden. Die Untersuchung kann sich stundenlang hinziehen. Man schleift den Verdächtigen vom Tatort zum Amtsarzt und aufs Revier, wobei ihm den ganzen Weg über kleine und große Winke gegeben werden, er könne sich da raushelfen, indem er zugibt, was er getan hat. In den schlaflosen frühen Morgenstunden, ohne erkennbaren Fortgang in Richtung tatsächliche Einlieferung oder Freilassung, macht der Verdächtige dann oft genau das. Bis vor ein paar Jahren hatte der Nachtrichter um drei Uhr morgens Dienstschluß. Wenn man danach eingeliefert wurde, war bis neun keiner da, um die Kaution festzusetzen, und man brachte die Nacht im Knast zu, auch wenn man Geld genug hatte, jeden in dem Laden auszulösen. Eine überraschend hohe Zahl von Festgenommenen, insbesondere die

großmäuligen, widerspenstigen, traf just erst nach dieser Drei-Uhr-Frist im Gefängnis ein.
Inzwischen tun die Richter vierundzwanzig Stunden am Tag Dienst, aber ich stelle mir vor, daß altgediente Bullen sich Wege ausgedacht haben, auch das zu umgehen.
David war keiner solchen Verzögerung ausgesetzt worden. Sie hatten ihn in Rekordzeit ins Gefängnis und durch das Einlieferungsverfahren geschleust, und der Anruf hatte es mir ermöglicht, da zu sein und ihn zu sehen. Ging alles auf mein Konto, auf der Habenseite. Und im Soll ein weiterer Gefallen.
»Na dann, die Pflicht ruft«, sagte der Detective. Er wandte sich zum Gehen. Ich machte keine Anstalten, ihm nochmals die Hand zu geben. Fast gleichzeitig begriffen wir beide, daß wir von nun an Gegner waren. »Werden Sie mich deswegen im Zeugenstand auseinandernehmen?« fragte er mit gespielter Fröhlichkeit.
»Ich nicht. Aber jemand anders vielleicht.«
Er lächelte unschuldig. »Ich weiß gar nichts darüber. Ich hab nur nachher die Scherben eingesammelt.«
»Danke nochmals«, sagte ich. Er ging wieder zu seinem Partner, der zu mir herübersah. Ich nickte auch ihm zu. Ihre Namen würde ich dem Einsatzbericht entnehmen können, wenn ich mir die Akte ansah. Während sie durch die Tür zurück in die Welt draußen traten, fiel mir auf, daß der Detective und ich kein Wort über das Verbrechen verloren hatten, dessen David beschuldigt wurde. Er hatte das Delikt nicht einmal beim Namen genannt. Aus Höflichkeit, vermutete ich; wer lange genug bei der Polizei war, um es zum Detective zu bringen, dem war längst nichts mehr peinlich. Aber ich hätte gerne ein paar Details gewußt. Den Namen der Frau und ob sie verletzt war. Kurz kam mir der Gedanke, daß David unter Umständen noch vor ihr wieder daheim sein würde.
Wer war sie? Ich wünschte, ich hätte wenigstens ein Foto von ihr sehen können; in meiner Vorstellung war sie zornig, eine Anschuldigung herausschreiend. Ich hoffte, sie würde offenkundig nach einer Frau aussehen, die sich eine Abfuhr eingehandelt und dann eine falsche Anzeige gemacht hatte. Daß David so etwas

getan haben konnte, war unmöglich. So verstört, wie er bei der ersten Begegnung mit mir erschienen war, wirkte er mehr wie das Opfer als wie der Täter. Mein Sohn konnte niemanden vergewaltigt haben. Sie festhalten und bedrohen, ihr ein Messer an die Kehle setzen – nein! Das Bild nahm einfach keine Gestalt an. Wie aber hatte er nur einer solchen Anschuldigung zum Opfer fallen können? Warum war er nachts draußen auf der Straße, wo irgendwer ihm so etwas anhängen konnte? Er hätte wohlbehalten zu Hause sein sollen.

Ein Geräusch hinter mir riß mich aus meinen Gedanken. David kam auf mich zu; er war wieder ein wenig in seinen Anzug hineingewachsen. Das Geräusch, das ich gehörte hatte, war das Kautionsformular, das in seiner Hand raschelte. Derselbe Hilfssheriff, der ihn hineingeführt hatte, folgte ihm immer noch, aber dann blieb er zurück und wandte sich ab.

Der Nachtrichter hatte die Kaution auf 10 000 Dollar festgesetzt. »Ich hab ihm gesagt, daß du hier draußen bist«, erklärte David. »Er meinte, ich soll dich von ihm grüßen.«

David klang, als hätte Henry Gutierrez ihm einen Gefallen getan, aber 10 000 Dollar waren in San Antonio eine durchschnittliche Kaution bei einem Verbrechen. Der Nachtrichter hatte nur eine Minute Zeit gehabt, eine Entscheidung zu fällen, und er hatte getan, was ich auch getan hätte: David behandelt wie jeden anderen auch.

Ich hatte meine Formulare schon fertig, bereits vom Kautionsbürgen unterschrieben. Es war eine leichte Entscheidung gewesen, diesen Weg zu gehen und nicht zu einem Verteidiger oder dem Richter. Ein Kautionsbürge stellt Kautionen, weil das sein Geschäft ist. Es würde nicht so aussehen, als sei irgendwer mir besonders entgegengekommen, weil ich jemand war.

Ich hatte mich bereits entschieden, die unwesentlichen Verfahrensschritte vollkommen korrekt durchzuspielen, in der Hoffnung, daß es dann leichter sein würde, damit durchzukommen, womit auch immer ich durchkommen mußte, um David entlastet zu sehen.

Nachdem der Papierkram erledigt war, schien David so frei zu sein wie ich selbst und gab sich dieser Illusion mit ganzem Herzen hin. Er begann tiefer zu atmen, sobald wir in die Nachtluft hinaustraten. Ich kannte diese Reaktion. In ein paar Minuten würde er wahrscheinlich sehr schläfrig werden, und wenn er in die Kissen sank, würde alles wie ein böser Traum scheinen.

»Danke, Dad.« Er drückte ganz kurz meinen Arm. Er war nicht mehr so verunsichert, daß er eine Umarmung gebraucht hätte.

Wir stiegen ins Auto, und ich fuhr aus dem Parkplatz hinaus. David stellte die Heizung an. Eine Minute lang war ihr Summen das einzige Geräusch. Ich hatte gehofft, er werde auf seine Weise davon anfangen, aber er wollte nicht. Also übernahm ich die Initiative.

»Was ist passiert, David?«

Einen Moment lang war ich in einer früheren Zeit. David war in Schwierigkeiten, und ich mußte ihn retten und zugleich entscheiden, was mit ihm zu geschehen hatte. Er hatte das Auto demoliert oder war zu lange ausgeblieben. – Aber nichts dergleichen war je passiert. Dies war das erste Mal in seinem Leben, daß ich ihn retten mußte.

»Ich versteh's nicht«, sagte er. Er starrte geradeaus durch die Windschutzscheibe, als sähe er etwas weit vorne auf der Straße, könnte es aber nicht ganz erkennen.

Ich nickte. »Erzähl's mir.«

Er fing an zu reden, als wäre er jahrelang eingesperrt gewesen und dies seine erste Gelegenheit, die Geschichte loszuwerden. Ich hörte eine Weile zu, dann fuhr ich den Wagen an den Straßenrand und blieb stehen. Er sah mich an, überrascht.

»David, paß auf! Ich vertrete dich jetzt. Was du mir erzählst, kann gar nicht ausführlich genug sein. Sag mir jetzt alles, solange es noch frisch ist. Alles! Und hab keine Angst, es kann dir nicht schaden.«

»Es ist die Wahrheit«, sagte er. »Ich saß an meinem Schreibtisch. Es war sieben oder so, ich weiß nicht, alle anderen waren schon gegangen. Morgen will ich dem obersten Chef der Firma vorschlagen, unsere Personalfortbildung außer Haus zu vergeben, anstatt weiter eine ständige Ausbildungsabteilung zu halten. Damit hetze ich mir klarerweise die Trainer auf den Hals, drum wollte ich sichergehen, daß meine Zahlen stimmen, bevor ich den schriftlichen Vorschlag mache. Ich bin's schon ein dutzendmal durchgegangen.«

Das klang einleuchtend. David war dreiundzwanzig, aber er hatte nie jung gewirkt. Er war der ernsthafteste junge Mann, den ich kannte.

»Ich bemerkte sie nicht einmal, bis sie direkt vor meinem Schreibtisch stand. Eine Sekunde lang war ich erschrocken, bis ich sah, wer sie war. Eine von den Putzfrauen. Ich sagte: ›Hi, Mandy.‹«

»Du kennst sie?«

»Na ja, ihren Namen, nur so vom Hallosagen. Mandy Jackson. Eine Schwarze. Aber sie antwortete nicht. Sie hatte ihr Wägelchen dabei, du weißt, das mit dem Leinensack und dem Staubwedel und allem. Ich dachte, sie wollte vielleicht den Papierkorb. Also fing ich an, unter dem Tisch danach zu tasten.«

»Du warst in deinem Büro?«

»Nein, in dem Büro davor. Ich benutzte die Textverarbeitung der Sekretärin. Aber bei uns oben in der zwölften Etage. Auf dem ganzen Stock war niemand sonst, glaube ich.«

»Also sagte sie –«

»Nichts. Sie stand einfach vor dem Schreibtisch und starrte mich an.«

»Eine junge Frau?« Ich war wieder weitergefahren. Die Nacht verwandelte die Autofenster in dunkle Mattscheiben. Ich versuchte, die ganze Szene darauf spielen zu lassen.

»Nein«, antwortete David. »Fünfunddreißig vielleicht. Dünn, und irgendwie – weiß nicht.« *Hübsch* hatte er vermutlich sagen wollen, sich aber noch zurückgehalten. »Ich glaube, ich fragte noch: Ja? oder: Kann ich Ihnen helfen? oder so was, und sie faßte nach oben – sie trug diese Art Uniform, weiße Bluse und schwarzer Rock –, sie faßte mit beiden Händen nach oben, nahm die Bluse und riß sie einfach auf. Die Knöpfe flogen in alle Richtungen! Und dann strich sie sich mit der Hand über die Schulter. Vorn, weißt du, wie man sich selbst streichelt, aber dann, ohne einen Laut, setzte sie die Nägel ein und riß sich einfach die Haut auf. Da waren diese vier blutigen Schrammen auf ihrem Arm und ihrer Schulter, und es sah nicht einmal echt aus, weil sie gar nicht–«

»Hast du dich überhaupt nicht gerührt?«

»Dann schon. Ich glaube, ich stand auf. Und als ich das tat, fing sie an zu schreien.«

»Was zu schreien?«

Er antwortete einen Augenblick lang nicht. »Vergewaltigung«, sagte er schließlich. »Sie fing an zu schreien: ›Hilfe. Vergewaltigung.‹ Aber so, als wüßte sie, daß keiner in der Nähe war, denn sie hob nicht einmal sehr die Stimme.«

»Sie hatte noch immer nichts zu dir gesagt?«

»Nein.« David sah unbewegt vor sich hin. Er hatte mich die ganze Zeit über nicht angesehen. Die Szene spielte sich vor ihm ab. »Aber sie starrte mich einfach an – stier. So als wäre ich der hassenswerteste Mensch auf der Welt. Als könnte sie mich umbringen! Ich sprang auf und versuchte sie zu fassen zu kriegen, damit sie aufhörte. Als sie vor mir zurückzuckte, kratzte ich sie auch ein bißchen, gar nichts verglichen mit dem, was sie selber zuvor getan hatte, aber als es passierte, schrie sie tatsächlich auf, als würde sie den Schmerz endlich wirklich spüren. Sie wich vor mir zurück...«

»Ja, was?«

Seine Stimme wurde sehr leise. »Jetzt kommt der ganz und gar unglaubwürdige Teil.«

»Ich denke nicht, daß du mich je angelogen hast, seit du sechs warst, David. Erzähl's mir einfach. Ich glaube dir.« Obwohl die Geschichte sich mit nichts vergleichen ließ, was ich je gehört hatte, selbst von den pathologischsten Lügnern.

»Sie fing an, sich die Kleider herunterzureißen«, sagte er leise. »Paßte nicht auf dabei, fetzte sie einfach runter, als wollte sie, daß sie zerreißen. Sie riß sich den BH an einer Seite herunter, so daß er nur mehr an ihrem anderen Arm hing. Dann zerkratzte sie sich erneut, quer über die – ihre Brust. Und sie schrie wieder, wirklich. Ich tat... ich weiß nicht, ich rief ihren Namen, versuchte irgendwas aus ihr herauszukriegen. Aber sie war irre. Sie drehte sich um und lief in eines der hinteren Büros, das von Mr. Tippett, wo es eine Couch gibt.«

»Und du gingst ihr nach.«

»Ich weiß, das war dumm, ich hätte auf der Stelle verschwinden müssen! Aber was hätte das in dem Moment noch genützt? Und so, wie sie sich aufführte, dachte ich, sie würde sich noch aus dem Fenster stürzen. Also ging ich – ich meine, ich kam ihr nicht sehr nahe, ich ging nur bis an die Tür. Sie machte mir Angst, weißt du? Wenn sie eine Waffe gehabt hätte...«

»Was tat sie dann?«

David sah mich seltsam an. *Ich verstehe,* dachte ich. Jetzt bin *ich* es, der auf die Probe gestellt wird. Ich versuchte, meinen Gesichtsausdruck entsprechend einzurichten, aber den für vorbehaltlosen Glauben kannte ich nicht. Lasse ich den Mund ein wenig offenstehen? Reiße ich die Augen auf? David hörte während der restlichen Geschichte nicht auf, mich zu beobachten.

»Sie zog den Reißverschluß an ihrem Rock auf und schleuderte ihn mit dem Fuß weg. Dann begann sie an ihrem Höschen zu zerren. Plötzlich hörte sie auf, schaute mich an und sagte: ›Willst du mir helfen, Kleiner? Oder bleibst du einfach stehen und schaust zu?‹ Und dann ging sie auf mich los. Ich versuchte auszuweichen, aber sie kam so schnell, daß ich beinahe über meine eigenen Füße stolperte. Sie fuhr mir mit den Nägeln ins Gesicht. Schau.« Ja, er hatte Kratzer. »Ein Finger traf beinahe mein Auge. Ich dachte, sie wollte mir die Augen auskratzen, und holte gegen sie aus, einfach um sie abzuwehren und ich traf sie irgendwo, an der Wange, glaube ich.«

»Du hast sie weggestoßen?«

»Vielleicht ließ sie auch einfach ab. Als ich den Arm wieder von den Augen nahm, hatte sie sich ihr Höschen fast ganz heruntergerissen und lag auf der Couch, wand sich und zuckte auf und nieder. Ich weiß. Ich weiß, wie das klingt. Es ist die un–«

»Hör auf mit Beteuerungen. Was immer du sagst, ich glaube dir. Weil es so idiotisch ist, aus keinem anderen Grund. Vielleicht hat jemand sie bezahlt.«

»Sie bezahlt? Weshalb?«

»Ich weiß nicht. Damit werden wir uns später befassen. Jetzt erzähl mir einfach den Rest.«

»Na gut.« David klang sehr müde. Und verwirrt, als hätte meine Versicherung, daß ich ihm Glauben schenkte, ihm erst klar gemacht, wie unglaubwürdig die ganze Geschichte war. »Sie schrie immer noch um Hilfe, und ich entschloß mich endlich, schleunigst dort rauszukommen. Und dann kam der Wachmann – weiß Gott, wo der fette Kerl die ganze Zeit gesteckt hatte. Bis dahin war ich schon wieder im vorderen Büro. Ich sagte: ›Joe. Gott sei Dank.‹ Erst fragte er mich, was los sei, aber dann sah er an mir vorbei. Ich drehte mich um und sah auch hin. Man konnte Mandy durch die offene Tür sehen. Sie lag zusammengesackt auf dem Boden, ihre Kleider lauter Fetzen, und sie weinte und sagte: ›Er hat mich vergewaltigt. Helfen Sie mir.‹ Irgend so was. Sie war – sie gab das erbarmungswürdigste Bild ab, das du je gesehen hast.
Und das nächste, was ich weiß, ist, daß Joe Garcia seine Waffe zog, zitternd, als würde ich sie ihm abnehmen wollen, und dann ließ er mich am anderen Ende des Raumes hinsetzen, während er die Polizei anrief, und kein Wort mehr sagen, bis sie da waren. Nicht, daß das irgend etwas ausmachte. Hätte ich es ihm erzählt, hätte er wohl nur gedacht, ich sei obendrein übergeschnappt. Ich meine, hast du je etwas Verrückteres gehört?«

Wahrscheinlich schon, aber ich hätte tief in meinem Gedächtnis kramen müssen. »Hat sie irgendwas gegen dich?« fragte ich. »Hast du irgendwas getan, daß sie wütend auf dich war?«

»Ich hab kaum je mit ihr gesprochen.«

»Hat sie irgendwelche Schwierigkeiten bei der Arbeit, etwas, wofür sie dich verantwortlich machen könnte?«

»Ich bin über die Putzfrauen nicht auf dem laufenden, Dad. Wenn sie Schwierigkeiten gehabt hätte, ich hätte nichts davon erfahren. Ich hab mich sicher nie über sie beschwert. Außerdem, findest du nicht, *das* wäre als Reaktion ein bißchen extrem?«

»Ich versuche nur, es zu verstehen.«

Ein kleines Schweigen fraß ein Stück der dunklen Straße in sich hinein. »Tut mir leid«, sagte David schließlich. »Ich weiß, es ist unglaubwürdig.«

»Nein, ich glaube dir.« Aber ich hörte auch, wie die Geschichte klang, wie sie für einen Richter oder für Geschworene klingen würde. »Wir müssen alles über sie rauskriegen«, sagte ich. »Vielleicht ist sie verrückt. Vielleicht hat sie so was schon mal gemacht.« Hoffentlich, bei Gott!

David nickte. Er begann sehr schläfrig dreinzuschauen, wie ich es erwartet hatte. Die Welt wurde zum Traum. Die Nacht, das Gefängnis, eine verrückte Frau, die sanften Wärmewellen aus der Wagenheizung, alles lullte ihn in den Glauben, die ganze Geschichte sei gar nicht passiert, weil sie zu seltsam war, als daß sie hätte passieren können.

Als ich in seiner Einfahrt hielt, wurde er wieder wach. Er blinzelte auf das Haus. Schließlich klopfte er auf seine Hosentasche und fand mit dem Schlüsselbund auch wieder Zuversicht. »Dad«, begann er, ohne mich anzusehen. Ich nickte ermutigend. »Ich hatte schreckliche Angst, bis ich dich dort sah. Aber dann schien alles in Ordnung. Ich kann dir gar nicht genug danken.«

Vermutlich stimmte das wortwörtlich. Seine Sprache wurde förmlich und hielt mich auf Distanz. Ich zog ihn nochmals an mich, bevor er aussteigen konnte. »Es kommt alles in Ordnung«, sagte ich und redete in sein Haar wie früher, als er ein kleiner Junge war.

»Ich weiß. Ich mach mir keine Sorgen.« *Er* machte *mir* Mut. »Sie können mich nicht für etwas verurteilen, das ich nicht getan habe. Außerdem bist du der Bezirksstaatsanwalt.«

Wie hätte ich es ihm sagen können? Mir war bereits klargeworden, daß ihm das wahrscheinlich mehr schaden als nützen würde.

2

Als ich in meiner eigenen Einfahrt aus dem Auto stieg, gab mir die Nacht das Gefühl, daß es sehr spät war, so als wären nicht mehr viele Leute übrig, um an der frischen Luft teilzuhaben. Ehe ich noch einen weiteren Schritt machen konnte, stand Lois im Eingang.

»Alles in Ordnung. Er ist zu Hause.« Ich stapfte an ihr vorbei. Kein Begrüßungskuß, keine Willkommensgeste. Nicht, daß ich sie verdient hätte. »Erzähl«, sagte sie nur.

Ich zögerte einen Moment, weil ich wußte, wie anders die Stimmung sein würde, nachdem ich gesprochen hatte.

»Laß mich erst bei Dinah reinschauen.«

Ich ließ meine Jacke auf den Boden fallen. Im dämmrigen Wohnzimmer und im Flur gewöhnten sich meine Augen wieder an das Dunkel, so daß ich, als ich ihre Zimmertür öffnete, Dinah deutlich sehen konnte, die flach auf dem Rücken schlief, genauso wie Lois sie ins Bett gebracht hatte, die Arme neben sich ausgestreckt, vollständig sicher.

Eine Hand berührte meine Schulter. »David«, sagte Lois.

Ich folgte ihr in die Küche. »Er ist nicht verletzt«, erklärte ich schnell. »Er ist auf Kaution draußen. Eine Zeitlang wird jetzt gar nichts passieren.«

»Also *wurde* er festgenommen. Es war kein Irrtum? Weswegen in aller Welt?«

»Lois, hör zu, es ist verrückt. Laß mich –«

»Weswegen, Mark?«

»Vergewaltigung.«

Ich erwartete nicht, daß sie in Ohnmacht fiel wie eine viktorianische Dame, aber die Art, wie sie reagierte, überraschte mich doch. Sie lachte.

»Na, ich denke, dann hast du ihn wohl rausgekriegt. Was hatten sie, einen alten Fall, oder bekam irgendwer ein Foto von ihm zu sehen und dachte, er sei der Gesuchte?«

»So ist es nicht.« Ich erzählte Davids Geschichte, nicht Schritt für Schritt, wie er es mir erzählt hatte, nur die Grundzüge: eine Frau aus seinem Büro hatte eine Vergewaltigung vorgetäuscht. Ohne Details klang es gar nicht so schlimm. Während ich redete, hatte Lois angefangen, Kaffee zu machen. Ihre Bewegungen waren automatisch; es hätte auch Morgen sein können. Das Amüsement war so schnell und so vollständig von ihr abgefallen, daß es nicht echt gewesen sein konnte. Als ich fertig war, standen wir da; die einzigen Geräusche waren das Gurgeln und abschließende Zischen der Kaffeemaschine. Lois sagte lange nichts. Als sie es dann tat, lag Dringlichkeit in ihrem Ton.

»Das einzige, wofür du sorgen mußt, ist, daß der Fall, wenn er niedergeschlagen wird, genauso viel Publicity erhält, wie sie die Verhaftung bekommen wird. Verstehst du? Wenn du herausgefunden hast, warum diese Frau, wer immer sie auch ist, das über ihn gesagt hat und der Fall vorbei ist, muß die ganze Erklärung ans Licht! Jeder, der morgen die Berichte in den Zeitungen liest, muß auch die am Schluß zu sehen kriegen.«

Sie überraschte mich schon wieder. Ich dachte, sie hätte wenigstens die *eine* grundsätzliche Tatsache begriffen, das eine, was zu geschehen hatte. Ich unterbrach sie, um ihr diese harte Wahrheit zu sagen. »Aber Linda, mein Büro kann den Fall nicht übernehmen. Nicht einmal untersuchen, geschweige denn damit vor die Geschworenen gehen.«

»Dein Büro?«

»Das Büro des Bezirksstaatsanwalts. Das verstehst du sicherlich. Niemand, der für mich arbeitet, darf damit in Berührung kommen. Was ich mir noch einfallen lassen muß, ist–«

»Was meinst du?« Vielleicht existierte der drohende Unterton in ihrer Stimme nur in meinem Kopf, aber sie klang mehr als perplex. Entgeistert war das mindeste.

»Lois. Um nichts in der Welt kann die Bezirksstaatsanwaltschaft den Fall übernehmen, solange ich ihr vorstehe. Ich werde mich für befangen erklären müssen.«

Sie kam auf mich zu, eine Hand ausgestreckt und vorwärtstastend, in der anderen hielt sie die Kaffeetasse. Ich dachte, sie werde sie mir ins Gesicht schleudern. Die tastende Hand fand mein Hemd, zerknüllte eine Handvoll Stoff und hängte sich daran mit einem Griff wie zum Töten. »Du kannst dich nicht davor drücken. Du willst es dir nur ersparen, die – die *was*, die –«

»Verdammt noch mal, Lois, bist du übergeschnappt? Glaubst du, ich rede davon, daß ich eine Wahl habe? Ich rede davon, daß es keine Möglichkeit gibt, daß ich an der Sache dranbleibe. Komm hier rein.« Ich löste ihre Hand von meinem Hemd und zog sie ins Zimmer, setzte sie neben mich.

»Sieh mal, stell dir vor, ich würde es auf deine Weise tun, den Fall annehmen, eine Untersuchung durchführen, verkünden, warum sie gelogen hat, den Fall einem Geschworenengericht vorlegen und für David eine Einstellung erreichen. Stell dir das vor. Laß dabei mal außer acht, daß niemand es fressen, niemand wirklich glauben würde, daß er unschuldig ist, was noch vor einer Minute deine größte Sorge war. Denk mal an alle die anderen, die noch beteiligt sind – die Reporter, die Richter, die Leute aus der Bezirksverwaltung, die Frau selbst – an jeden, der ein Motiv hätte, Vertuschung zu schreien, und versuchen würde, Kapital daraus zu schlagen. Denk an sie. Selbst wenn ich den Fall jetzt abwürge, irgendeiner von ihnen würde ihn wieder aufgreifen. Mit einer einmaligen Einstellung ist ein Fall nicht abgeschlossen. Eine andere Jury könnte ihn wieder aufnehmen, dann noch eine und noch eine. Vielleicht könnte ich ihn sogar blockieren, solange ich Bezirksstaatsanwalt bin, aber das wären nur vier Jahre, und die Verjährungsfrist bei Vergewaltigung beträgt zehn. David könnte zehn Jahre lang nicht frei atmen!«

Die Wut war aus Lois' Gesicht gewichen. Statt dessen fing sie an, ängstlich auszusehen.

»Und sieh mal. Wenn eine andere Jury den Fall wieder aufnimmt, werden sie den Richter, der sie ausgewählt hat, bitten, einen Sonderstaatsanwalt zu ernennen. Das übliche Verfahren dabei ist, daß man die Vereinigung der Bezirksstaatsanwälte im Staat Texas ersucht, jemanden zu benennen. Und die werden einen von außerhalb der Stadt nehmen, irgendeinen Ankläger oder Strafverteidiger aus einem anderen Bezirk. Und das genau kann ich nicht brauchen, daß jemand den Fall vors Gericht bringt, der hier keine Pfründe hat, nichts, womit ich ihn beeinflussen kann. Ich muß sicherstellen, daß der Sonderstaatsanwalt jemand aus San Antonio ist.«

»Aber du kannst niemanden auswählen. Das würde genauso schlecht aussehen, wie wenn du selber es übernähmest.«

Ich war froh, sie das sagen zu hören. Sie fing an zu verstehen. Die Angst in ihren Augen begann jetzt einem anderen Ausdruck Platz zu machen: Berechnung. Ich war erleichtert, aber ich wußte, beim nächsten Zug würde sie mir niemals folgen können.

»Das ist richtig. Aber ich kann *den* bestimmen, der die Sonderstaatsanwälte bestimmt. Und ich kann es ganz korrekt aussehen lassen.«

»Wie? Wen?«

Ich sagte es ihr. Wieder bekam ich beinahe den Kaffee ins Gesicht. Lois packte mich am Arm. »Bist du verrückt? Er würde keine Gemeinheit auslassen, um dir zu schaden. Und das heißt, David zu schaden. Niemals würde er uns helfen.«

»Ich rechne gar nicht damit, daß er uns hilft, nicht mit Absicht jedenfalls. Aber seine größte Gemeinheit wird nicht gemein genug sein! Das ist das Schöne daran. Keiner wird je an Vertuschung denken, wenn ich ihn auswähle.«

»Das nicht, aber sag mir, warum er uns nicht schaden kann«, sagte Lois. Ich erklärte ihr meine Theorie. Ich hörte mir selber zu und suchte nach Lücken darin.

Unerklärlicherweise begann Lois jünger auszusehen, je tiefer die Nacht und ihre Sorgen wurden. Ich erinnerte mich an lang zurückliegende plötzliche Kinderkrankheiten, als wir beide mitten in der Nacht auf waren – fahrig, in heller Aufregung, einander Fragen stellend, auf die keiner von uns eine Antwort wußte. Nicht wie jetzt, in stiller Verzweiflung. Aber da war dasselbe Gefühl, daß wir einander durch eine Krise hindurch Mut machten. Nach einer Weile hielt sie meine Hand anstatt meinen Arm. Ihr Griff wurde allmählich weniger fest.

»Wann hast du dir all diese Pläne ausgedacht?« fragte sie. »Auf der Heimfahrt, oder denkst du darüber schon seit Jahren nach? Wie konntest du so schnell auf all das kommen?«

»Einfach nur denken wie ein Anwalt. Ich kann gar nicht mehr anders.«

»Es ist schrecklich. Ich meine – David.« Ich nickte. »Wenn es nicht David wäre, könntest du es machen, wie ich gesagt habe«, fuhr sie fort. »Nicht wahr?«

Wieder nickte ich. »Wenn es irgend jemand wäre, nur kein Verwandter oder Mitarbeiter, gäbe es überhaupt keine Schwierigkeiten.«

Plötzlich schlug sie mir mit der Faust auf die Brust. Nicht so stark, daß es weh tat, aber auch nicht spielerisch. »Wenn du nicht Bezirksstaatsanwalt wärest –«

»Aber wenn ich es nicht wäre, könnte ich auch nicht helfen. Jetzt kann ich es doch.«

»Kannst du's? Wird es funktionieren?«

Ich stellte mir David in dieser Verwahrzelle im Gefängnis vor, die, in die wir beide hineingesehen hatten, als ich ankam. Die, in der er jetzt säße, wenn ich nicht gewesen wäre, wer ich war. Ich zuckte unwillkürlich zusammen, in meiner Vorstellung versuchte ich, ihn herauszuziehen, dann fiel mir ein, daß ich immer noch in einem Zimmer mit Lois war. Ich hatte ihr wieder Angst gemacht.

»Es wird«, sagte ich. »Glaub mir, Lois, es wird. Wenn ich eines kann, dann mit dem System umgehen.«

Ich räusperte mich. Ich war versucht, alles andere beiseite zu schieben, die Krise drängte alles zur Seite wie eine Gletscherzunge Geröll, aber ich hatte das Gefühl, ich würde mir damit etwas ersparen, und ersparen wollte ich mir nichts.

»Zwei meiner Ankläger haben heute nachmittag einen großen Prozeß gewonnen«, sagte ich. »Wir alle gingen nach der Arbeit feiern.«

»Ich weiß, du hast mir's schon erzählt.«

»Linda und ich gingen vor den anderen, und sie hatte ihr Auto beim Gericht stehenlassen, also nahm ich sie mit. Wenn du zwei Minuten später angerufen hättest, wäre ich schon auf dem Heimweg gewesen.«

Lois schwieg, bis sie begriff, was ich ihr erklären wollte, dann winkte sie ab, wischte Bagatellen beiseite. »Es macht nichts, Mark.«

Das war die traurige Wahrheit. Es machte wirklich nichts.

Ich studierte noch Jura, als David geboren wurde. Lois und ich hatten im Sommer nach dem College ganz konventionell geheiratet, und ich ging sofort wieder zurück auf die Uni. David war nicht gerade geplant, obwohl wir auch nichts taten, um ihn zu verhüten. Wir waren sehr jung und hatten mehr als die übliche Portion Flausen im Kopf. Wir dachten, wir sollten der Natur ihren Lauf lassen, aber wir rechneten nicht damit, daß die Natur so schnell sein würde: David kam elf Monate nach unserer Hochzeit auf die Welt.

Lois erhielt uns mit ihrer Arbeit als Sekretärin. Sie hatte, ihrem akademischen Grad entsprechend, einen hochtrabenderen Titel, aber wenn man einen Test in Maschineschreiben machen muß, um den Job zu kriegen, ist man Sekretärin. Das waren tolle Zeiten, die sechziger Jahre: Von einem Sekretärinnengehalt konnte eine Familie leben. Freilich, ohne es konnten wir nicht leben. Ich bekam einen Bürojob in einer Anwaltspraxis, der es Lois gestattete, drei Monate lang bei David zu Hause zu bleiben, aber mit dem, was ich dort verdiente, konnten wir nicht auskommen. Wir redeten darüber, ob ich die Uni verlassen und mir eine Stelle suchen sollte, damit Lois länger beim Baby bleiben konnte. Ich hatte keinen anderen Ehrgeiz, als Anwalt zu werden, und stellte mir jede andere Arbeit als Sackgasse oder Verzögerung vor. Wir beschlossen, daß ich auf der Uni bleiben, sie aber im Eiltempo hinter mich bringen sollte, damit sich Lois nach meinem Examen mehr Zeit für David nehmen konnte. Das war schon wieder so eine Flause von uns: Daß ich, wenn ich mich beeilte, die Zeit rascher

durchlaufen könne als das Baby. Es sollte im Strom der Zeit Wasser treten, während ich wie wild ruderte, so daß die zwei Jahre vergingen, ohne die kostbare Babyzeit aufzuzehren.
Wir widmeten uns David in den Minuten, die wir erübrigen konnten. Bei mir war das die halbe Stunde zwischen dem Nachhausekommen vom Büro oder der Bibliothek und der Schlafenszeit für David. Ich trug ihn die ganze Zeit herum, außer wenn ich noch zu lernen hatte. Manchmal hielt ich ihn beim Lesen. Ich erinnere mich, daß ich einmal hochsah, als mich jemand an der Schulter berührte. Im Spiegel sah ich Lois, wie sie liebevoll auf uns herunterlächelte. Ich schaute hinunter und merkte, daß David eingeschlafen war, den Schnuller der Flasche, die ich hielt, immer noch im Mund. Ich drückte ihn an meine Brust, durchströmt von Familienseligkeit.
Hin und wieder gab es an Feiertagen ein Essen bei meinen Eltern oder ein Wochenende bei Lois' Eltern in Dallas. Ein oder zwei Jahre lang war David für beide Zweige der Familie das einzige Enkelkind und wurde bei diesen kurzen Gelegenheiten gnadenlos herumgereicht und abgeknuddelt. Diese Aufmerksamkeit irritierte ihn zuerst, aber bis zum Ende des Wochenendes genoß er sie.
Mir waren diese Gelegenheiten fürs Familienalbum genug. Einmal am Tag oder einmal pro Woche hatte ich, wenn ich ihn im Arm hielt, diese Gefühlsaufwallungen, in denen es schien, als wäre alles, was ich mir wünschte, hier umfangen. Tagsüber freilich dachte ich selten an ihn oder Lois. Wenn ich in der Bibliothek oder in einer Vorlesung saß, den Kopf voll von Mängelhaftung und Ausgleichszahlungen und Schadenersatz in dreifacher Höhe, hätte ich genausogut noch ledig sein können. Besonders in der Anwaltspraxis und bei meinen Ausflügen zu Gericht tat sich mir eine neue Welt auf.
Lois hörte auf zu arbeiten, als ich mit der Uni fertig war und in der Staatsanwaltschaft angestellt wurde. Mit meinen zwölftausend Dollar im Jahr kamen wir uns reich vor. Aber ich hatte mich natürlich damit geirrt, nun mehr freie Zeit zu haben. An manchen Tagen blieb ich lange im Büro, weil ich eine Verhandlung hatte

oder mich auf eine vorbereitete. An anderen Tagen ging ich nach der Arbeit mit den anderen Anklägern auf einen Drink. Das mußte man tun, wenn man weiterkommen wollte. Samstags spielte ich mit den Jungs aus dem Büro Basketball oder Softball. Wenn ich erst mal im Verbrechensdezernat bin, sagte ich. Wenn ich erst mal Erster Staatsanwalt bin...

Aus David war ein Kind geworden. Man konnte mit ihm Gespräche führen. Sobald er mit der Schule anfing, hatte er seine eigenen Interessen. Ich fand sie, ehrlich gesagt, fad. Ich hörte höflich zu, wenn er mir Football oder die Moral einer Geschichte, die er gelesen hatte, erklärte. Es kam mir nicht in den Sinn, daß er bei meinen Geschichten aus dem Gericht genauso eine Pflichtübung absolvierte. Ich glaubte, Jungs würden die Welt ihrer Väter automatisch faszinierend finden.

Lois fing wieder an zu arbeiten, diesmal ohne Test in Maschineschreiben. Am Anfang waren ihre Einkünfte sporadisch. Wir benutzten ihre Maklerprovisionen als Ersparnisse und für festliche Anlässe. Wenn wir außerhalb der Stadt verreisten, meist während des Schuljahres, blieb David solange bei der Oma. Das war auch für ihn ein Abenteuer.

Als ich meine eigene Kanzlei eröffnete, gab es noch häufiger lange Abende, aber ich konnte mir die Zeit besser einteilen. Ich ging schon um drei Uhr nachmittags nach Hause, wenn ich wollte, oder auch mal für ein verlängertes Wochenende. Ich kümmerte mich um meine Familie. David aber war bereits voll im Teenageralter. Er gehörte mehr Clubs und Teams an als ich. Der einzige Ort, wo ich ihn anscheinend zu sehen bekam, war am Auto, und immer hatte er gerade die Hand am Türgriff. Zu meiner Überraschung und leichten Verärgerung hatte er für sich eine eigene Welt gefunden, anstatt darauf zu warten, daß ich ihn in die meine einführte.

Dinah war genau geplant, und als sie zur Welt kam, war es nicht so, als würden wir unsere Familie erweitern; es war, als würden wir nochmals von vorn anfangen. Die Ergebnisse waren diesmal ingesamt zufriedenstellender. Dinah bekam von uns mehr von allem. Und sie war ganz Ohr bei meinen Geschichten, als sie alt genug dafür war. Die Bahn des Kometen David um die Familie wurde hingegen zunehmend länger und elliptischer. Seine Kindheit nahm dasselbe unglückliche Ende wie bei jedermann: Er wurde erwachsen. Gerade als ich für ihn bereit war, ging er weg aufs College. Das war es dann. Keine Gelegenheit mehr, den Mangel an Zuwendung bei seiner Erziehung wiedergutzumachen. Er machte die Schule zu Ende und bekam einen Job. Als ich wegen eines Jurastudiums anfragte, war seine Verachtung sichtbar, obwohl er sie zu verbergen suchte. Er war ein guter Junge; er wollte mir nicht sagen, was er von meinem Beruf hielt.

Wie die meisten Anwälte, die ich kenne, habe auch ich das Anwaltsein satt. Aber ich liebe das Gericht. Am folgenden Morgen war es zum erstenmal seit Monaten, daß ich über den Anblick des klapprigen alten Gebäudes nicht lächeln mußte. Es ist ein gedrungener Quader aus Backsteinen mit einem grünen Dach aus Ziegeln im spanischen Stil, die einander überlappen, so daß sie aussehen wie Fischschuppen. Das Dach erhebt sich zu einem Gewirr von Spitzen und Türmchen, als hätte der Architekt sich in letzter Minute entschlossen, eine Kathedrale oder ein Schloß zu bauen und nicht ein Gerichtsgebäude. Als ich ihm erstmals gegenüberstand, kam es mir lächerlich vor. Jetzt denke ich, es sieht liebenswert lächerlich aus. Es ist ein Relikt, eine Huldigung an ein anderes Jahrhundert. Der Bezirk baut nebenan ein funkelnagelneues ›Justizzentrum‹, aber ich weiß, ich werde es nie genauso mögen.
Ich habe, in verschiedener Eigenschaft, etwas mehr als zwanzig Jahre an diesem Gericht zugebracht. Das Gebäude beherbergt die Kreis- und Bezirksverwaltung – Grundbuchauszüge, Heiratsbewilligungen, Geburtsurkunden, Strafregister; die neun Kreisgerichte, wo Vergehen geahndet und kleinere Fälle erledigt werden; die neun Bezirksgerichte, die Verbrechen, Scheidungen und Fälle mit mehr als fünftausend Dollar Streitwert verhandeln; und das Berufungsgericht, wo wir alle erfahren, wieviel Mist wir in der ersten Instanz gebaut haben. Für jeden praktizierenden Anwalt ist das Gericht unumgänglich. Für Strafverteidiger gehört es zum täglichen Leben.

Das ›Gericht‹ bedeutet mehr als nur das Gebäude. Es ist eine Welt für sich, eine Welt, in der jeder jeden kennt oder das wenigstens glaubt. Es ist, als wäre man sein Lebtag lang auf der High School. Immer passiert irgendwas, immer gibt es einen neuen Skandal. Das Gericht ist eine Gerüchtezentrale. Der Klatsch gelangt schneller von den Kreisgerichten im Erdgeschoß zum Berufungsgericht im fünften Stock als die Fahrstühle.

Anders als auf der High School freilich gibt es hier eine ständige Zufuhr von frischem Blut. Sobald man reinkommt, sieht man sie, die noch nie zuvor bei Gericht waren und auch jetzt nicht gerne hier sind. Sie sitzen auf Bänken und harren ängstlich oder kläglich ihrer Anwälte, sie stellen sich für Kopien von Geburtsurkunden an, sie suchen den Informationsschalter, um zu fragen, wohin sie müssen, wenn sie als Geschworene geladen sind. Mit jedem Stock werden es mehr. Aus irgendeinem Grund muß ich auch über sie lächeln: Sie liefern uns den Treibstoff, sie halten unsere Streitsachen in Gang.

Es gibt einen Seiteneingang in das Gerichtsgebäude, der direkt zu einem Fahrstuhl führt, mit dem man geradewegs zur Hintertür der Staatsanwaltschaft kommt. Ich benutze ihn selten. Ich gehe gern durch den Haupteingang und die Treppen hoch, grüße die bekannten Gesichter und mustere verstohlen die unbekannten. Diesen Weg ging ich auch am Morgen nach Davids Festnahme, kurz nach acht, aber dieser Morgen sollte natürlich von Anfang an anders sein.

Ein kleiner Knäuel von Reportern wartete auf mich. Vielleicht zehn, wenn man Fotografen und Kameraleute mitzählte. Ich kannte sie alle. Einen Moment lang konnte ich einzelne Gesichter erkennen und machte mir die Illusion, ich könnte mit ihnen reden. Da war nicht einer darunter, der mich nicht schon ein dutzendmal in aller Form interviewt und ein weiteres dutzendmal Gerüchte mit mir beredet hatte. Dann aber verschmolzen sie zu einem Mob, in dem keiner wiederzuerkennen war. Sie drängelten um die besten Positionen, streckten mir Mikrophone entgegen und redeten einander bei ihren Fragen dazwischen.

Ich gab nur die eine Erklärung ab: »Morgen um zehn Uhr wird in

meinem Büro eine Pressekonferenz stattfinden. Jeder, der mich jetzt hier löchert, ist nicht erwünscht.«
Daraufhin ließen sie von mir ab. Wir kennen einander, ich und diese Herrschaften, aber sie kennen mich noch nicht als Bezirksstaatsanwalt. Es ist erst ein paar Monate her, und wir alle haben Leute von einem Amt ins andere wechseln sehen. Aus Anwälten, die auf der Herrentoilette Geheimnisse durchsickern lassen, werden Richter, die Nachrichtensperren verhängen wollen. Vielleicht war ich eklig geworden, aber es war ja auch eine eklige Situation. Sie ließen mich vorbei, und das Häufchen zerstreute sich, als sie gingen, um ihre Redakteure anzurufen oder andere Interviewpartner zu finden. Sie mußten einsehen, daß ich an sie gedacht hatte. Eine Pressekonferenz um zehn Uhr ist früh genug für diejenigen unter ihnen, die mittags Sendung oder Redaktionsschluß für die Nachmittagsausgabe haben.
Aber sie hatten mich daran erinnert, wie schlimm der Tag sein würde. Ich nahm immer zwei Stufen auf einmal und sah nur auf die Treppe. Ich kam an zwei oder drei Leuten vorbei und blickte nicht auf, um zu sehen, ob ich sie kannte. Sie bewahrten ebenso respektvolles Schweigen. Auf der dritten Etage trat ich aus dem Treppenhaus und stand vor den Glastüren. Darüber steht in dreißig Zentimeter hohen, schwarzen Lettern BEZIRKSSTAATSANWALT FÜR STRAFSACHEN und darüber, in Lettern von derselben Größe, MARK BLACKWELL. Es ist noch immer ein kleiner Schock für mich, meinen Namen an dieser Stelle zu lesen und nicht den einer meiner Vorgänger.
Gleich nach der Universität war ich stellvertretender Staatsanwalt geworden und hatte durchschnittlich schnell Karriere gemacht: eineinhalb Jahre bei den Vergehen, ein kurzer Abstecher in die Berufung, dann Verbrechen. Meine letzten drei Jahre in dem Amt verbrachte ich als Erster Staatsanwalt für Verbrechensfälle. Das Gericht lieben gelernt hatte ich im Laufe meiner Jahre als Ankläger. Ich hatte einen Platz in der Welt, eine Position mit Verantwortung und einiger Macht. Die Leute grüßten mich mit Namen. Sie gingen mich um Gefälligkeiten an. Der Bezirksstaatsanwalt übertrug mir gelegentlich einen wichtigen Fall – einen kapitalen Mord

oder einen prominenten Angeklagten. Ein Teil dieser Räume gehörte mir. Das Gericht war mein Zuhause.
Aber man kann nicht ewig bei der Staatsanwaltschaft bleiben. Zum einen wird man damit niemals reich werden – und wenn je einer Jura studiert hat ohne zumindest den heimlichen Wunsch, reich zu werden, dann muß er im ersten Jahr ausgestiegen sein –, zum anderen wird man es nach einer Weile leid, Vorgesetzte zu haben, ganze Schichten davon. Mir zumindest ging es so. Es wurde mir allmählich fad, ein Teil der, wie Verteidiger es gerne nannten, ›größten Anwaltspraxis der Stadt‹ zu sein. Als ich meine Ehrennadel zum fünfjährigen Dienstjubiläum bekam, machte mir das Angst. Ich war ein Beamter, ein Angestellter auf Lebenszeit. Ungefähr zur selben Zeit wurde ich Erster Staatsanwalt, und deswegen blieb ich noch drei weitere Jahre, aber es war Zeit zu gehen. Ich brachte mein letztes Jahr damit zu, den ›richtigen Moment‹ abzupassen, bevor ich begriff, daß jeder Moment gut genug war. Der Wechsel war mir unheimlich, nach acht bequemen Jahren bei Gericht in die Welt da draußen zu gehen. Ankläger haben niemals Mangel an Klienten. Sie müssen keine Sekretärinnen oder Büromieten bezahlen, und alles Material ist für sie gratis. Die einzige Verbesserung, die ich in einem Dasein als Verteidiger sehen konnte, war, daß ich kommen und gehen konnte, wie ich wollte.
Zehn Jahre hatte ich meine eigene Praxis, verdiente Geld, kam zu meinem Quantum an gewonnenen Prozessen – was für einen Verteidiger vielleicht einen pro Jahr bedeutet, wenn man gut ist. Man lernt, ein Triumphgefühl daraus zu beziehen, wenn man für seinen Mandanten ein niedrigeres Urteil herausholt, als der Ankläger bei der Urteilsabsprache angeboten hat. Regelrechte Siege sind selten. Neunzig und ein paar Prozent aller Strafprozesse enden mit Verurteilungen, und das zu Recht. Diese Statistik ging mir am Morgen nach Davids Verhaftung im Kopf herum.
Es ging mir in meiner Privatkanzlei ganz gut, aber nach zehn Jahren lief es sich allmählich tot. Ganz tot machte es dann Hugh Reynolds. Er wurde vor vier Jahren aus dem Nichts zum Bezirksstaatsanwalt gewählt. Am Tag, nachdem er sich um das Amt be-

worben hatte, fragten wir uns am Gericht alle, wer er war. Heraus kam dabei, daß er ein Anwalt für Zivilsachen war, einer von denen, die sich nicht einmal anstandshalber bei Gericht sehen lassen. Hugh hatte, was man eine Büropraxis nennt, was bedeutet, daß man sein Büro nie verlassen muß. Er setzte Verträge auf, machte Steuererklärungen, beriet Manager, solche Sachen eben. Und er hegte, allem Anschein nach, ein heimliches, wachsendes Ressentiment gegen Kriminelle und die Strafjustiz insgesamt.

Einer Geschichte zufolge rührte seine Entscheidung, als Staatsanwalt zu kandidieren, von einem Strafmandat wegen Geschwindigkeitsübertretung her, dessentwegen er vor Gericht gegangen und das abzubiegen ihm nicht gelungen war. Andere sagten, den Anstoß habe ein Einbruch in sein Haus gegeben. Wie auch immer, seinen ersten belegbaren Auftritt bei Gericht hatte Reynolds, als er sich für das Rennen um den Posten des Bezirksstaatsanwalts eintrug.

Es gab keinen Großalarm, gegen ihn in Stellung zu gehen; er galt als einer der üblichen Witzkandidaten. Die ernstzunehmenden Jungs brachten sich ins Gerede und begannen ihre Fühler für den Wahlkampf auszustrecken. Der alte Staatsanwalt, Eliot Quinn, der Mann, für den ich die meisten meiner acht Jahre im Amt gearbeitet hatte, gab bekannt, er sei nicht bereit, nochmals anzutreten. Daraufhin gingen noch mehr Kandidaten ins Rennen. Aber während sie um Unterstützungserklärungen rangelten und einander auf den Fluren des Gerichts hinterrücks mit Dreck bewarfen, ging Hugh Reynolds mit seiner Kampagne direkt an die Öffentlichkeit. Er war der Saubermann-Kandidat. Die alten Hasen hätten die Staatsanwaltschaft zu lange in Beschlag gehalten; sie seien mehr interessiert daran, daß eine Hand die andere wäscht, als die Straßen sicherer zu machen. Eines muß ich ihm lassen – er traf den richtigen Nerv und bohrte wieder und wieder darauf herum. Da draußen gab es eine Menge unausgeschöpften Zorn. Teufel noch mal, auch bei mir war eingebrochen worden. Wenn ich naiv genug gewesen wäre zu glauben, daß Hugh Reynolds oder irgendein anderer Bezirksstaatsanwalt etwas dagegen hätte ausrichten können, hätte ich selbst für ihn gestimmt.

Genug Leute taten es. Als Hugh Reynolds zum zweiten Mal das Gericht betrat, war es als Bezirksstaatsanwalt für Strafsachen von Bexar County. Beinahe erbebten die Mauern: Ein Eindringling hatte die Macht ergriffen.

Er erwies sich mit jedem Zoll als die Landplage, die alle befürchtet hatten. Seine erste Amtshandlung war, die Hälfte der Anwälte aus seinem Büro zu feuern. Nicht allerdings die jüngeren. Der Theorie folgend, daß die Korruption von oben her einsickert, feuerte Hugh die erfahrensten Ankläger aus seinem Stab. Das wäre gar keine schlechte Idee gewesen, wenn er andere erfahrene Anwälte zur Hand gehabt hätte, die sie ersetzten, aber die hatte er nicht. Er dachte einfach, er könnte ganz von vorn anfangen, mit den jüngsten stellvertretenden Staatsanwälten und neuen Talenten frisch von der Universität. Fünfundzwanzigjährige Ankläger brachten in der einen Woche betrunkene Autofahrer und Ladendiebe vor Gericht und in der nächsten Mörder und Vergewaltiger. Und das manchmal gegen Verteidiger, die eine Woche zuvor selber noch routinierte Verbrechensankläger gewesen waren! Die Verurteilungsrate fiel in den Keller. Hughs andere Neuerungen, wie etwa ein kurzzeitiges Verbot von Urteilsabsprachen, halfen ihm auch nicht weiter, bei niemandem. Wenn jeden Monat tausend neue Verbrechensfälle eingehen, *muß* man die große Mehrzahl davon per Absprache erledigen. Nach ein paar Monaten kam auch Hugh drauf, aber er hatte sich schon zum Idioten gemacht.

Keiner übernahm das Amt je mit besseren Absichten, und keiner war je eine größere Katastrophe. Als seine vierjährige Amtszeit dem Ende zuging, erwachte der lokale Parteiapparat zu hektischem Leben auf der Suche nach einem erfahrenen Ankläger, um ihn gegen Hugh aufzubieten. Ich war einer von denen, an die man herantrat, und fast zu meiner Überraschung stellte ich fest, daß ich daran interessiert war. Nach zehn Jahren Privatkanzlei hörte sich eine Rückkehr in die Staatsanwaltschaft ziemlich verlockend an – ich vermißte das Gefühl, einer von den Guten zu sein. Und dies war der einzige Weg, auf dem ich jemals würde zurückkehren können.

Hugh Reynolds hatte in den vier Jahren dazugelernt. Seine Ver-

urteilungsrate war besser geworden, und er gab nicht mehr das leichte Ziel ab, das er in seinem ersten Jahr gewesen wäre. Aber ich hatte so gut wie jeden Strafverteidiger in der Stadt hinter mir und sogar die heimliche Unterstützung vieler aus Hughs eigenem Stab. Öffentlich lautete das Motto meines Wahlkampfs »Kein Anfänger als Ankläger«, intern hieß es nur »Die Rückkehr der alten Hasen«. Als die Wahl näherkam, hatte Hugh den Nachteil des Amtsinhabers. In den letzten paar Wochen seines Wahlkampfes verloren seine handverlesenen Ankläger einen Mordprozeß, der eine Menge Publicity bekommen hatte. Ein weiterer großer Fall, einer, den Hugh selbst vertreten hatte, wurde in der Berufung aufgehoben. In seinen letzten Amtstagen begann er zu wirken wie ein Kind, das sich im Spiegelkabinett verlaufen hat. Ich mußte nur mit einer Aktentasche in der Hand und entschlossener Miene die Treppe zum Gericht hinaufsteigen und sah vergleichsweise aus wie Abe Lincoln. Wenn ich interviewt wurde, dann vor dem Gerichtssaal; Hugh wurde in seinem Büro interviewt. Er fing an, wie ein König im Bunker auszusehen, und ich begann in den Umfragen vorn zu liegen.
Hughs Antwort war, mich persönlich anzugreifen – meine Leistungen, meine Unterstützer, meine Laufbahn. »Wenn Sie die Art Korruption wieder wollen, die früher in diesem Amt grassiert hat«, sagte er öffentlich, »dann ist Mark Blackwell Ihr Mann.« Ich hatte nicht vor, diese Art Wahlkampf zu führen. Aber beschimpft zu werden bringt den Drittkläßler in mir zum Vorschein. Die Reporter machten sich ein Spiel daraus, mich auf dem Korridor abzufangen und mir das jeweilige Zitat von Hugh zu stecken, das am nächsten Tag erscheinen würde.
»Hey, Mark, Hugh Reynolds sagte mir eben, der einzige Grund, weshalb Sie als Ankläger eine so gute Bilanz haben, ist, daß Sie sich stets vor den schwierigen Fällen gedrückt haben.«
»Machen Sie Witze? Hören Sie mal zu, das wäre beleidigend, wenn es von jemandem käme, der auch nur die geringste Ahnung davon hat, wie man im Gerichtssaal vorgeht. Aber von diesem Blindgänger! Wenn er je versuchen würde, in einem schwierigen Fall die Anklage zu vertreten, ginge es ihm noch vor dem Schluß-

plädoyer in die Hosen.« Noch ehe ich wußte, wie mir geschah, hatte ich irgend so was als Retourkutsche gesagt. Und der schadenfrohe Reporter rannte zurück zu meinem Gegner um dessen Antwort. Es war seltsam, wie Hugh Reynolds und ich auf diese Weise erbitterte persönliche Rivalen wurden, ohne einander je zu sehen – wir trugen unseren Hickhack über Mittelsmänner aus.
Eines Tages beschloß ich, ihn anzurufen. Kann sein, daß ich an diesem Tag ein oder zwei Drinks zum Lunch hatte, ich weiß es nicht mehr. Jedenfalls hatte ich einen dieser überschwenglichen Momente, in denen ich dachte, ich könnte mit einem einzigen kühnen Handstreich die Schlammschlacht beenden. »Hugh«, erklärte ich, »ich rufe nur an, um Ihnen zu sagen, daß ich glaube, die Sache ist außer Kontrolle geraten.«
»Warum? Welche Ungeheuerlichkeit, die Sie über mich gesagt haben, wird denn morgen in der Zeitung stehen?«
Ich lachte in mich hinein. »Bis jetzt nichts. Noch hat mir keiner aufgelauert. Aber ich möchte nicht, daß es so weitergeht. Ich hab nichts gegen Sie persönlich, Hugh, das wissen Sie. Ich mag Sie. Außerdem gibt's doch genug berufliche Differenzen zwischen uns, daß wir weiter Wahlkampf machen können, ohne persönlich zu werden?«
»Berufliche Differenzen der Art, daß ich inkompetent bin und Sie ein Profi?« erwiderte er.
»Ja, so in etwa.«
Ich dachte, er würde vielleicht lachen. Er hätte sollen. Ich fing an zu glauben, daß Hugh gar kein so übler Kerl war.
Dann fragte er: »Was wollen Sie, einen Handel?«
»Was meinen Sie?«
»Sie müssen doch etwas wollen, warum sonst sollten Sie mich anrufen?«
»Ich hab versucht, allen zu sagen, daß ich kein Politiker bin, Hugh. Jetzt weiß ich, daß ich Sie gar nicht erst hätte anrufen sollen; ich hätte meinen Unterhändler Ihren Unterhändler anrufen lassen müssen. Aber ich bin mir nicht sicher, wer Ihr Unterhändler ist, und ich bin nicht ganz sicher, ob ich meinem traue.«

Er verstand keine Witze. »Was haben Sie anzubieten?« fragte er.
»Hat es da eben geklickt?«
»Sagen Sie mir einfach, was Sie wollen, Mark.«
»Schneiden Sie das etwa mit, Sie Schweinehund?«
»Ah, das hat Ihnen Eliot Quinn beigebracht, nicht wahr? Was haben Sie noch von ihm gelernt, dem alten Meisterganeff? Eine Menge, da bin ich–«
»Hey, Eliot Quinn wußte wenigstens, wie man einen Fall vor Gericht bringt, ohne daß man verliert oder er einem kassiert wird. Oh, was war das, noch ein Klicken? Das wollen Sie wohl nicht auf Band haben, Hughie?«
»Ich bin sicher, der Reporter, den Sie bei sich haben, hat alles schon notiert«, konterte er. Harte Bandagen. Zu schade, daß es keinen Mitschnitt davon gab. Gut war nur, daß das Gespräch am Telefon stattfand. Wenn wir im selben Zimmer gewesen wären, hätten wir als nächstes mit Stoßen und Schulterrempeln angefangen. Mein guter Wille hatte genauso gut funktioniert wie der von Hugh, als er Bezirksstaatsanwalt geworden war.
Also wichen wir ab vom rechten Pfade. Aber ich kehrte früher darauf zurück als Hugh. Nach seiner Niederlage in der Berufung und anderen Rückschlägen konnte ich es mir leisten, mich staatsmännisch zu geben. Ich gewann die Wahl mit links, und Hugh blieb nur, sich wieder zu seinem Zivilrecht zu trollen, seine Wunden zu lecken und mich mit Inbrunst zu hassen.
Ich hatte mein Amt im Januar übernommen und es ohne Skandal bis in den April geschafft. Bis zu diesem jetzt. Auch ohne es zu erwähnen, hatten diese Reporter unten an der Treppe mich daran erinnert, daß dies nicht irgendein Fall war. Es würde ein Test für meine Amtsführung sein. Was sie nicht begriffen, war, wie unwichtig mir die Folgen waren. Hätte ich geglaubt, ich könnte das System bei der Gurgel nehmen und ihm eine Einstellung von Davids Fall herauswürgen – ich hätte es getan. Dachte irgendwer von ihnen tatsächlich, daß ich soviel Macht besaß? Ich hatte sie nicht. Außerdem hätte eine Einstellung nicht gereicht, wie ich Lois erklärt hatte.
Gleich hinter dem Eingang zur Staatsanwaltschaft gibt es einen

kleinen Warteraum; auf der rechten Seite ist ein Fenster mit einem Schalter, an dem Petenten mit der Person am Empfang reden können. Neben diesem Fenster gibt es eine weitere, versperrte Glastür. Bevor ich noch die Klinke berührte, summte das Schloß und summte weiter, bis ich die Tür geöffnet hatte. Ich warf ein beiläufiges »Danke« in die Luft, ohne auch nur hinzusehen, wo es ankam.

An Jerry Fleming war nicht so leicht vorbeizukommen. Er wartete gleich hinter der Tür auf mich. Jerry war Leiter des Verbrechensdezernats gewesen, als ich vor zehn Jahren aus der Staatsanwaltschaft ausschied. Irgendwie hatte er sich sogar während der Säuberung unter Reynolds auf diesem Posten gehalten, und ich hatte ihn weiter da belassen. Der große, plumpe Jerry Fleming. Ich war überrascht, als ich nach meiner Amtsübernahme herausfand, was für ein Arschkriecher er war.

»Hallo, Blackie«, sagte er. Mein Name ist Mark Blackwell. Leute, die sich für meine Vertrauten halten, nennen mich Blackie. Meine wenigen Freunde wissen, daß ich Spitznamen nicht leiden kann, besonders diesen nicht.

Jerrys Miene war gravitätisch aus Rücksicht auf die Ereignisse der vergangenen Nacht, aber dann nahm er meinen Arm und ging zum Geschäftlichen über, während er mich durch den Flur geleitete. »Ich könnte Ihnen die Presse vom Hals halten, wenn Sie wollen, Blackie. Es gibt keinen Grund, weshalb Sie selber mit ihnen reden müßten. Ich denke, es gehört zur Position des Dezernatsleiters Verbrechen, Erläuterungen –«

»Danke, Jerry, aber ich werde es selbst machen. Ich könnte mich nicht davor verstecken, auch wenn ich es wollte.«

Er hob die Hände zu einer Rückzugsgebärde: Will Ihnen kein Scheinwerferlicht wegnehmen, Chef. Er fragte nicht einmal, was ich unternehmen würde. Aber er blieb an meiner Seite, während wir durch das Labyrinth von Büros auf meines in der hintersten Ecke zusteuerten. Die Leute sollten sehen, daß Jerry Fleming der erste war, den ich in dieser Stunde der Krise zu Rate zog.

»Um neun Stabsbesprechung im Konferenzzimmer, Jerry. Sie, ich, Linda, zwei oder drei andere.«

»Ich werde da sein.« Ich weiß, Jerry.
Nachdem er mich sicher in den Hafen gelotst und die Zusage für eine hochrangige Besprechung in weniger als einer Stunde erhalten hatte, ließ er mich allein. Mein Büro liegt im letzten Winkel des Taubenschlags Staatsanwaltschaft, gleich am Hintereingang. Es gibt einen großen Anmelderaum mit Schreibtischen für zwei Sekretärinnen; dahinter kommen zwei Büros, das der Ersten Stellvertretenden und meines. Als ich hereinkam, saßen die beiden Sekretärinnen an ihren Schreibtischen, aber die Tür zum Büro der Ersten Stellvertretenden stand offen, und der Raum dahinter war leer. Ich mußte erst gar nichts zu Patty sagen, deutete nur mit dem Daumen auf meine eigene, geschlossene Tür, und sie nickte.
Linda Alaniz saß an meinem Schreibtisch, blätterte in irgendeiner ausgedruckten Liste und machte sich darauf ihre Notizen. Als ich eintrat, sprang sie auf und kam schnell um den Tisch herum. Im Näherkommen aber wurde sie langsamer. Ich stieß mit dem Fuß die Tür zu und nahm die Hände ein Stück hoch. Linda überwand die letzten paar Meter und legte die Arme um mich, ihre Wange an meiner Schulter. Es war keine liebevolle, kleine Umarmung, es war ein Griff, der mich in meinen eigenen Körper zurückholte. Ich fühlte mich, als wäre ich die letzten zwölf Stunden in atmosphärischer Auflösung gewesen und als hätte Linda mich mit einmal Mal wieder in mir selbst eingefangen und mich wieder ganz gemacht. Dann ließ sie los, ein wenig befangen, berührte noch meinen Arm, trat zurück und senkte den Kopf, als sei sie zu ratlos, etwas zu sagen.
»Ich rief später im Gefängnis an und hörte, daß du ihn herausbekommen hast«, erklärte sie schließlich. »Es tut mir so leid, Mark. Es tut mir leid, daß du –«
»Hör auf von wegen ›deine Schuld‹. Es war ganz allein meine. Ich muß dir ja auch eine fürchterliche Nacht bereitet haben.«
Sie zuckte die Achseln. »Wie geht's David?«
»Ganz gut. Besser als mir vermutlich. Ist zu Hause. Er glaubt, das Schlimmste sei vorüber.«
Wir sahen einander reuevoll an. Jetzt, da Linda mich nicht mehr

umfaßt hielt, fiel mir auf, wie müde ich war. Ich fühlte mich grießig – in den Fingern, unter den Augenlidern –, als hätte das zu lange Wachbleiben meine Körpersäfte aufgesogen. Ich machte die Tür wieder auf, um hinauszurufen: »Patty? Könnten Sie mir bitte 'ne Cola besorgen?«

»Cola?« fragte Linda, als ich mich in einen Stuhl fallen ließ.

»Kaffee hab ich schon genug gehabt. Ich war die ganze Nacht auf.«

Sie zog sich einen Stuhl nahe zu meinem heran. »Was also hast du vor?« Sie beugte sich zu mir, die Hände aneinandergelegt; sie machte sich an die Arbeit.

Linda und ich waren Partner in der Privatkanzlei gewesen – und, wie manche meinten, insgeheim auch im Privatleben. Oft gehen zwei oder drei Ankläger gleichzeitig aus der Staatsanwaltschaft weg und eröffnen eine gemeinsame Kanzlei. Das hatte ich nicht tun wollen. Ich suchte einen Partner, der schon Erfahrung mit Verteidigerarbeit hatte. Während ich mich im Gerichtssaal und dem Gerichtsbetrieb bestens auskannte, hatte ich über Klientenvertretung noch eine Menge zu lernen. Außerdem wollte ich einen Partner, der Spanisch sprach und verläßlich war – jemanden, bei dem ich darauf zählen konnte, daß er mich unterstützte oder mal für mich einsprang, auch in einem schwierigen Fall.

Aus dem Er wurde eine Sie: Linda Alaniz.

Linda war eine in der Wolle gefärbte Verteidigerin. Die Anklage zu vertreten, hätte sie niemals erwogen, nicht einmal der Erfahrung wegen. Wir hatten uns in ein paar Fällen gegenübergestanden und respektierten einander. Aber erst, als ich ihr Partner wurde, bekam ich mit, wie leidenschaftlich sie war, wie sehr von ihrer Aufgabe getrieben. Deswegen vielleicht war sie auch bereit, nach ein paar Jahren Eigenständigkeit einen Partner aufzunehmen. Sie war in Gefahr auszubrennen, das Berufsrisiko von Verteidigern, besonders der engagierten.

Im Verlauf unserer zehnjährigen Partnerschaft erinnerte sie mich manchmal – wenn auch nur im Scherz – daran, daß ich keiner von den Engagierten war. Sie dachte, ich würde viele von den Leuten, die in unsere Kanzlei kamen, lieber anklagen als verteidigen. Ich glaube, sie fühlte sich verraten, als ich mich entschloß, als Bezirksstaatsanwalt zu kandidieren, und sie hatte recht: Mit dem Herzen war ich Ankläger.

Zuerst wollte sie nichts mit dem Wahlkampf zu tun haben. Sie wurde Schritt für Schritt hineingezogen, hauptsächlich aufgrund ihrer Abneigung gegen die anderen Kandiaten. Aber Linda ist nicht jemand, der eine Sache halbherzig übernimmt. Am Schluß war es fast wie eine Doppelkandidatur. Lois begleitete mich bei den wichtigen Wahlveranstaltungen, Linda aber bei allen. Sie hatte etwas Neues gefunden, wofür sie sich engagieren konnte. In San Antonio schadeten die Spekulationen über unsere Beziehung meinem Wahlkampf wohl nicht. Vermutlich waren sie sogar von Vorteil. Und Lindas Onkel, Federico Ybarra – Onkel Fred – war ein populärer Stadtverordneter in seiner fünften Amtszeit. Ich suchte seine Unterstützung, aber politisch gab er sie mir erst in letzter Minute, einen Monat vor den Wahlen, vielleicht zu spät, um überhaupt noch hilfreich zu sein. Er wollte nicht, daß ich dächte, er würde noch einiges andere unterstützen.

Obwohl sie sich so sehr für meine Kandidatur ins Zeug gelegt hatte, war Linda überrascht, als ich ihr sagte, ich wollte sie als meinen Ersten Stellvertreter, wenn ich gewann. Ich mußte sie zu dem Job überreden. Man sah ihr beinahe an, wie ihr bei dem Gedanken schauderte, Ankläger zu sein. Ich erklärte ihr, der Einblick, den sie in die Behördenabläufe gewinnen würde, wäre für sie von unschätzbarem Wert, wenn sie in die Privatkanzlei zurückginge. Sie überlegte. Sie war damals seit fast fünfzehn Jahren Verteidigerin und müde, wie alle Strafverteidiger es werden. Die Staatsanwaltschaft war ein halber Ruhestand für sie. Gutes Gehalt, kein Sich-Abstrampeln um Klienten. Sie gab nach.

Einmal, in einem Anfall von Selbstbeschönigung, hatte ich gedacht, daß ich vielleicht ja ebenso sehr um Lindas wie um meinetwillen als Staatsanwalt kandidierte, um den Druck des Freiberuflerdaseins eine Zeitlang von uns zu nehmen. In den letzten ein oder zwei Jahren unserer Partnerschaft war Linda hart daran gewesen, ältlich auszusehen. Sie war erst – wieviel? – achtunddreißig, aber ihre einstmals zierliche Erscheinung wirkte an zu vielen

Tagen vertrocknet, und vor der zweiten Tasse Kaffee klang ihre Stimme rauh. Nur zwei, drei Jahre vorher hatte sie ausgesehen wie ein junges Ding. Das tat sie immer noch, wenn der Eifer sie packte, wenn sie etwas fand, in das sie sich hineinstürzen konnte. Aber ihr Vorrat an Eifer erschöpfte sich allmählich, und Fälle, die den Aufwand wert waren, kamen seltener und seltener zur Tür hereinspaziert. Wir brauchten beide eine Pause.

An diesem Morgen sah sie wieder jung aus. Sie mußte sehr zeitig aufgestanden sein, aber um ihre Augen war davon keine Spur. Sie war dran an dem Fall. Es war mein Sohn, für mich als Mensch war es ein Alptraum, aber es war ein Fall. Linda hatte an diesem Morgen bereits eine Fülle von Möglichkeiten erkundet, das wußte ich, und jetzt wartete sie darauf, meinen Plan zu hören.

Ich mußte für Linda nicht so viele Erläuterungen geben wie für Lois. Aber sie war genauso entgeistert, als ich ihr von meiner Idee erzählte, wem ich die Auswahl der Sonderstaatsanwälte überlassen wollte.

»Mark! Bist du verrückt? Er wird–«

»Was wird er? Das ist ja das Schöne daran. Er wird gute Leute aussuchen, sicher, aber es macht keinen Unterschied, wie gut sie sind, solange sie nur aus San Antonio kommen. Er kann niemanden aus meinem Büro auswählen, also muß es ein Strafverteidiger sein, richtig? Jemand mit Erfahrung – doch wen immer er bestimmt, er wird unter einem gewissen Druck stehen. Er wird nicht mit voller Kraft hinter David her sein, nicht hinter dem Sohn des Bezirksstaatsanwalts. Angenommen, er brilliert; angenommen, er erreicht eine Verurteilung und eine hohe Strafe. Wenn er das tut, wird es sein letzter großer Fall gewesen sein. Denn wenn er einmal damit fertig ist, geht er zurück in seine Privatkanzlei und stellt fest, daß er von der Staatsanwaltschaft keine passablen Urteilsofferten mehr bekommt. In jedem Fall, den er übernimmt, muß er prozessieren. Er würde bald auf dem Zahnfleisch gehen. Seine Mandanten müßten allesamt sitzen, auch wenn sie bei einem Schuldspruch Bewährung kriegen könnten. Und kein Gedanke, je in einem Fall eine Einstellung zu erreichen, selbst wenn sie gerechtfertigt wäre.

Nach einer Weile, du weißt ja, beginnt sich so was unter potentiellen Klienten herumzusprechen. ›Engangiert nicht Johnny, den kann der Bezirksstaatsanwalt nicht ausstehen. Der kann einem keinen Handel verschaffen.‹ Ich glaube nicht, daß ich das alles dem Sonderstaatsanwalt erst ausdrücklich sagen muß. Er will sich bestimmt nicht mit einem einzigen Fall die Karriere ruinieren.
Wir werden mit ihm auskommen können. Er wird genug Probleme an dem Fall finden, die es rechtfertigen, für David Bewährung anzubieten, zumindest – oder eine Einstellung, wenn wir Glück haben. Und es wird völlig korrekt aussehen. So läuft es, wenn wir das Ganze innerhalb der Stadt halten. Wenn wir aber zur Staatsanwaltsvereinigung gehen und die jemanden von außerhalb nehmen, hätte ich diesen Draht nicht.«
»Und was ist, wenn Hugh jemanden von außerhalb nimmt?«
»Das ist das Risiko. Wenn er es tut, werden wir ein anderes Druckmittel finden müssen. Aber ich glaube nicht, daß er es tun wird. Sieh mal, das ist eine Auszeichnung, die ich ihn da vergeben lasse. Wer immer der Sonderstaatsanwalt ist, es wird ihm einige Publicity bringen. Und den... Beifall. Es wird heißen: Für diese Aufgabe mußte der beste Strafrechtler der Stadt her, und hier ist er. Es wird ein fetter Brocken sein. Ein Gunstbeweis. Den würde Hugh an keinen von außerhalb verschenken.«
»Lieber Gott, Mark.«
Ihre Körpersprache spiegelte wider, wie sich ihr Eifer zu Konzentration verdichtete. Sie hatte angefangen, auf und ab zu gehen, während ich sprach, aber jetzt setzte sie sich wieder auf ihren Stuhl. Eine Hand hob sich an ihren Mund und blieb dort. Ihr anderer Arm lag quer über dem Bauch. Ihre Schultern wurden schmäler. Sie starrte auf einen Punkt am anderen Ende des Zimmers. Ich stand neben ihr und beobachtete sie. Es war eine vertraute Szene. Ich hatte Ideen immer schnell oder gar nicht. Linda blieb es überlassen, sie langsam auseinanderzupflücken. Es breitete sich ein Gefühl aus, als sei es später Abend.
»Sag mir einen anderen Plan, Linda. Bitte.«
»Einer ist mir eingefallen«, erwiderte sie prompt, »es einen, zwei oder drei Monate hinzuziehen, bis der richtige Richter dran ist,

die Geschworenen auszuwählen. Dann den Richter einen Sonderstaatsanwalt ernennen lassen. Das hätte Hand und Fuß, es wäre seine Jury, der der Ankläger den Fall vorlegen müßte. Und wir wären vielleicht in der Lage, die Wahl zu beeinflussen, wenn wir auf den richtigen Richter warten.«
Ich sah einen Augenblick lang an die Decke und dachte dieses Szenario durch. »Na ja, vielleicht, aber es sieht mehr nach einer faulen Sache aus, weil wir länger in den Fall verwickelt bleiben, und das Ergebnis wäre dasselbe. Ich hab das Gefühl, wir müssen einen schnellen Schritt tun, Linda. Wenn man sieht, daß wir überhaupt, ganz gleich wie lang, an dem Fall rummachen, wird es so aussehen, als hätten wir etwas daran gedreht. Und selbst wenn es funktioniert, was würde dann aus David? Der Junge, dessen Vater sein Verbrechen vertuscht hat. Er wäre nicht entlastet – nur davongekommen. Das reicht nicht! Er wäre für den Rest seines Lebens abgestempelt. Er würde seinen Job verlieren, vielleicht auch seine Frau... Nein. Besser, jemand der total unabhängig ist, untersucht den Fall und stellt fest, daß nichts dran ist. Oder gibt ihm Bewährung oder was immer.«
Linda sah mich an. »Das hast du schon einmal gesagt, Bewährung. Aber wird David sich überhaupt auf einen Urteilshandel einlassen?«
Würde er? Würde David lieber aufstehen und sich vor einem Richter ›schuldig‹ erklären, als mit dem möglichen Gefängnis rechnen zu müssen?
»Er hat es nicht getan«, erklärte ich Linda. »Er sagt, er war's nicht. Wenn es hart auf hart kommt, ändert er vielleicht seine Geschichte, aber im Moment – o Gott, Linda, seine Geschichte...«
Ich erzählte sie ihr. Ich wünschte, ich hätte David dabeigehabt, damit sie es von ihm selber hörte. Bei ihm klang es aufrichtiger, es hatte den Ton eines persönlichen Anliegens. Linda verdrehte die Augen. Sie beurteilte nicht den Wahrheitsgehalt, sondern nur die Glaubhaftigkeit als Verteidigung.
»Das würde ich nur sehr ungern jemandem verkaufen müssen«, erklärte sie.

»Das brauchst du mir nicht zu sagen. Deshalb will ich es gar nicht erst soweit kommen lassen.«
»Aber dein Weg ist gefährlich, Mark. Wenn wir es einmal nicht mehr in der Hand haben...«
»Kennst du einen besseren? Glaub mir, Linda, ich bin für Vorschläge offen. Ich war die ganze Nacht auf. Das ist der einzige Plan, der sich mir aufdrängte. Sag mir einen besseren, bitte!«
Sie konnte es nicht. Jeder andere Plan lief darauf hinaus, daß jemand uns den Fall abnahm oder daß David auf ewig davon verfolgt wurde, oder beides. Es schien, als sei mein Schlachtplan besser, wenn auch nur im Vergleich.
»Wie willst du all das dem Sonderstaatsanwalt zu verstehen geben?« fragte Linda.
»Ich hoffe, er wird es von selbst begreifen. Wenn nicht, muß ich deutlich werden.«
»Wenn er damit in die Presse gehen sollte...«
»Das eine Risiko besteht, aber das gehe ich ein.«
»Vielleicht sollte ich derjenige sein. Es wäre schön, wenn du den Job behalten könntest, für den du so hart gearbeitet hast, um ihn zu kriegen.«
Kurz überkam mich eine Wut auf die Welt. »Ich hatte schon vorher einen Job. Dahin könnte ich zurückgehen. Um diesen hier zu behalten, werde ich David nicht aufgeben. Ich hab nur Angst, daß ich etwas übersehen habe. Lois glaubt, ich hätte soviel Macht, daß ich dem allen irgendwie jetzt sofort ein Ende machen könnte. Stimmt das?«
Im Stehen fühlte ich mich wackelig. Das Adrenalin hatte mich die ganze Nacht über wach gehalten, mich bis zum Gericht gebracht, vor dem Eingang abgesetzt und war nach Haus gegangen.
»Linda, sag mir, ob ich falsch liege. Ich bin mir bei überhaupt nichts mehr sicher. Ich war die ganze Nacht auf, ich denke nicht mehr, ich reagiere nur noch. Du weißt, wie ich bin, ich denk mir einen Plan aus und verbeiße mich darin. Ist da irgend etwas Schreckliches, das ich übersehe?«
Sie sah mich voll Mitgefühl an; ich glaube, sie begriff, daß ich sie nicht nur um ihren juristischen Rat fragte. »Nein, Mark. Es ist

eine schreckliche Situation. Jede Lösung wird einem gleich schrecklich erscheinen. Aber ich weiß keine bessere. Ich glaube nicht, daß irgendwer sonst eine wüßte.«
»Aber du solltest darüber schlafen«, fügte sie hinzu. »Das Tempo ist nicht so wichtig, daß ein Tag etwas ausmacht. Du mußt voll auf der Höhe sein, wenn du es bekanntgibst.«
Ich nickte. Ein guter Rat. »Ich muß auch Lois noch überzeugen, glaube ich. Weißt du was? Deine Umarmung gerade eben war die erste, die ich bekommen habe, seit der Begegnung mit David im Gefängnis. Man sollte meinen, eine Familienkrise–«
Es war Zeit, nach Hause zu gehen. Wenn ich mir selbst leid tat, auch wenn ich es nur vor Linda zeigte, geriet ich immer ins Uferlose. Das war schäbig. Linda kam wieder auf mich zu, hielt dann inne, wieder mit dieser Befangenheit, und sah mich nur mitfühlend an. Als Patty mit meiner Cola an der Tür klopfte, zuckten Linda und ich beide zusammen, als wären wir bei etwas ertappt worden.

Den übrigen meiner leitenden Mitarbeiter gefiel die Idee auch nicht, was mich nur bestärkte.
Die Leiterin des Schwurgerichtsdezernats nahm mich beiseite, sobald ich das Konferenzzimmer betrat. »Hören Sie mal, Chef«, sagte sie so vertraulich, wie es in einem Raum voller gewerbsmäßiger Lauscher möglich war, »ich habe heute morgen schon ein wenig darüber nachgedacht. Als erstes warten Sie, bis genau die richtige Jury beisammen ist. Sie wissen, da gibt es Unterschiede... dann, wenn ich es nur richtig darstelle – ich sage nicht, daß wir für ihn eine Einstellung erreichen, da sind die Chancen mager–, aber wenn ich es ihnen richtig auseinandersetze, glaube ich, werden sie auf einfache sexuelle Nötigung entscheiden anstatt auf schwere. Nach dem, was ich in den Nachrichten hörte, wurde ja keine Verletzung–«
»Vergessen Sie's, Helen«, unterbrach ich. »Sie werden nichts damit zu tun haben.«
Sie schaute gekränkt drein. »*Ich* werde nicht? Wer denn–?«
Ich konnte es ebensogut allen auf einmal erklären.

»Sind alle da?«

Natürlich waren sie da. Ich fing an zu reden, und sie fingen an, die Stirnen zu runzeln. Sie hatten die gleichen Bedenken wie Linda: Wir blieben dabei gänzlich außen vor. Sie formulierten ihre Einwände zwar nicht so, aber es war klar.

Als ich die erste Pause machte, redeten drei von ihnen gleichzeitig los. Jerry Fleming behauptete das Feld, indem er am lautesten und am langsamsten sprach. »Ich verstehe, daß wir einen Sonderstaatsanwalt brauchen, Blackie. Es darf nicht den geringsten Anschein von Inkorrektheit haben. Aber jemand aus unserem Stab sollte an seiner Seite sein. Zwei Sonderstaatsanwälte, die hier einfach ohne jede Aufsicht loslegen, das wäre nicht gut. Wenn ich den Zweiten Staatsanwalt mache, könnte niemand etwas dagegen sagen. Zum Teufel, Sie haben mich nicht einmal in meine Position eingesetzt, ich war lang vor Ihnen da.«

Und ich werde noch lang nach dir da sein, fügte er in meiner Vorstellung dazu. Ich dachte kurz darüber nach, was Jerry vorgeschlagen hatte. Besaß er wirklich den Ehrgeiz, den Sohn seines Chefs anzuklagen? Ihn vielleicht ins Gefängnis zu schicken? Dann wurden mir die Möglichkeiten klar, die ihm eine solche Stellung eröffnen würde. Er könnte ständige Kontrolle über den Fortgang des Falles haben und mir berichten. Er wäre mein V-Mann. Und vielleicht, wenn sich eine Chance auftat, die Anklage ins Wanken zu bringen... Ich würde für immer in seiner Schuld stehen.

»Nein. Es wird zwei Sonderstaatsanwälte geben. Niemand aus diesem Büro wird damit zu tun haben.«

Das Protestgeschrei begann von neuem. Die Vorschläge waren alle aus dem Repertoire des Bürokraten: *Hinhalten. Vielleicht vergeht es von selbst.* Ich warf Linda einen ironischen Seitenblick zu. Die Vorschläge lagen auf derselben Linie, die wir auch erwogen und verworfen hatten. Linda blickte nicht zu mir zurück. Sie hatte kein Wort gesagt, seit wir ins Zimmer gekommen waren, und sie hatte einen seltsamen Ausdruck im Gesicht, als wäre sie überrascht, sich in dieser Schlangengrube von Anklägern wiederzufinden.

Ich setzte mich über das Mißfallen hinweg. »Solange dieser Fall läuft, gehören die Sonderstaatsanwälte zu uns. Geben Sie ihnen alle Unterstützung, die sie brauchen. Bestellen Sie einen Ermittler als Verbindungsmann. Und die Verteidigung wird behandelt wie immer. Ungehinderte Akteneinsicht bis zum Prozeßtermin. Betrachten Sie diesen Fall wie jeden anderen auch, mit einer Ausnahme: Reden Sie nicht mit mir darüber. Und das ist die letzte Anweisung, die Sie von mir in dieser Sache erhalten. Noch Fragen? Gut.«
Sie saßen einfach da. Sie konnten nicht glauben, daß sie so vollständig aus der Sache raus waren. Keiner sagte mehr etwas, doch sie begriffen auch nicht, daß sie gehen konnten. Also ging ich selbst. Ich muß noch lange genug wach geblieben sein, um nach Hause zu fahren, aber erinnern konnte ich mich nicht.

Endlich ein dankbares Publikum. Bei meiner Pressekonferenz am nächsten Morgen lag noch mehr Spannung in der Luft, weil sie erst jetzt stattfand. Die Reporter mit ihren Kameraleuten füllten mein Büro, und von dem Moment an, als ich hereinkam, war klar, daß sie mir zu Füßen lagen. Sie versuchten, gemessen auszusehen, aber sie bekamen es einfach nicht hin. Ich hatte das einzige getan, worauf es ihnen ankam: Ich würde mit ihnen reden. Egal, was ich sagte, ich war für eine Geschichte gut.
Die Geschichte, die sie bekamen, übertraf ihre kühnsten Phantasien. Kaum daß ich zu sprechen begonnen hatte, konnte man sehen, daß sie am liebsten in Applaus ausgebrochen wären. Oh, sie lagen mir wirklich zu Füßen. Man konnte es an der Art sehen, wie ihre Stifte über die Blöcke flogen. Ich gab soviel Stoff ab, daß sie fast hofften, ich würde den Sturm überstehen.
Gerade als ich die entscheidende Ankündigung machen wollte, wäre ich beinahe zurückgeschreckt, von meinem Stuhl aufgestanden und aus dem Zimmer gegangen. Ich wollte es nicht sagen. Sobald sie es wußten, hatten wir den von mir gewählten Weg beschritten, dann gab es kein Zurück mehr. Ich war nahe daran, diesen unwiderruflichen Schritt zu umgehen, solange es noch in meiner Macht stand. Vor meinem geistigen Auge war mein Ge-

sicht verzerrt vor Furcht und Empörung. Ich muß das nicht tun, dachte ich. Sie können nicht verlangen, daß ich ihnen David ausliefere.
Aber es gab keinen besseren Weg. Das hatte ich in einer langen, schlaflosen Nacht entschieden, und Linda hatte mir beigepflichtet. Und das Tempo gehörte mit zu meinem Plan: unverzügliche Bekanntgabe, es nicht aussehen lassen, als würden wir auf Zeit spielen und währenddessen eine krumme Sache aushecken. Ich bin arglos wie ein Kind, sollte diese Pressekonferenz sagen.
Es kam mir vor, als hätte die Pause Minuten gedauert und mein Gesichtsausdruck schon alles preisgegeben. Aber ich blickte in die Reporterschar und sah, daß es nicht so war. Am einen Ende der ersten Reihe, knapp vor der Kante meines Schreibtisches, saß Dick Heydrich, der ständige Gerichtssaalreporter einer der Lokalzeitungen. Wir kannten einander seit zehn Jahren; es war ihm schwergefallen, meine Kandidatur ernstzunehmen. Selbst in den letzten Wahlkampftagen, als offensichtlich war, daß ich gewinnen würde, alberten wir immer noch über das ›Wettrennen‹, bevor ich ihm eine Stellungnahme gab. In meinem Büro saß er jetzt buchstäblich auf der Stuhlkante, vorgebeugt, damit er alles mitbekam, was ich sagte. Er lächelte nicht, als ich schnell zu ihm rüberschaute, nicht der Schimmer eines Erkennens.
Sein Gesichtsausdruck gab mir Entschlossenheit. Also gut, dachte ich, ihr alle wollt eine Story. Springt mal auf die hier an.
»Natürlich schreit dieser Fall geradezu nach Sonderstaatsanwälten. Und es werden Sonderstaatsanwälte ernannt werden, allerdings nicht von mir. Ich sehe nicht, wie ich jemanden bestimmen könnte, egal, wie untadelig meine Wahl wäre, ohne den Anschein zu erwecken, ich würde versuchen, das Ergebnis des Strafverfahrens zu beeinflussen. Also habe ich Hugh Reynolds gebeten, zwei Sonderstaatsanwälte auszuwählen.«
»Hugh Reynolds?« Die Bleistifte standen still.
»Meinen unmittelbaren Vorgänger in diesem Amt«, führte ich überflüssigerweise aus. »Er hat dankenswerterweise zugestimmt, die Auswahl vorzunehmen. Das wird der ganze Umfang seiner Beteiligung an diesem Fall sein.«

»Wenn er sich nicht selber auswählt«, murmelte einer. Aber das wäre eine zu gute Story gewesen. Davon konnten sie nicht einmal träumen.

»Ich denke, er wird einen besseren Prozeßführer nehmen wollen als sich«, sagte ich trocken. Als sie lachten, wurde ich lockerer. »Vergessen wir diese Bemerkung, okay, zumindest, bis Hugh sein Bestes getan hat, mir weh zu tun.«

So einfach war das, und schon hatte ich sie. Es wurde gelächelt; sie sahen mich an, als würden sie mich kennen.

Warum seid ihr alle hier? dachte ich ganz irrational. Warum all dieses Aufhebens um meine höchstpersönlichen familiären Probleme? Als sie nach David fragten, klang das zudringlich. »Geht Sie nichts an«, lag mir auf der Zunge. Aber es rutschte nicht heraus. Ich mußte *für* dieses Publikum spielen, nicht dagegen. Ich merkte, wie ich in Prozeßsprache verfiel. Meine Antworten kamen in ganzen Sätzen, gemessen und bedächtig, als könnte ich ihnen alles sagen, was sie wissen wollten, wenn ihnen nur einfiel, danach zu fragen. Als Redner habe ich gegenüber Laien einen Vorteil: Ich bin in Protokolle eingelesen. Am Anfang meiner Karriere, nach einem Jahr als Ankläger vor dem Kreisgericht, war ich für einen kurzen Abstecher im Berufungsdezernat. Eine von den Berufungen, die ich bearbeitete, war ein Fall, den ich selbst vertreten hatte. Als ich meine Fragestellungen las, in unbestechlichem Schwarz auf Weiß, war ich entsetzt: Ich hörte mich an wie ein Idiot. In der Verhandlung war ich sicher gewesen, von brillanter Logik zu sein, aber im Verhandlungsprotokoll nahm es sich aus, als hätte man mich in letzter Minute in den Gerichtssaal geschubst, ohne viel Ahnung, worum es ging und wie ich es darlegen sollte.

Anderer Leute Redeabschriften waren selten besser. Anwälte bei Gericht verfallen in schlechte Angewohnheiten und geben sie nie wieder auf. Schon ehe ich mich ins Protokollstudium vertiefte, hatte ich die häufigsten Fehler, die Anwälte begehen, erkannt. Ich gelobte mir, Klischees und Juristenphrasen zu meiden, diese altehrwürdigen Floskeln, von denen Anwälte so angetan und die für Geschworene nur dummes Zeug sind. »Meine Damen und Herren

Geschworenen, der Anklagevertreter hat hier einen *prima facie*-Beweis geführt, allerdings keinen unwiderlegbaren. Ein klarer Fall ist das wohl kaum. Wenn Sie sich an mein Kreuzverhör des Beschwerdeführers erinnern ...« Man kann zusehen, wie die Augen glasig werden. Jargon ist für eine Jury unhörbar. Viel zu viele Anwälte sprechen vor Gericht nur miteinander.

Am Anfang meines Vortrags vor der Presse hatte ich dahergeredet wie ein Politiker: »Es werden Sonderstaatsanwälte ernannt werden.« Ich schaltete das bewußt ab und fing wieder an zu reden wie ein Staatsanwalt. Für so was hatte ich eine zu gute Schule gehabt. Ich erinnerte mich, wie der alte Eliot Quinn uns frischgefangenen Anklägern bei unserem ersten Schulungskurs predigte: »Immer im Aktiv! Nicht: ›Es wurde eine Waffe gezogen‹, sondern: ›Er hielt dem Angestellten eine Waffe vors Gesicht.‹ Und Sie halten sie ihnen vors Gesicht. Zeigen Sie sie ihnen! Dann drehen Sie sich um und sehen ihn an. Dieser Mann dort, der Angeklagte. Er war's. Er hielt die Waffe in der Hand. *Er* war es. Er *war* es.«

Ich lernte dazu. Ich lernte, vor einer Jury in ganzen Sätzen zu sprechen, mit Überleitungen. Man klingt überlegt, selbst wenn man es sich erst ausdenkt, während man spricht. Bringt man genug Jahre damit zu, verfällt man in das gewohnte Muster, selbst wenn man sich über jede Frage ärgert, die einem gestellt wird; selbst wenn man Angst hat, gerade den größten Fehler seines Lebens gemacht zu haben. Auch jetzt begann ich, aus der Fragerei ein Geplänkel zu machen. Sie stiegen mühelos darauf ein.

»Hat Hugh Ihnen angedeutet, wen er nehmen wird?«

»Wenn Sie glauben, Hugh Reynolds würde mir etwas sagen, müssen Sie im letzten Jahr nicht in der Stadt gewesen sein.« Wieder Lachen und Kopfnicken.

»Wer wird Ihren Sohn vertreten?« fragte jemand.

»Ich werde den Verteidiger selbst engagieren. Noch habe ich das nicht getan.«

»Auf welcher Seite werden Sie stehen?«

Ich warf dem Fragesteller einen kühlen Blick zu, und er schielte auf seinen Block. Alle wurden sie kurz ruhig. Wo lagen hier die

Grenzen? Ich war der oberste Ankläger, aber ich saß auch selbst auf der Anklagebank. Meine Rolle wechselte ständig. Behandelten sie mich mit der gebotenen Rücksicht für jemanden, der ihnen künftige Stories vermasseln konnte, oder bügelten sie mich nieder wie jeden anderen unglücklichen Bürger, den es in die Nachrichten verschlägt?
»Ich bin natürlich auf Davids Seite. Ankläger leisten einen Eid, Sorge zu tragen, daß Gerechtigkeit geschieht.« Na ja, jetzt eben war ich wieder ins Klischee verfallen. Aber es war ein gutes Klischee; es bedeutete etwas. »In diesem Fall sehe ich keinen Konflikt zwischen den beiden Positionen. Was ich getan habe, geschah, um auch nur den Anschein eines Konflikts zu vermeiden. Ich habe meinen Stab angewiesen, mit mir keinerlei Rücksprache über diesen Fall zu halten. Außerdem wird niemand aus meinem ständigen Stab in die Einzelheiten dieses Falles eingeweiht sein. Praktisch schaffe ich eine unabhängige Außenstelle der Bezirksstaatsanwaltschaft.«
»Was heißt das für Sie?«
»Für mich heißt das, daß ich meinen Geschäften als Strafverfolger in Bexar County nachgehe. Soweit es allerdings Davids Fall betrifft, werde ich daran in keiner Weise aktiv beteiligt sein.«
Sie versuchten, sich wieder auf meine bessere Seite zu spielen. »Sie werden aber doch unter den Zuhörern sein?«
»Darauf können Sie wetten – wenn es soweit kommt.«
Sie waren in Alarmstufe drei wie Dreispalter. »Sie glauben, es könnte mit einer Einstellung enden?«
»Wenn der Sonderstaatsanwalt weiß, was er tut, wird es das.«
»Sie glauben, die Anklage steht auf schwachen Beinen?«
»Können Sie sich mich damit vor Gericht nicht vorstellen – wohl kaum, oder? Hugh behauptete immer, ich würde mich vor den schweren Fällen drücken. Zu Ihnen, glaube ich, hat er das gesagt, Dick, nicht wahr? Nun, das ist genau die Art Fall, vor der ich mich tatsächlich drücken würde: Eine einzige Zeugin, eine unglaubwürdige Geschichte, keine physischen Indizien als Bestätigung. Das hinkt, und ich bin froh, das sagen zu können. Ich meine, er soll einfach so auf diese Frau losgegangen sein, und das

in seinem eigenen Büro? Also kommen Sie. Selbst wenn Sie David nicht kennen, fällt es schwer, das zu glauben, oder?«
Jean Palmer war eine kleine, fast zerbrechlich wirkende junge Frau, die erst seit zwei Jahren aus dem Gericht berichtete, aber mit schöner Regelmäßigkeit seine vermeintlichen Geheimnisse aufdeckte. Sie schien nicht nur immer gerade unauffällig dabeizustehen, wenn etwas Wichtiges passierte, sondern sie stellte ausnahmslos die besten Fragen. Ich dachte manchmal, daß sie irgendeine Art juristischer Vorbildung haben mußte. Heute hatte sie sich an dem Wortgeplänkel noch nicht beteiligt. Jetzt schob sie in eine kleine Stille eine kleine Frage.
»Wenn es nicht zu einer Einstellung kommt, könnte es statt dessen eine Urteilsabsprache geben?«
Dieselbe Frage, die Linda gestellt hatte, die unvermeidliche Frage. Die Frage, für die sie in Wirklichkeit stand, lauerte dahinter. Ich wollte, ganz zu Anfang des Verfahrens, keine Möglichkeit ausschließen. Die Pause dauerte lange genug, um aller Augen auf mich zu richten. Mein erster Satz war nur ein Füller: »Die Sonderstaatsanwälte werden natürlich ermächtigt sein, Angebote zu machen.« Das stellte sie nicht zufrieden. Noch ehe die nächste Frage kommen konnte, sprach ich weiter: »Aber ich bezweifle, daß es zu irgendeiner Vereinbarung über den Verfahrensausgang kommen wird. Mein Sohn ist unschuldig. Ich glaube kaum, daß er bereit sein wird, sich schuldig zu bekennen.« Ich sah die Schlagzeile in ihren Augen: »Bezirksstaatsanwalt: Mein Sohn ist unschuldig.« Wenn ihre Geschichten erschienen, würden sie den heiteren Ton der Pressekonferenz weglassen, aber ihre Stories würden wiedergeben, was ich ihnen eingegeben hatte: die Vorstellung, daß die Anklage schwach begründet war und daß ich das Richtige tat, weil ich von der Unschuld meines Sohnes und seiner letztendlichen Rehabilitierung überzeugt war. Ich sah kurz hinüber zu Jean Palmer, aber sie erwiderte meinen Blick nicht. Sie war in ihr Mäuschendasein zurückgeschlüpft und schrieb langsam auf ihrem Notizblock.
Danach war es leicht, zum Schluß zu kommen. Sie hatten die News runtergeschlungen. Es war Zeit, sie wieder auszuspucken,

auf Papier oder in den Äther. Sobald die Tür aufging und Patty auf mein Signal hereinkam, drängte die Hälfte von ihnen hinaus. Zwei oder drei, darunter Jean Palmer, versuchten, sich noch ein wenig aufzuhalten, aber Patty bugsierte auch sie hinaus. Als sie alle gegangen waren, trat Linda rein.

»Bete um neuere Neuigkeiten«, sagte sie. »Irgendwas, das diese hier aus dem Bewußtsein verdrängt.«

Ich schüttelte den Kopf. »Das wird nicht passieren. Das hier ist zu gut. Es gibt zu viele verschiedene Blickwinkel dabei. Jetzt sind sie vermutlich alle gerade auf dem Weg zu Hughs Büro. Laß ihn den nächsten Akt spielen.«

Es war erst elf Uhr vormittags, aber man hatte das Gefühl, der Tag sei vorüber. Ich sah mich auf meinem Schreibtisch vage nach etwas zu tun um.

»Möchtest du dich auf dem laufenden halten, was im Büro so anliegt?«

Ich blinzelte. »Hast du?«

Sie hatte sich nicht gesetzt, sondern stützte die Hände auf die äußere Kante meines Schreibtisches und beugte sich zu mir. »Ich weiß, alles andere sollte zum Stillstand gekommen sein, aber das tut es nie. Zum einen hast du morgen einen Termin vor Gericht.«

Das gab mir einen bösen Ruck. Einen Moment lang dachte ich, sie meinte, daß *ich* vor Gericht mußte. An diesem Morgen schien alles möglich. Wessen war ich angeklagt?

»Clyde Malish, erinnerst du dich? Du wolltest es selber machen.«

Ach ja, Clyde Malish. Eine lokale Größe des organisierten Verbrechens, dem bis jetzt niemand etwas hatte nachweisen können. Auch dieses Mal war es heikel, und ich hatte beschlossen, die Anklage selbst zu übernehmen. Im Februar, fast gleichzeitig mit meinem Amtsantritt, hatte ich schon einen anderen Berufsganoven angeklagt, nur um wieder in Schuß zu kommen – es war ein klarer Fall für den Staatsanwalt. Dieser hier würde viel schwerer werden und mehr Publicity bekommen. Ich mußte ja auch nicht.

»Blas das ab«, sagte ich. »mach einen neuen Termin aus, oder noch besser, sieh zu, daß die ständigen Staatsanwälte an diesem Gericht darauf vorbereitet sind zu übernehmen. Frank sollte es machen; er war als mein Beisitzer vorgesehen.«

»Glaubst du nicht, daß es schlecht aussieht, wenn du dich gerade jetzt aus einem großen Fall zurückziehst?«

»Kann sein. Ehrlich gesagt, Linda...«

Sie nickte. »Sonst noch was?«

Ich stand auf. »Zeit, David seinem Anwalt vorzustellen.«

»Darüber hatte ich noch vor, mit dir zu reden, Mark. Ein weiterer Vorschlag: Ich trete zurück und vertrete David selbst.«

Ich schloß die Augen und dachte darüber nach, nicht nur über David, sondern auch über Linda – und Lois. Als ich sie wieder öffnete, sah Linda mich mit verhaltenem Gesicht unverwandt an. Ich schüttelte den Kopf. »Sieht seltsam aus.«

»Wieso? Keiner weiß –«

»Es würde so aussehen, als gingest du mit irgendwelchen internen Informationen an den Fall heran, oder vielleicht mit einer heimlichen Macht. Wenn du danach ins Büro kommst –«

»Ich würde nicht zurückkommen.«

»Die Leute würden denken, daß du es tust. Solange du also an dem Fall dran bist, würdest du wie der verlängerte Arm der Staatsanwaltschaft wirken – als hätte ich noch Kontrolle über den Fall und du die Macht, eine Einstellung zu erzwingen. Nein. Die Verteidigung ist nicht so wichtig. Wir können es uns leisten –«

»Nett zu erfahren, nach zehn Jahren, daß du denkst die Wahl des Verteidigers sei ohne Bedeutung.«

»Linda, wenn es an mir läge, würde ich dich engagieren. Das weißt du. Aber es gibt andere, die fast so gut sind wie du und die ich nehmen kann, ohne mich verdächtig zu machen. Wo ich es mir leisten kann, überkorrekt zu handeln, werde ich es tun. Alles muß absolut sauber aussehen. Verstehst du? Denn wenn wir alles andere absolut seriös durchspielen, kommen wir vielleicht mit dem einen Schwindel durch. Darauf setze ich.«

3 Davids Fall war der erste seit Jahren, den ich mit meiner Frau besprach. Das ›Gespräch‹ bestand hauptsächlich darin, daß ich fragte: »Was kann ich tun? Was kann ich tun?« Schließlich schaute sie von der Couch hoch und meinte: »Du könntest als Bezirksstaatsanwalt zurücktreten und ihn selber verteidigen.«

Ich hielt im Auf-und-ab-Gehen inne und sah sie an. Diese Idee war mir nie auch nur in den Sinn gekommen, und das wußte sie. Über den Grund aber täuschte sie sich. Ich wollte die Macht nicht aufgeben, weil sie das einzige Mittel war, wie ich David helfen konnte. Verteidiger sind, wie ich Linda sachte beizubringen versucht hatte, beinahe genauso hilflos wie ihre Mandanten, wenn die Maschinerie einmal ins Rollen kommt. Lois aber glaubte, daß mir an meiner Position mehr lag als an meinem Sohn.

»Wenn es etwas nützen würde, täte ich es. Du gibst dich doch nicht etwa der Illusion hin, daß ich der beste Strafverteidiger in der Stadt bin, oder?« Lois zuckte nur mit den Schultern. Sie hatte gesagt, was sie dazu zu sagen hatte.

»Wer ist besser, Daddy?« fragte Dinah. Sie saß am anderen Ende der Couch. Anders als ihre Mutter, die über ihrer Stickerei saß, beschäftigte Dinah sich mit nichts anderem, während ich sprach. Sie saß einfach da und sah mir zu.

Dinah war das Kind unserer späten Liebe. Sie war zehn Jahre alt. David stand sie überhaupt nicht nahe. Er war mehr wie ein Onkel für sie, und zwar kein besonders lieber. Dinah war David unwillkommen gewesen, noch ehe sie geboren wurde. Daß seine Mutter schwanger wurde, als er dreizehn und schon auf der High School war, war ihm peinlich. Jeder wußte, woher die kleinen Kinder kamen. Es war ihm zuwider, wenn Lois ihn von der Schule abholte.

Als Dinah fünf wurde, war David fortgegangen, zuerst aufs College, dann in sein eigenes Leben. Dinah wuchs als Einzelkind auf wie er. Sie war ein liebes Kind, immer. Aber sie brachte Lois und mich nicht wieder zusammen, wie wir es uns wohl insgeheim erhofft hatten. David hatten wir uns gemeinsam gewidmet; Dinah widmeten wir uns getrennt.

»Ich habe Henry Koehler engagiert«, sagte ich als Antwort auf ihre Frage.

Dinah runzelte die Stirn. Sie hatte, zum Glück für sie, den Mund ihrer Mutter, aber meine Stirn; ihr übriges Gesicht ist eine zu wenig abgestimmte Mischung aus unser beider Züge. Sogar ich wußte, daß sie wirklich hübsch nur ist, wenn sie lächelt.

»Aber ist Henry Koehler als Anwalt nicht bei Paragraphen besser als vor Gericht?«

»Das war früher mal. Jetzt ist er in beidem gut. Außerdem –«

»Willst du alle Verfahrensfehler im Protokoll haben.«

»Ja.« Dinah war ein ungewöhnliches Kind. Seit sie zur Welt kam, habe ich meine Fälle mit ihr besprochen. Als sie noch ganz klein war, war es einfach ein drolliges Spiel, eine Art, meine Gedanken zu ordnen. Ich behielt es aber auch bei, als sie alt genug wurde mitzureden. Nicht, daß sie mir je irgendwelche scharfsinnigen Einsichten beschert hätte, nichts dergleichen, aber sie hörte so andächtig zu, daß ich mich verpflichtet fühlte, selbst auf eine Antwort zu kommen. Realistisch betrachtet, weiß ich, daß Dinah nicht überdurchschnittlich begabt ist, aber für eine Zehnjährige hat sie eine ungewöhnliche Menge an Wissen. So verstand sie sofort, warum ich mich für Henry entschieden hatte. Er würde nicht nur bei der Verhandlung gut sein, sondern auch die richtigen Einsprüche erheben, die für einen Revisionsantrag reichten. Das war einer der Gründe, weshalb ich ihn genommen hatte. Zu viele der bekannteren Verteidiger der alten Schule haben in Sachen Berufung allzusehr die Einstellung: Pfeif-auf-die-Torpedos; für sie gibt es nur den Prozeß gewinnen oder ihn vermasseln.

Dinah wußte, was ich damit sagte: Vor dem Schwurgericht, wenn es denn zum Prozeß kam, würden wir möglicherweise verlieren. Sie nickte sachlich.
»Wenn ich mich mal in dieses Fachgespräch einschalten darf«, sagte Lois lächelnd, »wie lief das Treffen mit dem Verteidiger denn nun?«
»Ziemlich gut«, erwiderte ich automatisch, hielt dann jedoch inne, um mich zu erinnern und zu fragen, was die wirkliche Antwort darauf war.

Als ich hereinkam, wartete David bereits in Henrys Büro. Sie schienen noch nicht miteinander gesprochen zu haben. David saß auf keinem der Besucherstühle vor dem Schreibtisch, sondern hockte auf einer Couch an der hinteren Wand. Henry stand hinter dem Schreibtisch auf, um mir die Hand zu geben. »Wirklich schmeichelhaft«, sagte er, »wenn man bedenkt, wie viele Male Sie mich vor Gericht in die Pfanne gehauen haben.«
»Alle Ankläger hauen alle Verteidiger irgendwann mal in die Pfanne«, entgegnete ich bescheiden. »Die Chancen sind –« Mir fiel gerade noch rechtzeitig ein, wie gedankenlos diese Bemerkung unter den gegebenen Umständen war.
»Nicht immer«, ergänzte Henry sanft, auch er im Bewußtsein von Davids Anwesenheit.
»Übrigens, gratuliere zum Fall Gonzalez«, sagte ich. In der Woche zuvor hatte das Appellationsgericht die Aufhebung einer Verurteilung wegen Trunkenheit am Steuer verfügt, bei der Henry in die Berufung gegangen war. (Fälle von Trunkenheit am Steuer sind für Verteidiger in San Antonio das tägliche Brot. In der ganzen Stadt gibt es vermutlich keine drei Anwälte für Strafsachen, die so reich und erfolgreich sind, daß sie derlei nicht mehr übernehmen müssen.) In der nächsten Instanz würden wir eine neuerliche Umkehr des Urteils erreichen, da war ich sicher, aber vor David sprach ich das nicht aus.
»Danke.«
Viele Leute würden überrascht darüber sein, daß ich Henry Koehler ausgewählt hatte, um David zu vertreten. Aber es war das

Ergebnis reiflicher Überlegung. Weil David der Vergewaltigung einer Schwarzen beschuldigt wurde, hatte ich zunächst mit dem Gedanken gespielt, einen Verteidiger aus einer ethnischen Minderheit zu engagieren, und sehr mit dem Gedanken, eine Frau zu nehmen. Aber ein Farbiger als Verteidiger wäre zu offensichtlich gewesen, und (da dies hier keine politische Ansprache ist, kann ich die Wahrheit sagen) da Linda nicht in Frage kam, gab es keine Frau, die gut genug war. Na ja, eine gab es noch, aber die hatte Hugh Reynolds mir weggeschnappt. Ich war auch zwei oder drei Strafverteidiger durchgegangen, die als die Altmeister galten. Henry war jung, noch keine vierzig, aber er war derjenige, den ich engagiert hätte, wenn ich selbst in Schwierigkeiten gewesen wäre.

Das erste, woran ich oft denken mußte, wenn ich Henry Koehler anschaute, war, wie unbeliebt er auf der High School gewesen sein mußte. Auch jetzt sah er noch irgendwie aus wie ein Hirnwichser aus dem Schachklub. Er war beinahe schmächtig, mit kleinen Händen, und trug, natürlich, eine Brille. Vom Äußeren her nicht anziehend, aber er hatte auch nichts Abstoßendes an sich. Er kleidete sich weder schäbig noch gut, vorzugsweise blaue Anzüge. Man neigte dazu, nichts an ihm auffällig zu finden, ausgenommen seine Stimme. Sie war nicht tief, aber sehr klar, und seine Diktion war stets präzise. Sie trug, ohne dominieren zu wollen. Wenn er sprach, klang er wie ein guter Schauspieler, der nach einem einstudierten Skript arbeitet.

»Ihr habt euch schon bekannt gemacht?« Ich gab David einen Wink, auf den er sich an seinem tiefen Sitzplatz auf der Couch aufsetzte.

»Ja, aber wir haben noch nicht über den Fall gesprochen. Wir wollten auf Sie warten.« In Henrys Stimme lag eine seltsame Schärfe, aber ich hielt mich nicht weiter damit auf, darüber nachzudenken.

Ich legte eine Hand leicht auf Davids Schulter. Er hatte immer noch nichts gesagt. Plötzlich fragte ich mich, ob ich überhaupt hiersein sollte.

Ich erläuterte Henry das Arrangement mit den Sonderstaatsanwälten. Ich würde mit keiner der beiden Seiten etwas zu tun haben. »Versteht sich von selbst, daß ich bei der Verhandlung nicht neben Ihnen sitzen werde. Aber ich möchte soweit wie möglich bei den Vorbereitungen dabei sein. Denken Sie sich mich als Beisitzer.«

Henry nickte. Er blickte David in einem fort an. Nicht bedrohlich; es war mehr ein taxierender, neugieriger Blick. Er schien zu wollen, daß David redete. David hatte noch immer kein Wort gesagt, seit ich hereingekommen war. Er saß da, ohne herumzurutschen, und schenkte dem Gespräch zwischen mir und seinem Verteidiger anscheinend wenig Aufmerksamkeit.

»Reden wir mal eine Minute lang über Urteilsabsprachen«, sagte Henry zu David. »Sie wissen, was eine Urteilsabsprache ist? Das wird diesmal schwieriger wegen all der Publicity, aber reden wir für den Moment mal über die Untergrenze. Wenn sie Bewährung anbieten...«

»Nein«, sagte David. »Ich werde mich für gar nichts schuldig bekennen.«

Ich sah Henry mitfühlend an. Er hatte das Schlimmste, was man haben konnte: einen unschuldigen Mandanten. Oder, genauso schlimm, einen, der seine Schuld nicht zugeben mochte. Das schränkte einem die Möglichkeiten als Verteidiger schauderhaft ein. Und setzte einen, wenn man dem Leugnen seines Klienten glaubte, erheblich unter Druck.

Henry nahm es mit Fassung. »Erzählen Sie mir, was passiert ist.« Er legte eine Hand auf den Mund und starrte darüber hinweg auf David.

David saß einfach da, einen Augenblick lang begriff er nicht, daß dies sein Auftritt war. Ich schob meinen Stuhl ein wenig zurück, so daß ich sein Profil sehen konnte, er aber nicht mein Gesicht, ohne sich bewußt umzudrehen. Von dieser Position aus konnte ich auch Henry beobachten, während er sich Davids Version dessen anhörte, was an diesem kalten Aprilabend in seinem Büro geschehen war. Unter anderen Umständen wäre es komisch gewesen. Die einzige Gefühlsregung, die Henry zeigte, während David sprach, bestand darin, daß er die Hand vom Mund nahm und sie

auf seinen Schreibtisch legte, aber ich wußte, was der Anwalt in ihm sich dachte: Soll ich das etwa vor Gericht verkaufen?
»Haben Sie sie berührt?« fragte er einmal.
»Nur, um sie zu hindern, sich selber wehzutun, und um mich zu schützen, als sie auf mich losging.«
Die Geschichte war die Verteidigung eines Idioten, ein Schauerstück von der Art, wie Anwälte es sich noch Jahre später bei einem Drink erzählen. Ich hatte sie schon einmal gehört, heute aber ging David mehr ins Detail. Nach einer Weile, Henry hatte sich so gut unter Kontrolle, daß ihn zu beobachten nicht lohnte, wandte ich meine Aufmerksamkeit David zu. Seine Stimme war ernst, sein Gesicht fast glatt. Dies schien eine Chance zu sein, auf die er gewartet hatte. Er beugte sich vor, seine Hände bewegten sich in Gesten von Angriff und Verteidigung und stiegen vor ihm in die Höhe, zum Zeichen von Bestürzung. David schien mich vergessen zu haben. Dann sah ich von ihnen beiden weg. Mir war danach, mich bei Henry zu entschuldigen.
»Ich war wieder im vorderen Büro, als der Wachmann erschien, aber man konnte Mandy drinnen sehen. Bis dahin hatte sie fast gar nichts mehr an. Sie können sich vorstellen, was er dachte.«
»Im Polizeibericht steht, was er dachte«, sagte Henry tonlos.
»Ihr ganzes Verhalten änderte sich, sobald andere Leute dazukamen. Sie sah so jammervoll aus, daß ich ihr am liebsten selbst geholfen hätte. Sogar, nachdem sie sagte, was sie sagte...«
»– daß Sie sie vergewaltigt hätten.«
»– dachte ich, es sei bloß ein schrecklicher Witz. Ich dachte, daß sie ihr Verhalten erklären oder ein Psychiater reinkommen und sagen würde, sie sei eben erst aus einer geschlossenen Anstalt ausgebrochen. Ich wußte nicht, was ich denken sollte...«
Es dauerte noch eine Minute, bis David wieder still wurde, und in dieser Stille saßen wir dann alle einfach da. Schließlich wandte sich David um und sah mich an, wie um ein Zeichen, was als nächstes geschehen solle. Ich ließ meine Augen auf seinem Anwalt; das war das Zeichen. Auch David wandte sich Henry zu.
Als er unsere Aufmerksamkeit hatte, sagte Henry mit Bedacht: »Das ist die schlechteste Verteidigung, die ich je gehört habe.«

»Ich habe einen Mann verteidigt«, fuhr er fort, »der in einem fremden Haus mit Schmuck in der Tasche gefaßt wurde, und er hatte eine bessere Geschichte als die hier. Ich habe einen Kinderschänder verteidigt, der *Fotos* machte, und er hatte eine bessere Geschichte zur Verteidigung als Sie.«
»Es ist die Wahrheit«, warf David störrisch ein.
»Ich sagte nicht, daß es das nicht ist. Ich will Ihnen nur deutlich machen, wie es klingt.« Er hielt seine Hand hoch, um weitere Beteuerungen von David abzufangen. »Gehen wir mal ins Detail. Vielleicht wird es dann besser. Wie gut kannten Sie Mandy Jackson vorher?«
»Kaum eigentlich. Sie ist Putzfrau. Manchmal war ich im Büro, wenn sie kam, um die Papierkörbe auszuleeren. Wir sagten hallo. Sie wissen...«
»Gut, sie ist die Putzfrau. Was sind Sie? Was macht diese Firma?«
»PERMACORP? Wir machen Software. Schreiben Programme, verkaufen sie–«
»Computerspiele?« fragte Henry.
David schaute gequält drein. »Gewerbliche Programme, im allgemeinen. Unser Verkaufsschlager ist ein Programm, das die Lohnbuchhaltung für kleine Betriebe macht. Man gibt einfach die Angestellten und ihre Jahresgehälter ein, und das Programm sagt einem, was sie wöchentlich oder alle zwei Monate oder wie oft auch immer rausbekommen, mit einer Aufstellung aller Abzüge. Das hab ich geschrieben«, fügte er mit betontem Stolz hinzu, als könnten seine Zuhörer die Leistung nicht recht würdigen.
»Also sind Sie Programmierer.«
»Na ja, angefangen hab ich als Buchhalter. Jetzt mache ich von allem ein bißchen was.«
Henry nahm die Hand vom Mund. »Demnach sind Sie ein wichtiger Mann in der Firma. Seien Sie nicht bescheiden.«
»Ich kenne mich mit allen Vorgängen vermutlich besser aus als irgendwer sonst. Aber wir sind auch nicht gerade eine Riesenfirma.«
»Trotzdem, Sie sind ein leitender Angestellter, aber Sie kennen die Putzfrau mit Namen. Wie haben Sie Mandy kennengelernt?«

»Ich weiß nicht, ich nehme an, ich hab mich selber vorgestellt, als ich sie das erste Mal sah.«
»Einer Putzfrau?«
»Warum nicht? Es passiert automatisch, jemand kommt rein, man –« Davids Gesicht verhärtete sich ein wenig, aber Henry hielt ihn mit einer weiteren Frage auf Trab, noch ehe seine Stimmung sich festsetzen konnte.
»Wie lange ist das her?«
»Was?«
»Daß Sie sie kennengelernt haben. Wie lange kennen Sie sie schon?«
»Seit ich bei der Firma bin, schätze ich. Zwei Jahre etwa. Ich führe wirklich nicht Buch darüber –«
»Je außerhalb der Arbeit mit ihr zusammengekommen?«
Das wäre auch meine nächste Frage gewesen. Ich schob meinen Stuhl noch ein bißchen weiter zurück, hielt mich gänzlich raus. Dabei sah David sich gar nicht antwortsuchend nach mir um. Es war etwas nur zwischen ihnen beiden.
»Nein«, sagte David, aber es kam langsamer als seine übrigen Antworten, und danach stockte er.
»Wann war das?« fragte Henry.
»Ich glaube, ich könnte sie einmal im Kaufhaus gesehen haben. Sie sagte hallo zu mir, oder ich zu ihr. War Victoria mit? Ich weiß nicht mehr.«
»Also könnte irgend jemand Sie beide außerhalb des Büros gesehen haben?«
»Mandy und mich? Das eine Mal, ja. Ist das wichtig?«
»Weiß nicht. Kommen wir nun zur wichtigen Frage. Warum haßt Mandy Jackson Sie?«
»Mich hassen? Sie haßt mich nicht. Wie kommen Sie –«
»Warum sonst hat sie Ihnen das angetan? Sie hängt Ihnen ein Verbrechen an, für das Sie lebenslänglich ins Gefängnis kommen können. Das ist die Tat einer furchtbar zornigen Frau. Was hat sie so wütend gemacht?«
»Ich weiß nicht.« Zum erstenmal wirkte David verunsichert. »Ich weiß es nicht. Wir kennen uns kaum.«

Es war offensichtlich, daß David auch schon über diese Frage nachgedacht hatte. Entweder war er auf keine Antwort gekommen, oder er wußte es und wollte es uns nicht sagen. Wie auch immer, seine Darstellung hatte einen Haken.

»Dann war es also nichts Persönliches«, sagte Henry. Ich fragte mich, ob David die Ironie in seiner Stimme heraushörte. »Wollte sie Geld von Ihnen?«

»Geld?«

»Erpressung. Hat sie Ihnen angeboten, die Anzeige zurückzuziehen, gegen eine gewisse Summe?«

»Sie hat kein Wort zu mir gesagt.«

»Es war der Wachmann, der reinkam und Sie beide fand, nicht wahr? Hat *er* irgendwas zu Ihnen gesagt?«

David wirkte wie hinter einer Nebelwand. Seine Stimme kam langsam hinter der Szene hervor, die er an sich vorbeiziehen ließ. Er schüttelte den Kopf. »Joe Garcia. Er richtete die ganze Zeit einfach nur seine Waffe auf mich. Er sah zu Tode erschrocken aus.«

»Wer von euch beiden rief die Polizei an?«

»Joe. Er ließ mich am anderen Ende des Zimmers niedersetzen, während er anrief.«

»Sofort?«

David nickte. »Keine Minute, nachdem er reingekommen war. Dreißig Sekunden. Es war, als wolle er für nichts verantwortlich gemacht werden.«

»Vielleicht war der Wachmann nicht eingeweiht, und kam nur zur falschen Zeit reingestolpert. Vielleicht sollte jemand anderer Sie entdecken. Jemand, der Ihnen angeboten hätte, *nicht* die Polizei zu rufen, für eine gewisse Summe. Oder vielleicht war Joe Garcia eingeweiht, bekam aber in allerletzter Minute Schiß. Zumindest eine Möglichkeit. Hoffen wir, daß irgend jemand Sie mit einem Angebot kontaktiert, die Anzeige fallenzulassen.« Henry sah mich an. »Wir werden einen Detektiv engagieren müssen.« Ich nickte.

»Vielleicht hat sie, weil es jetzt soweit gekommen ist, Angst, Geld zu verlangen«, sagte David. »Das spricht aber nicht dagegen.«

Henry warf ihm einen schnellen, finsteren Blick zu, der ihn furchtbar ekelhaft und autoritär aussehen ließ. »Schauen Sie nicht so hoffnungsvoll. Ohne einen Beweis hinkt die Geschichte. Gehen wir's noch mal durch.«

Henry hetzte David von neuem durch die Geschichte wie ein Bluthund einen Sträfling durchs Unterholz. Diesmal ging er Details nach, die beim ersten Mal nicht zur Sprache gekommen waren. Warum arbeitete David an diesem Abend noch so spät? Wie dachte seine Frau darüber? Arbeitete er oft lang? Warum, hatte er vielleicht Angst, nach Hause zu gehen? Als David anfing, wütend zu werden, würgte Henry das ab, indem er ihm einen Blick zuwarf, der besagte, daß Davids Ärger an sich schon ein Beweis war. »Angst vor dieser Frage?« sagte er einmal. »Es wird nicht das letzte Mal sein, daß sie Ihnen gestellt wird.«

Für mich gab es dabei nichts zu tun. Ich saß einfach da und bewunderte Henrys Technik. Als ich Verteidiger geworden war, hatte ich die erste Sitzung mit einem Klienten immer damit zugebracht, ihm zu versichern, alles würde wieder in Ordnung kommen. Das war Schwachsinn. Ihm vor Augen zu führen, wie vollständig düster seine Zukunft aussah, war viel besser. Wenn die Dinge dann am Schluß besser standen, würde er dankbar sein. Wenn nicht, auch gut, man hatte ihm ja nichts vorgemacht.

Nach einer Stunde wirkten beide frustriert. Henry wandte sich erstmals mir zu. Ich dachte, er wolle mich etwas fragen. Das tat er auch. »Mark, macht's Ihnen was, eine Minute rauszugehen? Ich möchte gern mit David allein reden.«

Es machte mir nichts, meine Überraschung sehen zu lassen. Gleichzeitig rappelte ich mich von meinem Stuhl hoch, als wäre ich beim Lauschen am Schlüsselloch ertappt worden.

»Nur eine Minute«, sagte Henry entschuldigend. David sah nicht hoch. Ich saß noch zehn Minuten im Wartezimmer, starrte an die Wand, damit ich nicht mit der Sekretärin Konversation machen mußte, und fragte mich, worüber sie wohl sprachen. Es mußte um mich gehen, dachte ich.

»Als sie rauskamen, wirkte keiner von beiden viel fröhlicher«, erzählte ich Lois an jenem Abend. Ich erzählte ihr nicht, daß es ein Nachspiel hatte, als ich David zum Essen einlud und ihm ein paar von denselben Fragen stellte wie Henry, aber in einem, wie ich meinte, umgänglicheren Ton, bis David seine Gabel niederlegte, mich wütend anstarrte und sagte: »Du glaubst mir auch nicht, oder?«
Er würde vermutlich ohnehin Gelegenheit finden, es seiner Mutter selbst zu erzählen. Ich fragte mich, ob er an diesem Nachmittag schon mit ihr telefoniert hatte. Lois machte weiter mit ihrer Stickerei. Dinah sah Lois an, als wäre sie am Wort, dabei brannte sie darauf, eine bestimmte Frage zu stellen. Nach einer kurzen Wartepause tat sie es auch.
»Daddy, warum suchst du nicht einen richtig schlechten Staatsanwalt aus, um David anzuklagen? Konntest du das nicht?«
Die kurze Antwort war nein. Die schlimmere Antwort war die, daß ich in meinem Stab keine Ankläger hatte, die schlecht genug gewesen wären, diesen Fall zu verlieren. Ich gab Dinah keine von beiden. Ich hob sie hoch, trug sie in ihr Kinderzimmer und erzählte ihr als Gutenachtgeschichte etwas von Sonderstaatsanwälten. Dann ging ich hinaus und ließ sie ihren Pyjama anziehen, und als ich zurückkam, kniete sie neben dem Bett. Das hatte ich sie seit Jahren nicht tun sehen. Sie betete leise, und als sie fertig war, verlor sie kein Wort darüber.
Zum Zudecken kam auch Lois herein. Von gegenüberliegenden Bettkanten aus gaben wir Dinah jeder einen Gutenachtkuß. Sie legte die Arme um unsere Nacken und drückte uns lange und unbequem an sich. »Hab keine Angst deswegen, Dinahsaurier«, flüsterte ich. Lois legte ihr nur den Arm um den Rücken.
»Gute Nacht, Liebes«, sagte sie eine Minute später an der Tür.
Wir waren im Wohnzimmer an der Rückseite des Hauses. Es wirkte groß und still. Ich wartete ab, ob Lois mir noch etwas zu sagen hatte. Als sie ihre Stickerei wieder aufnahm, ging ich an die Bar.
»David hat mich angerufen«, erklärte sie, als ich ihr den Rücken zuwandte. »Ich glaube nicht, daß er glücklich mit dem Anwalt ist, den du ihm ausgesucht hast.«

»Ich bin sicher, das Kompliment würde der Anwalt zurückgeben. Wenn er glaubt, er kann einen Anwalt finden, der auf die Knie fällt vor Dankbarkeit über die Chance, ihn mit dieser Geschichte zu verteidigen –«

»Ich sagte ihm, es mache nichts, weil es in diesem Fall sowieso niemals zum Prozeß kommen wird.«

Ich musterte sie eine Minute lang. Lois ist in meinem Alter, fünfundvierzig, schlank, immer noch attraktiv, nach Art einer Geschäftsfrau eben. Manchmal – und dies war einer von jenen Momenten – fragte ich mich, warum wir uns nicht schon vor etlichen Jahren haben scheiden lassen. Dann fällt mir Dinah ein. Unser Arrangement war nicht so altmodisch, daß wir nur um des Kindes willen zusammenblieben. Es ist einfach so, daß keiner von uns getrennt von ihr leben möchte. Und es gibt auch keinen zwingenden Grund dafür. Lois und ich sind Hausgenossen und fast immer freundlich miteinander. Wenn wir uns bemühen, mehr zu sein, macht uns das traurig, weil wir an früher denken müssen, als wir uns nicht erst bemühen mußten. Eines Tages werden wir uns fraglos scheiden lassen; ich kann mir nicht vorstellen, daß wir zusammen alt werden, wenn Dinah einmal aus dem Haus ist. Auch dieser Gedanke macht mich traurig.

Während ich grübelte, legte Lois ihre Stickerei weg und sah mich ihrerseits an. Das ist unsere übliche Art der Verständigung, wenn wir uns Mühe geben: einander nach Anhaltspunkten dafür auszuforschen, was in uns vorgeht.

»Stimmt das nicht?«

»Doch. Es wird niemals zu einem Prozeß kommen.«

»Mark. Bist du – ich frage mich nur, ob du je daran gedacht hast, daß David vielleicht lügt.«

»Natürlich glaube ich ihm.«

»Fahr mich nicht an. Das ist eine wichtige Frage. Denn wenn du glaubst, daß er es wirklich getan hat, wärst du vielleicht gar nicht so sehr darauf aus, die Anklage zu Fall zu bringen. Sag mir –«

»Hör auf! Glaub das keine Sekunde lang. Es wäre zudem unwichtig.«

Sie wandte sich ab und wechselte das Thema. »Ich hab mir gedacht, daß wir das Ganze vielleicht von der falschen Seite her angehen. Vielleicht könntest du, bevor noch irgendwas geschieht, mit dieser Frau in Verbindung treten –«

»Ist nicht aufzutreiben.«

»Nein?«

»Nein. Sie scheint nicht in der Stadt zu sein. Hab auch nichts gefunden, das man gegen sie verwenden könnte. Es gibt keine Polizeiakte über sie. Sie lebt in einer armen Gegend, logischerweise, als Putzfrau. Henry hatte heute eine Idee.« Ich erzählte ihr von der Erpressungsversion. »Wenn sie lügt, hat sie vielleicht Angst, vor Gericht zu erscheinen. Wenn wir mit dem Richter Glück haben und sie zwei Termine versäumt, gibt es eine Einstellung. Aber darauf zähle ich nicht. Vielleicht findet unser Detektiv etwas heraus.«

»Ich bin froh, daß du auch daran gedacht hast.«

»Man wirft alle Netze aus, die man hat, und hofft, daß irgendwas drin hängenbleibt.«

»Eines davon muß funktionieren, Mark. Es *muß*. Du sagst, du wirst tun, was nötig ist, aber ich würde alles tun. *Alles*, verstehst du. Aber ich habe nicht die Macht, ich habe nicht die Position. Du hast beides –«

Ihre Hand streckte sich mir entgegen, die Finger gespreizt, angespannt, ihren ganzen Unterarm entlang standen die Sehnen hervor. »Wenn du sie nicht benutzt, werde ich –«

»Lois! Mach dich nicht selber verrückt! Ich *werde* alles tun! Bestimmt.«

»Auch wenn du glaubst, daß er schuldig ist?«

»Lois, verdammt noch mal.«

Ihre Schultern sackten ab. Sie ließ den Kopf nach hinten fallen. Einen Moment lang dachte ich, sie hätte einen Schlaganfall. »In Ordnung«, sagte sie leise. »Alles. Was immer auch nötig ist. Versprich's mir.«

»Ich verspreche es.«

Sie hob den Kopf und warf mir ein mattes, beifälliges Lächeln zu. »Das wollte ich bloß hören.«

4 Linda hatte schon vorher eine Andeutung gemacht, noch ehe ich David am Morgen nach seiner Festnahme in Henry Koehlers Büro traf.

»Du hast sicher schon an diese Möglichkeit gedacht: Vielleicht ist es was Politisches.«

»Ja, aber ich konnte mir keinen Reim drauf machen. Warum mich jetzt politisch in Schwierigkeiten bringen, Monate nach der Wahl, Jahre vor der nächsten?« Ich war bereits seit dreieinhalb Monaten im Amt. Jetzt zu versuchen, mich durch David in Mißkredit zu bringen, war zwecklos.

»Wovon sprichst du, von irgendeinem kranken Racheakt? Daß man David gegen mich benutzt?«

»Vielleicht war das Timing falsch«, beharrte Linda. Sie warf sich auf die Idee, lief vor meinem Schreibtisch auf und ab und drehte sich bei jedem neuen Argument zu mir. »Vielleicht kannten die tatsächlichen Akteure nicht die Bedeutung dessen, was sie taten. Sie wußten nicht, daß es vor den Wahlen passieren mußte. Sie haben's vermasselt.«

»Linda –«

»Möglich wär's, Mark. Du bist jetzt ein Politiker. Das warst du vorher noch nie. Du mußt jetzt anfangen, in neuen Begriffen zu denken.«

Sie war keiner. Sie übernahm keine neue Rolle, sondern spielte die eine, der sie immer noch verschrieben war: Verteidigerin. Ihr Gesicht hatte sich verdüstert, als ich ihr Davids Version der Fakten wiedergab. Sie starrte quer durchs Zimmer, unfähig mich anzusehen, und versuchte angestrengt, es zu glauben. Jetzt war ihr

Gesicht wieder klar, sie beugte sich über den Schreibtisch und bohrte ihren Blick in mich. Sie hatte einen Weg gefunden, es zu glauben.
»Was haben wir von dieser Theorie?« fragte ich, als hätte sie mich überzeugt, aber sie wußte es besser.
»Sie gibt uns eine Richtung vor. Wenn sie es nur für Geld tut, wird sie sich unter Druck setzen lassen. Und es könnte eine Verbindung geben, die wir herausfinden.«
Sie hielt inne, da dieser Gedanke sie in eine neue Richtung führte, und einen Augenblick lang dachte ich auch über die Tragweite dessen nach, was sie sagte. Von einer Intrige, wie Linda sie darlegte, konnte nur einer profitieren.
»Und er sucht die Sonderstaatsanwälte aus«, sagte sie, meine Gedanken lesend. »Vielleicht ist es nicht bloß Rache. Wer würde dadurch bestätigt – nicht nur durch Davids Festnahme, sondern durch deine unvermeidlichen Machenschaften hinter den Kulissen, um ihn freizubekommen? Der Mann, der behauptet hat, daß du dein Handwerk in einer korrupten Verwaltung gelernt hast und als Bezirksstaatsanwalt genauso link sein würdest. Was bedeutet, er wird zusehen und abwarten, bis du etwas Unehrenhaftes tust.«
Nein. Das war Blödsinn. Aber Linda hatte einen Weg gefunden, Davids Story glaubhaft erscheinen zu lassen. Ich drehte und wendete es im Kopf herum und fragte mich, ob damit, wahr oder nicht, vor Gericht etwas anzufangen wäre.
»Ich werde dir noch was sagen, woran du nicht gedacht hast«, erklärte Linda. Das war schon, nachdem ich meine Pressekonferenz gehalten hatte, auf der ich meinen Plan bekanntgab, Hugh die Sonderstaatsanwälte ernennen zu lassen. Sie hatte einen neuen Einwand. »Es gibt noch einen Weg, wie Hugh dich in dieser Sache hereinlegen könnte. Indem er zwei Dilettanten als Sonderstaatsanwälte benennt.«
»Was hätte er –«
»Jeder würde wissen, daß du einen Handel mit ihm gemacht hast. Es würde dich falsch und korrupt aussehen lassen.«
»Und ihn auch.«

»Was kümmert ihn das noch? Er ist schon draußen. Er wird nie mehr für ein Amt kandidieren. Das ist seine letzte, größte Chance, den Mann zu diskreditieren, der ihn um seinen Job gebracht hat.«
Ich glaubte keinen Moment an diese Möglichkeit. Aber ich saß da und dachte darüber nach. Linda hat eine raffinierte Art, mit einer lächerlichen Idee mit einem kleinen Stachel darin daherzukommen und sie einem in den Kopf zu setzen.
»Du bist mir eine Anwältin«, sagte ich. »Aber Hugh würde so etwas nicht tun. Und selbst wenn? Wenn er Abbott und Costello bestellt, um David anzuklagen? Damit könnte ich leben.«

Er tat es nicht. Hughs Pressekonferenz, die er zwei Tage nach meiner abhielt, ließ meine wie ein Laientheater aussehen. Sein Büro hatte irgendwie mehr das Gepränge des Offiziellen. Hinter seinem Schreibtisch stand sogar eine amerikanische Flagge. Man hätte meinen können, er sei noch Bezirksstaatsanwalt. Es gelang ihm, den Eindruck zu erwecken, die ganze Sache sei von ihm ausgegangen.
Die Pressekonferenz wurde zu Mittag im Fernsehen übertragen. Ich saß in meinem Büro und sah es mir an. Hugh war in seinen vier Jahren im Amt weißhaarig und zwanzig Pfund schwerer geworden. Er kam mir vor wie der Geist der zukünftigen Weihnacht. Er redete nicht lang herum, wissend, daß er sich um seine Live-Sendezeit bringen würde, wenn er es in die Länge zog. In ein paar Sätzen skizzierte er, warum man ihn dazu berufen habe, diese Wahl vorzunehmen, wobei er zu verstehen gab, dies sei mehr auf seinen Ruf von Integrität zurückzuführen als auf unsere Gegnerschaft in jüngster Zeit. Er erwähnte mich mit Namen und nicht mit meinem Titel, und David überhaupt nicht. Die Kamera fuhr zurück, als er seine Wahl für die Sonderstaatsanwälte bekanntgab. Sie saßen zur rechten Hand der Macht, hinter dem Schreibtisch neben Hugh.
Ich nehme an, die höfliche Art wäre gewesen, mich vorweg zu informieren. Hätte ich viel Zeit mit Spekulieren zugebracht, ich hätte es erraten können. Als ich sie da sitzen sah, erschienen sie

als die logischen Kandidaten. Er hatte nicht den von Linda angedeuteten Weg beschritten, Dilettanten zu nehmen; er hatte die beiden besten Anwälte aus seiner Amtszeit ausgewählt.
Javier Escalante war *die* logische Wahl, und ich war froh, ihn zu sehen. Er war Hughs Erster Stellvertreter gewesen. Ihn wieder neben Hugh sitzen zu sehen, war keine Überraschung.
»Jawoll«, sagte ich zum Fernseher. »Jawoll, jawoll, jawoll.« Javier paßte perfekt. Absolut ehrenwert, aber ein Mann des Systems, ein Teamspieler. Ihm würde man die Situation nicht erst erklären müssen.
Hughs zweite Wahl war eine Überraschung, obwohl sie es nicht hätte sein sollen. Nora Brown war fast fünfzehn Jahre bei der Staatsanwaltschaft gewesen. Sie hatte zwei oder drei Jahre, bevor ich damals ging, angefangen. Wir hatten sogar ein paar Fälle gemeinsam vor Gericht gebracht, als sie Dritter Staatsanwalt für Verbrechensfälle war und ich Erster. Sie war ungefähr doppelt so schnell wie üblich im Amt aufgestiegen, und das aus einem ungewöhnlichen Grund: Sie war besser als jedermann sonst. Üblicherweise wurde so ein Aufstieg darauf zurückgeführt, daß man den anderen ein Bein oder sich spätabends mit dem Dezernatsleiter gut gestellt hatte, aber Nora schaffte es allein durch ihr Können. Sie war die beste, die ich je gesehen hatte.
Einen Fall gab es, in dem Nora und ich nicht zusammen Anklage erhoben. Es war ein Mordfall, nicht zu gewinnen. Ich bedauerte die Notwendigkeit der Einstellung, aber Nora weigerte sich sogar, Tatsachen Rechnung zu tragen. »Aber wir wissen, daß er es getan hat«, sagte sie wie ein bockiges Kind. Sie war damals noch ziemlich neu in der Abteilung. Vielleicht war sie zu schnell aufgestiegen, um Realitäten zu erkennen.
»Wissen reicht nicht. Sie müssen es beweisen.«
»Aber er *hat* es getan.«
»Aber – wir – können – es – nicht – *beweisen*. Wir haben die Zeugenaussage eines Komplizen und sonst nichts. Das Gesetz sagt, Sie brauchen zusätzliche Beweismittel zur Aussage eines Mittäters, und wir haben einen Dreck an zusätzlichen Beweismitteln.«

»Aber die Geschworenen –«
Ich ließ sie schließlich Anklage erheben, als Anschauungsunterricht. Nora war grandios, aber sie hätte nicht halb so grandios sein müssen. Die Jury wurde über die Mittäter-als-Zeuge-Regel belehrt, weigerte sich aber, ihr zu folgen, und sprach den Angeklagten schuldig. An diesem Punkt hatte sein Verteidiger schon einen Schock weg. Er hatte sich auf seinen Antrag nach einem richterlichen Entscheid auf Freispruch verlassen, aber er wurde abgewiesen. Der Richter sah, was auch jedermann sonst im Saal sah, und weigerte sich, seines Amtes zu walten, weigerte sich schlicht, den Schild abzugeben für das, was, wie er wußte, auf ihn zukommen würde, wenn er einen offenkundig Schuldigen freisprach. Sollte doch das Berufungsgericht es tun.
Das tat es auch, ein Jahr später, und hob den Fall aus Mangel an Beweisen auf, was bedeutete, daß der Angeklagte am Ende doch freikam. Man könnte sagen, meine Beurteilung sei durch diese Entscheidung bestätigt worden. Damals aber war ich bereits aus der Staatsanwaltschaft ausgeschieden, und ich hatte wegen der Sache ein ungutes Gefühl. Nora und ich erwähnten es nie. Sie war bis dahin der Star des Amtes und hatte immer noch den Ruf, körperliche Qualen zu leiden, wenn sie einen Fall einstellen mußte, selbst einen wenig chancenreichen.
Ich versuchte immer noch draufzukommen, warum Nora ausgeschieden war, als ich gewählt wurde. Ich hätte sie zur Dezernatsleiterin Verbrechen gemacht, wenn sie geblieben wäre, ein Job, den sie noch nie gehabt hatte, obwohl sie ihn sich zumindest die letzten fünf Jahre ihrer Dienstzeit hindurch verdient hätte. Sie hatte mir nicht die Möglichkeit gegeben. Einen Monat vor meiner Vereidigung räumte sie ihr Büro.
Sie saß gelassen vor laufender Kamera, während ihr ehemaliger Chef ihre Qualifikationen pries. Ihr dunkles Haar war zurückgebunden, was ihre Augen noch ausdrucksstärker machte. Ich stellte mir vor, daß sie mich durch den Bildschirm hindurch direkt ansah. Nora hatte eine Botschaft an mich. Ich konnte sie bloß nicht entziffern. Das war ihre Chance, mir zu zeigen – was? Etwas, das ich nicht ausmachen konnte.

Es war ein höllisch gutes Team, das Hugh gegen meinen Sohn aufstellte. Javier und Nora hatten schon früher bei wichtigen Fällen zusammengearbeitet. In der Todeszelle saßen zwei Männer, die sie mit ihrem Segen dahin geschickt hatten, und ein dritter war bereits aus diesem Jammertal geschieden. Sie waren wirklich so gut: Nicht nur, daß sie Verurteilungen erreichten, was jeder Ankläger im ersten Jahr zuwege bringt; ihre Verurteilungen hielten auch beinahe endlosen Überprüfungen in der Berufung stand.

Ich wandte mich zu Linda. »Glaubst du nun, daß irgendwer Hugh beschuldigen wird, mich mit Samthandschuhen anzufassen?«

Sie antwortete nicht mit Worten. War auch nicht nötig. Aber meine eigene Erste Stellvertreterin anzusehen gab mir neuen Stoff zum Rätseln. Was war das für ein momentaner Ausdruck, den ich auf Lindas Gesicht überrascht hatte, während sie auf Nora Brown starrte?

»Hier ist der Bericht über Mandy Jackson«, sagte Henrys Detektiv. »Sie ist so sauber, daß man von ihr essen könnte.«

Ich kannte den Kerl nicht. Dabei hatte ich gedacht, ich würde jeden kennen. Mögen tat ich ihn auch nicht.

»Das hier ist kein Vorsprechen für Ihre komische Nummer. Sagen Sie uns, was Sie wissen.«

»Immer mit der Ruhe, Papa. Die Wahrheit tut weh. Und die Wahrheit ist, daß aber auch rein gar nichts faul ist an dem Mädel, das sagt, Ihr Sohn hätte sie vergewaltigt.«

»In der dritten Klasse gewann sie einen Preis für die wenigsten Fehlstunden«, fuhr er mit einem Blick auf seinen schriftlichen Bericht fort. Ich machte ein geringschätziges Geräusch. »Das will etwas heißen«, fügte er hinzu, »weil bis zu dieser Klasse die meisten in ihrem Alter schon ausgestiegen waren. Sie kommt aus einer rauhen Gegend, diese Mrs. Jackson.«

»Mrs.?«

»Ja, das ist noch etwas, das sie von ihren Leuten unterscheidet. Sie war verheiratet, als sie ihre Kinder bekam. Der Junge ist jetzt zwölf, das Mädchen sechs. Sehr liebe Kinder.«

Er säuerte mir den Magen an. »Und der Ehemann ist fort?«
»So weit fort, wie's nur geht. Vor drei Jahren hat ihn jemand in einer Gasse hinter einer Bar erstochen. Allem Anschein nach war er nie eine große Stütze der Familie, schon gar nicht, als er noch lebte. Würde mich nicht überraschen, wenn sie jetzt allesamt glücklicher wären.«
»Wollen Sie sagen, daß sie es getan hat? Oder jemanden dafür bezahlt?«
»Nein, es sieht nach einem kleinen Deal aus, bei dem die Verhandlungen zu hitzig wurden. Ihr Vorgänger holte eine Verurteilung heraus, aber der Typ bekam nur zwölf Jahre. Mehr war Mr. Jackson keinem wert. Ich glaub, der Typ ist sogar schon wieder draußen.«
»Hat Mandy Jackson –«
»Ausgesagt? Nein. Ist nicht vor Gericht erschienen, soviel ich weiß. Sie wird ein unbeschriebenes Blatt sein, wenn sie kommt, um gegen Ihren Sohn auszusagen.«
»Wer ist dieser Kerl, Henry, irgendein beschränkter Vetter, bei dem Sie sich verpflichtet fühlen, ihm ein Gehalt zu zahlen?«
Der Detektiv lächelte gelassen, als sei angepöbelt zu werden genau das, worauf er aus war. Vermutlich war es auch nur gut für mich, daß er es nicht krummnahm. Er war irgendwo in den Dreißigern, mit beginnender Glatze, dicken Armen und einem noch dickeren Bauch. Er sah aus wie ein ehemaliger Collegesportler, der immer noch aß, als ob er den Stoffwechsel eines Neunzehnjährigen hätte. Henry Koehler fragte: »Was sagen die in der Firma über sie?«
»Man mag sie gern, Vetterherz. Sie ist seit drei Jahren da, nie zu spät gekommen, ohne es nachzuarbeiten. Das tat sie übrigens auch an jenem Abend. Normalerweise ist sie in einer geteilten Schicht, kommt sehr zeitig und geht noch vor neun Uhr morgens wieder, kommt dann am frühen Nachmittag zurück und ist um sechs wieder weg. Aber an diesem Tag kam sie zu spät und mußte das aufholen. Sonst wäre sie so spät nicht noch im Büro gewesen.« Er warf mir einen komischen, erwartungsvollen Blick zu.
»Warum so eine seltsame Schicht?« fragte ich.

Er lächelte. Er hatte offensichtlich gehofft, daß ich danach fragen würde. »Weil sie vormittags auf die Uni geht. Sie studiert – warten Sie – Wirtschaft am, was sagen Sie dazu, Trinity College. Wird so in etwa fünf Millionen Dollar an Studentenkrediten schuldig sein, bis sie einmal ihren Abschluß macht. Ist aber eine gute Studentin. Kein dummes Huhn.«

Studentenkredite? Schulden? Und ihr Ehemann bei einem Drogendeal ums Leben gekommen. Das war ein kleiner Anhaltspunkt. Aber wie sich darauf eine Verteidigung bei Vergewaltigung aufbauen lassen sollte, wußte ich auch nicht.

»Wie sieht ihr Strafregister aus?« fragte Henry.

»Einmal war sie fünf Tage zu spät dran mit der Verlängerung ihres Führerscheins. Schaffte es aber allem Anschein nach, nicht auf die Liste der meistgesuchten Verbrecher zu kommen deswegen. Abgesehen davon, null. Im Gefängnis war sie nur zwei oder drei Mal; um ihren Mann auszulösen. Die *ersten* zwei oder drei Mal. Danach ließ sie ihn sitzen.«

»Und weshalb war er drin?«

»Öffentliches Ärgernis im Rausch, unbezahlte Strafzettel. Lauter solche Greueltaten eben. Einmal wegen Rauschgiftbesitz festgenommen, aber bei der Durchsuchung kam nichts raus.«

Ich mochte seine Art nicht, aber wenn der Kerl nicht bloß das Blaue vom Himmel herunterredete, dann war er gut. Die Sache mit dem fünf Tage zu spät verlängerten Führerschein, das fand sich nicht in der normalen Verkehrssünderkartei. Dafür hatte er nachgraben müssen. Er hatte tief gegraben und alles, worauf er gestoßen war, schien Felsgestein.

»Vielleicht komm ich nochmals her und hör mir die Verhandlung an«, sagte er wieder mit diesem Grinsen. »Möchte sehen, wie Sie sie damit als Zeugin unglaubwürdig machen.«

»Ich nehme an, Sie sind soweit des Schreibens kundig, daß Sie das alles zu Papier gebracht haben. Warum lassen Sie uns nicht den schriftlichen Bericht da und den Rest der mündlichen Präsentation aus? Auslegen können wir ihn uns schon selbst.«

Henry sagte: »Danke, Damien. Haben Sie eine Rechnung dabei? Geben Sie sie Eileen, ja?«

Als er draußen war, fragte ich: »Wo haben Sie den Kerl denn aufgetrieben, Henry?«
»Houston.«
Ich zog eine Augenbraue hoch. »Wir sind jetzt schon eine große Stadt, Henry, wir haben unsere eigenen Detektive.«
Henry stand auf, um wieder hinter seinen Schreibtisch zu gehen. Damien hatte seinen Bericht von der Couch aus gegeben, wo er sich ausstrecken konnte, und Henry und ich hatten uns die Besucherstühle zu ihm hingezogen.
»Vielleicht hat Linda recht«, meinte Henry. »Vielleicht ist es was Politisches. Wenn ja, dann weiß ich nicht, wem ich trauen kann. In dieser Stadt ist alles Politik. Jeder hat irgendwelche Verbindungen. Ich wollte einen Ermittler von außerhalb.«
»Nun, ich weiß zumindest einen in der Stadt, dem ich trauen kann. Geben Sie mir einen Durchschlag des Berichts. Ich möchte es selbst nachprüfen lassen.«
Damien hatte zwei Durchschläge dagelassen. Als Henry mir einen davon reichte, fragte ich: »Wie bald wollen Sie David wiedersehen?«
»Ich sehe ihn heute nachmittag.«
Ich schaute ihn an und ließ drei oder vier Takte Schweigen vergehen. »Ohne mich?«
Henry zuckte die Achseln, zu beiläufig, als daß es ungezwungen gewesen wäre. »Es gibt nichts, weswegen Sie dabeisein müßten. Es geht um Fakten, nicht um Strategie. Hintergrundmaterial, Dinge, die Sie schon kennen. Wen wir als Leumundszeugen benennen könnten, lauter solche Sachen.«
Ich nickte und hob die Papiere in meiner Hand hoch. »Ist da auch der Bericht des Amtsarztes dabei?« Henry nickte. »Nun, das hilft uns«, erklärte ich. Ich hatte den Bericht gelesen. »Kein medizinischer Beweis für ihre Geschichte.«
»Das hilft uns allerdings«, sagte Henry. »Aber Sie wissen, wie Nora sich darauf stürzen wird. In der Hälfte aller Fälle gibt es *keine* medizinischen Indizien für eine Vergewaltigung. Toll wär's, wenn wir obendrein noch ein Motiv hätten, warum sie lügt.«
Ich deutete auf den Bericht. »Was wir nicht haben.«

Henry seufzte: »Mein Traum ist das nicht gerade, das sage ich Ihnen. Ich hätte sie mir nicht als Beschwerdeführerin ausgesucht, wenn ich die Wahl gehabt hätte.«
»Nur weil sie bis jetzt noch nie wegen etwas festgenommen worden ist, heißt das noch lange nicht, daß sie nicht gerade damit angefangen hat. Es gibt doch ein mögliches Motiv: ein schweres Leben, hohe Schulden. Vielleicht will sie, daß aus ihren Kindern mal was wird. Das kostet Geld.«
Henry sah plötzlich müde aus. Er lächelte ein unfrohes kleines Lächeln. »Sie wollen sagen, daß Sie meine blöde, kleine Idee mit der Erpressung fressen?«
Ich lächelte nicht zurück. »Wenn ich die nicht fresse, Henry, was bleibt mir dann noch?«

Etwa eine Woche später fragte Patty: »Bin ich eine gute Sekretärin? Haben Sie mich lieb?«
»Sie sind die beste, die es gibt, darum erdulde ich Sie. Was wollen Sie mir Schreckliches antun?«
»Rufen Sie Gus Hollingsworth zurück. Er hat schon fünfzehnmal angerufen; er fängt an, mit mir zu schreien. Er hat mir quasi gesagt, er wird mir so lange das Leben schwermachen, bis Sie ihn zurückrufen.«
»Also machen Sie wiederum mir das Leben schwer?«
»Ich hab ja für nichts kandidiert. Warum soll ich mich mit ihm herumschlagen?«
»Ich werd ihn anrufen.«
»Danke sehr«, sagte sie aufgesetzt schnippisch und ging hinaus. Ich seufzte theatralisch, was in meinem leeren Büro reine Verschwendung war. Gus Hollingsworth war ein politischer Berater, einer von den Brüdern, die mich als erste darauf angesprochen hatten, als Bezirksstaatsanwalt zu kandidieren. Ich seufzte nochmals, nahm einen von den zwölf rosa Notizzetteln, die Patty mir auf den Schreibtisch gelegt hatte, und rief an. Er ließ mich warten, natürlich. Strafe mußte sein.
»Hallo, Gus. – Danke gut – nun, Sie wissen ja, unter diesen Umständen.«

»Danke. Ich weiß das zu schätzen. Es geht ihm gut, er hält sich tapfer.«
»Tja, Gus, ich weiß nicht, was ich dagegen tun kann. Seit David festgenommen wurde, hab ich nur soviel –«
Ich saß da und hörte zu. Mein Schweigen war feindselig, aber das spürte er nicht. Wir waren jetzt auf seinem Terrain, dachte er.
»Ich weiß, wie schwer das für Sie sein wird«, erklärte er, ganz so, als verstünde er menschliche Gefühle wirklich, als würde er tatsächlich auch an etwas anderes einen Gedanken verschwenden als an Politik, »aber Sie müssen sich jetzt vollständig raushalten. Die Versuchung, sich in den Fall einzumischen, ist vermutlich fast übermächtig, aber damit täten Sie Ihrem Sohn nichts Gutes, und es könnte Sie erledigen. Wenn hingegen alle sehen, daß Sie über jeden Vorwurf erhaben bleiben und so Ihr Vertrauen in das System bezeigen, könnten Sie sich damit tatsächlich etwas Gutes tun. Es ist mir schrecklich, das zu sagen, aber –«
Ich war gerade dabei, mich zu entscheiden, ob ich aufhängen oder den Hörer auf meinem Schreibtisch ablegen sollte, als ich es endlich schaffte, ihm das Wort abzuschneiden. »Hören Sie mal, Gus, glauben Sie wirklich, mir liegt daran, ob ich diesen Job behalte? Wenn ich dieses Amt dazu hätte benutzen können, David rauszupauken, hätte ich das so schnell getan, daß keiner je von dem Fall was gehört hätte. Sollte ich doch noch einen Weg dafür finden, werd ich es tun. Auch wenn's nach Korruption aussieht. Die politischen Überlegungen stehen so weit unten auf meiner Liste, daß ich noch nicht einmal Zeit hatte, daran zu denken.«
Ich schnitt ein Gesicht über seine Antwort und für Linda, die gerade hereingekommen war. »Sehen Sie's mal so, Gus; seien Sie froh, daß es so früh in meiner Amtszeit passiert ist. Das gibt Ihnen jede Menge Zeit, jemanden als Gegenkandidaten für mich aufzubauen.«
Ich legte auf und sagte zu Linda: »Woher hab ich überhaupt ›politische Berater‹? Ich bin mir sicher nicht welche suchen gegangen. Ich schätze, sie haben sich auf mir festgesetzt wie Muscheln auf einem Schiffsrumpf.«
»Oder Fliegen auf Scheiße«, sagte sie. Und nicht mal im Spaß.

»Bist du nur gekommen, um mich zu beleidigen, oder hattest du was zu besprechen?«
Sie war nur auf ihrem Stuhl herumgerutscht und hatte nach den Papieren auf meinem Schreibtisch geschielt. Als ich die Frage stellte, sah sie mit gespielter Überraschung hoch. »Du meinst geschäftlich? Etwas, das den Bezirksstaatsanwalt angeht? Hast du daran wirklich Interesse?«
Mir lagen gleich ein paar Repliken auf der Zunge, aber ich schaute sie statt dessen nur an. Sie blickte, gar nicht mehr fahrig, zurück. Ihr Kinn war oben, bereit, meine Erwiderung entgegenzunehmen. Linda Alaniz. Manchmal mußte ich tagelang nicht an ihre ethnische Herkunft denken. Dann kam ein Moment wie dieser jetzt, wo sie sehr mexikanisch aussah. Ihre Augen wirkten dunkler als normal. Ihre Augenbrauen waren gesenkt, wie um die Hitze darin abzuschirmen.
Als ich nichts sagte, fuhr sie fort. »Um die Wahrheit zu sagen, heute findet eine Anhörung im Fall Clyde Malish statt. Da du ja einmal ein persönliches Interesse an der Sache hattest, dachte ich, du würdest vielleicht zuhören wollen. Du hast mal gesagt, in einer Wahlkampfrede, glaub ich, du habest die Absicht, gelegentlich in die Gerichtssäle reinzuschauen, um den Anklägern bei der Arbeit zuzusehen.«
Ich ließ noch ein kleines Schweigen verstreichen. Aber ich ärgerte mich über ihren Ärger und konnte nicht widerstehen, es ihr mit gleicher Münze heimzuzahlen. »Ist dir der Druck zuviel geworden, Linda, während ich meinen Kopf anderswo hatte? Hast du mit irgendwem Probleme, von denen ich wissen sollte?«
»Nein, wir in den niederen Gefilden haben uns wacker gehalten während deiner Abwesenheit, danke.«
Beim Sich-gegenseitig-um-die-Wette-Fixieren war ich im Begriff zu verlieren. Bei ihr steckte noch etwas dahinter. Ich wußte nur zu gut, daß sie mir nicht sagen würde, was. In letzter Zeit hatte ich die Führung der tagtäglichen Amtsgeschäfte Linda überlassen. Möglicherweise war sie auf ein Problem gestoßen, aber eines, das sie mir nicht berichten wollte. Lindas Chef zu sein war komisch. Uns war beiden nicht wohl dabei.

»Also gut, sehen wir uns Mr. Malish mal an. Bin neugierig, wie der Moriarty von San Antonio aussieht.«
Sie hielt sich schweigend neben mir und ließ den Kopf hängen, während wir durch das Labyrinth von Büros gingen. Ich fragte mich, ob wir für alle anderen wohl aussahen wie ein Paar, das Krach hatte. Vielleicht, hoffte ich, wirkten wir auch nur wie tief in Gedanken versunken.
»Jacks Bericht ist gekommen«, sagte ich im Konversationston. »Darin wird alles bestätigt, was Henrys Detektiv herausgefunden hat.«
»Ich weiß«, erwiderte sie. »Ich hab ihn gelesen. Tut mir leid.«
»Überhaupt keine Verbindung zur Politik. Das heißt natürlich nichts. Um so was zu machen, würden sie keinen Mitarbeiter aus dem Wahlkampf nehmen. Sie hätten jemanden angeheuert, der schon an der richtigen Stelle war. Jemanden *ohne* Verbindungen.« Linda schwieg. »Glaubst du nicht mehr an deine politische Theorie?«
»Ach, ich weiß nicht.« In ihrem Ton lag eine Entschuldigung für ihren Sarkasmus ein paar Minuten zuvor. Ich nahm sie stillschweigend an. »Es klingt dumm, was? Wie du gesagt hast: Wenn es gegen dich gerichtet war, dann war's ziemlicher Pfusch. Außerdem scheint Mrs. Jackson keine dumme Gans zu sein, die so was tut, nicht wahr? Irgendein blöder Teenager vielleicht –«
»Was dann? Erpressung? Geld kann sie sicher brauchen.«
»Vielleicht sagt sie schlicht die Wahrheit.«
Wir waren jetzt draußen auf dem Hauptflur. Keiner war nahe genug, um zu sehen, wie ich sie von der Seite scharf musterte. Einen Fall aufzugeben, noch ehe er begonnen hatte, sah Linda nicht ähnlich. Sie ging immer noch mit gesenktem Kopf, die Arme jetzt verschränkt. Vielleicht, dachte ich, war sie nur schlecht aufgelegt und pessimistisch, weil sie mit Davids Verteidigung nicht wirklich etwas zu tun hatte. Ich fühlte mich selbst auch ein bißchen so.
»Nun, das wird mit Sicherheit nicht die Theorie der Verteidigung sein. Wir brauchen einen Ansatzpunkt, und sei es nur, um ihn den Geschworenen zu verkaufen.«

»Ich weiß.« Linda hob den Kopf. »Es ist nur so –«
Ich nickte. Wir gingen in einem Schweigen weiter, das kameradschaftlicher war als das beim Verlassen des Büros.
Im dritten Stock des Gerichtsgebäudes befindet sich im Südtrakt das Hauptbüro der Staatsanwaltschaft, das Bezirksgericht Nr. 186 liegt im Nordtrakt, und den Großteil der Mitte nimmt die Registratur der Bezirksverwaltung ein. Es ist keine sehr betriebsame Etage – nicht wie die erste, wo die Bezirks- und die Kreisverwaltung den meisten Parteienverkehr abwickeln, oder die zweite, die an lauter Gerichtssälen und dem zentralen Geschworenenzimmer entlangführt. Wenn im 186er von Richter Marroquin nicht gerade ein Prozeß mit besonders viel Presseecho stattfindet, ist es auf der dritten Etage üblicherweise still. Heute war der Flur fast leer, da im 186er nur eine Anhörung im Vorverfahren abgehalten wurde. Die einsame Figur auf einer Bank fast am anderen Ende stach deshalb hervor, als Linda und ich in diese Richtung gingen. Unsere Hände streiften einander beinahe. Beinahe, aber nicht ganz. Wir hatten die Wärme, aber nicht den Kontakt.
»Also verfolgst du den Fall von Clyde Malish immer noch?«
»Ein wenig. Der Antrag heute ist Unsinn; vom Richter zu verlangen, unseren Zeugen nicht aussagen zu lassen, weil wir mit ihm einen Handel gemacht haben könnten.«
»Aber das wäre doch etwas, um ihn unglaubwürdig zu machen, zwar nicht –«
»Ich sag dir ja, es ist Unsinn. Natürlich, bei Richter Marroquin ist alles einen Versuch wert.«
»Sind Frank und Marilyn vorbereitet?«
»Ja; als du beim ersten Termin nicht dabei warst, mußten sie nicht einmal eine Neufestsetzung verlangen. Malishs Anwalt stellte selber einen Antrag auf Vertagung. Wir erhoben einfach keinen Einspruch.«
»Glück gehabt«, erwiderte ich. »Linda, ich hab gehofft, an einem der nächsten Tage nach der Arbeit –« Und schon klang ich wie ein Schuljunge. Ich räusperte mich und versuchte mir eine bessere Art auszudenken, es zu sagen.
»Seit wann bist du so schüchtern?« fragte sie.

Es gab keinen Grund, weshalb die schwarze Frau auf der Bank mir hätte bekannt vorkommen sollen. Und ich war jetzt nahe genug, um festzustellen, daß ich sie nicht kannte. Sie war besser angezogen als durchschnittliche Angeklagte, in einem schlichten, weißen Baumwollkleid. Sie saß sehr gerade auf der Bank und beobachtete eine Tür ihr gegenüber – die Tür zum Geschworenenzimmer. Vermutlich wartete sie ab, ob gegen sie Anklage erhoben werden würde. Oder gegen einen Verwandten.

Auch Linda war stehengeblieben. Als wir beinahe auf gleicher Höhe mit der Frau auf der Bank waren, drehte sie sich zu uns, zuckte zusammen, als hätten wir uns an sie angeschlichen. In ihren Augen war eine Spur Beunruhigung, als sie mich ansah. Ich machte eine beruhigende Geste, aber sie hatte sich schon Linda zugewandt, und ihr Gesicht wurde weicher.

»Hallo, Miß Alaniz.«

»Hallo, Mrs. Jackson. Geht's Ihnen gut?«

»Ja, danke. Da ist eine Dame bei mir –«

Natürlich. Ich hatte ihr Bild in der Zeitung gesehen, aber die verfälschen immer. Die Frau auf der Bank war Mandy Jackson.

Es war seltsam, ihr so kurz, nachdem man so viele Stunden mit Spekulationen über sie zugebracht hatte, persönlich zu begegnen. Ich hatte mir eine Verführerin, eine Intrigantin vorgestellt. Selbst nachdem die Ermittler ihre fleckenlose Vergangenheit vermeldet hatten, hatte sich mein geistiges Bild nur dahingehend geändert, daß es auch enorme Gerissenheit miteinschloß. Die Frau vor mir entsprach dem überhaupt nicht. In ihrem weißen Kleid sah sie eher aus wie eine Sonntagsschullehrerin. Natürlich hatte Nora sie sich für die Geschworenen so anziehen lassen. Aber Mandy Jackson sah nicht aus wie eine Frau, die eine Rolle spielte. Sie war irgendwo in der Mitte der Dreißiger – mehr als zehn Jahre älter als David – und eine Spur verbrauchter als die meisten Frauen in diesem Alter. Aber sie hatte auch etwas sehr Robustes an sich. Ihre aufrechte Haltung wirkte natürlich. Es war die Art, wie sie ihr ganzes Leben lang gesessen hatte. In dieser Umgebung wirkte sie befangen, aber sie sah leider nicht aus wie eine Frau, die drauf und dran war, hineinzugehen und einen Meineid zu schwören.

Sie und Linda wechselten ein paar Sätze. Ich war zwei oder drei Schritte weitergegangen und dann stehengeblieben. Als Mrs. Jackson einen Blick auf mich warf, nickte ich, und auch sie neigte leicht den Kopf. Ich wußte, wer sie war, und ich nahm an, sie kannte mich auch. Eine gegenseitige Vorstellung schien unangebracht.

Linda mußte auch dieser Meinung sein. Sie verabschiedete sich von der Frau auf der Bank, ohne mich einzubeziehen, und war dabei, sich mir wieder anzuschließen, als die Tür gegenüber aufging und Nora Brown mit den Worten heraustrat: »Wir sind jetzt bereit für Sie, Mrs. Jackson.«

Irgendwo in der Hälfte dieses Satzes mußte Nora das Gruppenbild auf dem Flur wahrgenommen haben, aber ihrer Stimme hatte man es nicht angemerkt. Sie streckte die Hand aus und wartete, daß Mrs. Jackson über den Flur kam. Erst danach und nachdem Nora eine Hand auf ihren Arm gelegt hatte, sah Nora Linda und mich direkt an. Wir alle nickten einander förmlich zu, ohne jedoch zu grüßen. Nora bugsierte die Frau, die praktisch ihre Mandantin war, hinein, und die Tür schloß sich. Mandy Jackson erschien, um vor den Geschworenen auszusagen.

Der Staatsanwalt – in diesem Fall Nora – konnte der Jury Zeugen vorführen, wenn er es für nötig hielt. Niemand sonst hatte ein Recht dabeizusein, insbesondere der mutmaßliche Angeklagte und sein Verteidiger nicht. Niemand, einschließlich des Staatsanwalts, durfte anwesend sein, während die Jury entschied, ob Anklage zu erheben sei. So will es jedenfalls das Gesetz. In der Praxis besitzt der Staatsanwalt zahllose Möglichkeiten, die Entscheidung der Jury zu beeinflussen – durch das Beweismaterial, das er vorlegt, die Art, wie er auf Fragen antwortet, die ganze Färbung, die er einem Fall gibt.

Die Geschworenen konnten das Verfahren gegen David einstellen, was bedeutete, daß es nicht einmal genug Beweise gab, um ihn vor Gericht zu bringen, sie konnten die Vorlage weiteren Beweismaterials verlangen oder – das übliche Ergebnis – entscheiden, welcher Tatbestand auf die Beschuldigungen, die sie gehört hatten, am ehesten paßte und Anklage wegen dieses Delikts er-

heben. Das war es, was jetzt gerade passierte, hinter dieser Tür, auf die ich starrte.
Linda zog mich am Ärmel. Gedankenverloren ging ich neben ihr den Gang hinunter. Aber es interessierte mich nicht mehr im entferntesten, was mit Clyde Malish passierte. Statt dessen trat ich ans Fenster auf der anderen Flurseite. Niemand war in der Nähe.
»Wann hast du Mandy Jackson getroffen?« fragte ich. »Ich konnte sie nie erreichen.«
»Du warst nicht schnell genug. Ich ging am allerersten Tag hin. Während du David zu Henry Koehler ins Büro brachtest, ging ich zu ihr.«
»Warum hast du mir nichts gesagt?«
»Weil ich dabei nichts Gutes rausfand.« Linda zögerte. Sie mied meinen Blick, aber nicht, weil es ihr peinlich war, sondern weil es ihr Sorgen machte, was sie wußte. »Sie ist nicht der Typ dafür, Mark. Ich glaubte zu wissen, wie sie sein würde, und rechnete nicht damit, daß sie mich reinlassen würde, sobald sie über meine Verbindung zu dir Bescheid wußte. Aber sie schien froh, mich zu sehen – jemanden von der Staatsanwaltschaft. Sie hatte darauf gewartet, von uns zu hören.
Sie hat Angst, Mark. Sie weiß, wen sie da beschuldigt, und sie fürchtet, daß ihr deswegen irgendwas passieren könnte.«
»Hat sie das gesagt?«
Linda schüttelte den Kopf. »Aber ich spürte es. Ich ertappte mich dabei, daß ich sie beruhigte. Ich sagte ihr, wir wollten, daß sie durch uns von den Sonderstaatsanwälten erfährt, bevor sie es in den Nachrichten sieht. Etwas, woran keiner deiner Karriereankläger gedacht hat«, setzte sie scharf hinzu.
Das stimmte. Wir hatten in Mandy Jackson nie ein Opfer im üblichen Sinn gesehen. Nicht sie war für uns das Opfer, sondern David.
»Ich saß da, den Arm um ihre Schultern gelegt«, fuhr Linda fort, »und dachte an diese verdammte Stabsbesprechung, all die Dezernatsleiter mit ihrem Eid, das Gesetz zu wahren, die nach besten Kräften versuchten, den Fall abzuwürgen. Gibt es viele

solche Besprechungen, Mark? Ich wußte, daß es in der Staatsanwaltschaft so zugeht, ich wußte es. Ich hab zu oft am anderen Ende eines solchen Handels gestanden. Irgendein Ankläger meint, er müßte jemanden zur Strecke bringen, und stellt ihm nach wie in einem Heiligen Krieg. Aber wenn's einer von den eigenen –«

»*Du* warst noch nie einer solchen Behandlung ausgesetzt.« Wir zischten uns scharf an. Meine Stimme war kontrollierter als ihre. »Deine Klienten vielleicht. Aber hinter dir war nie einer her! Du bist nicht deine Klienten, Linda. Das hast du nie verstanden. Für dich ist auch alles ein Kreuzzug. Du –«

»Ich *bin* meine Klienten. Ich bin jeder, den ich vertrete. Das ist etwas, was *du* nie verstanden hast. Für dich war es nur ein Job. Wäre es für mich nur ein Job, wäre ich Versicherungsanwältin geworden. Und jetzt werd ich –«

Linda schnaubte verächtlich. Ich wollte sie zurückhalten und griff nach ihrem Arm, aber sie wandte sich ab und schritt schnell den Flur hinunter. Sie wollte nicht zurückgehalten werden. Als sie an die Treppe kam, verschwand sie aus meinem Blickfeld. Ich fragte mich, wann ich sie wohl wiedersehen würde.

Meine eigene Wut verflog sofort. Ich verstand Lindas Dilemma; zum Teil war es ja eines, das ich verursacht, eines, an dem ich teil hatte. Wir durften in Davids Fall keinerlei Rolle spielen. Linda hatte ihn verteidigen wollen, aber ich hatte ihr Angebot abgelehnt. Ich dachte, sie verstünde, warum. Ich wollte, daß der Fall mit einem Handel endete, aber einem, der ehrlich aussah. Wenn Linda die Stellung beim Vater aufgab, um den Sohn zu verteidigen, würde es immer noch nach einer faulen Sache riechen, wenn der Fall mit einer Einstellung endete. Ich wollte, daß alle die Finger davon ließen, die mit mir in Verbindung standen. Ich hatte es Linda erklärt. Sie konnte nicht denken, daß ich ihre Kompetenz bezweifelte, nicht nach zehn Jahren. Aber in der letzten Zeit hatte ich mich wenig darum gekümmert, was sie dachte.

In der Zwischenzeit hatte Linda, um einen Klienten gebracht, einen anderen Schützling gefunden: Mandy Jackson. Zum ersten Mal in ihrem Leben hatte sie ein Opfer eher aus der Sicht des

Anklägers als des Beklagten gesehen. Als Verteidigerin hatte sie bei Opfern eine Schwäche. Sie engagierte sich zu sehr für ihre Klienten. Alle waren hinter ihnen her, und nur Linda war da, um ihre Rechte zu schützen. Selbst wenn sie Mitleid mit dem Vergewaltigungsopfer hatte, mit der Familie des Ermordeten, mit dem Beraubten, Angegriffenen, so glaubte sie doch, daß sie zumindest übermäßig auf Rache aus seien. Sie betrachtete deren verletzte Gefühle leidenschaftslos. Das war ein Zug, der mich an einer so leidenschaftlich mitfühlenden Frau überrascht hatte. Sie identifizierte sich so vollkommen mit ihren Klienten, daß sie für Opfer diesen kalten Fleck in ihrem Herzen hatte. Bis jetzt.
Ich war sicher, Linda hatte Mandy Jackson aufgesucht, um der Verteidigung zu helfen, um soviel wie möglich über sie in Erfahrung zu bringen, ehe es mit unserer Beteiligung an dem Fall vorbei war. Aber irgendwann während des Gesprächs war ihr bewußt geworden, daß niemand Mrs. Jackson vertrat. Die Stabsbesprechung mußte auf Linda ziemlich abstoßend gewirkt haben. Nicht David war es, gegen den all die offiziellen Mächte in Stellung gebracht wurden, sondern Mandy Jackson. Und Linda fühlte sich immer zum Schwächeren hingezogen.
Nun aber war sie komplett draußen, das Schlimmste, was Linda passieren konnte. Sie vertrat weder David noch Mrs. Jackson. Ich war mir sicher, daß ich Lindas Gefühle völlig verstand, aber was hat man schon davon, allwissend zu sein? Ihr Gefühlszwiespalt erschreckte mich. Wenn es Mandy Jackson gelungen war, bis zu Linda durchzudringen, würde es womöglich bei den Geschworenen nicht viel anders sein? Soweit durfte es nicht kommen.
Aber mit Nora als Anklägerin konnte es das.

5 Die Anklage war eine Überraschung. 1983 ordnete die Gesetzgebung von Texas das Verbrechen der Vergewaltigung neu ein. Es war ein feministischer Sieg. Vergewaltigung ist ein Verbrechen aus Gewalt, nicht aus Lust. Die Feministinnen wollten das Delikt daher neu eingeordnet sehen. Die Gesetzgebung fügte sich. Es war einer jener glücklichen Fälle, bei denen man eine Interessengruppe zufriedenstellte, ohne irgend jemandem sonst weh zu tun. Also übersiedelte die Vergewaltigung um ein paar Seiten im Strafgesetzbuch, weg von den Sexual- zu den Gewaltverbrechen.

Das Delikt erhielt den neuen Namen ›sexuelle Nötigung‹, sonst änderte sich wenig daran. Es gab weiterhin verschiedene Arten, sexuelle Nötigung zu begehen. Sie alle bestanden darin, daß der ›Verursacher‹ das Opfer zwingt, gegen seinen Willen sexuelle Handlungen mit sich geschehen zu lassen. Es gibt subtile Wege, wie der Täter sich über die Unwilligkeit des Opfers hinwegsetzen kann, aber die am häufigsten zur Anklage gebrachten Methoden sind, daß er physischen Zwang oder Gewalt ausübt oder mit der Anwendung von Zwang oder Gewalt droht.

Anklage wegen einfacher sexueller Nötigung wird von Schwurgerichten selten erhoben. Sexuelle Nötigung ist ein Verbrechen zweiten Grades mit einem Strafrahmen von zwei bis zwanzig Jahren Gefängnis. Staatsanwälte versuchen immer, in den ihnen vorliegenden Fakten einen Umstand zu finden, um den Tatbestand auf *schwere* sexuelle Nötigung auszuweiten, worauf eine Höchststrafe von neunundneunzig Jahren oder lebenslänglich steht. Solche Umstände sind beispielsweise gegeben, wenn der Täter zur sexuellen Nötigung eine tödliche Waffe benutzt, wenn er dem Opfer ernstliche körperliche Verletzungen zufügt, oder – die beste Argumentation – wenn er das Opfer derart in Furcht versetzt, daß es den unmittelbaren Tod oder ernstliche körperliche Verletzungen erwarten muß, falls es sich nicht fügt. Wann, frage ich mich, hat jemand denn schon eine Vergewaltigung über sich ergehen lassen, ohne Furcht zu haben, andernfalls ernstlich verletzt oder umgebracht zu werden?

Also war es keine Überraschung, daß David wegen schwerer sexueller Nötigung angeklagt wurde. Nora war nicht so untüchtig, die Jury gegen David nur Anklage wegen einfacher sexueller Nötigung erheben zu lassen, wenn sie statt dessen ein Verbrechen ersten Grades herausholen konnte. Die Anklageschrift unterstellte natürlich, daß Mandy Jackson im Verlauf der Nötigung in Furcht vor ernstlicher körperlicher Verletzung oder Tod versetzt worden war.

Der Staatsanwalt konnte diesen Umstand, durch den zu der Strafe siebenundneunzig Jahre hinzukommen konnten, mit einer einzigen Frage an das Opfer beweisen. Und wie sollte die Verteidigung die Aussage anfechten? Angst ist subjektiv. Der Täter muß nicht noch etwas Besonderes dazu tun, denn der Vorgang einer Vergewaltigung an sich muß eine vernünftige Frau in Angst versetzen, daß der Vergewaltiger sie verletzt oder tötet, wenn er nicht seinen Willen bekommt. Oder auch wenn.

Die Überraschung bestand darin, daß die Anklage der Nötigung gleich zweifach erhoben wurde, in getrennten Punkten. Der erste enthielt das übliche, also die Behauptung, David habe »die Penetration des Geschlechtsteils von Amanda Jackson, einer ihm nicht angetrauten Person, ohne deren Einwilligung herbeigeführt«. Doch damit nicht genug. Weiter hieß es, an jenem fraglichen Tag im April habe »David Blackwell, im folgenden der Angeklagte genannt, dann und dort, ohne Einwilligung der Beschwerdeführerin, die Penetration des Mundes der Beschwerdeführerin Amanda Jackson durch sein Geschlechtsteil herbeigeführt.«

Sogar ich fühlte einen kleinen Wurm der Abscheu durch den Bauch kriechen, als ich das las. Und genau das war der Trick dabei; Nora hatte ihn nicht ausgelassen. Ein Prozeß beginnt mit der Verlesung der Anklageschrift für die Geschworenen. Ich sah sie vor mir, wie sie sich umdrehten und David anstarrten, während ihnen dieser Text vorgelesen wurde. Was hat er getan? Es war ihm nicht genug, sie einfach zu vergewaltigen, er mußte ihn ihr auch noch in den Mund stecken? Der Richter würde sie bis dahin bereits darüber belehrt haben, daß die Anklageschrift nur ein Stück Papier war, kein Schuldbeweis, aber Geschworene, die sich eine solche Beschuldigung anhören konnten, ohne daß davon zumindest ein kleiner Rest Angewidertsein hängenblieb, waren mir noch nie untergekommen.

Das Schöne daran, aus der Sicht des Staatsanwalts, war, daß er nur einen dieser Punkte beweisen mußte. Jeder von beiden reichte für eine Verurteilung aus. Also konnte man der Jury gleich am Anfang diesen zusätzlichen kleinen Schubs geben und war doch nicht gezwungen, den Nachweis dafür zu erbringen.

»Nora«, sagte ich zu Henry, während wir zusammen die Anklageschrift lasen.

»Richter Watlin«, setzte er hinzu. So weit war ich mit meinen Gedanken noch gar nicht. Ein Fall wird erst dann einem bestimmten Gericht zugeteilt, wenn Anklage erhoben ist. Davids Fall lag nun beim 226er, der Kammer von Richter Watlin. Schwer zu sagen, ob das gut oder schlecht war. Watlin hielt es gern mit dem Staat – er tendierte dazu, die Anklage bei seinen Entscheidungen zu begünstigen –, sowohl aus Neigung als auch aus Opportunismus, denn das war der beste Weg, wiedergewählt zu werden. Er war ein ehemaliger Staatsanwalt; genaugenommen waren wir sogar Kollegen gewesen, aber das besagte gar nichts. Es war schwer einzuschätzen, auf wessen Seite der Richter stehen würde, weil er das selbst erst noch herausfinden mußte. John Watlin würde prüfen, wie dieser Fall ihm schaden konnte. Es war ein Verbrechen, also würde die Öffentlichkeit eine Verurteilung erwarten, aber es ging auch um den Sohn des Bezirksstaatsanwalts. Konnte ihm der Vater schaden? würde er sich fragen. Zu viele Gesichtspunkte.

»Er kann mich nicht leiden«, sagte Henry.

»Weil Sie ihn bei der letzten Wahl nicht unterstützt haben.«

»Und auch sonst niemanden.«
»Das zieht nicht bei Richter Watlin. Aber er wird größere Sorgen haben als den Groll gegen Sie. Er muß sich ausrechnen, wie dieser Fall sich auf seine *nächste* Wahl auswirkt.«
»Ich verhandle nicht gern einen Fall vor einem Richter, der kalte Füße hat.«
Ich sah ihn mit einiger Überraschung an. »Nanu, Henry, ich dachte nicht, daß es überhaupt Richter gibt, die Sie mögen.«
Er nickte. »Und genauso mag ich's. Im Gerichtssaal will ich, daß die Jury sieht, alle sind gegen mich. Ich fürchte nur, Watlin könnte sich entscheiden, auf meiner Seite zu sein.« Er schüttelte den Kopf. »Lassen Sie die Geschworenen niemals glauben, daß der Richter Ihnen hilft. Dafür bekommen Sie die Quittung.«
Ich sah aus dem Fenster. So viele Mutmaßungen. Eine Zeitlang vergaßen wir die Fakten des angeblichen Verbrechens. Aus dem Vorfall war, ob das nun gut war oder schlecht, ein Fall geworden.

Prozeßführung ist ein Spiel für junge Männer. Heutzutage auch für junge Frauen. Es gibt Ausnahmen, aber jemanden über fünfzig am Anwaltstisch zu sehen ist unüblich. Die Ankläger sind fast immer jung, denn bei der Staatsanwaltschaft beginnt man seine Karriere. Verteidiger sind meistens älter und vielleicht erfahrener, aber es hat Seltenheitswert, wenn einer sich noch mit über vierzig in den Gerichtssaal stellt. Manche sagen, der Streß und die Anspannung von Prozessen lassen Anwälte ausbrennen. Meine eigene Theorie ist, daß nicht viele ihr berufliches Geschick weiter in die Hände von zwölf Plunderköpfen legen wollen, die tun und lassen können, was sie wollen, sobald sie sich einmal ins Geschworenenzimmer zurückgezogen haben – Beweise ignorieren, ihre eigenen erfinden, ein Urteil darauf gründen, welche Krawatte der Anwalt trägt. Jeder, der drei Geschworenenprozesse geführt hat, hat sich mindestens einmal an diesem hydraköpfigen Monster verbrannt. Prozeßanwälte beginnen sich nach leichteren – und sichereren – Wegen umzusehen, sich ihr Auskommen zu verdienen. Zivilverteidiger werden Teilhaber in ihren Firmen und schicken jüngere Anwälte an ihrer Statt zu Gericht. Strafverteidiger werden Zivilverteidiger oder Richter oder von einem Klienten ermordet. Prozesse sind Kriege und fordern ihre Opfer. Es gibt etwa genauso viele alte Prozeßanwälte wie alte Russisch-Roulette-Spieler. Wenn ich heute vor Gericht erscheine, bin ich, mit fünfundvierzig, normalerweise der älteste im Saal, vom Richter einmal abgesehen.

Bei Davids erster Vorladung gab es den üblichen Auftrieb. Es war Montagmorgen, fünfundvierzig Fälle standen auf der Tagesordnung. Binnen einer Stunde würden sich einige davon schuldig bekannt haben, einige auf andere Termine vertagt worden sein, und irgendein armer Teufel, dem es nicht gelungen war, sich rechtzeitig zu verdrücken, würde sagen: »Guten Morgen, meine Damen und Herren. Ich möchte Sie zu Ihrem heutigen Erscheinen hier bei Gericht beglückwünschen. Wenn so viele Leute versuchen, sich ihrer Geschworenenpflicht zu entziehen, ist es von Ihnen allen besonders löblich ...«

Darum mußte sich Henry heute keine Sorgen machen. Wir standen ziemlich weit unten auf der Tagesordnung, und niemand erwartete von ihm, daß er beim ersten Termin schon zu prozessieren anfing. Äußerstenfalls würde der Richter vielleicht über ein paar von den Anträgen, die Henry eingebracht hatte, im Vorverfahren entscheiden. Es war eine Gelegenheit, nochmals die Akte der Anklage einzusehen und hinsichtlich einer Urteilsabsprache Fühlung aufzunehmen.

Javier Escalante kam herüber und schüttelte mir die Hand. Ich kenne selbst unter den vielen, die Prozesse gegen ihn verloren haben, keinen, der Javier nicht leiden kann. Eines Tages wird er für einen vakanten Richterposten kandidieren und gewählt werden. Was er an diesem Tag zu mir sagte, war ohne Belang, aber einfach, daß er mit mir sprach, zeigte, was er sagen wollte. Es hätte nicht zu ihm gepaßt, mir sein Bedauern darüber auszudrükken, daß er meinen Sohn anklagen mußte, aber es teilte sich durch seine Art mit. Sein Ton war derselbe, den er bei einem Begräbnis für Worte des Trostes an die Witwe gebraucht hätte. Javier Escalante ist ein artiger Gentleman der alten Schule, auch wenn diese Schule lang vor seiner Zeit ihre Pforten schloß.

Nora Brown suchte keinen Kontakt zu mir. Einmal drehte sie sich auf ihrem Stuhl am Anklagetisch um, betrachtete mich kühl und wandte sich ab.
Um uns herum herrschte das übliche Chaos. Der Anklagetisch war mit Akten vollgepackt. Anwälte sahen sie durch und suchten nach dem Namen ihres Mandanten. Andere Anwälte standen Schlange, um mit einem der drei für dieses Gericht zuständigen Staatsanwälte zu konferieren, oder sie lehnten an der Schranke der Geschworenenbank und besprachen sich mit ihren Klienten.
Auf der Geschworenenbank saßen zwölf Männer, sie trugen Grau und waren mit Handschellen an ihre Stühle gefesselt. Das waren diejenigen von den heute fünfunddreißig Angeklagten, die aus dem Gefängnis hergebracht worden waren, wo sie bis zu ihrer Verhandlung bleiben mußten, da sie keine Kaution stellen konnten. Die meisten von ihnen sahen gelangweilt aus. Zwei Drittel waren vermutlich alte Bekannte im Gerichtssaal. Die meisten warteten nur darauf, sich schuldig zu bekennen und in die Vollzugsanstalt des Staates Texas abtransportiert zu werden. Die zwei oder drei, die wütend dreinschauten, waren keineswegs Unschuldige, die man zu Unrecht anklagte; ihnen gefiel bloß der Handel nicht, den man ihnen angeboten hatte.
Die vereinzelten Zuhörer waren mehrheitlich Verwandte. Sie sahen besorgter aus als die Angeklagten selbst. Die vier oder fünf anwesenden Reporter waren wegen David gekommen. Die Pressejournalisten hielten Notizbücher in den Händen; die Fernsehmenschen hatten ihre Kameraleute auf dem Flur gelassen und sahen daher ein bißchen nackt aus. Einer von den Zeitungsreportern kam auf mich zu, sobald Javier wegging.
»Ein Kommentar?« fragte er knapp. Dan gehörte schon zum Gerichtsinventar. In den frühen Sechzigerjahren war sein Anzug vermutlich echt schick gewesen.
»Ich weiß nicht recht, Dan, meinen Sie, ich sollte den Ich-bin-zuversichtlich-daß-mein-Sohn-rehabilitiert-werden-wird-Spruch aufsagen oder lieber den Ich-bin-zuversichtlich-daß-unser-Justizsystem-zu-einem-gerechten-Ergebnis-führen-wird-Scheiß?«

Er schaute nachdenklich drein. »Ich würde das System loben. Schließlich stehen Sie dafür.«

»Sie können mich zitieren.«

Er ging weg und kritzelte auf seinem Block.

David saß in der ersten Reihe vor der Schranke. Von hinten konnte ich sehen, daß er so aufrecht saß, als versuchte er über die Köpfe anderer Leute hinwegzusehen. Neben ihm war Lois. Ich hatte versucht, ihr auszureden, heute zu kommen, indem ich ihr sagte, daß nichts passieren würde, aber sie hatte nichts davon hören wollen. Victoria, Davids Frau, war nicht zu sehen. David hatte keinerlei Andeutung darüber gemacht, wie diese Anschuldigung sich auf sein Leben daheim ausgewirkt hatte.

Er hatte sich in Schale geworfen wie für einen Vorstellungstermin. Ich trat neben ihn und sah, daß er seine Schuhe poliert hatte, und sein Anzug war frisch gebügelt. Er wirkte wie aus dem Ei gepellt. Das hatte zur Folge, daß er sehr jung aussah, ein Junge in seinen ersten Männersachen. Als er zu mir aufsah, erschreckte mich der Ausdruck auf seinem Gesicht: Er schaute gelassen drein.

»Hallo, Dad«, sagte er herzlich und wandte sich dann wieder eifrig dem Leben innerhalb der Schranke zu. Er studierte die Anwälte, Gefangenen und Gerichtsdiener, als wären diese eine faszinierende Gelegenheit für ihn, das Gesetz bei der Arbeit zu beobachten. Lois war passend für eine Beerdigung angezogen – oder für ein Teekränzchen. Sie sah mich hinter Davids Rücken an, die Lippen zusammengepreßt. Als die Anklage erging, hatte sie mir ihre Gefühle klargemacht. »Ich weiß, ich weiß«, hatte ich entgegnet. »Es ist schwerer jetzt. Es wäre schön gewesen, wenn die Geschworenen sie unglaubwürdig gefunden hätten, aber das haben sie offensichtlich nicht. Aber es wird alles in Ordnung kommen. Javier mußte Nora irgendwas geben, also gab er ihr eine Anklage. Wenn die Verfahrensabsprachen beginnen, wird er die Sache in die Hand nehmen.«

»Du sagst in einem fort, das und das wird nicht passieren, und es rückt doch immer näher«, hatte Lois bitter gesagt. »Wann wird es endlich nicht mehr wie ein x-beliebiger Fall aussehen? Du weißt ja, wie x-beliebige Fälle enden.«

»Es x-beliebig aussehen zu lassen gehört mit zum Plan.« Ich mußte den Tatsachen den Stachel nehmen. Wenn Lois mir jetzt hysterisch wurde, nützte das keinem. Ich konnte ihr nicht sagen, was für einen Schrecken auch mir die Anklage eingejagt hatte.
Jetzt im Gerichtssaal sah sie mich nur an, wütend, daß sie sich mit ihrem Sohn auf diesem gefährlichen Platz wiederfand.
»Hat Henry dir erklärt, was heute passieren wird?« fragte ich David.
»Ja. Nicht sehr viel, sagte er, aber ich müßte auf jeden Fall da sein. Hallo, Linda«, setzte er hinzu.
Ich konnte mich nicht erinnern, daß sie ihn je aufgefordert hatte, sie Linda zu nennen. Linda und ich waren zehn Jahre lang Partner gewesen, aber David hatte sich nie sehr für meine Arbeit interessiert. Das letzte Mal, als er uns im Büro besucht hatte, war er ein Teenager gewesen, der ›Miß Alaniz‹ zu ihr sagte.
Ich richtete mich auf, vergewisserte mich, daß ich nicht zu nahe bei Linda stand, daß ich nicht im Ton berufsmäßiger Vertraulichkeit mit ihr sprach oder sie auffällig ignorierte.
»Hallo, Linda«, sagte Lois mit mehr Wärme, als sie mir gegenüber gezeigt hatte, daß heißt, mit einer Spur. Linda antwortete, nickte dann mir zu und ich ihr. Bei Wahlveranstaltungen hatte ich Linda und Lois gelegentlich zusammenstehen und leise miteinander reden sehen, was mich stets am anderen Ende des Raumes bleiben ließ, bis sie auseinandergingen. Nachher konnte Linda mir nie zufriedenstellend erklären, was sie miteinander besprochen hatten.
»Beginnt für einen davon heute der Prozeß?« fragte David. Seine Augen waren immer noch auf die Anwaltstische und die Geschworenenbank gerichtet.
»Erheben Sie sich«, sagte der Gerichtsdiener. Alle standen auf, David einigermaßen spöttisch – seine erste Gelegenheit, an den Ritualen der Eingeborenen teilzunehmen.
»Die Kammer des 226sten Gerichtsbezirks von Texas eröffnet hiermit ihre Sitzung unter dem Vorsitz des ehrenwerten John J. Watlin. Bitte nehmen Sie Platz.«
Während der Gerichtsdiener seinen Spruch herunterleierte, ging

der Richter von der Tür seines Amtszimmers zu seinem gutgepolsterten Stuhl hinter der Bank des Vorsitzenden. Er wurde, unvermeidlich, Richter Watschel genannt und war im Amt diesem Namen gerecht geworden. John sah aus wie das verfrüht blühende Alter. Die schwarze Robe tat zu seiner Fülle noch ein übriges. Wenn ich ihn ansah, kam ich mir alt vor. Wir sind derselbe Jahrgang, und Watlin sah bereits aus wie ein hängebackiger alter Knacker.

Er setzte sich und sah auf die Prozeßliste vor ihm, anscheinend unbekümmert von der Tatsache, daß alle Augen im Raum auf ihn gerichtet waren; noch waren sie zuversichtlich. Es war still im Saal geworden.

»Die Anwälte möchten bitte antworten, wenn ich die Angeklagten aufrufe. Jesse Simmons?«

»Hier, Euer Ehren. Wir hätten ein Bekenntnis und einen Aussetzungsantrag. Der Angeklagte ersucht um U. E. P.«

»Gut. Wir kommen darauf zurück, sobald ich mit der Verlesung der Prozeßliste fertig bin. Roy Benavides?«

Ein anderer Anwalt stand auf. »Wir verhandeln noch, Euer Ehren.«

Richter Watlin sah ihn über den Rand seiner Brille hinweg an. »Das ist jetzt Ihr« – er zählte auf dem Aktenumschlag vor ihm nach – »achter Auftritt in diesem Fall, Mr. Rawlings. Das wird heute erledigt. Stellungnahme des Staates?«

»Der Staat ist bereit, Euer Ehren«, sagte der Dritte Staatsanwalt, der neben der Geschworenenbank zur Linken des Richters stand. Er kritzelte eine Notiz auf seine Kopie der Verfahrensliste. Der Richter ging die Liste weiter durch. Zwei oder drei Angeklagte erklärten sich prozeßbereit, die meisten jedoch gaben an, sie würden noch mit dem Staat verhandeln oder sich schuldig bekennen. Ich schielte zu David. Er lehnte sich jetzt zurück, den Arm über die Stuhllehne.

Ich fürchtete, ihn verstanden zu haben. David sah sich die Gefangenen an. Sie waren so offenkundig verlorene Seelen, schubweise in den Gerichtssaal gekarrt, für das Gefängnis bestimmt. David aber war selbständig gekommen und würde ebenso wieder weggehen. In ihm würde niemand einen Angeklagten erkennen. Er war gekleidet wie einer von den Anwälten. Die Gefangenen sahen allesamt so schuldig aus; sie saßen dumpf da und warteten, bis man sie abtransportierte. Er aber war nur durch ein Versehen da, eine Formsache, die sich durch eine weitere Formsache bald aufklären würde.

Linda hatte sich neben ihn gesetzt und erklärte ihm das Aufrufverfahren. »Bekenntnis und Aussetzungsantrag heißt, daß der Angeklagte sich schuldig bekennt und beim Richter die Aussetzung des Urteils auf Bewährung beantragt. U. E. P. heißt Urteilsaufschub zur Eignungsprüfung, ein Bericht, den der Richter von der Bewährungsstelle anfordern kann, um festzustellen, ob der Angeklagte ein geeigneter Kandidat für die Bewährung ist. Die, die sagen, sie verhandeln noch, sind –«

»Ich verstehe.« Er wandte sich ihr gerade lang genug zu, um ihr ein herablassendes Lächeln zuzuwerfen. »Mein Anwalt hat mir alles erklärt.«

»Hat er Ihnen auch erklärt, daß, wenn Sie sich vor Geschworenen aufführen wie ein arroganter kleiner Scheißer, die Sie plattwalzen werden, nur um zu sehen, wie Ihr Gesicht grau wird?« Die Worte kamen so schnell aus Lindas Mund, daß sie wirkten wie ein massiver Block. Sobald sie zu Ende war, murmelte sie »Entschuldigung« in Richtung Lois, stand rasch auf und stakste davon, über ihre eigene Unbeherrschtheit den Kopf schüttelnd.

Lois funkelte mich an, als hätte ich es gesagt. Ihr gefiel das eine Wort dabei nicht: Geschworene. David zuckte nur die Schultern, beinahe mit einem Lächeln. Ich erwiderte es nicht. Ich hatte so was schon bei anderen erstmals Angeklagten erlebt, die Geld hatten oder sich aus sonst einem Grund unangreifbar fühlten: die Großkotzigkeit vor dem Prozeß. Linda hatte haargenau recht mit der Wirkung, die das auf eine Jury machen würde.

Lois nahm mich am Arm und zog mich hinaus auf den Gang. »Deine Partnerin scheint anzunehmen, daß es zu einem Prozeß kommt. Weiß sie nichts von dem Plan?«

»Sie konnte sich bloß nicht beherrschen. Du weißt, wie Lin – Sie geht schnell an die Decke.«

»Mark, du mußt mir sagen, wie die Dinge wirklich stehen. Verharmlose nichts. Wenn das, was du unternimmst, nicht funktioniert, werde ich selbst was unternehmen müssen.«
Ich fragte mich, was das wohl sein könnte, während ich automatisch antwortete. »Lois, das ist nur der erste Termin. Es muß einen ersten Termin geben. Weiter wird es nicht kommen. Du wirst sehen.«
»Das werde ich.«
Sie ging zurück zu David. Als ich unterwegs ans hintere Ende des Gerichtssaals war, hörte ich, wie sein Name vom Richter aufgerufen wurde. Hinter der Schranke stand Henry auf und sagte: »Bitte merken Sie uns als in Verhandlungen vor, Euer Ehren.«
Watlin beschloß, es ihm schwerzumachen. »Für wie lange?« fragte er.
Henry zuckte die Achseln. »Bis wir an einen toten Punkt kommen, nehme ich an.«
Richter Watlin sah auf Noras entschlossene Miene und sagte: »Ich gebe Ihnen zwei Minuten.«
Es war ein kleiner Witz, dem ein kleines Lachen Beifall zollte. Die Witze von Richtern sind grundsätzlich lustig. Sogar David kicherte. Lois nicht. Sie sah mich an.
Watlin lag allerdings, wie sich herausstellte, nicht allzu falsch. Henry klappte die Akte zu und ging damit zu Nora. Sie blieb an ihrem Tisch sitzen. Javier gesellte sich zu ihnen, und sie zogen sich in eine ruhige Ecke zurück. Richter Watlin kehrte, nachdem er alle Fälle aufgerufen hatte, in sein Zimmer zurück, bis jene, die Schuldbekenntnisse vorlegen wollten, soweit waren. Ich sah zu, wie das Anklägertrio und der Verteidiger über Davids Schicksal debattierten. Es war augenscheinlich, welchen Gang die Verhandlungen nahmen. Nora war nicht gewillt, das erste Angebot zu machen. Sie würde sagen: »Was ist Ihrer Meinung nach drin?« Als Henry sprach, lachte sie lautlos. Das war wohl ihre Antwort auf den Vorschlag eines Urteils auf Bewährung. Henry wurde beschwörender und beugte sich näher zu ihr. Nora sagte einen kurzen Satz. Henry wandte sich ab, die Hände hoch erhoben. Vermutlich hatte sie eben fünfzig Jahre geboten.

Javier faßte Henry am Arm und zog ihn zurück. Er sprach auch mit Nora. Javier war der Vermittler. Als er noch bei der Staatsanwaltschaft arbeitete, war Javier bekannt dafür, daß er gute Angebote machte. Obschon ein guter Prozeßanwalt, hatte er nie zu den schärfsten Anklägern gehört. Er hatte eine weiche Stelle, die seine Freunde anzapfen konnten. Ich zählte darauf, daß diese weiche Stelle erhalten blieb, selbst in einem Fall mit soviel Publicity wie diesem.

Ich versuchte nicht länger, jedes kleinste Detail zu verfolgen. Die Hektik im Gerichtssaal hatte sich gelegt. Es ging geschäftsmäßig zu. Die Besprechungen der Anwälte mit ihren Mandanten wurden weiterhin leise, aber mit mehr Nachdruck geführt. Manche füllten die Papiere für die Schuldbekenntnisse aus. Andere sprachen mit Anklägern. Zwei oder drei von diesen Konferenzen würden noch weniger launig werden, je mehr die Drohung eines bevorstehenden Prozesses über ihnen schwebte. Bei den Gefängnisjahren lagen die Parteien nicht mehr so weit auseinander.

Linda ging noch einmal zu David und Lois. Eine Minute später stellte sie sich neben mich, gerade nahe genug, daß ich ihre leise Stimme hören konnte, aber nicht näher; ihr Gesicht blieb abgewandt. »Ich habe Lois noch mal erklärt, daß es mir leid tut«, sagte sie. »Aber das war einfach zuviel für mich. Ich konnte solche Klienten nie leiden, die vor lauter Selbstgefälligkeit den Richter und die Geschworenen soweit bringen, daß sie sie ohrfeigen möchten.«

»Du hattest recht. Jemand mußte ihm das mal sagen.«

Ich weiß nicht, ob sie mich noch hörte. Sie war schon im Weggehen. Ein Reporter kam auf sie zu, aber sie schüttelte nur den Kopf. Die Arme verschränkt und an die hintere Saalwand gelehnt, schien sie sich absichtlich ausgeschlossen zu haben. Genau wie ich beobachtete sie die Gruppe beim Verhandeln. Es war unmöglich festzustellen, aber ich glaubte, daß sie dabei besonders auf Nora Brown schaute.

Wie erwartet, wurde an diesem Tag nichts erledigt. Der Richter gab ihnen einen Einreichtermin für Anträge im Vorverfahren und

beraumte den Prozeß für Juli an. Das bedeutete nicht das Ende der Verhandlungen über eine Urteilsabsprache. Es hieß nur, daß sie nicht mehr im Gerichtssaal weitergeführt werden mußten. Weitergehen würden sie, denn die Verhandlungen sind, wenn schon nichts anderes, so doch ein Weg, die Stärke der gegnerischen Position zu beurteilen.
Richter Watlin sah mich an, bevor er den Richterstuhl endgültig verließ. Ich glaubte, ein wenig Überraschung in seinen Augen zu sehen – Überraschung darüber, daß ich in diesem Fall nicht an ihn herangetreten war? Würde Watlin das ganze Verfahren abkürzen, wenn ich ihn darum bat? Hatte er sich einen Weg ausgedacht, das zu tun und gleichzeitig seine Karriere abzusichern?
Bevor sie gingen, sprach ich mit allen Beteiligten. Nora sah, daß ich mich ihr in den Weg stellte. Aus drei Metern Entfernung setzte sie ein sonniges Lächeln auf. Nora ist einen halben Kopf kleiner als ich und spindeldürr. Essen interessiert sie nicht. Ich habe keine Ahnung, was sie überhaupt interessiert, außer Anklägerin zu sein. In ihrem Kostüm und den Stöckelschuhen sah sie ziemlich furchterregend aus. Auch das Lächeln milderte diese Wirkung nicht.
»Mr. Blackwell. Und sein Schatten«, setzte sie hinzu und sah an mir vorbei, wo Linda plötzlich wieder aufgetaucht war. »Wie geht's Ihnen beiden?« Hinter der Bühne hat Noras Stimme einen Tonfall, der südlich, huldvoll und spöttisch klingt, alles zugleich.
»Hallo, Nora. Tut mir leid, daß dies Ihr letzter Fall als Anklägerin sein wird. Ich hätte Ihnen Ihren Job gern wieder angeboten, aber das ist jetzt natürlich unmöglich.«
»In der Tat«, erwiderte sie. »Selbst wenn ich erwägen sollte, unter jemandem zu arbeiten, der jederzeit die Seiten wechseln kann, wenn ihm ein Barscheck winkt. Ich war mit einer gewissen Hingabe Anklägerin, wie Sie wissen. Ich könnte nie einer Jury einen Tag sagen, daß sie schuldig, und den nächsten, daß sie freisprechen soll.«
Sie zeigte dasselbe strahlende Lächeln, aber es galt nicht mir; es zielte hinter mich.

»Das werden Sie aber müssen«, sagte ich. »Wenn Sie nicht mehr anklagen können –«

»Oh, ich könnte niemals Verteidigerin werden. Ich bin jetzt Anwältin für Zivilsachen, das heißt, nach diesem Fall ...«

»Sie sollten sich im Zivilrecht wohlfühlen«, erklärte Linda. »Etwas, wo man sich für nichts zu engagieren braucht, außer fürs Geld.«

»Zumindest –« setzte Nora an.

Javier erschien und murmelte höflich einen Segen, der uns alle einschloß. »Wir müssen reden«, sagte er zu Nora und ging mit ihr weg.

Henry war schon halb an mir vorbei. Ich nahm ihn beiseite. »Sie hat fünfzig angeboten?«

Henry wurde rot. Er nickte. »Javier hat sie auf dreißig gedrückt. Aber dieser Fall wird nicht mit einem Handel enden.«

»Wegen David, meinen Sie?«

Er nickte wieder.

»Noch weitere Geheimtreffen mit ihm ausgemacht?«

Henry sah müde aus. Dafür war es in diesem Fall viel zu früh. »Mark, es war nicht meine Absicht –«

»Das weiß ich. Sie wollten ihn nur noch einmal fragen, was passiert ist, ohne daß sein Vater, der Bezirksstaatsanwalt, neben ihm sitzt.«

Nach einer Pause sagte Henry leise: »Ja.«

»Und?«

»Dieselbe Geschichte.« Das erklärte seine Müdigkeit.

»Glauben Sie, er will meinetwegen kein Geständnis ablegen?«

Ein Ausdruck von leisem Schmerz zog über Henrys schlichtes Gesicht. Ja, darauf hätte er es gern geschoben. Aber er erwiderte nur: »Ich glaube, es ist seinetwegen.«

»Nun denn«, meinte ich und versuchte, einen Lichtblick zu finden. Als es mir nicht gelang, erfand ich einen. »Vielleicht bedeutet Beharren Unschuld.«

»Und wenn es so wäre?«

»Mr. Koehler? Ich bin Lois Blackwell. Wir hätten uns schon längst bekannt machen sollen, glaube ich.«

Die Müdigkeit fiel von Henry ab, als er es darauf anlegte, Munterkeit und Zuversicht auszustrahlen. »Ja, das hätten wir. Möchten Sie –«

»Den Fall besprechen. Ja, das möchte ich.«

Pflichtergeben schloß ich mich den beiden im Gehen an. Lois drehte sich um und wirkte überrascht, mich zu sehen. »Du mußt nicht mitkommen, Mark. Ich bin sicher, du hast das alles ohnehin schon gehört.«

Ihre Augen waren entschiedener als die herzlichen Worte. Ich wandte mich ab, um mit Linda zu reden. Dafür mußte ich sie aber erst einholen. »Was ist mit dir und Nora?« fragte ich.

Linda rümpfte die Nase. »Sie und ich –«

»– seid einander zu ähnlich«, führte ich den Satz zu Ende. »Nur auf verschiedenen Seiten.«

»Nein.« Sie klang zutiefst angeekelt. »Miß Brown könnte niemals unter einer Frau arbeiten, denke ich. Oder unter einem Mexikaner; was davon weniger, weiß ich nicht. Aber sicher nicht unter einer mexikanischen Frau.«

»Nora? Den Eindruck hatte ich von ihr nie. Wie auch immer, hör zu, Linda –«

»Ich kann hier nicht den ganzen Tag verplempern«, sagte sie abrupt und eilte davon. Was hatte *ich* ihr denn getan?

Es passierte nichts und nichts und wieder nichts. Das war der übliche Verlauf eines Falles, aber daß dieser Fall anfing, üblich zu verlaufen, machte mir Angst. Ohne vorher mit Linda oder irgendwem sonst zu reden, rief ich Javier Escalante an. Er war überaus verbindlich. Er stimmte sofort zu, sich mit mir zu treffen, und war nicht so schwer von Begriff, mich noch extra zu fragen, worum es ging. Seine Wahl des Treffpunktes bewies Verständnis.

»Ich treffe um zehn einen Klienten«, sagte er. »Warum kommen Sie nicht eine Stunde vorher, und wir haben Zeit zum Reden?«

Ich weiß nicht, wer sein Klient war, der Treffpunkt aber war eine Schule, was mir seltsam vorkam; dann jedoch, als ich meinen Wagen auf dem Parkplatz hinter der Schule abgestellt hatte, wohin Javiers Anweisungen mich geführt hatten, kam es mir perfekt vor. Die Sommerferien hatten eben begonnen. Um neun Uhr an diesem Junitag schien nicht einmal der Hausmeister da zu sein. Ich lehnte mich gegen die Haube meines Wagens, als Javiers Eldorado schlitternd neben mir stehenblieb. Seine Begrüßung war derart ungezwungen und liebenswürdig, als wären wir mitten unter Leuten. Ich fragte mich, ob seine geschliffene Art sein natürliches Wesen war oder Fassade für etwas Gröberes. In ein paar Minuten werde ich es wissen, dachte ich.

»Wie fühlt man sich wieder als Ankläger?«

»In diesem Fall: scheußlich«, antwortete er wieder in diesem bedauernden Ton.

»Ich bin froh, das zu hören. Wieso läuft dieser Fall dann offensichtlich auf einen Prozeß hinaus?«

Er sah mich an, überrascht über meine Direktheit. »Ich ver –«

»Henry sagt mir, Sie sind von ihrem anfänglichen Angebot von dreißig Jahren nicht runtergegangen. Sie können sich meine Überraschung vorstellen. Ich rechnete damit, daß der Staat die üblichen Abstriche macht und es am Ende zu einer Einstellung kommt.«

Er lächelte mich sanft an. Ich wurde wie ein Klient behandelt. »Wenn doch die Hoffnung von Eltern nur den Verlauf eines Falles bestimmen könnten. Unglücklicherweise ist es in diesem –«

»Was ist das Unglück an diesem, Javier? Ich habe Ihnen den Weg perfekt geebnet. Seit Wochen erzähle ich der Presse, was für ein beschissener Fall das ist. Niemand hätte auch nur mit der Wimper gezuckt, wenn Sie beigepflichtet und ihn eingestellt hätten.«

»Mark.« Er legte mir die Hand auf den Arm und ging ein wenig mehr aus sich heraus. »Wenn es einen Weg gegeben hätte, diese Zeugin für unglaubwürdig zu erklären, hätte ich es getan. Glauben Sie mir. Aber es gab keinen. Ich bin sicher, Sie sind mittlerweile mit ihrem Hintergrund vertraut. Er ist untadelig. Und ihre Darstellung der... des Verbrechens ist eine, die sehr häufig vorkommt. Es gibt keine Fehler darin. Dieser Meinung waren auch die Geschworenen.«

»Ich wußte, daß es mit Nora keinen Handel geben würde«, sagte ich. »Man könnte Kennedy und Martin Luther King von den

Toten auferstehen lassen und ihr sagen, sie soll sie wegen Anstiftung zu ihrer eigenen Ermordung anklagen, und Nora ginge ihnen an die Gurgel. Aber ich dachte, *Sie* würden wenigstens verstehen, wie die Dinge liegen. Ich dachte, Sie begreifen, daß es hier nicht bloß um irgendeinen Fall geht. Es geht um Ihre Existenz! Sie sind doch immer noch in Strafsachen tätig, nicht wahr, Javier? Das bringt das Geld für Ihr Auto und Ihr Büro und die Schulen Ihrer Kinder und Ihre hübschen Anzüge. Das Geschäft könnte furchtbar hart werden nach diesem Fall. Das nächste Mal, wenn Sie mit einem wegen Trunkenheit am Steuer Angeklagten ins Gericht spaziert kommen, wird der Staat Ihnen neunundneunzig Jahre anbieten. Als Untergrenze. Ich halte nichts von Vergeltungsaktionen, Javier, aber Sie wissen ja, wie stellvertretende Staatsanwälte sind. Wenn Sie einen großen Fall wie diesen gewinnen, und das, wie es aussieht, gegen den Bezirksstaatsanwalt selbst, werden alle versuchen, Ihnen eins auszuwischen. Niemand wird Ihnen je wieder mit einem Angebot entgegenkommen. Ich stelle mir nur sehr ungern vor, was mit Ihrem Geschäft passieren wird, wenn die Klienten erst einmal anfangen zu denken, Sie könnten in keinem Fall mehr eine Einstellung, nicht einmal eine passable Absprache herausholen. Es gibt jede Menge anderer Anwälte, zu denen sie gehen können. Und das werden sie tun. Haben Sie daran je gedacht?«

Javier sah mich an, als ginge er mit sich zu Rate, ob er mich darauf hinweisen sollte, daß ich am Rande eines Verbrechens stand. Ansonsten hatten meine Worte ihn nicht im geringsten nervös gemacht. Er versuchte bloß zu entscheiden, ob er es mir sagen sollte – etwas Bestimmtes. Plötzlich wurde mir kalt, und das im Juni.

»Darauf – werde ich möglicherweise nicht mehr sehr lange Rücksicht zu nehmen brauchen«, erklärte er schließlich.

»Meine Güte, Javier, Sie haben nicht etwa gerade ein Vermögen geerbt, oder?«

»Nein«, sagte er langsam. »Nichts so – so Außergewöhnliches.«

»Was dann, Javier? Was hat Hugh Ihnen versprochen?«

»Nichts, Mark. Was gibt es denn, das er mir anbieten könnte? Nur seine Unterstützung.«

»Seine Unterstützung?« Ich hatte begriffen, was es war, was es sein mußte, aber ich stellte mich weiter unwissend, als könnte Nichtverstehenwollen es ungeschehen machen. Der Gouverneur und Hugh gehörten der einen politischen Partei an und ich der anderen. Obwohl er die Wahl gegen mich verloren hatte, besaß Hugh immer noch einigen Einfluß in seiner eigenen Partei. Er war nicht dumm und in seiner vierjährigen Amtszeit vielen gefällig gewesen. Man stand in seiner Schuld. Diese Gedanken gingen mir durch den Kopf, aber ich verlangte, daß es ausgesprochen wurde. »Wozu brauchen Sie seine Unterstützung?«

Javier hüstelte. »Wie Sie wissen, geht Richter Vasquez vorzeitig in Pension. Seine Gesundheit...«

»Ach du lieber Gott. Hugh hat Ihnen den Posten versprochen.«

»Nicht mit so vielen Worten.« Javier fand die Art, wie ich alles laut aussprach, degoutant. Unter Gentlemen gab es doch Einverständnisse.

»In demselben Gespräch, in dem er Ihnen mitteilte, er würde Sie als Sonderstaatsanwalt gegen David benennen.«

»Um die Wahrheit zu sagen, ja. Aber es war von keiner Gegenleistung die Rede, keinem Kuhhandel. Wir haben einfach –«

»Nein, natürlich nicht, Javier. Aber jetzt getrauen Sie sich nicht, den Fall einzustellen, weil das nach einem Skandal aussehen könnte und der Gouverneur skandalumwitterte Anwälte gewiß nicht auf vakante Richterstellen befördert. Ach du liebe Zeit, wenn ich gewußt hätte, daß Hugh etwas Derartiges in petto hat –«

»Das hat nichts zu bedeuten«, warf Javier ein. »Das eine hat nichts mit dem anderen zu tun. Der Fall wird ins Hauptverfahren gehen, wie er es sollte. Wenn die Anklage so schwach ist, wie Sie sagen, wird David freigesprochen werden.«

»Sie meinen, die würden Ihnen die Stelle immer noch geben, selbst wenn es Ihnen nicht gelingt, meinen Sohn ins Gefängnis zu bringen?«

»Mark.«

»Gottverdammt, Javier. Ich habe nichts, das ich Ihnen meinerseits versprechen könnte. Gibt es denn gar nichts? Vielleicht habe in ein paar Jahren *ich* einen Draht zu irgend jemandem, um Ihnen etwas zu verschaffen. Vielleicht –«

»Mark.« Seine Stimme war voller Mitgefühl. »Versuchen Sie nicht, das System lahmzulegen. Es funktioniert. Lassen Sie David seine Geschichte beim Prozeß erzählen. Die Wahrheit wird herauskommen. Es ist noch kein besserer Mechanismus erfunden, um zur Wahrheit zu gelangen, als –«

»Verschonen Sie mich mit diesem Scheiß. Was, glauben Sie, bin ich, irgendein grüner Jurastudent? Halten Sie mir keinen Vortrag in Staatsbürgerkunde. Ich weiß, was Prozesse sind. Es sind Fleischwölfe! Sie sind dazu da, daß man Angeklagte durchdreht.«

»Es werden auch Leute freigesprochen.«

»Einmal im Monat vielleicht. In Bagatellfällen, wo es wirklich noch eine Unschuldsvermutung gibt. Aber nicht vor dem Bezirksgericht. Wenn die Geschworenen in eine Strafkammer hineinmarschieren, sehen sie sich den armen Teufel an, der dort sitzt, und das erste, was sie denken, ist: Was hat er wohl getan? Sie sehen ihn an wie einen Marsmenschen. Die Unschuldsvermutung gestehen sie ihm nicht zu; sie glauben ja nicht einmal, daß er zur menschlichen Rasse zählt. Mein Gott, Javier, wie können Sie nur –« Ich krümmte mich so plötzlich zusammen, als hätte er mich in den Magen geschlagen. Ein paar Sekunden lang glaubte ich, ich müßte gleich kotzen. Er klopfte mir auf den Rücken.

»Regen Sie sich nicht so auf«, hörte ich ihn sagen. »Es funktioniert, ich bin sicher, das System funktioniert. Geschworene haben Wege, die Wahrheit herauszufinden.«

Ich richtete mich auf. »Schön, daß Sie daran glauben, Javier. Aber würden Sie dem System Ihren Sohn anvertrauen?«

Er begann das Weite zu suchen. »Ich muß zu meiner Verabredung. Wenn es irgendwas gibt, das ich tun kann, Mark, damit Ihnen leichter ums Herz wird ...« Er zog ab und hinterließ eine Schleimspur von Worten.

Eine weitere Welle von Übelkeit schüttelte mir den Magen durch. Javier war verloren, an Nora nicht heranzukommen. Wen gibt es da sonst noch? dachte ich. Und verzweifelte. Ein Prozeß. Mein Gott. Ein Prozeß.

Ich betrat den Gerichtssaal in vollem Ornat: Anzug, Krawatte, Aktentasche, polierte schwarze Schuhe. David tölpelte hinterher. Auch er in Kostümierung. Ich blieb stehen, um die Lichter anzumachen. Mir gefiel, wie der Gerichtssaal aussah, als nur die erste Lampenreihe an war – dämmrig und leer. Dann aber drehte ich weiter an Schaltern, bis es taghell wurde, ganz wie in einem Verhörzimmer.

»Diese Bänke werden vermutlich voller Leute sein«, sagte ich. »Vielleicht auch nicht, vermutlich aber schon, bei einem Fall wie diesem. Ich glaube, du wirst überrascht sein, wie leicht es ist, sie zu ignorieren. Es wird nur wenige im Raum geben, die für dich interessant sind: dein Anwalt, die Ankläger, die Geschworenen. In diesem Saal hast du die Geschworenen praktisch an deinem Ellbogen. Sie werden dir näher sein als irgendwer sonst. Es ist in Ordnung, sie anzuschauen. Ich sehe häufig Zeugen, die geradeaus starren und nur aus den Augenwinkeln hinsehen, als wäre es ein Verbrechen, die Geschworenen direkt anzuschauen. Sieh sie an, sie sind dein Publikum! Setz dich.«

Behutsam stieg er die Stufe zum Zeugenstand hinauf und setzte sich, als stünde der Stuhl auf einer Falltür. Er rutschte herum, sah auf die imaginären Geschworenen und wurde verlegen.

»Bequem?«

»Nein.«

»Gut. Wird es auch nicht sein. Gib dich um Gottes willen nicht entspannt, wenn du wirklich da sitzt. Nichts stößt eine Jury so sehr ab wie Arroganz.«

Ich stellte meine Aktentasche auf den Anklagetisch und nahm eine Akte, einen amtlichen Notizblock und Schreibzeug heraus. Verstreute sie auf dem Tisch.

»Während Henry dich befragt, werden die Ankläger sich Notizen machen. Notizen noch und noch. Laß dich davon nicht beunruhigen. Manchmal hören sie dir zu und fangen an zu schreiben wie verrückt, und du glaubst, du hast etwas Falsches gesagt und fängst an, Rückzieher zu machen und dich zu verbessern. Tu das nicht. Ignoriere sie. Manchmal machen sie das nur, um dich durcheinanderzubringen.«

David schüttelte den Kopf.
»Ich bin jetzt der Staatsanwalt. Sieh mich an. Henry hat deine Einvernahme gerade beendet und den Zeugen weitergegeben. An mich. Du gehörst jetzt mir. Sieh mich an. Gib dich nicht locker, es ist okay, nervös zu sein. Aber du hast nichts zu verbergen. Konzentrier dich auf die Fragen. Beantworte nichts, wonach sie nicht gefragt haben. Vertrau deinem Anwalt. Wenn sie dir eine Frage stellen, die dir schadet oder eine nähere Erklärung verlangt, vertrau darauf, daß Henry es dich erklären läßt, wenn er dich nach dem Kreuzverhör wieder übernimmt. Und laß dir Zeit mit deinen Antworten. Gib ihm Gelegenheit, Einspruch zu erheben, wenn er es für nötig hält.«
»Ich habe nichts zu verbergen, soll aber bei meinen Antworten hinhaltend sein«, sagte David. »Ihnen nichts geben, außer sie fragen danach.«
»Ja. Ich weiß, es ist ein Widerspruch. Und werd – was immer du tust – nicht aufsässig. Dies ist ein Verbrechen aus Leidenschaft –«
»Das ich nicht begangen habe.«
»– sie wollen, daß die Geschworenen dich wütend sehen. Das ist, als würde das Verbrechen für sie nachgestellt. Werd – was immer du tust – nicht wütend!
Und jetzt fangen wir an. Eben hast du deine Geschichte erzählt. Du bist erleichtert, weil du endlich soweit gekommen bist, es von deiner Seite zu erzählen. Laß dich jetzt nicht zusammensacken – es ist noch nicht vorbei. Ganz im Gegenteil. Ich sitze hier, ich bin Nora Brown. Ich seh dich an wie etwas, das ein kranker Hund mir auf den Teppich gemacht hat. Du magst ja jedermann sonst im Saal eingewickelt haben, aber nicht mich. Ich bin dein ärgster Feind. Sei höflich zu mir.«
»Dad –«
»Guten Morgen, Mr. Blackwell. Mein Name ist Nora Brown. Ich vertrete den Staat von Texas. Ich habe auch ein paar Fragen an Sie, wenn Sie nichts dagegen haben.«
»Ich habe nichts –«
»Halt den Mund! Komm ihr nicht sarkastisch. Laß sie das Arsch-

loch sein. Wenn ihr beide wie Arschlöcher dasteht, hat sie gewonnen, denn du stehst vor Gericht und sie nicht. Sie hat noch keine Frage gestellt, also sag gar nichts. Wann kam Mandy Jackson an diesem Abend zur Arbeit, Mr. Blackwell?«
»Ich weiß nicht.«
»Sie kennen ihren Zeitplan nicht?«
»Nein.«
»War dies das erste Mal, daß Sie so spät noch arbeiteten?«
»Nein.«
»Taten Sie das oft?«
»Hin und wieder.«
»Ist Mandy schon früher mal zum Saubermachen reingekommen, wenn Sie der letzte im Büro waren?«
»Ich bin sicher, das ist sie.«
»Sind Sie sicher, oder ist sie?«
»Ja, sie ist reingekommen.«
»Also wußten Sie, daß sie nachts arbeitete.«
»Ich wußte, das sie das manchmal tat. Ich wußte nicht, ob das ihre normale Schicht war.«
»Haben Sie sie bemerkt, als sie reinkam?«
»Nicht wirklich, erst, als sie vor meinem Schreibtisch stand.«
»Sie waren so vertieft in Ihre Arbeit, daß Sie nicht bemerkten, daß ein anderer Mensch den Raum betreten hatte?«
»Natürlich registrierte ich, daß eine Putzfrau reingekommen war. Aber ich glaube, ich merkte nicht einmal, welche es war, bis sie zu mir herkam.«
»Fiel Ihnen auf, was sie anhatte?«
»Sie trug die normale Putzfrauenuniform, dunkler Rock, weiße Bluse.«
»Mr. Blackwell. Bitte antworten Sie genau auf meine Frage. Ich fragte Sie nicht, woran Sie sich jetzt erinnern. Ich fragte Sie, was Ihnen an diesem Abend aufgefallen ist. Ist Ihnen aufgefallen, was sie anhatte?«
»Ich hab nicht besonders darauf geachtet –«
»Mr. Blackwell.«
»Ja! Es ist mir aufgefallen.«

»Danke. Ihre weiße Bluse, war sie bis oben hin zugeknöpft oder war sie offen?«
David dachte einen Moment nach. »Sie war offen.«
»Bis unten offen, schon, als sie auf Sie zukam?«
»Nein. Ich... Nein, einfach offen, wie ein offener Hemdkragen eben.«
»Also nur am Hals offen. Ein Knopf, zwei Knöpfe, drei Knöpfe? Wie viele Knöpfe waren offen?«
»Zwei, glaube ich.«
Ich machte eine Notiz. »Sind Ihnen ihre Schuhe aufgefallen? Tennisschuhe, hohe Absätze –«
»Nein.«
Ich nickte, als hätte er sich gut gehalten. David entspannte sich einen Augenblick lang. »Was war mit ihrem Rock? War er eng oder weit?«
»Nicht sehr weit.«
»Also eng.«
»Na ja, ziemlich, schätze ich.« David beugte sich in meine Richtung. Er wollte nicht noch mehr Antworten verpatzen.
»Hatte er Knöpfe oder einen Reißverschluß oder beides?«
»Knöpfe oder...«, sagte er langsam. »Ich bin mir nicht sicher.«
»Stellen Sie sich's mal so vor. Als Sie Ihre Hand in ihren Rockbund schoben und daran zogen, sprang da ein Knopf ab oder riß ein Reißverschluß aus?«
»Weder noch.« Er wurde rot.
»Weder noch? Der Rock ging gar nicht aufzumachen?«
»Ich habe ihn nicht aufgerissen.«
»Also gut. Als *sie* ihn aufmachte«, sagte ich spöttisch. »Knöpfe oder Reißverschluß?«
»Ich weiß nicht. Ich habe nicht auf ihre Kleidung geachtet.«
»Nun, um genau zu sein, Sie haben nicht auf ihre *Füße* geachtet, Mr. Blackwell. Doch Sie erinnern sich genau, wie viele Knöpfe sie an ihrer Bluse aufgemacht hatte, nicht wahr?«
»Nein!«
»Nein? Aber Sie sagten mir gerade, daß Sie sich erinnern. Haben Sie gelogen?«

»Wo ist bei alledem mein Anwalt?« fragte David und wand sich in seinem Stuhl. »Warum hat er bisher nichts gesagt?«
»Weil ich nichts gefragt habe, weswegen man Einspruch erheben könnte. Lassen Sie mich Ihnen diese Frage stellen, Mr. Blackwell: War das ein außergewöhnliches Vorkommnis in Ihrem Leben?«
»Was?«
»Darf ich Sie daran erinnern, was Sie bei der Befragung durch Ihren Anwalt ausgesagt haben? – Einspruch, Euer Ehren. Suggestivfrage. – Stattgegeben. – Als diese Frau auf Sie zukam und anfing, sich die Kleider vom Leib zu reißen, war das ein außergewöhnliches Vorkommnis?«
»Ja.«
»Nichts, das jede Woche vorkam?«
»Nein.«
»Auch nicht jeden Monat.«
»Nein.«
»Oder überhaupt jemals?«
»Nein.«
»Warum lächeln Sie, Mr. Blackwell?«
»Nun, wenn man sich vorstellt, so etwas würde jede Woche passieren.«
»Ja, unglaublich, nicht wahr? Wie fühlten Sie sich, als es passierte? – Einspruch, Euer Ehren. Die Gefühle meines Mandanten sind nicht relevant!« Ich stand auf. »Das sind sie sehr wohl, Euer Ehren. Es obliegt dem Staat, unter anderem auch den Geisteszustand des Angeklagten zur Tatzeit festzustellen. – Einspruch abgewiesen.« David setzte sich auf. Er schien begierig darauf zu warten, daß dieser gespielte Wortwechsel vorüber war, um die Frage beantworten zu können.
»Ich war entsetzt!«
»Erschrocken? Verstört? Ich bin nicht sicher, was das Wort ›entsetzt‹ bedeutet.«
»Ja, beides.«
»Standen Sie auf und waren ihr bei der Entfernung ihrer Kleider behilflich?«
»Ganz sicher nicht. Ich blieb ihr fern.«

»Hinter dem Schreibtisch?«
»Ja.«
»Ihnen ist nicht in den Sinn gekommen: Mann, da steht eine attraktive Frau – Sie fanden sie doch attraktiv, nicht wahr? – und reißt sich vor mir die Kleider herunter; von so was hab ich geträumt, seit ich vierzehn bin, also nichts wie hin und ihr helfen?«
»Nein. Ich ging sogar noch weiter zurück, glaube ich.«
»Wie weit?«
»Drei Meter. Vier, ich bin nicht sicher.«
Ich machte mir eine Notiz. »Hat Sie sie irgendwann geohrfeigt, Mr. Blackwell?«
»Geohrfeigt? Nein.« Er wirkte durch die übergangslose Frage verwirrt.
»Vielleicht ist geohrfeigt das falsche Wort. Auf irgendeine Weise mit der Hand geschlagen?«
»Ich glaube nicht. Dad? Hab ich dir gesagt –«
»Sie erinnern sich an das ärztliche Gutachten, Mr. Blackwell, wonach unter Mandy Jacksons Fingernägeln Hautreste von Ihnen gefunden wurden?«
»Oh. Ja. Nun, einmal kratzte sie mich.«
»Warum? – Einspruch, Euer Ehren, das verleitet zu Spekulationen. – Formulieren wir es also so, Mr. Blackwell: *Wie* konnte sie Sie kratzen? Wann hatte sie Gelegenheit dazu, wenn *Sie* doch vier Meter weit weg waren?«
»Na ja, an einem Punkt ging ich auf sie zu.«
»Wie nahe? Einen halben Meter von ihr entfernt? Einen Viertelmeter? Wie lang ist ihr Arm? Wie nahe kamen Sie dieser Frau, die Ihnen so sehr angst machte, Mr. Blackwell?«
»Einen halben – ich weiß nicht. Ich ging hin und packte sie am Arm –«
»Nein!« Ich sprang auf. »*Nein!* Laß sie dich nicht von deiner Geschichte abbringen. Siehst du nicht, was sie macht? Drängt dich in eine Position, weil du versuchst, die Frage so zu beantworten, wie du glaubst, daß sie beantwortet werden sollte, und zwei Minuten später mußt du genau das Gegenteil sagen, und auf ein-

mal hat sie dich vier Meter durch den Raum geschoben, und du stehst als *Lügner* da! Also, was nun? Was Sie uns vor fünf Minuten erzählt haben oder was Sie uns jetzt erzählen? Was war gelogen, Mr. Blackwell?«

»Aber ich mußte meine Position ändern, sobald sie –«

»Ja, sobald du ihr die Antwort gegeben hast, auf die sie von Anfang an hinauswollte. Darum mußt du es beim ersten Mal richtig machen! Versuch nicht, *die* Antwort zu geben, von der du glaubst, daß sie gut klingt, sondern gib die *richtige* Antwort.«

»Ist es das, was wir jetzt tun, die beste Geschichte austüfteln?«

»Ja. Genau das tun wir. Weil niemand sich an alle Einzelheiten erinnert –«

»Besonders, wenn er lügt, richtig, Dad?«

»– aber wenn du es nicht tust, wird sie fragen: Warum erinnern Sie sich nicht, Mr. Blackwell? War das nicht ein außergewöhnliches Ereignis, Mr. Blackwell? Haben sich Ihnen die Einzelheiten nicht eingeprägt, Mr. Blackwell? Warum nicht, Mr. Blackwell? Sie waren durcheinander? Oder hat irgendein anderes Gefühl Ihre Wahrnehmung getrübt, Mr. Blackwell? Lust vielleicht? Die Lust, sie sich gefügig zu machen?«

»Dad.«

»Ich – bin – nicht – dein – Vater, ich bin der verfluchte Staatsanwalt! Ich werde kein einziges Scheißwort sagen können, wenn sie dir zuckersüße Fragen stellt und dich in Fallen lockt. Ich werde da hinten sein, verdammt noch mal, bei all den anderen Idioten im Zuschauerraum! Darum mußt du das intus haben, David, weil ich dir die Antworten nicht signalisieren kann, wenn es soweit ist. Ich werde draußen sein. Ich werde –«

Ich war außer Atem und stützte mich auf den Tisch. David kam aus dem Zeugenstand heraus. Etwas von meiner Technik hatte er aufgeschnappt: Er stellte mir eine Frage, die völlig unerwartet für mich kam.

»Wozu müssen wir das überhaupt machen, Dad? Ist das so eine Art Praxislehrgang? Du hast gesagt, es würde nie zu einem Prozeß kommen.«

»Ich hab das nicht gesagt. Möglicherweise hat deine Mutter das

behauptet. Ich habe getan, was ich konnte, damit es nicht dazu kommt, und ich bin gescheitert. *Deshalb* müssen wir das machen, weil es jetzt von dir abhängt, David.«
Er ließ mich ausreden und tat dann so, als hätte ich gar nichts gesagt.
»Soll das etwa mein juristisches Interesse wecken? Glaubst du, ich werd nach dem hier Jura studieren?«
Ich richtete mich auf und sah ihn an. »Jura? Ich wollte nie, daß du Jura studierst. Es gibt sowieso schon viel zu viele Anwälte. Es war mir egal, was du machst.«
»Ach ja, das war's dir wohl? Ich hätte Hausmeister oder Kernphysiker oder Anarchist werden können, nicht wahr? Denn damals war ja schon ein Kind für dich unterwegs, das genau das war, was du wolltest.«
»Es tut mir leid, David, ich hab das schlecht gesagt. Ich meinte nicht, daß es mir egal war, ich meinte, daß ich es dir überlassen habe. Ich wollte –«
»Warum hast du es dann so gesagt? Hast du vorher gelogen oder lügst du jetzt?«
Ich hätte nie geglaubt, daß David mir das Wort im Mund umdrehen konnte. Mir wurde klar, daß ich nicht wirklich wußte, wie clever er war. Er war immer zurückhaltend. Als ich so dastand, wünschte ich, ich hätte in einem Augenblick zwanzig Jahre noch einmal durchleben können, sie anders leben, so daß David ein anderer Mensch wäre und ich auch, so daß wir anderswo beisammenstünden, als dort, wo wir jetzt waren, geistreiche Gespräche führten und lachten und einander auf die Schulter klopften. »Mein Sohn«, begann ich hilflos.
Er spuckte Luft durch die Lippen und drehte sich weg.
»Nein! Fang nicht an, mir gut zuzureden. Ich –« Drei Meter von mir entfernt, oder vielleicht vier, begann er zu weinen. »Ich wollte nur... Weißt du, ich glaube, das ist das meiste an Zeit, das du je mit mir verbracht hast, und dazu mußte erst das hier passieren.«
»Ich weiß. Ich wünschte, ich könnte –«
»Weißt du, wie gut ich in meinem Job bin, Dad? Weißt du, daß ich

eine Woche, bevor das passierte, befördert wurde? Hab ich dir das erzählt? Die mögen mich dort, Dad. Sie glauben – glaubten, sie müßten mir mehr bezahlen, oder ich könnte weggehen und meine eigene Firma aufmachen. Weißt du das?«

»Das kannst du doch immer noch! Wenn das alles hier erst mal vorbei ist. Ich bin immer stolz auf dich gewesen, David. Ich habe nie –«

»Nein.« Er wandte sich ab. »Fang jetzt nicht damit an.« Er stieß die Gattertür auf und ging durch den Mittelgang des Gerichtssaals davon. Ich rief ihm nach.

»David, wir müssen das hinkriegen. Nicht meinetwegen, David, deinetwegen!«

Ich redete mit mir selbst. Er war schon zur Tür hinaus und schloß sie leise hinter sich, ein wohlerzogener Junge, wie immer.

Ich ging ihm langsam nach, drehte die Lichter ab und hörte wieder die Stille im Gebäude. Anstatt die Treppe nach unten zu nehmen, ging ich hinauf, über noch einen dunklen und leeren Korridor, durch die Tür mit meinem Namen in fußhohen Lettern darauf. Ich wußte nicht, wo ich sonst hinsollte. Nach Hause jedenfalls nicht. David war vielleicht eben auf dem Weg dorthin. Er brauchte Lois, ohne daß ich ihm ihre Aufmerksamkeit streitig machte.

Erstaunlicherweise hat das Büro des Bezirksstaatsanwalts – mein Büro – keine Fenster. Es ist ein geräumiges Zimmer, aber tief im Gewirr der anderen Räume vergraben, eingeschlossen von Innenwänden. Tag oder Nacht bedeutet hier drin nichts. Als ich aber an meinem Schreibtisch saß, spürte ich, wie sich um mich die Leere breitmachte. Patty und die anderen Sekretärinnen waren vor drei Stunden heimgegangen. Fleißige Staatsanwälte mochten bis halb sechs oder sechs geblieben sein, um sich für den nächsten Tag vorzubereiten. Jetzt aber war es acht Uhr. Man hätte eine Kanone quer durch irgendeinen Korridor abschießen können, ohne jemanden zu verletzen. Früher war das Büro des Sheriffs im Gerichtsgebäude untergebracht, so daß rund um die Uhr Hilfssheriffs im Dienst waren, aber ihre Verwaltungsbüros waren vor einem Jahr ins neue Gefängnis übersiedelt. Jetzt war das Gebäude nachts wie ausgestorben. Die Stille bedrängte mich wie eine schweigende Menschenmenge, die an meiner offenen Bürotür anstand, um einen Blick auf mich zu werfen. Ich hatte keine Lust, irgendwo anders hinzugehen.

Der schreckliche Gedanke verdichtete sich, und diesmal wischte ich ihn nicht einfach weg: Vielleicht war David schuldig. Er wäre nicht der erste Schuldige gewesen, den ich seinen ganzen Prozeß hindurch und darüber hinaus beharrlich hatte leugnen sehen. Seine einfältige Annahme, ich würde ihn rauspauken, ließ mich darüber nachdenken, ob er wohl von Anfang an auf meinen Einfluß gezählt hatte. Hatte er gedacht, er könne tun, was immer er wollte, weil sein Vater der Bezirksstaatsanwalt war? Hätte vor zwei Monaten jemand mich das rein hypothetisch gefragt – glaubst du, daß David so etwas tun könnte? –, ich hätte ihn ausgelacht. Nun begriff ich langsam, wie wenig ich meinen Sohn kannte.

Wenn es ein anderes Verbrechen gewesen wäre, dessen man ihn beschuldigte, hätte ich nie an ihm gezweifelt. Diebe und Räuber verstehen wir: Sie wollen Geld. Und wir alle haben auch schon mal soviel Wut empfunden, daß wir jemanden hätten verletzen oder töten können. Vergewaltiger aber sind die verdrehtesten, unergründlichsten Verbrecher: Was sie wollen, ist nichts Greifbares; es geht ihnen nicht um Sex, sondern um Macht. Ihre Lust an der Unterwerfung ist so übermächtig, daß sie dafür Gefängnis und Schande riskieren. Ihre Gedanken sind uns so fremd, daß wir keinen Zugang zu ihnen finden können. Einmal entlarvt, erweisen sie sich vielleicht als die biedersten Männer im Alltagsleben. War David eines dieser fremden Wesen? Ich hatte den Gedanken unterdrückt, aber er wollte nicht unten bleiben. Immerhin waren Mandy Jackson und ihre Geschichte ohne Fehler, Davids Version dagegen lachhaft. Und immer noch war niemand auf einen überzeugenden Grund gekommen, warum seine Geschichte wahr sein sollte.

Ich hörte keine Schritte. In den Verwaltungsbüros liegt Teppich-

boden. Ich weiß nicht, wie lange sie schon dagestanden hatte, ehe ich sie bemerkte; sie befand sich nur zwei, drei Schritte von der Tür entfernt im Büro und starrte mich an.
»Herrgott, Linda, rühr dich, wenn du so was tust. Ich saß hier und dachte, außer mir wäre keine Menschenseele im Haus.«
Es war, als hätte ich nichts gesagt. Weder bewegte sie sich, noch sprach sie. Selbst ihre Augen war unbewegt. Ich fing an zu glauben, sie sei eine Erscheinung. Warum verfolgte sie mich?
»Linda?«
»Das funktioniert nicht«, sagte sie unvermittelt, wie die Puppe eines schlechten Bauchredners. Ich hatte immer noch keine Bewegung an ihr wahrgenommen.
»Hast du die Szene mit David mit angehört? Ich weiß nicht, was ich ihm sagen soll. Er ist so –«
»Ich rede nicht von David. Ich rede über den Ersten Stellvertretenden Bezirksstaatsanwalt.«
Einen Moment lang mußte ich nachdenken, wer das war. Sie sprach den Titel aus, als wäre es der Name von jemandem, über den sie sich beschweren wollte. Als sie die Worte sagte, machte sie zwei Schritte auf meinen Schreibtisch zu, dann erinnerte sie sich anscheinend an ihr Unbeweglichkeitsgelübde und hielt inne, wiederum wie erstarrt.
»Das funktioniert nicht, ich als deine Stellvertreterin.«
»Ich seh dich nicht als meine Stellvertreterin, Linda, ich seh dich als –«
Sie machte ein angewidertes Geräusch, das ich nicht wiederzugeben vermag. Es brachte mich, wie beabsichtigt, schlagartig zum Schweigen.
»Behandle mich nicht wie eine Sekretärin, die eine Gehaltserhöhung will. Ich bin nicht gekommen, um über Titel zu reden. Ich trete zurück, Mark.«
Ich sagte nichts. Vielleicht war es das Schweigen, was sie vom Bann erlöste. Sie kam gestikulierend quer durchs Zimmer.
»Ich hab hier keine Funktion. Jeder sieht das. Sie tolerieren mich, wenn ich in ihre Büros komme, in Gerichtssäle. ›Seid nett, das ist die Freundin des Bezirksstaatsanwalts‹.«

»Niemand denkt das, Linda. Jeder weiß, daß du qualifiziert bist.«

»Wofür? Diese blöden Sorgen hatte ich nicht, als wir noch Partner waren. Damals wußte ich es noch. Als Verteidigerin wurde ich respektiert. Meinen Mandanten wurden gute Angebote gemacht, weil alle wußten, daß ich keine Angst vor einem Prozeß hatte, und weil die Chance bestand, daß ich sie schlage. Ankläger spielten keine dummen Spielchen mit mir. Jetzt schon! Alle tun sie es. Sie wissen, daß ich nicht wirklich eine von ihnen bin. Und ich hab gar nichts dagegen. Aber damit gibt es für mich hier nichts mehr zu tun, Mark. Ich bin hier nicht auf Rente.«

Sie hatte von nichts anderem als ihrem Job geredet – Thema für eine Dienstbesprechung, aber keine Erklärung für die Emotion in ihrer Stimme, ihre schneidenden Gebärden. Sie war gekommen, mir mein Büro in Schutt und Asche zu legen. Ich antwortete: »Für mich gibt es auch nichts zu tun, Linda. Ich weiß, als Zuschauer fühlt man sich schrecklich –«

»Ja. *Dir* geht es so. Du bist der Bezirksstaatsanwalt, Mark. Dann nimm dein Amt auch wahr. Aber verlang das nicht von mir. Ich hab versucht, die Aufsicht über Ankläger zu führen, aber das ist nichts für mich. Lieber möchte ich sie bekämpfen.«

Und mich dazu, dachte ich. »Also gut. Ich weiß, ich habe mein Amt vernachlässigt. Ich werde künftig nicht mehr soviel auf dich abschieben.«

»Dann ist ja gut. Und ich werde mithelfen, Davids Fall vorzubereiten.«

»Wie denn? Es gibt für keinen von uns was –«

»Es gibt immer etwas für einen Fall zu tun. Das weißt du. Einvernahmen probieren, zum Beispiel. Stell ihn in den Zeugenstand. Laß Henry den Verteidiger spielen und mich den Staatsanwalt.«

»Ideale Rollenverteilung.«

Ihre Augen blitzten. »Laß mich ihn ins Kreuzverhör nehmen, und du wirst was erleben.«

Das würde ich mit Sicherheit. Ich würde vermutlich erleben, wie David uns beide zu hassen anfing. Nach der Szene, die wir gerade

hinter uns hatten, würden weitere gespielte Kreuzverhöre ihm die Gewißheit geben, daß ich ihm nicht glaubte.
»Vielleicht«, sagte ich.
Sie ließ es mich nicht erklären. »Gut. Während du darüber nachdenkst, werde ich mein Büro räumen.«
»Linda!« Meine Stimme brachte sie zum Stehen. Sie war gewohnt, daß sie als einzige herumschrie, und nicht, daß man ihre Aufschläge retournierte. Ich war aufgesprungen. »Ich brauche dich hier, Linda. *Ich* brauche dich. Ich. Nicht für diesen Fall oder für das Amt.«
Sie machte eines von ihren Geräuschen, zur Hälfte Lachen, zur Gänze Bitterkeit. »Ich glaube, dafür hast du jemanden.«
»Das weißt du besser.«
»Dann hast du ja meine Telefonnummer.«
»Was zum Teufel ist los mit dir?« brüllte ich. Einen Moment lang war ich über mich selbst erschrocken. Es im Zorn mit Linda aufzunehmen ist ein selbstmörderisches Unterfangen. Aber sie tat etwas noch Schlimmeres als zurückzuschlagen. Sie änderte die Taktik. Ohne sich zu bewegen, hatte sie sich plötzlich von mir zurückgezogen.
»Ich verstehe ja, warum du beschlossen hast, mich da rauszuhalten«, sagte sie traurig, so daß ich mich fragte, wie sie es verstand. »Aber durch diese Entscheidung ist mir mein einziges Betätigungsfeld genommen. Als Anwältin kann ich dir nicht helfen, und ich weiß auch nicht, was ich als Freundin für dich tun soll. Was für eine Frau macht das aus mir? Eine, die... Mark. Mandy Jackson konnte ich trösten, weil das wie der Umgang mit einer Klientin war. Aber ich wüßte nicht eimal, wo anfangen, um dich zu trösten. Es wäre eine Farce, wenn ich hierbliebe. Laß mich gehen. Ich bin kein Ankläger.«
Es war ein Schlußwort, und sie nutzte es. Sie war zur Tür hinaus, ehe ich sie aufhalten konnte. Ich wußte, sie wollte nicht, daß ich ihr folgte. Sie wirkte nicht den Tränen nahe, aber doch zu traurig für Gesellschaft. Linda hatte recht: Ich sollte sie gehenlassen.
Ich ließ mich in meinen Sessel fallen und versuchte, zu meinen Gedanken an den Fall zurückzukehren. Aber es war, als wäre

Linda nicht aus dem Zimmer gegangen. Ich sah sie immer noch vor mir. Die Haltung ihrer Finger, als sie eine ausholende Geste machte. Ihr Körper von der Seite, als sie sich zum Gehen wandte. Am deutlichsten ihr erstaunlich bewegliches Gesicht, fließend beinahe in seiner Fähigkeit, augenblicklich von einem Gefühlsausdruck zum nächsten zu wechseln. Unser Streit von gerade eben war das stärkste an Leidenschaft, das wir einander seit einem Jahr gezeigt hatten. Er weckte Erinnerungen an andere Gefühle, an ihr Gesicht in anderen Momenten.
Sie war in ihrem eigenen Büro und schmiß Bücher und Papier in eine Schachtel. Weder wütend noch resigniert. Sie sah aus, als hätte sie eine Entscheidung getroffen und versuchte zu vermeiden, nochmals darüber nachzudenken. Ich hoffte, daß sie an dieselben Dinge gedacht hatte wie ich.
»Also gut, geh«, sagte ich. »Ich helf dir packen.«
Sie blickte hoch, verwirrt.
»Wenn du es in diesem Amt nicht aushältst, geh zurück in die Kanzlei. Aber das ist nicht das Ende, denn die Arbeit ist nicht alles, was wir gemeinsam haben. *Ich* werde dich nicht gehen lassen. Ich werde dich nicht auch noch verlieren.«
Sie kam um den Schreibtisch herum, immer noch traurig, nun aber noch dazu fast amüsiert über mich.
»Wie willst du mich aufhalten?« fragte sie.
»Vor deiner Tür kampieren. Dir sagen, wie schön du bist. Dich mit Handschellen an mich ketten. Winseln und klagen. Ich weiß nicht. Sag du mir den besten Weg.«
Sie schüttelte den Kopf. »Es gibt keinen. Du kannst mir nicht nachstellen, denn du hast ein Amt zu leiten.«
»Scheiß auf das Amt.«
Darüber mußte sie lachen. »Du? Nein. Das ist dein Leben.«
»Und was ist dein Leben, Linda? Arbeit und sonst nichts? Linda.«
Sie gab keine Antwort. Ich beschloß, ihr die eine Sache zu sagen, die ich ihr verschwiegen hatte. Wenn sie ohnehin fortging, war das auch egal. »Weißt du, warum ich dein Angebot, zurückzutreten und David zu verteidigen, abgelehnt habe?«

»Den Grund hast du mir gesagt«, antwortete sie.
»Das war nicht alles. Sogar damals, als ich noch sicher war, ich könnte die ganze Sache abbiegen, wußte ich, daß immerhin die Möglichkeit eines Prozesses bestand. Und wenn es soweit kam, hätte kein Verteidiger bessere Chancen als jeder andere auch. Ich wollte nicht, daß du es machst, Linda, weil ich weiß, wie du bist. Wenn du den Fall verloren hättest, hättest du dir selber nie verziehen. Das wäre das erste gewesen, woran du jedesmal erinnert worden wärest, wenn du mich angesehen hättest. Es hätte einen Keil zwischen uns getrieben, der uns letztlich auseinandergebracht hätte. Den Gedanken konnte ich nicht ertragen.«
»In einer solchen Zeit hast du an meine Gefühle gedacht? Das war falsch, Mark. Du hättest nur an David denken dürfen.«
»Ich weiß, daß es falsch war. Ich wußte es schon damals. Es war selbstsüchtig von mir, aber ich hab's getan.«
Wir standen nur Zentimeter voneinander entfernt. Sie sah zu Boden, als suchte sie nach einem eleganten Ausweg. Ich nahm ihren Arm. Vielleicht mußte ich ihr ja wirklich Handschellen anlegen. Die Finger meiner anderen Hand strichen über ihre Seite. Ich zog sie näher, und sie ließ mich gewähren. Ihre Hände lagen auf meinem Rücken, unter den Schulterblättern. Es fühlte sich an wie eine von diesen geschwisterlichen Umarmungen zum Abschied. Aber es nahm kein Ende. Plötzlich drückte ich sie so fest ich konnte, und sie zog mich noch näher an sich. Der ganze Jahresvorrat an unaufgebrauchtem Gefühl hielt uns auf der Stelle fest. Ich hatte die Absicht, ewig so stehenzubleiben, wenn die andere Möglichkeit nur war, sie zu verlieren.
Einen langen Moment lang drückten wir uns heftig aneinander, als wollte sich jeder von uns unter die Haut des anderen schieben. Ihre Hände lagen fest auf meinem Rücken. Dann rutschte eine davon tiefer. Ich zog ihr die Bluse aus dem Rock, fand den Reißverschluß, ließ den Knopf abspringen. Sie machte sich kurz die Hand frei, um mir zu helfen, und der Rock glitt an ihren Beinen hinunter.
In meinem Büro stand eine Couch, und um diese Couch rankten sich in der Staatsanwaltschaft Legenden. Wir fügten ihnen an

diesem Abend keine mehr hinzu: Wir schafften es nicht bis dorthin. Ich lehnte mich gegen ihren Schreibtisch und zog Linda hoch, so daß sie sich in voller Länge an mir entlangstreckte, als ich bemerkte, daß man uns durch ihre offene Bürotür und die Glaswand des vorderen Büros sehen konnte. Einen Augenblick lang glaubte ich, jemand würde uns beobachten. Ich hob sie hoch, die Hände unter ihren Schenkeln, und trug sie in mein Büro. Als ich sie auf die Füße stellte, schob sie ihren Unterrock hinunter und nestelte an meinen Hemdknöpfen, während ich meine Krawatte abnahm. Ich knöpfte ihre Bluse zur Hälfte auf, dann zog ich sie ihr einfach über den Kopf.

Es war nicht lieblich, und es war nicht süß. Ich hatte vergessen, wie weich ihre Haut war. Früher war ich gern mit der Hand ihre langgewölbte Hüfte entlanggefahren, von der Brust bis zum Schenkel. An diesem Abend aber nahmen wir uns nicht die Zeit, alle Extras auszukosten. Wären wir langsamer geworden, hätten wir vielleicht aufgehört. Wir hatten es eilig, als rechneten wir damit, ertappt zu werden. Wir selbst waren es, vor denen wir Angst hatten. Ich fürchtete mich fast, ihren Namen zu sagen, sie daran zu erinnern, wer wir waren. Aber ich sagte ihn doch und streichelte ihr das Gesicht und dazu Brust und Rücken. In ihren Augen waren Tränen. Bald spürte ich, woran mein Körper sich mehr erinnerte als mein Kopf: Ihre Hände, die sich in meinen Rücken krallten, als wollte sie mir das Fleisch herunterreißen. Sie zuckte mir entgegen und schrie auf. Einen Augenblick später ließ ich mein Gewicht auf ihr nieder.

Eine, wie es uns vorkam, lange Zeit lagen wir schwer atmend einfach da. Nach einer Weile strichen unsere Hände leicht über den Körper des anderen. Wir sahen uns an und küßten uns. Ich dachte daran, ihr launige Dinge zu sagen, wie ›Ich kann Ihre Kündigung nicht akzeptieren‹, aber ich schwieg. Auch Linda sagte eine Weile nichts. Als wir schließlich zu reden begannen, war es ein schwaches Murmeln. Ich hörte ihre Stimme und fühlte sie zugleich. »Halt dich raus, wenn du willst«, flüsterte ich. »Ich versteh das. *Ich* brauche dich, nicht der Fall.«

Sie lachte leise. »Versuch mal, mich rauszuhalten.«

Die Ironie an meinem Wahlkampf war die gewesen, daß jedermann angenommen hatte, Linda und ich hätten eine Affäre, und dabei hatten wir damals schon keine mehr.
Die Vorstellung, eine Frau als Partner zu haben, war aufregend gewesen, als ich zum ersten Mal darüber nachgedacht hatte, aber im täglichen Kanzleibetrieb hatte sich der Reiz verloren. Linda war kein Flirt, und ich führte eine Ehe, die ich damals noch nicht für irreparabel hielt. Vielleicht gingen schon Gerüchte über uns um, aber dafür konnten wir nichts. Im Büro und bei Gericht waren wir streng geschäftsmäßig.
Paradoxerweise war es der Beruf, worauf wir unsere Intimität aufbauten, eine Intimität, die eher durch die Arbeit entstand als durch Sex. Wie nahe wir uns standen, hätte keiner je erahnen können; Linda und ich waren zu verschieden. Doch wenn wir zusammenarbeiteten, konnten wir fast die Gedanken des anderen lesen. Wir trieben einander zu Schlüssen, antworteten auf Einwände, noch ehe sie gemacht wurden. Ich war der Ideenlieferant, warf zehn pro Stunde in den Raum. Linda griff die eine gute darunter auf und entwickelte sie weiter. Ich weiß nicht mehr, wie viele Male wir nachmittags über einen Fall zu reden anfingen in ihrem Büro oder in meinem, auf und ab gehend, uns in Sessel fallen lassend, nickend und brüllend und lachend, und hochsahen, um festzustellen, daß die Kaffeekanne angeschmort und die Sekretärin schon vor Stunden nach Hause gegangen war. Nach einigen dieser langen Abende machte es eigentlich keinen Sinn, daß jeder von uns aus dem Büro anderswohin ging, aber wir taten es doch. Wir waren keine Teenager beim Rendezvous und gaben uns keinen Gutenachtkuß. Es entstand auch nur selten eine verlegene Pause, wenn ich sie zum Auto begleitet hatte.
Wir schlitterten nicht in eine Affäre, Linda und ich. Ich habe Leute diesen Ausdruck benutzen hören, und ich weiß nicht, was das heißen soll. Schließlich gibt es Grenzen. An irgendeinem Punkt zieht man sich dann aus. Normalerweise hat man sich für diesen Zweck einen besonderen Ort ausgesucht. Als Linda und ich etwas miteinander anfingen, war es nicht wie in dieser wilden Nacht in meinem Büro in der Staatsanwaltschaft. Wir wußten,

was wir taten. Wir waren drei Jahre lang Partner gewesen. Ich hatte zwei oder drei ihrer Freunde sich in nichts auflösen sehen; sie hatte die wachsende Unlust, mit der ich über Lois redete, wahrgenommen, oder die Art, wie ich sie überhaupt nicht mehr erwähnte, wenn ich Familiengeschichten erzählte. Lois war zunächst kühl zu Linda gewesen und dann unerklärlicherweise wärmer geworden, als wüßte sie, daß zwischen meinem Partner und mir sexuell nichts lief – oder als wäre es ihr mittlerweile egal. Als es zwischen Linda und mir anfing, kannte Linda den Kompromiß, den ich zu Hause geschlossen hatte, daß Lois und ich vielleicht zusammenleben würden, bis wir starben, aber nicht mehr wirklich miteinander verheiratet waren.

Während der Jahre unserer Affäre drängte mich Linda nie zu etwas darüber hinaus, deutete nie auch nur an, daß sie mehr wollte. Selbst als wir ein Verhältnis hatten, war das nebensächlich im Vergleich zu unserer Partnerschaft. Die Affäre ging nie in die Brüche, nicht mit einer großen Szene, doch ein paar Monate vor meiner Entscheidung, als Bezirksstaatsanwalt zu kandidieren, hatte sie sich totgelaufen. Es schien ein unwichtiger Teil unseres Lebens zu sein, für den wir keine Zeit mehr hatten. Aber wir verloren nie die Verbindung zueinander. Wenn wir die Gedanken des anderen brauchten, war der Kontakt wieder da.

Linda mußte geglaubt haben, daß dieses Band bereits überstrapaziert war, als ich Bezirksstaatsanwalt wurde, und irreparabel zerrissen, als ich im Sumpf von Davids Fall versank. Ich ließ ihr keinen Platz in meinem Leben. Vielleicht dachte sie sogar, daß die Familienkrise mich wieder zu meiner Familie zurückbrachte. Ich weiß nicht; wir sprachen nicht darüber. Aber nach dieser Nacht in meinem Büro waren wir wieder Partner. Wenn ich ihre Hilfe brauchte, hatte ich sie. Selbst, wenn ich sie nicht wollte, ich würde sie bekommen.

6 **Als Mandy Jackson** in den Zeugenstand trat, stiegen meine Hoffnungen. Sie wirkte nicht nervös; ganz im Gegenteil. Sie hatte sich, wie viele Zeugen, übertrieben präpariert. Nirgendwo ist die Unschuldsvermutung stärker als bei einer Anklage wegen Vergewaltigung; viele Geschworene können einfach nicht glauben, daß eine Frau so etwas mit sich geschehen läßt, ohne sich irgendwie bereitwillig gezeigt zu haben. Wenn sie die Wahrheit sagt, erzählt sie etwas Schreckliches, und der Schrecken muß ihr ins Gesicht geschrieben sein. Wenn sie nicht weint, glaubt man ihr nicht. Und viele Opfer beherrschen sich zu sehr, um zu weinen. Bis ein Fall zur Verhandlung kommt, haben sie schwer um diese Beherrschung gekämpft. Die Geschichte vor lauter Fremden zu erzählen ist schlimm genug; vor ihnen zusammenzubrechen würde es noch intimer machen. Allzu viele Vergewaltigungsopfer sagen mit völlig monotoner Stimme aus. Sie haben sich selbst aus der Geschichte entfernt, so daß sie erfunden klingt. Mandy Jackson sah aus, als wäre sie auch so. Sie wirkte völlig steif. Sie schien blind für die Geschworenen und den Gerichtssaal. Ich fing an, einen Hoffnungsschimmer zu sehen.
Dann setzte sie sich, wandte sich um und sah David direkt an. Sie fixierte ihn mit festem Blick.
Er rutschte unruhig auf seinem Stuhl herum und schaute weg.
Und die Geschworenen beobachteten ihn dabei.

Der Anfang eines Prozesses, wenn man sich fragt, was für Überraschungen einem noch bevorstehen mögen, ist immer nervenaufreibend. Am Tag, als Davids Prozeß begann, war es noch viel schlimmer. Wenn ich einen Fall vor Gericht bringe, habe ich immerhin die Gewißheit, daß ich, sobald der Prozeß beginnt, schon das Richtige tun werde. Hat das Spiel erst mal begonnen, wird man immer ruhiger. Heute hatte ich diese Sicherheit nicht. Ich war nur Zuschauer. Ich ertappte mich dabei, daß ich mich fragte, warum ich Henry damit betraut hatte.

Ich war mir lange Zeit unsicher, ob ich überhaupt zusehen sollte. Zu Lois hatte ich gesagt, ich würde tun, was in meiner Macht stand, um eine Einstellung des Verfahrens zu erreichen, in Wahrheit aber hatte ich mich soweit wie möglich aus dem Spiel gebracht – den Fall meinem Büro entzogen, die Anklage in die Hände meines ärgsten Feindes gelegt. Dafür gab es gute Gründe; der Anschein von Gesetzmäßigkeit konnte lebenswichtig sein. Selbst jetzt, da mein Plan danebengegangen war. Denn wenn der Fall vor die Geschworenen kam, würde der geringste Anschein einer Rechtsbeugung David bei den Geschworenen schaden. Deshalb hatte ich mich gänzlich rausgehalten. Deshalb hatte ich nur einen Verteidiger engagiert, aber zwei Sonderstaatsanwälte bestellen lassen. Nun, da ich David soweit wie möglich wie einen Underdog hatte aussehen lassen, wollte ich diesen Eindruck nicht gefährden, indem ich mich bei der Verhandlung hinter ihm aufbaute. Ich hatte wieder und wieder darüber nachgedacht, ob ich überhaupt im Zuschauerraum sein sollte, aber am Ende gab es gar keine Entscheidung zu treffen: Ich war da, weil ich nicht wegbleiben konnte.

Vor die Schranke würde ich allerdings nicht gehen. Am Morgen von Davids Verhandlung stand ich um neun Uhr dreißig ganz hinten im Saal von Richter Watlin, einem der größten im Gericht, und dennoch war er gerammelt voll. Auf den Plätzen, die nicht von der Presse besetzt waren, fanden sich viele Anwälte, sowohl Verteidiger als auch Ankläger. Keiner wollte Noras letzten Fall als Anklägerin versäumen, und Henry hatte seine eigene Gefolgschaft. Der Prozeß als solcher würde schon lehrreich sein. In dieser Gleichung kam der Angeklagte überhaupt nicht vor.

Der Prozeßtermin im Juli war geplatzt. Dies war ein Sondertermin Mitte August, was ein Maximum an Berichterstattung in der

Presse garantierte. August ist bei Gericht traditionell ein toter Monat. Die Hitze treibt viele Leute aus der Stadt und macht die, die bleiben, unzurechnungsfähig. Selbst so früh am Vormittag wirkten viele der Zuschauer schon durch den Fußmarsch vom Parkplatz herein von der Hitze gezeichnet. Drinnen allerdings war es auffallend kühl, selbst in dem großen Saal mit seinen sonnenbeschienenen Fenstern. Es war Montagmorgen, und die Klimaanlage war in dem leeren Gebäude das ganze Wochenende über gelaufen. Bis zum Nachmittag würde die Außentemperatur bis an die vierzig Grad steigen, die sie in den letzten drei Tagen jedesmal überschritten hatte, und dann würde man es auch hier im Saal spüren.

David saß am Tisch der Verteidigung. Henry redete mit ihm, und David nickte devot. Seine Einstellung hatte sich in bemerkenswerter Weise verändert. Wir waren Lindas Vorschlag gefolgt und hatte eine zweite Probevernehmung mit David abgehalten, einschließlich Kreuzverhör. Er hatte sich besser gehalten als bei meinem und war danach weniger verärgert, aber er fing an, seine eigene Geschichte in einem anderen Licht zu sehen. Er brannte nicht mehr darauf, sie vor einem großen Publikum zu erzählen. Jetzt saß er da, während die Geschworenen darauf warteten, ihre Plätze einzunehmen, und war starr vor Angst.

Er drehte sich in einem fort nach seiner Mutter, seiner Schwester und seiner Frau um, die in der ersten Zuschauerreihe direkt hinter ihm saßen. Victoria trat zum ersten Mal im Gerichtssaal in Erscheinung. Sie war schön, blond und gut, aber dezent geschminkt. Henry hatte darauf bestanden, sie in größtmöglicher liebevoller Nähe hinter Davids Schulter zu plazieren. »Das zumindest spricht für uns, eine schöne Ehefrau. Die Geschworenen werden sie ansehen und denken: Warum sollte er es nötig haben, eine Putzfrau zu vergewaltigen? Ich wünschte nur, die beiden hätten Kinder. Ein kleines blondes Mädchen, das sich fragt, ob ihr Daddy jetzt ins Gefängnis kommt...«

»Soll ich eins anmieten?« hatte ich gefragt. Das war einen Monat vor dem Prozeß, als Scherze noch möglich waren.

Statt dessen hatten wir Dinah. Sie trug ein weißes Rüschenkleid, einen Hut passend für den Kirchgang und sah jünger aus als zehn. Vorgebeugt, um sich alles im Gerichtssaal aufmerksam anzugukken, saß sie neben Lois und bemühte sich, ihr ganzes Wissen über Prozesse zur Anwendung zu bringen.

Javier und Nora saßen am Tisch der Anklage. Wäre dies nicht ein so vielberichteter und ungewöhnlicher Fall gewesen, hätten bis zum Erscheinen des Richters alle Anwälte vermutlich scherzend beisammengestanden. Anwälte wissen, daß sie noch zusammenarbeiten werden, wenn der gerade aktuelle Fall längst Geschichte ist. Ich habe sie in hundert Fällen gesehen, die Ankläger und Verteidiger, plaudernd und lachend, während der Angeklagte allein dasitzt und sich fragt, wer eigentlich auf seiner Seite ist. Henry, das mußte man ihm anrechnen, tat Mandanten so etwas nicht an. Er war nicht abweisend zu Anklägern, hielt sich aber auf Distanz.

Javier sagte etwas zu Nora, sie schüttelte den Kopf. Er redete dringlicher auf sie ein, bis sie die Schultern zuckte. Javier beugte sich über den halben Meter Abstand zwischen den Tischen der Parteien und sagte etwas zu Henry. Ich sah, wie Davids Anwalt ihm einen scharfen Blick zuwarf, dann eilten beide zum Gerichtskoordinator. Er hörte zu und verließ den Saal.

Sie hatten ihn beauftragt, den Richter zu bitten, noch nicht herauszukommen. Ich wußte, was das bedeutete: Ein Angebot für eine Absprache in letzter Minute. Die Jury war noch nicht auf der Geschworenenbank, also konnte ich David in ihren Augen nicht schaden. Ich ging zu ihm und Henry.

»Javier hat zwanzig geboten«, sagte Henry kurz. Er sah David an.

Scheiße. Warum nicht Bewährung? Hätten sie Bewährung angeboten, ich hätte versucht, David dazu zu bringen anzunehmen. Wie oft hatte ich erklärt, selbst ein Unschuldiger würde sich auf so einen Handel einlassen? Das brachte mich wieder zum Nachdenken. War David unschuldig?

»Einfache Nötigung«, sagte ich. »Nicht schwere.« Javier stand nah genug, um es zu hören. Er sah mich an, würdig wie ein Richter, nickte und ging dann außer Hörweite.

Ein weiterer Aspekt der verschärften Anklage war, daß David im Falle einer Verurteilung ein Viertel seiner Strafe würde absitzen müssen, ehe er für eine vorzeitige Entlassung in Frage kam. Wenn er lediglich wegen des geringeren Vergehens verurteilt wurde, konnte er viel früher auf Bewährung herauskommen. Ich erklärte es ihm.

»Bei guter Führung kannst du unter Umständen zwanzig Jahre in dreien absitzen. Vielleicht sogar in zweien. Wirst du aber wegen des schwereren Delikts verurteilt und bekommst lebenslänglich, wirst du fünfzehn Jahre sitzen müssen, ehe du für die Bewährung auch nur in Frage kommst. Damit mußt du rechnen.«

David war bleicher, als ich ihn je gesehen hatte. Er sah aus, als wäre er nahe dran, sich zu übergeben. Ich machte ihm keinen Vorwurf. Es war eine schreckliche Entscheidung, vor die er sich da in letzter Minute gestellt sah. Vielleicht konnte er sich vorstellen, zwei oder drei Jahre abzusitzen. Sie würden schrecklich sein, aber es war eine absehbare Zeitspanne, weniger, als er auf dem College zugebracht hatte. Sich fünfzehn Jahre vorzustellen, war unmöglich: fast sein ganzes bisheriges Leben. Ich glaube nicht, daß er bis zu diesem Moment wirklich begriffen hatte, welcher Schrecken ihm drohte.

Henry und ich sahen ihn an, ohne ihm unseren Rat anzubieten. David kannte die Chancen so gut wie wir. Und er wußte das eine, was wir nicht wußten.

Er brauchte keine Minute. »Nein«, sagte er schließlich. Seine Stimme überschlug sich. »Ich hab's nicht getan. Ich werde nicht das Gegenteil behaupten!«

Ich atmete tief durch. Henry ließ uns allein, um Javier die Antwort zu überbringen. Ich legte meine Hände auf Davids Schultern. In seine Wangen kehrte ein wenig Farbe zurück. Er lächelte sogar ein bißchen. Ich wäre froher gewesen, wenn er das Angebot angenommen hätte, aber ich war stolzer auf ihn, weil er abgelehnt hatte, und wieder sicher, daß ich meinen Sohn kannte. Ich drückte ihn fester, als würde er mir entgleiten.

Einen Augenblick später nahmen wir unsere Plätze ein, während der Richter auf den seinen zuging. Ich saß neben Lois. Wieder

schien mir, daß Richter Watlins Augen mich suchten. Ich erinnerte mich an die Unterredung, die ich einen Monat zuvor mit ihm gehabt hatte. Ich hatte ihn gesucht und schließlich in seinem Büro gefunden. Als ich die Tür schloß, waren wir allein. Wenn sich eine Partei in einem Fall mit dem Richter bespricht, ohne daß die andere anwesend ist, heißt das Verständigung *ex parte.* Es ist gänzlich ungehörig und passiert jeden Tag.
»Richter, ich wollte nur wissen, wie Sie über den Fall denken.«
Ich mußte ihm zugute halten, daß er nicht fragte, über welchen, und auch sonst nicht drumherumredete. Watlin ist Politiker, und das heißt, er muß imstande sein, Geradlinigkeit zu vermitteln. Das versuchte er an diesem Tag gewiß auch bei mir.
»Sie und ich, wir kennen Nora, Blackie. Teufel noch mal, wir haben mitgeholfen, sie auszubilden. In einem solchen Fall wird sie niemals Bewährung anbieten. Wie ich sehe, gehen Sie um ein Urteil vor die Geschworenen. Aber in einem solchen Fall überlegt sich's der Angeklagte manchmal in letzter Minute. Bekennt sich auch ohne Zureden schuldig oder entschließt sich, ein Urteil vom Berufsrichter zu erbitten. Eines möchte ich Ihnen gleich sagen: Tun Sie das nicht. Ich müßte ihn niederbügeln. Das wissen Sie, Blackie. So ein Fall kann eine ganze Karriere ruinieren. Man könnte zwanzig Jahre lang der beste Richter in der Stadt sein, und dann kommt ein solcher Fall daher, in dem es aussieht, als wäre man für irgendwen umgefallen, und daran erinnern sie sich dann bei der nächsten Wahl. Sie wissen, wovon ich rede.«
Ich nickte.
Watlin hatte, über den Schreibtisch gebeugt, mit leiser Stimme gesprochen, das Inbild eines korrupten Richters bei einem krummen Handel. Nun lehnte er sich zurück und wurde gefühlvoll.
»Aber ich sag Ihnen, Blackie, ich werd sie in die Mangel nehmen. Wenn die Anklage nicht jedes I-Pünktchen dort macht, wo es hingehört, gewähre ich Ihnen einen richterlichen Entscheid, so schnell können Sie ihn gar nicht verlangen.«
Ich sagte ihm, ich wüßte das zu schätzen. Ich wußte allerdings zu schätzen, was das wert war: Nichts. Nora würde keine Fehler machen.

Das war das Ergebnis meiner Unterredung mit Watlin. Unschlüssig, wie er sich verhalten sollte, gab er sich den Anschein von Strenge, ließ mich aber wissen, daß er privat auf meiner Seite war. Vielen Dank für nichts, Herr Richter.
Als er beim Prozeß seinen Platz einnahm, lenkte er meinen Blick auf sich, unterließ es jedoch, mir zuzunicken oder zuzuzwinkern. Dafür sind wir zu raffiniert, gell, Blackie? Ich fragte mich, ob ich genug Einfluß hatte, ihn das nächste Mal, wenn er zur Wiederwahl antrat, auf den Bauch fallen zu lassen.
»Beide Parteien bereit? Dann sollen bitte die Geschworenen eintreten.«
Der uniformierte Gerichtsdiener, ein Hilfssheriff, öffnete eine Tür an der Stirnseite des Saales, und die Geschworenen kamen hereinmarschiert. Die meisten wirkten überrascht, so viele Gesichter zu sehen. In der Woche zuvor, als die Geschworenen ausgewählt wurden, war der Gerichtssaal fast leer gewesen. Nur wenige Prozeßkiebitze sind ausdauernd genug, sich das ganze langweilige Verfahren der Juryauswahl anzusehen. Die Geschworenen nahmen unbeholfen ihre Plätze ein, verlegen über die Aufmerksamkeit des Publikums oder erfolglos versuchend, so zu tun, als kümmere sie es gar nicht. Es waren sieben Männer und fünf Frauen, was einen kleinen Triumph für Henry darstellte. Für die Verteidigung kam es darauf an, daß das, was geschehen war, aus männlicher Sicht gesehen wurde. Eine unter Anwälten beliebte Theorie besagt, daß das jeweils stärker vertretene Geschlecht die Beratungen der Jury dominiert. Wenn die Männer in der Minderheit sind, werden sie Angst haben zu sagen, daß das Opfer den Täter vielleicht ja herausgefordert hat, selbst wenn sie es denken. Andererseits glauben manche Ankläger, daß Frauen als Geschworene bei Frauen als Opfer strengere Verhaltensmaßstäbe anlegen, als Männer es täten. Geschworenenauswahl ist schlicht Voodoo: Keiner weiß, was sie wirklich denken, bis es zu spät ist. Ich sah ihnen zu, wie sie ihre Plätze einnahmen und dabei zu verbergen suchten, wie wichtig sie sich vorkamen.
Ich haßte sie. Wir schenken Jurys Vertrauen, aber nur, weil wir müssen. Geschworene lügen alle. Sie leisten einen feierlichen Eid,

ihr Urteil nur auf die Beweise zu gründen, die ihnen in der Verhandlung bekanntwerden, sowie auf das Gesetz, wie der Richter es ihnen in seiner Belehrung erklärt, und sie alle verstoßen jedesmal gegen diesen Eid – ganz selbstverständlich, ohne nur einen Moment zu zögern. Ich habe an den Türen von Geschworenenzimmern gelauscht und sie gehört. Oder sie erzählen mir, wenn der Prozeß vorbei war, fröhlich: »Sicher, wir hörten, daß dieser eine Zeuge sagte, er stand in der Spur zum Linksabbiegen, aber Mabel hier hat 'n Vetter, der jeden Tag durch diese Straße fährt, und der sagte ihr, daß es da gar keine Abbiegespur gibt.« Oder: »Und dann hatten ich und Ernie hier eine Idee, auf die keiner von euch klugen Anwälten gekommen ist. Wir dachten uns, in Wirklichkeit waren sie gar nicht in dem Zimmer, von dem die Zeugen sagten, daß sie drin waren; tatsächlich waren sie in dem Hinterzimmer dort...« Geschworene halten sich alle für Detektive. Ich hasse sie, und ich bin nicht der einzige. Jeder Prozeßanwalt, der Floskeln vom Glauben an den einfachen Geschworenen im Munde führt, ist ein Lügner. Niemand würde überhaupt je einen Fall vor einer Jury verhandeln, wenn... ja, wenn nicht Richtern noch weniger zu trauen wäre.

Das Leben meines Sohnes lag in ihrer Hand. Ich hätte gern zwischen ihnen auf dieser Bank gesessen.

Lois steckte ihre Hand in die meine. Richter Watlin wandte sich mit grandioser Unparteilichkeit an Nora und sagte: »Rufen Sie Ihren ersten Zeugen auf.«

Das tat sie, und ich glaubte zu sehen, daß Henrys Rücken sich versteifte: »Der Staat ruft Joe Garcia.«

Bei Vergewaltigungsprozessen ist in der großen Mehrzahl die Aussage des Opfers das einzige Beweismittel. Wenn das Opfer eine schlechte Zeugin abgibt, nimmt man sie als erste dran, und polstert ihre Aussage dann so gut wie möglich mit denen der Polizisten und des Amtsarztes ab. Wenn sie gut ist, hebt man sie sich für zuletzt auf. Da der erste Zeuge der Anklage jemand anders war, wußten wir demnach, daß Nora glaubte, in Mandy Jackson eine gute Zeugin zu haben.

Joe Garcia machte nicht viel her. Er war ein pensionierter Hilfssheriff, fett, fünfzig, sehr dunkel im Gesicht an diesem Augusttag. Ein Anwärter für einen Herzinfarkt. Obwohl er kaum den Mund aufkriegte, setzte Nora ihn des Effekts wegen ein, um jene dramatische Szene auszumalen, die der Wachmann als erster vorgefunden hatte: die nackte schwarze Frau zusammengesunken auf dem Boden, leise schluchzend, ihre Haut zerkratzt, ihre Kleider in Fetzen. An dieser Stelle brach Nora ab, ohne langweiliges Resümee, und übergab den Zeugen an Henry.

Henry benutzte Joe Garcia, um eine bestimmte Idee zu deponieren. Der Wachmann hatte David bereits im Verlauf der Befragung durch Nora identifiziert. »Was hatte Mr. Blackwell an diesem Abend an?« fragte Henry. Joe zögerte. Einen Anzug, entschied er sich. Und ein weißes Hemd.

»Er war vollständig angezogen, als Sie ins Zimmer kamen?«

»Ja, Sir. Nun, er hatte sein Jackett nicht an.«

»Hatte er eine Krawatte um?«

Joe erinnerte sich nicht.

»Na, denken Sie mal darüber nach. Stellen Sie ihn sich nach alledem dort vor, zusammengesackt in einem Sessel, benommen wirkend. Trug er –«

Nora war auf den Beinen. »Euer Ehren, ich erhebe Einspruch wegen Zeugenbeeinflussung. Nichts von alledem ist bewiesen.«

Watlin sagte: »Stellen Sie nur Ihre Frage, Mr. Koehler.«

»Trug er eine Krawatte?«

Joe hatte darüber nachgedacht und dabei in einen Winkel an der Decke geblinzelt. »Jaah«, sagte er dann.

»Danke. Nun, am Anfang als Sie reinkamen, war Mr. Blackwell mit Mrs. Jackson im selben Zimmer?«

»Nein, er war im vorderen Büro. Sie war in dem Büro dahinter. Ich konnte sie aber beide sehen.«

»Was waren die ersten Worte, die Mr. Blackwell zu Ihnen sagte?«

Joe dachte nach, aber er konnte sich nicht erinnern. »Er sagte meinen Namen«, schlug er vor.

»Waren seine ersten Worte nicht ›Joe, Gott sei Dank, daß Sie da sind‹?«

Nora unterbrach, aber erst, als alle es schon gehört hatten. »Einspruch. Die Frage war bereits beantwortet. Und ich erhebe nochmals Einspruch wegen Beeinflussung des Zeugen.«
Noch ehe Henry etwas erwidern konnte, erklärte Watlin: »Abgewiesen.«
»Das heißt, daß Sie die Frage beantworten können, Mr. Garcia. War es nicht das, was David Blackwell zu Ihnen gesagt hat?«
Joe nickte. »Ja, irgend so was.«
»Das war ganz schön schnell geschaltet, nicht wahr: sich in Null Komma nichts anziehen, ins vordere Zimmer gehen und so tun, als wäre man froh, Sie zu sehen, obwohl er doch gar nicht wußte, daß Sie kamen?«
»Einspruch«, sagte Nora angewidert. »Verleitet den Zeugen zu Spekulationen.«
»Stattgegeben.«
Das war Henry egal. Er hatte gesagt, was er sagen wollte. Er reichte den Zeugen zurück und Nora hakte noch ein wenig nach, indem sie klarstellte, daß, obwohl in verschiedenen Zimmern, David und Mandy Jackson doch nur ein paar Meter voneinander entfernt gewesen waren. Und auch sie stellte eine einspruchsfähige Frage, durch die festgestellt wurde, daß David die Schritte des Wachmanns auf dem Flur gehört haben konnte, als sich dieser im Laufschritt genähert hatte.
Javier befragte die nächsten drei Zeugen, Polizisten, die den Tatort gesichert hatten. Es kam nicht viel dabei heraus, weder in die eine noch in die andere Richtung. Javier bemühte sich, den Eindruck des am Boden zerstörten Opfers, geschlagen und geschändet, zu verstärken, und Henry zeichnete das Bild eines völlig verdatterten Verdächtigen. Als einer der Beamten die Papiertüten erwähnte, die sie über Davids Hände gezogen hatten, um jeden möglichen Beweis zu sichern, kam Henry nochmals darauf zurück, ungläubig, als wären es Daumenschrauben gewesen. Die Geschworenen aber wurden langsam unruhig. Sie waren der Einleitungen müde und bereit für das Hauptereignis.
Zwischen zwei der Polizisten unterbrach Richter Watlin für seinen Lieblingsabschnitt einer jeden Verhandlung, die Mittags-

pause. Für das Verteidigungsteam gab es Sandwiches in meinem Büro. Wir waren eine bedrückte Gruppe, zusammengewürfelte Fremde. Jemand sagte einen Satz und alle anderen nickten, aber keiner antwortete. Da es bisher keine Überraschungen bei den Aussagen gegeben hatte, gab es auch nichts zu bereden. David saß bei uns. Selbst er wirkte nun schon wie ein alter Hase. »Glauben Sie, die werden uns noch mal ein Angebot machen?« fragte er. »Nur, wenn ihre Darstellung auseinanderzubrechen beginnt, und dann würden wir es nicht annehmen«, erwiderte Henry. Ich sah, daß David über jenes Angebot von zwanzig Jahren nachdachte, ein möglicher Notlandeplatz, der unter ihm vorbei und weggeglitten war, längst wieder außer Sicht gerückt. In seiner Erinnerung zog er vielleicht noch einmal vorbei.

Nach den Polizisten kam der Amtsarzt, Robert Wyntlowski. Dr. Bob, wie er im Büro gern genannt wurde, war ein wunderbarer Zeuge. Er hatte schon in Hunderten von Prozessen seine Aussage gemacht und ließ sie immer wieder wie neu klingen. Er war kein gelangweilter Beamter, der aus einem Bericht vorlas; bei ihm hörte sich jeder Fall so an, als hätte er ihn fasziniert. Folglich glaubten Geschworene, von ihm etwas Wichtiges zu hören. In diesem Fall aber, das wußte ich, hatte er der Anklage wenig zu bieten. Ich hatte seinen Bericht gelesen, und die medizinische Beweislage war wenig aufschlußreich. Das ist meistens so. Doch das wußte die Jury nicht. Wir rechneten damit, daß Dr. Bob eher uns eine Hilfe sein würde als der Anklage.

So begann es auch. Er hatte das angebliche Vergewaltigungsopfer für die Beweiserhebung untersucht. Bei einem Scheidenabstrich waren keine Samenspuren gefunden worden.

»Heißt das, daß keine Penetration der Vagina stattfand?« Javier stellte diese Frage, als wäre er selber Arzt, und ließ keinen Raum für Schlüpfrigkeiten.

»Nein. Es heißt, daß keine Ejakulation stattfand.«

Das Opfer hatte auch keine Scheideneinrisse. »Einrisse?« Javier sagte das, als hörte er davon zum ersten Mal. »Sie meinen gerissenes Gewebe in der Vagina?«

»Ja. Dazu kam es in diesem Fall nicht.«

»Ist das in Vergewaltigungsfällen ungewöhnlich?«
»Einspruch«, sagte Henry im Aufspringen. »Was in anderen Fällen passiert, hat in diesem Falle keine Beweiskraft.« Er wollte sich wieder zurücksinken lassen.
»Ich glaube, wir sind berechtigt, das Vorhandensein oder Nichtvorhandensein von Beweisen zu erklären«, sagte Javier milde.
Watlin raffte sich dazu auf, den Einspruch abzuweisen.
Henry zuckte wieder hoch, einen ungläubigen Ausdruck im Gesicht. »Euer Ehren, bei allem Respekt, ich muß meinen Einspruch wiederholen. Der Staat versucht, Beweise aus anderen Fällen einzubringen, die nichts mit diesem Verfahren zu tun haben, zum äußersten Nachteil meines Mandanten. Das ist völlig unzulässig, Euer Ehren.«
»Ich habe Ihren Einspruch abgewiesen, Mr. Koehler«, sagte Watlin milde.
Henry sank langsam auf seinen Stuhl zurück und schüttelte den Kopf. Ich applaudierte ihm im stillen. Er wußte verdammt gut, daß derlei Aussagen bei Vergewaltigungsprozessen immer vorkommen und daß noch nie als Folge davon ein Urteil durch das Berufungsgericht aufgehoben worden war. Aber das wußte die Jury nicht. Damit erweckte Henry den Anschein, die Anklage habe den Richter in der Tasche und David würde überfahren. Am Tisch der Anklage schüttelte Nora den Kopf.
»Die Frage, Doktor Wyntlowski«, sagte Javier, »lautet, ob es normal ist, daß bei Vergewaltigungsopfern Scheideneinrisse festgestellt werden?«
»Es ist normal«, sagte Dr. Bob. Das ist es, was ihn zu einem guten Zeugen macht. Er sagt Dinge, die so klingen, als wäre er nicht immer auf seiten des Staates. Aber er fügt auch immer noch etwas dazu, so auch dieses Mal: »Es ist auch normal, daß sie nicht festgestellt werden.«
»Also bedeutet ihr Fehlen nicht, daß keine sexuelle Nötigung stattfand?«
»Nein. Keineswegs.«
Als Javier den Zeugen weitergab, blieb Henry eine Minute lang einfach sitzen, als versuchte er erst aufzunehmen, was er eben

gehört hatte. Er griff nicht auf die Notizen zurück, die er sich gemacht hatte. Als er sprach, klang er zugleich verwirrt und leicht angewidert.

»Sie meinen, Dr. Wyntlowski, daß ein Geschlechtsverkehr im Zuge einer Vergewaltigung genauso – mir fehlt das richtige Wort dafür – genauso zärtlich sein kann wie ein einverständlicher Geschlechtsverkehr?«

Der Amtsarzt antwortete, als würde nicht seine Aussage angezweifelt, sondern als spräche er mit einem Studenten im Seminar, der ein bißchen langsam war. »Einverständlicher Sex ist nicht notwendigerweise zärtlich. Manchmal finden wir auch danach Risse in der Scheidenwand.«

»Wie kann das sein?«, fragte Henry, und ich verstand nicht, warum. Er hatte gegen die Regel verstoßen, keine Frage zu stellen, auf die man die Antwort nicht schon wußte. Er schien den Prozeß vergessen zu haben und nur zu seiner eigenen Information zu fragen.

Dr. Bob erklärte geduldig. »Bei Vergewaltigungsopfern gibt es Verletzungen sehr unterschiedlichen Grades. Die meisten Opfer wehren sich tatsächlich nicht, aus Angst, gefesselt oder bedroht oder sonstwas zu werden, und erleiden deshalb relativ geringe Verletzungen.«

»Danke«, sagte Henry. Als er den Zeugen weitergab, klang er wieder ganz professionell.

Javier hatte sich etwas für seine Nachbefragung aufgehoben. »Doktor, haben Sie den Angeklagten in diesem Fall untersucht?«

»Ja.«

»Noch in derselben Nacht?«

»In derselben Nacht. Man holte mich aus dem Bett.«

»Was fanden Sie dabei?«

»Als der Verdächtigte vorgeführt wurde, trug er Papiertüten über den Händen, die ihm die ermittelnden Beamten übergezogen hatten, um allfällige Beweise zu sichern. Ich stellte Spuren unter seinen Fingernägeln sicher.«

»Und als was stellten diese Spuren sich heraus?«

»Als Reste von menschlichem Gewebe und Blut.«
»War es genug für eine Probe zum Vergleich mit anderen ähnlichen Blut- oder Hautproben?«
»Ja.«
»Ist so etwas möglich?«
»O ja.« Dr. Bob hob zu einer langatmigen, langweiligen Erläuterung über spektroskopische Untersuchungen, Vergleichswerte und Blutgruppen an. Javier hätte ihm gern das Wort abgeschnitten, weil ihm die Jury allmählich entglitt, aber er mußte die Voraussetzungen schaffen, um zu der Frage kommen, auf die er hinauswollte. Sie lautete schließlich: »Haben Sie diese unter den Fingernägeln des Angeklagten genommenen Proben mit vorliegenden Haut- und Blutproben verglichen, die beim Opfer in diesem Fall, Mandy Jackson, genommen worden waren?«
Henry erhob Einspruch dagegen, sie als Opfer zu bezeichnen, weil das noch nicht bewiesen sei. Javier formulierte die Frage neu, während Dr. Bob geduldig wartete. »Ja, das habe ich«, sagte er dann.
»Und wie lautete das Ergebnis dieses Vergleichs?«
»Die Proben paßten zueinander.«
»Also waren die Haut und das Blut unter den Fingernägeln des Angeklagten Haut und Blut von Mandy Jackson?« fragte Javier. Ich bewunderte seine Formulierungsweise.
»Ja.«
Henry erklärte zuerst, er habe dazu keine weiteren Fragen, und dann: »Tut mir leid, eine hab ich doch noch. Haben Sie auch Mrs. Jacksons Fingernägel untersucht?«
»Ihre Fingernägel? Nein.«
»Also wissen wir auch nicht, was Sie unter ihren Nägeln vielleicht gefunden hätten. Danke Ihnen, Doktor.«

Plötzlich waren die Präliminarien vorbei. Nora verkündete, daß der Staat Mandy Jackson aufrufe. Jemand ging sie holen. Ich weiß nicht, wo sie gewartet hatte. Es gibt eine Regel, die als *die* Regel bekannt ist, und sie besagt, daß, während ein Zeuge aussagt, kein anderer Zeuge anwesend sein darf. Das hat den Zweck zu verhin-

dern, daß spätere Zeugen ihre eigenen Aussagen dem vorher Gesagten anpassen, um Lücken zu füllen oder Ungereimtheiten auszubessern. Der Angeklagte ist davon natürlich ausgenommen: Er kann nicht von seinem eigenen Prozeß ausgeschlossen werden.
Also drehten wir uns alle um, als die hintere Tür des Gerichtssaals sich öffnete, und sahen Mandy Jackson zu, wie sie durch den Mittelgang kam. Sie hatte ein einfaches blaues Kleid an, ein in Ehren abgetragenes und doch in Ehren getragenes Stück. Sie achtete auf keinen von uns. Sie blickte nur starr in Richtung Zeugenstand. Irgendwie sah sie nicht mehr aus wie die Frau, der ich vor Wochen auf dem Flur begegnet war. Der Ausdruck von Verlorenheit war verschwunden. Sie hätte genauso einen leeren Flur bei sich zu Hause entlanggehen können. Ihr Kopf war hochaufgerichtet. Sie sah groß und dünn und stark aus. Ich war froh über diese Stärke: Mandy Jackson sah nicht aus wie ein Opfer.
Die Hände verraten es. Die von Mrs. Jackson waren zusammengeballt, der einzige Körperteil, der ihre Anspannung verriet. Ich dachte: Sie wird diese Jury niederstarren. Sie wird dasitzen und hochmütig und steif und hart wie Stahl sein, und sie werden kein Wort von dem glauben, was sie sagt. Zum ersten Mal an diesem Tag atmete ich auf.
Und Mandy Jackson nahm ihren Platz ein und richtete diesen anklagenden Blick auf David. Und David konnte ihm nicht standhalten. Er sah weg, das Inbild von Schuld. Ich sah, was die Geschworenen nicht sehen konnten, wie Henry ihn unter dem Tisch ins Bein kniff. Und David wandte sich ihr wieder zu.
»Fahren Sie fort«, sagte Watlin, und Nora, die sich gerade etwas aufschrieb, hörte auf, legte den Stift weg und lächelte ihrer Zeugin beruhigend zu. »Geben Sie bitte Ihren Namen an.«
»Amanda Jackson.«
»Werden Sie Mandy gerufen?« Das war eine Frage zur Einstimmung. Ein Idiot hätte dagegen Einspruch erhoben. Henry blieb still sitzen.
»Wo wohnen Sie, Mandy?«
Sie gab ihre Adresse an. Nora stellte fest, daß das in San Antonio lag. »Sind Sie verheiratet?«

»Nein, Ma'am. Mein Mann ist tot.«
»Haben Sie Kinder?«
»Zwei. Einen Jungen und ein Mädchen. Zwölf und sechs.« Zum ersten Mal verriet ihre Stimme ein wenig Leben. Sie klang, als wollte sie noch mehr sagen, dann aber bezähmte sie sich wieder und verstummte.
Diese Einleitungsdinge klingen trivial, sind aber entscheidend. Als ich Dritter Staatsanwalt war, hatte ich einen Ersten, der behauptete, daß ein Prozeß schon gewonnen oder verloren ist, wenn der beste Zeuge, den man hat, mit den Angaben über Namen und Familienstand fertig ist. So lange brauchen die Geschworenen, um sich zu entscheiden, ob sie ihn mögen. Und wenn sie reingehen, um über Schuld und Unschuld abzustimmen, stimmen sie darüber ab, wen sie mögen.
»Wo arbeiten Sie, Mandy?«
»Im Grande-Building draußen auf dem Loop. Es gibt etwa zehn bis zwölf Firmen in dem Gebäude.«
»Und was machen Sie im Grande-Building?«
»Ich bin Putzfrau.«
»Machen Sie noch etwas anderes, außer zu arbeiten und sich um Ihre Kinder zu kümmern?«
»Ich studiere. Am Trinity-College. Ich hab noch zwei Jahre.«
Ich versuchte, in den Gesichtern der Geschworenen zu lesen, und konnte es nicht. Ich weiß nicht, woher sie die Vorstellung haben, daß sie während der Zeugenvernehmung total unbeteiligt dreinschauen müssen, aber das tun sie normalerweise.
»Gingen Sie am dreizehnten April dieses Jahres zur Arbeit?«
»Ja, Ma'am.«
»Um welche Zeit?«
»Na ja, ich war morgens schon dagewesen, aber ich kam am späten Nachmittag noch mal wieder. Ich arbeitete an diesem Abend also bis in die Nacht hinein. Normalerweise tu ich das nicht. Ich versuche, zum Abendessen mit meinen Kindern zu Hause zu sein.«
»Kennen Sie jemanden namens David Blackwell?«
»Ja.« Sehr gepreßt. Sie sah jetzt nicht auf David, sondern nur auf

Nora und ließ sich führen. Ihre Stimme war so flach, wie ich es mir nur wünschen konnte.
»Arbeitet er auch im Grande-Building?«
»Ja.«
»Sind Sie mit ihm befreundet?«
Die Zeugin machte ein ungläubiges Geräusch. »Ich bin die Putzfrau. Er ist ein leitender Angestellter.«
Ihr Unmut machte mir Spaß.
»Haben Sie an diesem Abend Mr. Blackwells Büro geputzt?«
»Ja. Es war eines der letzten, das ich noch machen mußte.«
»Wie spät war es, als Sie hinkamen?«
»Acht vielleicht. Vielleicht auch später.«
»Waren abends um diese Zeit noch viele Leute im Haus?«
»Auf dieser Etage niemand. Ich war überrascht, überhaupt noch jemanden anzutreffen.«
»Welche Etage war das?«
»Ich weiß nicht genau. Hoch oben.«
»War sie gut beleuchtet?«
»Ja.«
»Taghell?«
»Na ja, in ein paar Büros war das Licht an. Andere waren dunkel. Es wechselte von Raum zu Raum.«
»Was war mit David Blackwells Büro? Beschreiben Sie uns bitte sein Büro.«
Ihre Augen schweiften nach oben ab, als sie es sich vorstellte. Es war das bisher einzige Anzeichen dafür, daß sie nach ihrer Erinnerung aussagte und nicht etwas Auswendiggelerntes.
»Es gibt dort ein großes Hauptbüro mit Aktenschränken und ein paar Schreibtischen. Dahinter sind drei kleinere Einzelbüros mit Türen. An diesem Abend war in dem großen Büro nur eine Lampe an, darum war es ein bißchen duster.«
»Was war mit den kleineren Büros?«
»Bei zweien davon waren die Türen zu. Das dritte war dunkel, aber die Tür stand offen.«
»Dieser David Blackwell, von dem wir sprechen, ist er heute im Gerichtssaal?«

»Ja.«
»Könnten Sie auf ihn zeigen und etwas von seiner Kleidung beschreiben, damit wir wissen, wen Sie meinen?«
Sie zeigte mit dem Finger. »An dem Tisch da, der im blauen Anzug mit der gestreiften Krawatte.«
Nora bat Richter Watlin, ins Protokoll aufnehmen zu lassen, daß die Zeugin den Angeklagten identifiziert habe. Er bewilligte es. Manche Ankläger warten das Ende der Aussage eines Zeugen ab, ehe sie ihn bitten, den Angeklagten zu identifizieren. Nora tat es schon frühzeitig, und dies aus einem bestimmten Grund: Sie wollte von David nicht mehr länger als ›Mr. Blackwell‹ sprechen müssen.
»Wo war der Angeklagte, als Sie das Büro betraten?«
»Zuerst sah ich ihn gar nicht. Ich ging hinter den Schreibtisch der Sekretärin, um den Papierkorb zu holen. Als ich mich danach bückte, hörte ich etwas hinter mir und drehte mich um, und – ich machte ein Geräusch oder so was, weil er mich erschreckt hatte. Ich hatte nicht geahnt, daß noch jemand da war.«
»Wo stand er?«
»In der Tür des kleinen Büros. Hinter ihm war es dunkel, so daß ich sein Gesicht nicht erkennen konnte.«
»Sagte er etwas?«
»Er sagte: ›Schon gut, Mandy, ich bin's nur.‹ Oder so ähnlich.«
»Erkannten Sie seine Stimme?«
»Nicht genau. Aber ich konnte mir denken, wer es war, nach dem Büro, aus dem er kam, und nach seinem Aussehen.«
»Wie sah er aus, Mandy? Was hatte er an?«
»Er trug einen Anzug, aber er hatte das Jackett nicht an. Er wirkte ein bißchen – als wenn es ein langer Tag gewesen wäre.«
»Sagte er noch etwas?«
»Er sagte irgendwas, wie daß er froh ist, mich zu sehen, weil er es satt hat, der einzige Mensch im Haus zu sein.«
»Was sagten Sie?«
»Ich sagte, es sei zu spät zum Arbeiten, die Leute sollten daheim bei ihren Familien sein.«
»Stand er noch immer in der Tür?«

»Ja. Lehnte einfach da. Er klang komisch.«
»Inwiefern komisch?«
»Als hätte er was getrunken oder geschlafen.«
»Was geschah dann?«
»Ich bückte mich nochmals, um den Papierkorb zu nehmen, und trug ihn rüber zu meinem Karren. Und er sagte: ›Lassen Sie das doch sein; warum machen Sie nicht mal Pause?‹«
Nora hatte sich keine einzige Notiz gemacht. Sie beugte sich vor, interessiert, als höre sie einer Freundin zu. Sie stellte eine abschweifende Zwischenfrage, wie es Freundinnen manchmal tun.
»Was hatten Sie an, Mandy?«
»Eine Art Uniform, die wir tragen müssen. Einfach einen schwarzen Rock und eine weiße Bluse.«
Nora holte diese Stücke aus einer Papiertüte zu ihren Füßen. Sie trug sie zum Protokollführer und ließ Schildchen zur Kennzeichnung daran befestigen. Die Geschworenen setzten sich auf. Endlich gab es für sie auch was zu sehen, nicht nur das Geleier von Mandy Jacksons Aussage.
»Dies sind die markierten Beweisstücke achtzehn und neunzehn der Anklage, Mandy. Was ist das?«
»Der Rock und die Bluse, die ich anhatte.«
»Sind sie jetzt in demselben Zustand, in dem sie waren, als Sie in dieses Büro kamen?«
»Nein, Ma'am. An der Bluse fehlen ein paar Knöpfe, und der Reißverschluß am Rock ist ausgerissen.« Sie sah wieder auf David. Diesmal hielt er ihrem Blick stand.
»Euer Ehren, ich lege beides zur Beweisaufnahme vor«, erklärte Nora. Henry war auf den Beinen, noch ehe sie die Sachen an ihn weiterreichen konnte. »Kein Einspruch.«
»Zugelassen.« Watlin klang gelangweilt. Er dachte, das gehöre zu den Pflichten eines Richters.
Nora reichte die Kleidungsstücke aber noch nicht an die Jury weiter. Sie ließ sie zerknüllt, wie sie aussahen, auf dem Bord vor der Richterbank liegen und nahm wieder ihren Platz ein.
»Der Angeklagte bat sie also, eine Pause zu machen. Was antworteten Sie darauf?«

»Ich sagte, ich hätte zu viel zu tun. Wollte fertig werden.«
»Was tat er dann?«
»Ich stand an dem Karren und leerte den Papierkorb aus, und er kam von hinten auf mich zu. Ich hatte nicht einmal gehört, daß er sich bewegte, darum fuhr ich zusammen.«
»Warum fuhren Sie zusammen? Hat er Sie berührt?«
»Er faßte mich am Arm. Genau am Ellbogen. Und ich erschrak wieder. Er fragte: ›Wovor haben Sie Angst?‹«
»Hatten Sie denn Angst?«
»Er machte mich langsam nervös, wie er sich so schnell bewegte und so nahe kam. Aber ich hatte nicht wirklich Angst.«
Mrs. Jackson hatte zunächst, als sie in den Zeugenstand ging, angespannt gewirkt. Es war Nora gelungen, sie aufzulockern, zweifelsohne mehr, als die Anklägerin vorgehabt hatte. Sie begann die Spannung wieder aufzubauen.
»Berührte er Sie immer noch?«
»Ich zog den Arm weg, als ich hochschreckte, aber er faßte mich wieder an.«
»Haben Sie sich ihm wieder entzogen?«
»Ich trat zurück, aber er kam mir nach. Immer noch ganz nah.«
»Sagte er noch etwas?«
»Er sagte, ich solle mich ein wenig zu ihm setzen. Er sagte, ich müsse doch müde sein. Ich erwiderte, daß ich das auch sei und deshalb fertigwerden und nach Hause gehen wolle. Er sagte – und das kam mir wirklich eigenartig vor, denn ich wußte nicht, was er meinte – er sagte: ›Gehen Sie abends immer gleich nach Hause?‹«
Lois hatte meine Hand gehalten. Ich hatte nicht bemerkt, daß ihr Griff immer fester wurde, bis sie plötzlich losließ und aufstand. Ich sah zu ihr hoch und fürchtete einen Moment lang, sie könnte eine Szene machen. Sie sah mich nicht einmal an. Sie nahm Dinah an der Hand und führte sie durch den Mittelgang hinaus. Während die beiden davoneilten, drehte Dinah sich um und versuchte, noch weiter zuzuhören. Ihr Hut war verrutscht.
Ihr Weggang ließ mich neben Victoria zurück. Sie rutschte nicht herüber, um die Lücke zwischen uns zu schließen, und ich tat es

auch nicht. Verstohlen betrachtete ich ihr Profil. Ein hübsches Mädchen. David war seit der High School mit ihr gegangen, trotzdem hatte ich sie nie richtig kennengelernt. Ich hatte keine Ahnung, was unter dieser klaren, straffen Haut vorging. Sie blickte auf die Zeugin. Der einzige Ausdruck, den ich auf ihrem Gesicht zu erkennen glaubte, war Verachtung, aber das kam Victorias normalem Gesichtsausdruck so nahe, daß ich mir nicht sicher war.
Ich hatte ein paar Sätze der Aussage verpaßt. Ich sah, daß David den Kopf langsam hin und her schüttelte. Henry berührte wieder sein Bein, und er hörte auf damit.
»Er stand hinter mir und hatte mir seine Hände oben am Nacken auf die Schultern gelegt. Er bewegte die Finger. Er sagte, er würde mich massieren. Ich solle in sein Büro mitkommen, wo es eine Couch gibt.«
»Zu diesem Zeitpunkt«, fragte Nora, »hatten Sie da schon eine Ahnung, was sich da anbahnte?«
Während ich mir noch überlegte, ob das eine einspruchsfähige Frage war, hatte Henry bereits Einspruch erhoben. »Was Mrs. Jackson geglaubt haben mag, daß da vorging, ist irrelevant.«
Nora stand auf, um zu protestieren. »Natürlich ist es relevant, Euer Ehren. Sie war dabei. Ihre Eindrücke sind das einzige, was wir haben, um zu zeigen, wie durch kleine Zeichen die Bedrohung zum Ausdruck kam –«
»Eindrücke sind keine Beweise«, fiel ihr Henry ins Wort.
»Ich gebe dem Einspruch statt«, erklärte der Richter.
Beide Anwälte setzten sich. Mandy Jackson begann: »Ich wußte, was er –«
Noch ehe Henry sie unterbrechen konnte, hatte Nora es schon getan. »Nein, Mandy, der Richter hat entschieden, daß Sie die Frage nicht beantworten dürfen. Ich stelle Ihnen statt dessen eine andere. Gaben Sie irgendeine Antwort auf sein Angebot einer Massage?«
»Ich duckte mich unter seinen Händen weg und stellte mich auf die andere Seite des Karrens. Ich wollte ihn rausschieben. Ich sagte ihm, ich würde später wiederkommen, um das Büro saubermachen.«

»Hatten Sie Angst?«
»Nicht sonderlich. Ich dachte nur, es wäre besser zu gehen.«
»Was tat er?«
»Er lachte. Und sagte: ›Oh, immer mit der Ruhe‹, er würde mich nicht weiter belästigen. Und dann ging er weg. An dem Punkt hätte ich verschwinden sollen.«
Henry machte sich eine Notiz. Nora kam ihm zuvor. »Warum sind Sie dann nicht gegangen, Mandy?«
»Ich glaubte, alles wäre vorbei. Ich dachte, er hätte seinen Spaß gehabt und würde mich jetzt in Ruhe lassen. Außerdem mußte dieses Büro noch saubergemacht werden. Ich wollte nicht, daß er oder irgendwer sonst sich über mich beschwert.«
»Was taten Sie also?«
»Ich leerte die Papierkörbe aus und saugte Staub. Ich sah Mr. Blackwell nicht mehr. Ich dachte, er sei zurück in sein Büro gegangen. Ich machte die beiden anderen in aller Eile sauber und überlegte, ob ich in seines überhaupt hineingehen sollte. Wozu Ärger heraufbeschwören? Aber dann sah ich, daß er seinen Papierkorb hinter dem Schreibtisch hervorgeschoben hatte, so daß er gleich hinter der Tür stand. Ich dachte, das sei seine Art, alles wieder auszubügeln, indem er mir zu verstehen gab, ich könnte den Papierkorb einfach ausleeren und gehen. Also ging ich hinein, ihn holen.«
Sie holte Luft. Nora ließ sie da hängen, einen Moment lang in Schwebe, für den Fall, daß einige der Geschworenen noch nicht soweit waren. Dann stellte sie die nächste Frage: »Wo war der Angeklagte?«
»Gleich hinter der Tür. Sowie ich reinging, packte er mich. Er sagte: ›Hast dir's wohl anders überlegt, was?‹«
»Wie packte er Sie?«
»Genau wie vorher, von hinten, die Hände oben an meinem Nakken. Ich versuchte mich wieder herauszuwinden, aber er hielt mich zu fest. Ich griff nach oben und probierte, seine Hände wegzudrücken, aber das konnte ich auch nicht. Er hielt mich fest, bis ich keinen Versuch mehr machte wegzukommen, dann drängte er sich von hinten an mich.«

»Drückte seinen Körper gegen Ihren?«
»Ja. Er legte von hinten die Arme um mich und atmete mir ins Ohr. Ich konnte ihn fühlen.«
»Fühlen, was?« sagte Nora. Das war der Knackpunkt, der Punkt, an dem schon Anklagen zusammenbrachen, weil die Zeugin es nicht tat. Sie mußte die Emotion der Szene wiedergeben und sie im Detail beschreiben. Sie konnte dabei nicht allgemein bleiben, konnte nicht einfach sagen: »Er hat mich vergewaltigt.« Sie mußte die Einzelheiten erzählen, den Vorgang in seine Bestandteile zerlegen. Bis jetzt brachte Mandy Jackson die Emotion nicht rüber. Sie sprach ein bißchen schneller, aber immer noch sehr kontrolliert. Ihre Hände umklammerten das Geländer vor ihr.
»Seinen ganzen Körper, wie er sich an meinen Rücken preßte. Und an mein – mein Hinterteil.«
»Sagte er noch etwas?«
»Er sagte: ›War die Massage nicht angenehm?‹ Und er steckte eine Hand unter meinen Rock. Ich versuchte, seine Hand rauszuziehen und mich gleichzeitig umzudrehen. Da zerrte er an meinem Rock, und der Reißverschluß riß aus.«
»Und dann?«
»Dann ließ er mich los. Einfach so. Ich fiel fast nach hinten. Ich drehte mich um, so daß ich ihn von vorn sah, und wich zurück. Dabei hielt ich meinen Rock fest, damit er mir nicht runterrutschte. Eine Sekunde lang sah er richtig besorgt aus, als wäre er erschrocken über das, was er getan hatte, und sagte: ›Warte, ich helf dir‹, und als er die Hand nach mir ausstreckte, schlug ich sie weg.«
»Und wie reagierte er darauf?«
»Es war seltsam. Er lächelte. Als hätte ich ihm einen Vorwand verschafft. Er sagte: ›Nein, ich helf dir‹, aber ich trat zurück an die Wand; da packte er mit beiden Händen meine Bluse und riß sie auf.
Ich schrie ihn an, damit aufzuhören, aber das nützte nichts. Ich duckte mich unter seinem Arm durch und rannte, doch er faßte mich hinten am Rock und riß daran, und der Rock rutschte halb herunter, und ich konnte nicht laufen, und dann packte er mich

und hielt mich wieder von hinten fest. Er versuchte, mir den BH herunterzureißen, und als ich ihn daran hindern wollte, zerkratzte er mir die Brust. Ich schrie wieder, aber er wußte –«

»Euer Ehren, ich erhebe Einspruch«, sagte Herny. »Einiges davon wäre zu beeinspruchen, aber ich bekomme durch die Erzählform keine Gelegenheit dazu.«

»Ja«, sagte Watlin, und zu Nora gewandt: »Befragen Sie Ihre Zeugin bitte, Frau Anwalt.«

Mandy Jackson hatte plötzlich innegehalten, tief Luft holend, ansonsten aber unbewegt. Ich sah etwas an ihr, das ich in dem Dutzend Vergewaltigungsfälle, in denen ich die Anklage vertreten hatte, noch nie gesehen hatte. Immer brach das Opfer entweder völlig zusammen oder behielt sich derart unter Kontrolle, daß die Geschworenen sie unglaubwürdig fanden. Mrs. Jackson gehörte zu den kontrollierten, aber ich konnte die Anstrengung sehen, mit der sie sich unter Kontrolle hielt. Sie weinte nicht und sie erhob nicht die Stimme, doch sie schien jeden Moment von ihrem Stuhl aufspringen zu wollen. Die Anstrengung, mit der sie ihre Emotionen unterdrückte, war so stark, wie die Emotion selbst es gewesen wäre. Ich bemerkte, daß ich ihr zuhörte, als erführe ich jetzt endlich die Wahrheit über das, was in jener Nacht geschehen war. Bei ihrer Aussage schien die Erinnerung so heftig aus ihr herauszubrechen, daß, während sie sprach, keinerlei Zweifel in mir aufgekommen war.

Nora ließ sie einen Augenblick lang warten. Mandy Jackson zwinkerte. Sie setzte dazu an, ihr Gesicht der Jury zuzuwenden, hielt dann aber inne. Ich glaube, sie sah die Zuschauer nicht einmal.

Nora hatte sich die Erlaubnis des Richters erbeten, an die Zeugin heranzutreten, und reichte ihr ein Foto. »Sie sagten, er hätte Sie gekratzt, Mandy. Können Sie das Beweisstück zwölf der Anklage identifizieren, daß ich Ihnen gerade übergeben habe?«

»Das ist ein Bild von mir, das einer von den Polizisten in jener Nacht machte.«

»Was zeigt das Bild?«

»Kratzer auf meiner Brust.«

»Woher kamen diese Kratzer?«

»Von seinen Fingernägeln, als ich versuchte, mich von ihm loszureißen.«
»Mit ›von ihm‹ meinen Sie den Angeklagten?«
»Ja.«
Nora nahm wieder ihren Platz ein, ohne das Bild an die Geschworenen weiterzugeben. Es war, wie zwanzig andere Stücke, bereits für die Beweisaufnahme zugelassen, doch Nora hatte bisher keines davon zur Einsicht an die Jury weitergereicht.
»Was geschah dann, Mandy?«
»Er hielt mich von hinten fest. Ein Arm lag um meinen Hals, so daß ich keine Luft bekam. Ich zerrte an seinem Arm und versuchte, ihn wegzuziehen, und während ich das tat, griff er nach unten und zog mir den Rock ganz runter. Dann faßte er mein Höschen und zerriß es.«
»Versuchten Sie ihn zurückzuhalten?«
»Ich wollte nur wieder Luft bekommen. Ich glaube, ich war schon fast ohnmächtig. Ich versuchte, seine Hand abzuwehren, aber dann drückte sein Arm mir noch fester den Hals zu, und ich griff wieder danach.«
»Was passierte als nächstes?«
»Er lockerte den Druck ein wenig, so daß ich Luft bekam. Und ich spürte, wie er sich hinter mir bewegte. Ich hörte seinen Reißverschluß, wie er an sich herumfummelte.«
»Wußten Sie, was er tat?«
»O ja. O ja, das wußte ich. Er packte mich, hob mich hoch und schob mich vor sich her. Vor mir war eine Couch, und darauf ließ er mich irgendwie fallen, hielt aber immer noch meine Beine fest, so daß ich vornüber fiel. Ich versuchte mich mit den Händen abzustützen. Und dann stieß er zwischen meine Beine.«
»Was meinen Sie mit ›er‹? Was war zwischen Ihren Beinen?«
»Sein ...«
»Es tut mir leid, Mandy, aber Sie werden lauter sprechen müssen, ich glaube nicht, daß irgend jemand das gehört hat.«
»Sein Penis. Er schob seinen Penis zwischen meine Beine.«
»Mandy. So leid es mir für Sie tut, aber Sie müssen genauer sein. Wohin schob der Angeklagte seinen Penis?«

Mandy sah hinunter auf ihre Hände. »In meine Scheide«, sagte sie leise.
»Ist er mit seinem Geschlechtsteil in Ihres eingedrungen?«
»Einspruch, Euren Ehren. Suggestivfrage.«
»Stattgegeben.«
Nora kam nicht mehr darauf zurück. Sie hatte mit Sicherheit bereits genug für die Jury herausgeholt. »Versuchten Sie ihn zurückzuhalten?« fragte sie statt dessen.
»Wie?« sagte Mandy Jackson und blickte von ihren Händen hoch. »Sagen Sie mir, wie. Ich hab wieder und wieder darüber nachgedacht. Ich hing in der Luft. Wenn ich nach hinten gegriffen hätte, wäre ich nicht an ihn rangekommen, aber nach vorn aufs Gesicht gefallen. Wie hätte ich ihn abhalten sollen?«
»Was taten Sie?«
»Ich weinte. Und ich sagte so etwas wie ›bitte‹, glaub ich. Bitte, bitte.«
Nora blickte quer über den Tisch auf David. »Sagte der Angeklagte irgend etwas?«
»Er sagte dauernd: ›Schrei nicht so, schrei nicht so. Alles wird gut.‹ Und einmal sagte er: ›Ich werd dir Geld geben.‹«
Henry machte sich eine Notiz. Nora ließ die Jury ein paar Sekunden lang nachdenken. »Was geschah weiter?« fragte sie dann.
»Er drückte mich hinunter und muß hinter mir gekniet haben, weil er weitermachte. Er –«
»Womit weitermachte?«
»Zu stoßen. In mich hinein. Aber es schien so, als könnte er nicht –«
»Ich erhebe Einspruch gegen jederlei Spekulation«, sagte Henry. Watlin gab ihm statt.
»Hat er ejakuliert?« fragte Nora.
»Nein.«
»Was tat er als nächstes?«
»Es zog es heraus und drehte mich um, so daß ich auf der Couch zu sitzen kam. Und dann sagte er: ›Da!‹«
»Was meinte er damit? – War das für Sie offensichtlich?« fügte Nora gleich hinzu und kam Henrys Einspruch zuvor.

»Er wollte, daß ich es in den Mund nehme.«
»Was meinen Sie mit –«
»Seinen Penis«, sagte Mandy Jackson. Sie klang zu mitgenommen, um zornig zu sein. »Er wollte mir seinen Penis in den Mund stecken.«
»Und tat er es?«
Sie sah nach unten. Es gab keinen mehr, dem sie hätte ins Gesicht schauen können. »Ja.«
»Warum haben Sie ihn das machen lassen?«
»Ich hatte Angst.«
»Wovor hatten Sie Angst?«
»Ich dachte, er würde mich umbringen. Ich dachte, er würde jede Sekunde anfangen, auf mich einzuschlagen. Ich dachte, wenn ich tue, was er will, komme ich vielleicht davon.«
Nora nickte. Ebenso einer der Geschworenen, eine Frau.
»Wie lange dauerte das?« fragte Nora.
»Ich weiß nicht.«
»Eine Minute? Fünf Minuten?«
»Mehr als eine Minute. Dann hörte er etwas.«
»Einspruch, Euer Ehren. Spekulation.«
»Dann hörte eben *ich* etwas«, sagte Mandy zu Henry. Er setzte sich. »Ich hörte den Fahrstuhl.«
»Wie weit ist der Fahrstuhl von diesem Büro entfernt?« fragte Nora.
Der Rest war schnell erzählt. David sei eilends in die Kleider gefahren und im vorderen Büro gewesen, als der Wachmann kam. Mrs. Jackson sei einfach auf dem Boden zusammengesunken und habe versucht, sich zu bedecken. Schließlich sei die Polizei gekommen und habe sie ins Krankenhaus gebracht. Sie beschrieb die Untersuchungen, die klinische Seelenlosigkeit des Krankenhauses. Das Weinen zu Hause. Ihre Stimme wurde leiser und leiser, und ihr Kopf senkte sich, bis sie aussah wie das totale Opfer.
Nora hatte keine weitere Fragen mehr.
Bevor sie Mandy weitergab, bat sie den Richter um die Erlaubnis, die Jury mit den bereits zur Beweisaufnahme zugelassenen Stükken ›bekanntzumachen‹. Als die Erlaubnis erteilt wurde, reichte

sie dem ersten Geschworenen ein Bündel, Kleider, Fotos, ein ärztliches Gutachten. Der erste Geschworene sah alles durch und begann es weiterzugeben. Andere beugten sich vor, um auch ein Stück abzubekommen.
Henry machte nicht den Fehler, mit seinem Kreuzverhör zu beginnen, solange die Geschworenen derart abgelenkt waren. Er blieb sitzen, bis das letzte Stück bis zum letzten Geschworenen durchgegangen war. Mandy Jackson blickte um sich, als sähe sie den Gerichtssaal zum ersten Mal. Ihr Blick streifte mich, ohne daß sie mich zu erkennen schien. Watlin forderte Henry schließlich auf: »Fahren Sie fort.«
Henry schrieb, was er gerade schrieb, zu Ende, blätterte ein paar Seiten in seinem Notizblock zurück, las eine Notiz, richtete sich auf und schaute die Zeugin an, bis sie ihm in die Augen sah.
»Mrs. Jackson, mein Name ist Henry Koehler. Ich vertrete David Blackwell. Ich werde Ihnen jetzt auch ein paar Fragen stellen, in Ordnung?«
Sie nickte.
»Es klingt grob, aber ich muß das fragen: Wie können Sie von einem Putzfrauengehalt zwei Kinder und sich selbst ernähren und noch dazu studieren, ohne eine Kinderhilfe?«
Das war unter Umständen eine einspruchsfähige Frage, aber Nora ließ ihn, weil das ihre Beschwerdeführerin als notleidend und heroisch hinstellte. Und weil Mandy Jackson eine Antwort darauf hatte: »Wir bekommen BFMK.«
»Beihilfe für Familien mit minderjährigen Kindern?«
»Ja. Und meine Mama lebt bei uns, und sie bekommt ein bißchen Sozialhilfe.«
»Wer blieb am Abend des dreizehnten April bei ihren Kindern?«
»Mama.«
»Sie hatten das bereits arrangiert? Sie wußten, daß Sie lange arbeiten würden?«
»Ja.«
Während sie die Frage beantwortete, ging im Mittelgang jemand an mir vorbei. Es war Linda. Sie hatte irgendwo weiter hinten

gesessen. Sie trug ein Kostüm und sah sehr nach Anwältin aus. Die Geschworenen konnten nicht wissen, wer sie war, andere Leute aber schon. Reporter zum Beispiel. Linda kümmerte sich offensichtlich nicht um die Wirkung. Sie ging durch das Gatter in die Schranke, und als Henry es quietschen hörte, drehte er sich um. Linda reichte ihm eine Notiz und ging wieder hinaus.
Sagte ich, daß sie sich nicht um die Wirkung kümmerte?
Mich aber sah sie nicht an, wie ich neben meiner Schwiegertochter auf der Zuschauerbank hockte.
Henry überflog die Notiz, legte sie dann weg und nahm anscheinend seine Befragungsrichtung wieder auf. »Warum arbeiteten Sie an diesem Abend noch so spät?«
»Ich hatte an diesem Nachmittag einen Test an der Uni. Ich ging früher von der Arbeit weg, um mich noch etwas darauf vorbereiten zu können.«
»In welchem Fach war das?«
»Europäische Geschichte.«
Die Geschworenen sahen Henry an und fragten sich, was das wohl mit der Sache zu tun hatte, Mandy Jackson aber blickte ans hintere Ende des Gerichtssaals. Ich drehte mich um und sah Linda hinausgehen. Als ich mich wieder umdrehte, wirkte Mrs. Jackson vage beunruhigt. Linda kam nicht wieder. Henry schielte von Zeit zu Zeit auf ihre Notiz.
Beim Kreuzverhör gibt es ganz verschiedene Strategien. Manche Anwälte versuchen, das Vertrauen der Zeugen zu gewinnen, um sie soweit aufs Eis zu führen, bis sie sie mit einem Schlag einbrechen lassen können. Das funktioniert selten. Nur wenige Opfer sind gewillt, sich mit dem Verteidiger anzufreunden. Andere beginnen von der ersten Frage weg die Zeugen anzugreifen. Wieder andere klingen verwirrt. Die meisten Anwälte verfolgen vermutlich keine bestimmte Taktik, sondern gehen die Aussage auf gut Glück noch einmal durch, lassen die Zeugen alles wiederholen und hoffen darauf, daß sie sich widersprechen. Henrys Ton war völlig neutral. Er klang wie ein Wissenschaftler.
»Wie lange, sagten Sie, kennen Sie David Blackwell schon?« fragte er.

»Seit ungefähr zwei Jahren, schätze ich.«
»Haben Sie ihn je außerhalb des Büros gesehen?«
»Nein.«
»Sind ihm nie zufällig begegnet, im Kaufhaus oder sonstwo?«
»Oh. Vielleicht ein, zwei Mal im Kaufhaus.«
»War bei dieser Gelegenheit seine Frau dabei?«
»Ich weiß nicht mehr.« Das machte nichts. Es war Henry gelungen zu erwähnen, daß David verheiratet war, und wenigstens ein paar Geschworene sahen auf die hinter ihm sitzende Victoria, kühl, treu und schön.
»Aber Sie haben ihn nie absichtlich außerhalb der Arbeit getroffen, auf einen Drink etwa.«
»Nein.« Der Gedanke allein schien ihr eine Zumutung.
Henry nickte und machte sich eine Notiz.
»Würden Sie sagen, daß Sie befreundet waren?«
»Nein. Nicht ein bißchen.«
»Obwohl Sie ihn also seit zwei Jahren kannten, haben Sie einander nicht wirklich kennengelernt.«
»Nein.«
»Wieviel wissen Sie über David Blackwell? Wissen Sie, wer sein Vater ist?«
»Ich erinnere mich, daß die Leute darüber sprachen, als er gewählt wurde.«
Ich saß ganz still da; mir war bewußt, daß die Geschworenen mich ansahen. Ich fragte mich, warum Henry das aufs Tapet gebracht hatte, und wünschte, er würde davon wieder weggehen. Das tat er auch.
»Reden wir von jenem Abend im Büro. Nach dieser ersten Geschichte im vorderen Büro, als David Blackwell Ihnen den Nakken massierte und so, da ließ er Sie plötzlich in Ruhe und ging ins hintere Büro, ganz außer Sicht?«
»Ja.«
»Aber Sie ergriffen nicht die Gelegenheit wegzugehen?«
»Nein. Ich dachte, alles wäre vorbei, und nahm an, er würde mich nun in Ruhe lassen.«
»Wozu das Risiko eingehen?«

»Wie ich vorhin schon sagte, ich mußte die Büros noch saubermachen. Ich kann mir nicht leisten, den Job zu verlieren, Mister. Ich habe Kinder.«
»Sie glauben nicht, Sie hätten Ihrem Vorgesetzten sagen können, falls er oder sie Sie überhaupt gefragt hätte: Nun, der Mann da drin wurde ein bißchen zu munter, und darum ging ich weg. Glauben Sie nicht, man hätte diese Erklärung akzeptiert?«
»Ich wollte es nicht riskieren.«
»Hatten Sie jemals zuvor Schwierigkeiten dieser Art?«
»Ein bißchen. Aber nicht so schlimm.«
»Mit diesem Mann, David Blackwell? Hatte er Sie zuvor schon mal belästigt?«
»Nicht so wie jetzt.«
»Irgendwas? Anzüglichkeiten, gegrapscht?«
Mrs. Jackson zögerte, doch sie sah dabei nicht aus, als dächte sie nach, sie sah aus, als versuchte sie, sich klarzuwerden, was wohl die beste Antwort wäre. Das war natürlich nur mein hoffnungsvoller, subjektiver Eindruck.
»Soweit ich mich erinnern kann, nein.«
»Also wäre es nicht überraschend gewesen, wenn Ihr Vorgesetzter Ihnen nicht geglaubt hätte, wenn Sie das als Erklärung gegeben hätten, warum Sie das Büro nicht saubermachten?«
»Einspruch«, sagte Nora. Sie war auf den Beinen, noch ehe Henry mit der Frage fertig war. »Verleitet zu Spekulationen.«
Watlin gab ihr statt, zu Recht, aber ich fragte mich, ob sie wirklich hätte Einspruch einlegen sollen. Dadurch blieb die Frage unbeantwortet in der Luft hängen.
»Nachdem Sie in den anderen Büros fertig waren, gingen Sie sogar in sein privates Büro, ist das richtig?«
»Um den Papierkorb zu holen, wie ich schon sagte.«
»Dachten Sie, daß er noch im Zimmer war?«
»Ich weiß nicht, er hätte weggehen können, während ich in den anderen Büros war und der Staubsauger lief.«
»Aber die Chance bestand, daß er noch da war, weil jemand ja den Papierkorb hingestellt hatte?«
»Ich vermute.«

»Vermuteten Sie das auch an jenem Abend? Dachten Sie, daß er noch da drin war?«
»Ja, ich glaub schon.«
»Aber Sie gingen trotzdem hinein. Also hatten Sie zu diesem Zeitpunkt keine Angst vor ihm, oder?«
»Mir war ein wenig bange.«
»Aber Sie gingen trotzdem hinein, um den Papierkorb zu holen. Sehr viel Angst hatten Sie also nicht, oder?«
Er mußte sie bitten, lauter zu sprechen. »Ich schätze, nein«, wiederholte sie.
Henry nickte, machte sich eine Notiz, blätterte eine Seite seines Blocks um. Ohne davon hochzusehen, fragte er: »Als Sie in sein Büro gingen, wie war David Blackwell da angezogen?«
Die Zeugin stockte wieder. Mit jeder Antwort wurde sie zögerlicher, obwohl ihr Ton weiterhin forsch war. »Wie ich schon gesagt habe, mit weißem Hemd und Anzughosen.«
»Trug er eine Krawatte?«
»Ich glaube schon. Warten Sie – Ja, er trug eine.«
»Auch noch, als Sie in das hintere Büro gingen? Hatte er da immer noch die Krawatte um?«
»Ja. Gelockert, aber er hatte sie um.«
Henry schaute überrascht drein und machte sich eine Notiz. Mandy, die ihm zusah, sagte: »Kann aber sein, daß ich mich da irre«, und sah hinunter auf ihre Hände. Henry nickte wieder.
»Was war mit den Schuhen? Hatte er immer noch Schuhe an?«
»Ich habe nicht auf seine Füße gesehen.«
»Nun, was war Ihr Eindruck?«
»Einspruch, Euer Ehren, diese Frage wurde bereits beantwortet.«
Henry wartete ab, bis dem Einspruch stattgegeben wurde, und ging dann gleich weiter. »Denken Sie daran, als Sie das Geräusch des Fahrstuhls hörten und er sich in aller Eile wieder anzog: Mußte er da Socken und Schuhe anziehen?«
Sie sah nach oben, ihr Blick ging an der Decke hin und her. »Nein. Er hatte sie immer noch an.«
Henry vermittelte den Eindruck, daß alles gut lief. Er nickte. »Und jetzt. Erinnern Sie sich, als Sie mit ihm kämpften?«

Sie nickte.
»Sie erinnern sich, daß Sie erklärten, er habe Sie gekratzt. Haben Sie ihn auch gekratzt?«
»Ich weiß nicht mehr.«
»Darf ich an die Zeugin herantreten?« Als er auf sie zuging, sah Mandy ihm entgegen, als wollte auch er sie gleich schlagen. Henry übergab dem Protokollführer ein Foto und ließ es auf der Rückseite numerieren. »Das ist das markierte Beweisstück eins der Anklage«, sagte er zu Mandy. »Erkennen Sie diese Person?«
»Das ist Mr. – der Angeklagte.«
»Sah er so aus an diesem Abend, nachdem die Polizei gekommen war?«
»Ich schätze, ja.« Sie wollte ihm nichts mehr freiwillig geben.
»Was sehen Sie auf seinem Gesicht?«
»Kratzer, sieht jedenfalls so aus.«
Henry nahm ihr das Bild weg und trug es zurück an seinen Tisch. Im Niedersetzen fragte er: »Also haben Sie ihn gekratzt?«
»Ich denke, ja. Soll mir das leid tun?«
»Nein«, sagte Henry sachte. »Jede Frau hätte das getan.« Nora erhob sich halb von ihrem Stuhl, aber ich konnte sehen, daß sie nicht wußte, wie ihr diese Randbemerkung schaden sollte. Sie setzte sich wieder.
»Also kämpften Sie mit ihm«, sagte Henry.
»Ja. Sosehr ich konnte.«
»Als er Ihnen die Kleider runterriß, da wehrten Sie sich?«
»Ja.«
»Als er sie von hinten hochhob, kämpften Sie da, um loszukommen?«
»Ja. Natürlich tat ich das.«
Henry nickte. »Und als er Sie vornüber auf die Couch drückte, da wehrten Sie sich immer noch?«
»Ja«, sagte sie, aber nicht mehr so bestimmt. Sie wußte nicht recht, wohin das führen sollte, doch sie wußte, die Antwort mußte ja lauten.
»Und als er in Sie eindrang, kämpften Sie immer noch, um zu entkommen?«

»Ja, soweit es möglich war. Viel konnte ich nicht machen.«
»Aber Sie kämpften?«
»Ja.«
»War das auf irgendeine Weise aufregend für Sie? War es angenehm?«
Sie sah ihn an, als hätte er ihr nahegelegt, sich im Zeugenstand auszuziehen. »Nein.«
»Waren Sie sexuell erregt?«
»Euer Ehren!« Nora überschrie das Murmeln der Zuhörer. »Das ist reine Schikane, das ist Belästigung, das ist irrelevant. Das ist empörend! Sie muß sich nicht noch verteidigen für –«
»Dürfen wir an die Richterbank treten?« bat Henry, und beide gingen hin. Als Henry und Nora vor dem Richter standen, waren sie vielleicht drei Meter von der Zeugin entfernt. Mrs. Jackson hatte ihn den halben Hinweg über fixiert, dann senkte sie den Kopf und sah auf niemanden mehr.
Henry beugte sich weit über die Bank und hatte die Stimme offenbar so weit gesenkt, daß die Zeugin nicht hören konnte, was er zu sagen hatte. Die kleinere Nora war im Nachteil, doch auch Watlin beugte sich vor; die Bank drückte auf seinen Bauch. Ein, zwei Minuten lang herrschte hektisches Flüstern. Nora argumentierte noch, als Watlin sich zurücklehnte und beide von sich fortwinkte.
»Der Einspruch wird abgewiesen«, sagte er laut zu neuerlichem Gemurmel.
Henry trat zurück an seinen Tisch. Nora stand einen Moment lang zwischen ihm und der Zeugin und starrte ihn wütend an. Nur langsam ging sie aus dem Weg. »Ich werde die Frage wiederholen, Mrs. Jackson«, sagte Henry. In seiner Stimme war nichts Anzügliches. Er klang immer noch wie der unvoreingenommene Wissenschaftler. »Waren Sie sexuell erregt, als der Angeklagte in Sie eindrang? Lassen Sie mich genauer sein: Haben Sie sekretiert?«
»O mein Gott«, sagte Nora als Einspruch. Watlin winkte ab.
Mandy hatte den übelsten Geschmack ihres Lebens im Mund. Sie spuckte ihn aus. »Ob ich – ob ich feucht war? Sind Sie – nichts

daran hat Spaß gemacht. Er tat mir weh! Erregt?! Als nächstes werden Sie mich fragen wollen, ob's mir gekommen ist. Die Antwort ist: Nein! Da war keine –« Sie brach ab, zum ersten Mal mit einer Spur Schluchzen in der Stimme.
»Nein«, sagte Henry. »Das würde ich nicht fragen. Es wäre nicht relevant.«
»Einspruch!« rief Nora. Ich glaube nicht, daß sie sich überhaupt schon gesetzt hatte. »Ich erhebe Einspruch gegen diese dauernden Randbemerkungen des Verteidigers.«
»Machen Sie keine Bemerkungen, Herr Anwalt«, sagte Watlin milde. Ihren Reaktionen nach zu urteilen, dachten die Zuschauer, der Richter habe sich die Verhandlung völlig entgleiten lassen, Watlin jedoch erschien unbewegt. Ich nahm an, daß er meinte, überlegene Weisheit auszustrahlen, doch was er in Wahrheit erkennen ließ, war Gleichgültigkeit. Er saß da, als warte er bloß auf die nächste Essenspause.
Henry ging zu etwas anderem über. Hintergrundfragen über das Gebäude, die Anordnung der Büros, die Runden des Wachmanns. Mandy Jackson beruhigte sich. Wir alle beruhigten uns. Ich denke, daß sich in der versammelten Menge Langeweile breitmachte. Die Gerichtssaaltür ging drei oder vier Mal auf und zu. Richter Watlins Augenlider waren auf Halbmast. Es war schon nach vier Uhr. Seit zwei Stunden knallte die Sonne durch die großen Fenster herein. Henry machte weiter.
»Kennen Sie David Blackwells Gehalt?« fragte er.
»Nein.«
»Wieviel, schätzen Sie, verdient er?«
»Einspruch. Verleitet zu Spekulationen.«
Henry stand ebenfalls auf. »Nein, darum geht es nicht. Dürfen wir an die Bank treten?«
»Nicht nötig. Ich weise den Einspruch ab.«
»Wieviel, stellen Sie sich vor, verdient David Blackwell ungefähr?« fragte Henry nochmals.
Mandy schenkte ihm nichts. »Mehr als ich«, sagte sie.
Das reichte. Henry drängte sie nicht. »Was verdienen Sie?« fragte er statt dessen.

»Fünf fünfunddreißig die Stunde«, antwortete sie, ehe Nora auch nur auf den Beinen war.
»Auf wieviel kommt das pro Woche, nach den Abzügen?«
»Ich erhebe neuerlich Einspruch«, meldete sich Nora. »Wenn das relevant ist, möchte ich gern wissen, inwiefern.«
»Nur mir steht es hier zu, Erklärungen zu verlangen, Frau Anwalt, und ich verstehe die Relevanz. Ihr Einspruch wird abgewiesen«, erklärte Richter Watlin.
»Es kommt auf hundertsiebenundsechzig die Woche«, sagte Mandy.
»Wieviel kostet eine Semesterstunde am Trinity College, wo Sie studieren?«
»Ich hab Ihnen gesagt, ich hab ein Stipendium. Und Kredite.«
»Mir scheint, Sie haben die Kredite eben erstmals erwähnt. Aber das beantwortet meine Frage nicht. Wieviel kostet eine Semesterstunde?«
»Ich denke, so an die zweihundert Dollar.«
»Und wieviel Stunden haben Sie in diesem Semester belegt?«
»Vierzehn.«
Henry machte eine Pause, um die Zahlen auf seinen Block zu schreiben und den Geschworenen Zeit zu geben, die simple Rechnung anzustellen. Ich konnte immer noch nichts in ihren Mienen lesen. Aber ich dachte, daß Henry ihr zu lange zusetzte. Länger, als ich es getan hätte. Eine Zeitlang hatte Mandy ziemlich hart und berechnend gewirkt, nun aber begann sie schon wieder bemitleidenswert zu erscheinen. Wie konnte sie von diesem Gehalt leben, mit zwei Kindern? Leben und noch studieren. Wenn niemand sonst, ich war beeindruckt von ihr.
»Lassen Sie mich Ihnen ein paar Fragen über Ihre Kinder stellen«, sagte Henry und tat es auch, in einiger Ausführlichkeit. Namen, Alter, Schulklasse. Mrs. Jacksons Stimme wurde weicher. Genauso die von Henry. Wenn man nicht hinsah, wurden daraus Hintergrundgeräusche. Im Saal war es jetzt wie im Backofen. Die Gerichtsdiener hatten an den Fenstern nach Westen die Jalousien heruntergelassen, aber dadurch wurde die Gegenwart der Sonne nur um so bedrohlicher. Die Jalousien glühten, als hinge gleich

dahinter die Sonne und wartete nur darauf, den ersten, der hinauslugte, zu blenden. Richter Watlin nickte ein, fing sich wieder, sah auf seine Uhr, rutschte unbehaglich herum.
»Ich gebe die Zeugin weiter«, sagte Henry unvermittelt.
Wir alle setzten uns auf, als wäre eine kühle Brise zwischen uns hindurchgestrichen. Watlin sah froh aus, bis er sich Nora zuwandte. »Ich nehme an, Sie wollen eine Nachbefragung?« sagte er abwehrend.
»Ja, Euer Ehren.«
»Und dann werden Sie ein zweites Kreuzverhör wollen«, sagte Watlin in Richtung Henry. »Nun, meine Konzentrationsspanne haben wir überschritten, und wohl auch die der Jury. Wir setzen morgen um neun Uhr fort. – Denken Sie an die Instruktionen, die ich Ihnen gegeben habe, nicht mit anderen über den Fall zu sprechen oder sich von ihnen darauf ansprechen zu lassen«, sagte er zu den Geschworenen, und sie nickten, als hörten sie noch zu. »Alles bleibt sitzen, bis die Geschworenen sich erheben.«
Wir gehorchten und drängten dann hinaus in die Gänge. Die Menge verlor ihre Gemeinsamkeit. Es waren keine Zuschauer mehr, bloß noch Leute, die in einem sich leerenden öffentlichen Saal herumstanden. Victoria und ich gingen nach vorn zu Henry und David. Nora hatte Mandy Jackson bereits hinausgeschleust, ohne einen Blick zurück. Meine Gruppe folgte durch dieselbe Seitentür, die Hintertreppe hinauf in mein Büro.
»Am Schluß haben Sie uns alle ein wenig überfordert, Henry«, sagte ich ihm auf der Treppe.
»Ich konnte sie nicht früher gehen lassen«, erwiderte er und gab mir Lindas Nachricht. Sie lautete: »Fragen Sie sie, warum sie so spät noch gearbeitet hat, und halten Sie sie für den Rest des Tages im Zeugenstand fest.« Linda war nicht wiedergekommen, oder wenn doch, dann hielt sie sich von meiner Familie fern.
Wir fanden Lois und Dinah vor meinem Büro. Lois hob die Hand, um Davids Haar zu richten. An seinem Haar war nichts unordentlich; es war nur eine Gelegenheit, ihn zu berühren.
»Kann ich morgen wieder mit hineinkommen?« fragte Dinah. »Sonst kann ich doch nichts lernen.«

Ich versprach ihr, am Abend noch alles nachzutragen. Sie saß still da, während wir Erwachsenen unsere kleine Konferenz abhielten, Pläne schmiedeten, als entwickle die Lage sich weiter, obwohl sich nichts geändert hatte. David wirkte ein wenig fröhlicher. »Sie ist dabei, sich zu verheddern, nicht wahr?« sagte er hoffnungsvoll.

»Ich fand, es hätte weniger plastisch sein können«, war das einzige, was ich Victoria sagen hörte.

Als sie gingen, mußte ich Henry nicht erst bitten, noch zu bleiben. Er hatte sich nicht aus dem Sessel gerührt, in den er sich hatte fallen lassen, stützte den Nacken auf den Rand der Lehne und starrte nach oben. Wir saßen einen Moment lang in kameradschaftlichem Schweigen da, ehe ich sagte: »Sie leisten erstklassige Arbeit, Henry.«

Seine Stimme schien hinter dem Sessel hervorzukommen. »Ich weiß. War wohl das beste Kreuzverhör, das ich je gemacht habe. Aber es gibt auch eine Menge, womit ich etwas anfangen kann.«

»Und Sie nutzen es voll aus.«

»Aber bringt es was?« fragte er und setzte sich auf. Ich sah ihn bloß an und zog fragend die Augenbrauen hoch. »Haben Sie Zweifel an ihrer Geschichte?« hakte er nach.

Ich wich ihm aus. »Es gibt Widersprüche.«

»Aber glauben Sie, daß die Frau lügt? In dem Punkt, auf den es ankommt?« Er nahm mein Schweigen als Antwort. »Wissen Sie, was ich denke?« sagte er, gerade als ich meine Frage »Spielen Sie da mit einer Theorie?« stellte. Wir mußten einen Moment lang warten, um unsere Stimmen auseinanderzuklauben und zu verstehen, was jeder gesagt hatte, dann fuhr Henry fort.

»Ich denke, sie sagt die Wahrheit, außer in einem Punkt: Es passierte zu einem anderen Zeitpunkt.«

»Früher an dem Tag? Was meinen Sie?«

»Ich glaube, es passierte genau, wie sie gesagt hat, im Büro, irgendwann spätabends. Aber nicht am dreizehnten April. Und sie zeigte es nicht an. Die meisten von ihnen tun das nicht. Ihnen brauche ich das nicht zu erzählen. Sie machte keine Anzeige, weil

sie Angst um ihren Job hatte und dachte, er würde sie vielleicht beschuldigen, ihn angemacht zu haben, oder auch, weil sie sich schämte oder aus irgendeinem anderen Grund.
Die Zeit verging, und sie sah ihn nach wie vor feist und dreist in der Chefetage sitzen, während ihr Leben immer noch schwer war wie das einer Sklavin. Da packte sie die Wut. Die Wut auf ihn und die Wut über sich selber. Sie haben den Blick gesehen, den sie ihm zuwarf, als sie in den Zeugenstand ging. Sie haßt ihn. Und schließlich konnte sie damit nicht mehr leben und ging los, um ihn zur Strecke zu bringen.«
»Also stimmt auch Davids blödsinnige Geschichte.«
Henry nickte. »Sie inszenierte es einfach ein zweites Mal. Diesmal mit dem Wachmann im Anmarsch. Und sie zieht es bis zum Ende durch.«
Ich saß da und dachte darüber nach. Währenddessen ließ der Schwung Henry im Stich, und er sank wieder in seinen Sessel. Solange er gesprochen hatte, hatte die Geschichte gelebt, aber in dem Schweigen wurde daraus, was ich eine Minute später aussprach: »Verrückte Idee, Henry.«
Er stimmte zu. »Und einen Dreck wert, selbst wenn ich es beweisen könnte.«
Die Anklageschrift stellt ein bestimmtes Datum fest, aber sie sagt auch »an oder um« dieses Datum, also ist der Staat nicht verpflichtet, den speziellen Tag festzustellen. Er muß nur beweisen, daß die Tat noch nicht verjährt ist und vor dem Zeitpunkt der Anklageerhebung geschah. Überhaupt hätte ich mit einer solchen Theorie nicht vor die Geschworenen treten wollen. Versuchen Sie mal, damit einen Freispruch rauszuholen: »Er hat sie nicht vergewaltigt, wann sie sagt, sondern schon vorher.«
Ich machte mir nicht erst die Mühe, Henry die Schwächen seiner Theorie zu verdeutlichen. Das hatte er offensichtlich schon selber getan. Wir saßen schweigend da, als Linda eintrat.
Henry und ich sahen aus wie Überlebende nach einem Schiffbruch. Linda wirkte wie unsere Retterin. Sie war aufgekratzt. Auf ihrer Stirn glitzerte Schweiß. Sie hielt irgendein Dokument in der Hand.

»Deswegen hab ich eine Vorladung für die Verteidigung ausgestellt«, sagte sie.
»Mit deinem Namen drauf?« fragte ich und setzte mich auf.
»Natürlich mit Henrys Namen! Fechten Sie bloß nicht die Unterschrift an«, erklärte sie, ihm zugewandt.
Sie kniete sich neben Henrys Sessel und erklärte ihm, was sie in Erfahrung gebracht hatte; dabei redete sie so schnell, als gälte es, eine Frist noch heute abend einzuhalten. Beim Reden faßte sie ihn am Arm und sah ihn gespannt an, um sicherzugehen, daß er ihr folgen konnte. Henry beugte sich nahe zu ihr. Keiner von beiden warf einen Blick auf mich. Ein Fremder, der zusah, hätte nie auf irgendeine Beziehung zwischen Linda und mir getippt. Eher sah sie aus wie Henrys Mädchen, in dem einen oder anderen Sinn. Ich stand hinter dem Schreibtisch auf, um über ihnen zu stehen, aber sie sahen nicht mal von dem Dokument hoch, das Linda mitgebracht hatte.
»Viel ist es nicht«, sagte sie ein paar Minuten später. »Es wird die Verhandlung nicht auf den Kopf stellen, aber es ist eine Kuriosität. Etwas zum Nachdenken für die Jury.«
»Nein, es ist mehr als das«, erwiderte Henry. »Es deutet auf Berechnung ihrerseits hin. Verstehen Sie? Es ist ein erstes Indiz. Das ist großartig, Linda! Ich hätte selbst an so was denken sollen.«
»Das kommt davon, wenn man keinen Beisitzer hat. Wie läuft die Verhandlung? Ich hab leider das meiste versäumt!«
Henry seufzte und sank wieder zurück. Linda zog ihn aus dem Sessel hoch. »Sie brauchen einen Drink. Kommen Sie mit zum Essen, und erzählen Sie mir alles darüber. Ich bin voller Ideen.«
An der Tür blieb Linda stehen. »Kommst du mit?« Ohne besonderen Ausdruck in der Stimme oder im Gesicht, als sie zu mir zurückblickte. Henry hatte schon zu reden begonnen.
»Ach nein. Ich glaub, ich gehe besser David besuchen.«
Sie nickte. Henry sah mich nicht einmal an. »Sehen Sie, sie wußte es schon«, meinte er. Ich konnte ihre Stimmen im vorderen Büro hören, bis die Tür hinter ihnen ins Schloß fiel. Henry hatte seinen Schwung wiedergewonnen. Ich selbst wollte meine Hoffnung niederhalten. Linda und ihr Elan. Immer noch ungebrochen.

Davids Haus kam mir merkwürdig fremd vor. Ich war sicher, daß ich richtig war, aber er hatte irgendwas geändert, seit ich das letzte Mal dagewesen war. Was, konnte ich nicht sagen. Eine Minute saß ich in seiner Einfahrt und hoffte, er würde mich hören und herauskommen. Aus dem Haus drang ein Streifen Licht, doch kein Geräusch. Ich fragte mich, ob Vicky und David sich je angebrüllt hatten.

Am Eingang gab es eine holzgerahmte Fliegentür, so daß ich, als die schwerere Innentür aufging, nicht sehen konnte, wer dort stand. Einen Moment glaubte ich, es sei Victoria. Doch es war David, der die Fliegentür aufstieß. »Dad«, sagte er.

David führte mich in sein Arbeitszimmer, wo ein Drink neben dem Fernsehsessel stand und der Apparat ohne Ton lief. Es war ein nettes Haus, aber recht unpersönlich. Wie das ideale Heim. Genau die richtige Anzahl von Zeitschriften aufgefächert auf dem Couchtisch. Hochzeitsfotos an der Wand. Unvermittelt fragte ich mich, wieviel David wohl verdiente. War er bis über beide Ohren verschuldet? Henry wußte das vermutlich.

»Vicky ist schon zu Bett.«

Mit Kopfschmerzen zweifellos. Mit einem Wink bot David mir Platz an und offerierte einen Drink. Ich schüttelte den Kopf. »Ich sollte deine Mutter anrufen und sagen, daß ich hier bin.«

Er antwortete nichts darauf. Im Fernsehen lief gerade Sport – irgendetwas Fließendes, wenig Kämpferisches. Es konnte einen in den Schlaf lullen.

»Du wirst vermutlich morgen in den Zeugenstand müssen. Ich wollte nur sichergehen, daß du so nervös wie möglich bist.«

Er lachte nicht. »Sie kann mir kein Bein stellen«, erklärte er und meinte Nora, »weil ich nicht lügen werde. Ich weiß, es ist eine verrückte Geschichte, aber wenigstens werde ich mir nicht widersprechen. Henry ließ Mandy schlecht aussehen, nicht wahr?«

»Ja.« Nicht schlecht genug, dachte ich. »David –«

»Ich werde es nicht noch mal sagen.«

Einen Augenblick lang wußte ich nicht, wovon er sprach. Dann begriff ich, daß er von neuem seine Unschuld beteuerte.

»Ich glaube dir, David. Aber darüber sind wir weit hinaus. Es ist

mir inzwischen sogar gleichgültig. Ich würde alles tun, was ich kann, damit du nicht ins – nicht verurteilt wirst deswegen. Glaubst du mir?«
Er antwortete nicht, doch er sah auf mich anstatt auf den Bildschirm, und wir fingen so was Ähnliches wie eine Unterhaltung an. Ich gab ihm wertlose Tips über das Verhalten als Zeuge, die ich ihm ohnehin schon gegeben hatte. Diesmal nickte er und bat um weitere Erklärungen und nickte wieder.
Die ganze Zeit hörte ich niemanden im hinteren Teil des Hauses. Als ich gehen wollte, begleitete David mich zur Eingangstür. Ich legte verlegen die Arme um ihn, und er erwiderte es verlegen. Es dauerte ein wenig zu lang. »Na ja«, sagte ich.

Bis ich bei mir die Eingangstür geöffnet hatte, stand Lois schon im Eßzimmer und starrte mich an, die Fäuste in die Hüften gestützt: »Wo bist du gewesen?«
Lois flucht nicht, wenn sie wütend wird. Sie meidet solche Ausschmückungen. Ihre Sätze werden kurz.
»Bei David.«
Ihr Mund wurde nicht weicher. Woher kam dieser Zorn? Eifersucht konnte es nicht sein. Wir wissen, was Eifersucht zugrunde liegt, und das gab es bei Lois und mir nicht mehr.
»Dinah hat nach dir gefragt. Sie will nicht einschlafen.«
»In Ordnung.« Ich hängte meine Jacke über die Lehne eines der Eßzimmerstühle, ließ meine Schuhe auf dem Flur und schmiß meine Krawatte in Richtung Schlafzimmer. Dinah war wach und lag im Dunkeln auf dem Rücken. »Da bist du ja«, sagte sie ohne Vorwurf.
Sie wollte alles über den ersten Verhandlungstag hören. Wir gingen es beinahe Wort für Wort durch, mit einigen Ausnahmen. Ich wurde früher schläfrig als sie. »Daddy«, kam ihre Stimme nach einer Pause durch das Dunkel. »Falls sie ihn schuldig sprechen, was wirst du dann als nächstes tun?«
Ich dachte, ich hätte ihr mehr beigebracht, als zu sagen, *falls* ein Angeklagter verurteilt wird. Die realistische Dinah wurde eine Phantastin wie wir anderen auch. Ich murmelte etwas von Beru-

fung. Sie sagte ungeduldig: »Nein, ich meine gleich. Bevor – bevor sie dazu kommen...«
»Ich weiß nicht, Liebes. Ich werd was tun.«
»Daddy?«
Ich lag neben ihr und hielt sie im Arm, bis sie einschlief. Ich dachte: Ich würde nie zulassen, daß dir so was passiert, Kleines. Doch das sagte ich nicht laut. Warum hätte sie mir glauben sollen? Bei ihrem Bruder ließ ich es gerade zu.

7 Henry traf sich am nächsten Morgen mit mir in meinem Büro, bevor die Verhandlung weiterging; ich hatte ihn schon um sechs angerufen. Er tat so, als wäre alles normal, und besprach den Fall mit mir in beiläufigem, professionellem Ton, bis er zum Gehen aufstand und ich mich vor ihm aufbaute.

»Ich muß da mit rein, Henry.«

»Mit rein? Wohin –?«

»Stellen Sie sich nicht dumm. In den Prozeß! Ich werde das Kreuzverhör übernehmen.«

Henry sah mich an, als wäre ihm unwohl dabei, mich zwischen sich und der Tür zu haben. »Sie können nicht mit rein, Mark. Der Interessenkonflikt ist so klar, daß Watlin gar nicht erst auf einen Ablehnungsantrag warten würde. Sie wissen –«

Ich schüttelte den Kopf. »Ich laß mich beurlauben. Der Brief liegt schon auf meinem Schreibtisch. Wenn das nicht reicht, trete ich zurück. Ich mache mit, Henry!«

»Sie feuern mich also? Denn für mich ist es zu spät, jetzt noch einen Beisitzer zu nehmen, mitten in der Zeugenvernehmung. Das Kreuzverhör, so wie ich es angelegt habe, leitet geradewegs zu meinem Plädoyer über. Wenn ich Sie oder irgendwen sonst es übernehmen lasse –«

Ich konnte ihn durch das Rauschen kaum hören, das mich schon die ganze Nacht wachgehalten hatte. Es war das Geräusch einer Prozeßangst, wie ich sie als Mitwirkender nie empfunden hatte. Gestern war ich aus der Wirklichkeit gekippt; es überraschte mich, daß keiner es bemerkt hatte. Ein Teil von mir konnte den Prozeß beobachten wie jeden anderen auch, den Fortgang präzise beurteilen, die Geschworenen zu durchschauen versuchen, der Befragung folgen und ihren weiteren Verlauf voraussehen. Ein anderer Teil von mir jedoch schrie danach, daß es aufhörte. Dieser Teil sah David und niemanden sonst. Ich hatte die ganze Zeit auf die leichte Schulter genommen, wie sich die Sache entwickelte. »Falls Sie verurteilt werden, gehen wir in die Berufung«, hätte ich einem Klienten gesagt. Aber wenn David verurteilt wurde, mußte er ins Gefängnis! Daß es soweit kam, war überhaupt nicht vorgesehen. Vor vier Monaten, als man ihn festgenommen hatte, war ein Prozeß lediglich *eine* Möglichkeit gewesen. Sie abzubiegen, erschien durchaus möglich. Nun aber war aus dem Fall ein führerlos dahinbrausender Zug geworden, der ohne ein außerordentliches Eingreifen nicht aufzuhalten war. Irgendwann in den frühen Morgenstunden hatte ich beschlossen, dieses Eingreifen zu besorgen, auf die einzige Art, die mir noch blieb.

»Ich kann nicht einfach dasitzen und zusehen, Henry! Wie wär's dann, wenn ich David im Direktverhör übernehme? Und anfange, das Weinen runterzuwürgen, während ich ihn befrage, als würde ich so fest an ihn glauben, daß ich schrecklich Angst habe, sie könnten ihn für schuldig befinden. Ich könnte das, Henry, glauben Sie mir, ich könnte das bringen.«

Henry wollte seine Stimme beschwichtigend klingen lassen, ich bin sicher. Er konnte nicht wissen, daß sie für mich bloß klang wie Insektengesurre an einer sehr dünnen Fensterscheibe. »Erstens würde das für die Jury überhaupt nichts bedeuten, Mark. Sie sind sein Vater. Von Ihnen wird erwartet, daß Sie an ihn glauben, egal, was kommt. Und zweitens würde es aussehen, als weinten Sie darüber, was er getan hat. Helfen kann es auf keinen Fall! Lassen Sie mich es auf meine Weise tun. Bleiben Sie nüchtern, Mark. Denken Sie darüber nach. Denken Sie wie ein Anwalt.«

Das hatte ich versucht; man sah ja, wohin ich damit gekommen war. Selbst während meiner Versuche, das System zu manipulieren, hatte ich gedacht, es würde seinen Dienst im Sinne von Davids Entlastung tun. Ich war nicht raffiniert genug gewesen.

Doch für eine Kurskorrektur war es zu spät. Ich versuchte, diesen nüchternen Teil von mir, an den Henry appellierte, die Oberhand gewinnen zu lassen. Es gelang mir einen Augenblick lang, mir das unschöne Schauspiel vorzustellen, das mein Auftritt für die Geschworenen abgeben würde. Es waren die Zeugen, die unter der Befragung zusammenbrechen sollten, nicht der Anwalt.

»Also gut, Sie haben recht. Bloß, Henry, um Gottes willen –«

»Ich weiß, Mark, ich weiß.«

»Tut mir leid, Sie stehen sicher schon genug unter Druck. Glauben Sie nicht, daß ich kein Vertrauen mehr zu Ihnen habe.«

»Ist schon okay, Mark. Ich weiß, wie Sie sich fühlen.«

Eine Lüge, eine leichtgesagte Erbaulichkeit. Aber er verstand sein Geschäft. Ich ließ ihn so davonkommen, daß ihm genug Zeit blieb, seine Notizen durchzugehen. Jenen gelassenen Teil von mir schien er mit sich zu nehmen. Als sich die Tür hinter ihm schloß, verkrampfte sich mein ganzer Körper, als wäre ich in spasmischen Schüben unterwegs in eine andere Dimension. Ich kippte nach hinten, karambolierte mit meinem Schreibtisch, hämmerte mit den Fäusten darauf. All die Papiere stoben vor mir auseinander; ich sah nicht, wie meine Hände sie durcheinanderwarfen.

An mehr erinnere ich mich nicht. Ich lag im Sessel, die Augen gegen die Tränen eng zusammengekniffen, als ich wieder zu mir kam. Was mich zurückbrachte, war der Gedanke, daß die Tür dort aufgehen und David hereinkommen könnte. Noch mehr Schrekken konnte er nicht vertragen. Ich mußte zuversichtlich für ihn aussehen. Nach und nach schloß sich die Schale wieder um mich zusammen, als würde ich verkrusten. Der Spiegel zeigte mir einen korrekt gekleideten Anwalt, ernst, doch seiner Sache sicher. Auf dem Weg nach draußen bat ich Patty, jemanden zu organisieren, der bis zur ersten Verhandlungspause das Büro aufräumte.

Nicht nur unschuldig Verurteilte können rehabilitiert werden. Zeugen auch. So nennt man es, wenn die Gegenseite einen Zeugen im Kreuzverhör auseinandergenommen hat und man ihn zur Nachbefragung zurückbekommt, um einige Ungereimtheiten oder einen schlechten Eindurck auszuräumen. Man rehabilitiert ihn. Und genau das tat Nora am nächsten Morgen mit Mandy Jackson.

Und ich hatte meinen Teil getan, um David auf Vordermann zu bringen. Von hinten konnte ich sehen, daß er sich auf seinem Stuhl gerade hielt und seine Anklägerin direkt ansah. Nicht feindselig, wenn er es so machte, wie ich ihm gesagt hatte, aber stetig. Mit einer Spur Verwunderung im Gesicht.

Ebenso hatte Nora sich über Nacht Mandy vorgenommen. Die Zeugin verkroch sich im Zeugenstuhl. Mit dem Rücken an der Wand, so saß sie da. Sie schaute David nicht an und warf nur verstohlene Seitenblicke auf Henry. Gestern war Mrs. Jackson selbstsicherer gewesen, als der Sache des Staates dienlich war. Heute sah sie wieder wie ein Opfer aus.

»Bist du in Ordnung?« fragte Lois mich über Dinah hinweg.

»Ja, völlig. Und du?«

»Was Linda herausgefunden hat, wird es etwas helfen?«

»Ja. Aber ich weiß nicht, wieviel.« Ich log Lois längst nichts mehr vor. »Hängt ganz von Henry ab«, fügte ich hinzu.

Vor Wiederbeginn der Zeugeneinvernahme inszenierte Henry eine kleine Schau für die Jury. Victoria saß am Tisch der Verteidigung, in ernstem Gespräch mit David. Sie trug ein weißes Kleid und kein Make-up, oder es war so kunstvoll aufgelegt, daß es aussah wie keines. Sie blieb dort, bis die Geschworenen auf der Bank Platz genommen hatten, drückte dann Davids Hand, schenkte ihm ein trauriges Lächeln zur Ermutigung und kam durch die Tür in der Schranke heraus, um ihren Platz einzunehmen. Die Geschworenen sahen natürlich zu. Sie sollten denken, daß zumindest Davids Frau den Beschuldigungen keinen Glauben schenkte. Ich fand, Victoria sah ein bißchen peinlich berührt aus und ließ ihr Gesicht ein bißchen zu schnell wieder leer werden, aber wer weiß.

Nora ignorierte dieses kleine Schaustück. Sie begann die Nachbefragung ihrer wichtigsten Zeugin mit einer neuerlichen Beschreibung der Szene: die dämmrigen Büros, der dunkle hintere Raum, der unverdächtig dastehende Papierkorb. Mandy, die ihn sah und an ihren Job dachte.

»Sie erklärten, Sie hätten schon früher Schwierigkeiten dieser Art gehabt«, sagte Nora und wechselte das Thema.

»Ein bißchen. Nichts von Bedeutung. Das Übliche, Sie wissen ja, 'n Mann, der vielleicht ein bißchen schäkert. Aber mehr die Männer vom Wartungsdienst als die aus den Büros.«
»Hat der Angeklagte je etwas Derartiges versucht?«
»Nein.«
»Gar nichts, niemals? Sie nie angefaßt oder irgendwas Zweideutiges gesagt?«
»Er hat mich ganz sicher nie angefaßt. Ich erinnere mich auch an nichts anderes.«
»Dachten Sie deshalb, Sie hätten nichts zu befürchten, als Sie an diesem Abend des dreizehnten April in sein Büro gingen?«
Das war der Grund, weshalb Nora diese Frage stellte, doch damit war sie in Henrys säuberlich aufgestellte Falle gegangen. Solche Dinge sind immer auffälliger, wenn man Prozeßanwälte von hinten beobachtet. Außerdem kannte ich Henrys Notizen für das Plädoyer.
»Ja. Ich konnte mir nicht vorstellen, daß er noch weitergehen würde als ohnehin schon.«
Nora nickte. Ohne Zeit auf einen Übergang zu verschwenden, stürzte sie sich auf ihr nächstes Thema.
»Sie haben ausgesagt, Sie hätten bei dem Akt der Vergewaltigung durch den Angeklagten keine Lust empfunden. Was fühlten Sie?«
»Es tat weh. Es war einfach so ein Schock, als er – als er wirklich... Ich fing an zu weinen.« Sie war jetzt den Tränen nahe. Ihre Schultern zogen sich zusammen. Sie sah aus, als hätte sie Schüttelfrost. »Ich bettelte ihn an aufzuhören, aber er... Danach gab ich irgendwie auf.«
Henry machte sich eine Notiz. Nora fragte: »Woran dachten Sie?«
»An meine Kinder.«
»Ihre Kinder? Inwiefern?«
»War einfach froh, daß sie sicher zu Hause waren und das nicht miterleben mußten. Und ich dachte auch, ich würde sie nie wiedersehen.«
»Warum?«

»Ich glaubte, er würde mich umbringen, wenn er fertig wäre.«
»Der Angeklagte? Sie glaubten, daß er Sie umbringen würde? Warum?«
»Was sollte er sonst tun? Mich einfach gehen lassen? Jede Sekunde glaubte ich, er werde anfangen, mich zu schlagen. Er hatte so was im Blick –«
Nora nickte langsam. Nach einer langen Pause beugte sie sich hinüber zu Javier. Er schüttelte den Kopf. »Ich gebe die Zeugin weiter«, erklärte Nora.
Henry sagte wie aus der Pistole geschossen: »David Blackwell hat überhaupt nie mit Ihnen geflirtet?«
Aus ihrer Kauerstellung auf dem Stuhl antwortete Mandy mit leiser Simme: »Nein.«
»Haben *Sie* je mit ihm geflirtet?«
»Nein«, sagte sie etwas heftiger.
»Ich meine nichts Offensichtliches. Ich meine die kleinen Dinge, wie sich Leute eben verständigen. Sie warfen ihm nie verstohlene Blicke zu, wenn Sie sich zusammen im selben Büro befanden?«
»Nein.«
»Waren Sie sich Ihres Körpers bewußter, wenn Sie beide zusammen in einem Raum waren. Standen Sie gerader oder –«
»Nein.«
»– nahmen Sie die Schultern zurück? Bewegten Sie sich anders? An diesem Abend zum Beispiel, bückten Sie sich, sagten Sie, nach einem Papierkorb, während er mit Ihnen im vorderen Büro war. Während Sie das taten, sahen Sie da über die Schulter und –«
»Wackelte mit dem Hintern für ihn? Nein. Mister, Sie haben ja gar keine Ahnung. Um die Zeit war ich schon fast vierzehn Stunden auf den Beinen. Nach so einem Tag war ich nicht interessiert an einer schnellen Nummer im Büro. Ich wollte nur fertig werden und nach Haus zu meinen Kindern. Ich –«
Sie blickte zu Nora und merkte, daß sie schon wieder zu heftig wurde. Henry hatte wieder ihren Zorn geweckt. Sie verstummte abrupt, doch ihre Augen funkelten und sie atmete schwer. Ich sah, daß zumindest ein Geschworener, ein Mann, sich von Mandy abwandte und Victoria ansah, die in meiner Reihe saß. Ich ent-

deckte etwas in seinem Gesichtsausdruck. Victoria war nicht der Gewinn für die Verteidigung, den wir erhofft hatten. Sie war schön, doch sie wirkte, wie sie war: kalt. Der Gegensatz zwischen ihr und Mandy Jackson war augenfällig. In der einfachen Frau steckte Leidenschaft. An ihr konnte man sich verbrennen. Die Jury würde sich vorstellen können, warum ein Mann mit einer solchen Ehefrau hinter einer Frau wie ihr her sein mochte.
Henry sah die Zeugin nicht an. Er schlug einen Ordner vor sich auf und nahm ein Dokument heraus, jenes, welches Linda ihm gestern nachmittag gebracht hatte. »Ich möchte Sie etwas über die Prüfung fragen, die Sie zuvor an diesem Tag machten«, sagte er.
Mandy wirkte verwirrt. Man sah, wie sie umschaltete. Henry half ihr: »In europäischer Geschichte, glaube ich?«
»Ja.«
»Euer Ehren«, meldete sich Nora, »wo ist die Relevanz?«
»Die Relevanz haben wir bereits heute morgen in meinem Zimmer diskutiert, wie Sie sich sicher erinnern, Frau Anwalt. Abgewiesen.«
Watlin sah nicht zu mir herüber – mit Bedacht nicht, glaubte ich. Er schlug der Verteidigung noch eine Schneise.
»Wie viele Punkte bekamen Sie bei dem Test?«
Mandy wirkte völlig perplex. Sie begann wieder wie das Opfer einer Schikane auszusehen. »Ich weiß nicht mehr. Alles, was nachher geschah –«
Henry ging auf sie zu und übergab dem Protokollführer das Dokument zur Kennzeichnung. Er numerierte es fürs Protokoll und reichte es an Mandy weiter. Sie nahm es mit spitzen Fingern entgegen. »Erkennen Sie das wieder?«
Ihre Verwirrung wurde nicht kleiner. »Eine Liste meiner Noten von der Uni?«
»Können Sie darauf den Test vom dreizehnten April finden?«
Sie schaute nur kurz: »Ja.«
»Hilft das Ihrem Gedächtnis wieder auf die Sprünge?«
»Ja.«
»Wie viele Punkte erreichten Sie bei dem Test?«

»Dreiundfünfzig.«
»Dreiundfünfzig. Ist das ein Ungenügend?«
»Ja.«
»Entspricht das Ihrem Notendurchschnitt in diesem Fach?«
Sie zögerte. Doch sie hielt die Liste in der Hand. Henry wußte die Antwort. Sie mußte sie geben. »Nein.«
Henry nahm das Papier wieder an sich und ging an seinen Platz zurück. »Genauer gesagt, Ihre Durchschnittsnote ist ein solides Gut, nicht wahr?«
»Ja.«
»Haben Sie sonst noch je ein Ungenügend bekommen?«
»Ich weiß –« Henry lüpfte ganz leicht die Augenbrauen und das Papier in seiner Hand, und sie änderte ihre Antwort mittendrin. »Nein. Das ist das einzige.«
»Warum haben Sie bei dem Test an diesem Tag so schlecht abgeschnitten?«
Sie blickte hinunter auf ihre Hände. »Das war kein sehr guter Tag für mich. Nach dem, was im Büro passiert war, konnte ich mich nicht richtig konzentrieren –«
»Aber das passierte doch später, Mrs. Jackson. Wenn Sie die angebliche Vergewaltigung meinen. Die war ja noch gar nicht geschehen, als Sie zu Ihrem Test antraten. Wie hätte Sie das nervös machen sollen? Oder hatten Sie eine Vorahnung, daß es dazu kommen würde?«
»Ich verstehe nicht, wie –«
»In Wahrheit wußten Sie, was an diesem Abend passieren würde, nicht wahr? Sie hatten bereits geplant, was passieren würde, oder nicht? Deshalb hatten Sie Mühe, sich vorher zu konzentrieren. War es nicht so?«
»Meine Vergewaltigung geplant? Nein, Sir, das hab ich nie geplant. Ich hab nie –« Sie bedeckte die Augen, indem sie den Kopf in die Hand legte. »Ich kann doch nichts für eine schlechte Note«, sagte sie kläglich.
Schau jetzt bloß nicht triumphierend drein, flehte ich David in Gedanken an. *Schau um Himmels willen mitleidig!*
Henry gab ihr ein paar Augenblicke, um die Fassung wiederzuge-

winnen. »Ich muß Sie noch zu einem weiteren Thema befragen«, ließ er sie wissen. »Sie haben ausgesagt, daß Sie Angst um Ihr Leben hatten.«
Mandy nickte.
»Soll heißen, Sie dachten, David Blackwell werde Sie töten oder ernstlich verletzen, stimmt das?«
»Ja«, sagte sie leise.
»Das gehört bei diesem Delikt zum Tatbestand, nicht wahr?«
Nora erhob Einspruch gegen die Relevanz dieser Frage, und diesmal gab Watlin statt.
»Dachten Sie wirklich, er würde Sie töten, an Ort und Stelle im Büro? Oder Sie so schlimm verprügeln, daß Sie ins Krankenhaus gemußt hätten? Wie hätte er das erklären sollen?«
»Ich fürchtete, er würde mir irgendwelche Schwierigkeiten machen.«
»Verstehe ich richtig: Was Sie in Wirklichkeit fürchteten, war, ihren Job zu verlieren, nicht Tod oder ernstliche körperliche Verletzung.«
»Ich hatte einfach Angst, ich dachte nicht weiter darüber nach, wovor.« Henry war mit dieser Antwort hochzufrieden, doch sie setzte fort. »Aber ich erinnere mich, daß ich mir dachte, wie kann er mir das antun und mich leben lassen, damit ich es jedem erzähle?«
Von dieser Position konnte er sie nicht abbringen, also überließ er sie wieder Nora. Eine konventionelle Prozeßweisheit besagt, daß man immer versuchen soll, die letzte Fragerunde für sich zu haben, doch konventionell war Nora nie. »Keine weiteren Fragen«, erklärte sie. »Der Staat stellt den Beweisvortrag ein.«
Es schien schrecklich abrupt. Wir schreckten alle hoch und blickten zum Richter. Auch Watlin schien einen Moment lang zu brauchen, bis ihm wieder einfiel, was als nächstes kam. Zu Henry gewandt, sagte er: »Sind Sie bereit zu beginnen, Mr. Koehler?«
»Zunächst habe ich einen Antrag einzubringen, Euer Ehren. Für den Fall, daß dieser Antrag abgewiesen wird, möchte ich nochmals Officer Canales aufrufen.«
»Ist er hier?« fragte Watlin Nora.

»Er steht auf Abruf bereit, Euer Ehren. Er sagte mir, er könne in fünfzehn Minuten da sein, falls er gebraucht würde.«
Watlin sah auf die Uhr. Es war erst halb elf am Vormittag, aber er traf eine Entscheidung, die ihm wohl leichtfiel. »Also gut, wir werden die Geschworenen früher in die Mittagspause entlassen, während wir uns mit dem Antrag befassen.«
Die Geschworenen zogen im Gänsemarsch hinaus. Henry brachte seinen Antrag auf richterlichen Entscheid ein, mit der Begründung, es sei dem Staat nicht gelungen, den Beweis im Sinne der Anklage zu erbringen. Es war kein besonders nachdrücklich vorgebrachter Antrag. Mit Sicherheit lag Beweismaterial vor, das, wenn man ihm Glauben schenkte, eine Verurteilung zuließ. Ob das Beweismaterial glaubhaft war, lag bei den Geschworenen. Watlin ließ es bei ihnen.
»Der Antrag wird abgewiesen. Ich sehe beide Parteien um Viertel vor eins wieder hier.«

Wir verbrachten die verlängerte Mittagspause größtenteils in meinem Büro. Lois, Dinah und Victoria schlossen sich uns nicht an, aber Linda kam mit. »Die Sache mit dem Test hat sie mehr durcheinandergebracht, als ich erwartet hätte«, sagte Henry zu ihr.
Linda nickte. »Sie verbirgt etwas.«
Henry und ich warfen einander einen Blick zu. Er brachte seine Theorie vor David nicht zur Sprache. »Sie wissen, was wir entscheiden müssen«, sagte er statt dessen.
Alle außer David nickten. »Was?« fragte er und blickte in die Runde. Er sah so unschuldig aus. Naiv, will ich lieber sagen.
»Ob Sie aussagen sollen«, erklärte ihm Henry.
»Wie meinen Sie das? Warum sollte ich nicht?«
»Weil wir unter Umständen besser dastehen, wenn du nicht aussagst.« Ich übernahm die Erklärung. »Henry hat die Anklage ein wenig aufgeweicht. Es könnten bereits begründete Zweifel in den Köpfen der Jury bestehen. Aber wenn du dann aussagst und sie für sich beschließen, daß du lügst, wird das ihre Zweifel beseitigen. Manchmal – vielleicht sogar meistens – ist es für den Angeklagten am besten, einfach still dazusitzen.«

»Vielleicht wollen Sie sich auch nicht unbedingt dem Kreuzverhör aussetzen«, sagte Linda freundlich zu ihm.
»Nora kann nicht schlimmer mit mir umspringen als Sie beim Üben.« Ich war stolz auf ihn, als er die Galanterie aufbrachte, Linda dabei zuzulächeln. Er warf einen Seitenblick auf mich. Vielleicht galt das Lächeln ja auch mir.
»Darauf würde ich mich nicht verlassen.«
»Das ist die schwierigste Entscheidung des ganzen Prozesses«, sagte Henry. Wie wahr, dachte ich. Nach der Entscheidung, das Urteilsangebot abzulehnen. »Ich überlasse sie Ihnen.«
David sah uns alle reihum an. Sein Gesichtsausdruck war wie der des Quarterback einer High-School-Mannschaft, der eben erfährt, daß er im wichtigsten Spiel des Jahres nicht aufgestellt werden soll.

Der erste Zeuge der Verteidigung war der Streifenpolizist, der als erster am Tatort gewesen war. Er hatte bereits seine Aussage gemacht und wirkte ein wenig überrascht, noch einmal dran zu sein, und zwar als Zeuge der Verteidigung. Er sah Nora an, als hätte er etwas falsch gemacht. Henry wollte nur eines von ihm wissen.
»Haben Sie an diesem Abend Alkohol gerochen?«
»Alkohol? Nein.«
»Gab es für Sie irgendein Anzeichen, daß David Blackwell – der Angeklagte hier – getrunken hatte?«
»Nein, nichts. Er war mit Sicherheit nicht betrunken.« Der Streifenpolizist blickte Nora beifallheischend an. Dieses Schlupfloch hatte er dem Angeklagten nicht vergönnt. Nora sah nicht hoch. Sie hatte keine Gegenfragen.
Im folgenden rief Henry nochmals die anderen Zeugen von der Polizei sowie den Wachmann auf, um sie dasselbe zu fragen. Die Zeugen lösten sich rasch im Zeugenstand ab, doch die Zeit verstrich. Es würde keine Überraschungszeugen der Verteidigung geben, kein Alibi, keine Erklärung, warum die Vergewaltigung unmöglich stattgefunden haben konnte. Es würde einfach ein Kampf einer gegen den anderen sein. Und Mandy Jackson war, trotz aller Zweifel, die Henry an ihrer Aussage geweckt haben mochte, eine

verdammt gute Zeugin gewesen. Das war der einzige Grund, weshalb die Verteidigung den Angeklagten nicht als ihren ersten Zeugen aufrief. Henry wollte soviel Abstand wie möglich zwischen die beiden Hauptzeugen legen. Der Jury Zeit lassen, damit die emotionale Wirkung der Aussage des Opfers nachließ, ehe sie David hörten.

Nach den Zeugen, die zum zweiten Mal drankamen, rief Henry Leumundszeugen auf, die bestätigten, daß David in gutem Ruf für »Wahrheitstreue und Aufrichtigkeit« stand. Das Gesetz läßt eine solche Aussage nur in einer genau festgelegten Formel zu: »Kennen Sie XY? Ist Ihnen bekannt, in welchem Ruf er für Wahrheitstreue und Aufrichtigkeit steht? Wie ist dieser Ruf?« »Gut«, erklärt der Zeuge. Das war's; der nächste bitte. Wirklich sehr aufregend. Und Henry ließ sie aufmarschieren – Arbeitskollegen von David, alte Schulfreunde, ehemalige Lehrer –, bis die Anklage Einspruch gegen die Parade erhob. »Wie viele noch«, fragte Watlin Henry.

»Euer Ehren, ich kann Zeugen für den guten Ruf meines Mandanten –«

»Einspruch, Einspruch, Einspruch. Würden Sie ihn bitte hindern –«

»– noch die ganze restliche Woche kommen lassen«, vollendete Henry über Noras erhobene Stimme hinweg.

»Zweifellos«, sagte Watlin. »Aber könnten Sie sich vorstellen, daß noch einer es auch tut?«

»Aber sicher!« Henry ging vor seinen Augen rasch die Liste durch. Ich stand auch drauf, doch nur als entfernte Möglichkeit. Ich glaubte nicht, daß es klug wäre, mich zu wählen.

»Ich rufe Dinah Blackwell.«

Was? Dinah stand *nicht* auf der Liste. Sie sprang neben mir auf und war bereits im Mittelgang. Beinahe hätte ich die Hand ausgestreckt, um sie zurückzuhalten. Ich mochte keine Trapezakte, und ich hatte keine Ahnung, was Henry vorhatte.

Es war Javier, der aufstand. »Euer Ehren, ich fürchte, ich muß Einspruch erheben. Diese Zeugin zuzulassen wäre ein Verstoß gegen die Regel. Sie war fast während des gesamten Prozesses im Gerichtssaal anwesend. Hallo, Dinah.«

»Euer Ehren«, erwiderte Henry, »ich wußte nicht, daß ich diese Zeugin aufrufen würde, bis sie mich während der letzten Unterbrechung ansprach. Sie ist bloß eine Leumundszeugin; sie kann kein früheres Beweismaterial widerlegen.«
»Ich gestatte es«, sagte Watlin. *Er* mochte Trapezakte. Dadurch kam sein Name in die Zeitung.
Dinah hatte still am Tisch der Verteidigung gestanden, die Hand auf Davids Schulter, während über den Einspruch entschieden wurde. David sprach leise mit ihr. Ich hatte sie nie so vertraut gesehen. Für Dinah war das der Traum ihres kurzen Lebens. Sie nahm ihren Platz ein, die Hände ineinandergelegt.
»Gib bitte deinen Namen an.«
»Dinah Blackwell.«
»Wie alt bist du, Dinah?«
»Zehn.«
»Bist du schon jemals bei einem Prozeß dabeigewesen?«
»Zugesehen habe ich, aber ich war noch nie Zeugin.«
»Du weißt, was es bedeutet, einen Eid abzulegen?«
»Es bedeutet, daß man die Wahrheit sagen muß. Theoretisch«, setzte sie hinzu, mit einem Blick auf den Tisch der Anklage. Sie bekam den Lacher, auf den sie aus war. Selbst von Javier.
Sie legte den Eid mit klarer, tragender Stimme ab, und als ihr die formelhafte Frage nach Davids Ruf für Aufrichtigkeit gestellt wurde, antwortete sie mit allem Nachdruck: »Gut.« Und wandte sich um für das Kreuzverhör.
Javier stellte es behutsam an. »Um wieviel ist dein Bruder älter als du, Dinah?«
»Dreizehn Jahre. Er ist dreiundzwanzig.«
»Also wart ihr nie zusammen auf der gleichen Schule?«
»Nein, Sir.«
»Dann weißt du nicht, wie seine Klassenkameraden über seine Aufrichtigkeit dachten, und du hast natürlich auch nie mit ihm gearbeitet?«
»Nein, Sir. Ich arbeite nicht, ich gehe noch zur Schule.«
»Hast du deinen Bruder lieb, Dinah?«
Dinah sah David an. »Er ist ganz in Ordnung.«

Wieder schloß Javier sich dem Lachen an. »Danke. Keine weiteren –«
»Aber er *kann* nicht lügen«, platzte Dinah heraus. Sie beugte sich nach vorne vor Ernsthaftigkeit. Javier war überrumpelt und wußte einen Moment lang nichts darauf zu sagen. »Sie sollten ihn mal sehen, wenn er's probiert«, sprach Dinah schnell weiter. »Er wird rot im Gesicht und kriegt keinen Satz zu Ende. Er ist so schlecht dabei, daß er –«
»Das genügt jetzt. Einspruch.«
»– es aufgegeben hat. Er kann mich nicht anlügen, und er hat mir gesagt, daß er es nicht getan hat. Er hat nicht –«
»Euer Ehren, ich erhebe Einspruch!«
»Ja. Miss Blackwell, hören Sie jetzt auf. Miss –«
Jetzt lachte niemand. Dinah sah aus, als würde sie gleich anfangen zu weinen. Sie wurde still, immer noch so weit vorgelehnt, daß sie fast vom Stuhl fiel. Sie sah jetzt die Geschworenen an. Sie waren zu verlegen, ihren Blick zu erwidern.
Ich blickte zu Lois, die ihrerseits Dinah gespannt beobachtete, auf dieselbe Art, wie sie unserer Tochter bei Schulaufführungen zugeschaut hätte, nur ohne das kleinste Lächeln. Lois nickte kaum merklich, wie sie es auch getan hatte, wenn sie zu Hause Dinahs Text mit ihr durchgegangen war.
Als Dinah entlassen wurde, ging ich ihr an die Gattertür entgegen. Sie setzte sich mit gesenktem Kopf neben mich, und ich hielt die nächste Stunde meinen Arm um sie gelegt. »Es ist wahr«, murmelte sie mir zu.
Als ich wieder hochsah, saß David bereits im Zeugenstand. Es war mir eine Qual, ihn dort zu sehen. Er hielt sich kerzengerade auf dem Stuhl, steif wie ein Toter. Er blickte zur Seite auf die Geschworenen, erinnerte sich, daß er ihnen in die Augen sehen sollte, versuchte es, aber schaute kurz darauf wieder weg. Bald nach Beginn seiner Vernehmung kam ihm die aufrechte Haltung abhanden, und seine Stimme begann abzuflachen. Watlin mußte ihn mehrmals auffordern, lauter zu sprechen. Ich habe unzählige Leute gesehen, auf die der Zeugenstand diese Wirkung hatte. David war betreten, weil er dort saß, und seine Betretenheit wirkte

wie Schuld. Er fing an, genauso auszusehen, wie Dinah beschrieben hatte, daß er aussah, wenn er zu lügen versuchte. Er zögerte, kam ins Stottern, sagte den Satz nicht zu Ende und versuchte, noch mal von vorn anzufangen.
Aber als er erst einmal mit seiner Version der Ereignisse des dreizehnten April halbwegs in Fahrt gekommen war, machte es nicht wirklich einen Unterschied, wie gut er sie erzählte. Über den ganzen Gerichtssaal senkte sich ehrfürchtige Stille. In ihr war Davids Stimme ein winziges, fragiles Instrument, ein trockenes Flüstern über der Prärie.
Henry versuchte, den Wurm aus der Geschichte rauszukriegen, indem er selbst nachstocherte. »Sie hat sich selber gekratzt?«
»Ja. Das hat sie.«
»Und sie riß sich selber die Kleider herunter.«
»Ja.«
»Wie kam ihre Haut unter Ihre Fingernägel?«
»Ich hab sie wohl gekratzt, als ich versuchte, sie zu stoppen, und sie vor mir zurückwich. Sie kratzte mich auch.«
Als der Bericht sich seinem Ende näherte, wurde David lebhafter. Endlich begann er, glaubhaft zu klingen. Für mich jedenfalls tat er es. Zum Wer-weiß-wievielten-Mal dachte ich über die Folgerungen aus seiner Geschichte nach. Warum war es passiert? Was bedeutete es? Bei der Antwort auf Henrys nächste Frage wandte David sich den Geschworenen zu, halb über das Geländer vor ihm gebeugt.
»David. Haben Sie Mandy Jackson vergewaltigt?«
»Nein. Das habe ich nicht. Ich würde sowas niemals tun. Ich war es nicht.«
Einige von den Geschworenen erwiderten seinen Blick, nicht alle. Im Verlauf der nächsten paar Fragen schweiften ihre Blicke von ihm ab.
»Sind Sie mit Ihrem Geschlechtsteil in ihres eingedrungen?«
»Nein!«
»Oder in ihren Mund?«
»Nein! Nein!«
»Von der angeblichen Vergewaltigung mal abgesehen: Haben Sie

sonst irgendwas getan, wodurch Mrs. Jackson den Eindruck bekommen konnte, Sie wollten sie verletzen oder töten?«
»Nein, gar nichts. Ich stand bloß da wie ein Idiot.«
Henry nickte. Er saß da, als wäre seine Arbeit getan. Er sah nicht hinunter auf seine Notizen, sondern unverwandt auf David. Dann, als könne er seine eigene Neugier nicht länger zurückhalten: »David, ich muß das fragen: Warum sollte sie das tun?«
Nora stieß ihren Stuhl zurück, doch Javier legte ihr schnell eine Hand auf den Arm und beugte sich an ihr Ohr. Sie blieb, wo sie war.
David im Zeugenstand sah nachdenklich und leicht verwirrt drein, als wäre ihm diese Frage zum erstenmal gestellt worden. »Der einzige Grund, den ich mir vorstellen kann, ist Geld«, antwortete er langsam. »Daß es eine Art Erpressungsplan war.«
»Wieviel verdienen Sie im Jahr, David?«
»Zweiunddreißigtausend Dollar.«
»Was tragen Sie im Büro?«
»Anzug und Krawatte.«
»Welchen Wagen fahren Sie?«
»Einen Buick Regal. Wir haben ihn letztes Jahr gekauft.«
»Als Sie festgenommen wurden, im April, gab es da irgendein aktuelles Ereignis, weswegen man im Büro über Sie hätte reden können?«
»Mein Vater war kurz zuvor Bezirksstaatsanwalt geworden, wenn Sie das meinen ...«
»Ihre Familie war in die politische Prominenz aufgerückt.«
»Na ja, ich schätze, manche Leute sehen das so.«
»Eines noch, David. Könnte Mandy Jacksons Motiv für das hier Zurückweisung gewesen sein?«
David wirkte so aufrichtig verwirrt, daß ich sicher war, daß Henry ihm die Frage noch nie zuvor gestellt hatte. »Ich – ich weiß nicht genau, was –«
»Hatte sie Ihnen je sexuelle Anträge gemacht?«
»Mandy? Nein, nie.«
»Nun, dann geflirtet. Hatte sie Ihnen je kleine Hinweise gegeben, daß sie nicht abgeneigt wäre?«

David schaute drein, als wollte er Henry privat beiseite nehmen. Sein Blick war beinahe drohend. »Es gab niemals irgendwas Derartiges. Zwischen uns gab es nichts Persönliches.«
»Ich gebe den Zeugen weiter.«
Auf diese Worte wartet jeder Ankläger, wenn der Angeklagte im Zeugenstand ist. Ich sah zu Nora, keineswegs überrascht, daß sie den Moment auskostete. Es gibt so viele Faktoren, die den Auftritt eines Angeklagten als Zeuge verhindern können: daß er Vorstrafen hat, von denen sein Anwalt nicht will, daß sie herauskommen; daß seine Aussage nicht notwendig ist und der Anwalt ihn nicht einem Kreuzverhör aussetzen will; oder einfach, daß er keinen guten Zeugen abgibt. In weniger als der Hälfte aller Strafprozesse bekommt der Ankläger Gelegenheit den Angeklagten ins Kreuzverhör zu nehmen. Einen wie David vorgesetzt zu bekommen, mit einer Verteidigung, wie er sie eben abgegeben hatte, ist der Wunschtraum jedes Staatsanwalts.
Zu meiner Überraschung war es Javier, der das Kreuzverhör führte. Auf ihn hatte ich nicht einmal geachtet. David erzählte mir nachher, er habe mit verwirrtem Gesicht vor ihm gestanden, ehe er seine erste Frage stellte.
»Wieviel Geld hat Mrs. Jackson von Ihnen verlangt?« fragte Javier höflich. Sein Füller war gezückt, während er darauf wartete, die Antwort niederzuschreiben. Sieh dich vor, dachte ich.
»Sie hat kein Geld von mir verlangt«, antwortete David.
»Oh.« Die Verwirrung kehrte in Javiers Gesicht zurück. Ich konnte es nicht sehen, aber ich hörte sie. »Aber ich dachte, Sie hätten gesagt, daß sie Sie zu erpressen versuchte.«
Ich sah, daß Henry unruhig herumrutschte. Javiers Befragungsstil war nun mal so. Er gab einem das Gefühl, man sollte Einspruch erheben, aber es fiel einem kein Grund ein. Die einzig zutreffende Argumentation wäre gewesen: Euer Ehren, er versucht meinen Mandanten als Lügner dastehen zu lassen. Damit konnte niemand Einspruch erheben.
»Ich sagte, daß ich *glaube*, es müsse der Grund für sie sein«, erklärte David. »Weil ich mir keinen anderen Grund denken kann.«

»Aha. Sie hat aber kein Geld von Ihnen verlangt?«
»Nein.«
»An diesem Abend zumindest nicht?«
»Nein.«
»Das war im April?«
»Ja, Sir.«
Javier zählte es an den Fingern ab. »Mai, Juni, Juli, August. Das ist vier Monate her. Hat sie in den letzten vier Monaten, seit es passiert ist, Geld von Ihnen verlangt?«
»Nein.« David war sich bewußt, wie das klang. Und Javier ließ es ihn erklären. »Nun, ich denke, nachdem die Polizei kam und die ganze Geschichte öffentlich wurde, konnte sie nicht mehr.«
Javier sann darüber nach. »Wissen Sie, bei wievielen Festnahmen es tatsächlich zu einem Prozeß kommt?« fragte er schließlich.
»Einspruch. Verleitet zu Spekulationen.« Bravo! Henry hatte an den richtigen Einspruch gedacht.
Javier wandte sich an Watlin. »Sein Vater ist der Bezirksstaatsanwalt – das ist aktenkundig. Ich nehme daher an, der Angeklagte weiß einiges über das Strafrecht.«
Watlin zögerte. Er wollte nicht so aussehen, als nähme er den Zeugen in Schutz. »Sie können antworten, Mr. Blackwell, wenn Sie es wissen.«
David reagierte auf diesen Wink mit dem Zaunpfahl nicht. »Ich bin nicht sicher, aber ich weiß, nicht alle.«
»Die ganze Zeit werden Fälle eingestellt. Haben Sie je darüber gehört oder gelesen, daß Fälle vor einer Verhandlung eingestellt wurden?«
»Ja, Sir.«
»Können Sie sich nicht vorstellen, daß Mandy Jackson in diesem eine Einstellung hätte erwirken können, wenn sie gewollt hätte? Wenn Sie zum Beispiel ihre Forderung erfüllt hätten?«
Henrys Einspruch wurde diesmal stattgegeben, nutzloserweise. Die Jury hatte die Frage bereits gehört. Der Richter wies sie in aller Form an, sie nicht zu beachten. Recht so.
»Also hat sie zu Ihnen überhaupt nichts über Geld gesagt, ist das richtig?«

»Das ist richtig.«
»Was *hat* sie gesagt?«
»Während sie sich die Kleider runterriß, sagte sie gar nichts.«
»Tat sie sonst was, gab sie irgendwelche Geräusche von sich?«
David kramte in seinem Gedächtnis. »Ich kann mich an keine erinnern.«
»Sie haben die Aussage des Wachmanns gehört, daß sie weinte, als er hereinkam?«
»Oh. Ja, dann weinte sie.«
»Dann? Sie meinen, vorher weinte sie nicht?«
»Ich kann mich jedenfalls nicht erinnern.«
»Sie wollen sagen, sie fing just in dem Augenblick zu weinen an, als jemand anders im Raum erschien?«
»Na ja, es war das erste Mal, daß sie laut aufschluchzte. Vielleicht hat sie schon vorher geweint, aber es war mir nicht aufgefallen.«
Wenn Javier eine Antwort bekam, die ihm gefiel, schrieb er sie umständlich auf und ließ so die Worte im Raum stehen. Diese schrieb er sich auf.
»Lassen Sie mich wegen dieser Sache mit dem Flirten fragen, obwohl ich mir der Relevanz nicht wirklich sicher bin –«
Henry sprang auf: »Euer Ehren, ich erhebe Einspruch gegen diese Randbemerkung. Ich werde die Relevanz erklären, wenn es Zeit für die Plädoyers ist.«
»Jetzt muß ich Einspruch gegen *diese* Randbemerkung erheben, Euer –«
»Lassen wir auf beiden Seiten die Randbemerkungen weg und machen wir lieber weiter.« Im Saal wurde es wieder heiß und Watlin gereizt.
Während Henry sich wieder setzte, fragte Javier: »Jedenfalls gab es nie irgendwelches Geflirte?«
»Nein, Sir. Nie.«
»Warum nicht?«
»Warum nicht?« David sah sich im Saal nach einer Antwort um und stieß auf Victoria. »Ich bin ein verheirateter Mann, ich flirte nicht mit anderen Frauen.« Mir wäre eine bessere Antwort eingefallen.

»Aber wenn doch, hätten Sie dann vielleicht mit Mandy Jackson geflirtet?«
»Ein-«, begann Henry, und Javier fügte hinzu: »Ich will es anders formulieren. Finden Sie Mandy attraktiv?«
»Ich weiß nicht. Ich hab nie darüber nachgedacht.« Dinah hatte recht: David war ein lausig schlechter Lügner. Er konnte es ums Verrecken nicht.
»Nun, denken Sie jetzt darüber nach. Ist sie?«
Henry fühlte sich verpflichtet, David herauszuhauen. »Euer Ehren, was er heute von ihrer Attraktivität halten mag, ist nicht relevant. Wenn er vorher nicht darüber nachgedacht hat –«
»Ich schätze, das ist es nicht. Stattgegeben.«
Javiers Stimme war immer noch sanft. »Sie meinen, Sie haben sie nie als Frau beurteilt? Sie war immer bloß die Putzfrau?«
In der Jury saßen keine Schwarzen, aber Leute mexikanischer Abstammung. Wir alle warteten gespannt auf Davids Antwort. Ich wandte langsam den Kopf und sah hinten im Saal Linda, die ihn mit undurchdringlichem Blick anstarrte. War das ein weiterer Grund, weshalb sie so mit Mandy Jackson gefühlt hatte?
»Nein, das meine ich nicht«, sagte David intelligenterweise.
»Dann haben Sie sie also doch als Frau gesehen. Wenn sie in Ihrem Büro ein und ausging, dachten Sie sich da jemals: Das ist aber eine gutaussehende Frau?«
David sah auf seine Hände hinunter. Er konnte weder Victoria noch die Geschworenen noch irgendwen sonst anschauen. »Möglich«, murmelte er.
»Möglich? Sie meinen, das dachten Sie sich bei einer Menge Frauen, also möglicherweise auch bei ihr?«
»Einspruch.«
Viele Ankläger hätten die Frage zurückgezogen, doch Javier wartete höflich ab, bis über den Einspruch entschieden war, und sah ein wenig überrascht drein, als ihm stattgegeben wurde. »Tut mir leid, Euer Ehren, ich will versuchen, das besser zu formulieren. David, fanden Sie Mandy Jackson gutaussehend?«
Henrys Einspruch wurde abgewiesen. »Ja«, murmelte David.
»Sexy?«

»Das kann ich nicht sagen.«
»Dachten Sie je daran, mit ihr zu schlafen?«
David blickte auf; er war rot geworden. »Nein«, sagte er scharf.
»Nein?« wiederholte Javier. Er hatte einen schwach tadelnden Ton in der Stimme. »Ihr Verstand schreitet nicht von einem zum nächsten fort, vom Anblick einer gutaussehenden Frau zum Gedanken, einmal mit ihr zu schlafen?«
David war nicht mehr ganz so hastig. »Nicht –« Er stotterte ein wenig. »Nicht automatisch«, sagte er schließlich und sah wieder nach unten.
Javier gab ein ungläubiges oder überraschtes Geräusch von sich, zu schwach, um einen Einspruch wert zu sein. Ich kannte den Ausdruck auf seinem Gesicht. Es schien so, als erforsche er sein eigenes Gewissen und frage sich, ob er wohl der Abnormale sei.
»Ich gebe den Zeugen weiter.«
Henry begann mit einer gänzlich unzulässigen Frage. »David.« Er wartete, bis dieser hochsah. »Man hat Ihnen in diesem Fall eine Absprache angeboten, nicht wahr?«
Er nahm den Einspruch wegen Irrelevanz hin und kehrte dann zum selben Thema zurück. Das ist ein Vorteil, wenn man Verteidiger ist. Der Staatsanwalt muß sich stets Sorgen wegen möglicher Revisionsgründe machen, doch der Anwalt des Angeklagten kann jede verdammte Frage stellen, die ihm paßt. Ihm macht es nichts aus, wenn der Fall in der Berufung aufgehoben wird. Oft ist das eines seiner Ziele.
»Warum haben Sie das Angebot nicht angenommen, David?«
Wieder wurde dem Einspruch stattgegeben, dann nickte Henry seinem Mandanten zu, und David sagte: »Ich wollte mich nicht schuldig bekennen, weil ich es nicht bin. Egal, was man mir anbot, ich wollte nicht erklären, ich hab's getan.«
So aufrichtig hatte David den ganzen Nachmittag noch nicht geklungen, aber Henry mußte gewußt haben, daß Richter Watlin Javiers Frage im Nachverhör zulassen würde, weil Henry sie herausgefordert hatte. Und Javier fragte David: »Bei dem Angebot für eine Absprache ging es um eine Gefängnisstrafe, nicht wahr?«
»Ja.«

Die Vernehmung des Angeklagten schleppte sich mit weniger und weniger Fragen in jedem Durchgang dem Ende zu. Javiers Ton, als er den Zeugen zum letzten Mal weitergab, besagte, daß es keinen Sinn mehr hatte, ihn noch weiter zu befragen. Die letzten Worte waren Davids wiederholte Unschuldsbeteuerung, immer noch leidenschaftlich, wenn auch schon etwas müde.
Die Verteidigung stellte den Beweisvortrag ein.

Die Reporter führten sich auf wie Hundertmeterläufer. Einer stand hinten an der Tür, und sobald Watlin sich an die Geschworenen wandte und sagte: »Ich werde Sie nun entlassen«, war er draußen. Er war Fernsehreporter; es war fast fünf Uhr, und sein Kameramann hatte bereits auf dem Bürgersteig vor dem Gerichtsgebäude aufgebaut. Seinen Einleitungssatz hatte er.
Nach dem Abgang der Jury sagte Watlin zu den Anwälten: »Reden wir über die Fragestellung an die Geschworenen«, und deutete mit einer Neigung des Kopfes zur Tür, die in sein Zimmer führte. Henry verzögerte lang genug, um mir noch eine Frage stellen zu können: »Nehmen wir ›minder schwer‹ mit rein?«
»Natürlich«, erwiderte ich. Für die Verteidigung erhebt sich die Frage, ob man den Geschworenen gestatten will, auch einen Schuldspruch wegen eines in der Anklage eingeschlossenen minder schweren Delikts zu fällen, in diesem Fall wegen einfacher sexueller Nötigung, oder ob man sie zu einer Alles-oder-nichts-Entscheidung zwingt. So wie ich mich jetzt fühlte, wollte ich ihnen den Mittelweg offenlassen.
Außerdem wäre es ein Revisionsgrund, wenn Henry den Antrag stellte und Watlin ihn womöglich ablehnte. Mit Sicherheit hatte die Beweisaufnahme es als möglich erscheinen lassen, daß David Mandy Jackson zwar sexuell genötigt, sie jedoch nicht in Furcht vor Tod oder ernstlicher körperlicher Verletzung versetzt hatte. Das ist es, wozu eine Beratung über die Fragestellung normalerweise dient; für den Versuch, den Richter zu einem Fehler zu verleiten.
Nachdem Anwälte und Richter sich entfernt hatten, leerte sich der Gerichtssaal schnell. David war immer noch im Zeugenstand;

seine Anspannung hatte sich nicht gelegt. Ich glaubte zu wissen, was er empfand. Da mußte noch etwas gewesen sein, das er hätte sagen können, etwas, daß sie vorbehaltlos für ihn eingenommen hätte. Er versuchte darüber nachzudenken, was es war. Vielleicht wäre er am liebsten hinter den Geschworenen hergelaufen und hätte es ihnen noch einmal erklärt. »Hören Sie mal«, würde er sagen, ohne Beschränkungen durch Fragestellung oder Beweisregeln, »ich weiß, es klingt verrückt, aber verrückte Dinge passieren eben, wissen Sie? Manchmal gibt es keine Erklärung.« Und wenn der Geschworene einfach nur irgendein Typ auf dem Barhocker nebenan wäre, würde er nachdenklich nicken.

»Gut gemacht«, sagte ich zu ihm, als ich ihn aus dem Zeugenstand holte. »Du hast unschuldig ausgesehen, das allein zählt. Es wird ihnen gefallen.«

»Sie müssen mir glauben«, murmelte er. »Sie müssen!«

Wir gingen an der Reporterin Jean Palmer vorbei, die immer noch in der ersten Reihe saß. Sie notierte sich, was David eben gesagt hatte. Er sah sie und blieb stehen. »Ich hab's nicht getan! Schreiben Sie das in Ihrer Zeitung! Vielleicht sehen die Geschworenen es morgen früh. Ich schwöre bei Gott, ich war's nicht!«

»Der Richter hat sie darüber belehrt, keine Berichte über die Verhandlung zu lesen«, erklärte Ms. Palmer. Ich hätte fast laut aufgelacht.

Als Henry herauskam, wartete ich als einziger auf ihn. »Sie haben mich überrascht, als Sie Dinah aufriefen«, sagte ich. »Aber für Lois war es wohl keine Überraschung. Es war ihre Idee, nicht?«

»Ja.« Henry klang völlig neutral. Wenn ich Streit suchte, dann bitte nicht mit ihm, sondern mit meiner Frau.

»Was hat sie Ihnen noch geraten?«

»Sie nicht als Zeugen aufzurufen.« Ich fing an zu protestieren. »Oder sie selber. Sie dachte, es wäre nutzlos. Und sie meinte, man sollte David im Zeugenstand lügen lassen.«

Ich seufzte. »Meine Frau hat nicht viel Respekt vor meinem Lebenswerk. Wenn sie könnte –«

Henry schüttelte den Kopf. »Nein. Sie wollte nur den Kontrast.

Sie haben ihn ja gesehen, als er bestritt, daß er je darüber nachgedacht hat, ob Mandy attraktiv ist. Der offensichtlichste Lügner, den man je gesehen hat. Aber als er seine eigene Geschichte erzählte...«

Ich verstand, was Lois gemeint hatte. »Er klang aufrichtig.«

»Hoffen wir's«, sagte Henry.

Als ich am nächsten Morgen um acht auf dem Parkplatz aus dem Auto stieg, hatte es achtundzwanzig Grad. Der Grasstreifen neben dem Bürgersteig war so trocken und gelb wie ein Strohbesen. Im Gerichtssaal schien bereits die Hitze zu stehen. Die Geschworenen wirkten schläfrig.

Watlin eröffnete die Sitzung mit der Verlesung der Fragestellung und der Rechtsbelehrung durch das Gericht, jenen Instruktionen, welche die Jury ermächtigen, einen Schuldspruch zu fällen, wenn sie bestimmte Feststellungen für wahr befinden, und sie anweisen, andernfalls freizusprechen. Die Instruktionen beinhalten Definitionen, Präsumtionen und Tatbestandsmerkmale. Es gibt einen umfänglichen Kodex von ›Bestimmungen zur Geschworenenbelehrung‹, in dem aufgeführt ist, was in die Fragestellung hinein muß und was nicht hinein darf oder was zulässig ist, wenn im Verlauf des Prozesses bestimmte Beweismittel auftauchen. Alles nutzlos!

Watlin verlas die Belehrung mit theatralischer Inbrunst, als hätte er selber sie verfaßt. Die Geschworenen nickten dazu. Wir erklären feierlich die gesetzlichen Voraussetzungen. Sie tun feierlich so, als hörten sie zu. Dann gehen sie in dieses Geschworenenzimmer und tun genau das, was sie wollen.

»Ist der Staat bereit«, schloß Richter Watlin.

»Ja, Euer Ehren.«

»Sie können beginnen. Jede Seite hat dreißig Minuten.«

Javier eröffnete für den Staat; das war die untergeordnete Position. Nora hatte einmal mehr die Führung des Falles übernommen. Javier tat seine Pflicht, legte die Merkmale des Tatbestandes dar und erläuterte, daß sie das einzige waren, was der Staat beweisen mußte. Nicht das Motiv, nicht die jeweilige Vorgeschichte.

Nur das eine: Beging der Angeklagte an diesem Tag diese Tat und verursachte er bei seinem Opfer diese Reaktion? Eben dies habe der Staat bewiesen.
Javier schloß mit den Worten: »Die Menschen neigen dazu, sich von Vergewaltigung zu distanzieren. Sie wenden sich ab von der Brutalität. Sie suchen nach einem Weg, die Schuld dem Opfer zuzuschieben, denn dadurch fühlen sie sich sicher vor dem gleichen schrecklichen Verbrechen. Sie sagen: Das hätte mir, meiner Frau, meiner Tochter nicht passieren können, denn wir hätten uns anders verhalten als diese Frau. Sie war am falschen Ort oder machte eine Dummheit. Sie hatte das Falsche an oder redete mit dem falschen Mann. Sie reizte ihn, bis es ihr leid tat.
Was tat Mandy Jackson? Sie arbeitete. Sie hat keinen Mann, und sie hat zwei Kinder zu ernähren, auf die einzige ihr mögliche Weise. Am dreizehnten April tat sie nichts als ihre Arbeit. Sie war nicht in einer Bar, nicht im Bikini am Strand. Sie tat ihre Arbeit und dies, mit Unterbrechungen, seit dem frühen Morgen. Diese Arbeit führte sie, zu ihrer Überraschung, allein mit diesem Mann zusammen, in einem dunklen Büro auf einer menschenleeren Etage eines Bürogebäudes, und mehr brauchte es nicht. Hat Mandy Jackson es herausgefordert? Ist es das, was sie am Ende eines langen Tages wollte, sich die Kleider herunterreißen und das Gesicht zerkratzen lassen? Gedemütigt werden? Ausgeschlossen, daß Sie das glauben können.
Sie haben in diesem Prozeß zwei Geschichten gehört. Die einzige Frage, die Sie sich zu stellen brauchen, ist, wessen Geschichte Sinn ergibt? Die Antwort auf diese Frage liegt auf der Hand, und das bedeutet, Ihr Spruch muß lauten: Schuldig.«
Er hatte nicht die Stimme erhoben und sie nicht geschulmeistert. Er war ihr Freund und machte ihnen die Entscheidung leicht. Die Geschworenen saßen unbewegt da, aber als ich nach hinten schielte, sah ich Zuschauer nicken.
Nun war die Reihe an Henry, und er war brillant. Ich persönlich glaube zwar, daß Geschworene sich lange vor Ende der Beweisaufnahme eine unerschütterliche Meinung bilden, aber wenn ein Plädoyer Geschworene ins Wanken bringen kann, dann brachte

Henry sie ins Wanken. Er begann ansatzlos mit einer Entgegnung auf Javiers Plädoyer.
»Der Staatsanwalt hat Ihnen gesagt, daß Mandy Jackson diese Vergewaltigung, die sie bezeugte, nicht im mindesten herbeiführen wollte – aber wollte David Blackwell das? Auch für ihn war es das Ende eines langen Tages. Er war seit mehr als zwölf Stunden im Haus. Und lauerte einer Frau auf, von der er nicht einmal wußte, daß sie kommen würde? Und bedenken Sie folgendes: Er arbeitete seit zwei Jahren dort. David Blackwell wußte, daß nachts ein Wachmann Dienst tat. Er wußte, daß er mit so etwas unmöglich davonkommen konnte. Warum in aller Welt sollte er es denn riskieren? Warum sollte er seinen guten Job aufs Spiel setzen, seine Ehe, sein Glück?«
Er machte eine Pause, um sie die Wahrscheinlichkeiten abwägen zu lassen. Als er wieder hochsah, hatte er Thema und Ausdrucksweise gewechselt. Kleinlaut trat er an das Geländer der Geschworenenbank. »Noch etwas hat der Staatsanwalt Ihnen gesagt. Er hat Sie aufgefordert, die Geschichten zu vergleichen. Und was bekommen Sie, wenn Sie das tun? Was haben Sie dann auf David Blackwells Seite?« Er zuckte die Achseln. »Eine verrückte Geschichte. Verrückt. Eine Frau kommt rein und fängt an, sich selber die Kleider runterzureißen. Täuscht ihre eigene Vergewaltigung vor. Warum? Vielleicht für Geld, doch sie fordert kein Geld. Vielleicht hat sie sich verrechnet, vielleicht sollte der Wachmann nicht reinkommen, als er es tat. Vielleicht sollte jemand anders reinkommen, mit einer Kamera. Ich schätze, hin und wieder hören wir, daß solche Dinge passieren, aber trotzdem – eine verrückte Geschichte. Gewiß nicht die Art Geschichte, die Sie sich als Verteidigung aussuchen würden. Sie könnten sich eine bessere ausdenken, wenn Sie sich eine ausdenken müßten, da bin ich sicher.«
Nora schüttelte den Kopf, doch Einspruch erhob sie nicht.
»Und das eine möchte ich Sie fragen«, fuhr Henry fort. »Was, wenn es wahr ist? Was, wenn es so passiert ist? Ich will nicht sagen: Denken Sie, daß es so war; ich meine nur: Überlegen Sie, was es bedeutet, wenn David Blackwells Geschichte wahr ist? Was folgt daraus?

Wenn es also überhaupt keine Vergewaltigung gab, dann dürfte es auch keinen medizinischen Nachweis einer Vergewaltigung geben. Es dürfte keine Samenspuren geben. Und es gab keine. Es dürfte kein körperliches Indiz dafür geben, daß in Mandy Jacksons Geschlechtsteil eingedrungen wurde. Und es gab keines. Ich habe Mrs. Jackson ein paar sehr unangenehme Fragen gestellt. Jetzt kann ich erklären, warum. Ich fragte, ob sie sexuell erregt war. Sie bestritt es vehement, und ich glaube ihr. Ich fragte, ob sie während der sexuellen Nötigung feucht war. Sie sagte nein, ganz und gar nicht. Und sie erklärte, sie wehrte sich die ganze Vergewaltigung hindurch.

Was aber ergab die medizinische Beweisaufnahme? Keine Scheidenrisse. Keine Abschürfungen der Scheideninnenwand. Doch wenn es passierte, wie sie es schilderte, wenn sie trocken war und Gewalt angewendet wurde, wäre es zu Rissen gekommen. Was sagte der Amtsarzt aus? Er sagte, daß es bei einer Vergewaltigung manchmal keine Risse gibt, weil das Opfer sich fügt, sich nicht wehrt. Mandy Jackson aber erzählte Ihnen, daß sie sich wehrte. Wieso blieb sie dann unverletzt? – Ich frage Sie nochmals: Was, wenn wahr ist, was David Blackwell Ihnen erzählt hat? Dann käme bei der medizinischen Beweisaufnahme genau das heraus, was dabei herausgekommen ist.

Dann die Sache mit seiner Krawatte. Vielleicht ist das unbedeutend. Aber für mich klingt es komisch. Der Wachmann sagte, David Blackwell sei vollständig angezogen gewesen, als er hereinplatzte. Er hatte sogar seine Krawatte um. Mandy Jackson sagte, daß er sie die ganze Zeit nicht abgenommen hat. Behält ein Mann beim Vergewaltigen die Krawatte um? Tut er das? Behält er die Kleider soweit an, daß er sich in der Zeit, die ein Wachmann braucht, um einen Flur entlangzulaufen, vollständig wieder anziehen kann? Oder stützt das nicht David Blackwells Darstellung, daß er nie eines seiner Kleidungsstücke ablegte, weil er nie eine Vergewaltigung beging?

Und wenn wahr ist, was er Ihnen erzählte, was würde er dann zu dem Wachmann sagen, wenn er hereingestürzt kommt? Würde er nicht so was sagen wie ›Joe, Gott sei Dank, daß Sie da sind. Sie ist

durchgedreht‹? Genau das, was er gesagt hat, nach Aussage von beiden.«
Er unterbrach und ließ sie alles zusammenzählen. Henry stand direkt vor den Geschworenen. Sein Kopf drehte sich langsam, während er jeden einzelnen von ihnen ansah.
»Sehen Sie sich das ganze Beweismaterial an. In den letzten zwei Tagen haben Sie mehr als nur zwei Geschichten gehört; sie haben eine Fülle von Fakten kennengelernt. Und worauf laufen sie hinaus: Wenn wahr ist, was David Blackwell Ihnen erzählt hat, paßt alles andere ganz genau dazu. Doch wenn es passierte, wie Mandy Jackson es erzählte, ergibt nichts sonst einen Sinn. Es gibt nirgendwo eine Bestätigung für ihre Geschichte.«
Ich konnte den Mienen der Geschworenen nichts entnehmen. Für mich klang Henry logisch, doch diese Gesichter waren aus Stein. Worte hinterließen darauf keine Spuren. Ich mußte ihn nachher fragen, ob er aus der Nähe etwas gesehen hatte, daß mir im Zuschauerraum entgangen war. Ich bezweifelte es.
»Aus den Fakten ergibt sich auch eine Erklärung. Sie zeigen uns eine Frau, die ein schweres Leben hat. Sie ist Putzfrau und verdient nicht viel Geld, hat aber zwei Kinder zu unterhalten. Sie ist ehrgeizig und gibt sich nicht damit zufrieden zu bleiben, wo sie ist,und das verlangt unsere Anerkennung. Zunächst versucht sie auf die ehrenwerte Art, es weiterzubringen. Sie geht auf die Universität. Aber die Uni kostet viel Zeit: Es wird noch zwei Jahre dauern, vorausgesetzt, sie kriegt mit ihrem Examen gleich eine gute Stelle, während doch Akademiker massenweise arbeitslos sind. Und dann hat die Universität noch einen Haken: Sie ist teuer. Sehr teuer. Sie verschuldet sich mehr und mehr, um das Geld aufzubringen. Und was hat sie bisher für sich und ihre Kinder erreicht? Nichts, außer ihnen das Leben noch schwerer zu machen.
In der Zwischenzeit, während sie tagtäglich ihrer Arbeit nachgeht, sieht sie Leute, deren Leben viel leichter erscheint als ihres. Die Männer tragen im Büro Anzug und Krawatte, sie fahren schöne Autos, kassieren eine Menge mehr Geld, als sie je gesehen hat. Sie müssen ihr reich vorkommen.

Und einer von ihnen ist plötzlich nicht bloß reich, er gehört auch noch zu einer prominenten Familie. Einer Politikerfamilie. Einer Familie, die sich keinen Skandal leisten kann. David Blackwells Familie.
Mandy ging an diesem Morgen wie üblich zur Arbeit. Sie schnappte auf, wie jemand sagte, daß David an diesem Abend lange dableiben würde. Und in ihr entstand ein Plan. Ein Plan vielleicht, den sie bereits im Kopf trug, jetzt aber wurde er konkret: Sie geht von der Arbeit in die Vorlesung, doch den Plan wird sie nicht los. Er geht ihr im Kopf herum. Sie kann sich nicht auf den Test konzentrieren, den sie schreibt, und so bekommt sie die schlechteste Note, die sie je gehabt hat. Vielleicht sucht sie sich einen Helfer. Vielleicht war alles schon vorbereitet, und dies war die Gelegenheit.
Als sie an diesem Abend zurück zur Arbeit kommt, wartet sie ab, bis David allein in seinem Büro ist. Und sie geht hinein und fängt wortlos an, sich die Kleider vom Leib zu reißen.
Und das, meine Damen und Herren, ist eine Version der Ereignisse, die durch die Beweislage erhärtet wird.«
Ich dachte, daß sei seine Schlußbemerkung, doch Henry hatte noch etwas zu sagen.
»Die Flirtgeschichte«, erklärte er nach einer kurzen Pause. »Das heißt, die Frage, ob geflirtet wurde. Es wurde nicht. Beide bezeugen das. Sie haben es mit Nachdruck bestritten, und ich glaube ihnen. Es gab nie verstohlene Blicke, die zwischen ihnen hin und her gingen. Nie eine Veränderung in Mrs. Jacksons Haltung oder Gang, um in David Blackwell die Vorstellung entstehen zu lassen, sie würde Avancen, die er ihr unter Umständen zu machen geneigt war, vielleicht nicht zurückweisen. Sie tat nichts – *nichts* –, um anzudeuten, sie könnte an ihm ein sexuelles Interesse haben. Und er tat seinerseits auch nichts, um ihr einen derartigen Hinweis zu geben.«
Henry war zurückgegangen, bis er hinter David stand. Die Jury konnte nicht anders als ihn anschauen, meinen dreiundzwanzigjährigen Sohn, auf dem meistbeachteten Platz im ganzen Raum. Ich konnte Davids Gesicht nicht sehen, aber ich kannte es. Steif

und für sein Alter zu verantwortungsvoll, war es doch unweigerlich jungenhaft.
»Mrs. Jackson sagte, daß er sich benahm, als wäre er betrunken, doch alle anderen Zeugen erklärten ohne Ausnahme, es habe kein Anzeichen dafür gegeben, daß David getrunken hatte. – Er hatte sich nicht ›Mut angetrunken‹.
An diesem Abend also, ohne daß irgend etwas ihn verleitete, griff er sie körperlich an. Wenn Sie ihre Geschichte glauben, dann war das keine mißlungene Verführung. Es war eine vorsätzliche Vergewaltigung. Es war keine Schäkerei, die zu weit ging, es war eine regelrechte körperliche Nötigung. Sie haben Mrs. Jackson gesehen. Sie ist eine eindrucksvolle Frau. Keine, mit der man herumspielt. Und jetzt sehen Sie sich David Blackwell an. Glauben Sie das? Können Sie sich ihre Version überhaupt vorstellen? Die ganze Zeit hat er nicht eine zweideutige Bemerkung zu ihr gemacht, und plötzlich vergewaltigt er sie?«
Henry schüttelte den Kopf. »Nein. Nein! Sehen Sie sich die Beweislage an, sehen Sie sich die Beteiligten an, und Sie *müssen* einen begründeten Zweifel an der Anklage haben. Vergessen Sie den Glauben, reden wir vom Zweifel. Können Sie Mandy Jacksons Geschichte glauben, ohne jeden Zweifel, wenn kein Beweis sie erhärtet, nicht ein einziger? Wie sollten Sie das können? Und die Belehrung durch den Richter weist Sie an, daß, wenn Sie einen solchen Zweifel hegen, Ihr Spruch lauten muß: Nicht schuldig.«
Diesen Moment kannte ich. Es war Henry ein Greuel, die Geschworenen aus der Hand zu geben. Wie David glaubte er, daß es da noch eines gab, das er zu ihnen sagen konnte, um ihr Urteil zu besiegeln. Für einen langen Moment blieb er mit eindringlichem Blick hinter seinem Mandanten stehen. Doch es gab nichts mehr für ihn zu tun, außer ihnen zu danken und sich zu setzen.
Einen weiteren langen Moment bewegte sich niemand. Ein paar von den Geschworenen dachten, daß sei schon alles, und rutschten unruhig auf ihren Stühlen umher. Nora saß da und blickte auf das Blatt vor ihr. Als sie die nachlassende Aufmerksamkeit der Jury bemerkte, sah sie hoch. Danach rührte sich keiner mehr.

Sie schob den einzelnen Notizzettel an die Tischkante, so daß sie ihn sehen konnte, wenn sie direkt vor den Geschworenen stand, und erhob sich langsam. Sie wirkte zögernd, unsicher. Ich verspannte mich.

Der erste, den sie ansah, war Henry. »Ich gratuliere dem Herrn Verteidiger«, sagte sie, »zu seiner originellen Beweisführung.«

»Einspruch, Euer Ehren. Sie attackiert den Anwalt und meint den Angeklagten.«

»Abgewiesen.«

»Etwas mußte er sagen«, fuhr Nora fort, als hätte es keine Unterbrechung gegeben, »und was er zu sagen fand –« Sie holte tief Luft. »Na ja. Aus Fetzen und Trümmern von Beweismaterial hat er sich eine Theorie zusammengestückelt, um den Angeklagten zu entlasten. Und beinahe funktioniert sie auch. Aber nur beinahe.«

Konsterniert schüttelte sie den Kopf. »Die Zufälligkeit einer schlechten Note gegen Mandy Jackson zu verwenden. Das ist Pech für sie, nicht wahr, daß sie ihr schlechtestes Testergebnis an demselben Tag hatte, an dem sie später brutal vergewaltigt wurde. Es war kein guter Tag für Mandy Jackson, niemand kann das bestreiten. Vielleicht hatte sie an diesem Tag im Hörsaal eine Vorahnung, was passieren würde, wenn sie abends wieder zur Arbeit ginge. Wir alle haben das schon mal empfunden, dieses unbestimmte –«

»Euer Ehren, ich muß Einspruch erheben. Nichts davon ist aktenkundig.«

»Genau wie vieles von Ihrem Plädoyer, Herr Anwalt«, entgegnete Richter Watlin mit stiller Befriedigung. »Ich glaube, es handelt sich um eine angemessene Erwiderung auf Ihre Darstellung. Abgewiesen.«

»Vielleicht ereignete sich, wie die Verteidigung andeutete, tatsächlich schon früher an diesem Tag etwas, das Mandy ein ungutes Gefühl gab. Vielleicht war es sogar eine Begegnung mit dem Angeklagten selbst. Vielleicht setzte sie sich dadurch in seinem Kopf fest, die völlig verfehlte Vorstellung, Mandy Jackson sei angetan von seinem Charme.«

Von ihr klang das Wort *Charme* obszön.

»Dies sei keine mißlungene Verführung gewesen, hat der Verteidiger vor Ihnen argumentiert, aber stimmt das? Wie nennt er dann die vielsagenden, anzüglichen Bemerkungen, die der Mann laut Mandys Aussage ihr gegenüber machte? Daß er ihr eine Massage antrug? Daß er sie an den Armen und am Nacken faßte? In der Tat, von Mandys Standpunkt aus war das keine Verführung. Es lief ihr kalt den Rücken hinunter, wenn er sie berührte. Doch in der verdrehten Phantasie dieses Mannes, da verführte er sie.«

Sie zeigte mit dem Finger. Eliot Quinn, der Bezirksstaatsanwalt, der aus mir, dem Jurastudenten, einen Ankläger gemacht hatte, lebte in uns beiden weiter, in Nora ebenso wie in mir. Sie zeigte mit dem Finger auf David und nagelte ihn einen Moment mit ihrem Blick fest.

»Warum machte er sich wegen des Wachmanns keine Sorgen? Warum versuchte er es, wenn er doch wußte, daß noch jemand im Haus war? Weil er sie ja betörte. Weil sie seinen subtilen Verführungskünsten erliegen und mitmachen würde. An den Türen waren Schlösser. Im Büro stand eine Couch. Er mußte sich wegen des Wachmanns nicht sorgen.

Als klar wurde, daß sie sich nicht von ihm betören ließ, als Mandy klargemacht hatte, daß sie bei den Absichten des Angeklagten nicht mitspielen wollte, da dachte er nicht mehr an den Wachmann. Er dachte überhaupt nicht an andere Leute, er dachte nur mehr an sie. Und daran, wie er sie bekommen könnte, um jeden Preis. Der Herr Verteidiger wollte Ihnen einreden, daß der Angeklagte zu diesem Zeitpunkt an die Konsequenzen dachte, oder an Kleinigkeiten, wie seine Krawatte abzunehmen. An solche Dinge, meine Damen und Herren, denkt ein Vergewaltiger nicht. Ein Vergewaltiger denkt nur daran, wie er bekommen kann, was er will, egal wer ihm dabei in die Quere kommt oder ob jemand verletzt wird. Egal, wie sehr sein Opfer sich wehrt und bettelt und weint. Sie haben es aus seinem eigenen Munde gehört: ›Na ja, ich schätze, ich merkte gar nicht, daß sie weinte.‹ Nein. Viel merkt er nicht. Für ihn war sie nicht einmal eine Person, sie war bloß ein Objekt.«

Nora ging hinüber bis nahe an den Tisch der Verteidigung, dann blieb sie stehen, als hätte sie Angst, sich anzustecken. Sie wandte sich wieder an die Jury.

»Und jetzt will er Sie diesen Mann freisprechen lassen, weil das Opfer nicht schwer genug verletzt wurde. Weil sie keine Scheideneinrisse erlitt. Aber Sie werden sich davon nicht täuschen lassen. Der Amtsarzt hat es erklärt: Viele Vergewaltigungsopfer haben keine Scheideneinrisse, hat er ausgesagt. Sie wehren sich nicht und erleiden darum keine derartigen Verletzungen. Mandy wehrte sich, das hat sie Ihnen erzählt; doch erinnern Sie sich an ihre ganze Aussage. Sobald die eigentliche Vergewaltigung ihren Anfang nahm, sobald David Blackwell in sie eindrang, hörte sie auf, sich zu wehren. Verzweifelt gab sie auf. Sie dachte an ihre Kinder und lag hilflos da, sie flehte ihn an aufzuhören und glaubte, er würde sie töten.

Und jetzt möchte sein Anwalt ihre Verzweiflung gegen sie verwenden. Sie hörte zu schnell auf, sich zu wehren, also wurde sie nicht schwer genug verletzt, also ist dieser Mann nicht schuldig.«

Nora schüttelte fassungslos den Kopf. Während sie den nächsten Satz sagte, ging sie hinüber zu der Ablage, wo die Beweisstücke lagen.

»Nein, medizinische Beweise für die Vergewaltigung gibt es nicht viele. Die gibt es in den meisten Fällen nicht, hat Ihnen der Arzt erklärt. Aber es gibt das hier.« Sie hielt ein Foto hoch. »Und das hier. Und das. Sehen Sie sich das an! Es sind Beweismittel. Sie werden sie mit sich ins Geschworenenzimmer nehmen. Sehen Sie es sich genau an! Fügt eine Frau sich so etwas selber zu? Zerkratzt sie sich den eigenen Körper? Schlägt sie sich selber? Und selbst wenn Sie eine derart groteske Vorstellung kurz in Betracht ziehen wollten, könnten Sie das nicht beantworten. Wie kam ihre Haut unter seine Fingernägel, wenn sie sich all das selber antat?«

»Einspruch, Euer Ehren.« In Henrys Stimme lag ein Anflug von Zorn. Er würde keine Gelegenheit mehr haben, dieses Plädoyer zu entkräften, außer durch Einspruch. »Das ist eine falsche Darstellung der Beweislage. Was er aussagte, war, daß –«

Watlin sagte zu den Geschworenen: »Sie werden die Aussagen so in Erinnerung behalten, wie Sie sie in Erinnerung haben, und nicht, wie einer der Anwälte sie Ihnen in Erinnerung ruft.«

»Ja, die Beweislage stützt Mandys Aussage«, fuhr Nora fort. »Im ungünstigsten Fall geben die Beweise in keine Richtung eindeutig Aufschluß. Mit Sicherheit liegt aber nichts vor, um die Mutmaßungen der Verteidigung zu unterstützen, wonach Mandy wußte, daß der Angeklagte an diesem Abend lang arbeiten würde oder daß sie irgendeinen unbekannten Helfershelfer hatte, der nur darauf wartete, die Erpressungsfalle zuschnappen zu lassen. Also bleiben Ihnen nur die beiden Geschichten. Da ist einmal die von Mandy; sie ist in sich schlüssig, wenn auch scheußlich, denn sie beschreibt ein brutales Verbrechen, wie es tagtäglich geschieht. Es ist scheußlich, doch leider ist daran nichts Außergewöhnliches.

Und dann ist da die Geschichte des Angeklagten.« Wieder zeigte sie mit dem Finger. Sie trat näher auf ihn zu. »Sein eigener Anwalt hat sie für Sie bewertet. ›Eine verrückte Geschichte‹ hat er sie genannt. Das ist milde ausgedrückt. Und er gab Ihnen zu verstehen, daß der Angeklagte sich eine bessere Geschichte hätte ausdenken können.

Doch was hätte David Blackwell sich ausdenken sollen? Er wurde in einer eindeutigen Situation ertappt. Der Wachmann kam hinzu und sah alles. Er sah Mandy Jackson auf dem Boden liegen, die Kleider zerfetzt, ihre Haut voller Risse und Schrammen, Tränen liefen ihr übers Gesicht. Was für eine Geschichte konnte der Vergewaltiger sich schon ausdenken, um das zu erklären? Nur eine lausige. Die beste, die ihm in der Schnelligkeit einfiel. Aber machen Sie nicht den Fehler zu glauben, daß seine Geschichte, weil sie lausig ist, auch wahr sein muß. Die Wahrheit ist, daß nur eine Geschichte glaubwürdig erklärt, was der Wachmann sah; der Täter aber mußte mit einer anderen Erklärung kommen.

Kommen wir von den Geschichten zu den Motiven. Sie erinnern sich, daß ich Ihnen im Verlauf der Geschworenenauswahl sagte, es gebe einen Weg zu beurteilen, wer die Wahrheit sagt. Sehen Sie sich die Gründe an, weshalb jemand sagt, was er sagt. Was hat David Blackwell für ein Motiv zu lügen? Das offensichtlichste auf der Welt: Er wird eines Verbrechens beschuldigt. Er steht vor Gericht. Ihm drohen Verurteilung, Schande und Gefängnis für seine Tat. Wenn Sie sich ein stärkeres Motiv zu lügen denken können, möchte ich es gerne hören.

Dann ist da Mandy Jackson. Was hat sie davon, daß sie ihre Geschichte erzählte? Geld? Wo ist es? Inwieweit steht sie heute besser da als vorher, ehe das passierte? Alles, was sie damit gewonnen hat, ist der traurige Ruhm, in aller Öffentlichkeit gedemütigt worden zu sein; die Schande, vor einem Saal voll wildfremder Menschen erzählen zu müssen, was ihr zustieß; Berichte in Zeitungen und Fernsehen, die sie zu einem stadtbekannten Opfer gemacht haben. Zusehen müssen, wie ihre Kinder von Fremden die entwürdigenden Details dessen erfahren, was ihrer Mutter passiert ist. Welchen Vorteil hat Mandy Jackson von alldem gehabt? Was hat es ihr gebracht, um ihre Kinder durchzufüttern?

Na ja, sagt die Verteidigung, vermutlich *wollte* sie erst Geld von ihm verlangen? Ich frage Sie, warum tat sie es dann nicht? Sie hatte vier Monate, jede Menge Zeit, ihn um Geld anzugehen, und sie hätte im Gegenzug ihre Anzeige zurückziehen können. Glauben Sie, wir hätten sie in den Zeugenstand schleifen können, wenn sie nicht gewollt hätte? Wenn sie bekommen hätte, was sie verlangte!«

»Einspruch, Euer Ehren. Der Staat kann Vorladungen unter Strafandrohung ausstellen; man hätte Mrs. Jackson zur Aussage zwingen können.«

»Vor Vorladungen kann man sich drücken. Und glauben Sie, wir hätten unseren Fall von einer unwilligen Zeugin abhängig gemacht? Immer wieder werden Fälle eingestellt. *Er* weiß das.« Sie zeigte auf David. »Er ist kein Neuling im Strafgerichtssystem. Er weiß recht genau, wie man damit umgeht. Und sein Vater weiß es erst recht.«

»Einspruch! Nichts davon steht im Protokoll.«

»Stattgegeben«, sagte Watlin. »Meine Damen und Herren Geschworenen, schenken Sie dieser letzten Bemerkung der Anklägerin bitte keine Beachtung.«

»Er weiß – ich spreche jetzt von *David* Blackwell – er weiß, daß auch die lächerlichste Geschichte ihn retten könnte. Er weiß, daß die Beweislast ihm zugute kommt. Der Staat muß seine Anklage über jeden begründeten Zweifel hinaus beweisen. Wenn er einem von Ihnen einen solchen Zweifel in den Kopf setzen kann, hat er gewonnen. Und er tut, was er kann. Leugnen, leugnen, leugnen. Nichts zugeben. Den Sachverhalt verzerren. Irgendwer könnte ja anfangen zu zweifeln.

Doch es gibt keinen Zweifel. Es kann keinen geben.«

Sie hatte ihren Standort verlagert, bis sie vom Blickwinkel der Jury aus ein Stück hinter David stand. Sie konnten sie nicht ansehen, ohne ihn mit im Blick zu haben. Nora bewegte sich auf ihn zu. Ihre Stimme wurde leiser.

»Mr. Koehler hat Sie gebeten, sich seinen Mandanten doch anzusehen und Ihnen gesagt, er könne nicht getan haben, was ihm zur Last gelegt wird. Na schön, sehen Sie ihn sich an. Er sieht zugegeben harmlos aus. Hier in dieser öffentlichen Arena. Wie anders sollte er aussehen? Er ist nicht dumm. Er wird sich nicht hier vor Sie hinsetzen und ausschauen wie eine schäumende, perverse Bestie. Ja, betrachten Sie ihn nur: Und Sie sehen die sorgfältig herausgeputzte Erscheinung, die er in der Öffentlichkeit abgibt.«

Wieder hielt sie das Foto von Mandy Jackson hoch. Ich hatte nicht bemerkt, wie sie es mit der flachen Hand bedeckt hielt. Es war das, auf dem Kratzer auf Mandys Brust zu sehen waren. David schielte darauf und blickte dann weg.

»Aber *ein* Mensch weiß, wie dieser Mann privat ist.«

Sie ging langsam auf sie zu und hielt das Foto hoch wie eine Fackel. Die Geschworenen starrten hinauf. Nora senkte es, während sie an sie herantrat, bis sie es schließlich vor ihnen auf das Geländer legte.

»Er ist der Mann, der das getan hat. Er ist der Mann, der alles getan hat, was Mandy Jackson geschildert hat. Der sie brutal mißhandelte und in sie eindrang und ihr Todesangst bereitete.

Nur Sie können ihn dafür bezahlen lassen.«

Einen langen, lautlosen Moment rührte sich niemand. Wie konnte ein so großer Saal voller Menschen nur so still sein? Erstmals seit Minuten nahm ich wieder die Leute um mich herum wahr. Ich drehte mich um, und mein Blick begegnete Lois. Ich

faßte nach ihrer Hand, und sie gleichzeitig nach der meinen. Zwischen uns saß Dinah; sie hätte das nicht hören sollen. Ihren neugierigen prozeßhungrigen Ausdruck hatte sie verloren. Statt dessen wirkte sie verängstigt. Ich spürte, wie sie zitterte. Lois' Hand traf sich vor Dinahs Brust mit meiner. Wir hielten sie auf ihrem Platz fest. Sonst, glaube ich, wäre sie womöglich aufgesprungen und hätte losgeschrien. Sie berührte unsere ineinandergreifenden Hände. »Daddy«, flüsterte sie.
Der Gerichtsdiener geleitete die Geschworenen hinaus. Sie hielten die Köpfe gesenkt, wiederum verlegen über all die Aufmerksamkeit. Oder vielleicht feierlich ergriffen von ihrer Aufgabe. Die Tür schloß sich hinter ihnen, bevor irgendwer im Saal sich bewegte.

Nur Amateure warten im Gerichtssaal auf die Rückkehr der Geschworenen. Selbst eine schnelle Jury braucht gut und gern eine Stunde. Diese ließ sich nach einer Stunde Sandwiches kommen. Ich ging zu Watlin. Linda war bei mir. »Mark«, war das erste und einzige, was sie zu mir sagte, als sie mich nach dem Auszug der Jury sah. Ich nickte. Linda wollte mich um nichts in der Welt anfassen, solange meine Frau und Kinder im Haus waren. Sie war ganz steif vor lauter Rühr-ihn-nicht-an. Wir legten alles, was wir konnten, ins Nicken. Sie folgte mir in den Flur hinter Watlins Gerichtssaal. Er war leer.
Vor uns kam Nora um die Ecke. Als sie mich sah, setzte sie ihre Persiflage eines höflichen Lächelns auf. Ich stellte mich ihr in den Weg. Nora blieb stehen, ohne Angst vor einer Konfrontation.
»Sie haben wie üblich ausgezeichnete Arbeit geleistet, Nora. Warum hatte ich bloß das Gefühl, daß es nicht David war, den Sie zur Strecke bringen wollten?«
In ihrem Gesicht war eine solche Gelassenheit. Ich hatte Nora noch nie unsicher gesehen. »Ich nehme, wen ich kriegen kann«, erwiderte sie.
»Ich wünschte nur, Sie würden diese Fähigkeiten auch künftig bei der Staatsanwaltschaft nutzen. Es tut mir sehr leid, Sie zu verlieren.«

Noras Lächeln flackerte vor Verwunderung. »Hat sie Ihnen nicht erzählt, warum ich gehe. Ich hab's ihr gesagt.«
Sie blickte Linda an. Ich auch. Auf ihren braunen Wangen standen hohe rote Kreise. Sie starrte ihrerseits Nora an.
Nora meinte: »Ich sagte ihr, daß mir nicht gefällt, was eine Frau tun muß, um bei Ihnen weiterzukommen.«
Als es uns beiden die Sprache verschlug, schlenderte Nora davon und ließ Linda und mich auf dem düsteren Korridor stehen.

Die Jury brauchte grausame vier Stunden. Grausam, weil sie unsere Hoffnungen steigen ließen. An derlei Dingen bemißt ein Verteidiger den Triumph. »Vier Stunden hab ich sie draußengehalten.« In diesem Fall jedoch würde das nicht reichen. Henry sah bloß elend aus. Wir saßen in meinem Büro herum und ergingen uns in nutzlosen Spekulationen. Die gängige Weisheit besagt: Je länger eine Jury berät, desto wahrscheinlicher ein Freispruch. Wenn sie sich nicht einigen können, heißt das, jemand hat Zweifel. Doch sie blieben lange genug draußen, um diese Zweifel wieder zu beseitigen. Ich mußte in einem fort an das Bild denken, das Henry ihnen von David gemalt hatte: Sehr jung, ängstlich, unfähig, etwas so Schreckliches zu tun. Doch das war ein geistiges Bild. Und ins Geschworenenzimmer hatten sie die handfesten Bilder von Mandys zerschundenem Körper mitgenommen.
Vier Stunden. Ich werde Geschworene nie verstehen. Wie können Leute etwas vier Stunden lang diskutieren? Es mußte unter ihnen Uneinigkeit herrschen, sonst wären sie bis Mittag mit einem Urteil wiedergekommen. Wenn sie vier Stunden redeten, hieß das, daß einige unter ihnen schwankten. Sie glaubten das eine, ließen sich aber bereden, etwas anderes zu glauben. Eine der üblichen Fragen bei der Auswahl der Geschworenen ist, ob der Betreffende bei der Stange bleiben würde, wenn er feststellen müßte, daß er als einziger in der Jury für die eine Seite stimmt. Man möchte Leute, die darauf ja antworten. Im Ernstfall geben sie jedoch angesichts einer gegnerischen Mehrheit meist klein bei.
Für zwölf Leute, in einen Raum zusammengesperrt, sind vier Stunden eine lange Zeit, und auch für die anderen, die auf sie

warten. Nach zwei Stunden Herumschauen, einander an und aneinander vorbei, auf die Wände, an die Decke und in die Zeitung, lief mein Grüppchen auseinander. Henry und Linda behaupteten, sie hätten zu arbeiten. David wollte einfach raus aus dem engen Zimmer. Ich fragte mich, ob er daran dachte, davonzulaufen. Nein, ich war sicher, daß er daran dachte. Um halb vier etwa ging die Tür auf, Lois kam herein und hielt dann mitten im Schritt inne, augenscheinlich überrascht, nur mich vorzufinden.

»Wo ist David?«

»Er ist mit Dinah auf eine Cola runter ins Parterre, aber das war vor einer Stunde. Vermutlich spazieren sie irgendwo auf dem Flur herum.«

Lois ließ ihre Handtasche auf einen Sessel fallen. Sie knöpfte sich die Jacke auf, zog sie aus, breitete sie sorgfältig über die Sessellehne, strich sie glatt, legte die Hände aufs Haar, ging auf meine Wand zu, als suchte sie nach einem Spiegel, studierte statt dessen meine Diplome und Fotos, wandte sich wieder mir zu. Ihre Bewegungen waren bedächtig. Sie wirkte nicht nervös, konnte sich jedoch mit nichts länger als eine Minute beschäftigen.

»Wie hat Henry dir ausgeredet, dich einzumischen?« fragte sie.

»Mir die Wahrheit gesagt. Daß es nichts nützen würde. Womöglich sogar schaden.«

»Er hat ganze Arbeit geleistet. Drei Stunden.«

Ja. Es dauerte jetzt schon so lange, daß ich begonnen hatte, wieder Hoffnung zu schöpfen. Auf Stimmengleichstand in der Jury, wenn nicht sogar auf Freispruch. Bei Gleichstand würde es ein zweites Verfahren geben. Angesichts einer Jury, die sich nicht entscheiden konnte, ob David schuldig war, würden die Ankläger im zweiten Durchgang mit ihrem Angebot runtergehen. Eigentlich mußten sie dann Bewährung anbieten. David würde annehmen. Nach dieser Erfahrung würde er sich darauf stürzen.

»Ist drei Stunden lang?« fragte Lois.

»Kommt einem so vor, was?«

»Gott.« Ihre Hände verkrampften sich doch noch.

»Für dich war es noch schwerer, weil du so gar nichts in dem Fall tun konntest.«

Sie schloß die Augen. Einen Augenblick lang fiel ihr Gesicht in sich zusammen und ließ um ihre Augen, ihre Nase und ihren Mund Runzeln hervortreten. Ihre Stimme klang erstickt. »Wenn irgendwer mir vor drei Monaten gesagt hätte, daß es so lange dauern würde, ich hätte geglaubt, ich könnte es nicht aushalten.«

Sie stand nur einen Meter von mir entfernt. Ich mußte mich bloß vorbeugen, vom Schreibtisch abstoßen, und wir standen aneinander. Ich legte meine Arme um sie, und sie klammerte sich an mich. Ihre Augen waren immer noch geschlossen. Ich dachte, sie hätte zu weinen angefangen. Ich sprach so leise, daß es kaum mehr war als ein Summen, ein wortloses, tröstliches Raunen. Lois drückte sich so fest an mich wie kaum je zuvor in unserem Leben. Lange Zeit. Die Bürotür hinter ihr stand einen Spaltbreit offen. Nach einer Weile wurde sie aufgestoßen, und Linda kam herein. Sie blieb stehen wie zuvor Lois. Ich hätte irgendwas sagen sollen, um die Situation weniger peinlich für sie zu machen, doch mir fiel nichts ein, und drum stand ich einfach stumm da. Genauso stumm zog Linda sich ein paar Sekunden später zurück und die Tür hinter sich zu.

Ganz sicher sind wir uns unserer Gefühle nie, dachte ich. Immer sind sie gemischt.

Lois schien nichts bemerkt zu haben. Sie trat ein wenig von mir zurück, die Hände immer noch auf meinen Armen. Sie holte tief Luft, hatte aber nicht geweint. »Wenn es funktioniert, wird es der beste Weg gewesen sein«, sagte sie. »Eine Entlastung in aller Öffentlichkeit. Besser als irgendwelche krummen Touren.«

»Wenn es funktioniert. Aber so hatte ich es nie beabsichtigt.«

Sie nickte. »Wie kannst du nur dieses Warten ertragen?«

»Früher fiel es mir nicht schwer, aber jetzt...«

Sie drückte ein letztes Mal meinen Arm. Wir gingen im Büro auf und ab. Später kam Henry wieder, dann auch Linda. Keiner sagte etwas. Aus dem Nachmittag wurde später Nachmittag. Ich konnte mir nicht vorstellen, was es für die Jury noch zu entscheiden gab oder auf welchem Weg sie noch zu einer Entscheidung kommen konnten.

Aber sie fanden einen. Es gab einen Kompromiß, auf den sie sich einigen konnten, und das taten sie auch.

Über die Jahre hinweg war mir an Richter Watlin etwas aufgefallen. Der Gerichtsdiener brachte ihm den Spruch der Jury und er sah ihn sich an, bevor er ihn an den Obmann zur Verlesung zurückgeben ließ. Wenn er die Entscheidung billigte, sagte er immer: »Verlesen Sie das Urteil« und schloß sich ihm damit an. Es kam vom Gericht, also zum Teil auch von ihm. Wenn die Entscheidung der Geschworenen ihm nicht gefiel, sagte er: »Verlesen Sie Ihr Urteil«, distanzierte sich also davon. Anwälten, die das System kannten, blieben ein paar Augenblicke Warnfrist. Doch um Watlins Reaktion deuten zu können, mußte man wissen, wie er in einem Fall empfand.

Als Watlin dieses Urteil erhielt, grunzte er leise. Sein säuerliches Gesicht wurde noch ein wenig säuerlicher. Er sah mich nicht an und sagte kein Wort, sondern reichte den Zettel nur an den Gerichtsdiener zurück. Als er wieder in den Händen des Sprechers war, nickte Watlin. Der Geschworenenobmann verlas das Urteil mit einer Stimme, die bei den ersten paar Worten ein wenig quäkend klang, sich dann aber festigte.

Alle Würde war dahin. Der Saal kochte. David war aufgestanden, um sein Urteil entgegenzunehmen. Ich sah, wie er taumelte, und irgendwie war ich im nächsten Moment dort; ich muß über die Schranke gesprungen sein. Ich fing ihn auf, als er zusammensackte.

8 In der Phase der Straffestsetzung war die Rhetorik gedämpfter. Oft ist die Höhe der Strafe der einzig wirkliche Streitpunkt in einem Prozeß. Der Fall muß bloß verhandelt werden, weil Anklage und Verteidigung nicht zu einer Übereinkunft gelangt sind. Der erste Prozeßabschnitt ist für den Staat ein Heimspiel; das eigentliche Verfahren beginnt erst danach. In diesem Fall allerdings hatten Absprachen keine Rolle gespielt. Die Frage lautete: schuldig oder nicht. Und die Entscheidung der Jury über diese Frage stellte keine der beiden Seiten zufrieden.

Die Geschworenen waren zu einer Entscheidung gelangt, indem sie in der einen Frage, die kaum zur Debatte gestanden hatte, zugunsten Davids entschieden. Sie hatten ihn der einfachen sexuellen Nötigung für schuldig befunden. Mit anderen Worten entschieden, daß er Mandy Jackson zwar vergewaltigt, sie im Zuge dessen jedoch nicht in Furcht vor Tod oder ernstlicher körperlicher Verletzung versetzt habe.

In Wirklichkeit bedeutete das, daß irgendwer aus der Jury klein beigegeben hatte. Irgendwer, vielleicht mehr als einer, hatte für nicht schuldig gestimmt, unter Umständen sogar mehrmals im Laufe des Nachmittags, bis schließlich jemand den Kompromißvorschlag machte, David des minder schweren Delikts schuldig zu sprechen. Irgendwer hatte ihn für nicht schuldig gehalten und doch mit den anderen für schuldig gestimmt. Ich hasse Geschworene! Ich suchte ihre Gesichter nach dem säuerlichen, doch gottergebenen Blick des einen ab, der eingelenkt hatte, aber ich fand ihn nicht. Sie schauten alle drein wie Leute, die eben einen Mann zu Recht für schuldig befunden hatten.

Das Urteil begrenzte das mögliche Strafmaß auf zwanzig Jahre. Das Angebot der Anklage im Vorverfahren war somit das Maximum, was sie erreichen konnten. Ich war sicher, Nora haßte die Jury genauso wie ich. Sie zu überzeugen, daß David das Verbrechen mit äußerster Brutalität begangen hatte, war ihre einzige Hoffnung gewesen, ein hohes Strafmaß zu erreichen. Denn die Anklage verfügte für die Strafbemessung über keine Belastungsbeweise. Allem Anschein nach war es ihnen nicht gelungen, Zeugen aufzutreiben, die aussagten, daß David kein gesetzestreuer Bürger sei. Der Staat stellte daher keine neuen Anträge für die Beweisaufnahme.

David stand unter Schock. Die Nacht, die seit dem Urteil verstrichen war, mußte schrecklich für ihn gewesen sein. Er hing auf seinem Stuhl wie ein nasses Handtuch, das irgendwer zum Trocknen darübergehängt hatte. Heute hätte Henry ihn nicht als Zeugen aufrufen können, selbst wenn er gewollt hätte.

Er hatte jede Menge andere. Dieselben Leute, die, als es um die Schuldfrage ging, ausgesagt hatten, daß David in gutem Ruf für Wahrhaftigkeit stand, marschierten jetzt wieder auf, um auszusagen, daß er ein geeigneter Kandidat für die Bewährung wäre. Das zweite, wofür Henry den Nachweis erbringen mußte, war, daß David für ein Urteil auf Bewährung überhaupt in Frage kam. Dafür hatte er Lois aufgerufen. Genau wie ich hatte sie ihren Standpunkt hinsichtlich einer Teilnahme am Prozeß revidiert.

Sie saß im Zeugenstand, hielt ihre Tasche fest und wirkte älter, als sie gestern ausgesehen hatte. Als Henry sie fragte, ob David je wegen eines Verbrechens verurteilt worden sei, sagte sie: »Er ist noch nie wegen irgendwas verurteilt worden. Er wurde nie festgenommen. Er war nie in irgendwelchen Schwierigkeiten.«

Lois setzte sich noch gerader auf und blickte provozierend zum Anklagetisch: Die sollten sich unterstehen, ihre Aussage anzuzweifeln.

Nora begann ihr Kreuzverhör mit: »Nun, Mrs. Blackwell, Sie haben ausgesagt, daß Ihr Sohn niemals irgendwelche Schwierigkeiten mit der Polizei hatte?«

»Das ist richtig.«

»Aber David lebt nicht bei Ihnen, nicht wahr?«
»Nein.«
»Schon seit einigen Jahren nicht.«
»Nein.«
»Dann wäre es also möglich, nicht wahr –«
Javier gab sich einen Ruck und beugte sich zu ihr. Er legte seine Hand auf ihren Arm. Als Nora zurückflüsterte, spannte sich seine Hand an. Man konnte sehen, wie die Knöchel weiß wurden. Nora schüttelte ihn ab, naserümpfend, erklärte aber: »Keine weiteren Fragen.«
Es würde also nur noch darum gestritten werden, wieviel bei diesem speziellen Verbrechen angebracht war. Die Jury konnte Bewährung geben, wenn sie ihn zu nicht mehr als zehn Jahren verurteilte. Ich befürchtete allerdings, sie würde bis zur Höchststrafe gehen. Ich habe es schon tausendmal erlebt. Die Geschworenen befinden jemanden für schuldig im minder schweren Fall und kriegen dann die Wut, weil sie draufkommen, daß sie ihm dafür nur zwanzig Jahre geben können. Die geben sie ihm dann auch: volle zwanzig.
Während einer Unterbrechung ging ich vor die Schranke und legte eine Hand auf Davids Schulter. Es war das erste Mal an diesem Vormittag, daß ich ihm nahe genug kam, um mit ihm zu sprechen. Er richtete sein erloschenes Gesicht zu mir hoch, und zum ersten Mal seit dem Urteilsspruch entstand darauf wieder ein Ausdruck. Er starrte mich voll Wut an.
»Warum hast du mich da durchgetrieben?« sagte er.
Ich prallte buchstäblich zurück. Meine Hand lag nicht mehr auf ihm. »Es gab keinen Weg, es zu stoppen«, erklärte ich, doch er sah mich schon nicht mehr an. Er hatte wieder diesen Ausdruck wie einer vom anderen Stern.
Ich nahm wieder meinen Platz ein, um bei den Plädoyers über die Strafanträge zuzuhören. Javier machte den Anfang für den Staat. Er schien von Davids Benommenheit etwas abbekommen zu haben. Bei der Schuldfrage war Javier ganz er selbst gewesen, wie üblich hervorragend. Im Kreuzverhör hatte er Davids Geschichte lächerlich aussehen lassen, und sein Plädoyer war gut gewesen.

Nun jedoch schien ihm der Schwung abhanden gekommen zu sein. Er wirkte zerstreut. Als wäre er eben aus dem Bann des Prozesses herausgetreten und hätte begriffen, was er getan hatte. Seinem Schlußwort fehlte jeder Nachdruck. Eher beiläufig beantragte er die Höchststrafe von zwanzig Jahren Gefängnis.
»Die Höchststrafe?« fragte Henry. Er war sofort auf den Beinen, außer sich über die Impertinenz der Anklage. »Die Höchststrafe? Für wen behalten wir uns die Höchststrafe vor? Für Wiederholungstäter. Für Leute, die erkennen lassen, daß sie sich nicht bessern können. Für Leute, die wir einfach so lange einsperren wollen wie möglich.«
Er blieb vor dem Tisch der Anklage stehen. Er plädierte mehr gegen sie als für David. »Haben sie den Geschworenen irgendwelche Beweise gebracht, um zu zeigen, daß David Blackwell sich nicht bessern kann?« fragte er. »Haben sie Ihnen irgendeinen Grund genannt, in diesem Fall keine Bewährung zuzugestehen? Wissen Sie, was in Prozessen nur allzu oft vorkommt? Die Geschworenen befinden jemanden schuldig, obwohl sie nachhaltige Zweifel an seiner Geschichte haben, und dann bei der Strafbemessung finden sie heraus, daß er schon drei Vorstrafen wegen des gleichen Delikts hat. Sie –«
»Einspruch«, sagte Nora. »Er argumentiert außerhalb der Beweislage in diesem Fall.«
»Stattgegeben. Halten Sie sich ans Protokoll, Mr. Koehler.«
Henry änderte seinen Kurs ein ganz klein wenig. »Wozu haben wir einen eigenen Prozeßabschnitt zur Strafbemessung? Damit der Staat neue Beweise vorlegen kann, um Ihnen darzutun, warum Sie jemandem eine hohe Strafe geben sollen.«
»Einspruch. Schon wieder außerhalb des Protokolls.«
»Abgewiesen. Das gehört zum Plädoyer.« Derlei ist einem Richter die liebste Art von Prozeßanmerkungen: seine Entscheidungen zu begründen, indem er das Nebensächliche für selbstverständlich erklärt.
»Das war die Chance der Ankläger«, fuhr Henry fort. »Während des ersten Prozeßabschnitts gelang es ihnen nicht, in diesem aber hätten sie alles Schlechte über meinen Klienten vorbringen kön-

nen. Sie hätten ihm Vorstrafen wegen anderer Verbrechen nachweisen können. Sie hätten beweisen können, daß er einen schlechten Ruf als gesetzestreuer Bürger hat. Haben sie das getan? Haben sie Ihnen irgend etwas vorgelegt? Nein. Dies ist ein Fall, der nach Bewährung geradezu schreit –«

Er kaute die von ihm beigebrachten Beweise nochmals durch, woraus hervorging, daß, falls David dieses Verbrechen tatsächlich begangen hatte, es eine völlige Abirrung von seinem bisherigen Lebenswandel sei. Er verdiene nicht, zu verstockten Verbrechern ins Gefängnis gesteckt zu werden. Und Henry machte eine listige Andeutung darauf, wie lange die Geschworenen gebraucht hatten, um zu einem Schuldspruch zu kommen. Sie müßten nachhaltige Zweifel gehabt haben. Bei solchen Zweifeln an seiner Schuld, wollten sie David da ins Gefängnis schicken? Wie sollten sie das können?

Er überzeugte mich. Ich glaubte, er habe auch sie überzeugt. Bis Nora zu sprechen begann. Sie stand langsam auf, wie unter einer schweren Last. Doch es war nicht die Last, etwas vertreten zu müssen, woran sie nicht glaubte. Es war die Last der Pflicht, die Geschworenen davon zu überzeugen, was sie tun *mußten*. Sie sprach langsam, kam dann jedoch in Fahrt.

»Dieser Fall war im wesentlichen eine Kraftprobe der Schwurzeugen. Mandy kam hierher und erzählte Ihnen, dieser Mann habe sie vergewaltigt. Ihr die Haut zerkratzt, das Gesicht blutig geschlagen, die Kleider heruntergerissen, sich ihr aufgezwungen. In sie hineingezwungen. Sie nahm ihren ganzen Mut zusammen, kam hierher und erzählte Ihnen, daß er ihr das Schlimmste angetan hat, was ein Mann einer Frau antun kann. Und dann geht dieser Mann, dieser ehrbare Bürger, geliebte Sohn, geschätzte Angestellte – dieser Angeklagte geht in den Zeugenstand und erzählt Ihnen, er habe es nicht getan, sie hätte sich bloß eine verrückte Geschichte ausgedacht.

Nun, Sie haben sich zwischen ihnen entschieden. Durch Ihr Urteil haben Sie gesagt: Wir glauben Ihnen, Mandy. Wir glauben, daß er Sie vergewaltigt hat. Wir glauben, daß Sie geschlagen und verängstigt, erniedrigt und geschändet wurden.

Und jetzt, was werden Sie ihr jetzt durch ihr Urteil in diesem Prozeßabschnitt sagen? Werden Sie ihr sagen: Wir glauben, daß er Ihnen das angetan hat, und wir meinen, daß er sich Bewährung verdient hat? Wir meinen, für sein Verbrechen sollte er sich einmal im Monat bei einem Bewährungshelfer melden müssen, eine kleine Geldstrafe bezahlen und keine Verbrechen mehr begehen – etwas, das wir alle uns schon jetzt nicht erlauben dürfen? Werden Sie ihr sagen: Ihr Schmerz und Ihre Demütigung, mit denen Sie für den Rest Ihres Lebens werden leben müssen, sind nicht mehr wert als ein paar Jahre Unbequemlichkeit für ihn? Werden Sie ihr sagen: Wir glauben, daß er Ihnen das angetan hat, Mandy, aber wir werden ihn sich davon freikaufen lassen, mit einer Geldstrafe und einer monatlichen Gebühr, wie bei einem nicht rechtzeitig zurückgegebenen Buch aus der Bücherei...?«
Dann erbat sie sich eines von ihnen: Sie könne ihnen nicht sagen, warum, doch sie bitte sie, David zu nicht weniger als fünfzehn Jahren *und einem Tag* zu verurteilen. Sie dürfe ihnen nicht erklären, was es mit diesem einen Tag für eine Bewandtnis habe, doch es gebe sie. Und dann beantragte sie, was sie in Wirklichkeit wollte: die Höchststrafe. Zwanzig Jahre Gefängnis.
Mit fünfzehn plus eins war es so, daß jemand, der zu fünfzehn Jahren oder weniger verurteilt wird, das Recht hat, gegen Kaution auf freiem Fuß zu bleiben, solange seine Berufung läuft. Nora durfte das der Jury nicht erklären, doch sie bat sie, dafür zu sorgen, daß David sofort ins Gefängnis kam, während ein höheres Gericht darüber entschied, ob er ein faires Verfahren gehabt hatte.
Ich wollte quer durch den Saal schreien. Nein... Gebt ihm diese eine Kleinigkeit, ein wenig Freiheit noch. Holt ihn nicht gleich weg.
Diesmal brauchte die Jury nicht so lang bis zu einer Entscheidung. Nach eineinhalb Stunden gaben sie Nora, was sie gefordert hatte. Sie gaben David sechzehn Jahre Gefängnis.

Lois suchte mich an diesem Abend auf. Ich war zwar im Wohnzimmer, aber ihr Erscheinen gab einem genau dieses Gefühl, als hätte sie keinen Termin und fürchtete, ich könnte sie nicht empfangen. Ich saß im tiefsten Sessel. Mein Glas war leer, und ich wünschte, ich hätte es nachfüllen können, ohne mich zu bewegen. Wo immer ich hinblickte, sah ich Davids Gesicht am Schluß, dasjenige, das er uns zuwandte, als der Gerichtsdiener ihn in Haft nahm. Ich dachte, er werde gleich einen Satz aufs Fenster zu machen, doch der Gerichtsdiener ließ bereits die Handschellen zuschnappen, gleich unterhalb der Manschetten von Davids blauem Anzug. David sah zu Tode verängstigt aus. Seine Augen waren weit aufgerissen. Er sah auf mich, damit ich dem hier Einhalt gebot. Seine Augen. Seine Augen waren jetzt überall.

»Was wirst du jetzt tun?« fragte Lois.

»Antrag auf Wiederaufnahme stellen.«

»Wird der Richter ihn bewilligen?«

»Nein.«

Sie baute sich unmittelbar vor mir auf. »Was wirst du also tun, das sich lohnt?«

Das hatte mir gerade noch gefehlt, jemand, der sich nicht auskannte, sich aber darauf verließ, daß ich auf wundersame Weise schon Davids Befreiung erwirken würde. Sie klang wie zu viele Mütter, denen ich hatte sagen müssen, daß alles vorbei war.

»Lois, man kann sonst nichts tun. Ein Geschworenengericht hat ihn für schuldig befunden und zu Gefängnis verurteilt. Ich kann das nicht rückgängig machen. Vielleicht in der Berufung, obwohl ich keinen Grund für eine Revision –«

»Ich rede nicht von Berufung.«

Es entstand eine lange Pause, obwohl sie sich nicht bewegte. Ich sah nicht zu ihr hoch.

»Was würdest du tun, wenn du ihn für unschuldig hieltest?« fragte sie schließlich.

In ihrem Gesicht stand der Abglanz einer Frau, die ich einmal gekannt hatte. Sie erinnerte mich an jemanden. Es dauerte einen Moment, bis ich darauf kam, daß es Lois selbst war, vor zwanzig Jahren, als junge Mutter. Die Kruste auf diesem Gesicht war hart geworden.

»Ich glaube nicht, daß er schuldig ist«, sagte ich matt. »Es macht aber auch –«

»Aber du *weißt* nicht, daß er unschuldig ist. Mark, denk an David. Sein ganzes Leben. Sein erstes Rendezvous. Erinnere dich, wie er anfing zu sagen, er hätte Fieber und könne nicht hingehen? Er hat das erste Mädchen, mit dem er je ausging, geheiratet, weil er Angst vor Frauen hat. Er hat es nicht getan.«

Ich hätte nicht gedacht, daß ich meiner eigenen Frau je einen solchen Vortrag würde halten müssen, nach all den Geschichten, die ich ihr über den Umgang mit hysterischen Klienten erzählt hatte. Anscheinend war keine davon hängengeblieben. »Lois, weißt du eigentlich, wie oft ich das zu hören bekomme? Tagtäglich sagt mir irgendwer: ›Er kann so was nicht getan haben, er war immer so ein guter Junge.‹ Tagtäglich!«

Sie kreischte beinahe. »Komm mir jetzt nicht mit dem gottverdammten Gericht. Das hier ist kein Fall, es ist dein *Sohn*! Denk nach, Mark, verdammt noch mal, denk nach. Reiß dich los von dem, was immer so ist! Das ist dein Junge, und du kennst ihn. Denk nach über ihn! Er könnte so was nie tun! Weißt du das denn nicht?«

»Warum muß ich dir erklären, wie David ist?« setzte sie nach einer Pause fort, ruhiger, aber genauso eindringlich. »Ich weiß, es muß dir durch den Kopf gegeistert sein, daß er es doch getan hat, aber wie konntest du die Idee sich festsetzen lassen? Glaub mir, wenn du ihm schon nicht glaubst! Ich *weiß*, daß er *nicht* schuldig ist. Dinah weiß es. So sicher, als wären wir dabeigewesen.«

Wir starrten einander an. Es war zwecklos, noch irgendwas zu sagen. Das Haus schien totenstill, nachdem die klirrenden Höhen ihrer Stimme abgeklungen waren. Ich stand auf. Sie trat keinen Schritt zurück, so daß ich um sie herum gehen mußte, um an die Hausbar zu kommen. Sie folgte mir auf dem Fuße. Als sie sprach, klang sie wieder wie sie selbst.

»Kommen wir zurück auf meine Frage. Was würdest du tun, wenn du sicher wärest, daß er's nicht getan hat?«

»Man kann nichts mehr tun. Was wir konnten –«

»Ich meine nicht legal.« Sie kam um mich herum, um mir ins Gesicht zu sehen. »Was, wenn der Staat sich dem Antrag auf Wiederaufnahme anschließt?«

»Sie würden dem niemals zustimmen.«
»Nicht ›sie‹, Mark, *du*. Du bist der Staat. Du hast zwei Außenstehende engagiert, aber es war dein Büro, das ihn angeklagt hat. Was, wenn du dich dem Antrag anschließt?«
Ich dachte kurz darüber nach. Nora würde protestieren, daß es immer noch ihr Fall war, doch jetzt war sie weg vom Fenster, hatte keine starke Stellung mehr. Ich konnte sie rausschmeißen, genau wie Nixon Archibald Cox rausgeschmissen hatte. Es würde für mich die gleichen Folgen haben wie für Nixon, aber wem machte das schon was aus? Doch würde es funktionieren?
Ich schüttelte den Kopf. »Watlin würde sich darauf nicht einlassen. Er würde denken, daß es so aussieht, als wäre er bei dem Plan mit von der Partie.«
»Könntest du ihn dazu bringen? Kannst du bei ihm irgendwo den Hebel ansetzen?«
Ich sah Lois mit einer gewissen Faszination an. Ich hatte nie begriffen, welch bodenlose Verachtung sie für das System besaß, in dem ich mein Leben verbrachte. »Als nächstes wirst du von mir verlangen, ich solle seine Unterschrift fälschen«, sagte ich.
»Ja. Ja, das werde ich.« Sie klammerte sich an meinen Arm. »Erinnerst du dich, wie ich fragte, ob du alles tun würdest, um ihn rauszuholen? Lügen, betrügen, die Regeln brechen? Du sagtest, ja. Dafür nehme ich dich beim Wort. Das war ein Gelübde, und ich werde dich nicht davon entbinden. Sei überzeugt, Mark. Und wenn du nicht überzeugt werden kannst, dann handle wenigstens überzeugt. Tu, was du tun würdest, wenn du mit Sicherheit wüßtest, daß David nicht schuldig ist. Du würdest ihn nicht einfach so ins Gefängnis schicken, oder? Du würdest ihn nicht seinem Schicksal überlassen.«

Drei Wochen danach rief mich der Sheriff an. Man konnte nicht direkt sagen, daß der Sheriff und ich Freunde waren, aber ich war als selbständiger Anwalt immer gut mit ihm ausgekommen, und er hatte meinen Vorgänger nicht leiden können, wodurch wir auf vergleichsweise gutem Fuß standen. Wir waren einander auf eine geschäftsmäßige Art gefällig. »Es ist wegen Ihres Jungen«, sagte er

nach den Vorreden. »Laut Plan soll er mit dem nächsten Schub in die JVA abgehen.«
Die Justizvollzugsanstalt des Staates Texas. Das Staatsgefängnis. Das Buchstabenkürzel hatte einen Schrecken für mich wie nie zuvor.
»Er muß auch nicht dahin, was mich angeht. Ich behalt ihn seine ganze Zeit über da, wenn Sie wollen.«
»Das ist ein freundliches Angebot, Sheriff.«
»Wird 'n Wirbel machen, wenn die Presse es rauskriegt, aber das ist mir wurscht. Und ich denke, die Presse wird draufkommen, wie auch sonst.«
»Na dann –«
»Aber vielleicht wär's aus seiner Sicht besser.«
»Nach Huntsville zu kommen? Besser für David?«
»Na, Sie wissen ja, er kann wegen guter Führung von seiner Strafe was nachgelassen bekommen. So, wie die dort unten die Leute vorzeitig entlassen, ist er in zwei Jahren draußen, bei guter Führung. Aber solange er hier im Bezirk ist, wird ihm das nicht angerechnet.«
»Ich weiß.«
Er räusperte sich. »Also, je rascher er hinkommt, um so rascher kommt er auch wieder raus. Man tut ihm echt nichts Gutes, wenn man ihn hierbehält.«
Ich schätze, ich merkte gar nicht, wie lange ich nichts sagte; in Gedanken sah ich David in der JVA. Der Sheriff nahm mein Schweigen als Einwand.
»Sie machen sich Sorgen wegen der Sicherheit, nicht wahr. Nun, ich sag's zwar nicht gern, aber Sie wissen, wir hatten in diesem Jahr im Bezirksgefängnis zwei Totschläge. Verglichen mit, ich weiß nicht genau, sechs oder sieben in der JVA; aber die haben dort auch zwanzigmal soviel Gefangene wie wir hier. Nicht daß Ihrem Jungen irgend so was passieren muß. Aber im Ernst, seine Chancen wären besser – ich meine ...«
Er räusperte sich nochmals. »Und da ist noch was. Ich hab ihn bisher ziemlich abgesondert, aber Sie wissen, wir sind selber überfüllt, und manchmal rückt ihm wer auf die Pelle. Ich glaub, ein

paar Leute haben ihn um 'nen Gefallen angehauen. Nichts Schlimmes, Sie wissen schon, schmeißen sich eben ran. Weil sie wissen, wer er ist, und glauben, er könne ihnen helfen rauszukommen. Ich weiß zwar nicht, wie sie darauf kommen, wo er doch genauso sitzt – na ja. Aber sie lassen ihn nicht in Ruhe. In der JVA wäre er anonymer, unter lauter Jungs von überallher aus dem Staat.«

Um ein Haar hätte ich gesagt, was ich dachte. Sie wollen ihn nicht mehr in Ihrem Gefängnis haben, Sheriff, nicht wahr? Doch was er sagte, klang vernünftig. Im Bezirksgefängnis würde David nie ein Anrecht auf vorzeitige Entlassung erwerben. Dafür mußte man in die JVA. Wenn ich ihn in der Nähe seines Zuhause hielt, würde ich die Zeit, die er absitzen mußte, verdoppeln oder verdreifachen. Wenn er jetzt ging, konnte er tatsächlich in zwei Jahren frei sein. Zwei Jahre. Bei Gericht waren zwei Jahre gar nichts. Ankläger sprachen es voll Verachtung aus: Zwei Jahre.

»Wann geht der Schub ab?« fragte ich.

Ich war dort, um ihm auf Wiedersehen zu sagen. Lois nicht. Um sie fernzuhalten, mußte ich sie anlügen. Sie hätte David nichts Gutes getan, wenn seine Mitgefangenen zugeschaut hätten, wie seine Mutter ihm zum Abschied Küßchen gab.

Es war ein Trupp von zwanzig Mann an der Kette. Als ich die Reihe entlangblickte, entging mir Davids Gesicht zunächst. Er sah jetzt nicht viel anders aus als die anderen Männer in Grau. Ein bißchen zarter, jünger als die meisten, aber einige waren genauso jung und dünn wie er. Er hatte diesen Ausdruck von einem, der nichts mehr erwartet. Er wirkte nicht mehr wie betäubt. Sein Gesicht war verschlossen, ausdruckslos. Ich hoffte, daß er in fast einem Monat Gefängnis härter geworden war.

Der Sheriff war auch da. Er ließ David von der Kette schließen, und sie begannen, die übrigen im Schlurfschritt in den Bus zu treiben, während ich auf der anderen Seite mit David sprach. Viel gab es nicht zu sagen. Ich wollte ihn an mich drücken, tat es dann aber doch nicht, nicht vor den Augen der anderen Gefangenen. Sie würden ihm das Leben noch schwerer machen.

»Ich lasse dich zurückbringen, wenn wir die Anhörung über den Wiederaufnahmeantrag haben.« Das war das Netteste, was mir für ihn einfiel. Für Leute aus dem Staatsgefängnis sind Gerichtstermine in ihrer Heimatstadt Ferien, auf die man sich freut.
»Wenn du dir's aussuchen kannst, bitte um Arbeit in der Druckerei. Es ist überhaupt nicht schlimm dort, wirst schon sehen. Die schreiben auch selber Dinge. Sie haben Computer. Dorthin würde ich mich zuteilen lassen.«
Er warf mir einen scharfen Blick zu und sah dann wieder auf den Boden. Das war auch das Beste. Ich war dem Weinen nahe. Er konnte sich das nicht leisten, nicht hier neben dem wartenden Bus.
»Mr. Blackwell«, sagte einer der Hilfssheriffs respektvoll. Der Bus war vollbesetzt, nur David fehlte noch. Ich trat einen Schritt zurück. Als der Hilfssheriff ihn am Arm berührte, setzte er sich in Bewegung. Er hatte diesen schlurfenden Gang von den Ketten um die Knöchel.
Der Bus sprang stotternd an. Es war ein alter Schulbus auf ausgeleierten Federn. Die Fenster waren natürlich verschlossen. Drinnen wirkte es stickig. Ich fand David nicht unter den Köpfen an den Fenstern. Die meisten von ihnen sahen nicht hinaus.
Der Sheriff stellte sich zu mir. »Er wird schon klarkommen. Ich hab 'n paar von den Aufsehern, alte Kumpels von mir, benachrichtigt, damit sie ein Auge auf ihn haben. Sie werden ihn in einen Block mit Erstmaligen stecken. Es wird nicht schlimm.«
Der Bus fuhr an. Der Ruck riß mich fast von den Beinen, als würde er mich nachschleifen. Ich rannte zu meinem Wagen. Er parkte fast einen halben Block weit weg, doch ich hatte keine Mühe, den Bus einzuholen. Es war ein schwerfälliger, alter Kasten. Ich hielt mich knapp dahinter, kaum mehr als drei Meter. Zwei oder drei von den Insassen blickten neugierig zurück. Ebenso der Hilfssheriff am Steuer. Ich konnte sehen, wie er mich im Außenspiegel beobachtete. Auch die beiden anderen Hilfssheriffs im Wagen der Wachmannschaft behielten mich im Auge, den ganzen Weg bis nach Huntsville.

9 Von San Antonio nach Huntsville sind es mehr als zweihundert Meilen. Bei der langsamen Fahrt des Busses waren das vier Stunden, um mir zu überlegen, was ich da tat. Doch ich dachte nicht voraus, ich dachte nur zurück, an Davids ganzes Leben. Nichts, was er je getan hatte, hätte mich auf das jetzt gefaßt machen können. Nun kam es mir vor, als wäre er einfach *zu* unproblematisch gewesen; als hätte er sich diese Sache aufgespart oder urplötzlich die Zwänge verzweifelt über gehabt. Nachdem ich Mandy Jackson im Zeugenstand gesehen hatte, fiel es mir schwerer, an eine Verschwörung gegen David zu glauben. Doch der Zeitpunkt seiner Verhaftung, so früh in meiner Amtszeit, schien immer noch auffällig zufällig. Mir war der Gedanke durch den Kopf gegangen, daß David selbst ihn ausgesucht haben könnte. Für mich war David seit Jahren schon ein Erwachsener, aber vielleicht steckte gerade, weil er so rasch erwachsen geworden war, immer noch das Kind in ihm. Konnte er so etwas Kindliches getan haben, wie nach meiner Aufmerksamkeit haschen, auf die einzige Art, wie er sie bekommen konnte?
Nein! Wieder schob ich den Gedanken, David könnte schuldig sein, von mir. Doch auf zweihundert Meilen Autobahn kommen einem eine Menge Gedanken. Schuldgefühle bedrückten mich schwer, machten sich in dem ansonsten leeren Auto breit. Ich wurde das Gefühl nicht los, daß David jetzt dafür bezahlte, daß er als Kind nicht genug Liebe bekommen hatte.

Als der Bus durch ein Drahtzauntor mit Stacheldrahtspiralen oben drauf holperte, bog ich zu den Verwaltungsbüros der Justizvollzugsanstalt des Staates Texas ab. David würde, wie ich wußte, eine Weile im Einweisungszentrum bleiben. Vielleicht eine Woche. Man testet sie durch, überprüft ihre Akte, sucht einen Block für sie aus. Ganz wenige Insassen bleiben gleich dort, kommen in die Schreibstube, stutzen Hecken und arbeiten sogar außerhalb der Mauern bei den Aufsehern zu Hause. Mörder geben die besten Hausdiener ab, erzählte mir mal ein Aufseher. Der durchschnittliche Mörder hat möglicherweise seine Frau, seinen Bruder oder seinen besten Freund umgebracht, ein einmaliges Vorkommnis in seinem Leben, und stellt für jemanden, der ihm nicht nahesteht, keine Bedrohung dar. »Außerdem sind die meisten davon ziemlich brave Jungs, wenn sie erst mal an so was gekommen sind. Dazu haben sie meistens lange Strafen, so daß man nicht alle paar Jahre neue anlernen muß. Nehmen Sie dagegen mal 'nen Dieb. Man kann keinen Dieb bei sich arbeiten lassen. Ein Dieb wird seinen eigenen Anwalt anlügen. Und er wird immer wieder klauen. Ausgeschlossen, ihn im Haus zu haben.« Ich wollte, daß David genau soviel Privilegien hatte wie diese braven Mörder.

Lewis Thurman war der dritte Direktor der Anstalt in vier Jahren. Sein Vorgänger war von außerhalb des Staates geholt worden und hatte nie die Unterstützung der Mannschaft genossen. Doch Thurman war der Typ, der sich langsam hochgedient hatte. Ich erwartete, daß ich mit ihm schon klarkommen würde.

Ich nahm es als gutes Zeichen, daß er mich nicht lange in seinem Vorzimmer warten ließ. Ich war erst einmal durch das Zimmer auf und ab gegangen, als er in der Tür erschien und mich mit einem Grinsen und einem festen, starken Händedruck hereinwinkte.

»Mr. Blackwell. Was sagt man dazu. Ich hoffe, Sie sind nicht wegen einer vorzeitigen Entlassung da. Das wird oben in Austin verhandelt, aber das wissen Sie ja. Meinen Glückwunsch zu Ihrer Wahl noch. Ich erinnere mich, daß Sie um etwa dieselbe Zeit befördert wurden wie ich. Eine schöne Stadt, San Antonio. Bin jedes Jahr mal da.«

Diese Woge von Kumpelhaftigkeit trug uns bis in sein Büro hinein, jeden auf eine Seite seines Schreibtisches. Sein Besuchersessel war hart und schmal, nicht darauf angelegt, zu längerem Blei-

ben zu ermutigen. Sein Schreibtisch war ein wuchtiges Stück, mußte an die drei Quadratmeter haben. Es war aus irgendeinem dunklen Holz, und oben drauf lag eine Glasplatte. An verschiedenen Stellen, die vielleicht System hatten, waren Papiere und Akten gestapelt. Es ließ mich an einen zwischen uns ausgebreiteten Schlachtplan denken. Sein Sessel sah bequemer aus als meiner. Die gepolsterte Lehne ragte einen Viertelmeter über Lewis Thurmans Kopf hinaus.
Er war ein hagerer Mann, der aussah, als käme er aus einem Geschlecht von westtexanischen Ranchern. Es lag so was von kargen Weiden und weitem Horizont in seinem Blick. Anstelle der Uniform trug er weißes Hemd und schwarze Krawatte. Sein Jackett hing an einem Kleiderständer hinter ihm, über einem Bügel. Ich hatte den Verdacht, daß Thurman sein ganzes Leben nur darauf gewartet hatte, von der Uniform in dieses weiße Hemd zu wechseln.
»Womit können wir Ihnen dienen? So hübsch Huntsville auch ist, es gilt nicht gerade als Touristentreff. Die Leute kommen üblicherweise aus einem bestimmten Grund her, besonders Leute aus der Justizverwaltung.«
Ich hatte nicht damit gerechnet, daß die Kumpelhaftigkeit zur Begrüßung sich so schnell wieder legen würde. Ich wollte sachte auf mein Thema kommen, es nicht als Antwort auf eine direkte Frage vor ihm ausbreiten. Als das Schweigen sich in die Länge zog, wurde der Blick des Direktors schärfer. Er hatte die Arme hochgenommen und die Hände hinter dem Kopf verschränkt, und als ich zögerte, fror er in dieser Position fest, wie ein Mann, der neben sich auf dem Boden ein trockenes Rasseln hört.
»Ich hätte schon früher mal bei Ihnen vorbeikommen sollen«, sagte ich in der Hoffnung, das freundliche Geplauder wiederzubeleben. »Aber Sie wissen ja, wie das ist, wenn man in einer neuen Position anfängt; es gibt zuviel zu tun, als daß man aus der Stadt wegkönnte. Da wir ja sozusagen jeder an einem Ende der Pipeline stehen, hätte ich Ihnen schon früher schreiben sollen, um mich vorzustellen. Bisher haben Sie und ich uns ja nur durch Kettenbriefe verständigt.« Das war 'n Scherz, Kumpel! Die Haut um

seine Augen und den Mund legte sich beifällig in Falten. Es sah aus, als täte der Ausdruck ihm weh.
»Aber dies ist nicht nur ein Höflichkeitsbesuch. Ich wollte, es wäre so. Tatsache ist, daß dies vielleicht der schlimmste Tag in meinem Leben ist.« Man hätte gedacht, daß so was nach einer Antwort schrie. Es kam keine. Thurman wartete. »Eben hab ich meinen Sohn hierher begleitet.«
Er legte die Arme wieder auf den Schreibtisch. »Ihren Sohn?« Er sah an mir vorbei, als ginge die Bürotür auf. »Wo ist er? Irgendwo im Haus? Warum haben Sie ihn nicht –«
»Nein, er ist nicht bei mir. Genaugenommen haben die Hilfssheriffs ihn hergebracht. Er ist – er wurde in San Antonio verurteilt. Im Moment ist er gerade im Einweisungszentrum.«
Thurman war aufgestanden. »San Antonio«, sagte er. »Stimmt. Jemand erzählte etwas darüber, aber ich dachte, er macht Witze. Ich hab's dann in der Zeitung gelesen, aber ich dachte, Sie würden ihn die ganze Strafzeit über in Bexar County behalten.«
»Hätte ich auch, wenn nicht – na ja, gute Führung, bedingte Entlassung, all das eben. Früher oder später mußte er hierher kommen. Ich habe Sie aufgesucht, weil – er gehört nicht hierher. Er ist nicht so ein Junge, der dauernd Schwierigkeiten macht, weil sein Vater bei der Justizverwaltung ist. So was ist nie vorgekommen. Er ist verheiratet, hat einen guten Job. Er gehört zu seiner Familie. Ich arbeite auf meiner Seite daran, aber auch eine Revision wird ein Jahr dauern, schätze ich. Unter Umständen muß er sogar hierbleiben, bis er für eine bedingte Entlassung an die Reihe kommt. Ich möchte es ihm so leicht wie möglich machen.«
»Das wollen sie alle«, sagte Thurman. »Die Eltern, die herkommen – von denen, die noch Eltern haben, die sich um sie scheren. Zahlen Sie im Kaufladen was für sie ein, sage ich ihnen. Und kommen Sie an den Besuchstagen. Das hilft sehr.«
Ich nickte, als fände ich diesen Ratschlag hilfreich. Als er ausgesprochen hatte, holte ich Luft und hielt sie an, bis sie schal schmeckte. »Ich will mehr als das. Ich möchte, daß er vom ersten Tag an Freigänger wird. Er wird es sich verdienen, glauben Sie mir. Er kann jede Arbeit tun, die Sie ihm geben. Er hat mit Computern

gearbeitet, er kann – aber am besten wäre etwas außerhalb. Ich weiß, ein paar von den Aufsehern haben Hausdiener. Für David wäre das ideal. Sie müßten sich keine Sorgen machen –«

»Müßte mir keine Sorgen machen, daß daheim bei meiner Frau und meinen Kindern ein Vergewaltiger sitzt, während ich jeden Tag hier bin? Ich hab über den Fall gelesen. Und Sie haben sowieso Pech. Es gibt keine Hausdiener mehr. Wissen die das denn nicht? Die kleine Extratour hab ich in meiner ersten Woche hier abgestellt.«

Wer ›die‹? dachte ich. Thurman schien immer noch über meine Schulter hinweg zu schauen. Er stand wie angeschweißt an der Ecke seines Schreibtischs, steif wie ein Stock.

»Die glauben, Ihr Sohn verdient eine Sonderbehandlung, weil Sie ein Bezirksstaatsanwalt sind? Na, das können Sie sich abschminken. Die Hälfte aller Bezirksstaatsanwälte in Texas drohen mir mit Klagen, weil ich ihnen die Gefangenen nicht schnell genug abnehme, während wir aus allen Nähten platzen und der verrückte Bundesrichter uns im Nacken sitzt, wenn wir auch nur um einen Mann überbelegt sind. Und jetzt wollen Sie, daß ich einen an der Hand nehme, ihn in meinem Haus schlafen und meine Kinder ins Kino fahren lasse, während er seine Zeit absitzt? Für wie blöd halten Sie mich? Fahren Sie zurück und sagen Sie ihnen, es hat nicht funktioniert. Lewis Thurman erweist niemandem Gefälligkeiten. Lewis Thurman macht alles genau nach Vorschrift. Sagen Sie ihnen –«

»Halten Sie die Luft an«, schrie ich beinahe. »Sehen Sie mich an. Ich trag kein Mikro. Es geht nicht um einen beschissenen Test, ob Sie integer sind. Es geht um meinen Sohn! Hören Sie. Wenn ich versuchen würde, Sie zu irgend etwas Ungesetzlichem zu verleiten, wäre das ohnehin Anstiftung. Weil es meine Idee war. Ich hab es vorgeschlagen. Sie hängen nicht am Haken.«

»Nein, und das werd ich auch nicht. Für wie dämlich haltet ihr alle mich eigentlich? Ich werd Ihnen ganz genau sagen, was ich für Ihren Sohn tun werde: Nichts! Genau, was ich für jeden anderen auch tue. Er wird nehmen, was er bekommt. Genau, was jeder andere Vergewaltiger auch bekommt. Und jetzt machen Sie, daß

Sie aus meinem Büro rauskommen, und wenn Sie sich noch einmal umdrehen, bevor Sie hier raus sind, lasse ich *Sie* in eine Zelle stecken. Sie haben bloß Glück, daß Sie nicht von Geld gesprochen haben. Ich würde Ihnen ein Verfahren anhängen, so schnell –«

»Hören Sie mir doch mal zu. Es ist kein Verbrechen, worum ich Sie bitte. Es ist eine simple Rücksichtnahme, von einem Justizbeamten –«

Er drückte einen Knopf an seiner Bürosprechanlage. »Cindy, lassen Sie zwei Wachen herkommen, schnell. Es handelt sich um eine Festnahme.«

»Schon gut, schon gut.« Ich trat den Rückzug an. »Vergessen Sie's einfach, vergessen Sie, daß ich da war. Ich geh schon, bin schon draußen.«

Das wünschte ich mir noch eine Stunde später, hoffte, daß Thurman vergaß, daß ich überhaupt gekommen war. Ich hoffte, es werde ihm nicht der Mühe wert sein, sich David vorzunehmen. Sonst hatte ich alles nur noch schlimmer gemacht.

Durch einen Anruf bei Sheriff Marrs in San Antonio gelang es mir, einen der Aufseher ausfindig zu machen, mit denen er über David gesprochen hatte, einen, wie er gemeint hatte, ›alten Kumpel‹ von ihm. Ed Preston war vom selben Schlag wie der Sheriff und auch haargenau der Typ dafür, sprach jedoch mit der Wucht von viel Denkarbeit hinter seinen Sätzen. Man braucht Verstand, um die Nummer vom guten, alten Kumpel genau richtig zu bringen, die farbigen Wendungen zu treffen, anstatt sich auf Klischees zu verlassen.

»Thurman hört seine Meise singen, na schön«, sagte Preston. »Als er bloß Aufseher war, wußten wir alle, daß er nicht ganz dicht ist, aber uns hat leider keiner gefragt. Damals nahm ihn keiner ernst, und jetzt will er sichergehen, daß jeder es muß. Obwohl, noch tiefer verbunkern kann er sich nicht. Hockt in seinem Büro wie in 'ner Wagenburg. Bis Erntedank isser mürbe wie 'n Puter im Rohr. Einstweilen allerdings, da haben Sie recht, haben Sie Ihrem Jungen keinen Gefallen damit getan, daß Sie zu ihm gegangen sind.

Wär mir lieber, Sie hätten erst mit Jack Marrs geredet und wären gleich zu mir gekommen. Ich werd tun, was ich kann. Darf mich dabei aber von Thurman nicht erwischen lassen; wär sonst genauso schlecht für Ihren Jungen wie das, was Sie gemacht haben. Nichts für ungut. Versuchen Sie sich keine Sorgen zu machen. Ich werd die Augen offenhalten. Und spendieren Sie Jack 'n Bier von mir.«

›Versuchen Sie, sich keine Sorgen zu machen.‹ Wenn ich noch einen Rest Lachen in mir gehabt hätte, das hätte ihn hervorgeholt. Ich dankte ihm, gänzlich ernüchtert. Und fragte mich, was für eine Schikane Direktor Thurman sich wohl als Reaktion ausdenken würde.

Als ich David das nächste Mal sah, war es durch Glas und Maschendraht, eine Woche später. Es war der erste Besuchstag bei seiner ständigen Einheit, Ellis. Das war keine leichte Einheit für Ersttäter, eher das Gegenteil. Man merkte Thurmans Hand. Ed Preston hatte mich bereits wissen lassen, daß er unter Umständen in der Lage wäre, eine Verlegung zu arrangieren, aber nicht gleich.

Ellis war, wie die meisten, eine Außeneinheit. Die Häftlinge arbeiteten tagsüber auf den Feldern, pflanzen, harken, pflücken. Baumwolle hauptsächlich. Davids Fingernägel waren schwarz. Auf seinen Fingerknöcheln hatte sich Dreck eingefressen, und seine früher weichen Handballen waren voller Blasen. Nach dem blauen Auge hatte ich ihn noch nicht gefragt.

Der dünne Lack von Härte, den er sich im Bezirksgefängnis von Bexar County zugelegt hatte, war ab. Er schien den Tränen nahe. Zunächst spähte er verstohlen nach beiden Seiten auf die anderen Häftlinge, doch als er sah, daß sie in ihre eigenen Gespräche vertieft waren, vergaß er sie. Es gab nur mehr uns beide und seine Schreckensgeschichte.

»Beim ersten Mal konnte ich ihn abwehren. Das zweite Mal kam er mit Freunden wieder. Ich dachte, wenn ich mich wehrte und lang genug um Hilfe schrie, würde jemand kommen, aber es kam keiner. Zwei von ihnen waren aus San Antonio. Sie wußten, wer

ich bin. Sie machten dabei Witze, über dich. Der Bezirksstaatsanwalt hatte es ihnen besorgt, und jetzt...«
»Kennst du ihre Namen? Finde ihre Namen heraus. Ich laß sie anklagen. Vielleicht –«
David lachte. »Sie haben alle lebenslänglich. Was macht eine Strafe mehr ihnen da schon aus? Du verstehst das nicht. Hier drin hat niemand Angst vor dem Gesetz. Das Gesetz hat ihnen bereits alles angetan, was es ihnen antun kann. Es ist wie in der Hölle. Noch tiefer kann man nicht fallen.«
»Tagsüber ist es nicht so schlimm«, sagte er. »Auf dem Feld ist es hart und heiß, und es gibt Zeiten, wo man alleine ist. Die Sonne brennt einem das Denken weg. Aber wenn sie untergeht – dann muß ich daran denken, und mir graut vorm Heimkommen. ›Heim‹.« Es schüttelte ihn. »Es ist wie Zusammenleben mit einem... einem – Ich weiß nicht. Aber es gibt kein Ausruhen. Das ist es, was mich umbringt, dieses ständige Auf-der-Hut-sein.« Jetzt weinte er. »Du möchtest in Ohnmacht fallen vor Erschöpfung, aber du kannst nicht. Warum sind die nicht müde? Vielleicht gewöhnt man sich daran. Gott! Sich an das hier gewöhnen.«
Ein Aufseher kam um die Ecke, um den Leuten zu sagen, daß es Zeit war. David sah ihn aus dem Augenwinkel und wurde steif. Er wischte sich mit den Handflächen die Tränen weg und versuchte, wieder diesen toten Gesichtsausdruck aufzusetzen, doch es gelang ihm nicht. »Du mußt...«, sagte er. »Irgend etwas muß passieren! Niemand kann das hier zwanzig Jahre aushalten.«
Wieder zitterten seine Schultern.
»Sag Mama – ich weiß nicht. Sag ihr, daß es nicht so schlimm ist, wie ich mir's vorgestellt hab.« Es gelang ihm, mir zuzulächeln. »Sag ihr nicht, daß es noch viel schlimmer ist.«
»Sie kommt nächste Woche. Ich werde gleich, wenn ich hier rauskomme, zu diesem Aufseher gehen. Finde die Namen heraus. David, wir können etwas dagegen tun. Es gibt immer noch Gesetze.«
Er lachte wieder. Der Aufseher berührte ihn an der Schulter, und er nickte. Er schniefte und versuchte sein Gesicht zu glätten. Vielleicht glaubte er ja, daß er diesen toten Ausdruck wieder drauf

hatte. Aber er wirkte nur zu Tode verängstigt. Ich sah, wie die anderen Männer um ihn herum aufstanden. David hatte recht, irgend etwas mußte mit ihnen passieren. Sie wirkten so, wie ich mir Gefangene vorstellte, ruhig, resigniert – Männer auf dem Weg zurück in die Baracken oder ans Fließband. Einer von ihnen warf erst einen Blick auf David und dann auf mich. Ich überlegte, wen ich bestechen oder wen ich umbringen lassen könnte. »Ich werde tun, was ich kann, David. Bald kommst du für die Anhörung zur Wiederaufnahme zurück. Diesmal werden wir dich länger dabehalten.«

»Wiedersehen, Dad.«

»Wir schreiben dir, mein Sohn. David –«

Er sah sich nicht mehr um.

Jeder Abend zu Hause war ein langer Abend; an David denken und bangen, ob es ihm gutging. Mitternacht, ein Uhr – jetzt mußten sie schon schlafen, bei den harten Tagen, die sie hinter sich hatten. Erst, wenn ich sicher war, daß er schlief, konnte ich es auch. Während ich dasaß, dachte ich nach. Ich dachte an die vielen Männer, die ich ins Gefängnis gebracht hatte; an die Male, als ich gesagt hatte: »Zwanzig Jahre sind ein guter Handel in einem Fall wie diesem. Ich würde annehmen.« Ohne je über die Wirklichkeit des Gefängnisdaseins nachzudenken. Einmal hatte ich eine Führung durch das Staatsgefängnis mitgemacht, vor fünfzehn Jahren, als junger Staatsanwalt. Man zeigte uns den Zellenblock, den ältesten Teil der Anlage, in dem auch die ältesten Häftlinge saßen. Ich sah so gut wie keinen Insassen, der nicht schon im mittleren Alter war. Das war zu den Zeiten, als die Leute von den Jahren, die sie bekommen hatten, auch wirklich ein gutes Stück absaßen. Sie sahen alle ziemlich friedlich aus; Männer mit Zigaretten in der hohlen Hand standen auf einem Hof herum, der wie der Sportplatz einer Schule aussah. Ein Aufseher zeigte uns die Kantine und einen leeren Zellengang – Betonmauern mit aufgeklebten Fotos aus Magazinen neben metallenen Stockbetten. Als Verteidiger war ich zwei, drei Mal im Gefängniswartezimmer gewesen, um mir die Daten für einen Vorführantrag geben zu lassen, den ich für jemanden einreichen sollte. Doch vom Leben im Zuchthaus, Tag für Tag, Nacht für Nacht, hatte ich wenig Ahnung - und mir auch nie viel Gedanken darüber gemacht. Nun stellte ich fest, daß mir für meine Mutmaßungen über David die Einzelheiten fehlten. Blieben meine Phantasie und Davids Gesicht, als er mir seine Geschichte erzählte.

»Mark?«
Er konnte es nicht überstehen. Ich hatte gewußt, es würde schlimm werden, doch daß es unerträglich sein würde, hatte ich nicht erkannt. Vielleicht gab es bei lebenslänglichen Verbrechern einen grundlegenden Unterschied, der es ihnen ermöglichte, den Laden runterzulassen und Bedingungen zu überleben, die jemanden wie David umbringen würden.
»Es ist deine Entscheidung, Mark. Die kann ich nicht treffen.«
Wenn ich ihn herholte, wäre er sicherer, aber er bekäme keine gute Führung angerechnet und hätte keine Chance auf vorzeitige Entlassung. Vielleicht konnte ich ihn auch nur so lange herholen, bis über seine Berufung entschieden war. Doch in seinem Prozeß hatte es keinen revisionsfähigen Verfahrensfehler gegeben. Keinen, der mir aufgefallen wäre. Am Berufungsgericht entschieden die Richter in Dreiersenaten. Das bedeutete, für eine Mehrheit brauchte ich zwei von ihnen. Doch die Anklage – »Hörst du mir überhaupt zu? Mark, du mußt aufpassen. Richter Marroquin –«
Ich stand von meinem Schreibtisch auf und streifte Linda im Vorbeigehen. Ich konnte mich im Büro nicht konzentrieren. Linda sprach noch immer, doch für mich gliederte es sich nicht in Worte. Es war bloß ein Hintergrundgeräusch beim Hinausgehen. Der schnellste Weg aus dem Gericht hinaus führt über die Hintertreppe, also ging ich vermutlich so. Jedenfalls traf ich keine Leute. Glaube ich wenigstens.
Geschworenenurteile haben eine seltsame Wirkung auf mich. Sosehr ich Jurys auch verachte, so sicher ich mir bin, daß sie bei ihren Entscheidungen gegen alle unsere sorgfältig aufgestellten Regeln verstoßen, so sehr setzt sich die Entscheidung, einmal gefallen, allmählich wie Beton in meinem Kopf fest. Vielleicht ha-

ben sie recht damit, unsere Regeln zu ignorieren. Ihr Laienverstand pfeift auf den ganzen Mist. Sie entscheiden über Schuld und Unschuld auf genau die gleiche Weise, wie wir alle entscheiden, wenn wir neue Reifen kaufen oder ein College für unsere Kinder auswählen. Wenn die Geschworenen einmal eine Entscheidung getroffen haben, neige ich dazu, mich ihrem Standpunkt anzuschließen. Sie sind ja so viele. Wenn zwölf Leute sich alle über etwas einig sind, kämen auch tausend vermutlich zu derselben Meinung. Habe ich als Ankläger einen Fall verloren, beginne ich zu glauben, daß der Polizist als Zeuge vielleicht wirklich gelogen hat. Ich hatte beim ersten Zuhören doch auch meine Zweifel gehabt, oder etwa nicht? Als Verteidiger fing ich nach einem verlorenen Prozeß an zu denken: Nein, das Alibi war ja wirklich nicht überzeugend, oder? Schließlich war es seine Familie, und die würde für ihn lügen. Ich schwenke um und glaube, daß die Jury in diesem Fall irgend etwas objektiv erkannt hat, das mir aus der Perspektive des Beteiligten entgangen sein mußte.

Das war der einzige Trost, den ich in den ersten Tagen nach Davids Prozeß hatte finden können. Vielleicht war er schuldig. Wenn ja, dann war Gerechtigkeit geschehen. Er hatte es nicht schlimmer getroffen als jeder andere schuldige Angeklagte und um vieles besser als so mancher. Als Ankläger wäre ich mit bloß zwanzig Jahren für einen brutalen Vergewaltiger nicht zufrieden gewesen. Wenn er schuldig war, hatte er nicht mehr bekommen als er verdiente. Staatsanwälte hatten einen Standardsatz über Vergewaltiger: Er wird's nett haben im Gefängnis.

Hunderttausende hatten schon eine Haftstrafe heil hinter sich gebracht. David konnte das auch. An diesen Gedanken klammerte ich mich. Doch ihn dort zu sehen, hatte mir jeden Anflug des Gedankens ausgetrieben, daß die Strafe dem Verbrechen entsprach. Egal, was er getan haben mochte, das hatte er nicht verdient! Nach nur einer Woche hatte er es schon dutzendfach abgebüßt. Der Gerechtigkeit war Genüge getan. Ich mußte ihn da rausholen.

Doch ich konnte nicht. Aller Einfluß, den ich auf den Fall gehabt hatte, war dahin. Ich hätte genausogut irgendein anderer verzweifelnder Vater sein können. Ich hatte auch nicht mehr Mittel als jeder von ihnen.

Ich fand mich auf der Flußpromenade wieder. In der Nähe des Gerichts gab es zwei oder drei Abgänge, Treppen, die hinunterführten. Einen davon mußte ich genommen haben. Es war Spätsommer und die Promenade noch voller Touristen. Warum Leute um diese Jahreszeit nach San Antonio kommen, ist mir schleierhaft, aber sie tun es, scharenweise. Und alle landen sie am Ende auf der Flußpromenade. Als ich ein Kind war, war die Innenstadt von San Antonio dunkel und dreckig. Jetzt ist sie belebt und dreckig. Außerdem wird niemand mehr am Fluß umgebracht. Mir kommt es vor, als wäre in meiner Jugend kaum eine Woche vergangen, ohne daß eine Leiche aus dem Fluß gezogen wurde. Vielleicht waren es aber auch gar nicht so viele. Die großen Erlebnisse der Jugendzeit vervielfachen sich im Rückblick immer.
In den letzten Jahren wurde die Promenade ausgebaut und verbreitert. Jetzt zieht sie sich unter einem Großteil der Innenstadt dahin, zwischen oder neben den großen Hotels bei der Kongreßhalle. Der Gehweg besteht abwechselnd aus breiten Steinplatten und kieseldurchsetztem Beton. Auf dem Fluß fahren Touristenkähne, und am Ufer reihen sich Cafés aneinander. Der Fluß selbst gibt als Wasserstraße nicht viel her. Es würde mich überraschen, wenn er irgendwo in der Stadt tiefer als einen Meter wäre. Aber Wasser macht heiter. Und regt zum Nachdenken an.
Nicht so die Menschenmassen. In einem Durcheinander von nackten Armen schreckte ich auf: Ich war in ein Gruppenfoto geraten. In meinem dunklen Anzug sah ich unter den kurzen Hosen und bunten Hemden aus wie das Gespenst des Todes. Augen starrten mich durch Sonnenbrillen an. »Entschuldigung«, murmelte ich wieder und wieder, während ich in die Richtung zurückstolperte, aus der ich gekommen war. Ich eilte durch das Gewühl von Spaziergängern, stieß gegen jemanden und entschuldigte mich wieder.
Im vergangenen Jahr hatten städtische Bautrupps die Flußpromenade über die Innenstadt hinaus zum alten Zeughaus und zur

Mühle aus der Pionierzeit verlängert, bis ins Viertel von King William mit seinen schönen alten Villen, von denen einige dem Verfall und den Junkies preisgegeben waren. Dieser Teil der Promenade war nicht überlaufen, weil es hier keine Läden oder Bars gab. Da war nur der Fluß selbst, und hoch über der Uferböschung sah man dann und wann ein Stück von einem alten Haus. Es war viel zu sonnig, weil alles neu war und die jungen Bäume noch keinen Schatten spendeten. Doch die Sonne war mir immer noch lieber als die Menschenmassen. Ich machte mich auf den Weg zu diesem Teil der Flußpromenade und war bald allein. Einen Block vor mir ging ein anderer einsamer Wanderer, den Kopf gesenkt, die Hände in den Taschen. In der nächsten Minute bog er ab und stieg die Treppe zur Straße hinauf. Ich war der einzige Mensch weit und breit.

Ich hatte die legalen Möglichkeiten, David herauszuholen, beiseite geschoben und dachte nun über illegale nach. Ich konnte ihn für die Anhörung über den Wiederaufnahmeantrag nach San Antonio zurückholen, und der Sheriff würde ihn vermutlich in meine Obhut entlassen, wenn ich ihn darum bat. Danach... danach lag noch ein langes Leben. Würde ich David damit einen Dienst erweisen? Vermutlich würde er sich auf den erstbesten Freiheitsstrahl stürzen. Aber würde er mir immer noch dankbar sein, wenn er vierzig war und immer noch ein Flüchtling, über dem eine Gefängnisstrafe schwebte, eine Strafe, die er ohne meine Intervention bis dahin längst abgesessen hätte? Die zwei oder drei Jahre im Gefängnis mußten gegen sein ganzes restliches Leben abgewogen werden.

Und was, wenn er gar kein Leben mehr vor sich hatte? Was, wenn er im Gefängnis umgebracht wurde? So was kommt vor. Oder wenn er sich mit AIDS infizierte? Im vergangenen Jahr war ein Dutzend Häftlinge daran gestorben. Es konnte sich bald zu einer Epidemie auswachsen. Vielleicht hatte sich David schon angesteckt. Vielleicht hatte er...

Ich ging schneller. Meine Fäuste waren in den Taschen geballt. Schweiß lief mir unter dem Jackett über den Rücken. Die Sonne auf dem Pflaster konnte einen blenden. Ein falscher Schritt, und

man landete im Fluß. Das schien mir gar keine schlechte Möglichkeit.
Im Schatten unter einer Brücke wurde ich langsamer. Ich bog nach links und kam zu der Stelle, wo die Brücke nicht höher war als ich groß. Ich lehnte meine Stirn an die kühlen Steine. Meine Augen schlossen sich.
Schritte näherten sich; das Geräusch harter Absätze hallte unter der Brücke. Ich wartete, daß sie vorbeigingen. Statt dessen wurden sie langsamer. Die Schritte kamen auf meine Höhe, gingen vorbei und blieben stehen.
Mir kam der spaßige Gedanke, daß es ein Räuber war. Vermutlich sah ich nach dem leichtesten Opfer am Fluß aus. Wenn er eine Waffe hatte, würde ich mich wehren. Vielleicht ließen sie David zu meiner Beerdigung raus. Dann konnte Lois entscheiden, was mit ihm geschehen sollte. Ich wußte, was Lois tun würde.
»Mr. Blackwell?«
Verdammt! Ich hielt die Augen geschlossen und hoffte, er würde weggehen. Ich kannte die Stimme nicht, doch ich wollte mit niemandem reden, ob er mich kannte oder nicht. Keinem Reporter, Verteidiger oder Mitarbeiter von mir.
»Mr. Blackwell, es –«
»Hauen Sie ab, machen Sie schon.«
»Es wäre zu Ihrem Vorteil, nicht zu meinem.«
Ich gab ihm nichts außer einer Rückenansicht, bis er hinzufügte: »Und dem ihres Sohnes.« Ich wirbelte herum, bereit, einen Schwinger zu landen. Jetzt war ich sicher, daß es ein Anwalt sein mußte. Wer immer versuchte, sich zu einem Zeitpunkt wie diesem an mich heranzumachen, konnte nur ein lieber Kollege sein.
Seine Erscheinung ließ mich innehalten. Mein Gegenüber war ein kleiner Mann um die fünfzig. Alles an ihm war klein: sein weißer Schnurrbart, seine sauber polierten Schuhe, sein Hahnentrittjakkett, sein Hut. Du liebe Güte, er trug einen Filzhut mit einer kleinen Feder im Band!
»Wenn Sie einen Gefallen von mir wollen, knall ich Ihnen den Kopf aufs Pflaster und tauch Sie dann im Fluß unter, bis Ihnen die Luft wegbleibt.«

Er ließ sich nicht aus der Ruhe bringen. »Ihr Sohn ist reingelegt worden«, sagte er.
Das war viel wirksamer, als wenn er mich in den Magen geschlagen hätte. Er wartete, bis alles Bedrohliche von mir abgefallen war, und fuhr dann fort.
»Die Putzfrau hat gelogen. Sie wird ihre Aussage bei einer Anhörung über den Wiederaufnahmeantrag unter Eid widerrufen. – Unter einer Bedingung.«
»Wer sind Sie?«
»Ich vertrete einen Klienten, Mr. Blackwell. Sie werden mich nach dem heutigen Tag nie mehr wiedersehen. Ich hätte Sie schon früher kontaktiert, aber dies ist die erste Gelegenheit, bei der ich Sie allein erwische. Sie haben zuviele Leute in ihrem Stab, wenn ich das anmerken darf.«
»Wer –«
»Aber das führt doch zu nichts. Hören Sie mir bitte sehr genau zu. Dies ist die einzige Mitteilung, die Sie erhalten werden. Was sie als Gegenleistung für die Freiheit Ihres Sohnes zu tun haben, ist folgendes: In Ihrem Büro ist ein Fall gegen einen Mann namens Clyde Malish anhängig. Muß ich den Namen wiederholen?«
»Nein.«
»Sie werden dafür sorgen, daß der Fall vom Tisch kommt. Eine einfache Einstellung wird hierbei nicht reichen. Ein einmal eingestellter Fall kann jederzeit neuerlich zur Anklage gebracht werden, aber das wissen Sie besser als ich. Sie müssen dafür sorgen, daß der Fall auf Dauer niedergeschlagen wird. Es wäre ein Wiederaufnahmeverbot in Betracht zu ziehen. Aber wie Sie das anstellen, bleibt Ihnen überlassen. Sie sind der Bezirksstaatsanwalt. Sie werden zweifellos einen Weg finden. Beweismittel sind nicht unzerstörbar.« Er verzichtete mit einer Geste auf alle weiteren Vorschläge. »Sie sollten am besten rasch vorgehen, denn die Frist für eine Wiederaufnahme Ihres Verfahrens vor der Strafkammer läuft sehr bald ab. Wenn Sie auf die Aussage der Putzfrau Wert legen ...«
Keiner von uns hatte sich bewegt. Er war bequem in Reichweite. Ich wartete, um alles zu hören, was er freiwillig sagen würde, und

studierte ihn währenddessen. Er war ein adretter, kleiner Mann, auch wenn die Manschetten seines weißen Hemds ein bißchen abgestoßen waren. Ich fragte mich, ob er seine Sachen extra für diese Rolle aus zweiter Hand gekauft hatte. Ich kam zu dem Schluß, nein; sie wirkten zu sehr wie ein Teil von ihm. Aber wer hatte ihm den Text geschrieben.

»Sie verstehen? Es ist ganz einfach. Tun Sie es, und die Putzfrau wird vor Gericht erscheinen und aussagen. Die Verurteilung Ihres Sohnes wird aufgehoben. Tun Sie es nicht, bleibt er, wo er ist. Es geht ganz automatisch. Keine Lösegeldübergabe, nichts, was schiefgehen kann. Sie müssen mir nicht gleich Ihre Zustimmung geben. Wir werden durch Ihr Vorgehen wissen, ob Sie einverstanden sind. Alles klar? Ich bin nicht befugt, Fragen zu beantworten, aber wenn Sie etwas nicht deutlich verstanden haben, kann ich es wiederholen.«

»Welchen Beweis habe ich für diesen Plan? Warum sollte ich Clyde Malish diesen Gefallen tun, ohne irgendeine Sicherheit, daß ich im Gegenzug etwas dafür kriege?«

Der kleine Mann reckte neckisch den Kopf hoch. »Sie meinen, Sie sind nicht bereit, nach jedem Strohhalm zu greifen? Was für ein Vater sind Sie?«

Ich überlegte, ob ich ihn ins Büro mitnehmen oder eine Stelle weiter unten am Fluß suchen sollte. Ein leerstehendes Haus in King William vielleicht. Er hatte offensichtlich alles gesagt, was er ohne weitere Überredung zu sagen hatte. Ich bemerkte, wie glücklich ich war. Vielleicht war die Freude auch nur relativ. Vielleicht nur rein körperlich. Ich atmete tiefer, meine Muskeln dehnten sich unter dem Blutdrang. Die Chance, etwas zu tun, war eine Entladung fast wie ein Orgasmus.

»Da ist nur eines«, sagte ich ernst und nahm die Hände aus den Taschen. »Ich frage mich, ob –«

»Nun denn«, sagte der adrette kleine Mann bedauernd, und seine Hand kam ihrerseits aus der Jackettasche hoch. Er war nicht aus San Antonio, da war ich plötzlich ganz sicher. Revolverhelden aus Bexar County bevorzugen 357er Magnums oder 45er. Waffen, wie Clint Eastwood oder Matt Dillon sie tragen. Das hier war nicht mehr als eine 32er. Vielleicht auch nur eine 22er. Sie würde saubere kleine Löcher machen. Der kleine Mann trat einen Schritt zurück.

»Kommt Ihnen das nicht albern vor?« sagte er. »Desperados unter einer Brücke. Sie –« Er unterbrach sich.

»Wer sind Sie?« fragte ich von neuem, und er gab mir dieselbe Antwort.

»Sie werden mich nicht wiedersehen.« Er ging davon, nur halb von mir abgewandt, und hielt die adrette kleine Pistole gesenkt, doch bereit.

Als er vier, fünf Meter weit weg war, ging ich ihm nach. Die Pistole war nur eine milde Abschreckung. Ich glaubte nicht, daß er schießen würde, und wenn doch, war ich nicht sicher, ob er mich treffen würde. Jedenfalls bezweifelte ich stark, daß der Schuß mich töten könnte.

Am Fluß gab es kein Davonkommen. Als er rascher ging, tat ich es auch. Er blickte beleidigt zu mir zurück und schwenkte seine Waffe. Ich blieb stehen.

Als ich den Boden vor mir absuchte, fand ich einen faustgroßen Stein am Rand des Gehwegs und hob ihn auf. Er lag gut in der Hand, wie ein Baseball. Auf der High School hatte ich ab und zu Werfer gespielt.

Der kleine Mann hatte mich beobachtet, gleichzeitig aber die Gelegenheit genutzt, seinen Vorsprung zu vergrößern, was mir noch weniger Sorgen machte als die Pistole. Ich holte mit Riesenschritten auf.

Oben auf der Brücke, unter der wir gestanden hatten, führte eine Straße über den Fluß. Am Ende der Brücke war eine Wendeltreppe, die zu dieser Straße hinaufführte. Der kleine Mann begann hochzulaufen. Ich kam unten an, noch ehe er halb oben war. Durch die Treppenwindungen gab er für mich nie ein klares Ziel ab, doch er hatte dasselbe Problem. Ich rannte die Stiegen hoch und hoffte, auch er werde laufen, wenn er oben ankam, nicht warten und versuchen mich abzufangen. Auf die Entfernung, knapp fünf Meter vielleicht, würde mein Stein genauso treffsicher sein wie seine Pistole. So, wie ich mich fühlte, mit pumpenden

Lungen und rasendem Puls, dachte ich, ich könnte sogar ein oder zwei Treffer nehmen und ihn immer noch zur Strecke bringen.
Oben an der Treppe bewegte er sich tatsächlich weiter. Ich wurde ein wenig langsamer, als ich selbst oben ankam, um festzustellen, ob er irgendwo anders Deckung gesucht oder sich einfach umgedreht hatte und nur darauf wartete, zum Schuß zu kommen.
Er sah mich neuerlich bedauernd an. Ich hatte ihn mit meiner kindischen Art enttäuscht. Schlimmer noch, meinetwegen hatte er sich seine Sachen zerknittert. Er stand neben der offenen Autotür und schüttelte traurig den Kopf, als er zu mir zurückblickte. Der Wagen rollte bereits, als er hineinsprang. Ich sprintete los, kam fast nahe genug heran, um die Stoßstange zu fassen, bevor er mich stehenließ. Stolpernd holte ich aus und warf den Stein. Er prallte von der Heckscheibe ab. Nur der kleine Mann sah nach hinten. Der Fahrer war ein namenloser Hinterkopf.

»Ich will ihn sehen, und zwar jetzt.«
»Mr. Blackwell, so geht das nicht. Wenn Thurman davon Wind bekommt, gibt's für ihn kein Halten mehr. Warum lassen Sie nicht einfach mich –«
»Mir egal, wer davon erfährt, und euer bekloppter Direktor wird für miese kleine Racheakte keine Zeit mehr haben. Mein Sohn ist unschuldig.«
Ed Preston wirkte peinlich berührt. »Na ja, entschuldigen Sie, Mr. Blackwell, aber so was macht hier drin nicht gerade sehr viel Unterschied. Die meisten Männer, mit denen Sie reden –«
»Ich meine, ich habe Beweise. Versuchen Sie nicht, mir gut zuzureden. David wird nicht mehr lange hier sein. Und ich werde ihn jetzt sehen.«
Eine lange Minute musterte der Aufseher mein Gesicht. Beim Versuch, ihn einzuschüchtern, wirkte ich genauso lächerlich wie in der Szene mit dem adretten kleinen Mann, wenn auch doch aus einem anderen Grund. Preston war fünf Zentimeter größer und mindestens fünfzig Pfund schwerer als ich. Und an seinem Gürtel, gleich neben seiner Hand, baumelte ein schweres Stück Eichenholz.

Nach der langen Minute Musterung sah er gerade lang genug von mir weg, um einem Schließer einen Blick zuzuwerfen und zu nicken.
»Auf Ihr Risiko«, sagte der Aufseher. »Und auf meines, denken Sie daran.«

Das blaue Auge war am Verblassen. Ich sah keinerlei neue Schrammen an David, doch er wirkte wie ein gänzlich anderer Mensch. Vor einem Monat hatte er noch einen Anflug jungenhafter Fleischigkeit im Gesicht gehabt. Jetzt waren seine Wangen eingefallen. Unter seinen Augen waren dunkle Ringe. Wenn er den Kopf neigte, sah man die Augen nicht. Seine Hände waren auch nicht mehr die seinen. Sie sahen harthäutig aus und schienen auf Dauer von eingefressenem Dreck gezeichnet. Es waren die Hände eines viel älteren Mannes, zupackend, aber ungefüge.
Was für eine Schauspielerin Mandy Jackson doch gewesen war. Wo hatten die sie bloß aufgetrieben?
David sah aus wie ein Mann, den eine Krankheit aufzehrt – nicht so, als würde er geschlagen oder zu Tode geschunden, sondern als würde er von innen her absterben. Am meisten erschreckte mich, daß er jetzt aussah wie ein Mann, der das Gefängnis überleben konnte.
»Ist noch irgendwas passiert, David? Bist du okay?«
Er zuckte die Achseln. »Ich werd dir nicht die nächsten zwanzig Jahre Geschichten erzählen. Ich komme klar. Das Glück dabei ist, daß es immer einen frischen Haufen neuer Jungs gibt.«
»Hast du die Namen von diesen Männern rausgekriegt, von denen, die – dich angegriffen haben?«
Er sah mir hart in die Augen. »Glaubst du, ich will, daß irgendwer ihre Namen erfährt? Willst du, daß Ma und Dinah bei *dem* Prozeß auch zuhören kommen?«
Ich ließ seine Augen sich in mich bohren. Noch nie zuvor in seinem Leben hatte er mich so lange angesehen. Sein Blick hatte eine Kraft wie nie zuvor, doch es lag auch etwas Gebrochenes darin. Ich hätte gern nach seiner Hand gegriffen.
»David, ich habe einen Beweis, daß die Putzfrau gelogen hat.«

Sein Atem kam scharf durch seine Nase. Zum ersten Mal sah er wieder ängstlich aus. Seine Hände suchten auf der leeren Tischplatte nach etwas, um sich festzuhalten, und als sie nichts fanden, schlossen sie sich zu Fäusten. »Mandy?«

»Ja.«

»Sag mir nicht so was. Versuch nicht, mir zuliebe was zu drehen. Ein sicherer Beweis?«

»Es braucht noch Arbeit, aber es reicht für einen Anfang. Ich werde dich hier herausholen. Zurück nach Bexar County. Es wird zwar Gefängnis sein, aber nicht –«

Er stand auf. »Heute?«

»Heute geht es nicht. Ich hab die Bewilligung noch nicht.«

Er drehte mir den Rücken zu.

»David, hör jetzt genau zu. Ich hab mir überlegt, was du tun mußt: Verprügle jemanden.«

Er blickte sich um und sah mich über die Schulter an.

»Ganz egal, wen. Je geringer der Anlaß, desto besser. Einen von den Frischlingen oder einen von den – jemanden, den du kennst. Mach es vor den Aufsehern. Geh da ganz sicher. Laß dich von einem Aufseher erwischen.«

In seinen Augen zeigte sich die erste Spur Lebhaftigkeit. »Ich werde in Einzelhaft kommen«, sagte er.

»Ja. Und bis du da rauskommst, hab ich dich hier raus.«

Er schätzte es ab. Beinahe lächelte er. Doch dann wurde er wieder nüchtern. »Ich verliere meine ganze gute Führung.«

»Ich hab dir schon gesagt, das ist jetzt egal.«

»Von deiner Seite der Scheibe sagt sich das leicht.«

»Ich hol dich hier raus, David, ich schwör's dir. Ich werde alle Fäden ziehen, die ich kenne. Diesmal –«

Jetzt war ich es, den er abschätzte. »Ich dachte, das hättest du bereits.«

Ich stand auf und legte meine Hände auf die Glasscheibe. Ein Aufseher, der in einer Ecke des ansonsten leeren Raumes gestanden hatte, kam näher. »David.« Ich konnte ihn nicht wieder durch diese Tür nach drinnen gehen lassen, in diese Welt, in der ich ihn nicht erreichen, in der ich nicht das Geringste für ihn tun konnte.

Doch als er von mir wegging, tat er es ohne Zögern. Sein Schritt war leichter als beim Hereinkommen. Ich verharrte noch lang, nachdem die Tür sich geschlossen hatte, und hielt mich an der Scheibe fest.

Es war genau so passiert, wie David gesagt hatte. Die lächerliche Geschichte war wahr. Er war unschuldig und saß im Gefängnis. Ich versuchte mir in einem fort die Szene vorzustellen, wie sie passiert war. Aus bloßen Worten war ein Bild geworden: Eine Frau kommt in sein Büro und fängt an, sich die Kleider runterzureißen und die Haut zu zerkratzen. Auf dem Flug zurück nach San Antonio dachte ich über Mandy Jackson nach. Jack Pfister, einer meiner Ermittler, hatte bereits nachgeforscht und herausgefunden, daß sie ihre Kinder aus der Schule genommen und mit ihnen verschwunden war. Das war der einzige Beweis, den ich hatte, daß der kleine Mann mir die Wahrheit gesagt hatte. Natürlich konnte sie sich nach dem Prozeß entschlossen haben, umzuziehen oder zumindest Ferien zu machen. Ich hatte keinerlei Beleg für die Geschichte. Ich brauchte auch keinen, aber Watlin schon.
Es fiel mir immer noch schwer zu glauben, daß sie als Zeugin so glaubhaft und doch durch und durch eine Lügnerin gewesen sein sollte. Nur David, Lois und Dinah hatten sich von ihr nicht täuschen lassen. Ich erinnerte mich an die Leidenschaft und das Grauen in ihrer Aussage. Und an den Haß in ihren Augen, der nicht gespielt gewesen sein konnte. Ich hatte geglaubt, es sei David, den sie haßte, doch es war jemand anders. Der Mann, der sie in diesen Zeugenstand gezwungen hatte: Clyde Malish. Vermutlich hatte er ihre Kinder bedroht. Nichts sonst konnte eine Frau dazu bringen, solch eine Vorstellung zu geben. Es war mir unmöglich, sie zu hassen. Mrs. Jackson war wie David ein Opfer desselben Plans. Doch sie war nicht im Gefängnis. Wenn auch ich ihr zusetzen und drohen mußte, würde ich es tun, um Davids willen. Falls ich sie überhaupt fand.

»Es gibt Hoffnung«, erzählte ich Lois. Um es ihr zu sagen, mußte ich in die heiligen Hallen ihres Arbeitszimmers einbrechen. Ich weiß nicht, was sie da drin gerade tat – vielleicht an ihren Senator schreiben. Lois hatte nicht aufgegeben, dessen war ich sicher, aber mich zog sie nicht mehr zu Rate. Vielleicht hatte sie einen guten Anwalt engagiert.

»Was meinst du?«

Ich erzählte ihr von dem adretten kleinen Mann mit der Pistole. Ich hatte hin und her überlegt, ob ich es ihr sagen sollte, ob ich auch ihr falsche Hoffnungen machen sollte, wie David sich beklagt hatte. Aber ich konnte es ihr nicht verschweigen. Später würde es doch herauskommen, und mein Versäumnis, Lois davon zu erzählen, würde wie ein Verrat aussehen. Also erzählte ich es ihr, so schlicht wie möglich, ohne Einzelheiten.

»Hast du die Autonummer?«

»Gestohlen natürlich. Ich wußte es schon, als sie mich den Wagen sehen ließen.« Ich wechselte das Thema. »David hab ich's schon erzählt. Ich versuchte ihm zu sagen, er solle sich keine Sorgen machen.«

Lois zeigte keine Spur Erleichterung, wie ich es erwartet hatte. Sie saß in ihrem Schreibtischsessel, die Schultern zusammengezogen. Man hätte denken sollen, daß wenigstens die Entlastung ihres Sohnes sie aufheitern würde. »Aber man kann nichts tun«, sagte sie.

»Natürlich kann man etwas tun. David wieder herbringen, zunächst einmal. Für die Anhörung hole ich mir einen Vorführbefehl für ihn. Bis dahin finde ich vielleicht Beweise dafür, daß er reingelegt wurde. Vielleicht widerruft Mandy Jackson ihre Aussage, wenn ich sie gefunden habe. Es gibt eine Menge zu tun.«

Ich war aufgekratzt, stand gestikulierend in der Tür und platzte beinahe vor Energie. Die schien ich ganz für mich aufzubrauchen. Lois saß immer noch zusammengesackt da. Sie blickte mich seltsam an, ohne eine Spur Freude. Sie wollte keine Hoffnung in sich aufkommen lassen. Ich verstand. Schließlich nickte sie, ich war entlassen. Ich eilte davon, vage irritiert, aber voll Eifer weiterzumachen. Ich wollte, Lois hätte ein wenig Trost daraus ziehen können, daß die Ereignisse erneut in Fluß geraten waren und dieser uns vorwärtstrieb. Sie würde schon sehen.

»Was meinst du damit, er will ihn nicht unterschreiben? Was stimmt nicht damit?«
»Nichts stimmt nicht damit, Mark. Es ist ein Vorführbefehl, in der üblichen Form. Ich hab ihn ihm vorgelegt, und er sagte nein.«
»Wo, in seinem Zimmer oder im Saal? War irgendwer dabei?«
»Macht das einen Unterschied?« fragte Linda.
»Ich weiß nicht. Bei Watschel weiß man nie. Reporter waren keine in der Nähe, oder?«
»Ich erinnere mich an keinen. Nicht in Hörweite. Ich trat an den Richtertisch. Es war nichts auszusetzen an dem Befehl, Mark. Er fing an die Stirn zu runzeln, sobald er den Namen sah. Er schüttelte einfach den Kopf und gab ihn mir zurück.«
»Wollte er mich sehen?«
»Nein.« Linda warf mir einen finsteren Blick zu. Ich brauchte einen Moment, bis ich an ihre Gefühle dabei dachte. Ich hatte sie mit einem einfachen Auftrag losgeschickt, einem Botengang in Wirklichkeit, und sie hatte ihn erledigt. Sie wußte, wie wichtig es war. Ich hatte auch Linda von dem adretten kleinen Mann erzählt. Um die Wahrheit zu sagen: noch vor Lois.
»Mach dir keine Gedanken deswegen, Linda. Du hast nichts falsch gemacht.«
»Ich weiß.«
»Watschel will bloß erst über die Folgen nachdenken. Wo ist das Formular?«
»Ich komme mit.«
»Nein. Der Richter wird keine Zeugen wollen. Außerdem sähe das so aus, als wärst du deinen großen Bruder holen gegangen, um ihn zu verdreschen.«
»Ich brauche keinen –«
»Ich weiß. Danke, Linda. Ich hab was anderes für dich zu tun, während ich fort bin.«

Watlin war in seinem Büro. Ich fragte mich, wie lang er dort schon gewartet hatte. Ich sah, daß er mit meinem Erscheinen gerechnet hatte, weil niemand bei ihm war, keine von den Kröten, die sonst wie mit Saugnäpfen unvermeidlich an seinem Hintern hingen. Er

trug immer noch seine Robe, als käme er eben für ein paar Minuten aus dem Gerichtssaal, um ein Gesetz nachzuschlagen.
»Hallo, Blackie. Was kann ich für Sie tun?«
Wenn ich es recht bedachte, hatte Watlin als erster mit diesem mir verhaßten Spitznamen angefangen. War aber nur recht und billig. Ich war, glaube ich, der erste, der ihn Richter Watschel nannte.
»Ich komme zur juristischen Weiterbildung, Herr Richter. Offenbar haben Sie an diesem Vorführbefehl einen Formfehler entdeckt, der mir entgangen ist. Ich komme, um Ihrer Gelehrsamkeit teilhaftig zu werden.«
Watlins Lachen kam nicht spontan, sondern erst, als er sich entschieden hatte, daß Lachen die gebotene Antwort war. Er sah aus wie eine schlecht gemalte Zeichentrickfigur: Seine eisig grauen Augen paßten nicht zu seinem lachenden Mund. Als der Frohsinn abklang, rieb er sich die Augen und sagte: »Blackie, Sie und ich, wir beide wissen, daß meine juristische Gelehrsamkeit Ihnen keine Minute Ihrer Zeit wert wäre. An Ihrem Vorführbefehl ist nichts auszusetzen, nicht daß ich wüßte. Nicht juristisch.«
»Dann –«
»Es ist der Zeitpunkt. Teufel noch mal, wie lang ist er jetzt weg, eine Woche? Und Sie wollen, daß ich ihn schon wieder herhole?« Er schüttelte den Kopf. »Es ist immer noch eine Story. Hier schleichen weiterhin Reporter herum, auf der Suche nach einem Aufhänger. Aber bis jetzt haben wir ihnen nichts gegeben, weil alles genau nach Vorschrift abgelaufen ist. Wie ein ganz gewöhnlicher Fall. Lassen Sie ein Weilchen Gras über die Sache wachsen, Blackie. Dann werden wir ihn für eine Anhörung zurückholen.«
»Richter, ich glaube, Ihre Sorge –«
Er nahm ein Dokument vom Schreibtisch. »Dieser ergänzte Antrag auf Wiederaufnahme – von dem ich übrigens nicht sicher bin, ob er fristgerecht kam, aber vergessen Sie das mal für einen Moment –, das ist alles ziemlich vage, wissen Sie. Haben Sie wirklich neue Beweise? Etwas, das Sie belegen können, oder ist es einfach –«
»Belegen kann ich es noch nicht, John. Ich bin eben erst darauf

gestoßen. Aber ich bitte auch nicht um eine Anhörung heute. Eine Woche noch, vielleicht zwei –«

Er nickte. Und versuchte wieder, mir den Vorführbefehl zurückzugeben. »Das hab ich mir gedacht. Wir werden den Angeklagten zurück nach Bexar County holen, wenn wir bereit für die Anhörung sind. Genau wie wir es bei jedem anderen verurteilten Verbrecher halten.«

Ich griff nicht nach dem Formular, das er mir entgegenhielt. »Er ist kein Verbrecher«, sagte ich.

Watlin seufzte. »Wird das bei jedem einzelnen Schritt so weitergehen, Blackie? Ich weiß, wie das für Sie sein muß, aber Sie müssen lernen, der Sache ihren Lauf zu lassen. Ihre Kontrolle reicht nur bis hierher. Jetzt ist es vorbei damit. Sie müssen –«

»Hören Sie zu«, unterbrach ich. »Darum geht's nicht, John. Ich weiß, daß David unschuldig ist. Ich habe den Beweis!«

Er schaute skeptisch. »Wenn Sie den Beweis haben, dann her mit der Anhörung. Ich wäre mehr als froh –«

»Es reicht noch nicht. Jemand erpreßt mich. Nach dem Prozeß hat man mich kontaktiert und wissen lassen, daß Mandy Jackson ihre Aussage widerrufen wird, wenn ich jemandem einen Gefallen tue.«

Der Richter kaute an dem Bissen. Aber langsam war er nicht. Er verdaute die Mitteilung und fand den Fehler darin schneller, als ich mir überlegen konnte, was ich als nächstes sagen sollte. »Zunächst mal: Nur weil sie widerrufen will, heißt das noch lange nicht, daß sie gelogen hat.«

»Ich weiß. Das ist eines der Probleme mit meinem Beweis; deshalb bin ich noch nicht bereit für die Anhörung. Aber ich weiß, daß David die Wahrheit sagte. Verstehen Sie, John? Ich rede nicht von rechtlichen Beweisen. Ich *weiß* jetzt, er ist unschuldig, und er sitzt im Gefängnis. Mein Sohn!«

Watlin nickte. Seine gespitzten Lippen schoben sich leicht nach vorn und zurück, äußeres Anzeichen eines inneren Dialogs. Wir an unserem Ende denken nicht viel übers Gefängnis nach. Es ist der Buhmann, mit dem wir Leuten Angst machen, die gegen die Bewährung verstoßen, oder der Knüppel, mit dem wir sie erst mal dazu bringen, sich auf Bewährung schuldig zu bekennen. Wir bejubeln oder beklagen lange Haftstrafen, doch sind das nur Zahlen für uns. Langgediente Verteidiger sehen Klienten weggehen und ebenso schad- wie reulos wiederkommen. Auf die läuternde Kraft der Schrecken des Gefängnisses geben wir schon lang nichts mehr.

Richter sind noch weiter davon entfernt. Sie sehen Männer vor sie hinschlurfen, die Besserung geloben, um Bewährung für sich zu erwirken, oder sich im Austausch für ein paar Jahre weniger schuldig bekennen, womit sie sich de facto bereit fürs Zuchthaus erklären. Die Verhandlungssäle von Richtern sind täglich voll von Gefangenen, denen es gleich zu sein scheint, ob sie die nächste Nacht auf der Straße oder in einer Zelle zubringen. Watlin war noch dazu nie Verteidiger gewesen, hatte nie mit einem Klienten durch Maschendraht hindurch geredet, während Gefängnisgerüche und -geräusche in das stickige Kabuff wehten.

Watlins einzige Ehe war kurzlebig gewesen und hatte keine Kinder hervorgebracht, was sein Mitgefühl noch mehr beeinträchtigte. Ich konnte mich nicht erinnern, wann er David vor dem Prozeß zum letzten Mal gesehen hatte.

»Haben Sie ihn dort besucht?« fragte er.

»Ja. Bereits verprügelt und vergewaltigt.«

Watlin zeigte einen leichten Schauer, antwortete jedoch nicht. Er berührte mitfühlend meinen Arm. Dann bewegten sich seine Augen, und ich spürte, wie seine Gedanken sich darauf verlagerten, wie es für die Öffentlichkeit aussehen würde, wenn er mir einen Gefallen tat. Seine Lippen spitzten sich wieder.

»Das alles wird eines nicht mehr fernen Tages herauskommen, Richter. Die Leute werden wissen, daß David ins Gefängnis mußte, weil jemand es auf mich abgesehen hatte!«

Noch deutlicher mußte ich nicht werden. Es würde, sagte ich damit, Helden und Schurken geben, Betrogene und Betrüger. Watlin wußte nur zu gut, welcher Seite ein Richter zugeschlagen werden würde, der die Möglichkeit, wahre Gerechtigkeit zu üben, gehabt und sie aus Eigennutz ausgelassen hatte. Er antwortete nicht, als hätte er mich nicht gehört, als wäre er ohnehin schon dabei gewesen, den Vorführungsbefehl zu unterzeichnen, aus bloßer Sorge um David. Vielleicht hätte er das auch getan. Ich wußte nicht, was stärker war, sein Mitgefühl oder sein Eigennutz, doch ich wußte, ich würde am besten fahren, wenn ich beides auf meiner Seite hätte.

Er ließ das Formular nicht gleich los, als meine Finger danach griffen. Auch seine Augen hielten mich zurück. »Sie wissen, was ich da in Ihre Hände lege, Blackie? Ein kleines Stück meiner Karriere. Vielleicht ist es nichts, was mich ruinieren könnte, aber ich gehe nicht gern ein Risiko ein. Deshalb ist das auch schon meine dritte Amtszeit. Sie würden mich doch nicht belügen, oder?«

Aber ja doch. Belügen, beschwatzen, bewußtlos schlagen. »Ich hatte gehofft, Sie würden mich für eine solche Frage zu gut kennen, John«, sagte ich feierlich. Wir nickten einander zu, Männer mit Ehrbegriffen.

Ich brauchte fünfzehn Minuten, um den Vorführbefehl zum Sheriff zu bringen und zwei Hilfssheriffs damit nach Huntsville in Marsch setzen zu lassen. Die Sonne stand noch hoch. Sie würden vor dem Dunkelwerden da sein. Ich fühlte mich um vieles leichter, als ich zurück ins Gericht ging.

Dann ging ich daran zu tun, was man mir aufgetragen hatte: Die Anklage gegen Clyde Malish zu Fall zu bringen.

10 Unzufälligerweise war sein Prozeß zwei Tage nach meiner Begegnung mit dem adretten kleinen Mann angesetzt. Sie wollten, daß mir nur Zeit blieb zu handeln, nicht zu planen. Ich ließ den nominierten Anklägern gegenüber den Hinweis fallen, auf einen Beginn des Prozesses zu drängen, doch sie mußten dazu gar nichts tun. Malish hatte schon so viele Vertagungen gehabt, daß sein Fall ganz oben auf der Liste stand, und sein Anwalt erklärte sich prozeßbereit.

Ich war im Gerichtssaal, um es mir anzusehen. Richter Marroquin warf mir einen beifälligen Blick zu. Wir waren beide Politiker, die einzigen offenkundigen im Saal, noch dazu von derselben Partei. Außerdem wußte er, daß Malishs Fall wichtig war, und als er mich dort sah, mußte er ihn gleich für noch wichtiger halten. Das bedeutete Presse. Jeder gewählte Amtsträger sieht seinen Namen gern in der Zeitung. Richter Marroquin machte da keine Ausnahme. Höflich nickte er mir zu.

Mein Blick galt Clyde Malish. Ich fand ihn in der ersten Reihe, flankiert von seinen Anwälten. Zu seiner Rechten saß Myron Stahl, der ausschließlich für Malish arbeitete. Er war kein Strafverteidiger, daher kannte ich ihn nicht. Er gehörte zu den Leuten, bei denen ich mich fragte, warum sie überhaupt Anwalt geworden waren, wenn sie keine Fälle vor Gericht bringen wollten. Der auf der anderen Seite war Joe White, ein Prozeßanwalt, eigens für diesen Fall angeheuert. Joe war ein onkelhafter Typ knapp über fünfzig, der in dem Gesetz, das auf den Fall anzuwenden war, kaum sehr beschlagen sein würde, einem aber die Kehle durchschneiden konnte, wenn man sich im Prozeß eine Blöße gab.

Sie redeten beide zugleich auf Clyde Malish ein. Vorgebeugt, wie sie dasaßen, war er einen Kopf größer als sie. Er starrte in die Luft, anscheinend ohne zuzuhören. Er nickte nicht und sprach nicht. Er sah aus wie ein Siegerpferd, das von zwei Stallburschen ruhiggehalten wird.

Ich wußte Bescheid über Malish. Schließlich hatte ich mal vorgehabt, in dem Fall selbst die Anklage zu vertreten. Dem äußeren Anschein nach war Clyde Malish ein kleiner Geschäftsmann mit zwei Läden für Elektrogeräte in heruntergekommenen Vierteln der Stadt. Wieso lebte er dann aber in einem Fünfhundert-Quadratmeter-Haus, besaß sechs Autos, eine Ranch auf dem Land und Hausangestellte mit Ausbuchtungen unter den Achseln? Gewiß, Geschäftsmann war er, aber beileibe kein kleiner. Obwohl der größte Rauschgiftimporteur in Südtexas, kam er selber einer Nadel keine zehn Meilen nahe. Malish war viel weitblickender und smarter als der durchschnittliche Dealer. Er hatte begriffen, daß er bei seinen Kunden mehr als nur einmal abstauben konnte. Ein Fisch muß schwimmen, ein Junkie muß stehlen. Clyde Malish sagte ihnen, wo und was. Seit mindestens zehn Jahren hatte er seine Kunden in einer Einbrecherbrigade organisiert. Er plante ihre Einbrüche und zahlte sie mit Stoff aus, den er zu Großhandelspreisen bekam, so daß sein Schnitt noch größer war als bei einem üblichen Hehler. Der Geldstrom erlaubte ihm, sich in andere Branchen auszuweiten: Überfälle, Industriespionage, mindestens ein Dutzend Unterorganisationen, von denen keine Polizeistelle wußte. Und niemand war je imstande gewesen, genug Indizien zusammenzutragen, um auch nur eine Anklage zu erreichen – bis eben jetzt.

Ich starrte auf seine Schläfe, um ihn zu zwingen, sich zu mir zu drehen. Ich wollte ihm ins Gesicht sehen. Wußte er überhaupt, wie David aussah? Ich trat näher heran und merkte, daß meine Hände zu Fäusten geballt waren. Myron Stahl warf einen nervösen Blick zu mir hoch, Clyde Malish nicht.

Er wußte offensichtlich, daß es heute zum Prozeß kommen würde, denn er war im entsprechenden Aufzug erschienen. Malish trug einen billigen neuen Anzug und schäbige schwarze

Schuhe, für den Anlaß zwar poliert, aber abgetreten an den Absätzen. Er sah aus wie ein Farmer, der sich für die Schulabschlußfeier seines Sohnes feingemacht hatte.
Es dauerte eine Stunde, um alle Einsprüche zu erledigen und eine Geschworenenliste kommen zu lassen. Ich blieb die ganze Zeit in Sicht. Ich wollte, daß Malish wenigstens wußte, daß ich für das, was sich da anbahnte, verantwortlich war. Er schien es nicht zu bemerken. Bevor die Liste hereingebracht wurde, nahm er seinen Platz am Tisch der Verteidigung ein und blickte sich um, als könnte er es immer noch nicht fassen, sich hier wiederzufinden. Myron Stahl verdrückte sich, bevor die Geschworenenauswahl begann, und das tat ich auch.

»Was soll ich tun?« fragte Linda.
Ich schüttelte den Kopf. »Ich möchte helfen«, beharrte sie.
»Mach dir keine Sorgen; es kommt noch eine Menge größerer Verbrechensfälle, um die sich einer kümmern muß. Du kannst beim nächsten mitmachen.«
Ich saß nicht an meinem Schreibtisch, sondern lag ausgestreckt auf der Couch auf der anderen Seite des Büros. Sie stand über mir, doch ich behandelte sie, wie Clyde Malish mich behandelt hatte. Ich blickte nicht auf Linda, sondern in einen leeren Winkel an der Decke. »Was wird das sein?« fragte sie.
»Ich hab mir nicht den Luxus geleistet, so weit vorauszudenken«, erwiderte ich.
»Blödsinn. Mark, du glaubst immer, du bist allen anderen zwei Schritte voraus. Bist du normalerweise auch, und darum geht alles glatt. Aber jetzt hast du's mit jemandem zu tun, der die ganze Zeit drei Schritte voraus war. Und der *alles* tun wird, um zu kriegen, was er will. Alles.«
»Dann denke ich vielleicht besser überhaupt nicht voraus. Vielleicht stolpert er ja über seine eigene Cleverness.«
Linda schnaubte geringschätzig. Sie sah furchtbar besorgt aus, und ich wußte, wie ich wirkte, so hingestreckt auf der Couch. Linda war auf meiner Seite. Vielleicht liebte sie mich sogar. Doch sie traute mir nicht. Und ich konnte ihr nicht erklären, wie ich

mich fühlte. Ich hatte es selbst erst begriffen, als ich aus dem Gerichtssaal zurück in mein Büro gekommen war. Ich war glücklich! Gelassen und unbeschwert. Ich war von der Last befreit, mich zu fragen, ob David schuldig war. Dadurch schien alles andere ohne Bedeutung. Clyde Malish würde alles tun? Na gut, ich auch. Und ich kannte mehr Möglichkeiten als er.

An diesem Nachmittag war ich zur Vereidigung der Jury wieder im Gerichtssaal. Das war alles, was ich wissen mußte, aber ich blieb auch noch für den Rest. Der Staat rief seinen ersten Zeugen auf, den Polizisten, der als erster am Schauplatz des Einbruchs in einem Haus auf der Nordseite gewesen war. Ich schlief fast ein bei seiner Aussage – zerbrochenes Fenster, kein Blut, keine Fingerabdrücke, die Liste der gestohlenen Gegenstände –, doch die Geschworenen wirkten interessiert. Ich fragte mich, bei wie vielen von ihnen schon eingebrochen worden war. Man kann praktisch keine Jury mehr zusammenstellen, in der nicht auch Verbrechensopfer sitzen.

Das war das Ende des Verhandlungstages. Richter Marroquin ist nicht eben arbeitswütig und zudem normalerweise ein Freund des Staates. Er wußte, daß die Anklage die fetten Brocken alle an einem Tag servieren wollte, damit die Geschworenen keine Zeit hätten, die Details über Nacht zu vergessen.

Wieder schien Clyde Malish meine Anwesenheit gar nicht zu bemerken, doch die Anwälte wußten sehr wohl, daß ich da war, besonders meine Untergebenen. Es hätte mich überrascht, wenn sie erfreut darüber gewesen wären, daß hinter ihrem Rücken der Bezirksstaatsanwalt saß. Obwohl, Frank Mendiola vielleicht schon; er war so ein Verrückter. Ich war mir sicher, er hatte den Polizisten ausführlicher befragt als sonst, wissend, daß sein Chef zusah.

Als er mich sah, heuchelte er Überraschung, sagte laut ›Hallo‹ und schüttelte mir die Hand. Marilyn Ebbets, seine Beisitzerin, wirkte angewidert. Wir warteten, bis die Bösen sich an uns vorbei hinausgeschlängelt hatten, dann erst fragte ich: »Ein guter Fall?«

»Könnte besser sein«, antwortete Frank. »Aber wir kriegen ihn.«
»Kommen Sie mit in mein Büro und berichten Sie mir.«
Sie waren überrascht, kamen aber natürlich mit. Frank hielt sich an meiner Seite und schwatzte drauflos. Er war noch keine dreißig, der jüngste Erste Staatsanwalt im Büro, ein ehrgeiziger Junge, aber nicht ganz so clever, wie er von sich glaubte. Bis zum heutigen Tag hatte er mich mit herablassender Ehrerbietung behandelt. Ich war im Wahlkampf als gelernter Ankläger aufgetreten, aber Frank kannte mich nur als Verteidiger. Er hätte mir dankbar sein sollen, daß ich ihn auf seinem Posten beließ, und war es vielleicht auch, doch er grollte eben gerade deshalb. Der gelernte Ankläger war *er*. Etwas anderes war er nie gewesen.
Auf dem Flur trödelte Marilyn ein wenig hinterher, blieb jedoch in Hörweite. In meinem Büro stellte sie ihren Stuhl so, daß sie uns beide von vorn sah. Sie kannte Franks Ruf, daß man ihm besser nicht den Rücken zudrehte und ihn keinesfalls mit jemandem allein in einem Zimmer ließ, der ihm nützen und einem selbst schaden konnte.
Ich fragte nochmals, ob die Sache aussichtsreich war. Frank befand sich in einer schwierigen Lage: Er wollte sich hinsichtlich seiner Fähigkeiten zuversichtlich zeigen und mir gleichzeitig zu verstehen geben, daß er eben *aufgrund* seiner Fähigkeiten gewinnen würde – und nicht bloß, weil der Fall ohnehin eine sichere Sache war. »Ich hab schon leichtere gehabt«, sagte er, »aber wir werden's hinkriegen.«
»Was für Beweise haben Sie? Ich nehme an, Clyde Malish ist nicht selber durchs Fenster eingestiegen.«
Frank lächelte. »Er war der Organisator. Das Haus gehörte einem Arzt, mit dem Malish früher mal geschäftlich zu tun hatte – irgendwelche Investitionen. Die Einbrecher nahmen ein paar Papiere mit, die Malish wohl haben wollte, neben den üblichen Dingen. Und er kaufte die ganze Beute.«
»Medikamente?«
»Ein paar, ja. Hauptsächlich elektronische Geräte, Stereoanlage, Videorecorder...«

Ich wandte mich an Marilyn. »Wie hängt Malish drin?«
Sie begann langsam mit ihrer Antwort. Marilyn war offensichtlich neugieriger als Frank, weshalb sie hier so ausgefragt wurden. Sie war nicht sicher, was ich als Antwort hören wollte. »Durch die Papiere, die sie mitnahmen. Und die Aussage des Komplizen.«
Ich zog die Augenbrauen hoch. »Der Einbrecher selber?«
»Ja.«
»Klingt gut. Wo ist er?«
»In meinem Büro«, sagte Frank. »Wir wußten nicht, ob wir ihn heute noch drannehmen würden.«
Ich nickte zustimmend. »Bringen Sie ihn her. Geben Sie mir eine Probevorstellung.«
Sie sahen einander an. Marilyn ging zur Tür und bat Patty, einen Ermittler nach dem Zeugen zu schicken. Wir warteten eine Schweigeminute lang. Sie wirkten jetzt beide nervös. Schließlich räusperte Frank sich und sagte: »Denken Sie immer noch daran, den Fall selbst zu übernehmen?«
Ich winkte ab. »Jetzt, wo der Prozeß begonnen hat, werde ich mich nicht mehr reindrängen. Ich bin bloß neugierig, was für einen Fall ich da gehabt hätte. Wenn es Ihnen aber lieber wäre, daß ich nicht mit Ihrem Zeugen –«
»O nein, natürlich nicht.«
»Sie haben ihn hieb- und stichfest präpariert, nehme ich an?«
»Selbstverständlich«, antwortete Frank. »Mit ihm steht und fällt der ganze Fall.«
Doch er wirkte immer noch unruhig, als der Einbrecher ins Zimmer geschlurft kam. Wie einen Musterschüler sah Frank ihn jedenfalls nicht an. Der Zeuge war kein sympathischer junger Mann. Sie hätten ihn sich besser anziehen lassen sollen, wenn sie gedacht hatten, daß er heute vielleicht noch in den Zeugenstand mußte. Er trug Anstreicherhosen und ein kariertes Hemd. Ein sehr dünner Mexikaner mit viel widerborstigem Haar und Augen, die eher über Dinge hinwegglitten, als an ihnen zu haften.
»Setzen Sie sich«, sagte ich wie ein jovialer Gastgeber. Frank schob ihm einen Stuhl hin. »Wie heißen Sie?«
»Jesse.«

»Jesse. Gut. Ich vermute, falls Ihr Nachname bedeutsam werden sollte, kann ich ihn mir ja von irgendwem geben lassen. Nun, man sagt mir, Sie sind unser Starzeuge, Jesse. Haben Sie schon mal vor Gericht ausgesagt?«
Er nickte und sah auf seine Schenkel. »Einmal.«
»Wirklich? Dies ist nicht das erste Mal, daß Sie gegen jemanden aussagen?«
»Doch. Davor war's für mich selber.«
»Für Sie selber? Sie meinen, Sie wurden schon einmal vor Gericht gestellt?«
Frank Mendiola beugte sich vor. »Das werden wir natürlich von selbst zur Sprache bringen, gleich am Anfang. Er hat zwei Vorstrafen.«
»Zwei? Wie alt sind Sie, Jesse?«
»Sechsundzwanzig.« Er hatte mich immer noch nicht angesehen. Seine Augen waren immerhin auf die Höhe meines Schreibtisches geklettert. Vielleicht taxierte er den Füller und den Satz Bleistifte.
»Das waren die einzigen Verbrechen, die Sie begangen haben?«
Er zuckte die Achseln. »Früher hab ich gefixt. Wurde ein paarmal erwischt. Man macht eben Dummheiten. Heute tu ich das nicht mehr.«
»Sie haben nach dem letzten Einbruch aufgehört?«
»Ja.«
»Und jetzt werden Sie gegen Clyde Malish aussagen über diesen Einbruch, den Sie verübt haben. Sie haben es doch getan, nicht wahr, Jesse? Sind in das Haus des Arztes eingebrochen?«
Er nickte, verbesserte mich jedoch. »In die Praxis.«
»Die Praxis? Ich dachte, es war seine Wohnung.« Ich blickte meinen Staatsanwalt an.
»Es ist beides«, erklärte Frank. »Unten sind die Praxis, Wartezimmer und so weiter, dazu eine Küche. Oben ist der Wohnbereich mit den Schlafzimmern. Es ist ein großes, altes Haus in Alamo Heights, genau am Broadway.«
Wieder steuerte Jesse der Einbrecher freiwillig eine Information bei. »Das Büro war's, wo wir reinwollten. Wegen der Drogen.«

»War das Mr. Malishs Idee?«
»Na ja, das mit den Drogen war meine. Damals hing ich immer noch an der Nadel, wissen Sie, also, wir –«
»Aha. Was davon war dann Malishs Idee?«
»Er sagte uns, wo wir zuschlagen sollten. Und die Papiere, er wollte die Papiere.«
»Ja, die Papiere. Was war's denn, Verträge? Urkunden?«
»Papiere, Mann, ich weiß nicht.«
»Fanden Sie sie?«
»Ja.«
»Und Sie gaben sie Malish?«
»Denke schon.«
»Sie denken bloß, daß Sie sie ihm gaben?«
»Ich gab sie seinem Mann.«
»Carl Stengel«, warf Frank Mendiola ein. »Er arbeitet für Malish.« Ich sah ihn ausdruckslos an und wandte mich wieder dem Einbrecher zu.
»Haben Sie Mr. Malish heute vor Gericht gesehen?«
»Nee. Will ihm erst in die Nähe kommen, wenn ich muß.«
»Wie sieht er aus, Jesse?«
»'n weißer Fatzke. Ziemlich groß, hat'n bißchen Bauch.«
»Wie alt ist er?«
»Alt. Fünfzig mindestens.«
Ich wandte mich den Anklägern zu. »Bis jetzt weiß ich nicht, ob er vor Gericht Clyde Malish identifizieren wird oder Joe White. Wenn man's recht bedenkt, wär's besser, wenn ich nicht auch noch dort bin. Möcht es ihm nicht allzu schwermachen.«
»Er kennt ihn«, warf Frank ein bißchen gereizt ein. Zu dem Einbrecher sagte er: »Erzählen Sie ihm, wann Malish Ihnen den Auftrag gab, das Ding zu drehen.«
Der Zeuge wurde ein wenig lebhafter. Endlich hatte er begriffen, daß er jetzt Vorstellung hatte – oder wenigstens Generalprobe. »Das war in dem kleinen mexikanischen Restaurant auf der Südseite. Einfach 'ne Kneipe. Mexikanisches Essen zum Mitnehmen; der ganze Laden hat vielleicht sechs Tische. Wir trafen uns da an einem Mittwochmorgen, als sonst keiner da war. Wir hatten *Tacos*

zum Frühstück. Mr. Malish mit Kartoffeln und Ei und ich mit Würstchen. Der Typ bei ihm –«
»Wenigstens beim Essen erinnert er sich an Details«, sagte ich zu den Anklägern.
»Ja. Also, Mr. Malish sitzt gegenüber und ißt, und der Typ bei ihm kommt zu mir und erzählt mir von dem Job. Er schreibt die Adresse auf 'ne Serviette –«
»Haben Sie die Serviette noch?«
»Nein, Mann. 'ne Serviette? Bleiben Sie auf dem Boden. Aber er schrieb die Adresse auf und sagte mir, die Papiere, die Mr. Malish haben will, sind in einem Schreibtisch in der Praxis. Das Schloß sollten wir aufbrechen. Dann erzählte er, der Arzt würde sonntags nicht in der Stadt sein, also hätten wir kein Problem. Dann redeten wir über unseren Anteil, schacherten ein bißchen deswegen –«
»Was tat Malish die ganze Zeit?«
»Mampfte bloß *Tacos* und tat, als würde er uns nicht zusehen. Aber am Schluß kam er an meinem Tisch vorbei und sagte: ›Alles klar?‹ Und ich drauf: ›Sicher, Mann. Glauben Sie nicht, daß das mein erster Bruch ist!‹«
»Also drehten Sie das Ding am Sonntag?«
»Ja, Sonntag. Ich und Ernie Valenciano.«
»Auch ein Junkie?«
»Ja, Mann, aber er hat sich nicht gebessert, nicht so wie ich.«
»Sagen Sie mir eines, Jesse. Sie sind also der, der den Einbruch tatsächlich begangen hat. Was wird in dieser Sache gegen Sie passieren?«
Er lachte. »Nicht viel, hoffe ich.«
Er sah sich nach Frank um.
»Die Staatsanwälte haben Ihnen einen guten Handel versprochen, wenn Sie aussagen, daß Malish hinter allem steckt?«
»Klar. Na ja, es kam niemand direkt raus damit und sagte es, Sie wissen schon, aber ich hab's so verstanden.«
»Sie haben zwei Vorstrafen, Jesse. Das macht Sie zum Gewohnheitstäter, wenn Sie noch mal verurteilt werden. Sie wissen, was der Strafrahmen dafür ist?«

»Nee.« Er klang sarkastisch. »Jeder weiß, was bei der Chose drin ist. Fünfundzwanzig bis lebenslänglich.«
Ich nickte. »Minimum fünfundzwanzig. Und Sie sind wie alt, Jesse, sechsundzwanzig?«
Er nickte so heftig, daß er fast mitsamt seinem Stuhl hüpfte. Er sah hochzufrieden aus. Jetzt waren wir bei dem Teil, der ihm gefiel. »Aber sie lassen den Gewohnheitstäter fallen, wenn ich ausgesagt hab. Ich krieg dann so in etwa zehn, vielleicht –«
»Das haben sie Ihnen gesagt?«
Marilyn fuhr zornig dazwischen. »Sagen Sie, was wir Ihnen erklärt haben, daß Sie es sagen sollen, Jesse.«
Als hätte sie auf den Hinterkopf eines Roboters geschlagen, um einen Wackelkontakt zu beheben, sprudelte es aus ihm: »Kein Handel. Sie haben mir überhaupt nichts versprochen.«
»Richtig. Und was ist mit den Bullen, Jesse? Haben die Ihnen irgendwas versprochen?«
Er blickte hilfesuchend zu Marilyn. Sie starrte ihn bloß an. Der Einbrecher sagte langsam: »Sie meinten, es würde mir bei meinem Fall helfen, wenn ich nicht auf stur mache. Sie sagten, daß sie es in Wirklichkeit auf Mr. Malish abgesehen hatten. Also sollte ich mir selber was Gutes tun –«
»Die erwähnten den Namen Malish als erste?«
Er schaute verwirrt drein. »Ich glaub schon. Ich weiß nicht, vielleicht war ich es auch.«
Nun suchte er nach der richtigen Antwort. Er schaute die beiden Staatsanwälte an, doch Frank sah Marilyn an, und Marilyn blickte starr geradeaus. »Die wußten von den Papieren, sehen Sie, also wußten sie auch, daß er sie haben wollte –«
»Richtig, gut.« Meine Begeisterung munterte den Einbrecher auf. »Haben wir diese Papiere?« fragte ich die Anwälte.
»Wir haben die Aussage des Arztes, daß sie nach dem Einbruch fehlten«, sagte Marilyn ohne jeden Stolz. »Und er wird aussagen, daß daraus Malishs Mitbesitzerschaft an einem Gebäude hervorging, das als Verteilerstelle verwendet wurde. Malish selbst taucht in den Dokumenten nicht auf, aber dieses Abkommen, das der Arzt hatte, zeigt, daß das Geld dafür von Malish kam. Nach einer

Razzia in dem Laden wollte dieser die Dokumente natürlich wiederhaben. Also ...«

Ich saß da und versuchte auszusehen wie ein Geschworener, der sich Mühe gibt, all diesen Verwicklungen zu folgen. Nach einer langen, stillen Minute gab ich mir einen Ruck und lächelte Jesse, dem eifrigen Zeugen, zu.

»Danke, Jesse. Sie sollten besser schleunigst nach Hause, oder wo immer Sie heute nacht unterkommen werden. Sie haben morgen einen großen Tag.«

Er stand auf, lächelte und sah mir zum ersten Mal ins Gesicht. Er glaubte, er sei gut gewesen. Sein Gesicht wurde ein wenig länger, als Frank Mendiola zu ihm sagte: »Gehen Sie zurück in mein Büro. Wir müssen noch miteinander reden.«

Der Einbrecher schlüpfte aus dem Zimmer und sah sich beifallheischend um. Ich lächelte, doch seine Prozeßpartner würdigten ihn keines Blickes. Als die Tür zuging, sagte ich: »Sie haben Nerven, Frank. Ich würde *meine* Karriere nicht gern an diesem Fall hängen sehen.«

Man konnte beinahe sehen, wie ihm das Herz in die Hosen rutschte. »Was meinen Sie?«

»Ich meine, viel würde ich nicht darauf wetten. O Mann, ich bedaure wirklich, daß die Last meiner Pflichten es mir nicht gestattet hat, den Fall zu übernehmen. Was haben Sie an zusätzlichen Beweismitteln?«

Das war nicht nur eine Frage des gesunden Menschenverstandes; in Texas ist es gesetztes Recht, daß, wenn die Anklage von der Aussage eines Mittäters abhängt, sie der Erhärtung durch andere Beweise bedarf, aus denen die Beteiligung des Angeklagten an dem Verbrechen hervorgeht.

Frank zählte sie her: »Wir haben den Arzt wegen der Papiere. Wir haben den Mann hinterm Tresen in dem Restaurant, der sich erinnert, daß Clyde Malish an dem Morgen mit Jesse dort war.«

»Ich kann's gar nicht erwarten, bis Joe White ihn ins Kreuzverhör nimmt. Was noch?«

»Wir haben, äh –«

»Das Beste«, erinnerte ihn Marilyn. »Einige der bei dem Einbruch gestohlenen Gegenstände wurden in einem Gebäude wiedergefunden, das Malish gehört.«

»Na endlich. Das klingt schon besser. Was haben Sie als Beweis, daß er Eigentümer des Hauses ist? Verträge?«

»In den Verträgen geht's drunter und drüber vor Tochterfirmen und Strohmännern. Aber wir haben einen Mietvertrag mit Malishs Unterschrift.«

Ich machte ein langes Gesicht. »Er hatte das Gebäude an jemand anderen vermietet?«

»Ja, aber er hatte weiter Zugang dazu. Es ist eines von diesen Einstellmagazinen, und Malish hatte Schlüssel zu einigen der Lagerräume.«

Ich saß da, als müßte ich das alles erst mal schlucken. Ich ließ sie mich dabei beobachten. »Also, was Sie haben, ist folgendes«, rekapitulierte ich schließlich. Ich sagte bewußt nicht mehr ›wir‹. »Sie haben Malish und Jesse, den gewohnheitsmäßigen, aber geläuterten Junkie-Einbrecher, der vermutlich alles sagen wird, was die Bullen hören wollen, um sich ein drittes Mal Gefängnis in seinem kurzen Leben zu ersparen; Sie haben die beiden eines Morgens im selben Restaurant, und Malish sagt beim Rausgehen ›Alles klar?‹ zu ihm; Sie haben das Opfer, das behauptet, es hätten Papiere gefehlt, die Malish haben wollte, aber die Papiere selbst haben Sie nicht; Sie haben Jesse, der diese Papiere – nein, *irgendwelche* Papiere, denn *was* es war, weiß er nicht – an jemand anderen als Malish weitergibt; und schließlich haben Sie einige der gestohlenen Gegenstände, die in einem Gebäude auftauchen, das Malish vielleicht gehört, das er aber an jemand anderen vermietet hat. Hab ich irgendwas ausgelassen? War das auch der Stand der Dinge, als ich den Fall übernehmen sollte? Haben wir einen Zeugen verloren oder so was?«

»Sie wissen doch, wie das ist, Mark«, sagte Frank mit dem Eifer eines Vertreters, dem ein Abschluß durch die Lappen zu gehen droht. »Er gibt sich nicht mit Kleinkram ab. Der direkten Beteiligung an einem Straßendelikt näher als diesmal war Clyde Malish vermutlich seit zehn Jahren nicht. Natürlich geht er in Deckung. Die Geschworenen werden das verstehen. Wir wissen, wie wir argumentieren müssen. Wenn das alles nur Zufälle sein sollen, dann sind's zu viele, als daß er sich rausreden könnte.«

»Vielleicht.«

»Außerdem werden wir Jesse bis morgen besser vorbereitet haben. Joe White wird ihn nicht so ins Schleudern bringen können wie Sie jetzt eben. Sie sind ein Star im Kreuzverhör, er ist es nicht.«

»Machen Sie sich nichts vor«, erwiderte ich. »Joe ist wahrlich nicht der beste im Geschäft, aber er sieht, was er vor sich hat.«

»Außerdem, äh –« Frank wirkte verlegen. »Nichts für ungut, aber manche Ihrer Fragen waren zu beeinspruchen. Wir könnten die Antworten raushalten.«

»Aber Sie können ihn nicht hindern, die Fragen zu stellen. Ich täte es todsicher.« Ich ließ sie ein paar Sekunden lang schmoren. Als Frank drauf und dran schien, noch etwas einzuwenden, sagte ich: »Das andere Problem kennen Sie schon, oder? Sie haben es mit einem Verbrechen zweiten Grades zu tun.«

»Was? Nein, ersten Grades. Einbruch in eine Wohnung. Es ist –« Frank sah aus, als wäre es ihm peinlich, mir die einfachsten Fakten des Strafrechts erklären zu müssen.

»Ja. Und wie wird eine Wohnung definiert?«

»Es ist – Ich weiß nicht, ich hab das Strafgesetz nicht dabei, aber es ist ein Ort, der dazu bestimmt ist, daß Menschen darin leben, über Nacht oder –«

»Richtig. Aber das war eine Praxis. Der Wohnbereich lag eine Treppe höher. Ihr Starzeuge hat nie gesagt, daß er und der andere schräge Bruder überhaupt nach oben gingen.«

»Aber das taten sie. Wir werden das nachweisen. Da hatten sie die Stereoanlage und das übrige Zeug her.«

»Na gut. Aber ist das das Verbrechen, das Clyde Malish unterstützt, gefördert, bestellt hat, oder wie immer die Parteien es nennen wollen? Nein. Alles, worum es ihm ging, waren die Papiere. Das hat Jesse gesagt. Und die Papiere waren in der Praxis. Für mich klingt das nach Geschäftsraum. Also Einbruch zweiten Grades.«

»Dieses mögliche Problem hab ich vorhergesehen«, schaltete sich

Marilyn ein. Frank sah sie an, als hätte sie ihn beschuldigt, sich an kleinen Kindern zu vergehen. »Das haben Sie? Warum zum Teufel sind Sie dann nicht –«

»Nun nehmen Sie mal an«, ging ich dazwischen, »nehmen Sie mal an, man befindet ihn nur der *Anstiftung* zum Einbruch schuldig. Das macht es einen Grad geringer. Jetzt hätten Sie nur mehr ein Verbrechen dritten Grades. Zwei bis zehn Jahre. Und glauben sie mir, Clyde Malish wird einen ganzen Stall voll Leumundszeugen haben, die ihn den Heiligen der Südseite nennen und erklären, daß er eine zweite Chance verdient – wissen Sie, wieviel er Kirchen und Waisenhäusern im letzten Jahr gespendet hat? Freuen Sie sich darauf, Nonnen ins Kreuzverhör zu nehmen, Frank? Teufel noch mal, wenn er nur wegen eines Verbrechens dritten Grades verurteilt wird, würde sogar *ich* ihm Bewährung geben, besonders wenn das Urteil sich auf das Wort von Jesse dem Einbrecher Schrägstrich geläuterten Junkie stützt.«

»Was ist Ihre Weisung an uns?« fragte Marilyn. Frank saß schlicht betäubt da. Vor einer Stunde noch hatte er einen simplen, kleinen Einbruch vor Gericht zu bringen gehabt. Plötzlich war daraus der wichtigste Fall seiner Karriere geworden.

»Ich gebe Ihnen überhaupt keine Weisung. Ich mische mich nicht in die Fälle meiner Leute ein. Hab ich das je? Ich sage Ihnen nur, was wir brauchen. Ich möchte Sie bei Ihrer Arbeit nicht im Regen stehen lassen.«

Ich senkte verschwörerisch die Stimme. »Sie wissen alles über Clyde Malish, nicht wahr?« Sie nickten. »Sie wissen, wir ermitteln zur Zeit in acht weiteren Fällen gegen ihn. Sie wissen, er steckt hinter jedem zweiten Einbruch und Autodiebstahl und Gott-weiß-was-noch in dieser Stadt. Was wir bei der ersten Anklage brauchen, ist ein Hammer! Ein schweres Urteil. Mit Bewährung ist da nichts zu wollen. Wenn er Bewährung bekommt, sitzt er immer noch feist und dreist da, und alles läuft weiter, nur daß er mehr aufpaßt, sich nicht selber die Hände schmutzig zu machen. Wir würden ihn womöglich nie mehr kriegen.

Er muß ins Gefängnis kommen! Verstehen Sie? Gefängnis.«

Ich hielt eine Brandrede, und es war mir ernst. Sie beugten sich auf ihren Stühlen vor. Meine Hand zitterte ein wenig, als sie sich um einen imaginären Clyde Malish schloß.

»Wenn er hinter Gittern sitzt, fällt alles zusammen. Niemand sonst kann diese Organisation so führen wie er. Und was noch wichtiger ist: Man wird sehen, daß er nicht unverwundbar ist. Andere werden sich auch überlegen, gegen ihn auszusagen, besonders wenn wir etwas gegen sie in der Hand haben. Verstehen Sie? Zünde sein Haus an und stich die Ratten ab, wenn sie herausgerannt kommen.

Das ist es, was Sie für uns erreichen müssen. Besser, eine schwache Anklage fallenlassen, als zu prozessieren, und es kommt nur ein Urteil auf Bewährung dabei raus. Oder, Gott behüte, gar ein Freispruch. Wenn er hier als freier Mann rauskommt, bedeutet das für all unsere weiteren Verfahren das Ende. Beim nächsten, das wir gegen ihn anstrengen, sähe es so aus, als würden wir ihm aus Rachsucht nachstellen. Womöglich würden wir nicht einmal eine Anklage erreichen. Da wäre selbst eine Einstellung jetzt noch besser. Den Fall einzustellen macht Malish vielleicht sogar überheblich, sorglos.«

Ich lehnte mich zurück, erschöpft. Sie scharrten ein wenig herum, aber beide belauerten mich immer noch, warteten begierig auf Anweisungen. »Unsere erste Anklage gegen ihn muß felsenfest sein«, schloß ich.

»Na dann«, begann Marilyn verschüchtert.

Ich hob die Hände. »Was Sie tun, bleibt völlig Ihnen überlassen. Ich kenne den Fall nicht so gut wie Sie beide. Die Entscheidung liegt bei Ihnen. Ich möchte nur, daß Sie wissen, was alles daran hängt.«

Sie sahen sich an. Frank setzte zum Sprechen an und hielt wieder inne. Genauso Marilyn. Zum ersten Mal, seit sie mein Büro betreten hatten, sahen sie aus wie Partner, erschienen sie mir wie Mann und Frau.

Ich sagte kein weiteres Wort. Frank und Marilyn auch nicht. Sie blickten mich von der Seite an und schwiegen still. Als sie im vorderen Büro waren, hörte ich, wie ihre Stimmen sich gegenseitig aufschaukelten, immer lauter werdend.

Ich lächelte nicht vor mich hin, als ich allein im Büro zurückblieb. Hinter meinem Schreibtisch fühlte ich mich wie eine Spinne. Triumphgefühl war das keines.

Es war keine schwere Entscheidung. Am nächsten Morgen war ich im Gerichtssaal, als Richter Marroquin Frank aufforderte, seinen nächsten Zeugen aufzurufen, und Frank statt dessen aufstand und erklärte: »Euer Ehren, der Staat Texas beantragt die Einstellung des Verfahrens.«

Die verdutzten Gesichter wirkten komisch, wenn man einen Sinn für so was hatte. Das von Clyde Malish gehörte dazu. Der Bursche hatte die Ruhe weg. Er warf mir nicht einmal einen Blick zu. Und wirkte über die Wendung der Ereignisse genauso verwirrt wie jedermann sonst. Sein Anwalt mußte sich zu ihm beugen und ihm noch einmal sagen, daß er frei war und gehen konnte. Die *ne bis in idem*-Regel war mit Beginn der Hauptverhandlung wirksam geworden, was bedeutete, daß in dieser Sache nie wieder Anklage gegen ihn erhoben werden konnte. Der Staat hatte seine erste und beste Chance gehabt und vertan.

Malish stand langsam auf. Einen Augenblick lang sah es so aus, als wollte er Frank die Hand schütteln, doch Frank war als erster aus dem Saal. Malish schloß sich den Geschworenen an, die zur Tür drängten. Er sprach mit ein paar von ihnen und zuckte clownesk die Achseln. Weiß auch nicht, Kumpel, bin selber der letzte Idiot hier. Ich beobachtete ihn den ganzen Weg aus dem Saal über, doch er sah mich kein einziges Mal an. Ich hatte auch einen Einstellungsantrag in der Tasche und hätte ihn selbst eingebracht, wenn Frank es nicht getan hätte. Aber so war es besser. Weniger Verbindung zu mir. Außerdem hatte ich Malish zumindest diesen Triumph nicht vergönnt. Es war nicht ganz so offensichtlich, daß er den Bezirksstaatsanwalt an der Angel hatte.

Es war ein völlig hohler und bitterer Sieg.

»Was wirst du jetzt tun?« fragte Linda. Ich weiß nicht, wann sie neben mir aufgetaucht war. »Mit ihm, meine ich.«

Die Antwort konnte sie in meinen Augen lesen.

Zunächst allerdings diskutierten wir vordringlichere Angelegenheiten. Ich sagte Linda, sie solle sich auf die Anhörung über den Wiederaufnahmeantrag vorbereiten. »Ich will niemand sonst dabei haben, nicht mal Henry. Niemand darf wissen, was wir in der Hand haben. Glaubst du, Mandy Jackson wird für uns aussagen? Zugeben, daß sie einen Meineid geleistet hat?«
»Nehme ich an«, erwiderte Linda langsam. »Clyde Malish kann sie vermutlich dazu zwingen. Er wird immer noch haben, womit er sie in der Hand hatte. Aber ich würde lieber –«
»Du sprichst mit ihr, wenn wir sie finden«, erklärte ich. »Dir schien sie zu vertrauen. Sag ihr –«
Linda nickte. Ich gab ihr nur Anweisung zu tun, was sie ohnehin getan hätte. Linda hatte wieder einen Mandanten. Sie ließ den übrigen Fall momentan außer acht, während sie überlegte, was für Mandy Jackson das beste sein würde.
»Ich werde ihr sagen, daß wir wissen, was sie vorher veranlaßt hat zu lügen. Sie sollte erleichtert sein, diesmal die Staatsanwaltschaft auf ihrer Seite zu haben. Wir wollen nicht in die Lage kommen, sie zwingen zu müssen, die neue Geschichte zu erzählen. Wir befreien sie nur von der Bedrohung, die sie veranlaßt hat zu lügen, so daß sie jetzt die Wahrheit sagen kann. Sie wird Angst haben, Mark. Wir sollten –«
»Wir sollten weder Malish noch einen seiner Schläger an sie heranlassen. Und sie wissen lassen –«
»– daß wir wegen dem, wozu die sie gezwungen haben, ein Verfahren gegen sie vorbereiten. Sie wird für uns aussagen, Mark! Du hast gesehen, wie stark sie ist. Und wenn ein neuer Prozeß einmal bewilligt und ihre neue Aussage aktenkundig ist, wird die Sache gegen David eingestellt werden müssen.«
Ja. Eine glatte Sache. Ganz leicht durchzuziehen. Eine zwanzigminütige Aussage der Hauptzeugin. Für die Anhörung über den Antrag würde sogar eine eidesstattliche Erklärung reichen. Die konnte Clyde Malish selber aufsetzen lassen. Er würde sicher nicht wie wir Zeit mit der Entscheidung verschwenden, wie wir vorgehen sollten und was das beste für jeden wäre. Er hätte schon gehandelt.

Linda räusperte sich. Wir waren zu Fuß unterwegs, ein paar Blocks vom Gericht entfernt. Es war Mittagszeit. Ein paar Schritte vor dem Eingang zum Restaurant blieb sie stehen.
»Wird er sie uns wirklich überlassen?« fragte sie. Jetzt war sie die warnende Stimme, und das gefiel ihr nicht. »Mark, ich möchte nicht – aber warum sollte er jetzt nicht nachziehen? Er hat bekommen, was er wollte.«
Sie wußte, daß ich mir auch schon diese Frage gestellt hatte, obgleich keiner von uns sie bisher ausgesprochen hatte. Ich wußte eine Antwort, die nämlich, die ich mir selber gegeben hatte. »Wenn nicht, wäre er dumm, oder? Es ist kein Risiko für ihn, den Handel zu Ende zu bringen. Wenn er es nicht tut, riskiert er was.«
»Zum Beispiel?«
Ich wandte mich ab. Sie folgte mir ins Restaurant. Am Tisch räusperte sie sich nochmals. »Noch was ist mir eingefallen. Wenn die Anklage gegen ihn so wackelig war, wie du festgestellt hast, warum hat er sich dann solche Mühe wegen einer Einstellung gemacht?«
»Es war gar kein so schlechter Fall«, erklärte ich. Ich hatte Linda von der Szene mit Frank und Marilyn erzählt. »In meinem Büro ließ ich ihn schlecht aussehen, aber das kann man mit jedem Fall. Jesse, der Hauptzeuge, hätte vermutlich im Zeugenstand eine viel bessere Figur gemacht als vor meinem Schreibtisch. Ich bin ihm reingekrochen, hab so getan, als wäre ich auf seiner Seite. Bei Joe White wäre er viel mehr auf der Hut gewesen und hätte nicht soviel Blödsinn gesagt. Stelle ich mir jedenfalls vor.«
»Aber trotzdem –«
»Warum? Weil Clyde Malish keiner ist, der ein Risiko eingeht. Er wollte sich nicht einer Jury in die Hand geben. Außerdem, du fragst, warum er sich soviel *Mühe* gemacht hat, aber für ihn war das keine. Er hat David geleimt, so wie du einen Brief aufgibst. Leichter noch. Einfach den Befehl dazu gegeben. Jemanden wie Mandy Jackson aufzutreiben und ihr die Daumenschrauben anzusetzen ...«
Ich dachte immer noch über sie nach. Was für ein Druckmittel

hatte Malish gegen sie benutzt? Ihre Kinder vermutlich. Vielleicht etwas aus der Vergangenheit ihres verstorbenen Mannes, das sie in Gefahr brachte. Der tote Ehemann, bei einem Drogendeal ums Leben gekommen, war vermutlich die Verbindung zu Malish. Nach ihrem Auftritt würden wir auch Mandy unter Schutz stellen müssen. Vielleicht war sie der Hebel, den ich benutzen konnte, um mit Malish abzurechnen. Davids Entlassung würde nicht das Ende von all dem sein. Noch lange nicht.

»Du machst es dir zu leicht«, sagte Linda. Ich sah sie an, eingerahmt von einem Plakat an der Restaurantwand hinter ihr. Sie musterte mich. Ein ›Warum?‹ ging mir durch den Kopf, aber ich schwieg. Du weißt ohnehin ganz genau, was in meinen Gedanken vorgeht, nicht wahr, Linda?

»Laß dich nicht täuschen«, setzte sie hinzu. Ich glaubte nicht, daß ich das hatte.

Es gab nichts zu tun als abzuwarten. Wie der kleine Mann gesagt hatte, würde alles automatisch gehen. Ich hatte meinen Teil erledigt und konnte nur warten, daß Malish den seinen erfüllte. Wenigstens war David wieder im Bezirksgefängnis. Er schien erleichtert, wieder ›daheim‹ zu sein. Seltsam: Noch vor sechs Monaten hätte Eingesperrtwerden ihm Angst und Schrecken eingejagt. Jetzt war es eine derartige Verbesserung gegenüber dem Staatsgefängnis, daß er es leicht auszuhalten schien. Aus meiner Sicht jedenfalls. Ich besuchte David jeden Tag, doch er war nicht sehr zugänglich. Er hatte sich wieder ins schützende Schneckenhaus scheinbarer Gleichgültigkeit zurückgezogen.

Auch Lois besuchte ihn täglich, allerdings nicht zu denselben Zeiten wie ich. Am Tag, nachdem der Prozeß gegen Malish zum Platzen gebracht worden war, ging ich früher aus dem Büro, um Dinah von der Schule abzuholen, weil Lois im Gefängnis war. Als ich an der Schule vorfuhr, sah ich Dinah mit einer Gruppe anderer Mädchen zusammenstehen. Ein Junge sagte im Vorübergehen etwas zu ihr, und sie drehte leicht den Kopf, um ihm lässig über die Schulter zu antworten. Es war eine sehr erwachsene Pose. Einen Augenblick später sah sie mich und kam mit wehendem

Röckchen angerannt, ihr Gesicht leuchtete auf wie das einer Fünfjährigen. Doch als sie neben mir saß, fiel mir auf, wie groß sie schon war und daß es mit den ewig aufgeschlagenen Knien wohl vorbei war. Jeder sagt, die Zeit verfliegt, aber wenn Sie es mit eigenen Augen sehen wollen, sollten Sie ein Kind haben. Ich dachte von Dinah immer noch wie von einem Baby. Sie war in der fünften Klasse, und ich gewöhnte mich eben erst daran, daß sie tagsüber nicht zu Hause war, wenn ich mal vorbeischaute. David war hinter meinem Rücken aufgewachsen; bei Dinah hatte ich gedacht, daß ich sie im Auge behalten könnte.

»Hat man Mandy Jackson schon gefunden?« fragte sie. Das war alles, was sie wußte – und was Lois wußte, daß ich irgendwelche neuen Beweise hatte und Mandy damit konfrontieren wollte.

»Noch nicht.« Ich fragte mich, wie gut Dinah über Vergewaltigung Bescheid wußte. Zunächst hatte ich gedacht, daß ihre Überzeugtheit von Davids Unschuld einfach ihre Art war, nicht über das Verbrechen nachzudenken, dessen er beschuldigt wurde. Ob sie die Meldungen in den Nachrichten verstand? Ich war mir sicher, sie tat es. Wie lange würde es noch dauern, bis sie die ganze ›Davidsaga‹ kannte? Und was würde sie dann von meiner Rolle darin halten?

»Was habt ihr heute in der Schule gelernt?«

Sie verdrehte die Augen über mich, und wir mußten beide lachen.

»Sicher gibt es noch irgendwas, das du lernen kannst.«

»Ganz schön viel«, erwiderte sie.

»Ach ja? Was sind die Hauptexportgüter von Brasilien?«

Mit einem Anflug von Wut sah sie mich an. »Wann hast du das zum letzten Mal wissen müssen?«

Sie hatte mich wirklich überrumpelt. »Na, weißt du, als ich die Hauptexportgüter von Brasilien lernte, fiel es mir nie ein zu fragen, wann ich das brauchen würde.«

»Du bist eben in einer weniger aufgeklärten Zeit aufgewachsen«, erklärte sie, und ich mußte sie kitzeln, damit sie zu kichern anfing.

»Im Ernst«, sagte sie und gab sich wieder Haltung. »Wann kann ich David besuchen?«

»Wenn er rauskommt.«
»Nein, ich meine –«
»Du gehst mir nicht ins Gefängnis.«
Es kam nicht oft vor, daß ich etwas so im Brustton elterlicher Autorität zu ihr sagte. Eine Minute lang saß sie da und brütete finster. »Vielleicht organisiere ich einen Klassenausflug«, konstatierte sie schließlich.
»Dinah.«
»Ja?«
Zwischen uns machte sich gespanntes Schweigen breit. Ich wartete, bis es auflockerte. Dann legte ich den Arm um ihre Schultern, und sie rückte näher zu mir. Immer noch so schmale Schultern. Mein Arm kam mir schwer vor auf ihr.
»Wann war die Schlacht von New Orleans?« fragte ich.

Im besten Fall konnte man über Clyde Malish sagen, daß er mich nicht lange im ungewissen hielt. Am nächsten Morgen holte ich gegen sechs die Zeitung vom Bürgersteig vor dem Haus herein und ließ mich damit auf die Couch fallen. Seltsam, daß ich es aus der Zeitung erfuhr. Aber die Geschichte hatte sich erst in der Nacht ereignet, und niemand hatte mich mehr erreicht. Die Meldung stand auf Seite eins, gleich unter dem Falz. Sie wäre nicht so groß gebracht worden, hätte nicht die Hauptfigur erst unlängst einige Bekanntheit erlangt. Ihr Name war Mandy Jackson. Vor kurzem war sie die Hauptzeugin der Anklage gegen David Blackwell gewesen, der nunmehr sechzehn Jahre Haft in der Justizvollzugsanstalt des Staates Texas absaß. Mandy Jackson war noch schlechter dran. Zwei Jungen, zehn und zwölf, die in der Nähe ihres Wohnortes in einer Kanalunterführung spielten, hatten sie dort gefunden. Die Spritze war ihr aus der Hand gefallen und lag neben ihr. Die Überdosis hatte sie so schnell getötet, daß ihr kaum Zeit geblieben war, die Nadel aus dem Arm zu ziehen.

Teil II

Eine Verschwörung ist erst vollendet, wenn alles ausgeführt wurde, was auszuführen die Verschwörer sich vorgenommen hatten.

Robins v. State, 117 S.W.2d 82 (1938)

11 »Ich möchte zu Mr. Stahl.«

»Er ist derzeit außer Haus. Haben Sie einen Termin?«

»Nein, aber er wird mich auf jeden Fall empfangen. Ich seh mal nach, ob er da ist.«

Sie stellte sich zwischen mich und die Bürotür. »Sir, wenn Sie nicht verabredet sind, wird es mir nicht möglich sein, Sie heute noch in Mr. Stahls Terminplan unterzubringen. Falls Sie eine Nachricht hinterlassen möchten –«

Ich lachte und ging an ihr vorbei, ohne mich darum zu kümmern, ob sie mir nun aus dem Weg trat oder ich sie zur Seite schubste.

»Halt!« rief sie wie ein Polizist, mit derselben Erwartung von Gehorsam. Es hatte genauso viel Wirkung wie ein Schrei in der Wüste. Sie verlegte sich aufs Drohen: »Wenn Sie nicht sofort gehen, werde ich –«

»Die Polizei rufen?« Ich ging auf sie los. »Tun Sie das. Wir werden zusammen warten.« Ich zückte kurz meinen Ausweis. »Ich bin der Bezirksstaatsanwalt. Sie rufen jetzt Mr. Stahl an, wo immer er gerade ist, und sagen ihm, je schneller er da ist, desto weniger übel werd ich ihn zurichten. Ich warte da drin auf ihn.« Das Vorzimmerfräulein hatte Schwierigkeiten, einen anderen Gang einzulegen, und würde vielleicht noch eine ganze Weile außerstande sein, mich mit Antwort zu versorgen. Also wartete ich ihre Reaktion nicht ab, sondern marschierte in Myron Stahls Büro und schloß die Tür hinter mir. Nach ein paar Augenblicken leuchtete am Telefon auf dem Schreibtisch ein Knopf auf. Ich sah zu, bis er wieder ausging. Ich hatte keinen Grund, den Schreibtisch zu durchstöbern. Kein Anwalt würde belastendes Material in einem

unversperrten Schreibtisch zurücklassen. Außerdem war dies das Büro von Clyde Malishs Anwalt und nicht das von Malish. Myron Stahl hatte womöglich gar nichts mit der Intrige um Mandy Jackson zu tun, außer vielleicht als Berater. Ich wußte nicht, wie link Stahl war. Ich wußte nicht einmal, ob er es überhaupt war. Ich wußte nur, daß er einen üblen Klienten hatte.
Ich ging auf und ab. Das Büro hatte den Charme eines Herrenzimmers alten Stils. Der hölzerne Schreibtisch war altertümlich, aber nicht altersschwach. Davor standen lederne Ohrensessel. Die beiden Aktenschränke waren aus Eiche und wirkten massiv. Die Wände waren vertäfelt. Hinter dem Schreibtisch lagen zwei Fenster. Die Wand gegenüber war mit gerahmten Urkunden und Fotos vollgehängt. Als ich vom Auf-und-ab-Gehen genug hatte, blieb ich knapp davor stehen. Da waren die obligate Zulassung als Anwalt und das Juradiplom von der Universität. Stahl war an der University of Virginia gewesen, wie ich mit Überraschung feststellte. Die anderen Urkunden waren die üblichen Bescheinigungen von Anwaltsvereinigungen und Bürgerrechtsorganisationen, nichts Herausragendes, die Art Anerkennungszeugnisse, die man erhält, wenn man eine gewisse Anzahl von Jahren seine Beiträge bezahlt hat und in einer gewissen Anzahl von Funktionen aufgeschienen ist. Auf einem der Fotos, dem vergilbtesten, war John F. Kennedy beim Händedruck mit Myron Stahl zu sehen. Beide sahen darauf sehr jung aus. Ich suchte auf der Ehrenwand nach einem Foto von Clyde Malish.
Stahl mußte dieses Büro schon lange haben. Die Sonne hatte die Vertäfelung leicht ausgebleicht. Ein dunkleres Rechteck wurde von dem darüberhängenden Foto mit Ehrentafel nicht völlig überdeckt. Als mir das aufgefallen war, sah ich auch andere Anzeichen dafür, daß die Erinnerungsstücke erst unlängst umarrangiert worden waren. Stahl hatte mehr Initiative als ich: Die Dinge, mit denen ich meine Bürowände dekoriert hatte, hingen, wo sie von Anfang an hingekommen waren. Ein paar davon standen nach wie vor an die Wand gelehnt am Boden.
Ich fing wieder an herumzutigern. Einer der Ohrensessel kam mir dabei in den Weg, und ich schubste ihn mit einem Tritt beiseite.

Das tat mir gut. Ich trat noch einmal hin, und diesmal stieß ich ihn gegen den Schreibtisch. Ich hoffte, daß Fräulein Flöt-dir-was im Vorzimmer würde glauben, daß ich das Büro kurz und klein schlug. Das brachte nur nichts, ebenso wie meine Anwesenheit überhaupt.
Myron Stahl hatte keinen Sinn für Timing. Hätte er noch weitere zehn Minuten verstreichen lassen, wäre ich türenschlagend aus dem Büro gestürmt, hätte die Vorzimmerlady angeschnauzt, sie solle ihm bestellen, mich anzurufen, und wäre meiner Wege gegangen. Aber er kam just herein, als ich mich eben in diese Wut vor dem Abgang hineinsteigerte.
Er sah scheißfreundlich aus. Das Lächeln, das er mir zuwarf, war viel sonniger, als ein Eindringling es verdiente. Kollegiale Verbindlichkeit. »Mr. Blackwell«, sagte er. »Wie unerwartet. Ich hoffe, in Zukunft –«
Er brach mittendrin ab, um sich vor mir wegzuducken. Doch der Satz vorwärts, den ich machte, galt der Tür, nicht ihm. Die Fotos und Urkunden an der Wand vibrierten, als sie zuschlug. Myron Stahl zog sich hinter die Barrikade eines jeden Anwalts zurück, den Schreibtisch. In seinem Nadelstreifen-Dreiteiler paßte er zu diesem Schreibtisch, in dieses Büro; was ihm nur noch fehlte, waren eine Melone und Gamaschen. Er hätte sie zu tragen gewußt.
Stahl war ein Mann von mittlerer Größe mit feingliedrigen Händen. Er schien einiges über vierzig, zumindest. Bis zu diesem Augenblick hatte er vermutlich gedacht, daß er bedrohliche Schlägertypen viele Jahre hinter sich gelassen hätte.
»Ich habe eine Nachricht für Ihren Klienten.«
»Welchen Kli –«
»Clyde Malish. Die Nachricht lautet: Wenn er glaubt, daß damit alles vorbei ist, dann täuscht er sich gewaltig. Der Ball liegt wieder in seinem Feld. Er muß die Sache so hinbiegen, daß mein Sohn aus dem Gefängnis kommt. Ich sage dasselbe, was sein Bote mir gesagt hat: Wie er es anstellt, ist egal. Er soll irgendwelche neuen Beweise auftreiben, einen Zeugen, der gehört hat, wie Mandy Jackson sich das Ganze ausgedacht hat, eine schriftliche Aussage

von ihr, irgendwas. Es wird nicht allzu genau nachgeprüft werden, er kann es auch fälschen. Er *muß* nur etwas tun! Denn wenn nicht, dann hole ich ihn mir. Bei seinem nächsten Zug werde ich schon warten. Und wenn ich Beweise erfinden muß, um eine Anklage gegen ihn zusammenzubekommen, werde ich es tun! Was immer nötig ist, ich werde –«

Als Stahl den Mund aufmachte, klackten beinahe unsere Zähne aneinander; so knapp war ich vor seinem Gesicht. Er hatte den Rückzug angetreten, doch sein Schreibtischsessel war ihm dabei im Weg, so daß ich ihn an den Sakkoaufschlägen zu fassen bekam. Ich sprach nicht weiter, weil es mich würgte. Die Wut, die sich seit Wochen in mir aufgebaut hatte, schwappte hoch, durchtränkte meine Gedanken. Während ich davon redete, alles in meiner Macht Stehende zu tun, um Clyde Malish zu kriegen, dachte ich plötzlich, daß es vielleicht besser wäre, Myron Stahl umzubringen. Auf der Stelle, mit meinen eigenen Händen! Das wäre als Nachricht deutlicher. Wozu Malish sagen, ich würde alles tun, wenn ich es ihm vorführen konnte? Meine Hände waren schon knapp vor dem Hals des Anwalts und krümmten sich wie zum Griff.

Ebensogut hätte ich es laut aussprechen können. Die Wut schwand aus Stahls Augen, an ihre Stelle trat Angst. Er wich vor mir zurück und schielte auf den Schreibtisch – nach einer Waffe, um anzugreifen oder sich zu verteidigen, das war offenkundig. Unser beider Blick fiel auf den Brieföffner aus Messing.

Stahl zog sich seine Weste zurecht. »Ich nehme an, es geht um die Schwierigkeiten Ihres Sohnes. Schon gut, schon gut!« Er streckte mir beide Hände entgegen, und ich hielt im Schritt inne. »Ich werd's ihm bestellen. Mehr kann ich nicht tun. Wenn Sie glauben, daß Mr. Malish sich meinem Rat beugt oder dem von irgendwem sonst, dann kennen Sie ihn schlecht. Aber ich werde Ihre Nachricht zuverlässig weiterleiten.«

Er wandte sich ab und ging um den Schreibtisch herum, als müsse er nachdenken. Vielleicht tat er das ja auch, aber er brachte so auch den Schreibtisch zwischen sich und mich. Plötzlich kam ich mir lächerlich vor, Myron Stahl anzugreifen. Genau wie man es

uns in der Schule über gewalttätige Maulhelden gesagt hatte: Ich war ein Feigling. Wenn ich schon so blind vor Wut war, warum hatte ich mir dann nicht Clyde Malish selber vorgenommen?
»Ist gut«, knurrte ich. »Sagen Sie ihm, er hat nicht viel Zeit. Jeder Tag, den David im Gefängnis zubringt, ist ein Jahr, das er mir schuldet.« Die großen Töne waren ernst gemeint, aber trotzdem nur große Töne. Stahl nickte.
»Aber Ihnen ist klar«, setzte er hinzu, »daß dies kein Eingeständnis ist. Nicht meinerseits und ganz gewiß nicht im Namen meines Klienten.« Ich funkelte ihn an, und er hob die Hände, doch sie zitterten nicht mehr. Er begriff, daß der Augenblick, in dem ich ihm etwas hätte antun können, vorbei war. Genaugenommen glaube ich, daß er mir ein kleines Lächeln zuwarf. Nicht hämisch, eher kameradschaftlich. Wir sind Anwälte, schien er zu sagen, wir sollten diese Dinge nicht allzu ernst nehmen.
Ich erwiderte sein Lächeln nicht, und es machte mir Spaß zu sehen, daß er wieder zurückwich, als ich um den Schreibtisch herumkam. Doch wie schon zu Anfang war mein Ziel wieder nur die Tür. Wenn mir noch eine melodramatische Drohung eingefallen wäre, hätte ich an der Tür haltgemacht und sie ausgestoßen. Wie die Dinge lagen, ließ ich bloß die Tür gegen die Wand krachen, das Vorzimmerfräulein aufspringen, und ging mit langen Schritten hinaus, als müßte ich dringend irgendwohin.

Als das Gerichtsgebäude groß in meiner Windschutzscheibe auftauchte, hatte ich plötzlich das Bedürfnis abzubiegen, aber ich wußte nicht, wohin. Ich kochte innerlich, doch ich war auch ziellos. Ins Gericht zurückzukehren hieß sich verkriechen, zu Boden gehen wie ein weidwundes Tier.
Es war immer noch derselbe Morgen, an dem ich in der Zeitung von Mandy Jacksons Tod gelesen hatte. Ich hatte noch bei keinem im Büro von mir hören lassen. Es bestand eine geringe Chance, daß sie Neuigkeiten hatten.
Linda saß wieder an meinem Schreibtisch, doch diesmal starrte sie einfach vor sich hin. Auf dem Schreibtisch lag die Zeitung. Als sie mich sah, sprang sie auf und drückte sich an mich. Sie hielt

mich einen langen, langen Augenblick fest. In meinen Armen war nicht viel Kraft; der letzte Rest Wut war verraucht, und ich fühlte mich leer. Nach einer Weile spürte ich, wie etwas von Lindas Leben auf mich überströmte, mich wieder auffüllte. Ich konnte sie fester an mich drücken. Ich hatte die Hoffnung auf Davids sofortige Freilassung verloren, Linda aber ihre ›Klientin‹. Ich vergaß nicht, daß nun auch Mord auf Malishs offener Rechnung stand.

»Es tut mir leid«, sagte ich.

»Wir hätten schneller etwas unternehmen sollen.« Ihre Stimme klang erstickt an mir.

»Wenn wir jetzt anfangen, eine Liste zu machen, wie ich diesen Fall verpfuscht habe, kommen wir zu überhaupt nichts mehr.«

Ihre Wangen waren feucht, als sie mich losließ. Doch sie sah auch entschlossener aus als bei meinem Hereinkommen. »Wo bist du gewesen?« fragte sie, und ich erzählte es ihr so kurz wie möglich. Ich wollte hören, was sie dazu zu sagen hatte. Ich wollte, daß Linda Ideen beisteuerte.

Wir begannen langsam zu reden. Linda machte tatsächlich eine Liste. Mandy Jacksons Aussage würden wir nicht mehr bekommen. Was für Beweise hatten wir sonst? Reden gab einem die Illusion von Produktivität. Wir mußten auf so vieles warten. Auf den Autopsiebericht von der Gerichtsmedizin. Ermittler stöberten in Mandy Jacksons Vergangenheit herum, auf der Suche nach einer Verbindung zu Clyde Malish. Und ich verharrte in der Erwartung, auf die eine oder andere Weise von Malish zu hören, in der Hoffnung, daß mein Ausbruch im Büro seines Anwalts zu irgendeinem Ergebnis führen würde.

Ich verfiel in Verzweiflung, so vollständig, daß es körperlich weh tat, ein kleines wühlendes Tier, das in meinem Fleisch gefangensaß und sich einen Weg ins Freie zu nagen versuchte. Ich wußte ohne jeden Zweifel, daß David reingelegt worden war, ich wußte in etwa, wie, und konnte doch nichts dagegen tun. In den Tagen nach Mandy Jacksons Tod wurde ich bei Gericht eine geisterhafte Erscheinung. Ich holte mir eine Akte, unterschrieb Briefe, doch dann drehte ich mich um und ging durch Menschen und Wände hindurch wie durch Luft. Allerdings, nicht ich war der Geist. Ich blieb nur allzusehr Fleisch und Blut. Was wesenlos wurde, war das Gebäude. Ich konnte schnurstracks durchgehen, ohne daß irgend etwas meinen Blick oder meine Erinnerung auf sich zog. Der Krieg fand nicht mehr im Gericht statt, sondern auf der Straße. In dem alten Gemäuer gab es nichts mehr zu tun.

Wie sehr das stimmte, entdeckte ich, als ich auf den wachsenden Stapel Nachrichten von Richter Watlin reagierte. Kaum daß ich seinen Gerichtssaal betrat, unterbrach er die Verhandlung, die er gerade führte, warf mir einen Blick zu und verließ den Richtertisch. Ich ging hintenrum durch die Büros seiner Leute; John erwartete mich an der Tür seines Zimmers. Hinter mir schloß er sie. Er sah aus, als hätte man uns bereits bei einer Verschwörung ertappt.

»Verdammt, Blackie! Tot.« Er faßte mich am Arm. »Sagen Sie mir's schnell, lassen Sie sich keine Zeit, sich was auszudenken. Haben Sie irgendwas damit zu tun?«

»Mit dem Tod von Mandy Jackson? Sind Sie verrückt? Sie sollte meine Zeugin sein. Ich *brauchte* sie, deshalb ist sie tot.«

Watlin ließ mich los und schien sich zu beruhigen. Die Logik war seine Mätresse. Er glaubte mir nicht von sich aus, sondern weil ich ihm einen guten Grund dafür gab.

»Aber jetzt ist Ihr Beweis für den Wiederaufnahmeantrag gestorben, so wie sie selber. Verdammt noch mal. Hatten Sie nicht soviel Verstand –«

»Ich konnte sie nicht finden. Glauben Sie etwa, ich hätte sie nicht gesucht? Vielleicht hatten die sie schon die ganze Zeit, schon bevor sie mich bedrohten. Aber sehen Sie mal, das *ist* der Beweis. Die haben sie umgebracht, um sie daran zu hindern zu widerrufen. Das beweist, daß sie dazu bereit war.«

Der Richter warf mir einen Blick zu. »Einem toten Zeugen kann man leicht etwas in den Mund legen«, erklärte er. »Aber das ist reine Spekulation. Warum sollte irgendwer das glauben? Warum sollte man auch nur glauben, daß sie ermordet wurde? Es war bloß eine Überdosis, so was kommt jeden Tag vor.«

»Nicht in diesem Fall, John. Sie war kein Junkie. Ein Junkie hat nicht weiß-ich-wie viele Jahre denselben Job. Und geht noch dazu abends auf die Uni. Wann hätte sie –«

»Reißen Sie sich zusammen, Blackie. Charakter ist kein Beweis. Ein bißchen mehr müssen Sie sich schon einfallen lassen.«

Ich unterbrach mich, lang genug, damit er sehen konnte, daß ich nicht am Durchdrehen war. Als seine Aufmerksamkeit voll auf mich gerichtet war, fragte ich: »Muß ich das, John? Was, wenn es mehr nicht gibt, nie geben wird? Würden Sie dem Antrag dann stattgeben, nur auf meine Aussage hin?«

Er beugte sich ernst zu mir. »Verlangen Sie das nicht von mir, Blackie. Sie wissen, ich müßte Sie abweisen. Sehen Sie, die einzige Zeugin ist jetzt tot. Einen neuen Prozeß zuzulassen wäre gleichbedeutend mit einer Einstellung des Falles allein auf Ihr Wort hin, nachdem ein Geschworenengericht bereits einmal auf schuldig entschieden hat.«

»Aber es gibt immer noch ihre Aussage aus dem ersten Verfahren. Sie könnten ein zweites Urteil fällen.«

Er schnitt eine Grimasse. »Sie wissen so gut wie ich, wie nutzlos eine kalte Aussage ist, fürs Protokoll verlesen von irgendeinem stellvertretenden Staatsanwalt, der dramatisch sein will und in jeder zweiten Zeile patzt. Ich könnte das nicht tun. Es würde himmelhoch nach einem Handel stinken. Es würde uns beide ruinieren.« *Meine* politische Zukunft war mir egal. Soviel hatten der Richter und ich gemeinsam. »Außerdem«, fuhr er fort, »selbst wenn ich Ihnen glaube – was ich natürlich tue –, ist alles, was wir haben, ein Unbekannter, der Ihnen erklärt hat, Mandy Jackson würde ihre Aussage ändern. Sie können nicht mal eine Verbindung zwischen ihm und ihr beweisen. Vielleicht hat er bloß versucht, Ihre Lage auszunützen. Sie können einen neuen Prozeß nicht auf Informationen aus dritter Hand stützen.«

»Aber ich habe das Verfahren gegen Clyde Malish eingestellt. Das ist doch ein Beweis.«

»Das ist bloß ein Beweis für etwas, das Sie taten. Vielleicht haben Sie durchgedreht und die ganze Sache erfunden und den Fall eingestellt, um Ihre Geschichte zu untermauern. Tut mir leid,

Blackie, aber das würden die Leute sagen. Außerdem haben Sie den Fall ja nicht eingestellt.«
Er hatte recht. Den Fall gegen Clyde Malish hatte Frank eingestellt, und zwar aus Gründen, die mit dem adretten kleinen Mann mit der Pistole rein gar nichts zu tun hatten. Ich hatte meine Sache zu gut gemacht.
Was Watlin jetzt verlangte, war Absicherung. Vor einem Monat noch hätte ich für seinen Standpunkt Verständnis gehabt. Er war nicht gegen mich, er bat nur um Hilfe. Beinahe flehentlich.
»Sie haben die Geschichte, Blackie, jetzt schaffen Sie Beweise ran. Sie haben einen Stab, Sie haben Ermittler. Bringen Sie mir irgendwas als Beweis. Es muß nicht viel sein. Geben Sie mir einen halbwegs guten Grund, Ihrem Antrag stattzugeben, und Sie kriegen ihn durch. Aber bringen Sie mir Beweise.«

Genau das versuchte ich. Die Obduktion von Mandy Jackson hatte keinen Aufschluß erbracht. Ich hatte den Amtsarzt wissen lassen, daß ich einen Verdacht auf Fremdverschulden hegte, doch er konnte mir keinen Beweis liefern. »Da sind ein paar Abschürfungen, aber die könnten auch von den Krämpfen infolge der Überdosis stammen. Oder von irgendwas sonst. Eines kann ich Ihnen allerdings sagen: Sie war kein Junkie. Keine Fixerin jedenfalls. Keine Einstiche. Es gibt natürlich immer ein erstes Mal.«
»Wenn sie süchtig gewesen wäre, hätte diese Menge sie dann auch umgebracht? Wenn sie daran gewöhnt gewesen wäre?«
»Das hätte vermutlich jeden umgebracht«, sagte er. »Ach, was sag ich: drei Leute auf einmal. Das in ihren Venen war kein gestreckter Straßenstoff. Es war rein, sehr rein. In der Nadel war noch genug für eine Probe. Reinstes H, absolut unverschnitten.«
»Also war es Mord. Wer immer es ihr gab, wußte, es würde sie umbringen.«
»Oder der Übereifer der Anfängerin«, sagte der Amtsarzt. »Wenn es ihr erstes Mal war, wußte sie vielleicht bloß nicht, wieviel sie nehmen mußte.«
Ich hörte kaum zu. Pures, unverschnittenes Heroin. Von der Art, wie ein Junkie und auch ein kleiner Dealer es nie zu sehen kriegt.

Doch Clyde Malish konnte es faßweise bekommen. Trotzdem, das reichte noch nicht.

Drei Ermittler konnten keinen Zusammenhang zwischen Mandy Jackson und Clyde Malish entdecken. Er mußte sich einen Zugang zu ihr gebahnt und ihn dann wieder verschüttet haben. Es gab keinerlei Hinweise. Ihr verstorbener Mann war die offensichtliche Verbindung, doch niemand hatte etwas Konkretes herausfinden können. Die Spur war zu alt.

Drei, vier Tage nach ihrem Tod ging ich durch den Empfangsraum, abwesend wie üblich, und bemerkte kaum den alten Mann, der am Fenster lehnte und mit der Frau am Empfang sprach. Selbst als er meinen Namen nannte, registrierte ich es nicht. Doch dann sagte er das Zauberwort: Amanda.

Ich war bereits drinnen, in Sicherheit. Abrupt blieb ich hinter der Vorzimmerdame stehen und hörte ihm zu. Sie blinzelte zu mir hoch, und ihre Augen schickten ihn weg. Mich zu beschützen gehörte zu ihrem Job.

Der alte Mann war ebenfalls schwarz. Und als ich ihn ansah, merkte ich, daß er gar nicht so alt war. Er war vom Schlage Mandy Jacksons, gebeugt von einem Leben voll harter Arbeit. Über seine Unterarme verliefen dicke Venen bis zu den Händen, die sich ein wenig wie Klauen krümmten, die Finger ineinander verknotet. Er war größtenteils kahl, hatte ein starkes Kinn und einen dünnen Hals und war irgendwo zwischen fünfzig und tausend. Sein Benehmen war nicht aggressiv. Er bat inständig darum, zu mir vorgelassen zu werden, offensichtlich ohne mich zu erkennen. Nach einer Minute stieß ich die Tür wieder auf und bat ihn herein.

»Ich werde ihn nicht lange aufhalten«, erklärte er, als wir uns auf den Weg durch den Flur machten. Ich sagte ihm, wer ich war. Er schien völlig überrumpelt. Zwar blieb er nicht stehen und wich vor mir zurück, doch er verstummte und warf mir seitliche Blicke zu. Als ich die Tür meines Büros hinter ihm schloß, schien er sich entschieden unwohl zu fühlen. »Sie haben Mandy Jackson gekannt«, gab ich ihm als Stichwort.

»Ich habe sie immer Amanda genannt«, meinte er entschuldi-

gend. »So 'n hübscher Name, 's wär so schade gewesen, ihn nicht zu benutzen.«
»Sie sind ein Verwandter«, bemerkte ich.
»Sie war meine Nichte. Gregory Stillwell mein Name. Ich – wir haben so geredet, und schließlich hab ich gedacht, am besten sollte ich kommen. 's hat mich niemand geschickt. Ihre Mama – ihre Mama sieht einfach keinen anderen Weg – 'n paar von den anderen – sehen Sie: Wir wissen, was mit Amanda und Ihrem Jungen passiert ist und all das, aber jetzt ist sie tot, und es sieht so aus, als würde keiner was unternehmen deswegen. Und wir dachten, daß Sie vielleicht –«
»Daß ich vielleicht den Leuten gesagt habe, sie sollten sich kein Bein ausreißen wegen ihr?«
Er wirkte extrem unbehaglich. Mir war klar, wieviel Mut es ihn gekostet hatte, zu mir zu kommen. »Die Polizei sagt, sie untersuchen es«, fuhr er fort und sah zu Boden, »aber wir denken uns, daß es vielleicht nicht sehr weit oben auf ihrer Liste steht. Das Mädchen, das den Sohn des Bezirksstaatsanwalts ins Gefängnis gebracht hat; vielleicht denken sie sich –«
Ihn weitersprechen zu lassen wäre grausam gewesen. »Mandy hat meinen Sohn nicht ins Gefängnis gebracht«, erklärte ich. »Ich weiß, wer dahintersteckt. Und ich weiß, daß die Art, wie sie gestorben ist –«
Bei der Erwähnung ihres Todes versteifte sich sein Rücken. Zum ersten Mal sah er mir direkt in die Augen. »Amanda hat sich nicht mit diesem Zeug totgedrückt. Sie hat Drogen gehaßt. Nachdem ihr Idiot von Ehemann sich so hat umbringen lassen, wie er's eben getan hat, hat sie's noch mehr gehaßt. Sie hatte solche Angst, daß ihre Kinder damit anfangen könnten. Sie hätte niemals, nicht in einer Million Jahren –«
»Ich glaube Ihnen. Sie hat das nicht selber gemacht.«
Als er die Augen schloß, quoll unter einem Lid eine Träne hervor. »Ich wollte, Sie hätten Amanda gekannt. Wir hatten so Angst, Sie würden denken, daß sie bloß gekriegt hat, was sie verdient. Aber Amanda, sie war was Besonderes. Ihr Daddy hat sich sein Geld mit Schuheputzen verdient. Sechzig isser jetzt und putzt immer

noch Schuhe, sagt ›Danke, Sir‹ für'n Vierteldollar. Und ich, ich grab Straßen auf. Hab schon genug Dreck aus Löchern geholt, um die ganze Stadt zuzuschütten damit. So isses mit der ganzen Familie, immer Arbeit, aber's nie zu was gebracht. Nur Amanda – sie war die erste in der Familie, die die High School fertiggemacht hat. Und dann aufs College. Hat sie Jahre gekostet, aber sie hat's geschafft. Endlich war sie kurz davor, was aus sich zu machen. Das hätte sie nicht sausen lassen für dies Zeug.«

Er schniefte laut, wie zur Bestätigung seiner Worte, dann redete er weiter. »Sieht so aus, als könnt es die Familie nie zu was bringen. Seit hundert Jahren ist keiner mehr als zwei Schritte vom Sklavenleben weggekommen, bis auf Amanda. Und jetzt ist es, wie wenn einer gesagt hätte: ›Nein, du bist zu weit hochgekommen. Ich werd dich da auf nichts zusammenstauchen.‹ Erst der... die Vergewaltigung, dann liegt sie tot in 'nem Graben, und keiner tut was, wegen dem, was sie über Ihren Jungen aussagen mußte. Aber sie hat nie und nimmer –«

Ich saß neben ihm vor meinem Schreibtisch. Wir waren beide vorgebeugt wie bei einer Gebetsstunde. Ich konnte ganz leise sprechen, und er hörte mich trotzdem. »Mandy hat gelogen, als sie gegen meinen Sohn aussagte.«

Er sah so scharf zu mir hoch, daß ich dachte, eine von diesen klauenartigen Händen würde sich gleich zusammenballen und mir ins Gesicht schlagen. »Sie hat nie –« begann er.

»Doch, sie hat. Aber nur, weil jemand sie gezwungen hat. Sie konnte sich nicht helfen.«

Gregory Stillwell starrte mich immer noch an. Seine Unterwürfigkeit hatte er völlig vergessen. Er starrte, als wäre die Wahrheit tief in meinen Augen vergraben und als könnte er sie dort ausspähen. Ich erzählte ihm von dem adretten kleinen Mann, der sich an mich herangemacht, und von dem Fall, den ich eingestellt hatte. Ich erzählte ihm, wie verzweifelt dringend ich mit Mandy hätte sprechen müssen, weshalb sie ermordet worden war.

»Wer?« fragte er. Er schien meine Geschichte akzeptiert zu haben. Ich hatte ihm alles gesagt, außer den Namen des Mannes, dessen Verfahren ich eingestellt hatte.

»Wenn ich es Ihnen sage, müssen Sie mir versprechen, nichts deswegen zu unternehmen. Ich brauche Ihre Hilfe, um ihn zu kriegen. Wenn Sie ihn auf eigene Faust jagen, werden Sie ihn nicht erwischen; er ist zu gut geschützt. Und Sie könnten mir die Chance vermasseln, ihn zu kriegen.«

Er gab mir das Verprechen nicht leicht. Er starrte noch eine Weile erst auf mich, dann quer durchs Zimmer. »Es hatte gar nichts mit Amanda zu tun«, murmelte er. »Sie war zufällig gerade da, und als er hatte, was er wollte, warf er sie weg wie 'ne Papierpuppe. Und hat es so gedreht, daß sie aussah wie ein verkommener Junkie, dabei hat sie das so gehaßt wie nichts auf der Welt.«

»Vielleicht würde es Ihnen zu schwer fallen, den Namen zu kennen und nichts zu unternehmen. Vielleicht sollte ich Ihnen den Namen gar nicht sagen.«

Er sah mich an. Aus seinen Augen waren Jahre verschwunden. »Den schweren Teil kenn ich schon. Der Name macht's auch nicht schlimmer. Aber was werden Sie mit ihm machen?«

»Mein Sohn ist immer noch im Gefängnis. Um ihn freizubekommen, muß ich beweisen, was dieser Mann getan hat. Ich hab den besten Antrieb auf der Welt.«

Er nickte. »Und Sie werden beweisen, daß er Amanda umgebracht hat, nur weil sie mit drinhing.«

Ich zuckte die Achseln, versuchte nicht, ihm etwas vorzumachen. »Wenn der Mann so mies ist, wie Sie sagen, macht's ihm nichts aus, 'n armes schwarzes Mädel zu töten. Und er muß wissen, daß Sie hinter ihm her sein werden.« Er taxierte mich. »Vielleicht sagen Sie mir besser doch den Namen, für den Fall, daß Ihr Schuß danebengeht.«

An seiner Logik war nichts auszusetzen. »Versprochen?«

»Ich verspreche es.«

»Sein Name ist Clyde Malish. Ich brauche Ihre Familie, um herauszufinden, was keiner sonst erfahren konnte.«

»Wie dieser Clyde Malish auf Amanda kam.«

»Ja.«

»Kann ich Ihnen gleich sagen: durch die Kinder. Wegen nichts sonst hätte Amanda gelogen. Sie hatte vor nichts Angst. Das einzige, wovor sie sich fürchtete, war, daß ihre Kinder werden könnten wie ihr Daddy. Und ihr Junge, Paulie, kam langsam in das Alter, wo sie sich Sorgen machen mußte, mit wem er sich herumtrieb.«

»Ich hab auch an ihre Kinder gedacht. Aber vielleicht können Sie herausfinden, wer sich an sie herangemacht hat.«

Er nickte. »Ich werde tun, was ich kann. Schön, etwas für Amanda tun zu können. Und wenn's auf Ihre Art nicht funktioniert –«

Wir standen auf. Ich sagte: »Ich wußte schon, was für ein Mensch Mandy war, bevor Sie kamen. Mein Ermittler hat sie von der Grundschule an überprüft und nichts Schlechtes herausgefunden, das man über sie hätte sagen können. Auch wenn mein Sohn nicht darin verwickelt wäre, würde ich versuchen, Clyde Malish für das, was er ihr angetan hat, vor Gericht zu bringen.«

Er sah mich lange genug an, um in das, was er schließlich sagte, Nachdruck zu legen: »Ich glaube Ihnen. Trotzdem, es schadet nicht, daß Sie es auch für Ihren Sohn tun müssen.« An der Tür reichte er mir die Hand. In ihr lag Stärke, doch er machte aus dem Händedruck keine Kraftprobe. »Ich bin froh, daß ich gekommen bin«, erklärte er und war gegangen.

Mir fiel auf, daß meine eigene Spannung ein wenig nachgelassen hatte. Einen Teil der Verantwortung hatte ich weitergegeben. Wenn nicht Gerechtigkeit geübt wurde – und dafür war es zu spät –, so doch Vergeltung.

Doch das löste nicht mein Problem: Wie beweisen, was geschehen war? Ich besaß keinerlei Anhaltspunkte. Während die Tage vergingen, verlief jeder Faden, den ich in der Hand hatte, im Nichts. Es kam der September, diesmal scheinbar ohne den Labor Day. Für mich gab es längst keine Feiertage und keine Arbeitstage mehr. Ich saß an meinem Schreibtisch und schrumpfte ein. Ich hörte auf, David zu besuchen, konnte es nicht mehr – nicht, solange ich ihm keine Hoffnung geben konnte; und ich hatte selbst keine.

12 Ich wandte mich von neuem dem Studium der dicksten Akte aus dem Archiv zu: der über Clyde Malish. Wegen der Komplexität des Falles, besser gesagt der Fälle, hatte die Abteilung Sonderverbrechen sie angelegt. Man hatte Bankauszüge beschlagnahmt, schriftliche Zeugenerklärungen aufgenommen, Kopien von Urkunden und Verträgen sichergestellt. Es war eine gewaltige Masse Papier und sagte größtenteils nichts aus. Über jeden erfolgreichen Geschäftsmann konnte man ein Dossier dieser Art anlegen – und über jeden erfolglosen auch. Ich hatte es damit so gut wie aufgegeben, doch als keine andere Ermittlung einen Ansatzpunkt erbrachte, wühlte ich mich wieder durch den Papierkram.

Aus den Bankauszügen ging hervor, daß er ein großes monatliches Einkommen hatte, jedoch kein riesiges – das heißt, nicht das Einkommen, über das er tatsächlich verfügte. Aktennotizen wiesen auf das Offensichtliche hin, nämlich daß ein Großteil seiner Einkünfte versteckt war. Viele der Männer beispielsweise, die sich dauernd in Malishs Haus aufhielten, gaben sich als Freunde von ihm mit Jobs außerhalb der Stadt aus. In Wahrheit, so nahmen wir an, bezahlte Malish sie gut und in bar.

Einer Ahnung folgend, sah ich die Akte durch, um festzustellen, ob wir Aufzeichnungen darüber hatten, was Malish seinem Anwalt Myron Stahl bezahlte. Wieviel ein Mann für Rechtsberatung ausgibt, ist normalerweise ein Hinweis darauf, wieviel linke Geschäfte er macht. Wir kannten die Zahl, Malish hatte sie als Geschäftsaufwendung angegeben: Im vorigen Jahr hatte er Stahl 55 000 Dollar bezahlt. So stand es auf dem Papier. Ich vermutete, daß es unter dem Tisch mindestens doppelt soviel war. 55 000 entsprach in etwa dem, was neue Teilhaber in den größten Anwaltsfirmen verdienten. Meine Ersten Staatsanwälte kamen auf fast genauso viel.

Da gab es Liegenschaften, die Malish spottbillig erworben hatte und die nun stattliche Renditen abzuwerfen schienen. Aus Verträgen standen ihm Absatzbeteiligungen zu. Und er würde nicht zu Fall kommen wie Al Capone: Er bezahlte für alles Steuern.

Über den Zahlen kam ich ins Nachdenken. Darin herrschte eine eigene, grauenhafte Gesetzmäßigkeit, in der für menschliche Erwägungen kein Platz war. Es wirkte vernünftig, daß ein Mann dieses Gefüge absichern wollte. Egal wie. Die Zahlen waren verbrechensbereinigt, schmerzbereinigt. In dieser Gleichung kamen Davids Gang ins Gefängnis, Mandy Jacksons Tod nur wie Pfeile in einem Ablaufdiagramm vor. Ich konnte verstehen, wie ein Mann nur auf diese Zahlen sehen und Anweisungen geben konnte, die zu solchen Ergebnissen führten.

Doch da blieben immer noch Dinge, die keinen Sinn ergaben. Linda wies als erste darauf hin. »Warum sollte er bei dir ansetzen?« fragte sie. »Warum nicht bei Frank oder Marilyn. Sie sind sicher irgendwo genauso verwundbar. Warum gleich den Bezirksstaatsanwalt erpressen?«

»Ich hatte angekündigt, ich würde selbst die Anklage gegen ihn übernehmen.«

»Aber du hattest noch nicht mal angefangen, dich mit dem Fall zu beschäftigen. Frank hätte dich genauso überzeugen können, einzustellen, wie du ihn. Warum also du?«

Die Akte war auf meinem ganzen Schreibtisch ausgebreitet. Ich deutete darauf, als läge Clyde Malish selber da und feixte zu mir herauf.

»Da ist ein Typ, der sich um Konsequenzen nicht kümmert. Er geht auf das, was er will, auf dem sichersten möglichen Weg los und denkt sich, daß er sich gegen den Funkenflug schon wird abschirmen können. Denk mal daran, wie er das durchgezogen hat. Er hätte gleich nach Davids Verhaftung an mich herantreten können, um mich wissen zu lassen, daß die Zeugin die Anzeige fallenlassen würde, wenn ich mich kooperativ zeige. Aber nein, er läßt es zum Prozeß kommen, läßt David ins Gefängnis gehen. Diesem Scheißkerl ist es egal, wer –«

»Wenn er dich derart vorgewarnt hätte, hättest du vielleicht die Verbindung zwischen ihm und Mandy Jackson gefunden, bevor es in dem Fall zum Prozeß gekommen wäre. Er hätte seinen Hammer verloren.«

»Ich konnte es damals nicht, und ich kann es jetzt nicht.«

Linda zuckte die Schultern. In einem länger werdenden Schweigen sah sie die Akte durch, und ich sah sie an. Ihre Backenknochen standen mehr hervor denn je. Wenn wir in der letzten Zeit zusammen essen gewesen waren, hatte sie bloß herumgestochert. Sie blickte auf, setzte zweimal zu einem Satz an, dann schüttelte sie den Kopf und gab es auf. Sie wirkte wie eine Frau in einem Zwiespalt. Sie wollte mir durch diesen Morast helfen und wollte mich gleichzeitig wieder herausziehen, die Dinge wieder so machen, wie sie vorher gewesen waren. Linda wußte, daß das nicht möglich war. Es sah allmählich so aus, als würde dieser Fall nie ein Ende nehmen. Wir würden immer diesen Keil zwischen uns haben: meinen Sohn, den verlorenen Fall.

Und wenn sie mich zu trösten versuchte, würde es aussehen, als versuchte sie sich zwischen mich und meine Familie zu drängen, zu einer Zeit, da sie mich mehr brauchte als je zuvor. Früher hatte Linda mich gelegentlich und pflichtschuldig nach Lois und mit wirklichem Interesse nach Dinah gefragt. Dies beiläufige Interesse für meine Familie ließ erkennen, daß sie nicht eifersüchtig war. Doch in den letzten paar Wochen hatte Linda sie nicht mehr erwähnt. Die Spannung in diesem Bereich meines Lebens war für sie augenfällig. Doch sie wollte nicht die andere Frau spielen, die diese Krise dazu benutzte, mich wegzulotsen. Sie hatte gesehen, wie ich Lois umarmte, sie wußte, daß Krisen eine Familie manchmal wieder zusammenbringen. Früher hätte das nichts gemacht. Früher hatten Linda und ich ein separates Abteil meines Lebens bewohnt. Ich hatte klargemacht, daß sie nichts von dem zerrüttete, was bei mir zu Hause noch zu zerrütten war. Jetzt gab es in meinem Leben keine Abteile mehr. Es war aufgerissen von vorn bis hinten. Meine Gefühlsbindungen und -verluste lagen ausgestreut da, so daß jeder sie sehen konnte.

Eines Abends ging ich einfach nicht nach Hause. Ich rief Lois an, doch ich hatte ihr als Ausrede nicht viel anzubieten. Es schien so selbstverständlich, aus dem Büro zu gehen, mit Linda erst zu einem Lebensmittelladen zu fahren und dann zu ihr nach Hause. Ich war seit jenem Abend im April nicht mehr in dem Haus gewesen, doch ich gewöhnte mich leicht wieder ein. Als ich den Schrank aufmachte, hing da ein Kleiderbügel für meinen Anzug. Unten in einer Lade lag eine alte Jeans von mir.

Linda deckte den Tisch und schenkte Wein ein, während ich kochte. Sie lebte schon so lang allein, daß sie sich selten ein ganzes Essen kochte. Ich tat das oft. Ich war der Familienmensch. Die Spärlichkeit ihres Bestecks, das durcheinander in einer Lade lag, machte mich traurig. Bei Tisch fragte ich: »Warum hast du eigentlich nie geheiratet, Linda?«

»Nie? Bin ich schon tot?« Ich sah sie weiter an, als hätte sie nichts gesagt, und einen Augenblick später zuckte es matt belustigt um ihren Mund, als sie fragte: »Wen hätte ich heiraten sollen? Einen Anwalt?«

»Einen Kriminellen vielleicht.«

»Das läuft auf dasselbe hinaus. Du kennst die Leute in meinem Bekanntenkreis. Wen sollte ich heiraten? Du hattest das Glück, noch vor dem Studium Lois kennenzulernen und mit ihr zusammenzubleiben. Außerdem, was sollte ich in eine Ehe mitbringen? Meine Arbeitswut? Oder die Erschöpfung einer Ausgebrannten, damit ein Mann meine innere Leere füllen kann?«

»Du bist nicht alt, Linda. Was sind wir denn, Football-Spieler, die mit fünfunddreißig zurücktreten und Versicherungsvertreter werden?«

»Vielleicht.« Doch nachdem sie das gesagt hatte, lächelte sie und sah im Kerzenlicht aus wie ein Kind. »Was ist das?« fragte sie und meinte das Gemüse vor sich.

»Blumenkohl. Sehr verkleidet.«

»Blumenkohl. Weiße halten die seltsamsten Dinge für eßbar.«

Später, nachdem ich die Teller abgeräumt hatte, rümpfte sie über ihrem Glas die Nase. »Ich hab noch mal über Clyde Malish nachgedacht. Ein paar Dinge ergeben nach wie vor keinen Sinn. Er ist Geschäftsmann, was immer er sonst noch sein mag. Er sollte sich benehmen wie –«
Ich schüttelte den Kopf und goß ihr Wein nach. »Das ist kein Geschäftsessen.«
»Nicht?« Sie lächelte wieder. »Was dann?«
Ich antwortete nicht, weil ich es auch nicht wußte. Wir stießen mit unseren Gläsern an und schauten durchs Fenster in einen Garten, der ihr, da war ich sicher, genauso wenig vertraut war wie mir.
Nach dem Essen machte sich ein komisches Gefühl breit. Ich fläzte mich auf der Couch, anstatt zu überlegen, wann und mit welcher Bemerkung ich am besten meinen Abgang machen sollte. Es war Jahre her, seit Linda und ich eine ganze Nacht gemeinsam verbracht hatten. Das war außerhalb der Stadt gewesen, auf Geschäftsreise. Daß nun noch die ganze Nacht vor uns lag, machte uns langsam und schläfrig. Wir tranken noch etwas Wein und redeten über unsere Vergangenheit, die gemeinsame wie die getrennte. Ich stellte ihr keine bedeutungsvollen Fragen mehr.
Ich weiß nicht, wie spät es war, als ich eine Platte auflegte und bei der Stereoanlage stehenblieb, bis Linda zu mir herkam, lächelnd, weil ich mich so dumm anstellte. Wir tanzten. Eine Zeit war es nur Tanzen. Nach langen Minuten begannen wir einander langsam auszuziehen. Die Kleider fielen, bis wir nackt tanzten. Selbst dann noch hielten wir uns die längste Zeit bloß in den Armen, wiegten uns, ohne weiter die Füße zu bewegen. Wir faßten uns an den Händen. Ihre Wange lag auf meiner Schulter. Ich fühlte mich seltsam jugendlich. Es war nicht wie ein Rendezvous, noch viel weniger eine Affäre. Es war wie der Beginn einer jungen Ehe, ein wenig ungewohnt noch, doch getragen von einer langen Bindung.

Als ich Lois das nächste Mal sah, war sofort klar, daß sie auf Konfrontation aus war. Im selben Moment, ehe sie noch zu spre-

chen begann, versuchte ich mir selbst eine Grenze zu setzen, wieviel ich sagen würde, doch sie überrumpelte mich.
»Ich bin auf dem Weg zu David«, sagte sie. »Was sage ich ihm, wenn er fragt?«
»Sag ihm – sag ihm, ich arbeite daran. Ich habe mit Mandy Jacksons Familie geredet, ich habe drei Ermittler –«
Sie schüttelte den Kopf. »Was soll ich ihm sagen, weshalb du nicht bei ihm warst?«
»Ich war bei ihm. Ich erzähl es dir nicht jedesmal, wenn –«
»Seit einer Woche warst du nicht da. *Er* sagte es mir. Warst du zu beschäftigt?«
Eine seltsame Betonung auf diesem letzten Wort gab mir das Gefühl, das Gespräch werde sich gleich nach einer anderen Seite hin verlagern. Ich sprach langsam und blieb beim Thema. »Offen gesagt, Lois, tut sich in Davids Fall sehr wenig. Ich nähere mich bei mehreren Spuren dem Ende, ohne Ergebnis. Allmählich fange ich an zu glauben, es wäre am besten, den Wiederaufnahmeantrag jetzt gleich einzubringen. Meine Aussage wäre zumindest *ein* Beweis. Ich hoffe, es könnte einen Aufschrei in der Öffentlichkeit geben, der Watlin davon überzeugt, daß es politisch das richtige wäre, dem Antrag stattzugeben. Im Augenblick denke ich schon mehr daran, wie ich die Berichterstattung in der Presse beeinflussen kann, als an die Anhörung selbst. Ich glaube, ich kann David genug Anteilnahme verschaffen, daß...« Mir ging die Luft aus. Sie nickte auf eine Art, die besagte, daß sie schon gar nicht mehr zuhörte. Lois sah heute ganz nach Geschäftsfrau aus, in Kostüm und Pumps. In ihrem Gesicht hatte sich ein Ausdruck festgesetzt, an dem nichts, was ich sagte, etwas würde ändern können. Ich versuchte, sie trotzdem zu beschwichtigen. »Ich gehe ihn heute nachmittag besuchen«, sagte ich.
»Es wäre vermutlich am besten, wenn du nicht gehst.«
Das traf mich völlig unvorbereitet. Sie sprach weiter. »Wenn du nicht kommst, macht er sich Sorgen, aber dich zu sehen deprimiert ihn womöglich noch mehr. Wenigstens weiß er, daß ich an ihn glaube. Mit mir kann er offen reden.«
»Was meinst du mit ›an ihn glauben‹? Ich glaube auch an ihn.

Lieber Gott, ich *weiß*, daß er unschuldig ist. Ich war es, auf den der kleine Mann mit der Kanone gezeigt hat, erinnerst du dich?«

»Ja.« Man konnte nicht sagen, daß sie mich anfunkelte; dafür lag in ihrem steten Blick zuviel Enttäuschung. Doch ihre Augen nagelten mich fest. »Doch bis das passierte, warst du *nicht* sicher. Es brauchte Beweise, um dich zu überzeugen. Für mich brauchte es nur Glauben.«

Plötzlich fühlte ich mich müde. »Es tut mir leid. Ja, ich hatte Zweifel. Wenn es nicht David gewesen wäre, ich hätte diese Geschichte keine Sekunde lang geglaubt. Selbst wenn man David kannte, war es schwer. Wie konntest du keine Zweifel haben, Lois? Sag mir das. Wie vertreibt man sie, wenn man sie einmal hat? Sag mir, wie. Bitte, ich möchte das wissen.«

»Man kann sie nicht vertreiben«, antwortete sie. »Deshalb hättest du sie gar nicht erst haben sollen.«

»Nun, jetzt ist es zu spät, das zu ändern.«

»Doch das macht eigentlich auch gar nichts. Es geht darum, daß du nicht *alles* getan hast, nachdem du es mir versprochen hattest. Erinnerst du dich, Mark? Als du zu mir kamst, nachdem der Mann unter der Brücke dir seine Pistole unter die Nase gehalten und dir erzählt hatte, was geschehen war, da glänzten deine Augen. Du warst *glücklich*. Du hast von mir erwartet, daß ich auch glücklich bin. Du sagtest, *natürlich* gibt es Dinge, die man jetzt tun kann. Verstehst du nicht, was mir das gesagt hat, Mark? Es sagte mir, daß du schon vorher mehr für David hättest tun können, wenn du an ihn geglaubt hättest.«

»Nein. Das stimmt absolut nicht. Ich tat alles, was ich konnte.«

»Das tatest du? Alles, wovon du mir gesagt hast, daß du es tun würdest? Lügen, betrügen, Beweise erfinden? Du hättest die Geschichte über den Mann mit der Pistole genauso erzählen können, egal, ob sie passiert ist oder nicht.« Ich verdrehte die Augen.

»Nein«, sagte Lois. »Das wäre dir nie eingefallen. Aber wenn du sicher gewesen wärst, daß dein Sohn unschuldig ist, dann hättest du *alles* getan. *Ich* jedenfalls hätte alles getan. Doch ich hatte nicht die Macht dazu.«

Darüber mußte ich lachen. »Macht. Wenn du nur begreifen würdest –«

Sie beugte sich zu mir. »Wäre *ich* nur einen Tag Bezirksstaatsanwalt gewesen, es wäre in diesem Fall nie zu einem Prozeß gekommen.«

Ich schüttelte nur den Kopf. Jemanden zu überzeugen, der aus Unkenntnis daherredet, geht einfach nicht.

Auch Lois sah, daß es hoffnungslos war. »Ich hätte gar nicht davon anfangen sollen«, erklärte sie. »Ich wollte dich nur dazu bringen einzusehen, daß du jetzt etwas tun *mußt.* Du mußt. Bevor die Sonne untergeht. Bevor er im Gefängnis noch ein schmieriges Wurstsandwich kriegt. Jetzt weißt du es.«

Sie weinte. Nicht demonstrativ, nicht aufschluchzend. Die beiden Tränen, die ihr übers Gesicht liefen, waren so schlicht wie ihr Kostüm. Wenn ich nicht gewußt hätte, daß es sie abstoßen würde, wäre ich aufgestanden und hätte die Arme um sie gelegt. Doch dieser Moment war lang vorbei. Ich gab mein Bestes, um sie aus zwei Meter Entfernung zu trösten. »Ich tu's ja, Lois. Ich bin ganz knapp davor, alles zu haben, was ich brauche. Ich bin fast da. Glaub mir, ich bin's.«

Glaub mir, ich war's nicht. Doch ich brauchte nicht Lois, um mich zu Taten anzutreiben. Vielleicht war es das Gefühl von Jugendlichkeit, mit dem der Abend mit Linda mich erfüllt hatte. Ich erinnerte mich daran, daß ich Macht hatte. Ich war nicht irgendein Opfer von der Straße. Malish hatte den Fehler gemacht, sich mit mir anzulegen. Ich würde es ihn merken lassen.

Er kam ans Telefon, als ich anrief. Das war an sich schon ein Sieg. Wie viele Leute hätten schon durch alle seine Zwischenträger direkt zu ihm vordringen können?

»Hier spricht Malish«, knurrte er.

Einen Moment lang bezweifelte ich es. Nicht bloß, daß er selber mit mir sprach. Ich bezweifelte, daß das Böse, das ich seit Monaten um mich herum spürte, sich wirklich auf einen Mann verdichten konnte, auf einen leibhaftigen Menschen am anderen Ende der Leitung, schwitzend und ungeduldig.

»Hier ist Mark Blackwell. Ich möchte Sie sehen.«

»Weswegen?«
Er hatte vielleicht Chuzpe. Wenn er mich noch wütender hätte machen können, als ich es ohnehin schon war, mit dieser Antwort wäre es ihm gelungen. »Sagen wir, wegen Mandy Jackson.«
»Wer?«
»So geht das nicht, Malish. Ich gebe Ihnen eine Chance, sich da rauszuwursteln. Werden Sie kommen?«
Er zögerte. »Wohin?«
»In mein Büro. Da sind wir ungestört genug.«
In der folgenden langen Pause konnte ich seinen Atem hören. Ich fragte mich, ob sein Denken genauso schwer ging. Dann sagte er abrupt: »Ich ruf Sie zurück«, und hängte auf.
Ich starrte auf den Hörer in meiner Hand. Er konnte nicht wirklich so beschränkt sein, wie er sich angehört hatte. Nicht der Mann, dessen Leben vor mir auf dem Schreibtisch ausgebreitet lag. Irgend etwas sollte ich schnell unternehmen, dachte ich. Jemanden zu seinem Haus schicken, um sicherzustellen, daß er nicht abhaute. Oder wollte ich, daß er abhaute? Ein weiterer Beweis...
Eine halbe Stunde später hatte ich Leute vor seinem Haus postiert und wartete auf einen Anruf von ihnen, als statt dessen Clyde Malish mich zurückrief. Er hatte sein Haus nicht verlassen. Er hatte auch gar nicht die Absicht.
»Ich hab mit meinem Anwalt gesprochen«, grunzte er. »Er sagte mir, was ich nicht tun muß, und jetzt sag ich's Ihnen: Sie können sich Ihr Ersuchen sonstwohin stecken. Wenn Sie genug über mich beisammen haben für einen Haftbefehl, dann besorgen Sie sich einen. Ich weiß nichts über das, was Sie mich da fragen, und ich seh nicht ein, warum ich Ihnen helfen sollte, nach irgendwas herumzufischen. Guten Tag also.«
»Das ist dumm. Sie wollen doch nicht wirklich –«
»So bin ich nun mal: ein dummer Mensch. Darum bezahl ich Leute, die mir sagen, was ich tun soll. Adios.«
Und wieder hielt ich einen toten Hörer in der Hand. Mir war beinahe zum Lachen. Zuvor hatte ich gekocht. Nun war ich sprachlos.

Ich folgte seinem Rat. Ich besorgte mir einen Haftbefehl. Ich hatte zwar nicht annähernd genug dafür, doch ich wußte, wie man eine eidesstattliche Erklärung formulieren mußte, und ich kannte Richter. Binnen einer Stunde hatte ich ihn.

Meine Ermittler überschlugen sich nicht eben vor Eifer, sich freiwillig für die Mission zu melden. Dabei hatte ich wirklich geglaubt, das würden sie, diese Cowboys. Die zwei oder drei, die scharf darauf waren, nahm ich nicht, sondern übertrug die Aufgabe dreien von den eher Bedächtigen, darunter Jack Pfister, der das Pech hatte, über genügend Phantasie zu verfügen, um sich auszumalen, wohin er da ging.

»Erschießen Sie niemanden, legen Sie ihm keine Handschellen an und schleifen Sie ihn nicht mit dem Gesicht nach unten die Treppe runter. Benehmen Sie sich einfach so, als würden Sie ihn zum Tee bitten, aber wenn Sie es brauchen, haben Sie das als Rückendeckung.«

»Gut«, sagte Jack. Er sah immer noch auf den Haftbefehl.

Ich fügte hinzu: »Lassen Sie einen Polizeiwagen am Vordereingang stehen, während Sie alle reingehen.«

»Ah, das wird nicht nötig sein«, sagte Jack, doch er wirkte fröhlicher, als ich darauf bestand.

»Komm schon, Jack, es ist doch nur ein verdammter Dealer«, sagte einer der anderen. Jack warf mir einen Blick zu, der erkennen ließ, wieviel er von seiner Rückendeckung hielt; dann zogen sie los, Sergeant Fury und sein Stoßtrupp der Unerschrockenen. Wenn die Sache bei Malish schiefging, würde ich der oberste Trauergast bei den Begräbnissen sein. Ich fragte mich, ob ich dabei war, meine neuerdings wiederentdeckte Macht zu mißbrauchen. Nach den zwei Sekunden Überlegung, die ich dieser Frage widmete, wandte ich mich anderen Dingen zu.

Es gab keine Schwierigkeiten. Die Gegensprechanlage summte, und Patty sagte: »Jack und Mr. Malish sind da«, als wäre es bloß der nächste in einer Reihe von Terminen. Ich wartete am Schreibtisch, als sie eintraten. Malish war nicht in Handschellen, und Jack faßte ihn auch nicht an. Respektvoll hielt er sich ein, zwei Schritte dahinter. Er hätte auch mein Butler sein können.

Ich starrte einfach. Clyde Malish wirkte amüsiert: »Na ja, ich hab Ihnen ja gesagt, Sie sollen es tun«, meinte er.
Jack sagte: »Er ist okay«, was heißen sollte, unbewaffnet. Ich nickte, verzog die Augenbrauen um ein winziges in Richtung Tür, und Jack zog sich zurück. Malish blieb stehen. Die Reden, die ich vorbereitet hatte, waren mehr als Reaktion gedacht als dazu, den Anfang zu machen. Ich saß einfach da. Schließlich sagte er, gar nicht feindselig: »Nehmen wir mal an, Sie sagen mir einfach, was das alles soll, und ich werde sehen, was ich tun kann, um Ihnen zu helfen.«
»Ich habe Ihnen bereits genau gesagt, was Sie zu tun haben. Geben Sie mir den Zündstoff, das Haus niederzubrennen, das Sie aufgebaut haben.« Metaphern waren offenkundig nicht sein Fall. Ich wurde deutlicher. »Sie müssen irgendeinen Beweis herschaffen, daß Mandy Jackson gelogen hat. Einen Zeugen, eine Aussage. Jemanden, der sagt, daß er belauscht hat, wie sie es plante. Sie können so jemanden bekommen. Wir wissen, daß Leute für Sie lügen. Viel ist nicht nötig, damit mein Sohn einen neuen Prozeß bekommt. Sie müssen sich nicht einmal selber einschalten. Mit Ihnen werde ich mich später befassen.«
Aus dem, was ich gesagt hatte, pflückte er sich ein Wort heraus: »Ihr Sohn. Oh. Jetzt verstehe ich.« Er bemerkte den Stuhl neben sich und setzte sich. Er sah sich im Büro um. »Bin ich in Haft?« fragte er, mehr neugierig als aufmüpfig. »Kann ich was zu trinken haben? Ich kam eben aus dem Pool, als Ihre Jungs eintrafen.«
»Was wollen Sie haben?« Ich dachte an die Bar, von der die Ermittler nicht wußten, daß ich wußte, daß sie sie im Büro hatten.
»Eine Diät-Cola?« sagte Malish. »Ein Soda, irgend so was?«
Ich bestellte ihm eine Diät-Cola. Patty fragte, ob ich etwas wollte. Die Frage ging mir zu sehr ins Uferlose. Als sein Getränk kam, stürzte Malish auf einen Zug die Hälfte runter. Bei ihm hätte man damit rechnen können, daß er so trank.
»Was soll die Verzögerung?« fragte ich. »Ich dachte, ich hätte mich wirklich klar ausgedrückt.«
»Hey, ich bin eben erst gekommen«, sagte Malish. Er wirkte in Gedanken versunken. »Warum kommen Sie wegen so was zu

mir? Ich meine, ich sage nicht, daß ich Ihnen nicht helfe, aber das ist doch etwas, das Sie selber tun könnten.«
Mir fiel keine Antwort ein. Ich kam mir vor, als wäre ich in ein fremdes Gespräch hineingeplatzt; irgendwo fehlte eine Verbindung. Ich fragte mich, ob Malish glaubte, daß es in diesem Büro Wanzen gab.
»Jetzt verstehe ich, wovon wir hier reden. Ich kann das nachfühlen. Hören Sie, ich habe selbst einen Jungen. Er ist drüben in Kalifornien, macht auf *Dolce vita* am Strand. Sagt, er will Filmproduzent werden, sieht mir aber mehr nach Nichtstun aus. Ich weiß, wie man sich fühlt, wenn Kinder sich in die Bredouille bringen. Man ist wütend auf sie, aber man würde alles tun, um sie rauszuholen. Ich verstehe das.«
Natürlich verstand er es. Er hatte ja darauf gezählt, nicht nur bei mir, auch bei Mandy Jackson. Ich sagte: »Genau, wie wenn man sich selber in die Bredouille bringt und alles tun würde, um wieder rauszukommen. Richtig?«
»Sie meinen diesen Fall gegen mich?« sagte er und tat es mit einer Handbewegung ab. »Das war gar nichts. Ihr Jungs hattet überhaupt nie einen Fall. Nichts für ungut. Ich war überrascht, daß es überhaupt so weit kam.«
»Schluß damit!« Er hatte mich auf die Beine gebracht. »Sie Hurensohn! Erzählen Sie mir nicht, was für eine Bagatelle das war. Erzählen Sie mir nicht, daß Sie bloß Vorkehrungen treffen wollten. Nach allem, was Sie getan haben –«
Er stand auf, um mir Paroli zu bieten. Ich griff nach ihm, doch er war nicht wie Myron Stahl einfach am Revers zu packen und ihm war auch nicht dieser befriedigende Ausdruck der Furcht ins Gesicht geschrieben. Malish wich keinen Zoll zurück und schlug meine Hände weg, so daß ich fast in ihn hineinstolperte. Er war zehn Jahre älter als ich, aber fast fünf Zentimeter größer und nicht so weich, wie er in seinem zerknitterten Hawaiihemd aussah. Sein Gesicht wurde zu Granit. Er sah aus wie das, was er war, ein Mann, der aus dem Nichts ein kriminelles Imperium aufgebaut hatte, weil er sich durch nichts aufhalten ließ.
Er wehrte mich lange genug ab, um mich daran zu erinnern, daß

nichts damit erreicht war, ihn niederzuschlagen, selbst wenn es mir gelingen sollte. Am Ende kam ich Zehenspitze an Zehenspitze mit ihm zu stehen und versuchte, ihn möglichst drohend anzuschauen.

»Sie haben diesen Plan eingefädelt, Malish. Sie können ihn auch wieder ausfädeln.«

»Sie können mich mal. Ich mach doch nicht den Laufburschen für Sie. Dieser Scheiß ist genausoviel wert wie Ihr lausiger Haftbefehl da. Für wie dämlich halten Sie mich eigentlich? Wenn ich –«

Als die Tür aufging, drehte er sich um, so daß ich sein Gesicht nicht sehen konnte, doch ich sah in das von Linda, als sie ihn erblickte. Sie war erschrocken. Als sie zwischen uns hin und her schaute, wirkte sie ängstlich.

»Was zum Teufel soll das?« grollte Malish, noch ehe sie etwas zu sagen wußte. Er rückte von mir ab. »Sie verpfuschen den Fall, also denken Sie sich diesen idiotischen Plan aus, mich dazu zu kriegen, Beweise zu türken? Das ist dasselbe, wie 'ne Tüte voll Hundescheiße vor meiner Tür anzünden und erwarten, daß ich reintrete. Sie müssen lernen einzustecken, Herr Bezirksstaatsanwalt. Sie haben verloren. Und es gibt nichts, was Sie dagegen tun könnten.«

»Da irren Sie sich. Sie irren sich gewaltig.«

»Ach ja? Also gut, wir werden sehen. Zeigen Sie mir's, Sie As! Und wenn Sie mich das nächste Mal sehen wollen, machen Sie sich nicht die Mühe mit irgend so 'nem faulen Haftbefehl. Kommen Sie einfach und klopfen an meine Tür. Ich laß Sie dann schon ordentlich reinreiten.«

Er ging hinaus und stieß dabei einen Stuhl um. Linda trat ihm aus dem Weg. Ich setzte ihm nach. Ich wußte nicht, was ich tun würde. Noch eine Drohung wie auf dem Spielplatz loslassen, vielleicht. Ich hatte so wenig Fahrt, daß Linda mich mit einer Hand auf meinem Arm aufhielt.

»Mark?«

Ich hörte die Tür des vorderen Büros zuschlagen.

»Laß ihn.«

Ich fühlte mich, als würde mir Clyde Malishs Spucke vom Gesicht tropfen.

»Weshalb war er hier, Mark? Mark, der Mann ist gefährlich. Wozu willst du ihn provozieren?«

Das war eine gute Frage.

Was erwartete ich von ihm; daß er gestand? Ich fragte mich selbst. Es war eine blöde Idee gewesen, Malish herzuschleifen. Ich hatte zwar sichergestellt, daß er unbewaffnet war, doch hatte ich selbst auch ohne Munition dagestanden. Ich kehrte zu meinem Studium seiner Akte zurück. Das führte mich zu anderen Fällen, vermutlichen Komplizen von ihm, einige davon Junkies, die vor langer Zeit verurteilt worden und zweifellos schon wieder frei waren. Irgendwann überkam mich über dieser Masse Papier ein Jucken, als wäre eine alte Fliege aus dem Winterschlaf erwacht und auf meiner Haut gelandet.

Meine Gedanken wanderten zu Myron Stahl. Wenn schon nicht Malish, dann Stahl: Ihn konnte ich einschüchtern, aber würde es mir auch nützen? Unter Umständen. Stahl vertrat Clyde Malish seit Jahren. Wenn er nur halbwegs ein Anwalt war, dann mußte er etwas über seinen Klienten in der Hand haben. Natürlich, das war keine Einbahnstraße. Malish war für Myron Stahl mehr als bloß ein Klient. Malish bezahlte alles, von Stahls netter, kleiner viktorianischer Bürosuite bis hin zu seinem Schuhputzer. Nach einem solchen Geldfluß konnte ein Mann süchtig werden, so daß daraus mehr wurde als nur die Vertretung eines Klienten. Nach so langer Zeit war ihre Beziehung wohl eher wie eine Partnerschaft – oder wie eine Ehe.

Ich hatte die ganze Konstruktion noch nicht Stück für Stück beisammen, doch ich kam auf etwas anderes, eines Nachts allein in meinem Büro beim Grübeln über die Beziehungen zwischen Anwälten und Klienten.

Ich dachte über die verschiedenen Arten nach, wie wir für unsere Klienten arbeiteten: Henry und ich für David, Nora und Linda für Mandy Jackson, Myron Stahl für Malish. Dachte nach, wie weit wir dabei zu gehen bereit wären. Da begriff ich plötzlich, daß ich einen von den Mitspielern zu wenig beachtet hatte, den einen, den ich nicht hätte vergessen sollen; immerhin hatte er mit einer Pistole auf mich gezielt. Als ich über seine Rolle in dem Komplott nachdachte, kam er plötzlich an der richtigen Stelle in dem ganzen Haufen zu stehen.

Natürlich, dachte ich. Der adrette kleine Mann war Anwalt.

13 Es war seine Art zu reden sowie ein halbes Dutzend typischer Wendungen, die er benutzt hatte. »Ich vertrete einen Klienten.« »Es wäre ein Wiederaufnahmeverbot in Betracht zu ziehen.« Das war Anwaltssprache. Ich hatte es zur Kenntnis genommen, ohne daß es mir aufgefallen war, weil ich daran gewöhnt war, Leute so reden zu hören. Das ist der Grund, weshalb ein Anwalt redet wie der andere: Wir bekommen nie etwas anderes zu hören.

Dann war da noch das eine, bei dem der adrette kleine Mann sich gerade noch unterbrochen hatte. Der Satz, den er in mildem Zorn begonnen hatte, als er die Pistole zog. »Ihr –«, mehr hatte er nicht gesagt. Ich hatte gedacht, er wollte irgend etwas über mich sagen, doch schien einleuchtend, daß er etwas eher Generelles gemeint hatte. Deshalb unterbrach er sich; der Kontrast wäre ein Hinweis auf seine eigene Identität gewesen. »Ihr« was? Texaner? Strafverteidiger?

Meiner Entdeckung, welchen Beruf mein Kontaktmann hatte, folgte eine Ahnung, ausgelöst durch seinen Beruf, sein Alter und die unlängst neu arrangierten Fotos an Myron Stahls Bürowand.

An das Datum konnte ich mich nicht erinnern, doch die Universität hatte ich mir gemerkt. Ich erledigte die Anrufe selbst. Einen Tag später – ich hatte auf Expreßzustellung bestanden, per Nachnahme – lag das Foto vor mir auf dem Schreibtisch. Mit der Lupe in der Hand kam ich mir vor wie eine Sherlock Holmes-Kopie, doch sie war notwendig. Die Gesichter der Männer auf dem Bild – es waren nur zehn – waren nicht sehr scharf, und ich war auf der

Suche nach zweien, die seit diesem Foto um fast dreißig Jahre älter geworden waren. Die Fakultät war so freundlich gewesen, mir die Legende zu dem Foto mitzuschicken, so daß ich Myron Stahl fand, ohne suchen zu müssen. Er sah unglaublich jung aus, sein Haar so voll, daß er es kaum glattkämmen konnte, ein Lächeln so gewinnend, daß es selbst durch seine Maske von Feierlichkeit hindurchlugte. Er hatte noch keinen Tag der Zukunft aufgebraucht. Ich blickte lange auf den jungen Myron, ehe ich mit der Lupe weiterging.

In der Reihe vor ihm fand ich den adretten kleinen Mann. So inmitten seines Jurajahrgangs wirkte er weder adrett noch klein; den Schnurrbart aber hatte er sogar damals schon getragen, in der schmucklosen Ära Eisenhower. In der Legende fand ich seinen Namen: Simon Hawthorne. Ein Namen wie geschaffen zum Adrettsein. Auch ihn sah ich mir lange an, ehe ich Jack Pfister in mein Büro rief und ihm das Foto aushändigte.

Myron Stahl war genau der Typ dafür, sich ein Bild seines Examensjahrgangs im Büro an die Wand zu hängen. Zweifellos hatte es sich dort befunden, bis er einen seiner Kommilitonen für einen Job anheuerte, von dem der Herr Anwalt nicht wollte, daß er sich zu ihm oder seinem Auftraggeber zurückverfolgen ließ. Warum hatten sie nicht einfach einen lokalen Schläger genommen, einen aus Malishs Kohorte, um mich zu bedrohen, damit ich den Fall einstellte? Weil die Chance bestanden hatte, daß ich einen von ihnen wiedererkannte oder seine Visage in irgendeiner Kartei wiederfand. Vielleicht hatte die Idee, mir die Rechtsgeschäfte durch einen Anwalt erklären zu lassen, Myron Stahl sogar Spaß gemacht.

Und sein alter Studienkollege Simon Hawthorne hatte Arbeit nötig. Jack stellte mühelos und schnell ein Dossier über ihn zusammen. Bei der Generalstaatsanwaltschaft in Virginia war der Name bekannt. Dort hatte man mitgeholfen, ihn Anfang der siebziger Jahre von der Liste streichen zu lassen. Seine Hauptverfehlung war Einkommensteuerhinterziehung gewesen, doch hatte man ihn auch wegen anderer Dinge in Verdacht. Ums Gefängnis war er zwar herumgekommen, aber in den letzten zehn Jahren hatte er es, um seinen Beruf gebracht, schwer gehabt. Ich erinnerte mich an seine abgestoßenen Manschetten. Der adrette kleine Mann war über einen Job durch einen alten Kollegen wohl heilfroh gewesen.

»Reicht das? Es ist so schwer, die Gedanken eines Mannes zu lesen, der die Gedanken von allen anderen zu erraten versucht.«

Linda saß einfach da, blickte an mir vorbei und dachte genauso verbissen nach wie ich.

»Ich meine, daß ist es, die Verbindung zu Clyde Malish, die wir gebraucht haben. Aber wird das für Watlin genug sein? Ich denke, ja, wenn er glaubt, daß jeder im Bezirk glaubt, er sollte einen neuen Prozeß gewähren. Wenn wir das Komplott übel genug und offenkundig genug aussehen lassen. Was meinst du?«

»Ich bin mir nicht sicher«, antwortete Linda langsam. »Vielleicht, wenn du erst mit ihm redest, ihn glauben machst, daß er als erster auf die große Verschwörung gestoßen ist...«

»Noch mal mit ihm zu reden hat keinen Sinn. Er hat sehr klar gesagt, was er will, Beweise, die sicher genug sind, ihn zu decken. Nächstes Mal, wenn ich Watlin sehe, werden wir zwischen uns den Richtertisch haben.«

Sie nickte. »Vielleicht sollte ich...«, begann sie, verlor sich jedoch wieder. Ich beobachtete sie. Linda hatte mich immer noch nicht angesehen, nicht direkt, seit ich ihr erzählt hatte, daß ich jetzt wußte, wer der adrette kleine Mann war. Sie wirkte zerstreut, angespannt. Es schien, als habe die Neuigkeit ihren Verstand in zu viele verschiedene Richtungen in Bewegung gesetzt, als daß sie ihre Umgebung noch hätte wahrnehmen können. Ich spielte ihr eine weitere Idee zu.

»Vielleicht sollte ich mich zuerst an die Presse wenden. Es ist eine gute Story. Wenn es schon das Stadtgespräch ist, noch bevor –«

»Nein«, sagte Linda sofort, und sie hatte recht. »Wenn du es so benutzt und es nicht funktioniert, dann hast du dich um den Vorteil gebracht, etwas zu wissen, von dem keiner weiß, daß du es weißt. Geh erst damit zur Presse, wenn du sicher bist, daß es keinen anderen Weg gibt. Wenn du nämlich später draufkommst, daß man die Information am besten vertraulich benutzen sollte, wäre es zu spät.«

Sie sah mich an, bis ich nickte. »Aber das bringt uns zur Ausgangsfrage zurück. Wie benutzen wir sie?«
Wir drehten und wendeten die Frage herum, bis sie völlig abgegriffen war, ohne Antworten abgeworfen zu haben. Bevor Linda ging, nahm sie meine Hände und sagte: »Mark, unternimm nichts, ohne vorher mit mir zu reden. Versprich es.«
»Traust du meinem Urteil nicht?«
Sie öffnete den Mund zur, das war mir klar, Beteuerung des Gegenteils, änderte jedoch den Kurs, noch ehe sie zu sprechen begann. »In dieser Sache, nein. Du solltest ihm auch nicht trauen. Wenn ich es wäre, würdest du mir dasselbe sagen.«
»In Ordnung. Ich werd nicht überhastet losschießen.«
Sie legte kurz die Arme um mich, als wollte sie mir hastig Lebewohl sagen. Als wüßte sie, wieviel mein Versprechen wert war.
Ich brauchte bloß noch einen letzten kleinen Schubs, und der erwartete mich zu Hause.

»Ich bin da«, rief ich. Keine Reaktion. Ich hatte auch keine erwartet, außer vielleicht, daß Dinah angelaufen kam. Statt dessen kam Lois' Stimme, etwas lauter wegen der Entfernung: »Wir sind im Wohnzimmer, Schatz.«
Es schien lang her zu sein, seit wir das letzte Mal Besuch bei uns gehabt hatten. Ich fragte mich, wer es sein könnte, und hoffte, er würde nicht lang bleiben. Vielleicht behielt ich deshalb den Aktenkoffer in der Hand, um den Eindruck zu erwecken, daß ich noch zu arbeiten hatte.
Dieser Gedanke konnte höchstens einen Moment gedauert haben, denn Lois' Stimme fuhr fort: »... nur ich und Dinah.«
Sie war schon gut, Lois. Sie hatte mir alles gesagt, was ich wissen mußte, aber ich schaltete nicht schnell genug.
Darum war ich mehr als erschrocken, als ich ins Wohnzimmer trat und den Mann mit der heruntergezogenen Skimütze sah. Nur einen Schritt hinter der Tür blieb ich wie angewurzelt stehen. Ich kam mir vor, als hätte man mich in Sekundenschnelle splitternackt ausgezogen. So entblößt fühlte ich mich in meiner Haut. Sie prickelte das ganze Rückgrat hinunter. Waffen haben manchmal

so einen Effekt auf die Menschen. Diese lag auf seinem Schoß. Als ich im Zimmer erschien, nahm er sie hoch.

Der Revolvermann saß in einem Sessel im rechten Winkel zur Couch, knapp einen Meter davon entfernt. Dinah und Lois drängten sich in der Mitte der Couch aneinander. Vor ihnen stand ein niedriges Teetischchen. Lois hatte den Arm um Dinahs Schultern gelegt. Es war ihr gelungen, sich zwischen Dinah und den Mann mit der Skimütze zu plazieren. Sie sah mich mit einer jähen Hoffnung an, die beim Anblick meines verblüfften Gesichtes erstarb.

»Wir haben schon auf Sie gewartet«, sagte der Revolvermann beinahe leutselig. Es war die Stimme eines jungen Mannes, unbekümmert, selbstsicher. Ein fröhlicher, junger Soziopath von der Art, die dafür sorgt, daß unsere Gerichtssäle ständig voll sind. »Sie arbeiten aber lange«, setzte er hinzu.

»Nun, jetzt bin ich ja da.« Ich ging weiter ins Zimmer, was seine Hand mit der Waffe veranlaßte, mir zu folgen. Ich wünschte, ich wäre nicht so haarscharf in der Tür stehengeblieben, gleich als ich ihn gesehen hatte. Dadurch mußte ich zu Dinah und Lois erst noch quer durchs ganze Zimmer. Ich versuchte, nahe genug heranzukommen, um über das Teetischchen hinweg zwischen sie und den Revolvermann zu hechten. Ich dachte daran, meinen Aktenkoffer als Schild zu benutzen. Aber selbst wenn ich seine ersten Schüsse abfing, was sollte Lois dann tun? Sie würde es immer noch nicht aus dem Zimmer schaffen.

Das hier war völlig anders als meine Begegnung mit dem adretten kleinen Mann, als ich angesichts seiner Pistole seltsam zuversichtlich gewesen war. Diesmal hatte ich tödliche Angst. Meine Hände zitterten.

»Was wollen Sie von mir?« Ich tat so, als wollte ich vor ihm zum Sofa gehen. Er stand auf.

»Als erstes will ich, daß Sie diesen Aktenkoffer runterstellen.«

Ich tat es, beugte mich hinunter und stellte ihn sachte hin.

»Gut. Jetzt können wir reden.« Er baute sich ganz nahe vor mir auf, der Revolverlauf stieß mich in den Bauch. Er war fast so groß wie ich. Unsere Köpfe waren keinen Fuß voneinander entfernt.

Die Klarheit seiner braunen Augen und die fünf Quadratzentimeter Haut drumherum wirkten in der Gesichtslosigkeit der heruntergezogenen Skimütze beunruhigend: zwei gestanzte Löcher in eine andere, feindselige Dimension.
Ich versuchte zurückzuweichen, in der Hoffnung, er werde mir nachkommen. Statt dessen faßte er mich am Arm und hielt mich fest, wobei er den Revolver noch etwas nachdrücklicher in mich hineinbohrte. Er zog mich an sich wie sein Liebchen und entledigte sich in kehligem Flüstern seiner Botschaft.
»Hände weg von Clyde Malish. Hören Sie auf, sich Ärger zu machen. Sie haben den Fall eingestellt, jetzt stellen Sie auch die Ermittlungen ein. Verstanden?«
Ich atmete aus und holte tief Luft. Kann sein, daß es mein erster Atemzug war, seit ich den Raum betreten hatte. Plötzlich fühlte ich mich mehr vor Erleichterung zittrig als vor Angst. Er hatte eine Botschaft für mich. Er war nur gekommen, um mir Angst zu machen. Er hatte keinen Auftrag, einen von uns jetzt zu erschießen. Malish wollte mich lebendig – und verängstigt –, damit ich seinem Diktat folgen konnte.
»Ja«, sagte ich. »Bestellen Sie Mr. Malish –«
Doch für eine beiderseitige Verständigung war er nicht hier. Er unterbrach mich: »Ich nehme das Kind mit, um sicherzugehen, daß Sie es auch wirklich tun.«
»Nein!« riefen Lois und ich gleichzeitig. Die Augen in der Mützenmaske wurden anders. Er lächelte.
»Doch«, sagte er leise. Er streckte die rechte Hand, die ohne Waffe, in Richtung Couch aus, über den Teetisch. »Komm schon, Kleines. Wird nicht lang dauern. Ab ins Auto.«
Er sah immer noch mich an, drückte mir immer noch die Waffe in den Bauch. Seine andere Hand hing frei schwebend in der Luft und wartete zuversichtlich darauf, daß Dinah danach griff. Dinah hatte sich in die Couch verkrochen. Ihre Augen schienen sich sogar noch weiter zu verkriechen. Sie sah gar nicht mehr aus wie eine kleine Erwachsene. Sie war ein verängstigtes Kind. Ein Baby.
»Los, komm schon«, sagte der Revolvermann und zuckte unge-

duldig mit den Fingern. Er wandte sich zu Dinah. Das ist meine Chance, dachte ich, doch ehe ich mich bewegen konnte, drehte sein Kopf sich zurück zu mir. Wieder grinste er. Er konnte meine Gedanken lesen. »Wollen Sie, daß ich eine Ihrer Lieben erschießen muß?« fragte er über die Schulter hinweg.
Dinah holte tief Luft. Dadurch wurde wieder Fleisch und Blut aus ihr, aus dem Häufchen Elend, das sie eben noch gewesen war. Sie stieß sich von der Lehne der Couch ab.
Noch viel schneller aber bewegte sich ihre Mutter. Lois beugte sich vor und nahm die Hand des Revolvermannes – er lächelte noch breiter, Fältchen um die Augen; er glaubte, es sei Dinah –, sie beugte sich noch ein Stück weiter vor und biß ihm in die Finger.
Er schrie auf. Ich konnte sehen, wie Lois' Kiefer sich anspannte. Sie drückte so fest zu, als wollte sie ihm die Finger abbeißen. Skimütze vergaß mich völlig. Er zog so fest an, daß er Lois von der Couch hob, wandte sich ihr zu und holte mit dem Revolver aus, um ihn ihr über den Schädel zu schlagen. Diesmal rührte ich mich. Ich machte einen Schritt zurück und schlug ihm, so hart ich konnte, die Faust seitlich auf den Kopf.
Ich traf auf Knochen. Vielleicht hatte ich mir die Knöchel gebrochen, doch der Revolvermann taumelte. Seine Knie stießen an das Teetischchen, und er stürzte darüber. »Lauf!« schrie ich zu Dinah, doch sie saß einfach da, wie gelähmt.
Wir alle schienen einen Moment lang festgefroren. Ich wußte nicht, wo die Waffe war oder worauf sie zielte. Der Revolvermann rollte vom Teetischchen auf den Boden, wo ich stand. Er hatte das Gesicht zu mir gewandt und hielt immer noch die Waffe in der Hand. Er zielte direkt auf mich. Ich holte aus, um sie ihm aus der Hand zu treten, und er hatte nicht genug Platz zum Ausweichen. Er schoß.
Ich fiel nach hinten. Er hatte danebengeschossen, richtete die Waffe aber wieder auf mich, und diesmal war ich nicht mal nahe genug, einen Tritt zu versuchen. Ich sprang zur Seite, der Lauf folgte mir, so nahe, daß ich die Kugel in der Trommel sehen konnte, während sie sich drehte.
Doch er hatte einen schwereren Fehler gemacht als ich: Er hatte

Lois vergessen. Sie mußte sich kaum bewegen. Langte einfach unter die Kante des Teetischchens und stieß es um. Die Platte fiel auf ihn drauf und schnitt ihm die Sicht ab wie ein sich schließender Sargdeckel, die Kante traf seinen Unterarm und stieß die Waffe zur Seite. Ein Schuß löste sich und traf wieder nicht.
Der Tisch war nicht schwer genug, ihn außer Gefecht zu setzen, also half ich mit. Ich trat mit Wucht auf seinen Revolver. Mein Absatz zerquetschte ihm die Handwurzelknochen. Der Revolvermann schrie auf. Und dann war er kein Revolvermann mehr. Mit einem Ruck zog er die Hand unter meinem Absatz hervor, doch die Waffe ließ er liegen. Ich bückte mich, um sie aufzuheben, doch seine blessierte Hand war zuerst da. Bevor er den Revolver richtig zu fassen kriegte, stieß ich ihn mit dem Fuß zur Seite, weit außer Reichweite für ihn.
Er kippte das Teetischchen von sich weg und sprang auf die Beine. Er war ein stämmiger, junger Mann. Ich sah, wie ihm eine Sekunde lang der Gedanke kam, er könne immer noch mit uns dreien fertig werden. Dann stürzte er aber zur Tür. Lois hechtete nach seinen Füßen und erwischte ihn nicht. Ich holte gegen ihn aus, als er an mir vorbeikam, und traf ihn fast genausowenig, schlug ihn bloß gegen die Schulter. Doch das war unerwartet wirkungsvoll. Es warf ihn aus der Bahn, und er stieß mit dem Schienbein gegen meinen Aktenkoffer, der immer noch friedlich am Boden stand. Skimütze fiel aufs Gesicht und ich auf ihn. Ich hob mit beiden Händen seinen Kopf und rammte seine Stirn auf den Boden. Hätten in dem verdammten Zimmer nicht Teppiche gelegen, ich hätte ihn womöglich umgebracht. Jedenfalls war das meine Absicht. Tatsächlich schüttelte er die Schlagwirkung ab und mich genauso, indem er einfach unter mir hervorkroch. Wie gesagt, ein kräftiger, junger Mann.
Und schnell dazu. Er taumelte hoch und war zur Tür draußen, ehe ich wieder auf die Beine kam. Während ich mich hochrappelte, hörte ich eine Bewegung hinter mir. Eine lange Minute hindurch schien die Welt in diesem Zimmer totenstill, als wären wir die letzten ihrer Bewohner; nun war sie voller Lärm. Ich polterte dem Mann mit der Skimütze nach. Die Angst hatte sich in

Wut verwandelt. Ich wollte meine Finger an seiner Kehle spüren. Ich sah immer noch Dinah vor mir, wie sie sich in die Couch verkroch und er die Hand nach ihr ausstreckte, sah sein Grinsen unter der Mütze.

Die Eingangstür hielt ihn auf, und ich holte ihn ein. Ich traf ihn mit einem weiteren Faustschlag, diesmal unter die Rippen. Er grunzte scharf, fiel jedoch nicht. Völlig überraschend für mich, stieß er mit dem Ellbogen nach hinten und traf mich am Jochbein. Ich fiel hintenüber. Er riß die Tür auf und rammte sie gegen mich, während ich auf dem Boden zusammensackte. Bis ich wieder auf die Beine kam, war er schon auf halbem Weg durch den Vorgarten. Ich war am Ende.

Meine kurzlebige Wut kam nicht im entferntesten an die von Lois heran. Plötzlich stand sie neben mir am Eingang. Sie hatte seinen Revolver gesucht; das hatte sie aufgehalten, jetzt stand sie auf der Treppe, beide Arme gestreckt, und schoß. Der Ex-Revolvermann zog den Kopf ein und rannte schneller, auf die Hecke zu, die unseren vom Nachbargarten trennte. Lois schoß nochmals. Der Rückstoß riß ihr die Hände nach oben, und sie hielt tiefer und schoß wieder und wieder, bis die Trommel leer war. Sie hatte die Zähne zusammengebissen, und ihr Gesicht war tränenüberströmt. Ihre Arme waren verkrampft, doch in ihrem Gesicht wogte die rasende Wut. Sie haßte ihn mehr, als ich je hassen konnte. Allein von der Stärke ihres Gefühls hätte er eigentlich tot umfallen müssen. Aber er tat es nicht.

Ich ging wieder hinein. Dinah kam gerade durch die Wohnzimmertür. Sie zitterte wie unter Schüttelfrost. Ich packte sie, schlug die Arme um ihren dünnen Körper und drückte sie fest an mich; ich hätte sie in mich hineinziehen können. »Mein Kleines«, sagte ich. »Mein Kleines, mein Kleines.«

Ich glaube nicht, daß ich in dieser Nacht noch an etwas dachte, später aber erinnerte ich mich an diese Szene: Ich drückte Dinah so fest an mich, beide weinten wir, und ich hatte eine kleine Erleuchtung: Genauso mußte Lois die ganze Zeit empfunden haben – für David.

14 Die Polizei fand natürlich keine Spur von dem Kerl. Ein paar Häuser weiter war ein gestohlenes Auto geparkt, was bedeutete, daß der Revolvermann zu Fuß hatte nach Hause gehen müssen. Zu Clyde Malish nach Hause, meine ich. Wir verbrachten die Nacht mit einem Bullen, der vorm Haus, und einem, der im Wohnzimmer wachte. Dinah schlief zwischen Lois und mir, falls einer von uns überhaupt schlief.

Wir machten uns gar nicht erst die Mühe, Verbrecherkarteien durchzusehen. Wie sollten wir den Revolvermann aufgrund eines Augenpaares und seiner Größe identifizieren. Ich war mir sicher, ich würde ihn erkennen, wenn ich wieder in diese Augen sah, doch damit rechnete ich nicht. Besonders, weil er seinen Auftrag vermasselt hatte. Sein Boß würde Versagen nicht honorieren.

An dem Mann mit der Skimütze lag mir auch gar nicht. Am nächsten Morgen war ich wieder im Büro und suchte nach einem Weg, wie ich Clyde Malish drankriegen konnte. Das Denken fiel mir schwer, da ich kaum bei Verstand war. Ich wollte ihn tot sehen, tot und am Boden, mit allen seinen Leuten, nie wieder eine Gefahr für meine Familie. Aber ich mußte noch über das Wie nachdenken. Ich hatte ihn als Beteiligten bei versuchter schwerer Entführung. Der Revolvermann hatte auf mich geschossen, das machte vielleicht einen kapitalen Mordversuch daraus. Der einzige Beweis jedoch war sein geflüstertes »Hände weg von Clyde Malish«. Nicht einmal Lois hatte es gehört, obwohl sie aussagen würde, sie hätte. Aber ich war nicht gewillt, es auf Zeugenaussagen ankommen zu lassen. Den Geschworenen wollte ich Clyde Malish nicht anvertrauen. Das hatte ich schon bei David getan.

Ich konnte ihn festnehmen lassen, diesmal zu Recht. Aber was dann? Er konnte jede Kaution stellen, ganz gleich in welcher Höhe. Die einzigen Zeugen für das Verbrechen, dessen er beschuldigt würde, wären Dinah, Lois und ich. Und selbst wenn Malish im Gefängnis bliebe, wären Dinah und Lois nicht sicher. Als andere Möglichkeiten konnte ich bei ihm eine Hausdurchsuchung veranlassen. Aber wonach? Die Waffe des Revolvermannes hatten wir.

Als Lois eintraf, begann ich gerade, die Möglichkeit zu erwägen, bei Myron Stahl anzusetzen. Am Anfang stand der Gedanke, einen Durchsuchungsbefehl für sein Büro zu erwirken. Doch er würde kein belastendes Material dort haben. Und was wäre mit dem Anwalt selbst? Er war durch Drohungen einzuschüchtern, daran erinnerte ich mich. Wenn ich ihn davon überzeugte, daß Clyde Malishs Welt vor dem Zusammenbruch stand, was würde er dann tun? Seinen Klienten verraten? Warum nicht? Doch wie sollte ich das einfädeln? Welche Anklage konnte ich gegen Stahl selbst ins Spiel bringen?

Die Sprechanlage summte, als bereits die Tür aufging. Patty sprudelte heraus: »Es ist Ihre Frau«, doch das sah ich auch so. Heute sah Lois nicht wie eine Geschäftsfrau aus. Jedenfalls nicht wie eine im Immobiliengeschäft. Sie trug eine leichte Kordsamthose, Tennisschuhe und eine sportliche, gelbe Bluse mit kurzen Ärmeln. Sie sah aus wie eine Dame der besseren Gesellschaft, die sich dafür angezogen hatte, andere bei der Arbeit zu beaufsichtigen, beim Großreinemachen im Haus zum Beispiel.

»Wo ist dein Begleitschutz?« fragte ich.

»Ich hab ihn weggeschickt. Ich wollte nicht, daß er heute den ganzen Tag hinter mir her geht.«

»Was ist mit Dinah?«

»Sie ist in Sicherheit. Sie hat, zögernd, aber doch, zugestimmt, nicht zur Schule zu gehen.« Lois lächelte ein ganz klein wenig, auf die einzige Art, wie ich sie in den letzten Jahren hatte lächeln sehen. Sie hatte die ewig gleiche Verhaltenheit in ihrem Auftreten. Lois war mit den Jahren nicht abgestorben. Alle Emotionen, die sie vor mir verbarg, gingen irgendwo anders hin, da war ich sicher.

Nachdem ich ihre Wut auf den Revolvermann erlebt hatte, wußte ich, sie war noch lebendig.
Sie schloß die Bürotür hinter sich und sagte: »Wenn – falls – du heute abend heimkommst, werden Dinah und ich nicht da sein.«
»Das ist vielleicht eine gute Idee, bis all das vorüber ist. Ihr werdet besser dran sein –«
»Versteh mich nicht absichtlich falsch, Mark. Wir werden nie mehr da sein. Nicht, solange du einen Schlüssel hast. Ich verlasse dich, und Dinah nehme ich mit.«
Sie war darauf eingerichtet, mir eine Rede zu halten, und ich sagte nichts.
»Ich bin nicht unglücklich gewesen, nicht mal in den letzten paar Jahren«, fuhr sie fort. »Wir hätten ewig so weitermachen können. Ich dachte, du würdest zumindest für uns sorgen und uns beschützen. Gestern abend sah ich, daß nicht einmal das stimmt.«
»Gestern abend ist etwas, das nie wieder vorkommen wird«, sagte ich ruhig.
»Wie kann ich da sicher sein? Wo ist David, Mark? War das schon alles? Was, wenn gestern eine von jenen Nächten gewesen wäre, in denen du dich entschließt, gar nicht nach Hause zu kommen, was dann, Mark? Ich saß im Wohnzimmer mit diesem Burschen mit seiner Kanone und fragte mich, ob ich überhaupt wollte, daß du zur Tür reinkämst? Und fragte mich gleichzeitig, was er wohl tun würde, wenn du noch eine weitere Minute nicht kämst. Fragte mich, ob Dinah es wohl aus dem Zimmer schaffen könnte, wenn ich mich zwischen ihm und ihr hielte, sobald er anfangen würde zu schießen? Es gibt keinen Grund, warum ich mir je wieder über so was Sorgen machen sollte, Mark. Es hatte nichts mit Dinah oder mir zu tun. Warum –«
»Lois, du kannst doch deswegen nicht weggehen. Glaubst du wirklich, daß so etwas je wieder passieren wird? Das war eine außergewöhnliche Sache, die höchstens einmal im Leben –«
»Wir haben unser Leben gehabt, Mark. Du weißt, daß es nicht nur das ist. Das hat mich bloß endlich in Bewegung gebracht. Auch ein geringerer Anlaß hätte meine Trägheit überwinden können.«

»Lois, warte doch bloß noch ein paar –«

»Wir haben schon lange genug gewartet, Mark. Vielleicht, wenn ich etwas gesagt hätte, als du zum ersten Mal lang im Büro geblieben bist oder das erste Mal etwas versäumt hast, weil du statt dessen arbeiten mußtest – ich bin nicht wegen Schuldzuweisungen hier. Es ist ja keine Überraschung, daß Leute, die mit zwanzig heiraten, mit fünfundvierzig nichts mehr gemeinsam haben. Ich dachte, Dinah und unser Zuhause seien genug, aber das sind sie nicht, Mark. Wir sind noch nicht so alt, daß wir uns mit diesem Arrangement abfinden müssen, aus Bequemlichkeit oder um den Schein zu wahren...«

Sie machte noch eine Minute so weiter. Doch sie überzeugte weder mich noch sich selber. Wir waren schon seit langem überzeugt. Ich hatte nur gedacht, wir hätten eine Regelung erreicht, doch es war nur ein Aufschub gewesen.

Während sie sprach, fühlte ich eine jähe Sehnsucht nach ihr aufflammen, einen Drang, sie festzuhalten und ihr zu sagen, daß wir noch zurück, noch einmal von vorn anfangen konnten. Bilder huschten vorbei. Ich war nicht bloß dabei, Lois zu verlieren, sondern mich selbst. Sie war die Freundin meiner Jugend, die Ehefrau meines Erwachsenenalters. Wenn Lois fortging, würde ich mich mit einem Mal alt fühlen. Doch sie auf die eine oder andere Art festzuhalten, wäre bloß Selbstbetrug gewesen. Wir hätten geweint und uns aneinandergeklammert und wären gut essen und dann zusammen ins Bett gegangen und eine Woche später hätten wir wieder in diesem stillen Wohnzimmer nebeneinander gesessen, uns den Rücken zugekehrt und in verschiedenen Welten gelebt.

Jedesmal, wenn man eine Entscheidung trifft, teilt man die Welt in ihre Hälften, dann bei der nächsten Entscheidung wieder und wieder und wieder, bis nichts mehr übrigbleibt. Dann kommt der Moment der großen Entscheidung, und man stellt fest, daß sie schon längst gefallen ist. Das erste Mal, als ich die Arbeit dem Daheimsein vorgezogen hatte, war das scheinbar kein entscheidender Schritt gewesen, doch im Leben gibt es genauso Präzedenzfälle wie im Recht. Als Lois zu Ende gesprochen hatte, hatte ich mich in ihr Weggehen eingefunden. Doch es blieb noch eine

weitaus schwerere Frage. Ich mußte es klarstellen, bevor sie ging.
»Ich werde mir Dinah nicht von dir wegnehmen lassen«, sagte ich.

Das durchbrach ihre Verhaltenheit. Sie hielt die Stimme gesenkt, doch ihre Augen erwachten zu giftsprühendem Leben. Sie kam auf mich zu und richtete aus der Hüfte den Finger auf mich wie eine Pistole. »Denk nicht einmal daran, dich deshalb mit mir anzulegen«, fauchte sie.

Ich sagte ein, zwei Worte, doch sie überfuhr mich. »Du willst also ihre Eltern sein? Wann warst du denn je für sie da? Wo warst du gestern abend? Wer bleibt bei ihr zu Hause, wenn sie krank ist? Wann hast du dir das letzte Mal wegen Dinah einen Tag freigenommen oder bist auch nur früher heimgekommen? Ich hab nicht geglaubt, daß du dich trauen würdest –«

Sie schloß die Augen. Als sie weiterredete, war ihre Stimme noch leiser, doch es galt nicht mir. »Ich hab mir so sehr vorgenommen, nicht melodramatisch zu sein«, sagte sie.

Ihre Augen öffneten sich. »Sie brauchen jemanden, der an sie glaubt, Mark. Wenn mal in Dinahs Leben der kritische Moment kommt, wirst du dann glauben, was sie dir erzählt? Oder wirst du sie ins Kreuzverhör nehmen, um zur Wahrheit zu gelangen? Du kennst David so wenig, daß du nicht mal –«

»Wie lange wirst du mir das noch unter die Nase reiben? Ich kann nichts dafür, daß ich nicht deinen Glauben an David habe. Glauben ist etwas, das man hat oder eben nicht hat. Man kann ihn sich nicht anzüchten. Hör mal: Wenn du eine Laufbahn hinter dir hättest wie ich, wenn du all das Leugnen gehört hättest und die unwahrscheinlichen Dinge gesehen, die Menschen in einem Augenblick, der, der...«

Lois schüttelte den Kopf. Sie hätte mich ausreden lassen, doch ich hatte plötzlich nichts mehr zu sagen. Ich dachte an Dinah. An das Abholen von der Schule, an das Gesicht, wenn sie mich von weitem sah. Würde sie sich jemals wieder auf die gleiche ungetrübte Weise freuen können, mich zu sehen?

Als ich ein paar Sekunden lang schwieg, erklärte Lois: »Ich glaube nicht, daß ein Beruf wie deiner aus jedem einen Zyniker macht. Bei Linda war es nicht so.« Es hörte sich seltsam an, wie Lois sich auf Linda berief, als stünden beide zusammen gegen mich. Sie fuhr fort: »Irgendwann hast du dich entschieden, die Art Mann zu sein, zu dem deine Karriere dich gemacht hat.«

Mein Kleines. Der Fluch meiner Ausbildung war, an jeder Sache beide Seiten zu sehen. Vergangene Nacht hatte mich die Liebe zu Dinah durchströmt, verzehrt. Trotzdem hatte Lois recht. Ich wußte nicht, was Dinah aß, wenn sie von der Schule kam, nicht einmal, ob sie überhaupt etwas aß. Ich wußte nicht, wann sie ihre Schularbeiten machte. Meine Augenblicke der Beseligung konnten neben Lois' tagtäglicher Hingabe nicht standhalten. Nicht vor einem Scheidungsgericht und nicht vor der wahren Gerechtigkeit des täglichen Lebens.

»In Ordnung. Behalt du sie einstweilen. Und bleib ein, zwei Tage vom Haus weg. Ich werde auch nicht dort sein. Wenn das alles vorbei ist und du immer noch so empfindest, werden wir alles bereden.«

»Ich will das heute geregelt haben. Streite nicht mit mir, Mark. Sie ist der einzige Mensch, den ich auf der Welt habe. Ich glaube, David ist für uns beide verloren.«

Das war der traurigste Moment in meinem Büro, die Erkenntnis, daß ich nachgegeben und Lois es nicht einmal bemerkt hatte. So fremd waren wir einander geworden. Sie konnte nicht mehr fühlen, was in mir vorging. Ich mußte es unmißverständlich aussprechen: »Ich werde nicht mit dir streiten.«

Sie legte den Kopf zurück, um mich scharf anzuschauen und sich zu fragen, was für einen Trick ich jetzt ausprobierte. Einen Augenblick später nickte sie. Vielleicht war noch genug in ihr übrig, mir die Niederlage anzusehen, wenn schon nicht die Aufrichtigkeit. Doch die Lösung der Hauptfrage brachte sie auf einen anderen Gedanken.

»Was meinst du mit ›ein, zwei Tage‹? Was soll denn so bald passieren?«

»Ich weiß noch nicht. Aber ich bin sicher, du wirst davon hören, wenn's soweit ist.«

»Mark –«

Wir standen zwei Meter voneinander entfernt. Sie wußte nicht, was sie sagen sollte, oder begriff, daß es keinen Zweck hatte. Ich nickte ihr zu. Als sie sich bewegte, tat Lois es ohne Zögern, machte keinen Schritt auf mich zu, bevor sie sich abwandte. Sie ging so schnell, wie sie gekommen war.

Das Zimmer kam mir sehr leer vor. Es schloß das ganze leere Haus mit ein, all die stillen Zimmer voller Möbel, die so leer waren wie das Haus als Ganzes. Ich stellte mir vor, wie jemand drin herumschlich, auf der Suche nach einem Hinweis, wann wir zurück sein würden, und sich einen guten Platz zum Verstecken suchte. Diesmal wäre er der Dumme.

Wir hätten bequem weitermachen können, Lois und ich, zumindest bis Dinah alt genug war, vielleicht auch für immer. Es mußte jede Menge Ehen geben wie unsere, die genauso funktionierten, gemächlich weiterliefen, ohne an außergewöhnlichen Ereignissen, wie sie uns ereilt hatten, zu zerbrechen. Doch ein Mann hatte in unser beider Leben eingegriffen und es zerstört. Ich hörte auf, über Nichtigkeiten wie Recht und Gesetz nachzudenken. Ich wartete nur mehr auf die Dunkelheit.

Ich hatte noch die Waffe des Revolvermannes. Aus irgendeinem Grund hatten wir der Polizei gegenüber nicht erwähnt, daß er sie liegengelassen hatte. Vielleicht um zu verhindern, daß es zu einer Untersuchung kam, weil Lois ihm nachgeschossen hatte. Vielleicht hatte ich aber auch schon die ganze Zeit über einen Hintergedanken gehabt; jedenfalls hatte ich morgens auf dem Weg zur Arbeit für den Revolver Munition nachgekauft.

Ich blieb den ganzen Tag über verhältnismäßig ungestört. Man hätte gedacht, daß mehr Leute mich über die Ereignisse der vergangenen Nacht in meinem Haus würden ausfragen wollen, doch es kam kaum einer. Patty mußte die Szene mit Lois teilweise mitbekommen haben. Vielleicht hielt sie die Leute von mir fern. Es wäre nicht nötig gewesen; ich hätte die Situation gemeistert. Meine Fassade war intakt. Ich war nicht mehr zu Hause.

Zum Abendbrot aß ich die übriggebliebene Hälfte des Sandwiches, das ich mir zu Mittag hatte kommen lassen. Ich bildete mir ein, fühlen zu können, wie der Betrieb im Gebäude abflaute, während die Leute gingen und die Lichter abgedreht wurden. Um fünf hatte es eine solche Sogwelle nach draußen gegeben, daß man sie tatsächlich hören konnte, lachende Leute beim Gehen. Es war lang nach fünf, ehe ich mich vom Schreibtisch wegrührte. Irgend etwas juckte mich in einem fort im Kopf, und schließlich kam ich darauf, daß es der Gedanke war, ich sollte zu Hause anrufen und ihnen sagen, daß es heute später würde. Selbst dann ging jedoch das Jucken nicht weg.

Ich hatte meine Vorbereitungen eben beendet, als Linda hereinkam. Ich hatte gewußt, daß sie noch im Haus war. Sie sah den Revolver auf meinem Schreibtisch. Sie sah auch, daß ich mich umgezogen hatte. Jeans, Tennisschuhe und eine leichte Jacke. Ihre Hand blieb auf dem Türknauf liegen.

»Ist es draußen windig?« fragte ich.

»Du wolltest es mir sagen, bevor du etwas unternimmst«, sagte Linda.

»Ich habe noch nichts unternommen.«

Die Jacke hatte auf der linken Seite eine tiefgesetzte Innentasche. Ich steckte den Revolver mit dem Lauf voran hinein. Durch die Länge des Laufs war es ein wenig instabil, doch ich hatte oberhalb der Tasche einen Extrastreifen Stoff angesteckt, um den Griff einzuhängen. Die Jacke saß komisch, aber wenn ich den Reißverschluß zuzog, sah es nicht schlecht aus.

»Wer bist du, James Bond?« fragte Linda. Den leichten Ton traf sie dabei nicht. »Du brauchst die Polizei, Mark, nicht das hier.«

»Die Sache ist weit über die Polizei hinaus, Linda. Er hat meiner Tochter einen Revolver an den Kopf gesetzt. Was würdest du tun?«

Sie starrte mich weiter an. Ich wandte mich ab, um im Spiegel an der Innentür meines Schranks den Sitz der Jacke zu prüfen.

»Ich komme mit«, sagte Linda.

»Nein.«

»Doch. Oder ich rufe die Polizei und laß sie dich aufhalten.«

»Nein, das würdest du nicht. Du würdest mich nicht abhalten.«

»Denk mal nach. Würde ich nicht? Wann hast du das letzte Mal erlebt, daß ich mit etwas drohe, was ich nicht auch wirklich tun würde?«

Einen Augenblick lang versuchte ich nachzudenken, wie ich sie aufhalten sollte, doch mein Verstand wollte nicht dahin abbiegen. Für mich gab es nur eine Richtung, auf Teufel komm raus.

»Zieh deinen Anzug wieder an«, erklärte Linda. Ich blickte sie spöttisch an. Ungeduldig fuhr sie fort: »In Turnschuhen mit schwarzer Farbe im Gesicht über den Zaun zu klettern ist die falsche Art. Wenn du an ihn rankommen willst, mußt du offiziell aussehen. Komm, Mark, benutz deine beste Waffen.«

Ihre Art schien genauso zweckmäßig wie meine, vielleicht noch mehr. Ich hatte keine Ahnung, ich konnte nicht denken. Also tat ich, was sie sagte. Ich nahm die Waffe aus dem behelfsmäßigen Halfter, legte die leichte Jacke daneben auf den Schreibtisch und schlüpfte aus den Tennisschuhen. Linda wartete, bis ich mit dem Umziehen schon ziemlich weit war, dann lief sie hinaus. Innerhalb von drei Minuten war sie zurück, nunmehr selbst in Hosen und flachen Schuhen.

»Kannst du damit laufen?« fragte ich kritisch.

»Wenn ich nicht mitkomme, laß mich zurück.« Ein Hauch ihrer vertrauten Hitzigkeit.

»Gut. Komm jetzt.«

»Warte. Gib mir den Revolver.« Er war jetzt in der Innentasche meines Anzugs. Ich drückte ihn mit dem Arm fest an mich. Linda schlenkerte ungeduldig die Hand. »In meine Handtasche. Dich werden sie durchsuchen, eine Frau vielleicht nicht. Ich werde mich ganz nahe bei dir halten.«

»Ich bin mir immer noch nicht sicher, ob ich bei ihm direkt durch die Vordertür reingehen werde.«

Ich gab ihr die Waffe des Revolvermannes, während ich sprach. Sie verstaute sie in ihrer Tasche.

»Das ist der einzig vernünftige Weg«, sagte sie. »Wenn sie dich erwischen, wie du übers Grundstück schleichst und durch Fenster lugst – und das würden sie, sie haben Hunde und Wachen –, kämst du Clyde Malish nicht auf drei Zimmer nahe. Sie würden dich vermutlich erschießen, wo sie dich gerade antreffen. Aber

wenn du mit mir an deiner Seite an der Vordertür klopfst, deinen Anzug anhast und offiziell aussiehst, könntest du ihn zu sehen kriegen. Zumindest wirst du nicht tot sein, ehe sie wissen, wer von deinem Besuch bei ihm weiß.«
»Du hörst dich an, als hättest du darüber schon nachgedacht.«
»Ich denke mehr als du, denke ich«, war ihre einzige Antwort.

Es *war* windig draußen. Es war Mitte September in San Antonio, die Sonne war vor zwei Stunden untergegangen und die Temperatur fast auf 30°C gefallen. Der heiße Wind blies uns ins Gesicht. Es schien kein Mond. Malish wohnte außerhalb, wo es keine Straßenbeleuchtung mehr gab. Als wir die Stadt hinter uns ließen, war die Nacht jenseits der Scheinwerferkegel sehr schwarz. Linda fuhr, vorgebeugt, so daß die Lichter vom Armaturenbrett ihr Gesicht in Schatten und flächige Stellen unterteilten. In diesem Licht sah sie aus wie eine Aztekin.
»Was werden wir tun, wenn wir dort sind?« fragte ich, um derselben Frage von ihr zuvorzukommen.
Sie antwortete ausweichend. »Das ergibt immer noch keinen Sinn. Die Sache mit David –«
»Es ergibt Sinn, wenn du so denkst wie er. Wenn du so oft deinen Willen durchgedrückt hast, daß du glaubst, jeder hat tödliche Angst vor dir.«
»Die Sache mit David«, beharrte sie, »hatte wenigstens etwas Raffinesse. Dazu brauchte –«
»Als es danebenging, kehrte er zu den alten Methoden zurück.«
»Aber es ging nicht daneben. Wie hätte es noch besser funktionieren sollen?«
»Es ging daneben, weil es der Sache nicht ein für allemal ein Ende machte«, sagte ich. »Er wußte, ich würde ihm auf den Fersen bleiben.«
»Genau. Er wußte, du würdest nicht aufgeben, solange David im Gefängnis –«
Ich dachte voraus an den Mann in dem Fünfhundert-Quadratmeter-Haus. Wie viele Leute würde es dort geben? Ich rechnete mit einer Armee, aber vielleicht war es nicht so. Malish war nicht im

Krieg, nicht die Sorte Krieg jedenfalls. Linda hatte recht. Mit ihr zusammen würde es leichter sein hineinzukommen. Danach würde sie allerdings zum Problem werden.
»Wart 'ne Minute«, sagte ich zu ihr, als wir uns dem Anwesen näherten, doch sie fuhr geradewegs bis ans Pförtnerhaus. Ein schmiedeeisernes Tor versperrte uns den Weg. Das Haus, hundert Meter dahinter, war durch die Bäume kaum zu sehen. Ein privater Wachmann trat aus dem Pförtnerhaus. Ich erkannte das Abzeichen seiner Firma. Mit ihm hatte ich nicht gerechnet.
»Der Bezirksstaatsanwalt für Mr. Malish«, sagte Linda zu ihm. Das schien den Wachmann zu erleichtern. Er ging zurück ins Pförtnerhaus, und wenig später öffnete sich das Tor, ohne daß der Wachmann nochmals erschien. Linda fuhr die stattliche Zufahrtsallee hinauf. Ich fragte mich, ob wir das Tor von innen durchbrechen könnten. Über Fluchtwege hatte ich noch gar nicht nachgedacht. Das würde sich finden.
An der Vordertür wurden wir von einem anscheinend unbewaffneten Mann in Empfang genommen. Er war Mexikaner, in schwarzen Hosen und einem weiten *guayabera*-Hemd. Obwohl er nicht ausgesprochen nach einem Schläger aussah, bezeugte seine Nase doch die Teilnahme an mehreren Boxkämpfen oder Football-Matches, und seine Gesamterscheinung bestätigte diesen Eindruck. Ich sah ihm scharf in die Augen. Linda sagte etwas auf spanisch zu ihm, wovon ich verstand, daß es wörtlich »Da sind wir« bedeutete, aber Mitteilungen von drei Worten, die zwischen Leuten mit Spanisch als Muttersprache hin und her gehen, sind oft mit Nebenbedeutungen befrachtet, die ich nicht mitbekomme.
»Wir sind hier, um Clyde Malish zu sehen«, erklärte ich, mehr um das Gespräch ins Englische zu verlagern, als aus sonst einem Grund.
Er nickte. »Ich muß Sie durchsuchen«, sagte er.
»Wissen Sie, wer ich bin?«
Sein Schreck hielt sich in Grenzen. »Ich weiß, für wen ich arbeite«, antwortete er und klopfte mich von oben bis unten ab. Ich breitete die Arme aus, um es ihm leichter zu machen.
Linda hatte recht. Er durchsuchte ihre Handtasche nicht – er

nahm sie ihr ganz weg. »Bis Sie gehen«, sagte er und legte sie ins oberste Fach eines Schrankes. Die Tür schnappte zu, als er sie schloß.

Wir trafen Clyde Malish in seinem Arbeitszimmer. Der junge Mann führte uns hinein und zog sich dann zurück. Für ein Arbeitszimmer war es ein großer Raum, groß genug, einen Schreibtisch, ein Sofa und zwei Ohrenfauteuils aufzunehmen, ohne überfüllt zu wirken. Es war das Arbeitszimmer eines Sportsmannes, nicht eines gelehrten Kopfes. Nur an einer Wand gab es ein Bücherregal. An den anderen Wänden hingen ausgestopfte Stücke: ein Fasan, zwei Enten, ein Hirsch. Die Vögel waren so präpariert, daß sie aussahen wie im Flug. Der Hirsch wirkte gedankenverloren und trug sein Geweih leicht wie eine Kappe.

Malish trug ebenfalls ein *guayabera*-Hemd. Seines war babyblau. Er wirkte wie ein gesunder Sechziger. An seinem offenen Hemdkragen zeigten sich graue Haare auf sonnengebräunter Haut. Sein Schreibtisch war ein Sekretär mit Rolladen und stand an der Wand am anderen Ende des Raumes. Er drehte sich auf seinem Stuhl um, um uns zu begrüßen.

»Haben Sie schon wieder einen Haftbefehl?« fragte er mich. Linda nahm er nicht zur Kenntnis.

Das Arbeitszimmer lag an der Außenseite des Hauses. In der Wand gegenüber der Tür waren zwei Fenster. Zu meiner Überraschung war das Gelände unbeleuchtet. Hinter den Fenstern, die Vorhänge offen, war es pechschwarze Nacht.

»Ich komme, um Ihnen Antwort auf Ihre Nachricht zu bringen«, sagte ich. Er sah mich bloß an. Er saß immer noch, die Hände auf den Knien. »Der Mann mit der Skimütze gestern abend in meinem Haus erwähnte Ihren Namen«, führte ich aus.

»Ich habe davon gelesen. Verrückte Sache. Und er sagte Ihnen, Sie sollten die Finger von mir lassen?«

»Das stand nicht dabei.«

Er gab sich bescheiden. »Ich beziehe meine Nachrichten nicht nur aus der Zeitung. Hören Sie, es ist gut, daß Sie wegen der Sache gleich zu mir gekommen sind. Ich will auch rausfinden, was da läuft. Ich bin auf der Suche nach dem Idioten. Ich mag's nicht, wenn Leute mit meinem Namen rumschmeißen. Sie wissen, was ich meine.«

»Was gedenken Sie zu unternehmen, um die Sicherheit von Mr. Blackwells Familie zu gewährleisten?« fragte Linda, als wäre sie meine Agentin. Ich sah derweil auf diese Fenster. Erst war ich froh gewesen, daß sie da waren – das hieß, daß wir, um rauszukommen, nicht den Weg durchs ganze Haus zurück mußten –, aber sie waren doch nicht mit uns im Bunde. Es war zu dunkel draußen, und das Zimmer war hell erleuchtet. Genau in diesem Moment hätte jemand draußen stehen können, um uns zu beobachten. Ich sah mich nach den Vorhängen um, doch sie zuzuziehen wäre vermutlich auch ein Alarmsignal gewesen.

Egal. Ich mußte einfach tun, weshalb ich gekommen war. Gedanken über die Konsequenzen konnte ich mir später machen.

Linda hatte recht, James Bond war ich keiner. Ich mußte sagen: »Sie gestatten?« und mein Jackett ausziehen.

»Sicher, machen Sie sich's bequem«, erwiderte Malish. Ich nahm den Arm bedächtig aus dem rechten Ärmel, griff dann in den Ärmel hinein und zog die Pistole heraus. Laut Plan hätte sie mir in die Hand gleiten sollen, aber weil das hier nicht war wie im Kino, hatte es nicht funktioniert; sie hatte sich im Ärmel verhakt.

»Hey!« rief Malish und sprang auf. »Ich dachte –«

»Das hier ist Texas«, erklärte ich ihm. »Haben Sie geglaubt, ich hätte nur ein Schießeisen?«

»Mark.« Linda machte einen Schritt auf mich zu.

»Und Ihr Mann hat mich nicht sehr genau durchsucht, weil ich beim Kommen nach Anwalt aussah. Du hattest recht, Linda.«

»Mark«, sagte sie nochmals. Sie stand direkt vor mir.

»Misch dich nicht ein. Ich wollte dich nicht dabeihaben, aber du mußtest ja darauf bestehen. – Wenn Sie noch mal die Hände bewegen, werde ich Sie gleich erschießen müssen«, sagte ich zu Malish. Er hatte die Hände gehoben, Handflächen nach vorn.

»Ich hätte doch die Polizei rufen sollen«, sagte Linda. Sie hatte sich zwischen Malish und mich gestellt. Ich mußte an ihr vorbeitreten. Dadurch kam sie neben mir zu stehen, an dem äußersten Rand meines Blickfelds.

»Deshalb bist du hier, weil ich nicht zulassen konnte, daß du das tust. Und jetzt bleib mir aus dem Weg.«

»Mark, sei nicht verrückt. Was willst du tun? Ihn erschießen?«

Ja. Ich hatte Linda nicht von Lois erzählt. Sie wußte nicht, daß ich nichts mehr zu verlieren hatte. Wenn ich abgedrückt hatte, würde mir egal sein, was passierte. Dinah wäre in Sicherheit. Und ich hatte einen Brief für Lois hinterlassen, in dem genug erklärt wurde, um auch David freizubekommen, möglicherweise jedenfalls, meinen Mord an Clyde Malish als zusätzlichen Beweis mal vorausgesetzt.

»Hören Sie«, sagte Malish und streckte mir die Hände entgegen, der Waffe entgegen. Er sah nicht mehr sehr gebräunt aus. Linda redete auch; beider Stimmen überlagerten sich. Sie blickte andauernd zwischen meinem Gesicht und meiner Hand hin und her. Ich konnte selber sehen, wie weiß meine Hand war, weiß wie Marmor. Der Raum war stickig. Warum schaltete die Klimaanlage sich nicht ein? War der so gesund aussehende Malish einer von den alten Knaben, denen nie richtig warm wurde?

Linda sagte scharf meinen Namen und gebot Malish mit einem Wink Schweigen. Er fügte sich wie ein unterwürfiger Klient.

»Hör mal, Mark«, sagte Linda wieder. »Er ist es nicht.«

»Nein, natürlich nicht. Jemand *anderes* arrangierte Davids Verhaftung, damit der Fall gegen *ihn* eingestellt wird.« Ich fuchtelte mit der Pistole. »Und letzte Nacht stieß mir jemand ein Schießeisen in den Bauch und sagte mir, Hände weg von *ihm*. Wer sonst sollte es getan haben?«

»Aber es ist idiotisch. Warum sollte er so etwas Blödsinniges tun?«

»Weil das die Art ist, wie er vorgeht. Hirnlose, rohe Gewalt.«

»Nein. Hat er sich etwa alles, was er besitzt, dadurch aufgebaut, durch Dummheit? Sieh mal, hat es denn funktioniert, jemanden mit einer Waffe in dein Haus loszuschicken? Nein, es hat dich stinkwütend gemacht. Dich hierher gebracht. *Er* hätte das gewußt. Er würde nicht –«

»Hören Sie, Mann, ich arbeite nicht auf diese Art«, sagte Malish. »Jemanden anheuern, damit er Ihnen sagt, Sie sollen aufhören zu *ermitteln?* Das ist blöde. Wer würde schon ernsthaft glauben, daß Sie aufhören, nachdem jemand Ihrer Familie das angetan hat? Ich jedenfalls nicht, da können Sie Gift drauf nehmen.«

»Sie würden also nicht versuchen, eine Ermittlung zu stoppen, aber Sie sind sich nicht zu gut dafür, den Fall, in dem Sie bereits tatsächlich angeklagt sind, abzubiegen. Ist das richtig?«

Malish war warm genug, aber ja doch. Eine Schweißspur zog sich seine ganze Gesichtsseite hinunter. Man hätte denken sollen, daß in seiner Karriere Leute schon öfters Waffen auf ihn gerichtet hatten. Aber vielleicht war das lange nicht mehr vorgekommen.

»O Mann, ich hatte ihn ja schon abgebogen, aber nicht, wie Sie denken. Ich hatte es sehr viel sicherer. Glauben Sie wirklich, Ihr mieser, kleiner Einbrecher wäre in den Zeugenstand gegangen und hätte gegen mich ausgesagt? Glauben Sie, er hätte dafür die Traute gehabt?«

»Wenn seine andere Möglichkeit ein Lebenslänglich war, ja.«

»Reden Sie keinen Quatsch. ›Lebenslänglich‹. Wieviel Jahre müßte er runterreißen? Vielleicht acht? Und Sie glauben wirklich, dafür hätte er mich verpfiffen und 'nen Handel auf zehn Jahre Staatsgefängnis gemacht, wenn ich ganz genau gewußt hätte, wo er ist? Erzählen Sie *mir* doch nichts. Ich hatte den kleinen Jesse in der Tasche, noch bevor die Anklage raus war. Er saß genau in diesem Zimmer hier und sagte: ›Jawohl, Mr. Malish. Machen Sie sich gar keine Sorgen, Mr. Malish.‹ Er wäre in den Zeugenstand gehopst und hätte Ihnen Ihren Fall unterm Hintern weggezogen. Ich dachte, Sie wüßten das und hätten deshalb eingestellt. Na, macht das nicht mehr Sinn als dieser Quatsch, Ihren Sohn verhaften und von diesem schwarzen Mädel mit Lügen ins Gefängnis bringen zu lassen? Ich soll darauf vertrauen, daß irgendeine Putzfrau, die ich nicht mal kenne, das tut? Und daß eine Jury ihn auf ihre Aussage hin verurteilt? So vertrauensvoll bin ich nicht, Mann.«

Nun ja, das war ein Argument, doch er hatte lange Zeit gehabt, es sich auszudenken. Linda kam ihm zu Hilfe.

»Erinnerst du dich an die Dinge, von denen wir sagten, daß sie nicht dazu passen? Warum sollte irgendwer es auf einem solchen

Umweg versuchen, warum sollten sie sich soviel Mühe machen, den Bezirksstaatsanwalt in Rage zu bringen, wenn sie mit demselben Plan bei einem von den Stellvertretenden hätten ansetzen können, der nicht soviel Macht hat, sich zu rächen? Wir haben über die Punkte geredet, die dabei unlogisch waren.«

Ja, wir hatten geredet. Ich hatte viel zu lange geredet, als ich längst hätte handeln sollen. Ich hörte kaum mehr hin, während Linda weitersprach.

Sie redete nicht mehr so schnell, und Malish hatte die Hände ein wenig gesenkt. Die Hektik war von ihnen beiden abgefallen. Ich hatte lange genug dagestanden, ohne zu schießen, so daß die Spannung nachließ. Was sie nicht wußten, war, daß ich schon die letzten fünf Minuten lang versucht hatte, Malish umzubringen. Linda war bei ihrer Fürsprache nachlässig geworden und stand nicht mehr direkt zwischen uns. Ich hatte freie Bahn auf ihn und versuchte, sie zu nützen. Hätte die Pistole einen Stecher gehabt, Malish wäre schon tot gewesen. Es war meine Pistole, doch ich hatte schon lange nicht mehr damit geschossen. Ich konnte mich nicht erinnern, wieviel Druck nötig war. Ich hatte den Abzug bereits den Bruchteil eines Zentimeters zurückgezogen und versuchte ihn ganz durchzudrücken, doch ich konnte nicht. Ich war von Malishs Schuld überzeugt, aber mein Finger nicht.

Was mich zurückhielt, war die Unwiderruflichkeit des Abdrükkens. Es würde keine Berufung geben, keine Chance auf neue Beweise. Es lief meiner ganzen Karriere zuwider, eine Auseinandersetzung damit zu beenden, daß ich jemanden erschoß. Das wäre ein logisches Versagen meinerseits gewesen. Also wartete ich ab, was sie zu sagen hatten, um ein Argument zu hören, das mich davon überzeugen würde, daß ich mich irrte. Bis jetzt hatte ich keines gehört. Ich verstärkte den Druck auf den Abzug.

»Und dann, wie es durchgeführt wurde«, sagte Linda. »David tatsächlich ins Gefängnis gehen zu lassen, bevor sie dich kontaktierten. Wir haben darüber gesprochen, erinnerst du dich? Als wäre es darauf angelegt, daß du außer dir sein mußt vor Wut.«

»Oder vor Verzweiflung. Damit ich tue, was mir aufgetragen wird, ohne Fragen zu stellen. Wenn sie mir damit gekommen wären, solange David noch auf Kaution draußen war, hätte ich dann so agiert, wie ich es getan habe? Es hat funktioniert, Linda, das vergißt du immer wieder. Für ihn hat es erstklassig funktioniert. Genau nach Plan.«

»Ich hätte es gestoppt, wenn ich davon gewußt hätte«, sagte Malish. Er versuchte, von Mann zu Mann, von Vater zu Vater an mich zu appellieren, wie er es auch bei mir im Büro getan hatte. Er ging von der falschen Voraussetzung aus, daß ich in ihm ein verwandtes menschliches Wesen sah. »Ich hätte Ihren Jungen nicht da durchgehen lassen«, erklärte er eben.

David zu erwähnen war ein Fehler. Es erinnerte mich an sein Gesicht durch die Gitterstäbe, daran, wie seine Stimme brach, als er mir von seinen ersten Tagen im Gefängnis erzählte. Ich wollte Malishs Stimme genauso brechen hören. Immerhin krümmte er sich bereits zufriedenstellend.

»Sie wissen überhaupt nicht viel, was?« sagte ich zu ihm. »Für jemanden, der angeblich so gute Quellen hat, wissen Sie sogar erstaunlich wenig.« Wie an dem Tag in meinem Büro, als er behauptet hatte, keine Ahnung zu haben, warum ich ihn hatte herbringen lassen. Nichtwissen ist nicht nur keine Entschuldigung, es ist eine lausige Verteidigung. Es bringt einen in Rage.

»Du Schleimscheißer«, kreischte ich beinahe. »Du wirst mir nicht –«

»Mark!« Linda warf sich von neuem zwischen uns. Sie legte die Hand auf meinen Arm. Die Waffe stieß beinahe an ihre Brust. Ich konnte Malish über ihre Schulter hinweg sehen und überlegte kurz, ob er es mit einem Satz bis zur Tür schaffen könnte. Sollte er es doch versuchen.

»Mark«, sagte Linda nochmals. Sie zog die Waffe heftig an sich.

Ich sah sie einen Moment lang an. »*Deshalb* wollte ich nicht, daß du mitkommst«, sagte ich zu ihr. »Deshalb hab ich dich von dem zweiten Schießeisen nichts wissen lassen. Weil du ja niemals glaubst, daß irgendwer schuldig ist. Du willst Beweise, die ich nicht brauche. Du beharrst weiter darauf, ihm die Unschuldsvermutung und alle seine Rechte zuzugestehen, egal wie offensichtlich es ist, was er getan hat. Es geht hier nicht um einen verdamm-

ten Fall, Linda, nicht um die Theorie. Es geht um meinen Sohn! Du hast damit nichts zu tun. Halt dich raus!«
Sie gab nicht nach. »Deshalb müssen wir ja die Wahrheit wissen, wegen David.«
Ich hatte keine Lust zu streiten. »Geh einfach aus dem Weg, Linda.« Als sie sich nicht rührte, versuchte ich sie zur Seite zu schieben. Es war nicht leicht. Sie wehrte sich. Malish redete immer noch. Die ganze Welt war voller Gerede. Ich versuchte Linda aus dem Weg zu drängen, und sie wehrte sich, stemmte sich gegen mich. Ich sagte ihren Namen, und sie redete darüber hinweg weiter. Ihre Hand lag auf der Pistole. »Nein!« Ich schrie sie an. Mein Finger lag immer noch eng um den Abzug. Ihre Hand schloß sich darüber. Ich holte mit der anderen Hand aus. Es war eine Faust. Als Linda sah, was ich tun wollte, ließ sie die Pistole los und trat einen Schritt zurück. Nicht aus Furcht. In ihrem Gesicht war keine Spur von Furcht.
»Du glaubst, ich mache mir Sorgen um ihn?« sagte sie und deutete auf Malish. »Um seine Rechte? Ich scheiß auf seine Rechte.« Sie ging aus der Schußlinie. »Tu's! Schieß! Los doch, tu's!«
Eine kleine Spanne Schweigen trat ein. Beide konnten nicht noch mehr Dampf machen. Und ich bemerkte, daß es kühler im Raum war. Die Klimaanlage war endlich angesprungen. Ich stand völlig reglos da, meine Augen auf die von Linda geheftet.
»Du hast es eben selber gesagt«, erklärte sie. »Er weiß nicht genug. Du glaubst es nicht, oder? Wenn du es glauben würdest, hättest du ihn schon getötet.«
Nein, ich glaubte es. Ich glaubte es, aber ich verstand es nicht. Eines gab es da, eine Reaktion, die keinen Sinn ergab. Deshalb hatte ich nicht abgedrückt, denn wenn ich es tat, würde ich die Antwort auf diese eine kleine Frage nie erfahren.
Gegen meinen Willen hatte Linda mir etwas in den Kopf gesetzt. Sie konnte das.
Und im nächsten Moment begriff ich, was da nicht stimmte.
»Ihr zwei seid die scharfen Denker«, sagte Malish unvermutet. »Dann schießt mal los damit.«
Er war schon ein komischer Vogel, dieser Clyde Malish. Auch

noch verschwitzt und mit bleichen Händen war er immer für einen Kalauer gut.
Er und Linda waren zu sehr in Anspruch genommen, um den Witz mitzukriegen. Als ich zu reden anfing, sahen sie mich beide an, als wäre ich übergeschnappt, als stünde an meiner Stelle jemand anderer, ein ihnen Unbekannter.
Ich hatte den Druck auf den Abzug vermindert. Jetzt nahm ich den Finger ganz davon weg.
»Ich muß nicht weiter nachdenken«, sagte ich. »Ich weiß jetzt ganz genau, was zu tun ist. Sie rufen jetzt besser mal Ihren Anwalt an.«

15 **Myron Stahl kam** herein und wirkte sehr professionell. Es war fast Mitternacht, doch er trug einen dreiteiligen Anzug. Sein Gesicht verriet ernste Besorgnis, aber nichts sonst.

Wir waren immer noch im Arbeitszimmer. Ich hatte Malish gestattet, das Haustelefon zu benutzen, ihn aber nicht aus den Augen und keinen von seinen Leuten ins Zimmer gelassen. Die Vorhänge an den Fenstern waren jetzt zugezogen.

»Ich muß sagen, damit habe ich nicht gerechnet«, sagte Stahl. »Ist die Pistole wirklich nötig?«

»Ist sie. Ich bin dabei, einen sehr gefährlichen Mann in Haft zu nehmen. Ihr Klient verlangte danach, einen Anwalt zu sprechen, und ich habe gestattet, daß man Sie anruft. Es handelt sich um eine Strafsache. Wollen Sie ihn selbst vertreten oder möchten Sie jemand anders anrufen?«

»Ich übernehme es«, sagte Stahl.

Klick.

Er warf einen besorgten Blick auf Malish, wandte sich jedoch nicht an ihn. »Was ist der Haftgrund?«

»Versuchte schwere Entführung, fürs erste.«

Mit leiser Stimme, aber nicht leise genug, sagte Stahl zu Malish: »Ich habe Ihnen doch gesagt, Sie sollen seine Tochter nicht anrühren.«

Malish fuhr aus seinem Stuhl hoch. Stahl wich einen Schritt zurück.

»Ich würde das einen Beweis nennen«, sagte ich zu Linda. »Du nicht auch?«

»Doch.«
»Nein«, sagte Stahl, erstmals nervös wirkend, und winkte mit beiden Händen heftig ab. »Das war nicht für Ihre Ohren bestimmt. Das... das war eine geschützte Unterredung.«
Linda schüttelte den Kopf. »Im Beisein anderer ist es das nicht. Was Sie auch wußten, als Sie es sagten.«
»Was?«
»Es ist schon eine Art Beweis«, sagte ich. »Aber nicht gegen Clyde Malish. Es ist ein Beweis gegen Sie, Myron.«
Der heiße Wind blies Staub gegen die Fensterscheiben und verursachte ein Geräusch wie krabbelnde Insekten, die rein wollten, oder raus.
»Gegen mich?« fragte Stahl, aber nach einer viel zu langen Pause. »Ich war an keinerlei Komplott beteiligt«, fuhr er fort. »Ich hörte, wie sie Möglichkeiten erörterten, und habe ihnen von jeder Ungesetzlichkeit abgeraten. Das ist alles.«
»Die Durchführung war so dumm«, unterbrach ihn Linda. »Bei jedem Schritt brachte der Plan die gewünschten Ergebnisse für Mr. Malish, aber auf eine Weise, die den Bezirksstaatsanwalt in Rage bringen mußte. Ihn rasend vor Haß machen war das Ziel. Denn ein Mann in seiner Position konnte sich revanchieren.«
»Wer aber sollte Clyde Malish gleichzeitig helfen und ihn zur Zielscheibe für Racheakte machen wollen?« fragte ich. Malish sprach kein Wort. Er hatte sich wieder in seinen Stuhl sinken lassen, saß da und starrte auf seinen Anwalt. Stahl konnte ihn nicht ansehen.
»Das ist Blödsinn«, erklärte Myron. »Er hat sich bei Ihnen herausgeredet und dafür mich geopfert. Aber das wird nicht klappen. Sie haben keinen Beweis. Es *gibt* keinen.«
»Bisher nur den logischen Beweis«, erwiderte Linda. »So zum Beispiel, als Sie eben reinkamen und wir Sie vor die Wahl stellten, Mr. Malish in einer schwerwiegenden Strafsache entweder selbst zu vertreten oder dafür einen erfahrenen Strafverteidiger zu engagieren, wie Sie es bei seinem letzten Prozeß getan haben. Ein vorsichtiger Mann wie Sie hätte wieder dasselbe tun müssen. Doch Sie wollten es selbst übernehmen. Sie wollten so nahe dran-

bleiben, daß Sie Clyde Malish über die Klinge springen lassen konnten, wie Sie es mit Ihrer vorgetäuschten Indiskretion versucht haben.«

»Blödsinn«, sagte Stahl wieder. »Glauben Sie wirklich, Sie könnten mit etwas so Dürftigem wie einem überraschten Ausrutscher eine Verurteilung erreichen?«

Beinahe mußte ich lachen. Worauf es mir ankam, war keine Verurteilung. Ich hätte gedacht, Stahl sei clever genug, das zu begreifen, zu erkennen, daß sich alles geändert hatte, grundlegend geändert.

»Ich hätte schon vor einiger Zeit an Sie denken sollen«, erklärte ich ihm, um seine Aufmerksamkeit nach einem weiteren Seitenblick auf seinen Arbeitgeber wieder auf mich zu ziehen. »Als ich Malish in mein Büro schaffen ließ. Übrigens, nachdem er seinen Anwalt konsultiert hatte – Sie – und sich entschlossen hatte, nicht freiwillig zu kommen, was mich erst recht stocksauer machte. Aber vergessen Sie das. Als ich ihn vorführen ließ, hatte er keine Ahnung, was in aller Welt da vor sich ging. Er wußte nicht mal, weswegen ich ihn sehen wollte. Damals ging ich darüber hinweg, aber es war etwas, das bei mir hängenblieb, weil es so echt schien. Er hatte keinen Anlaß, den Unwissenden zu spielen. Er hätte eigentlich wissen sollen, was ich wollte; es gab keinen Grund für ihn, sich zu verstellen – weil ich es bereits seinem Anwalt gesagt hatte. Ihnen nämlich, Myron! Ich war bereits in Ihrem Büro gewesen, hatte Sie bei der Gurgel genommen und Ihnen gesagt, daß ich ihn mir vornehmen würde, egal wie.

Nun, warum in aller Welt sollte ein Anwalt seinem Klienten die Information vorenthalten, daß der Bezirksstaatsanwalt hinter ihm her ist? Das macht doch nur Sinn, wenn ihm nicht das Wohl seines Klienten am Herzen liegt.«

Ich ließ es erst mal dabei bewenden und schwieg. »Also, ich hab's ihm natürlich erzählt«, sagte Myron, doch das tat dem Schweigen kaum Abbruch. Ich hätte Stahl über die Ungereimtheiten ins Bild setzen können, die keine mehr waren, nachdem wir einmal begriffen hatten, daß hinter der Intrige mit Mandy Jackson er selber steckte und nicht Malish, doch statt dessen ließ ich das Schwei-

gen seine Wirkung tun. Es schien von Clyde Malish auszugehen, der bewegungslos dasaß und seinen Anwalt anstarrte.
Linda durchbrach das Schweigen. »Wir hatten viele Indizien, daß hinter Davids Verhaftung und allem übrigen Mr. Malish steckte. Aber viele davon waren genausogut Hinweise auf Sie, Mr. Stahl, wie etwa der Mann mit der Pistole, der ein Studienkollege von Ihnen war. Sobald wir Sie und Mr. Malish nicht mehr als eine Einheit ansahen, paßte alles zusammen. Sobald uns der Gedanke kam, daß ein Anwalt seinen Klienten auch verraten könnte.«
»Warum sollte ich das tun?« fragte Stahl. Er hatte seine Brille abgenommen und putzte sie mit seinem Taschentuch. »Sie wissen, wer er ist. Warum sollte ich ein solches Risiko eingehen?«
»Wegen Geld natürlich», schaltete ich mich wieder ein. »Malishs illegale Einkünfte, von denen für Sie nur Kleingeld abfiel. Wir wissen, wieviel er Ihnen bezahlte. Ich schätze, daß es unter der Hand mehr war. Aber Ihnen nicht genug, nicht wahr? Er sagt, Sie hätten erst unlängst mehr verlangt und er habe Sie abblitzen lassen. Und das glaube ich ihm. Warum sollte er Ihnen mehr zahlen? Wo hätten Sie anders hinkönnen? Nach zwanzig Jahren Arbeit ausschließlich für Clyde Malish sind Ihre Referenzen nicht eben eindrucksvoll. Also mußten Sie mit dem zufrieden sein, was Sie von ihm bekamen. Aber Sie waren nicht zufrieden. Sie entwickelten einen Plan. Wenn Clyde Malish getötet oder ins Gefängnis geschickt würde, hätte es für sein Geschäft nur einen logischen Nachfolger gegeben: Sie. Zwar sind Sie kein so harter Bursche wie er, aber Sie sind der einzige, der das Geschäft kennt. Noch etwas, das ich von Mr. Malish weiß.«
Noch immer schaute Malish starr auf seinen Anwalt.
»Es war ein elegantes Komplott.« Das war es in der Tat. Beinahe bewunderte ich es, abstrakt gesehen, als logisches Problem gewissermaßen. Solange wir geglaubt hatten, daß Clyde Malish dahintersteckte, hatte es übertrieben ausgeklügelt gewirkt. Bis er gesagt hatte, es wäre zu riskant gewesen, sich darauf zu verlassen, daß David aufgrund von Mandy Jacksons Aussage verurteilt würde. Er hätte nicht auf ihr unerwartetes schauspielerisches Talent gesetzt. Doch für Myron Stahl machte das keinen Unterschied. Selbst

wenn David freigesprochen worden wäre, hätte er mir die Information zuspielen können, daß hinter allem Malish steckte. Es hätte genügt, mich auf ihn zu hetzen. Das war alles, was Stahl wollte – daß der mächtigste Justizbeamte im Bezirk hinter seinem Klienten her war.

Unerwarteterweise hatte Mandy Jackson sich im Zeugenstand als wahres Phänomen erwiesen. Ihre Leidenschaftlichkeit, die Tiefe ihres Leids waren überzeugend – Stahl mußte ihre Kinder mit etwas Schrecklichem bedroht haben. Ich erinnerte mich an den haßerfüllten Blick, den sie auf David gerichtet hatte. Doch er war es nicht, den sie dabei gesehen hatte, sondern Myron Stahl oder Clyde Malish oder wen immer sie für den unerbittlichen Drahtzieher hielt, der sie dort in den Zeugenstand gebracht hatte. David war bloß der unschuldige Blitzableiter für ihren Haß.

»Nur eines frage ich mich«, sagte ich. »War die Ermordung Mandy Jacksons von Anfang an ein Teil des Plans? Oder war das Improvisation? Die Art der Ausführung macht mir den Eindruck, daß es von vornherein geplant war. Die Überdosis als weitere Spur zu Clyde Malish. Das war Ihr schlimmster Fehler, Myron. Was Sie David angetan haben, ist nichts verglichen damit. Das war kapitaler Mord. So was würden Sie nicht selber machen; dafür müssen Sie jemanden angeheuert haben. Das macht es kapital. Und ich wette, der Killer hat sie nicht in dem Abwassergraben getroffen. Er hat sie dort hingebracht. Das macht daraus Mord nach Entführung. Das *ist* kapital. Irgendeine andere Möglichkeit?« fragte ich Linda.

»Sie können nicht beweisen, daß ich irgendwas damit zu tun hatte«, meldete sich Stahl.

Ich lachte. »Sie kennen sich im Strafrecht nicht aus, was, Myron? Sie müssen nicht selber abdrücken, um die Todesstrafe zu bekommen. Ich kann Ihnen in diesem Staat drei Männer in der Todeszelle sagen, die nicht mal in derselben Stadt waren, als der Mord geschah. Aber büßen werden sie trotzdem dafür. Mit ihrem Leben – genau wie Sie, Myron. Das kann ich Ihnen versprechen. Wenn ich die beiden verwaisten Kinder in den Zeugenstand stelle, um ihre Mutter auf einem Foto zu identifizieren –«

»Ihre Art dauert zu lang.«
Wir blickten uns alle überrascht um, als hätte der ausgestopfte Hirsch etwas gesagt. Es war Clyde Malish, zum ersten Mal seit einer halben Stunde. Wir alle wandten uns ihm zu, doch er redete nur mit mir.
»Sie sagen, er wird dafür sterben, aber sicher können Sie da nicht sein. Wie lange sitzen ein paar von diesen Leuten schon in der Todeszelle? Wie viele von ihnen haben schon zwei, drei Mal Revision bekommen? Selbst wenn alles klappt, dauert es fünf Jahre, bis sie die Nadel kriegen. Wollen Sie wirklich so lange warten?«
Jetzt sahen alle mich an. Ich war immer noch der einzige mit einer Waffe, doch die hatte ich achtlos in der Hand gehalten, auf den Boden gerichtet. Doch das war es nicht, was Malish meinte. »Was schlagen Sie vor?« fragte ich.
»Gehen Sie einfach. Marschieren Sie einfach zur Tür raus. Und alles andere erledigt sich von selbst.«
Ich dachte darüber nach. Ich war nicht schockiert, wie ich es hätte sein sollen. Ich war mit Mord im Sinn hergekommen. Als es dann darauf ankam, war ich davor zurückgeschreckt, aber nur, weil ich von Malishs Schuld nicht überzeugt gewesen war. Bei Stahl war ich es.
Myron sah, daß ich darüber nachdachte. »Ich komme mit Ihnen«, sagte er hastig.
Ich steckte die Pistole in die Tasche und stand auf. Malish auch. »Ich habe keine Befugnis, Sie mitzunehmen«, erklärte ich. »Keinen Haftbefehl.«
Linda schloß sich mir an. Stahl versuchte uns an die Tür zu folgen, doch Malish hielt ihn an der Schulter zurück. Im Weggehen hörte ich, wie der Anwalt seinen letzten Einspruch erhob.
Als ich die Tür öffnete, stand der ehemalige Boxer davor. Er hielt eine Hand hinter dem Rücken, schielte auf meine leeren Hände hinunter und sah mir dann gleichmütig in die Augen. Auch Myron Stahl mußte ihn gesehen haben. In seiner Stimme lag Verzweiflung, als er seinen letzten Trumpf ausspielte.
»Was ist mit Ihrem Sohn?« rief er. Ich blieb stehen.
»Was ist mit ihm?« erwiderte ich, ohne mich umzudrehen.

»Wollen Sie ihn im Gefängnis sitzenlassen? Ich bin der einzige, der ihn freibekommen kann. Ich werde aussagen, daß Mandy Jackson gelogen hat. Ich werde den ganzen Plan bezeugen.«

Langsam machte ich dem Ex-Boxer die Tür vor der Nase zu, womit wir vier wieder unter uns waren. Als ich mich umdrehte, schüttelte Clyde Malish den Kopf. »Das kann ich auch erledigen. Irgendwer muß ein Geständnis ablegen. Und wenn wir ihn nicht gleich rauskriegen, kann ich für Ihren Sohn im Knast alles regeln. Es wird eine leichte Zeit für ihn sein. Ich kann das. Und wenn er rauskommt, gebe ich ihm einen Job.«

»Ist es das, was Sie wollen?« sagte Stahl. »Daß Ihr Sohn für einen Gangster arbeitet und am Ende genauso in der Falle sitzt wie ich? Weil niemand anders ihn nehmen wird, wenn seine Verurteilung aufrechterhalten bleibt. Das wissen Sie."

»Du hältst die Schnauze«, fuhr Malish Stahl an und schlug ihm mit der flachen Hand ins Gesicht, daß er taumelte. Es war die erste Gewalttätigkeit an diesem Abend; seltsam, wie unangebracht sie schien.

»Er hat recht«, sagte ich zu Stahl. »Irgendwer kann das Geständnis ablegen.«

»Kein überzeugendes. Wollen Sie sich auf irgendeinen seiner maulfaulen Schläger verlassen? Wenn das Leben Ihres Sohnes auf dem Spiel steht?«

Er sprach schnell, aber nicht hektisch. Er hatte auf alles eine gute Antwort. Seine Augen beschworen mich.

Linda war nicht mehr auf meiner Seite. Sie war auf der von Stahl. Auf Malishs Schreibtisch hatte sie Papier und Schreibzeug gefunden. Sie reichte beides dem Anwalt und erklärte: »Schreiben Sie!«

Das ließ er sich nicht zweimal sagen. Er ließ sich aufs Sofa fallen, zog den Couchtisch heran und begann zu schreiben. »Fangen Sie folgendermaßen an«, wies Linda ihn an. »Mein Name ist Myron Stahl. Ich bin Anwalt und kenne meine Rechte. Ich habe das Recht zu schweigen...«

»Das ist die falsche Art«, grollte Malish. Stahl schrieb schneller. Wir spielten Guter-Bulle-böser-Bulle mit ihm, doch ich wußte nicht, ob Malish mitspielte oder es ernst meinte. Es war mir auch egal.

Linda setzte ihr Diktat fort. Ihre Augen waren weiter auf mich gerichtet, und ich nickte gelegentlich. Bei manchem sträubte sich Stahl. Wir feilschten um Formulierungen, als würden wir einen Vertrag aushandeln. Wir wollten Details von ihm, aus denen seine Schuld hervorging. Er wollte es so formulieren, daß man daraus auch interpretieren konnte, Clyde Malish sei die treibende Kraft hinter dem Plan gewesen. Und er weigerte sich kategorisch, den Mord zuzugeben. Selbst Malish war kein so dicker Knüppel, ihn zu einem solchen Geständnis zu bewegen. Doch für meine Zwecke machte das keinen Unterschied. Er gab uns Details, Fakten, die überprüft werden und die Geschichte bestätigen konnten. Wie und wo er mit Mandy Jackson zusammengetroffen war. Ihre Mutter hatte ihn damals gesehen, ohne zu wissen, wer er war. Sie würde sich erinnern.

In dürren Worten klang es schon wieder unwirklich. Es gelang mir nicht, das Bild von Mandy Jackson heraufzubeschwören, nicht mal das von David. Wie wenig das alles mit ihm zusammenhing! Und Lois und Dinah hatten noch weniger damit zu tun. Es wäre überhaupt nicht nötig gewesen, sie anzurühren. Der Revolvermann in unserem Haus war Stahls letzter Joker gewesen, als er gedacht hatte, ich würde nicht schnell genug vorgehen, um Clyde Malish auf die Jackson-Intrige festzunageln. Und es hatte funktioniert: Es hatte mich mit einer Pistole in dieses Haus geführt.

Es war sehr spät, als das Geständnis fertig war, obwohl es nur zwei handgeschriebene Seiten umfaßte. Und Stahl weigerte sich zu unterschreiben.

»Nein. Dann gehen Sie und lassen mich trotzdem hier.« Die Stimme des kleinen Mannes hatte sich wundersam gefestigt.

»Denken Sie mal nach«, sagte ich. »Es nützt uns nichts, solange wir nicht die Umstände beschreiben, unter denen es zustandekam. Glauben Sie, ich will in den Zeugenstand treten und erklären: ›Und dann ließen wir ihn dort zurück, und seitdem hat ihn keiner mehr gesehen?‹ Glauben Sie nicht, das würde der Aussage einiges an Beweiskraft nehmen?«

Doch unterschreiben wollte er immer noch nicht. »Erst, wenn wir hier raus sind«, sagte er.
Linda nickte fast unmerklich. Ich gab nach.
»Kommen Sie schon.«
»Wieso glauben Sie, daß Sie hier den Ton angeben«, fragte Clyde Malish.
Ich hätte wieder die Pistole sehen lassen können. Statt dessen gab ich Stahl einen Wink, und er rappelte sich neben mir hoch. Der Mexikaner stand immer noch auf dem Flur, als ich die Tür aufmachte. Stahl drückte sich noch vor mir an ihm vorbei. Dann geleitete ich Linda hinaus. Kann sein, daß sie dem Ex-Boxer etwas zumurmelte, doch ich war nicht sicher, und sein Gesicht ließ nichts erkennen.
Es war seltsam, was uns beschäftigte, während wir über den langen Flur zur Vordertür gingen. Ich konnte unsere Gedanken lesen. Nicht, daß man uns in den Rücken schießen könnte, machte uns Sorgen. Wir dachten an das Geständnis in meiner Tasche. Ich dachte darüber nach, wie man es durch die Beweise, die ich hatte, erhärten und den Makel des Erzwungenen tilgen konnte. Myron Stahl dachte, daß er es schon noch hinkriegen würde, wenn die Umstände, unter denen das Geständnis abgelegt worden war, vor Gericht zur Sprache kamen. Wir beide – nein, wir alle drei – probten für den Gerichtssaal, denn wir wußten, daß alles, was geschehen war, ganz unterschiedlich klingen konnte, wenn man es von neuem in Szene setzte, reduziert auf unbelebte Aussagen. Schon beim Hinausgehen aus Malishs Haus bauten wir diese verschiedenen Wirklichkeiten vor uns auf. Wir waren wieder Anwälte.

16

Im Gerichtssaal ging es emsig zu, doch ich hatte mehr Publikum erwartet. Es waren natürlich viele Reporter und Anwälte da, doch ein großer Prozeß zieht normalerweise eine Menge gewöhnlicher Zuhörer an, die nur wegen der Show kommen. Davids Prozeß war eine gewesen. Das Nachspiel nicht mehr.

Es war Montag morgen. Watlin hatte bereits seine Prozeßliste aufgerufen, doch war bis jetzt keiner der Fälle erledigt worden. Wir hatten oberste Priorität. Daher war die Geschworenenbank voll von Häftlingen; Anwälte konferierten noch mit Anklägern. Wir hielten unsere Anhörung inmitten des Betriebes eines normalen Montags bei Gericht ab, als hätten Soldaten im Kampf eine Pause eingelegt, um Kriegsgericht zu halten.

David war nicht unter den Gefangenen, obwohl er mit ihnen gekommen war. Er trug einen Anzug und saß am Anwaltstisch. Neben ihm stand Lois und hielt seine Hand. David aber beobachtete die Häftlinge. Sein Gesichtsausdruck war so, als gefiele es ihm nicht, von den anderen Männern in Grau abgesondert zu sein. David hatte sich in den Wochen seit seinem Prozeß derart verändert, daß er nicht mehr von unserer Welt schien. Sein Blick war nicht hoffnungsvoll, sein Gesicht der Schutzschild eines Gefangenen gegen die Hoffnung.

Eine Tür ging auf, das Gescharre schwoll gleichmäßig an und ab, und Richter Watlin nahm erneut seinen Platz ein. Lois schlüpfte nach hinten, um sich wieder zu Dinah und Victoria in die erste Zuschauerreihe zu setzen; im Vorbeigehen berührte sie meinen Arm. Lois und Dinah wohnten wieder in unserem Haus. Ich war gestern zum Mittagessen dortgewesen und hatte den Nachmittag mit ihnen verbracht. Während Dinah so tat, als würde sie nach dem Essen am Tisch Schularbeiten machen – und bei jedem Wort die Ohren spitzte –, hatte ich erklärt, was heute passieren würde.

»Und was, wenn er dem Antrag immer noch nicht stattgibt?« hatte Lois gefragt. Darüber hatte ich noch keine Entscheidung getroffen. Clyde Malishs Angebot, David die Zeit im Gefängnis leicht zu machen, annehmen, ihn gewaltsam befreien, Watlin umbringen, so daß ein anderer Richter sich mit dem neuerlich eingebrachten Antrag befassen würde: Das waren meine Möglichkeiten. Rechtliche Auswege hatte ich nicht erwogen. Dies war die letzte Chance, die ich dem Rechtssystem gab.

»Der Staat von Texas gegen David Blackwell«, sagte Watlin, wobei er von der Akte ablas, als wäre es bloß irgendein Fall. »Stellungnahmen?«

»Der Staat ist bereit«, sagte Nora Brown. Sie vertrat nach wie vor die Anklage. Javier war nirgendwo in Sicht. Ich hatte gehört, sie hätten sich über die Taktik der Anklage bei dieser Anhörung gestritten. Offensichtlich hatte Nora gewonnen.

»Die Verteidigung ist bereit«, erklärte Linda. Man hätte glauben mögen, daß jemand, der unlängst noch bei der Staatsanwaltschaft gewesen war, stolpern und unwillkürlich »der Staat« sagen würde, doch die Worte gingen ihr ganz selbstverständlich über die Lippen.

Henry war unter den Zuhörern, zweifellos vergrätzt darüber, aus dem Fall raus zu sein. Ich konnte ihm den Grund nicht erklären; er bestand darin, daß diese Anhörung einen regelrechten Eiertanz durch die Beweise erforderlich machen würde. Nur jemand, der alle Fakten kannte, konnte die gefährlichen Stellen umgehen, und ich war nicht gewillt, Henry in diese Fakten einzuweihen. Ich vertraute nur Linda.

»Verhandelt wird über den Antrag des Angeklagten auf Wiederaufnahme des Verfahrens«, sagte Watlin gleichzeitig. »Die Beweislast liegt beim Angeklagten. Rufen Sie Ihren ersten Zeugen, Frau Anwalt.«

Ich legte den Eid so feierlich ab, als hätte ich nicht die Absicht, dagegen zu verstoßen, und nahm meinen Platz ein. Ich sah nur auf Linda. Die anderen Gesichter innerhalb der Schranke, das des Richters eingeschlossen, waren bloß störend; David mit seinem hoffnungslos stieren Blick; Nora, die darauf wartete, daß sie drankam.
»Geben Sie bitte Ihren Namen und Beruf an.«
Der Zeugenstuhl ist immer hart und unbequem. Jeder, der darauf entspannt sitzt, ist ein Idiot. Es ist ein Vertrauensakt höchsten Grades, sich einer so versierten Fragerin wie Linda in die Hände zu geben. Ich lehnte mich zurück, während sie mich durch die Präliminarien führte.
»Ich werde Sie jetzt über die Ereignisse vom letzten Mittwoch, dem sechzehnten September, befragen. Wo waren Sie an diesem Abend?«
»Ich fuhr von meinem Büro zum Haus eines Mannes namens Clyde Malish.«
»Warum?«
»Am Abend zuvor waren meine Frau, meine Tochter und ich in unserem Haus von einem maskierten Mann mit einer Waffe bedroht worden, der mich aufforderte, meine Ermittlungen gegen Clyde Malish einzustellen. Ich wollte Malish deswegen zur Rede stellen.«
»War das der einzige Grund?«
»Nein. Ich hatte auch Grund zur Annahme, daß Clyde Malish hinter der Anklage gegen meinen Sohn und anderen Ereignissen im Zusammenhang damit stand, wie etwa einer weiteren bewaffneten Drohung gegen mich.«
»Wann fand die statt?«
Ich schilderte die Begegnung mit dem adretten kleinen Mann. Ich sagte aus, ich hätte als Folge dieser Begegnung in der Tat die Einstellung des Verfahrens gegen Clyde Malish veranlaßt. Nora machte sich in irrem Tempo Notizen, während ich sprach, und sah mich nicht einmal an.
Wir kehrten zu den Ereignissen vom letzten Mittwoch abend zurück. »Wer war dort?« fragte Linda.

»Clyde Malish, ich und Sie, Linda Alaniz. Dann kam noch Myron Stahl hinzu, aufgrund eines Anrufs von Mr. Malish.«
Unter den Anwälten im Zuschauerraum hob Gemurmel an; sie wußten, daß Lindas Status als mögliche Zeugin sie eigentlich von der Vertretung Davids ausschloß. Doch das hatten wir vor der Anhörung im Richterzimmer ausgeräumt. David wollte Linda und niemanden sonst. Und Nora erhob keinen Einspruch. Sich die Chance entgehen lassen, es mit Linda aufzunehmen? Nein, Nora hatte keinen Einwand.
Linda trat auf mich zu. »Ich übergebe Ihnen das markierte Beweisstück eins der Verteidigung. Erkennen Sie es?«
»Ja, das ist die Erklärung, die Myron Stahl in dieser Nacht aufgesetzt und unterschrieben hat.«
»Wie kam es dazu?«
»Clyde Malish bestritt jede Verwicklung in den Fall gegen meinen Sohn David und die anderen Bedrohungen, die diesem Verfahren gefolgt waren. Nachdem wir die Sache eine Zeitlang erörtert hatten, stießen wir darauf, daß gewisse Dinge nicht auf Mr. Malish als Schuldigen hinwiesen, sondern auf seinen Anwalt, Myron Stahl. Mr. Malish rief Mr. Stahl an, er kam, und nachdem wir ihn mit einigen der Beweise konfrontiert hatten, gab er zu, hinter den Ereignissen zu stehen, die zu Davids Festnahme und zur Anklage gegen ihn geführt hatten.«
Im Gerichtssaal breitete sich wachsende Unruhe aus. Alles, was ich sehen konnte, waren die Scheitel der Reporter, als sie sich über ihre Notizblöcke beugten. Das Gemurmel mußte lauter geworden sein, denn Watlin rief zur Ruhe, doch ich nahm den Lärm nicht wahr. Meine Augen waren auf die von Linda fixiert, als müßte ich untergehen, wenn ich sie aus dem Blick verlor.
»Von wem kam die Aufforderung, diese Erklärung schriftlich aufzusetzen?«
»Von mir.«
»Warum?«
»Wegen dieser Anhörung. Was er sagte, bewies, daß mein Sohn das Vergehen, für das er verurteilt wurde, nicht begangen hatte. Ich wollte diesen Beweis schriftlich.«

»Dachten Sie auch daran, die schriftliche Erklärung für eine Anklageerhebung gegen Myron Stahl zu benutzen?«
»Das hatte ich nicht vor. Ich dachte nur an David.«
»War Myron Stahl festgenommen, als er die Erklärung abgab?«
»Nein. Ich hab mein Lebtag lang niemanden festgenommen.«
»Stand er irgendwie unter Zwang?«
»Nein.«
»Wurde ihm gedroht?«
»Nein.«
»Strafmilderung oder sonst irgend etwas von Wert versprochen, um die Erklärung zu erreichen?«
»Nein.«
»Euer Ehren, wir legen das Beweisstück eins der Verteidigung zur Beweisaufnahme vor und stellen es der Anklagevertreterin für allfällige Einwendungen zur Verfügung.«
»Die ich mit Sicherheit habe«, sagte Nora im Aufstehen, während sie das Geständnis von Linda entgegennahm, ohne sie anzusehen. »Euer Ehren, diese Erklärung ist nichtig. Sie wurde unter Bedingungen äußersten Zwangs abgelegt, als der Mann, der sie abgab, um sein Leben fürchten mußte, wenn er nicht –«
»Ich erhebe Einspruch gegen Sachverhaltsdarstellungen durch die Anklagevertreterin, Euer Ehren. Wenn sie in den Zeugenstand gehen möchte, um eigene Kenntnisse geltend zu machen –«
»Ich informiere das Gericht lediglich darüber, was der Staat in seinem Beweisvortrag nachzuweisen beabsichtigt«, erklärte Nora, als würde sie eine Jurastudentin belehren. Am Schluß warf sie Linda einen Blick zu, einen Blick voll Verachtung.
»Legen wir die Erklärung erst mal hier herauf«, sagte Watlin. »Ich werde die Entscheidung über ihre Zulässigkeit verschieben, bis alle Fakten vorliegen.«
Er ließ sich das Schriftstück von Linda reichen und begann es gleichgültig zu überfliegen. Wenn er später entschied, die Erklärung sei nicht zulässig, würde für ihn die Annahme gelten, er habe ihren Inhalt nicht zur Kenntnis genommen. Schon wieder so eine Rechtsfiktion. Ich sah, wie sich Watlins Augenbrauen leicht hoben, als er ans Ende der ersten Seite der Erklärung gelangte. »Fah-

ren Sie fort«, sagte er plötzlich, beinahe ärgerlich, als fürchtete er, er habe beim Lesen die Lippen bewegt.

Nur allzu rasch wurde ich an Nora weitergegeben. Ich wandte meinen stetig starren Blick von Linda zu ihr. Doch Nora sah mich zunächst nicht an. Sie las ihre Notizen durch, bis sie auf eine stieß, die ihr gefiel.

»Dieser Clyde Malish, was macht er geschäftlich?«

»Ihm gehören ein paar Elektroläden, soviel ich weiß.«

»Sind das seine einzigen Geschäfte?«

»Soweit wir es nachweisen können, ja.«

»Sie meinen, die Bezirksstaatsanwaltschaft führt Ermittlungen gegen ihn durch?« Sie sah mich an. Sie wirkte freundlich.

»Ja.«

»Wessen wird er verdächtigt?«

»Drogendelikte, hauptsächlich.«

»Hauptsächlich? Was noch?«

»Verschiedene Diebstähle, Einbrüche, Betrügereien.«

»Bisher haben Sie nur Vergehen ohne Gewaltanwendung genannt«, konstatierte Nora. »Wurde er jemals auch irgendwelcher Gewaltverbrechen verdächtigt?«

»Da bin ich sicher.«

»Bewaffnete Raubüberfälle?«

»Ja.«

»Anschläge?«

»Vermutlich.«

»Mord?«

»Ein oder zwei.«

»Wirklich«, sagte sie. »Clyde Malish war ein Verdächtiger in Mordfällen?«

»Ja. Ich weiß von keinem, in dem man glaubte, er hätte persönlich abgedrückt, aber er –«

»Ließ Leute umlegen?« sagte Nora sarkastisch. Ihr berüchtigter Humor kam in ihren Kreuzverhören nur durch, wenn sie einen Zeugen einlullen wollte.

»Vermutlich«, sagte ich.

»Tatsache ist: Malish ist bisher in Dutzenden von Verbrechens-

fällen ein Verdächtiger gewesen. Gegen ihn liefen Ermittlungen unter Ihren Vorgängern in der Bezirksstaatsanwaltschaft, gegen ihn werden unter Ihrer Amtsführung Ermittlungen geführt, und fraglos wird auch Ihr Nachfolger weiter gegen ihn ermitteln, meinen Sie nicht?«
»Das wissen Sie genauso gut wie ich, Nora. Sie hätten ihn vermutlich selbst angeklagt, wenn Hugh je einen Fall gegen ihn zusammengebracht hätte.«
Sie lächelte mich an.
»Und das ist der Mann, in dessen Haus Sie mit Myron Stahl Ihren gemütlichen kleinen Tratsch hatten, der zu diesem ›Geständnis‹ führte, das Sie jetzt hier vorlegen.«
Ich zuckte die Achseln.
»Es war kein anderer Angestellter von Malish dabei?« fuhr Nora fort und warf einen Seitenblick auf Linda.
»Nicht mit uns im selben Raum«, antwortete ich.
»Aber es waren noch andere Leute im Haus?«
»Ich nehme an. Zumindest einer, der mich reinließ.«
»War er bewaffnet?«
»Soviel ich gesehen habe, nicht.«
»Es ist ein großes Haus, nicht wahr?«
»Ein ganzes Stück größer als meines.«
»Der Weg zur Eingangstür wäre für Myron Stahl ziemlich lang geworden, wenn er nicht gestanden hätte, oder?«
»Es war ein ganz schön langer Weg, egal, was er gemacht hätte.«
»Aber niemand sagte ihm offen, er würde den Weg nicht schaffen, wenn er nicht unterschriebe?«
»Niemand sagte ihm das offen oder auf sonst eine Weise.«
Nora machte eine Pause, beruhigte sich und stellte gleichmütig die nächste Frage.
»Wirkte er, als hätte er Angst?«
Ich zögerte. »Er wirkte beunruhigt. Ob er Angst hatte –«
»– würde zu Spekulationen verleiten, Euer Ehren«, ließ Linda sanft einfließen. Es war ihr erster Einspruch. Bis jetzt hatte man mich gegen nichts in Schutz nehmen müssen.

»Stattgegeben«, sagte Watlin.
»Hätten Sie an seiner Stelle Angst gehabt?« fragte Nora.
»Einspruch. Irrelevant.«
»Mit Sicherheit«, pflichtete Watlin bei. »Sie können mehr als das, Frau Anwalt«, sagte er zu Nora.
»Bei diesem Zeugen bin ich mir nicht sicher, Euer Ehren.« Sie wandte sich wieder mir zu. »Sie wußten, die Umstände dieser Erklärung würden in Frage gestellt werden, nicht wahr?«
»Damit hab ich gerechnet.«
»Warum ließen Sie es dann an diesem Ort geschehen? Warum hielten Sie Mr. Stahl im Haus dieses Mordverdächtigen, Bandenführers, Kriminellen fest, in der Falle sitzend, während er die Erklärung niederschrieb? War es deshalb, weil Ihnen klar war, daß er dieses falsche Geständnis unter anderen Umständen nicht abgelegt hätte?«
Linda setzte an, doch ich machte eine kleine Handbewegung, und sie ließ den Einspruch bleiben. »Zu allererst mal«, sagte ich gelassen, »habe ich Mr. Stahl nirgendwo festgehalten. Wir waren einfach gerade dort, als er zu reden anfing; er war freiwillig dorthin gekommen. Und jeder, der einmal ein Geständnis aufgenommen hat, weiß, daß wenn der Verdächtige zu reden anfängt, man nicht einfach eine Auszeit nimmt, um ihn anderswo hinzuschaffen. Man läßt ihn reden.
Aber nun zur Beantwortung Ihrer Hauptfrage; ich *habe* etwas wegen der möglichen Zwangslage unternommen. Nachdem er mit der Erklärung fertig war, ließ ich ihn nicht an Ort und Stelle unterschreiben. Ich nahm ihn mit, und erst als wir meilenweit von Clyde Malishs Haus entfernt und sicher waren, daß wir nicht verfolgt wurden, ließ ich ihn unterschreiben. Deshalb ist meine die einzige Unterschrift eines Zeugen auf der Erklärung. Und dann erst unterschrieb er, weit entfernt von jeder möglichen Gefahr.«
Er hatte natürlich versucht, sich um die Unterschrift zu drücken, doch Stahl wußte, daß er das Dokument in seiner Gesamtheit widerlegen mußte. Daß es unterschrieben war, hatte nicht viel Bedeutung.

Nora sah mich an, als hätte ich eben den Richter geohrfeigt. *Komm mir nicht so,* sagte ihre Miene. Ich blickte unschuldig zurück. Die Zuschauer konnten nur mein Gesicht sehen.
»Wie weit muß man von Clyde Malish weg sein, damit man keine Angst mehr vor ihm hat?« fragte Nora. Linda machte sich nicht die Mühe, Einspruch zu erheben, und ich nicht zu antworten.
Gegen Ende schwenkte Nora auf die Befragungslinie um, von der wir gewußt hatten, daß sie kommen würde, kommen mußte. Sie ließ ihre Stimme leiser werden und klang mitfühlend.
»Diese ganze Geschichte, zu Clyde Malishs Haus zu fahren, diese Erklärung von Myron Stahl zu erreichen, das rührte von der Sorge um Ihren Sohn her, nicht wahr?«
Ich leugnete es nicht.
»David war wegen sexueller Nötigung schuldig befunden und zu einer Gefängnisstrafe verurteilt worden, ist das richtig?«
»Ja.«
»Haben Sie ihn im Gefängnis besucht?«
»Ja.«
»Mehr als einmal?«
»Ja.«
»Hatten Sie dort Angst um ihn?«
»Natürlich hatte ich die.« Ich sah nicht auf David. Ich stierte Nora an. Bettelte förmlich darum. Komm rüber damit, Nora.
»Tatsache ist, Sie ließen ihn zurück ins Bezirksgefängnis verlegen, um diese Anhörung abzuwarten.«
»Ich half mit, ihn wieder herholen zu lassen.«
»Haben Sie ihn hier im Gefängnis besucht?«
»Ja. Mehrmals.«
»Es war auch nicht viel besser, oder?«
»Das läßt sich von außen schwer beurteilen.«
»Jedenfalls wollten Sie ihn raushaben«, sagte Nora. Jeder hätte das gewollt, sagte ihr Tonfall.
»Natürlich wollte ich das.«
»Sie würden so ungefähr alles tun, um ihn rauszubekommen, nicht wahr?«
Das war eine rhetorische Frage. Ihr war gleich, wie meine Ant-

wort darauf lautete. Doch mit der, die ich für sie hatte, rechnete sie nicht.
»Alles nicht«, erklärte ich. »Zum Beispiel hätte ich *Ihnen* den Fall entziehen und einen meiner eigenen Ankläger darauf ansetzen können, der sich dem Wiederaufnahmeantrag angeschlossen hätte. Dann wäre es leicht gewesen.«
»Das hätte ich gern gesehen, wie Sie das versuchen«, sagte sie unprofessionell.
»Oh, ich hätte können«, beschied ich sie.
Man konnte sehen, wie es ihr auf der Zunge lag. Man konnte es auch daran sehen, wie sie mich anblickte, versuchte, in mir zu lesen. Jedenfalls aber tat sie es. Sie stellte eine Frage, auf die sie die Antwort nicht kannte. Ich glaube, sie wollte es einfach wissen.
»Warum haben Sie nicht?« fragte sie.
»Weil ich wollte, daß Sie sich widersetzen, Nora. Weil jeder weiß, Sie sind die beste am Platz. Und wenn diesem Antrag gegen Ihren Widerstand stattgegeben wird, wird jeder wissen, daß es nur deshalb geschieht, weil David wirklich unschuldig ist, nicht wegen irgendeines Handels im Hinterzimmer. Und weil jeder weiß, daß Sie ein so erfolgssüchtiges, gefühlloses Miststück sind, daß es Ihnen nur darauf ankommt, einen Fall zu gewinnen, und auf sonst nichts, so daß Sie bei einem solchen Handel niemals mitgemacht hätten, weil das bedeutet hätte, daß eine Ihrer Verurteilungen aus den Akten gestrichen wird.«
Der Gerichtssaal kochte über, das ist wohl die übliche Formulierung. Das vorherrschende Geräusch war dieses Luftholen, wie die Leute es machen, wenn sie einen Beinahe-Unfall mitangesehen oder eine grobe Beleidigung mitangehört haben. Es gab auch Gelächter, nicht allzu unterdrücktes Murren und zumindest von einem den Ausruf »Ganz genau«. Watlin gab sich nicht viel Mühe, die Ruhe wiederherzustellen. Und ich sah einfach weiter Nora an. Sie machte ein ganz seltsames Gesicht, beklommen, aber nicht ungeschmeichelt. Sie hatte den Ausdruck, wie ihn ein Werfer haben mochte, der sieht, wie ihm der Schlagmann einen langen Blick zuwirft und zur Bank zurückgeht, um sich einen größeren Schläger zu holen.

Ich halte mir zugute, daß meine Aussage die dramatischste im Verlauf der ganzen Anhörung war. Wir hatten auch andere Zeugen, darunter Lois. Ich unterwies sie in der Kunst der Meineids. »Halt es einfach. Alles ist genauso passiert, wie es war, außer daß du gehört hast, wie er am Schluß, unmittelbar vor dem Kampf, sagte: ›Hände weg von Clyde Malish.‹« Sie hielt sich bewunderungswürdig, aufrecht und lauter und ihrer selbst absolut sicher. Ich glaube nicht, daß irgendwer ihre Aufrichtigkeit hätte anzweifeln können. Nora tat es nicht. Lois war Davids Mutter; was sie sagte, zählte nicht. Nora machte das klar, indem sie überhaupt keine Fragen an sie richtete.

Es kam der fürchterliche Moment, an dem wir keine Zeugen mehr hatten und den Beweisvortrag einstellen mußten. Man glaubt immer, man hat etwas vergessen. Watlin hatte noch immer nicht über die Zulässigkeit des Geständnisses entschieden, und ohne das hatten wir gar nichts. Nora rief nur einen Zeugen auf: Myron Stahl.

Ich wußte, daß sie ihn haben mußte, hatte ihn jedoch nicht im Haus gesehen. Er betrat den Saal durch eine Seitentür, flankiert von zwei Polizisten. Sie setzten sich unter das Publikum, ganz zufällig in die Nähe von Clyde Malish, der seinerseits zwei Männer am Saalausgang postiert hatte. Stahl ging in den Zeugenstand.

Für mich sah er aus wie ein Wiesel im Anzug. Ich gab mir Mühe, ihn so zu sehen, wie er jedermann sonst erscheinen mochte, insbesondere Watschel mit seiner eigenartigen Doppelsicht; er versuchte stets, einen Zeugen nicht nur so zu sehen, wie er auf ihn wirkte, sondern auch auf alle anderen, von denen die überwältigende Mehrheit nicht mal da war. Doch ich konnte, was ich von Myron Stahl sah, nicht von seinen Taten trennen, wie ich sie kannte. Ich sah die moralische Leerstelle, die er war. Als ich ihn im Zeugenstand beobachtete, war ich überrascht, daß ich ihn in jener dunklen Nacht letzte Woche nicht Clyde Malishs Fürsorge überlassen hatte.

Er wirkte wie ein Profi. Seine Kleidung war tipptopp, und er schien ausgeruht. Wenn er überhaupt besorgt aussah, dann höch-

stens wie ein vielbeschäftigter Mann, dessen Zeitplan man durcheinandergebracht hatte.
»Geben Sie bitte Ihren Namen und Beruf an.«
»Myron Stahl. Das schreibt sich S-T-A-H-L. Ich bin Anwalt von Beruf.«
»Praktizieren Sie hier in Bexar County?« Er war ihr Zeuge, doch Nora klang ihm gegenüber nicht sehr freundlich. Sie war wieder in ihre Nur-die-Fakten-bitte-Art verfallen.
»Ja.«
»Kennen Sie einen Mann namens Clyde Malish?«
»Ja. Er ist einer meiner Klienten.«
»Wie lange vertreten Sie ihn schon?«
»Ach du meine Güte. Sechzehn, siebzehn Jahre.« Stahl schielte zu Linda hinüber. Sie lehnte sich vor, die Arme auf den Tisch gestützt, und beobachtete ihn. Genau wie David. Ich konnte mir nicht vorstellen, was er jetzt empfand. Stahl räusperte sich und blickte wieder zu Nora.
Sie ging direkt auf ihr Ziel los. »Darf ich an den Zeugen herantreten, Euer Ehren?« Sie hatte Myrons Geständnis in der Hand. »Mr. Stahl, ich übergebe Ihnen ein Schriftstück, das als Beweisstück eins der Verteidigung markiert ist. Erkennen Sie es?«
»Ja.«
»Worum handelt es sich?«
»Es ist eine Erklärung, die ich letzten Mittwoch, am sechzehnten September, in Mr. Malishs Haus niedergeschrieben habe.«
»Kam die Idee dazu von Ihnen?«
»Ganz entschieden nicht.«
»Warum haben Sie es dann getan?«
»Mein Leben wäre sonst bedroht gewesen.«
»Wer bedrohte Sie?«
»Mr. Malish. Mark Blackwell, der Bezirksstaatsanwalt. Und sie war auch dabei«, sagte er plötzlich und zeigte auf Linda.
Nora wäre auch ohne diesen Ausbruch ausgekommen. Sie ging nicht darauf ein. »Wie bedrohte man Sie?«
»Mr. Malish sagte: ›Wir brauchen ein Geständnis, und Sie werden es uns liefern.‹«

»Das war alles?« fragte Nora. Ihr Ton machte klar, daß sie einem solchen Druck widerstanden hätte.
»Ich erklärte, das würde ich nicht, und stand auf, um zu gehen, aber als ich an der Tür ankam, stand da ein Mann im Flur, der mich nicht vorbeiließ. Er hatte eine Pistole im Hosenbund stekken. Ich drehte mich um und sagte etwas wie ›Was soll das?‹, und Mr. Malish antwortete ›Ich hab Ihnen ja gesagt, Sie werden unterschreiben.‹ Es war sehr klar, was er meinte, das können Sie mir glauben.«
»Wie faßten *Sie* es denn auf?«
»Daß man mich ermorden würde, wenn ich nicht täte, was er verlangte.«
»Was für eine Rolle spielte Mr. Blackwell bei alledem?«
»Er saß einfach da und schaute mich an – genau so, wie er jetzt schaut. Es war offensichtlich, daß er nicht einschreiten würde.«
Nora lenkte seine Aufmerksamkeit wieder auf das Geständnis. »Würden Sie sich das bitte durchlesen, Mr. Stahl?«
Er fing an und legte es dann weg. »Ich hab das schon mal gelesen. Schließlich hab ich's geschrieben.«
»Wie viel von dieser Erklärung ist wahr?«
»Sehr wenig.« Er warf wieder einen Blick auf das Papier. »Wahr ist, daß mein Name Myron Stahl ist und daß ich Anwalt bin. Von da an geht es in freie Erfindung über.«
»Seien wir genau, Mr. Stahl. Haben Sie Amanda Jackson engagiert, um eine Falschaussage gegen David Blackwell, den Sohn des Bezirksstaatsanwalts, zu leisten?«
»Nein. Ich kenne weder Mrs. Jackson noch David Blackwell.«
»Haben Sie danach Mandy Jackson ermordet oder ermorden lassen?«
»Ganz gewiß nicht. Ich habe davon in der Zeitung gelesen wie jedermann sonst. Sie tat mir natürlich leid, aber es hatte nicht viel –«
»Haben Sie einen Mann namens Simon Hawthorne engagiert, um Mark Blackwell durch Drohungen dazu zu bringen, ein Verfahren gegen Clyde Malish einzustellen?«
»Nein. Nein.«

Anschuldigungen und Ableugnungen gingen noch eine Zeitlang weiter. Stahl begann zunehmend empört zu klingen. Und auch zunehmend bestürzt. Er blickte zum Richter und schüttelte den Kopf. Ich konnte nicht sagen, was für einen Eindruck er machte. Doch um die Wahrheit zu sagen, Myron Stahl wirkte nicht wie ein Mörder und Intrigant. Er sah zu hilflos aus. Wie er so auf dem Zeugenstuhl herumrutschte, schien es, als hätte sich die ganze Welt gegen ihn verschworen. Wir hatten einen Fehler gemacht, dachte ich: Wir hatten *ihn* wie das Opfer aussehen lassen.

Nimm ihn nicht zu hart ran, dachte ich, als Nora den Zeugen an Linda weitergab. Lindas erste Frage war reichlich unschuldig, doch ihre Stimme hatte etwas Schneidendes. Sie versuchte gar nicht erst, ihn von der guten Seite zu nehmen. Stahl wußte, daß sie für ihn nur eine gefährliche Feindin war und sonst nichts. Er setzte sich auf dem Stuhl zurecht und starrte sie an. Er würde ihr nichts schenken.

»Mr. Stahl, in welcher Branche ist Mr. Malish tätig?«

»Ursprünglich Elektrogeräte. Und Investments.«

»Bezahlt er Ihnen ein jährliches Pauschalhonorar?«

»Ja. Ein monatliches, genaugenommen.«

»Wieviel?«

Stahl schaute hochmütig drein. »Das würde erfordern, daß ich gegen meine Schweigepflicht verstoße.«

»Nein, das würde es nicht. Wie wir alle wissen, dient das Recht auf Vertraulichkeit zwischen Anwalt und Klient dem Schutz des Klienten. Clyde Malish ist hier im Saal, um gegebenenfalls Einspruch zu erheben. Euer Ehren –«

»Beantworten Sie die Frage«, sagte Watlin.

Stahl schielte voll Groll auf den Richter. Sein Mund wurde verkniffen. Mein Gott, dachte ich, er will nicht vor einem Saal voller Fremder sagen, wieviel er verdient. Was für ein geltungssüchtiger kleiner Mann. Ob sonst noch irgendwer das sah?

»Es kommt auf annähernd 60 000 Dollar im Jahr«, erklärte Stahl schließlich.

»Danke. Und ist Clyde Malish Ihr einziger Klient?«

»Nein.«

»Wer sind einige von den anderen?«
»Sie wollen vielleicht nicht, daß ihre Namen genannt werden. Und *sie* sind nicht hier, um auf ihrem Recht auf Vertraulichkeit zu bestehen. Ich darf das stellvertretend für sie tun, wie wir, da bin ich sicher, alle wissen.«
»Uns ihre Namen zu nennen würde gegen keines ihrer Rechte verstoßen. Nennen Sie uns einfach den Namen einer Person, die Sie im vergangenen Jahr vertreten haben.«
Nora stand auf. »Ich kann darin keine Relevanz erkennen, Euer Ehren.«
»Na gut, wenn Sie diese Frage nicht beantworten können, werde ich Ihnen eine andere stellen«, wartete Linda Watlins Entscheidung gar nicht erst ab. Sie ging über Noras Einspruch hinweg, und Watlin ließ sie gewähren. »Warum muß ein Elektrohändler 60 000 Dollar pro Jahr für Rechtsberatung ausgeben?«
Stahl war darauf vorbereitet. »Wie ich schon sagte, ist er auch Anleger. Ich bin ihm beim Erwerb und Verkauf von Liegenschaften behilflich, berate ihn in Investmentfragen, setze Anstellungs- und Kaufverträge auf. Ganz unterschiedliche Dinge.«
»Und dafür zahlt er 60 000 im Jahr? Fürs Verträge-Aufsetzen?«
»Für alles, was ich genannt habe, und noch mehr.«
»Sie haben einen Strafrechtsfall gegen Mr. Malish erwähnt, der eingestellt wurde –«
»Damit habe ich mich nicht befaßt. Dafür engagierte er einen Strafverteidiger.«
»Aber Sie waren gelegentlich mit im Gerichtssaal, oder nicht?«
Das konnte Stahl nicht leugnen und tat es auch nicht. »Das bedeutet doch nicht, daß ich an dem Fall beteiligt war«, erklärte er gereizt. »Es sind doch auch in diesem Fall Anwälte im Saal, die daran unbeteiligt sind.«
»Sie haben sich also nicht an Mr. Malishs kriminellen Aktivitäten beteiligt?«
»Nein.«
»Aber Sie wußten davon.«
Er zögerte. »Nein. Na ja – von diesem einen Fall wußte ich. Und ich hatte natürlich Gerüchte gehört.«

»Aber Sie hatten daran keinen Anteil.«
»Nein.«
»Er bezahlte Ihnen 60 000 Dollar pro Jahr, nur damit Sie für ihn Verträge aufsetzten. Beschäftigte er noch andere Anwälte regelmäßig?«
»Soviel ich weiß, nicht.«
»Aber Sie hatten mit seinen kriminellen Aktivitäten nichts zu tun.«
»Euer Ehren –«, begann Nora wieder.
»Kommen wir zu etwas anderem«, sagte Linda. »Sie haben ausgesagt, daß Sie Mandy Jackson nicht kannten.«
»Stimmt.«
»Ist Ihnen bewußt, daß Violet Wentworth, Mandy Jacksons Mutter, heute bereits hier ausgesagt hat, daß –«
»Einspruch, Euer Ehren, die Aussage eines anderen Zeugen zu kommentieren, ist ein Verstoß gegen die Regel.«
»Dann nehmen Sie mal an«, fuhr Linda fort, als würde sie einem Jurastudenten demonstrieren, wie man eine Frage formuliert, »nehmen Sie an – rein hypothetisch – *irgend jemand* hätte Sie zwei Monate vor David Blackwells Festnahme mit Mandy Jackson gesehen. Hätten Sie dafür eine Erklärung?«
»Ja.« Stahl war zufrieden mit sich. »Ich sagte, daß ich die Frau nicht kannte. Ich sagte nicht, ich wäre ihr nie begegnet. Ich ging einmal zu ihr nach Hause. Ich kann mich nicht erinnern, daß ihre Mutter da war, aber vielleicht war sie.«
Ich drehte mich um und blickte ein paar Reihen nach hinten auf Gregory Stillwell, der neben Mandys Mutter saß. Er hatte seinen, da war ich sicher, einzigen Anzug an, schwarz für Begräbnisse. Er hatte den Arm um seine Schwester gelegt, doch seine Aufmerksamkeit war ganz auf das gerichtet, was sich vorn im Saal abspielte. Er erwiderte meinen Blick nicht, als wollte er den Umstand geheimhalten, daß wir uns kannten. Oder er war so auf Myron Stahl fixiert, daß er niemanden sonst sah.
»Weshalb waren Sie da?« fragte Linda.
»Ich ging auf Anweisung von Mr. Malish hin, um Mrs. Jackson eine Stelle anzubieten.«

»Eine Stelle. Als Putzfrau?«

»Nein, als Buchhalterin. Sie war Studentin, glaube ich. Mr. Malish sagte mir, er könne sie vielleicht gebrauchen.«

»Nahm sie die Stelle an?«

»Nein. Genaugenommen wurde sie ziemlich feindselig, als ich Mr. Malishs Namen erwähnte. Als ich ging, kam mir das Ganze wie ein ziemlich sinnloses Unternehmen vor.«

»Nicht nur das; es war auch ein bemerkenswerter Zufall, oder? Zwei Monate, bevor Amanda Jackson David Blackwell beschuldigte, sie vergewaltigt zu haben, waren Sie im Haus der Frau, die eine zentrale Rolle in dem Komplott spielte, dessen Urheber zu sein Sie bestreiten?«

Stahl wirkte gelassen. »Wenn es ein Zufall ist, nun denn –«

»Wenn ...«

Sein Ton wurde vertraulich. Er weihte uns ein. »Später kam mir der Gedanke, daß der Zweck, mich dort hinzuschicken, vielleicht der war, sicherzustellen, daß ich mit Mrs. Jackson gesehen wurde. Für den Fall, daß Mr. Malish es später für nötig erachten sollte, mich fälschlich zu beschuldigen, der Urheber dieses Plans zu sein, wie er es jetzt eben tut.«

Linda saß einen Moment lang da. Es ist allerliebst, wenn ein Zeuge Theorien spinnt. »Dann glauben Sie also, daß es ein Komplott *gab*, David Blackwell für eine Vergewaltigung, die er nicht begangen hat, festnehmen und verurteilen zu lassen?«

»Davon weiß ich nichts.«

»Aber warum sollte Clyde Malish das *Ihnen* anhängen wollen, Mr. Stahl? Hätte das statt Ihnen nicht auch jemand sein können, der von geringerer Bedeutung für ihn war? Jemand, der ihm weniger wert war als 60 000 Dollar im Jahr?«

»Ich weiß nicht.« Stahl hatte nicht weit genug vorausgedacht, als er mit seiner Erklärung für das Gesehenwerden bei Mandy Jackson aufwartete. Er bereute es bereits.

»Also bleibt uns entweder die Tatsache, daß es ein Komplott *gab*, David zu Unrecht zu verurteilen, oder der bemerkenswerte Zufall, daß Sie in Kontakt zu der Frau standen, die ihn beschuldigte – zwei Monate, bevor die Beschuldigung erhoben wurde.«

»Einspruch, Euer Ehren«, meldete sich Nora. »Zunächst mal glaube ich nicht, daß das überhaupt eine Frage war. Und wenn, dann verleitet sie zu Spekulationen.«
»Dann beantworten Sie sie nicht«, sagte Linda. »Wenden wir uns dem Faktum zu, daß ein Studienkollege von Ihnen, Mr. Stahl, unter einer Brücke mit *Mark* Blackwell in Kontakt trat. In Ihrem Geständnis haben Sie zugegeben, Simon Hawthorne für diesen Job angeheuert zu haben. Stimmt das?«
»Nein.«
»Würden Sie das einen weiteren bemerkenswerten Zufall nennen?«
»Nein. Ich würde es eine Lüge nennen.« Es gab wieder Unruhe im Saal. Ich spürte, wie mir heiß im Nacken wurde. »Ich habe keinerlei Beweise gesehen, daß das wirklich passierte«, setzte Stahl fort. »Das war bloß etwas, das sie in meine Erklärung eingefügt haben, um mich noch weiter zu belasten. Es wird Ihnen aufgefallen sein, daß es für den Vorfall keine Zeugen gibt, außer Mr. Blackwell selbst.«
Wieder wirkte Stahl mit sich zufrieden. Ich blickte zum Richter, um zu sehen, ob er Stahls Gesichtsausdruck mitbekommen hatte, den eines Mannes, der eben eine großartige Erklärung geliefert hatte. Doch Watlin sah nicht auf den Zeugen. Oder auf mich. Er starrte quer durch den Saal, den Kopf in den Nacken gelegt als Zeichen, daß er zuhörte. Er zog eine große Show von Unparteilichkeit ab.
Linda grub Stahl nicht noch weiter das Wasser ab. Ich war der Meinung, daß sie es bereits reichlich getan hatte. Ich sah nicht, wie irgendwer ihm glauben konnte. Wenn er bloß nicht so sehr wie ein Schlemihl gewirkt hätte. Er wirkte wie das Opfer einer Intrige und nicht wie der Kopf.
Einen hatte Linda überzeugt: Davids Blick war nicht von Stahls Gesicht gewichen. Und mir fiel auf, daß Stahl ihn nicht ansehen konnte. Und einer hatte nicht erst überzeugt werden müssen: Auch Clyde Malish hatte die Augen nicht von seinem Anwalt gewandt. Stahl war fällig. Egal, was bei dieser Anhörung herauskam. Egal, ob er unter Polizeischutz stand. Clyde Malish und ich

hatten uns über Stahls Schicksal nicht abgesprochen. Auch wenn ich gewollt hätte, ich hätte ihn nicht aufhalten können. Und ich bezweifelte, daß ich imstande sein würde, ihn nach der Tat zu überführen. Er würde vorsichtig sein. Vorsichtiger, als Myron Stahl es gewesen war.

Und dann gab es noch Mandys Onkel, Gregory Stillwell. Ich hätte nicht Myron Stahl sein wollen, nicht für alles Geld von Clyde Malish.

In der Nachbefragung machte Nora einen zweiten Aufwasch. Linda hingegen stellte Stahl im Kreuzverhör nur eine kurze Serie von Fragen.

»Sie kannten Mandy Jackson nicht?« begann sie.

»Nicht wirklich. Dieses eine kurze Zusammentreffen...«

»Sie bedeutete Ihnen nichts?«

»Nicht wirklich«, antwortete Stahl wieder. »Wie ich schon sagte, ich hatte Mitgefühl –«

»Haben Sie sie selber getötet?«

»Nein. Ich –«

»Dann ließen Sie es machen. Sie heuerten jemanden an, um sie mit Heroin vollzuspritzen –«

»Nein!«

»– das sie, wie beabsichtigt, tötete, und ließen ihre Leiche dann in einen Abwassergraben werfen? Eine Frau, die Ihnen nichts bedeutete, die bloß zufällig Zugang zu David Blackwell hatte?«

»Nein, nein, nein. Ich habe niemals –«

»Aber irgend jemand war es doch, oder nicht, Mr. Stahl?«

»Nicht notwendigerweise. Vielleicht hat sie es selber getan. Vielleicht hat sie nicht richtig dosiert, und sie –«

»Wenn Sie sich zum ersten Mal in Ihrem Leben einen Schuß Heroin setzen wollten, Mr. Stahl, würden Sie sich dafür nicht einen anderen Ort aussuchen als einen Abwassergraben?«

»Ich – ich würde niemals«, begann Stahl stotternd. Er beugte sich vor, so daß er fast aus dem Stuhl kippte. »Vielleicht geriet, wer immer bei ihr war, in Panik –«

»Ich habe keine weiteren Fragen.«

»Geriet in Panik und brachte sie dahin, warf die Leiche –«
Stahl breitete die Arme aus, als wollte er um Vergebung flehen oder als trüge er selber einen Leichnam. Beim letzten Wort versagte ihm die Stimme, und er hörte auf. Blickte nach unten, als sähe er dort zuletzt doch Mandy Jacksons toten Körper. Er schien den Tränen nahe. Eher wahrscheinlich, daß er seinen eigenen toten Körper sah.
»Sie sind entschuldigt«, sagte Richter Watlin zu ihm, und ehe er aufstehen konnte, fügte Nora hinzu: »Der Staat stellt den Beweisvortrag ein.«
Es kam so abrupt, daß es mich hochriß. Meine Hand ging nach oben, als wäre ich in einer Schulklasse und wollte drangenommen werden. Ich wollte die Anhörung verlängern, sie ohne Ende weitergehen lassen. Watlin warf mir einen harten, toten Blick zu. Mir fielen all die Dinge zwischen uns ein. Ich hatte ihm beinahe drohen müssen, um David vorzeitig für diese Anhörung aus dem Gefängnis zu holen. Ich wollte das alles nicht länger in Watlins Händen lassen. Wenn er sich in sein Zimmer zurückzog, würde ich ihm nachgehen, dachte ich. Ich würde ihm alles versprechen, was er wollte. Meinen Rücktritt, meine Unterstützung –
»Die Anwälte mögen Platz behalten«, erklärte Watlin. »Ich denke, ich kann auf die Plädoyers verzichten. Die Faktenlage ist simpel, und die rechtlichen Folgerungen sind in den Schriftsätzen der beiden Parteien ausreichend dargelegt.«
Myron Stahl hatte den Zeugenstand verlassen und einen Platz im Publikum eingenommen, in der Nähe seiner Polizeieskorte. An der Stirnseite des Saales saß allein Watlin, hoch über uns hinter dem Richtertisch. Sein Gesicht war streng, doch irgendwie friedvoll. Er wußte, was er tun würde.
»Ich hatte erwartet, daß diese Entscheidung sehr schwer sein würde«, sagte er. »Sie hat sich als bemerkenswert leicht erwiesen. Ich hatte gedacht, ich würde in dieser Sache längere Zeit mit mir zu Rate gehen müssen. Es stellt sich heraus, daß dem nicht so ist. Die Gesetzeslage hinsichtlich der Gewährung eines zweiten Verfahrens aufgrund neuer Beweismittel ist klar: Die Beweise müssen dergestalt sein, daß der Angeklagte sie auch bei gehöriger Sorgfalt

vor dem Hauptverfahren nicht hätte ausfindig machen können. Diesem Prüfschritt hat der Angeklagte in diesem Fall entsprochen. Des weiteren müssen die Beweise dergestalt sein, daß das Gericht zu der Meinung gelangt, daß wenn die Geschworenen diese Beweise während des Prozesses gehört hätten, ihr Urteil anders ausgefallen wäre.«

Watlin bewegte auf dem Tisch vor ihm leicht die Hände. Mein Gott, dachte ich, er liest eine vorbereitete Rede ab. Alles, was wir eben getan hatten, war bedeutungslos. Er hatte seine Entscheidung getroffen, noch ehe er von den Aussagen ein Wort gehört hatte.

»Doch es gibt eine Voraussetzung für dieses Erfordernis«, fuhr Watlin feierlich fort. »Die Beweise müssen – natürlich – glaubhaft sein. Bei der Anhörung über einen Antrag auf Wiederaufnahme obliegt die Beweiswürdigung allein der Prozeßkammer.

Die bei dieser Anhörung angeführten Beweise ließen sich buchstäblich *un*glaublich nennen, im nichtjuristischen Sinn. In zwanzig Jahren Rechtspraxis ist diesem Gericht niemals eine Verschwörung bekannt geworden, die auch nur im entferntesten an die von der Verteidigung in diesem Fall behauptete heranreicht. Die Anklage hat zu Recht darauf hingewiesen, daß dem Angeklagten die schwere Last obliegt, den Nachweis für seine Behauptungen zu erbringen, ehe ein neues Verfahren gewährt werden kann. Bei der heutigen Anhörung war dies eine noch schwerere Last aufgrund der außergewöhnlichen Beschaffenheit der behaupteten neuen Beweise.«

John, John. Ich hätte alles getan. Gib mir mehr Zeit. Bringen Sie mir Beweise, hatte er mich angefleht, und jetzt sah ich, daß ich ihm nicht genug gebracht hatte. Doch es gab nicht mehr. *John*, dachte ich, *wenn du nur einen Sohn hättest.*

»Der Konflikt in der Beweisführung zwischen Anklage und Verteidigung ist klar. Es handelt sich nicht um feine Auffassungsunterschiede. Die Verteidigung sagt, es habe eine solche Verschwörung gegeben. Der Staat sagt, Unsinn. Die Crux in diesem Streit ist die Entscheidung zwischen zwei Zeugen, die beide gute Gründe hätten zu lügen. Mark Blackwells Sohn ist eines schweren Verbrechens schuldig befunden und zu Gefängnis verurteilt worden. Myron Stahl wird beschuldigt, diese Verurteilung inszeniert zu haben, an sich schon ein schweres Verbrechen. Beide sind Diener der Rechtspflege. Wären ihre Standpunkte nicht derart unversöhnlich, ich wäre beinahe von Amts wegen verpflichtet, ihnen beiden zu glauben. Doch in dieser Sache kann ich das nicht. Sie liegen diametral auseinander. Das ist die einzige Schwierigkeit, die sich aus dem Fall ergibt. Auf beiden Seiten finden sich be- wie entlastende Beweise, doch sind diese dünn oder erklärbar.«

Watlin hatte mich noch immer nicht angesehen. Er hatte nicht den Nerv dafür. Doch dann, zu meiner Überraschung, tat er es. Er hatte den Blick hoheitsvoll erhoben und sich an die Zuhörer hinter mir gewandt. An die Reporter. Nun senkte er ihn auf mich. Seinen Gesichtsausdruck veränderte er nicht.

»Also bleibt nur die Frage der Glaubwürdigkeit. Darin liegt die Schwierigkeit, und doch ist es gerade das, was mir meine Entscheidung so überraschend leicht macht.«

Er würde mir nicht folgen. Er würde sich selbst schützen. Doch es ging nicht um mich. Es ging um David. Davids Freiheit stand hier auf dem Spiel, nicht meine Reputation oder die von Watlin.

»Ich kenne Mark Blackwell seit zwanzig Jahren«, fuhr Watlin fort. »Ich habe nie gehört, daß irgend jemand seine Integrität in Zweifel gezogen hätte. Ich wage zu behaupten, daß er noch niemals einen so starken Antrieb hatte zu lügen wie heute. Doch ich glaube nicht, daß dieser Antrieb die treibende Kraft hinter seiner Aussage war. Ich habe als Prozeßrichter zehn Jahre damit verbracht, Wahrheit und Lügen auseinanderzusieben. Ohne Zweifel habe ich dabei Fehler gemacht. Aber ich hatte niemals zuvor den Vorteil persönlicher Bekanntschaft, wie ich ihn in diesem Fall habe. Ich glaube Mark Blackwell. Ich glaube, daß man ihn hat wissen lassen, daß sein Sohn zu Unrecht beschuldigt worden war. Ich glaube, daß er versuchte, den Ursprung dieser Anschuldigung aufzudecken. Und ich glaube, es ist ihm gelungen.

Das macht den zweiten Prüfschritt gleichermaßen einfach. Wenn die Jury die Beweise gehört hätte, die ich heute gehört habe, bestünde dann eine beträchtliche Möglichkeit, daß ihr Urteil anders

ausgefallen wäre? Zweifellos. Damit will ich diese zwölf Geschworenen keineswegs für das von ihnen gefällte Urteil tadeln. Aufgrund des ihnen vorliegenden Beweismaterials, aufgrund des von ihnen Gehörten war ihr Urteil absolut angemessen. Doch sie kannten nicht alle Umstände.
Dem Antrag auf Wiederaufnahme des Verfahrens wird stattgegeben. Die Kaution wird in gleicher Höhe wie vor dem Hauptverfahren festgesetzt. Und als letztes möchte ich dem Staat dringend empfehlen, eine neuerliche Anklageerhebung sorgfältig zu überdenken. Ich kann nicht sagen, wie eine Jury entscheiden würde, doch ich weiß, wie ich als Einzelrichter zu urteilen hätte.
Das ist alles. Die Parteien sind entschuldigt.«

Mein Herz schlug Purzelbäume. Mit einem Mal glaubte ich zu verstehen. All meine Sorge war unnötig gewesen. Watlin hatte von Anfang an die Absicht gehabt, dem Antrag stattzugeben. Solange ich selbst als Zeuge auftrat. *Bringen Sie mir Beweise,* hatte er mich angebettelt, doch das war nur, um ihn abzusichern, um seine Entscheidung richtig aussehen zu lassen. Solange ich derjenige war, der aussagte, würde David gewinnen. Für den Richter war es immer noch eine politische Sache. Ich war ein gewählter Amtsträger. Das bedeutete, daß irgendwann mehr als die Hälfte aller Wähler im Bezirk sich für mich ausgesprochen hatten. Vielleicht taten sie das immer noch. Wenn ich bei der Anhörung eine ausreichend gute Figur machte, hätte ich zweifellos die Sympathie dieser magischen einundfünfzig Prozent. Wer war dagegen schon Myron Stahl? Ein Niemand. Als politische Größe eine Null. Es *war* eine leichte Entscheidung für Richter Watlin gewesen.
Vielleicht hatte ich auch unrecht. Vielleicht hatte Watlin seine Entscheidung aufgrund der Beweislage gefällt und andere Überlegungen außer acht gelassen. *Wissen* würde ich es niemals.
Ich war David am nächsten. Ich war der erste, der ihn zu fassen kriegte. Ich schrie auf, glaube ich, aber ich war nicht der einzige. Ich zog David an mich und drückte ihn, so fest ich konnte. Es war, als hätte er eben wieder körperliche Gestalt angenommen, nach Monaten der Gespensterhaftigkeit. Er erwiderte meinen Druck.

»Ich weiß nicht, wie du das geschafft hast«, sagte er mir ins Ohr. »Ich weiß nicht, ob ich glücklich oder wütend sein soll. Ich kann nicht –«

»Fühl einfach, wonach immer dir ist«, antwortete ich. »Nur fühle. Du kannst alles tun. Du bist jetzt frei!

Die können Sie sich in den Hintern stecken«, setzte ich hinzu, in Richtung Gerichtsdiener, der mit Handschellen neben David stand. Es schien ihm unangenehm.

»Ich schätze auch, die Handschellen werden wir nicht brauchen. Aber wir müssen zurück.«

»Kommt nicht in Frage. Sie haben den Richter gehört. Er hat wieder Kaution festgesetzt. Ich hab sie schon eingezahlt.«

»Er muß trotzdem noch mal zurück ins Gefängnis, für die Entlassung. Es wird nur eine Stunde oder so dauern.« Der andere Gerichtsdiener stand jetzt neben dem ersten, genauso peinlich berührt und genauso unerbittlich.

»Sie werden ihn nicht mitnehmen«, erklärte ich.

Und dann war der Sheriff da. Ihr Boß. Er schüttelte mir die Hand. Ich hatte jede Menge Freunde. Der Sheriff winkte die Gerichtsdiener mit seinem Hut ab, und ihnen fiel ein, daß sie noch anderswo zu tun hatten. »Scheiß auf den Papierkram«, sagte Marrs zu mir, zwinkerte und schob ab. Noch ein Gefallen.

David wirkte erleichtert. Er drehte sich weg, auf der Suche nach Lois, stellte ich mir vor, doch wen er als erstes sah, war Vicky. Sie stand kühl inmitten des Durcheinanders da. David riß seine Frau nicht in die Arme. Er sah sie an, als versuchte er sich zu erinnern, wer sie war. Mir fiel ein, daß ich nie irgendwas davon gehört hatte, daß Vicky David im Gefängnis besuchte. Ich hatte angenommen, daß sie es tat.

Lois tauchte auf. Sie zog David zu sich. »Wir sehen zu, daß wir hier rauskommen«, sagte sie. Dann überließ sie ihn Vicky und schlüpfte neben mich.

»Komm nicht mit uns, Mark«, sagte sie leise genug, daß nur ich es hören konnte. Ihre Stimme war nicht unfreundlich. »Ich werde ihn viele Meilen weit weg von hier bringen und versuchen, so zu tun, als wäre das alles nie passiert. Wir werden so gut essen gehen, wie er es in seinem Leben noch nicht getan hat. Irgendwohin, wo es so anders ist als im Gefängnis, daß er glauben wird, er sei eben aus einem langen Alptraum aufgewacht. Wenn du da bist, kann er es nicht vergessen.«

»Glaubst du, daß er das je wird?«

»Ich glaube, ich kann ihm dabei helfen. Laß ihn rausgehen, ohne daß irgendwer von hier mitkommt. Mark, ich will dir nicht weh tun. Aber du warst da, als es anfing und als es zu Ende ging. Wenn du jetzt nicht da bist, wird es vielleicht leichter –«

»In Ordnung.«

Sie strahlte mich an. »Danke. Komm heut abend zum Essen. Zu Hause.« Dann fiel ihr ein: bei *ihr* zu Hause. »Im – du weißt schon. Mark –«

Ich dachte, sie wollte mir sagen, was oder wen ich mitbringen oder nicht mitbringen sollte. »Ja?«

»Du warst wunderbar im Zeugenstand.«

Es gelang ihr, David in den Zuschauerraum und in Richtung Tür zu lotsen. Er sah sich nicht nach mir um. Vielleicht nahm er an, daß ich sowieso mitkam. Reporter umschwirrten ihn wie Fliegen. Vergessen, dachte ich spöttisch. Lois war manchmal immer noch rührend naiv. Die Zeit hatte sie nicht verändert. Sie hielt Dinah an der Hand, die sich nach mir umschaute. Sie lächelte und winkte und bedeutete mir mitzukommen. Ich schüttelte den Kopf und lächelte zurück. Die kleine Gruppe schaffte es bis zur Tür und dann hinaus.

Ich stand immer noch innerhalb der Schranke. Ich drehte mich um und sah, daß Watlin den Richtertisch verlassen hatte. Aber er würde wiederkommen. Mein Blick fiel auf die Gefangenen auf der Geschworenenbank. Ich sah sie mir genauer an, als ich es seit Jahren je getan hatte. Der einzige, der zurückstarrte, hatte zusammengekniffene Augen und die Arme voller Tätowierungen. Unter diesen grauen Männern waren keine verschreckten Kinder, war keiner, der aussah, als ob er nicht dazugehörte.

An Davids Fall war nur eines ungewöhnlich gewesen: David selbst, ein Unschuldiger. Auf seinem Stuhl hätte auch irgendwer anders sitzen können, willkürlich aus der Bevölkerung ausgewählt. Unüblich waren die Umstände, doch die einzelnen Elemente in dem Spiel, das David hinter Gitter gebracht hatte, waren die üblichen: eine ehrgeizige Anklägerin, die gewohnt war zu gewinnen; ein Richter, dem außer dem Fall noch etwas anderes Kopfzerbrechen bereitete; eine Zeugin, die eine häßliche Geschichte zu erzählen hatte.

Leute strömten vorbei und gratulierten mir, doch die Begrüßungen wurden hastiger. Es war Montag morgen und der Tag noch lange nicht vorbei. Anwälte besprachen sich mit Häftlingen. Die Ankläger an diesem Gericht hatten bereits wieder die Akten des heutigen Verhandlungstages auf dem Tisch ausgebreitet. Der Gerichtssaal erzeugte das vertraute Stimmengesumme.

Linda war neben mir, wie immer. Nur einmal, als niemand es sehen konnte, nahm sie meine Hand und drückte sie. Ihr Rücktrittsgesuch lag immer noch frisch auf meinem Schreibtisch.

»Du solltest diesen Triumph genießen«, sagte ich zu ihr. »Verteidiger erleben ja nicht so viele.«

Sie hatte mich genau gemustert – auf der Suche nach einer Wunde, die Lois hinterlassen hatte. Jetzt lächelte sie. »Noch zu früh fürs Mittagessen?«

Niemand beachtete uns. Alles war über Akten gebeugt oder stritt miteinander. So mühelos, als hätte es nie eine Unterbrechung gegeben, hatte der Gerichtshof seine normalen Geschäfte wieder aufgenommen.

»Nichts wie raus aus diesem gottverdammten Gericht«, sagte ich.